KB114721

영애의 경호관

영애의 경호관 2

초판 1쇄 찍은 날 | 2017년 4월 21일
초판 1쇄 펴낸 날 | 2017년 5월 12일

지은이 | carbo(도효원)
펴낸이 | 서경석

편 집 책 임 | 조윤희
편 집 | 이은주
김현미
디 자 인 | 신현아

펴 낸 곳 | 도서출판 청어람
등록번호 | 제387-1999-000006호
등록일자 | 1999. 5. 31
어람번호 | 제11-0053호

주소 | 경기도 부천시 부일로 483번길 40 서경B/D 3F (우) 14640
전화 | 032-656-4452 팩스 | 032-656-4453
http://www.chungeoram.com
E—mail | chungeorambook@daum.net

ⓒ carbo(도효원), 2017

ISBN 979-11-04-91261-0 04810
ISBN 979-11-04-91259-7 (SET)

※ 파본은 구입하신 서점에서 교환하여 드립니다.
※ 저자와 협의하여 인지를 붙이지 않습니다.
※ 이 책은 도서출판 청어람과 저작자의 계약에 의해 출판된 것이므로,
무단 전재 및 유포·공유를 금합니다.

2

영애의 경호관

carbo(도효원)

장편소설

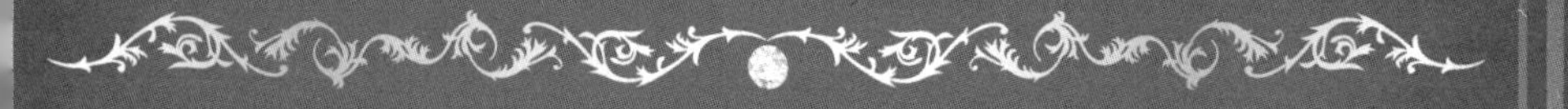

목차

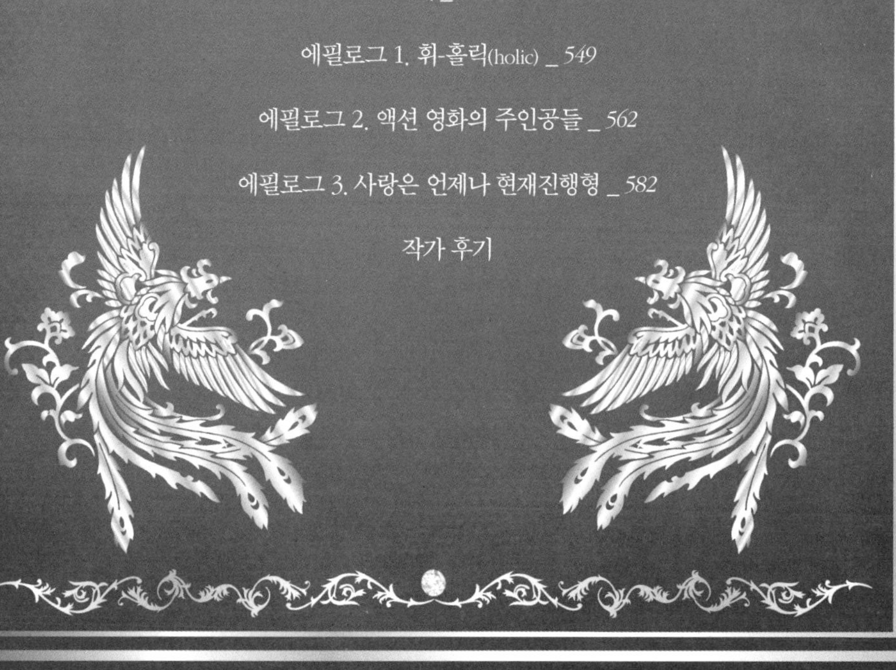

7

“여기는 맘에 드세요?”

남자는 조국의 글라스에 와인을 채워 넣으며 물었다. 그녀는 조금 전 사무적인 목소리로 인사를 하며 남자에게 재킷을 건넨 후로는 내내 말이 없었다.

조국은 주변을 둘러보았다. 꽤 넓은 공간인데도 테이블은 몇 개밖에 놓여 있지 않았고, 그마저도 모두 비어 있었기에 지금 이 레스토랑 안에는 이대철 사장과 자신밖에 없었다. 경호관이 레스토랑 밖에서 대기하고 있기 때문에 불안해할 필요는 없다고 생각했지만, 그래도 조국은 남자와 단둘이 있다는 게 너무 불편했다. 역시 나오는 게 아니었다는 후회가 뒤늦게 밀려왔다.

이대철 사장은 재킷을 돌려받고 싶다며 조국에게 전화를 걸어왔다. 재킷 세탁을 하지 않아도 괜찮으니 대신 원자력연구소에 관련된 연구개발 이야기도 나눌 겸, 저녁 식사를 함께하자는 전화였다. 처음엔 경호관을 통해 재킷만 보낼 생각이었던 조국은 곧 마음을 바꿔먹었다. 기다릴 사람도 없는 집에서 혼자 있고 싶지 않아 홧김에 약속을 잡았는데, 막상 이 자리에 나오니 마음은 더 공허해졌다. 하지만 이제 와서 후회를 해봤자 아무 소용이 없었다. 조국은 얼른 식사를 끝내고 집으로 돌아가고 싶다는 생각밖에 없었다.

"그런데 왜 저희 두 사람 말고는 아무도 안 보이는 건가요?"

조국이 남자에게 물었다. 지나치게 고요한 레스토랑의 정적에 마음이 더 불편해졌다.

"사람들은 다 자기 설 자리가 따로 있는 것 아니겠어요? 조국 씨를 만나는데 제가 아무나 이 안으로 들일 수는 없지요."

조국은 의기양양한 얼굴을 한 남자를 바라보며 속으로 한숨을 쉬었다. 같은 재벌이라도, 건우는 기본 품성이 괜찮은 사람이었는데……. 그녀는 돈과 인성이 항상 비례하지는 않는다는 사실을 깨달았다. 조국은 조금 전까지 입가에 짓고 있던 의례적인 미소마저 거두었다.

"이대철 사장님께서는 디지털 원자로 안전 계통에 관심이 많으시다면서요? 앞으로 궁금한 게 있으시면 제가 아니라 연구소장님을 뵙는 게 좋을 것 같아요. 저는 그쪽 분야 연구원도 아닐뿐더러 기술 개발 협력에 관한 이야기를 나눌 수 있는 적임자도 못돼요."

"그런 이야기야 제가 언제든지 마음만 먹으면 할 수 있지요. 하지만 전 지금 그런 이야기보다 우리 얘기를 하고 싶습니다. 조국 씨와 제 얘기를 말이죠. 아마 조국 씨는 오늘 이후로 저를 계속 만나고 싶어질 겁니다."

남자는 조국의 몸을 눈으로 빠르게 스캔했다. 영애라고 해서 그저 그렇고 재미없는 영양인 줄 알았는데 기대 이상으로 눈에 띄는 외모를 가진 여자였다. 그녀는 주변에서 늘 봐왔던 계집애들과는 다르게 눈빛이 또렷했고, 고고하기까지 했다.

그는 이 고상한 영애가 과연 침대에서는 어떤 소리를 낼지 너무 궁금했기에 오늘 아주 재미있고 스릴 있는 도박을 했다. 상대가 영애인 게 마음에 조금 걸리기는 했지만, 그녀에 대한 강한 호기심이 그의 이성을 눌렀던 것이다.

그가 호텔도 아닌 이 레스토랑을 통째로 빌린 데에는 다 이유가 있었다. 이 레스토랑 안쪽에 VIP를 위한 룸이 따로 있다는 사실을 아는 사람은 몇 되지 않았다. 사람들 눈에 띄지 않게 짜릿한 쾌락을 취할 수 있는 이곳은 아는 사람들끼리만 은밀하게 공유되었기 때문이다.

바깥을 지키는 사람들은 두 사람이 레스토랑 안에서 식사를 할 것이라고 생각하겠지만, 남자가 의도한 목적은 다른 곳에 있었다. 남자는 조국 앞에 놓인 와인 잔을 슬쩍 쳐다보았다. 그 안에 섞인 소량의 마약이라면 영애를 쉽게 저 안으로 데리고 갈 수 있을 터였다. 아니, 오히려 그녀는 어서 빨리 데려가 달라며 온몸을 비비적거릴 것이다. 남자는 생각만으로 몸속 아드레날린이 솟구치며 손과 발이 근질거리는 느낌이었다.

“우리 건배할까요?”

남자가 붉은 와인이 담긴 잔을 눈앞에 들어 올리며 웃었다. 그는 와인 잔 아래 음흉한 미소를 감추었고, 조국은 잔을 들어 입가로 가져갔다.

우당탕탕! 밖에서 물건이 부서지는 것 같은 소란스러운 소리가 난 것은 그때였다. 무슨 시비라도 붙은 건지, 레스토랑 출입구 밖에서 고함 소리와 함께 거칠고 시끄러운 소음이 연달아 들렸다.

조국은 깜짝 출입문 쪽을 바라보았다. 덜컥덜컥, 밖에서 손잡이를 거칠게 돌리는 소리가 들렸지만 문은 쉽게 열리지 않았다.

‘문이 왜 잠겨 있는 거지?’

조국의 심장이 두려움에 덜컥 내려앉았다. 불안한 생각이 들려는 찰나였다.

쾅! 굉음과 함께 문이 부서질 것처럼 흔들리며 열렸다. 묵직한 황금색 손잡이가 바닥에 떨어져 붉은 카펫 위에서 형편없이 나뒹굴었다. 설은 깜짝 놀란 얼굴로 부서지기 직전 같은 문을 바라보았다.

문이 열리자마자 조국의 안색을 살핀 민준이 살기등등한 얼굴로 그녀와 이대철이 앉아 있는 테이블을 향해 걸어갔다.

조국은 점점 더 가까이 다가오는 민준을 멍하니 바라보았다. 그를 보자 방금 전까지 단단하게 굳어 있던 조국의 얼굴 근육이 풀어졌다. 이게 도대체 어찌 된 일인지 어안이 벙벙하면서도, 민준이 반가웠다. 불안하게 두근거리던 심장이 그를 보자 차츰 안정을 되찾았다.

"이게 무슨 짓입니까, 내가 분명히 안에 아무도 들이지 말라고 말했을 텐데요!"

잔뜩 열이 받은 이대철 사장의 얼굴이 붉으락푸르락했다. 고지가 코앞이었는데 다 된 밥에 코를 빠뜨렸다. 영애의 앞이라 평소처럼 험한 말을 밖으로 뱉을 수도 없었던 그는 주먹만 불끈 쥐고 부들부들 떨었다.

순식간에 두 사람 곁에 다가온 민준이 테이블 위에 두 손을 짚고 서서 숨을 거칠게 몰아쉬었다.

"하아하아, 빌어먹을 새끼."

"뭐? 빌어……."

"갑자기 블라인드를 다 내려서 내부가 전혀 보이지 않아요, 선배님."

이곳으로 달려오는 도중 전화로 인정의 상황 보고를 듣는 순간 민준은 극도의 공포심에 휩싸였다. 이 년 전 조국에게 달려가던 자신의 모습이 오버랩되면서, 핸들을 잡은 손이 두려움으로 덜덜 떨렸다. 문을 부수고 난 뒤 조국을 보고 나서야 민준은 그제야 비로소 숨을 쉴 수 있었다.

"조국 씨, 혹시 아는 사람입니까?"

이대철이 불쾌한 기색을 감추지 않으며 설에게 물었다. 분명 낯이 익은 놈인데 어디서 보았는지 잘 기억이 나지 않았던 것이다.

"같은 동네…… 주민이에요."

조국이 민준을 바라보며 멍한 얼굴로 중얼거렸다. 가까이 온 민준은 싸늘한 얼굴로 이대철을 쳐다보고 있었다. 그사이 조국의 경호관이 달려왔고, 이대철 사장의 경호원들도 배를 움켜쥐고 다리를 절뚝거리며 안으로 달려 들어왔다. 그 무리 속에는 조국이 본 적 있는 그 여자도 있었다.

"이제 도대체 이게 무슨 상황인지 나한테 설명을 좀 해줬으면 좋겠는데요."

조국은 민준을 바라보며 최대한 침착하게 물었다. 그가 문을 기어이 부수고 들어온 걸 보니 제게 뭔가 좋지 않은 일이 일어난 게 틀림없었다. 갑자기 잊고 싶은 나쁜 기억이 떠올라 조국이 떨리는 두 손을 테이블 밑으로 감추었다.

민준은 여전히 서늘한 눈빛으로 이대철을 응시했다. 그제야 돌아가는 분위기가 심상치 않다는 것을 느낀 이대철 사장이 설 앞에 놓인 와인 잔을 향해 슬그머니 손을 뻗었다.

"이게 무슨 상황인지는……."

탁. 민준이 이대철의 손목을 강하게 붙잡아 비틀었다.

"으아! 이거 안 놔?"

이대철은 고통스럽게 신음하며 잡힌 손목을 빼내려 했다. 민준은 곧바로 조국 앞에 놓인 와인 잔을 들어 인정에게 건넸다.

"곧 알게 되겠지요. 넌 지금 이거 가지고 나가."

그 순간 이대철의 얼굴이 사색이 되었다. 인정이 고개를 끄덕이며 민준의 눈앞에서 사라지고 난 후에야, 민준은 잡고 있던 그의 손목을 천천히 놓았다.

"너 지금 내가 누구인 줄 알고 이러는 거야."

그는 욱신거리는 팔목을 매만지며 낮게 으르렁거렸다.

"내일 조간신문 보면 네가 누군지 알 수 있겠지, 안 그래?"

"네가 뭐 하는 놈인지 몰라도 내가 너 가만 둘 것 같아?"

"가만두지 마! 그래야 정당방위가 되지."

"……네까짓 놈이!"

남자는 분해 어쩔 줄 몰라 하며 이를 바득바득 갈았다.

"지금 그러고 있을 시간이 없을 텐데. 변호사 안 불러도 돼? 저기서 이상한 거 나오면 너 죽어."

민준의 말에 남자가 자리에서 벌떡 일어나더니 초조한 얼굴로 어디론가 바삐 전화를 걸기 시작했다. 그제야 돌아가는 상황을 파악한 경호관의 얼굴이 납빛으로 변했다.

하다하다 이제 영애의 데이트 장소까지 나타난 동네 주민을 보고 처음엔 어이가 없었다. 그녀는 온몸에 살기를 휘감고 달려온 동네 주민이 아무래도 영애에게 위험할 것 같아 출입구에서 그를 제지하느라 한참 실랑이를 벌여야 했다. 이대철 사장의 개인 경호원들까지 합세해 그를 저지했는데도 동네 주민이라는 남자는 기어이 문을 부수고 안으로 들어갔다.

그런데 저 동네 주민이 아니었더라면 오늘 정말 큰일이 날 뻔했다. 만약 영애에게 무슨 일이라도 생겼다면 그 막대한 책임을 결코 피할 수 없었을 것이다. 대통령께서 영애의 안전에 민감하시니 각별히 주의하라는 당부를 경호실에서 여러 번 받은지라 후폭풍에 대한 두려움은 시간이 갈수록 점점 더 커져 갔다. 저 남자가 어떻게 여기에 나타났는지는 모르겠지만, 동네 주민만도 못한 자신이 너무 한심스러웠다. 경호관의 얼굴이 수치심으로 벌겋게 달아올랐다.

"영애님은 지금 저랑 같이 나가셔야겠습니다."

민준이 조국에게 낮은 목소리로 말했다. 조국은 고요한 눈빛으로 그를 바라보았다.

"나한테 이 상황에 대한 설명이 필요하다고 조금 전에 말을 한 것 같은데요."

"아직은 말씀드릴 수 있는 게 없습니다."

"당신은 나한테 말해줄 수 있는 게 하나도 없군요."

"……강설."

민준이 들릴 듯 말 듯 나지막한 목소리로 조국의 이름을 불렀다. 그가 예전처럼 애틋하게 바라보고 있어 조국은 심장이 아려왔다.

"……나가자."

"내가 왜 당신과 같이 나가야 돼요?"

"내가 당신 돌고래니까."

민준의 나지막한 목소리에 조국은 입술을 지그시 깨물며 그를 올려다보았다. 민준이 희미하게 웃으며 그녀를 내려다보고 있었다.

"가자, 강설."

그가 조국의 손목을 잡았고, 조국은 못 이기는 척 일어섰다. 두 사람을 지켜보던 경호관이 당혹스러운 얼굴로 민준의 앞을 두 팔로 가로막았다.

"지금 어디 가시는 겁니까?"

"영애님은 제가 댁으로 잘 모셔다드릴 테니 걱정 말고 비키세요."

"안 됩니다."

"……괜찮아요, 아버지께서 보내신 분이에요."

조국의 말에 경호관이 난처한 얼굴로 옆으로 비켜섰다. 대통령께서 보내셨다는데 할 말이 있을 리 없었다. 그럼 그렇지, 이런 남자가 그냥 동네 주민일 리가 없었다. 이 남자는 영애의 집 주소와 비밀번호를 알고 있었고, 심지어 아직 경호실에 보고도 하지 않은 영애의 저녁 식사 자리까지 귀신같이 알고 나타났다. 그럼 이 남자는 도대체 정체가 뭐지? 영애의 애인인가? 아니야, 청와대에서는 분명 서로 모르는 사람처럼 행동했었는데?

두 사람은 혼란스러운 얼굴로 자아분열 중인 경호관을 그대로 지나쳤다.

민준은 밖으로 나오자 조국의 손을 깍지 껴서 잡았고, 두 사람이 탄 엘리베이터의 문이 닫히자 그제야 조국을 바라보았다.

"나 혹시 조금 전에 위험했던 거였나요?"

"확실하지는 않지만 아마 그런 것 같아."

"그럼 당신은 지금, 확실하지도 않은데 일을 이렇게까지 벌인 거예요?"

"아니면 말고."

"당신은 이게 아니면 말고 정도로 끝날 일 같아요?"

"아니어도 이제 어쩔 수 없어."

민준은 어이가 없다는 표정의 조국을 흘끔 쳐다보더니 피식 웃었다. 기가 찬 표정으로 고개를 돌리던 그녀의 시선이 무심코 엘리베이터 바닥에 가 닿았다. 빨간 피가 바닥으로 뚝뚝 떨어지고 있었다. 조국이 깜짝 놀라 민준을 올려다보았다.

"당신 다쳤어요?"

"별거 아니야."

"피 나잖아요, 지금!"

그녀가 당황해서 울먹거리자 민준이 오른손을 옷에 쓱쓱 문질러 닦은 후 눈물이 번진 조국의 눈가를 닦아냈다. 어루만지는 손길이 따듯해, 조국은 눈물을 왈칵 쏟았다.

"내가 다칠 때마다 이렇게 울 거야?"

"……하지만."

조국은 믿을 수 없다는 얼굴로 민준을 바라보았다. 저를 바라보는 다정한 눈빛과 목소리는 정말 민준이 틀림없었다. 따뜻하게 안고 다독거려 주던, 조국이 그토록 그리워했던 그가 눈앞에 서 있었다.

"울지 마. 당신이 울면 기분이 이상해진다고 했잖아."

민준은 아린 미소를 지으며 마주 잡은 손에 힘을 주었다. 조국의 손을 잡으니 그의 마음에 고요한 평화가 찾아왔다.

밖으로 나온 민준은 벤치에 조국을 앉혔다. 겉으로 내색은 안 했어도 속으로 많이 놀랐을 터였다. 완치되었다고는 들었지만, 그 사건 때문에 생긴 트라우마가 다시 덩치를 키워 나타나지 않으리라는 보장이 없었다. 민준은 그녀가 오늘 일로 다시 고통받게 될까 봐 걱정이 되었다.

조국이 어깨를 안으로 움츠렸다. 실내에 있다 갑자기 밖으로 나오자 바깥 공기가 더 차게 느껴져서 그런가, 원피스 밑으로 드러난 다리에 소름이 돋았다.

"예쁘게도 입고 나왔네."

민준이 재킷을 벗어 설의 어깨에 둘러준 후 옆에 앉았다. 그는 조국에게 보이지 않도록 주의하며 이따금씩 오른손을 옷에 닦아냈다.

"손 이리 내요."

"응?"

조국이 핸드백 안에서 손수건을 꺼내 민준이 뒤로 감춘 오른손을 잡고, 상처를 감쌌다.

"당신, 차 가지고 왔죠? 내가 운전할 테니까 우리 지금 병원으로 가요."

조국은 눈물이 고인 눈을 깜빡거리며 조심스럽게 손수건의 매듭을 지었다. 툭 떨어진 눈물방울이 손수건에 스며들었다.

"괜찮다니까 그러네, 이런 걸로 사람 안 죽어."

"그러게 왜 그랬어요? 이렇게까지 안 해도 됐잖아요!"

화를 내고 싶었는데, 울음 섞인 목소리가 떨려 나왔다. 민준이 어떤 모습으로 달려왔을지 눈앞에 훤히 그려졌다. 저에 관한 일이라면 민준은 언제나 그랬다. 그가 여전히 예전과 똑같다는 사실이 조국은 기쁘면서도 한편으론 가슴 아팠다.

"고개 좀 들어봐, 얼굴이 안 보이잖아."

민준의 나지막한 목소리에 조국이 고개를 들었다. 그는 손등으로 그녀의 뺨을 타고 흐르는 눈물을 닦아냈다. 자꾸만 닦아내도 조국의 눈물은 멈추지 않았다.

"내가 많이 보고 싶었거든."

보고 싶었다는 말로는 조국을 그리워한 마음을 다 표현할 수 없었다. 민준은 조국을 눈앞에 두고 있는 지금도 그녀가 그립고 또 보고 싶었다. 오늘 그는 이곳으로 달려오면서 이제 다시는 그녀를 두고 가지 않겠다고 마음속으로 수백 번 다짐했다.

"많이 보고 싶었다면서 왜 이제야 왔어요?"

"내가 느림보 거북이라서 그래."

"혹시 당신……."

"응, 말해."

"……아니에요."

조국은 외할아버지 얘기를 꺼내려다 그만두었다. 그가 잊고 있을지도 모르는 얘길 상기시키고 싶지 않았다.

"그럼 당신은…… 이제 나한테 온 거예요?"

조국은 불안한 눈빛으로 그를 올려다보았다. 민준이 아니라고 할까 봐 겁이 났다.

"강설. 나는 당신 옆에 평생 있겠다는 약속도, 당신을 지금처럼 울리지 않겠다는 약속도 해주지 못해."

"그래서요……?"

"이제 내가 당신을 붙잡으면 당신이 더 예쁜 세상으로 가고 싶어도 갈 수 없게 될 수도 있어."

"……."

"그래도 당신이 내 옆에서 행복할 수 있을지 잘 생각해 봐. 대신, 가슴 말고 머리로."

민준은 손가락으로 제 관자놀이를 톡톡 두드리며 옅게 웃었다. 그 웃음 끝이 쓸쓸해, 조국의 가슴이 저릿해졌다.

"내가 생각해야 하는 건 그게 다예요?"

"응? 응."

"알았어요."

얼굴에 남은 눈물 자국을 마저 닦아낸 조국이 갑자기 자리에서 벌떡 일어섰다. 민준이 그녀를 멀뚱멀뚱 올려다보았다. 조금 전 굉장히 무거운 이야기를 했는데, 조국은 반대로 너무 홀가분해 보였다.

"머리로 잘 생각해 볼 테니까, 우선 지금은 나랑 병원으로 가요."

민준을 내려다보는 조국의 얼굴이 조금 전보다 훨씬 더 여유로워졌다.

"얼른 차 키 줘요."

조국이 손바닥을 내밀자, 민준이 한쪽 눈썹을 아래로 찌푸렸다.

"됐어, 내가 해도 돼. 뭘 이 정도 가지고."

"차 키."

조국의 목소리가 한 톤 더 아래로 내려갔다.

민준이 마지못해 자동차 키를 조국의 손바닥 위로 살짝 떨어뜨렸다. 조국은 얼른 몸을 돌려 도로변에 제멋대로 주차되어 있는 자동차를 향해 걸어갔다. 민준은 여전히 벤치에 앉아 조국의 뒷모습을 멍한 얼굴로 바라보았다.

"빨리 와요. 병원 갔다가 돌고래 밥 주러 가야 하니까."

퉁명스러운 목소리가 날아들었다. 그제야 민준이 슬며시 웃으며 일어나 조국의 뒤를 따라 걸었다. 날씨가 제법 쌀쌀한 가을밤인데 조국과 함께 있으니 따듯한 봄날인 듯했다. 민준은 따듯한 봄기운을 따라 걸었다.

늦은 밤, 조국과 민준은 병원 근처 고깃집에서 둥그런 테이블을 사이에 놓고 앉았다. 조국의 복장과 분위기가 소박한 식당에 어울리지 않아 보였기에, 주변에 있는 사람들은 두 사람을 흘끔흘끔 쳐다보았다. 민준은 조금 전 집게를 조국에게 빼앗긴 후로 그녀의 얼굴만 쳐다보며 얌전히 앉아 있었다.

조국이 불판 위의 두툼한 고깃덩어리를 집게로 뒤집다가 멈칫하더니 무서운 눈으로 민준을 노려보았다. 민준은 당당하게 시선을 마주했으나 채 이초를 견디지 못하고 시선을 자연스럽게 옆으로 돌렸다.

"왜, 또."

민준은 조국이 왜 그렇게 화가 났는지 이해하지 못했다. 조금 전에는 이끄는 대로 소꿉장난 같은 병원 나들이도 순순히 갔다 왔다. 그는 단지 저녁 먹는 시간을 조금 앞당기기 위해, 그냥 마취 없이 상처를 빨리 꿰매 달라고 말했을 뿐이었다. 민준은 빨리 하고 나온 것을 칭찬해 줄 줄 알았는데, 그녀는 진료실 문을 자랑스럽게 열고 나온 그를 지금처럼 무서운 눈으로 노려보았다.

"당신 몸을 좀 더 소중히 여기는 게 어때요?"

조국이 붕대가 감긴 민준의 오른손을 눈짓으로 가리키며 냉랭한 목소리로 말했다. 아까 병원에서 있었던 일을 생각하니 또 화가 났다. 민준이 아무리 용가리 통뼈라고 해도 다치면 다른 사람과 똑같이 아픈 건 마찬가지일 텐데, 밥 먹는 게 뭐가 그리 중요하다고 마취도 하지 않고 생살을 꿰매느냔 말이다.

“지금도 충분히 소중히 여기고 있는데…… 더 소중히 여기지, 뭐.”

민준은 항의하려다가 이내 눈의 힘을 풀었다. 자신만큼 체력과 근력을 유지하는 사람은 별로 없기 때문에 억울하긴 했지만, 조국이 왜 이런 말을 하는지는 알고 있었다. 그래서 그는 속으로 이제 더 이상 몸에 상처를 늘리지 않겠다고 다짐했다.

민준의 대답이 마음에 들었는지 조국은 다시 고기에 집중했다. 조국이 잘 익은 고기 한 점을 민준의 접시에 올려놓으려다 또 멈칫하더니, 하얀 붕대가 감긴 그의 오른손을 쳐다보았다.

“괜찮아. 내가 먹을 수 있어.”

민준이 조국의 눈치를 살피며 얼른 대답 했다. 아까부터 조국이 멈칫할 때마다 그도 덩달아 움찔거렸다. 다행히 이번 대답도 신경에 거슬리지 않았는지 조국은 더 이상 민준을 노려보지 않았다. 조국이 고기 한 점을 집더니 후후 불어 식힌 다음 민준 앞에 내밀었다.

“아, 해요.”

“응?”

“아, 하라고요. 손 다쳤잖아.”

잠깐 망설이던 민준이 주위를 살피더니 앞으로 고개를 숙이며 입을 벌렸고, 조국은 그의 입안으로 고기를 넣어주었다. 방금 전까지 무섭게 노려보던 조국은 언제 그랬냐는 듯 다정했다. 민준은 다시 생각해 보니 가벼운 상처 정도는 앞으로도 괜찮을 것 같았다. 이왕이면 오른손에 말이다.

“많이 먹어요, 그래야 빨리 낫지. 이거 다 먹고 가야 해요.”

조국은 여전히 엄격한 얼굴을 하고 있었지만 민준이 고기를 삼킬 때까지 차분히 기다려 줬고, 다시 그의 입에 고기를 넣어주었다.

“이 많은 걸 나보고 어떻게 다 먹으라는 거야?”

민준은 아직 굽지도 않은 두툼한 안심 덩어리를 눈짓으로 가리키며 투덜거렸다. 꼭 사랑을 확인받고 싶어 일부러 떼를 쓰는 아이처럼, 갑자기 되지도 않는 어리광을 부리고 싶어졌다.

"앞으로 내 얼굴 보기 힘들어요. 그러니까 지금 많이 먹어두라고요."

"……아, 그래?"

민준은 시선을 내린 채 물만 들이켰다. 한번 풀어진 마음은 조국의 표정과 작은 몸짓 하나에도 민감하게 반응했다. 오른손에 난 상처가 가슴속 심장으로 자리를 옮겨 잡았고, 심장은 롤러코스터를 타고 꼭짓점에서 바닥으로 단숨에 내리꽂혔다.

조국은 입술을 꾹 다물고 민준을 바라보았다. 이렇게 실망스러운 표정을 다 감추지도 못할 거면서, 도대체 무얼 생각해 보라는 것인지 모르겠다. 조국은 아까부터 제 한마디, 한마디에 반응하는 민준이 어이가 없으면서도 한편으론 가슴이 먹먹했다. 그녀는 민준이 예전 그대로라는 사실이 가슴이 떨리게 기쁘면서도 또 그만큼 마음이 아팠다.

"내일 오후에는 대전에 내려가야 해요. 평일에는 대전에서 지내거든요."

"아, 원자력연구소에서 일한다고 했지? 그럼 서울은 주말에 올라오는 거야?"

민준의 얼굴에 금세 따뜻한 온기가 돌았다. 앞으로 보기 힘들다고 했던 말은 민준이 생각했던 것과 다른 뜻이었다. 롤러코스터는 다시 칙칙폭폭, 높은 곳을 향해 올라가기 시작했고 심장으로 옮겨간 상처는 금방 봉합되었다.

"내가 거기서 일하고 있는 건 어떻게 알았어요?"

"내가 하는 일이 워낙 그렇잖아."

"금요일 밤에 올라오고 일요일 저녁에 다시 내려가요. 예전에 누가 영애도 직업이냐고 비웃어서 아주 성실하게 근무하고 있죠."

민준이 눈썹을 움찔거렸다. 조국의 뛰어난 기억력은 분명 좋은 것인데, 민준에게는 좋지 않을 수도 있을 것 같았다.

"왜 주말에 청와대로 가지 않는 건데?"

조국이 예전 아파트에 머무는 건 기쁜 일이지만, 그곳에서 혼자 지내는 건 역시 마음에 걸렸다. 청와대 경호실을 폄하하고 싶진 않았지만, 경호관이 하는 행동을 보니 영 미덥지가 않았던 것이다.

"아버지께 부담 드리고 싶지 않아서 그래요."

조국은 집게로 고기를 뒤집으며 대수롭지 않게 말했다. 아버지는 조국이 원자력연구소에 들어가는 걸 강력하게 반대했고, 그녀는 아버지가 충분히 그럴 수 있다고 생각했다. 하지만 파일을 찾아낸 건 문제의 해결이 아니라 문제의 시작이었고, 조국은 자신의 운명을 피하고 싶지 않았다.

결국, 그녀는 아버지의 뜻과 상관없이 원자력연구소에 출근을 하기 시작했다. 대통령은 어쩔 수 없이 밀착 경호관을 옆에 붙이는 것으로 조국과 암묵적인 타협을 했다. 그녀가 단순히 그곳에서 일을 하고 싶은 거라고만 생각했기에 가능한 일이었다.

조국은 다시 한 번 고기 조각을 식힌 다음 민준 앞에 내밀었다.

"자, 먹어요."

"나는 지금 손을 다쳤지, 어린애가 된 게 아니야."

민준은 투덜거리면서도 조국이 주는 고기를 넙죽넙죽 잘도 받아먹었다. 그러면서도 이따금씩, 힐끗힐끗 주변을 돌아보았다. 직업이 직업인지라 몸에 밴 긴장감은 쉽게 사라지지 않았다.

"……다치지 마요."

조국이 고기를 가위로 자르며 나지막이 말했다.

"응."

"아프지도 말고요."

"그래."

"그럼 생각은 계속 해볼게요."

"어."

"아."

아, 소리에 민준이 반사적으로 입을 벌렸다. 그와 눈이 마주치자 조국은 뾰로통한 표정을 지었고, 민준은 입가에 슬쩍 미소를 지었다. 민준은 오랜만에 깊은 잠을 잘 수 있을 것 같았다.

⚜

"아닌데요, 아저씨 지금 되게 우울한 것 같은데요. 아저씨 무슨 속상한 일 있어요?"

건우는 온더락 잔을 빙글빙글 돌렸다. 하루 종일 눈코 뜰 새 없이 바쁘다가도 이렇게 느긋하게 숨 좀 돌릴 만하면, 어김없이 그날 서연이 했던 말이 생각났다. 누가 김민준 동생 아니랄까 봐, 남매가 어쩜 그렇게 둘 다 건우의 신경을 툭툭 건드리는지 모를 일이었다.

"부사장님, 무슨 생각을 그렇게 하세요?"

건우는 고개를 돌려 옆자리에 다가와 앉은 여자의 얼굴을 쳐다보았다. 풍성한 갈색 머리에 단정한 투피스 차림의 여자는 건우를 바라보며 입가에 미소를 지었다.

"비서실장을 바꿔야 하나 생각 중입니다."

건우는 이내 무심한 얼굴로 잔을 비웠다. 건우가 예전에 그만둔 마케팅팀 주임을 좋아했다는 건 직원들 사이에 공공연한 비밀이었다. 그리고 정말 우습게도 그 뒤로 강조국과 비슷한 헤어스타일과 비슷한 옷차림, 비슷한 화장을 한 여자들이 그의 주변을 맴돌았다. 건우를 대하는데 좀 더 자신감이 있다는 게 다를 뿐, 눈앞에 있는 여자도 예외는 아니었다.

"비서실장님은 왜요? 무슨 문제라도 있어요?"

"여긴 어떻게 알고 왔어요?"

건우가 입술 사이로 바람 빠진 웃음소리를 내며 웃었다. 그가 가끔 이곳에 다니는 걸 알고 있는 건 비서실장뿐이었다.

"아빠한테 들었어요. 제가 근처에 약속이 있었는데, 마침 부사장님도 여기 계시다고 하더라고요. 그냥 와봤는데 혼자 계셔서 제가 말동무나 해드릴까 하고요."

"그렇다고 이 시간에 여길 와요?"

"이 시간이 어때서요? 우리 아빠 그렇게 고루한 분 아니세요."

건우는 여자의 얼굴에서 시선을 조금 아래로 내렸다. 그러고 보니 조국과 비슷하게 차려입긴 했는데 다른 점이 있었다. 조국은 재킷 안에 저렇게 가슴골이 훤히 드러나 보이는 옷을 입진 않았다.

"그런데 어쩌나, 난 말동무 같은 건 필요 없는 사람인데."

건우가 몸을 비스듬히 옆으로 틀며 흥미롭다는 듯 여자를 바라보았다.

"그럼 부사장님은 저랑 무얼 하고 싶으신데요?"

"뭐든지 말만 하면 다 해줍니까?"

"제가 해드릴 수 있는 거라면요."

"커피사업부 참 한가하네요. 전년 대비 매출 실적도 별로 좋지 않던데 말이에요."

건우의 무심한 말투에 여자의 얼굴이 붉어졌다. 그가 갑자기 생각이 난 듯 말을 꺼냈다.

"참, 거기 김서연이라는 사원 있습니까?"

"김서연이요……? 서연 씨는 왜요? 부사장님이 김서연 씨를 아세요?"

"뭐, 그냥 조금 압니다. 그 친구 일은 잘 하고 있습니까?"
"……신입 사원이 일을 잘하고 못하고가 어디 있겠어요. 시키는 일만 제대로 하기도 벅찰 텐데요."
"하긴, 그렇겠네요."
건우는 잔을 모두 비운 후 자리에서 일어났다.
"벌써 가시게요?"
"늦었는데 집에 가야죠. 김 팀장은 집에 안 갑니까?"
그는 민망한 얼굴을 하고 있는 여자를 자리에 둔 채 밖으로 나갔다. 조용해서 꽤 맘에 드는 곳이었는데, 아무래도 이제 다른 곳으로 옮겨야 될 것 같았다.

⚜

민준은 일부러 아파트 단지 밖에 차를 주차하고 소화를 시킨다는 명목으로 조국과 함께 아파트를 향해 걸었다. 조국의 집 앞에 가까이 다가갈수록 두 사람의 발걸음은 자연스럽게 느려졌다.
"하는 일은 재미있어? 그래도 대전하고 서울을 오가려면 꽤 피곤할 텐데."
"내가 피곤할 게 뭐가 있어요, 오히려 나 때문에 장거리 운전을 해야 하는 경호관들이 힘들죠. 이제 그냥 나 혼자 다녀도 될 것 같은데 아빠는 여전히 내가 미덥지 않나 봐요."
"근데 내가 귀국하는 건 어떻게 안 거야?"
"건우 씨한테 들었어요."
"단장님도 참."
백건우가 그의 소식을 들을 곳은 딱 한 군데뿐이었다. 박 단장은 분명히 돼지 껍데기나 소주 몇 잔에 순순히 입을 열었을 터였다.

"내일 오후에 대전으로 내려가는 거야? 괜찮으면 내가 데려다줄까?"

"아니에요, 차 있잖아요. 괜찮아요."

"마침 대전에 볼일이 있어서 그러는 거야, 괜찮아."

"알았어요. 그런데 나 내일 꼭 안 내려가도 돼요, 월요일 아침에 일찍 내려가도 되거든요."

두 사람은 아파트 현관 앞에 서서 이야기를 나누었다. 조국은 이따금 한쪽 구두 끝으로 바닥을 툭툭 쳤고, 민준은 조국을 눈에 이식하기라도 하려는 건지 그녀에게서 단 일초도 시선을 떼지 않았다.

"얼른 들어가서 씻고 자, 많이 피곤해 보이는데."

민준은 저도 모르게 조국의 뺨을 어루만지려다 손을 다시 주머니 속으로 집어넣었다.

"내일 일요일이잖아요, 늦게 일어나도 돼요."

"당신 눈 밑이 시커메졌어, 얼른 들어가."

"정말 괜찮은데……."

"바보야."

민준이 인상을 찌푸리며 주먹으로 조국의 이마를 가볍게 콩, 두드렸다. 조국이 이마를 두 손으로 감싸며 두 눈을 휘둥그레 떴다.

"뭐예요? 지금 나 때린 거예요?"

"당신, 학교 다닐 때 수학 잘 못했지?"

"왜 이래요, 진짜. 내가 이공계 출신이라는 거 잊었어요?"

"그럼 뭐 해, 이렇게 계산도 못하는데."

조국은 자신이 뭘 가지고 있는지도 모르고, 뭘 더 얻을 수 있는지 계산도 못 하는 바보였다. 그녀가 이렇게, 더하기와 곱하기는 모르고 빼기와 나누기만 아는 바보였기에 대통령도 그렇게 조국을 걱정하는 것일 터였다.

"내가 왜 계산을 못해요? 난 태어나서 지금까지 한 번도 계산기를 써

본 적이 없다고요."

"강설 많이 발전했네, 이런 말도 안 되는 농담도 다 하고 말이야."

"정말인데."

조국은 이마를 문지르며 민준을 바라보았다. 그는 정말로, 농담 스킬이 늘어 기특하다는 표정으로 그녀를 바라보고 있었다. 조국은 민준이 잘 알지 못하는 제 능력에 대해 굳이 일부러 얘기해 주고 싶지는 않았다. 두 사람 사이에 또 다른 변수가 생기는 걸 바라지 않기 때문이었다.

"참, 당신 오른손에 물 들어가면 안 돼요. 아까 병원에서 들은 말 잊지 않았죠?"

"도대체 같은 얘기를 몇 번이나 하는 거야?"

민준은 못마땅한 듯 얼굴을 찌푸리다 입가에 미소를 머금었다. 고작 몇 바늘 꿰맸을 뿐인데, 조국은 마치 큰 수술이라도 받고 온 것처럼 신신당부를 했다. 다치지 말고 잘 먹고 잘 자라는 그녀의 당부가 민준의 서늘한 가슴에 계속해서 따듯한 온기를 불어넣었다.

집에 돌아오자마자 샤워를 하고 나온 민준은 곧바로 침대에 엎드려 눈을 감았다. 그리고 핸드폰이 딩동딩동 울려댈 때마다 발신자를 확인한 후 인상을 쓰며 뒤집어놓기가 벌써 몇 번째였다.

오늘 있었던 일에 대해서 의논하고 보고해야 할 대상은 민준이 아닌데도, 인정은 줄기차게 민준에게 보고를 하고 있었다. 결국, 민준은 인정의 문자에 답장을 보내기로 결심했다.

그녀 덕분에 민준이 조국에게 갈 수 있었다. 그러나 고마움은 딱 거기까지만이었다. 그래도 그 고마움을 아예 모른 척할 순 없었던 민준은 그가 생각하기에 최대한 친절한 어투로, 이제 문자를 그만 보내라는 부탁을 네모 칸에 담아 전송했다.

〈내 인내심은 여기까지다.〉

이심전심이라고 했던가. 다행히 인정은 그의 정중한 부탁을 알아들었고 핸드폰은 곧 잠잠해졌다.

씻고 나온 조국은 바로 침대에 누웠다.

조국은 뒤척거리며 오늘 있었던 일을 생각하다 문득 민준과 같이 있던 여자의 얼굴을 떠올렸다. 청와대에서도 그 여자를 본 기억이 나는 걸 보니 민준과 같은 일을 하는 사람인 것 같았다.

조국은 머리를 흔들어 그녀의 잔상을 떨쳐낸 후, 다시 민준을 떠올렸다.

'잠이 들었을까?'

조국은 침실 밖으로 나가 베란다로 향했다. 그는 벌써 잠이 들었는지 불이 꺼져 있었다. 민준이 보고 싶었지만, 이렇게 늦은 시간에 그를 찾아갈 수는 없었다. 그렇다고 또 내일까지 기다리자니 아침 해가 뜰 때까지 시간이 너무 더디게 흘러갈 것만 같았다.

핸드폰을 든 조국의 얼굴에 낭패의 기색이 짙어졌다. 생각해 보니 민준의 전화번호를 몰랐다. 민준이 이 년 전의 전화번호를 아직도 사용하고 있는지도 알 수 없었다.

조국은 잠시 망설이다 예전 그 번호로 문자를 보냈다. 점 하나만 찍힌 문자가 전송되었다. 나쁜 짓을 하는 아이처럼 심장이 두근거렸다. 딩동— 답 문자가 바로 왔다.

〈무슨 뜻이야?〉

실패였다. 이 내용만으로는 상대방이 민준인지 아닌지 알 수가 없었다. 그래서 이번엔 좀 더 구체적인 힌트를 보냈다.

〈돌고래.〉

이제 이 번호의 주인이 민준인지 아닌지 확실히 알 수 있을 거란 생각에 조국은 의기양양한 표정을 지었다. 하지만 조금 전과 달리 이번엔 아예 아무런 답이 없었다. 역시 다른 사람이었던 걸까? 조국의 얼굴이 금세 시무룩해졌다.

조국은 미안하다고 문자를 보낼까 잠깐 망설이다가 그냥 핸드폰을 뒤집어놓았다. 그리고 내일 민준을 만나면 해야 하는 이야기에 대해 생각하기 시작했다. 평창동 집 이야기를 해야 하는데, 그 이야기를 하자면 민준의 친아버지 이야기도 자연스레 나오게 될 터였다. 하지만 그건 아직 조국에게 조심스러운 이야기였다. 그에게 할아버지가 수첩에 남긴 말도 전해줘야 하는데, 그 또한 쉽게 꺼낼 수 있는 말은 아니었다.

딩동— 현관 벨소리에 조국은 화들짝 놀랐다. 그녀는 핸드폰을 손에 꼭 쥐었다. 여차하면 경호관에게 전화를 걸 생각이었다.

"누구세요?"

조국은 실내등을 환하게 켠 후 떨리는 목소리로 물었다. 그날 이후 꽤 많은 시간이 흘렀지만, 조국은 아직도 늦은 시간의 낯선 방문자가 두려웠다.

"나야, 돌고래."

민준이었다. 조국은 얼른 달려가 현관문을 활짝 열었다. 그녀는 언제 두려워했냐는 듯, 얼굴에 화색이 돌았다.

"이 시간에 말도 없이 어쩐 일이에요?"

"당신이 나한테 오라고 문자 보냈잖아."

"내가요? 내가 언제요?"

조국은 시치미를 뚝 뗐지만, 한걸음에 달려온 민준을 보니 웃음이 자꾸 입술을 비집고 흘러나왔다. 민준이 현관 안으로 들어서자 띠딕— 소리가 나며 현관문이 자동으로 잠겼다.

"보고 싶으니까 지금 오라는 말 아니었어?"

"그런 거 아니에요. 그렇다고 해도 이 시간에 여길 오면 어떻게 해요? 집에는 언제 가려고요."

"오늘은 안 갈 거야. 그러니까 나한테 소파 좀 빌려줘."

"설마, 지금 우리 집에서 자고 가겠다는 거예요?"

조국이 뜨악한 표정을 지었다. 쿵쿵쿵, 심장을 두드리는 북소리가 귓가에 둥둥 울렸다.

'이럴 땐 뭐라고 대답을 해야 하지?'

조국의 시선이 바닥을 향했다가 민준의 웃음기 어린 얼굴에 머물렀다.

"집으로 가는 버스가 끊겼어. 순수한 마음으로 온 거니까 눈에서 힘 빼도 돼."

민준의 짓궂은 말투에 조국은 그를 흘겨보았다. 못 알아들었으면 좀 나았을 텐데, 그녀는 한 번에 정확히 알아듣고 정직하게 얼굴이 빨개졌다. 민준은 홍시처럼 붉어진 조국의 얼굴을 바라보며 웃었다.

"버스가 끊겼다니 어쩔 도리가 없네요. 소파에서 자요, 이불 가져다 줄게요."

조국은 턱을 위로 치켜들며 가슴 앞으로 팔짱을 꼈다. 도도하지 못하고, 주인의 의사에 반해 크게 뛰는 심장 소리를 감추고 싶었다. 민준은 조국이 당연히 그냥 돌아가라고 할 줄 알았는데, 예상 밖의 대답에 눈썹을 꿈틀거렸다.

사실 조국이 먼저 문자를 보내지 않았더라면 민준은 지금쯤 그녀의 아파트 옥상에 줄을 걸고 거꾸로 매달려 있을지도 몰랐다. 침대에 누워 조국을 생각하다 보니 오늘 그녀를 만난 일이 도무지 현실 같지 않았다. 민준은 그녀가 신기루가 아니라는 걸 다시 확인하고 싶었다.

"다행이야. 덕분에 줄은 안 타도 되겠네."

민준이 거실로 들어서자, 조국은 침실에서 도톰한 이불을 손에 들고 나왔다. 민준이 소파에 걸터앉자 조국은 그 앞에 이불을 내밀었다.

"이거 덮고 자요. 얇아 보여도 따듯할 거예요."

"얼굴 조금만 더 보고."

민준은 이불을 받아 옆에 내려놓은 후 조국의 손을 잡았다. 엄지손가락으로 손등을 어루만지자, 손가락 끝에 따듯한 온기가 느껴졌다. 그녀는 신기루가 아니라 진짜 조국이었다.

"집에 갔는데 다시 내가 보고 싶었어요?"

"그런가 봐."

민준이 부드럽게 웃었다. 억눌러 있던 마음은 빗장을 열자마자 하나도 남김없이 그녀에게 흘러들어 갔다. 그는 오늘 그녀에게 보인 진심을 도로 거두지도, 감추지도 않을 것이었다.

"그럼 그전에는 내 생각을 한 번도 안 했어요?"

"……했어. 아주 많이."

조국은 숨을 깊게 들이마셨다 뱉은 후, 민준에게 묻고 싶었던 말을 물었다. 지금이 아니라면 다시는 물을 수 없을 거라는 생각이 들었다.

"그런데 왜 나한테 오지 않았어요?"

"응?"

"당신은 귀국하고도 나한테 오지 않았잖아요."

"……"

"나를 떠난 이유가, 나랑 정말 헤어지고 싶어서 그랬던 거였어요?"

오늘 일이 아니었다면 민준과 조국은 이렇게 함께 있을 수 없었을 터였다. 그가 정말 자신과 헤어지려고 했다는 사실은 아직도 조국의 마음에 상처로 남아 있었다.

"헤어져야 한다고 생각했던 건 맞는데 강설이랑 헤어지진 못했어."

"……왜 나랑 헤어져야 한다고 생각했어요?"

"당신이 이런 여자라서."

자신이 손에 얼마나 좋은 카드를 쥐고 있는지도 잘 모르는, 바보 같은 여자였다. 우물 안에 갇힌 개구리처럼 눈에 보이는 세상이 전부라고 생각하는 여자였다. 민준은 그런 조국을 곁에 두려 하는 게 그의 욕심이라는 생각을 다 떨친 건 아니었다.

"돌려 말하지 말아요. 그리고 난 당신한테 솔직한 대답을 듣고 싶어요."

"강설이 수학만 못하는 줄 알았더니 알고 보니 국어도 못하는군."

"말장난으로 얼렁뚱땅 넘어가지 말아요!"

"그게 왜 그렇게 알고 싶은 거야?"

"그걸 알아야!"

"그걸 알면."

"……당신이 같은 이유로 떠나지 않게 할 수 있잖아요."

민준은 조국을 물끄러미 올려다보았다. 그녀의 까만 눈동자가 금세 투명한 물기를 머금었다. 그는 조국의 눈물을 보았는데도 가슴이 욱신거리거나 저릿하지 않았다. 조국의 눈동자 안에는 슬픔이 아니라 희망의 감정을 담고 있었다.

"내 옆에 있을지 말지 앞으로 천천히 생각해 보라고 했잖아."

"내가 언제까지 생각해야 하는데요?"

사실 조국은 생각할 필요가 없었다. 민준이 제게 달려온 순간 그녀는 이미 마음을 결정했기 때문이었다.

"앞으로 계속 생각해도 돼. 일 년이든 이 년이든 괜찮아."

"당신은 여유가 있는 거예요, 아니면 우리 사이가 어떻게 되든 상관이 없다는 거예요?"

"솔직히 여유는 별로 없고, 일단은 지금 내 앞에 강설이 있다는 게 좋아."

민준이 담담한 목소리로 말했다. 아직 그는 앞으로 어떻게 될지 모르는 미래까지 그럴 정도로 마음이 여유롭진 못했다. 그는 손에 잡히지 않는 꿈같은 미래보다 지금 눈앞에 조국이 있다는 사실이 더 중요했다. 손에 쥐고 있는 마시멜로를 먹지 않고 참으면 언젠가 더 많은 마시멜로를 먹을 수 있을 거라는 희망은, 손에 쥐고 있던 마시멜로마저 덧없이 사라질 수 있다는 가능성과 같은 말이기 때문이었다.

“당신은 내가 그동안 어떻게 지냈는지도 궁금하지 않아요?”

“그것보다도 나는…… 당신이 무슨 꽃을 좋아하는지가 더 궁금해.”

“꽃이요?”

“응. 꽃.”

그래서 민준은 바꿀 수 없는 과거와 알 수 없는 미래보다, 지금 그녀가 좋아하는 꽃이 무엇인지가 더 중요했다. 오늘도 어차피 내일이면 과거가 될 거였고, 그렇다면 앞으로 올 그녀의 과거는 더 나은 기억으로 채워주고 싶었다.

“나 꽃 안 좋아해요.”

하지만 강조국은 호락호락한 여자가 아니었다.

“진짠데. 난 나무 좋아해요. 알잖아요, 나 나무 좋아하는 거.”

“……어. 알아.”

‘물론 강설은 나무를 좋아한다. 그러니까 술에 취하면 그렇게 아무 나무나 붙들고 인사를 하는 게 아니겠는가.’

민준이 얼떨떨하게 대꾸했다.

“근데 꼭 골라야 한다면…… 민들레꽃이요.”

“민들레꽃?”

“왜, 입으로 훅 불면 홀씨가 날아가잖아요. 그 민들레꽃이요.”

“민들레꽃 좋아해?”

“응. 노랗고 하얀 민들레꽃. 봄이 오면 들판에 많이 필 거예요. 우리 그때 같이 보러 가요.”

어렸을 적 할아버지의 손을 잡고 넓은 들을 걷노라면 작고 하얀 꽃들이 발치에서 바람을 타고 살랑거렸다. 꼭 멀리까지 나가지 않아도, 민들레는 할아버지의 마당에도 피었고, 골목길 시멘트 바닥 사이에서도 얼굴을 내밀었다. 조국이 민들레꽃을 보기 위해 마당에 쪼그리고 앉아 있으면 할아버지는 서재의 창문을 열고 그녀의 이름을 불렀었다. 민들레꽃은 조국에게 행복한 추억이었다.

"강설은 민들레꽃을 좋아한다…… 그리고 또 나한테 알려주고 싶은 건?"

"알려주고 싶은 것……? 아! 강조국. 내 이름 이제 강조국이에요. 원래 이름으로 다시 개명했거든요. 그러니까 당신도 이제 날 조국이라고 불러줘요. 어감은 좀 그렇긴 하지만요."

조국이 멋쩍은 표정을 지으며 민준과 눈을 마주치며 웃었다. 성과 같이 불러도, 따로 불러도 조국이란 이름은 조금도 예쁘게 들리지 않았다. 다른 친구들은 유리, 빛나, 구슬 등과 같이 예쁜 이름을 가졌다는 사실을 알았을 때, 할아버지에게 왜 내 이름은 하필 조국이냐고 울면서 투정 부렸던 적도 있었다.

하지만 조국이 연구소로 돌아가기로 결심하면서 제일 먼저 한 일은 이름을 원래대로 돌려놓는 것이었다. 외면한다고 해도 현실은 달라지지 않는다는 걸 분명히 알았기 때문이었다.

"조.국."

민준이 조금은 낯선 이름을 천천히 발음하며 조국을 바라보았다.

"같이 부르면 좀 덜 이상해요. 강조국, 이렇게."

"강조국."

"응."

민준이 웃으며 설의 허리를 끌어안았고, 그의 애틋한 손길은 그녀의 등허리에 머물렀다.

"조국."

"붙여서 부르는 게 덜 이상하다니까요."

조국이 부르르 몸을 떨며 진저리를 치자 민준은 웃으며 그녀의 한쪽 빰을 감쌌다. 민준의 손 아래서 조국의 빰에 금세 홍조가 어렸다. 조국은 어색한 표정을 지었고, 민준은 그녀의 입술에 자신의 입술을 지그시 눌렀다. 벌어진 입술 사이로 애틋한 숨결을 불어넣었다. 아프게 물면 상처가 날까 싶어, 그녀의 입술을 머금는 그의 몸짓이 조심스러웠다.

"또 무슨 얘기를 해줄 거야?"

"……늦었어요. 오늘은 그만 자요."

발개진 얼굴을 숨기지 못한 채 조국은 조심스럽게 움직였다. 민준은 눈웃음을 지으며 그녀의 빰을 감싼 손을 거두었다.

"벌써?"

"지금 12시 넘었어요."

"착한 어린이네."

조국에게 순수한 마음으로 왔다고 말은 했지만, 민준의 속마음은 사실 그렇게 여유롭지 못했다. 눈앞에 꽃을 두고도 향기만 맡고 있자니 너무 아쉬웠다. 민준은 자꾸만 조국에게 향하려는 손을 바지 주머니 속에 느슨하게 찔러 가두었다.

"흐흠……."

"무슨 생각을 그렇게 해요?"

"민들레 생각."

낮게 잠긴 민준의 목소리는 조금 전과 다르게 탁해졌다.

"민들레는 왜요?"

"내가 내년 봄까지 기다릴 수 있을지 모르겠어서."

조국은 저를 뚫어져라 바라보는 눈길이 부담스러워 손으로 그의 눈을 가렸다.

"민들레는 가을에도 피지만 오늘은 아니에요."

조국의 핀잔 어린 말투에 민준은 미소를 지었다. 나름 꽤 의미심장한 은유라고 생각했는데 그녀는 잘도 알아들었다. 하지만 지금 중요한 건 그게 아니었다. 민들레는 가을에도 피고, 그것보다 더 중요한 건 지금이 가을이라는 사실이었다.

"내가 아침에 깨워줄게."

민준은 제 눈앞을 가린 조국의 손을 잡아 내리며 웃었다.

조국은 한 공간에 민준이 함께 있다는 사실이 신경 쓰여 좀처럼 잠을 이루지 못했다. 꽃 이야기를 꺼낸 그의 탓인지, 민들레를 보러 가자고 한 제 탓인지 모르겠다.

'민들레는 가을에도 핀다는 말은 대체 왜 한 거지?'

슬쩍 웃음 짓던 민준의 미소가 떠오른 조국의 심장이 다시 쿵쾅거리기 시작했다.

째깍째깍. 어둠 속에서 초침만 분주히 움직였다. 한참을 뒤척이다 겨우 잠이 들 무렵, 갑자기 희미한 신음 소리가 들렸다. 순간 겁이 덜컥 났지만 곧 거실에 민준이 있다는 사실이 떠올랐다. 조국은 놀란 가슴을 진정시키며 조심스레 밖으로 나갔다.

"하아. 하아."

문을 열자 한층 더 크게 들리는 신음 소리가 부척이나 고통스러웠다. 민준이 식은땀을 흘리며 괴로운 얼굴로 고개를 내젓고 있었다. 아주 나쁜 꿈을 꾸고 있는 것 같았다. 조국은 민준 옆으로 다가가 조심스레 그의 팔을 붙잡았다.

"김민준 씨……?"

"하아. 안 돼……."

"당신 괜찮아요? 민준…… 아야!"

갑자기 뒤로 넘어가 바닥에 누운 조국은 놀란 눈을 크게 떴다. 민준이 그녀의 손목을 아프게 짓누르며 무서운 얼굴로 내려다보고 있었다. 어둠 속에서 잔뜩 일그러진 민준의 얼굴이 희미하게 보였다.

"……당신 왜 그래요?"

두려운 마음에 조국의 눈빛이 불안하게 흔들렸다. 그는 자신을 내려다보고 있었지만 또 제가 아닌 다른 것을 보고 있었다.

"……강조국?"

무엇에라도 홀린 양 민준이 나지막이 중얼거렸다.

"……진짜 강조국이네."

그는 갑자기 기절한 것처럼 조국의 몸 위로 쓰러졌고, 그대로 잠이 들었다. 조국은 불안하게 뛰는 가슴을 진정시키며 민준의 등을 조심조심 감싸 안았다. 그가 또다시 나쁜 꿈을 꿀까 봐 걱정했지만, 다행히 민준은 아침이 올 때까지 깨지 않았다.

등에 딱딱한 바닥이 느껴졌다. 그런데 내 이불이 원래 이렇게 두꺼웠던가? 부드럽고 말랑말랑하고 꼬물꼬물 움직이기도 하는……? 민준이 갑자기 눈을 번쩍 떴다.

아, 이런. 갑자기 동공을 찌르며 들어온 햇빛이 눈이 부셔 민준은 눈살을 찌푸렸다. 그리고 제 몸을 덮고 있는 것을 확인했다. 놓칠세라 꼭 끌어안고 있는 그것은 참 따뜻하기도 했다.

"……으응? 일어났어요……?"

이불이 가슴 언저리에서 꼼지락거리더니 말을 걸었다. 그리고 이불은, 강조국을 닮았다.

'분명히 소파에서 잠이 들었는데, 나는 지금 왜 거실 바닥에 조국을 이불 삼아 누워 있는가. 내가 조국의 이름을 불러서 그녀가 내게로 와 이불이 된 것도 아닐 텐데.'

민준은 어리둥절한 얼굴로 제 몸 위에 누운 조국을 보았다.

"그럼 이제 나 좀 놔줘요. 나 당신 때문에 한숨도 못 잤어요."

"……아."

민준이 스르르 팔을 풀어내자 조국이 몸을 일으켰고, 그녀의 등 아래로 이불이 주르륵 미끄러졌다.

"당신, 나한테 뭐 할 말 없어요?"

"……굿모닝?"

민준이 슬쩍 조국의 눈치를 살피더니 어색하게 웃었다. 조국은 눈에 잔뜩 힘을 준 채 민준을 바라보았다.

"저기, 강조국."

"정말 나한테 할 말이 없어요?"

조국이 상체를 조금 더 일으켰다. 심한 잠꼬대 정도가 아니었다. 그의 이런 모습을 본 게 벌써 두 번째였다.

"잠깐! 움직이지 않았으면 좋겠는데."

무언가 항의하려던 조국은 그대로 움직임을 멈추었다. 허리 아래에서 무언가 꿈틀거렸다.

"……이를테면, 아침 인사 같은 거지."

"……."

"이제 그만 내려올까?"

나는 시방 위험한 짐승이니까. 무슨 뜻인지 알아듣고 고개를 끄덕인 조국이 얼른 민준의 몸 위에서 내려와 이불을 몸에 칭칭 두르며 바닥에 앉았다. 민준이 한 손으로 조국의 머리카락을 장난스럽게 흐트러뜨리며 달뜬 기분을 감추었다.

"그런데 당신은 왜 여기서 자고 있는 거야?"

"새벽에 당신이 나쁜 꿈을 꾸는 것 같아서 깨우려고 했는데."

"……그랬어?"

"당신이 날 끌어안고 또 잠들었어요. 놔주질 않아서 움직일 수가 없었고요."

"흐흠. 벌써 시간이 이렇게 되었네."

민준이 갑자기 시계를 쳐다보며 말꼬리를 돌렸다. 딴청을 피우는 걸 보니 더 이상 이 이야기를 하고 싶지 않은 게 분명했다.

"김민준 씨."

"응. 강조국 씨."

조국이 이름을 부르자 심장이 두근, 엇박자로 뛰었다. 달라진 호칭이 두 사람의 달라진 관계를 보여주는 것 같았다. 민준은 갑자기 아침 공기가 그전과 달라진 것 같았다. 어제보다 훨씬 상쾌했고 더욱 청량하게 느껴졌다.

"당신 나랑 어디 좀 같이 가야겠어요."

"어디를?"

"병원이요."

"병원은 왜. 당신 어디 아파?"

민준이 벌떡 일어나 굳은 얼굴로 겉옷부터 챙겨 입었다.

"내가 아니라 당신이요."

"그게 무슨 소리야, 내가 병원을 왜 가?"

조국이 아픈 게 아니라는 사실에 안심이 된 민준이 옷을 도로 벗고 팔을 위로 쭉쭉 뻗으며 가볍게 스트레칭을 하기 시작했다. 늘 몸이 무거웠는데, 오늘은 몸도 마음도 깃털처럼 가볍기만 했다. 하지만 그와 다르게 조국은 여전히 진지했고 얼굴엔 수심이 가득했다. 그녀가 생각하기에 민준은 단순히 나쁜 꿈을 꾸고 있는 게 아니었다. 그러다 조국은 지난번에 본 수면유도제를 떠올렸다.

"솔직하게 말해봐요. 당신, 왜 잠을 잘 못 자는 거예요?"

"아직 시차 적응이 안 돼서 그러는 거야. 곧 괜찮아질 테니 신경 쓸 것 없어."

"거짓말하지 말아요."

민준이 곤란하다는 듯 한쪽 눈썹을 찡그리며 설을 내려다보았다. 그녀는 전장에 나가는 장수처럼 비장하고 결연한 얼굴을 하고 있었다.

"당신은 이제 나한테 뭐든지 솔직해야 해요. 앞으로 나한테 거짓말을 하거나 그 어떤 것도 숨기지 않겠다고 약속해 줘요."

"흐흠……."

"약속해 줄 수 없나요?"

"아니."

민준이 조국 앞에 한쪽 무릎을 세워 앉았다. 쪽, 민준의 입술이 조국의 입술에 가볍게 닿았다 떨어졌다.

"약속할게. 뭐든지 다."

"진짜로 약속, 어어어?"

갑자기 민준이 조국을 이불째로 번쩍 안아 들었다. 얼굴만 빼고 온몸이 이불 속에 파묻힌 조국은 아직 할 말이 남은 듯 민준을 째려보았지만, 그는 웃으며 조국의 이마에 입을 맞추었다.

"그런데, 병원은 내일 가고 오늘은 그냥 둘이 놀자."

민준이 옅게 웃었다. 오늘은 온전히 두 사람만의 행복한 날이 될 터였다.

"짹짹. 해봐."

"뭐라고요?"

곧이어 퍽, 하는 둔탁한 효과음과 동시에 민준의 입에서 짧은 신음이 흘러나왔다. 그러나 곧 민준의 낮은 웃음소리와 함께 둥지를 벗어난 아기 새는 무사히 침대로 옮겨졌다.

⚜

"이 년 전과 비교해 별로 차도가 없군요. 진료 기록을 보니 그동안 향정신약물치료도 받지 않았고요. 잠재되어 있는 불안함이 숙면을 방해하고 있는 겁니다. 외상 후 스트레스 장애(PTSD)의 원인을 찾아 심리적인 안정을 먼저 취해야 합니다."

"우리…… 점심 먹어야지? 나 좀 배고픈 거 같은데."

대전으로 가는 고속도로 위에서 민준은 조국의 눈치를 슬쩍 살피며 말을 건넸다. 조국은 병원 문을 나서면서부터 지금까지 그에게 한마디 말도 하지 않았다.

"사육사가 동물들 밥 굶기고 그러는 거 아니……."

"도대체 약은 왜 안 먹었어요?"

드디어 조국이 민준의 말을 자르며 입을 열었다. 앙칼진 목소리에서 찬바람이 쌩쌩 불었다. 조국은 화가 많이 났는지, 그에게 고개 한 번 돌리지 않은 채 아까부터 정면만 똑바로 쳐다보고 있었다. 얼렁뚱땅 넘어가려던 민준은 이내 체념했다.

"약을 복용하면 내가 아프다는 걸 인정해야 하잖아. 나는 충분히 건강하고 잘 이겨낼 수 있어. 정말 괜찮다는 뜻이야."

"지금 괜찮지가 않잖아요!"

고개를 홱 돌린 그녀의 입꼬리가 미세하게 떨렸다. 민준이 여전히 이년 전 일로 고통 받고 있는 줄 몰랐다. 조국은 그게 꼭 제 탓인 것만 같았다. 생각해 보니 민준이 스스로 그에 대해 말해준 것은 하나도 없었다. 친부모님 이야기도, 평창동 집에 관한 이야기도 전부 다른 사람을 통해 들은 것뿐이었다. 민준은 그녀에게 돌아왔지만, 조국은 여전히 그에 대해 아는 게 없었다. 민준이 무슨 생각으로 집을 돌려주고 모른 척하고 있는 건지도 알 수 없었다.

"난 정말 괜찮지만 당신이 바란다면 괜찮지 않은 걸로 할게."

"당신 정말 못됐네요."

조국이 실망스러운 표정을 하자 민준이 얼굴에서 웃음기를 거두었다.

그는 아무것도 아닌 것처럼 넘어가려고 했는데 조국은 이미 상처를 받아버렸다.

"앞으론 정기적으로 치료를 받겠다고 약속해요."

"그렇게 할게. 그래야 당신 마음이 편하다면."

민준이 금방 꼬리를 내리며 순순히 대답했다. 그는 더 이상 조국을 걱정시키고 싶지 않았다. 주치의를 만나고 병원을 나와서 지금까지, 조국은 줄곧 울 것 같은 얼굴을 하고 있었다. 조국이 의사와 상담을 할 수 있도록 주치의에게 이른 후 민준은 밖에 있어서 두 사람의 이야기를 듣지 못했지만, 주치의가 조국에게 무슨 말을 했을지는 대강 짐작이 갔다.

"……정말이죠?"

"정말이야."

민준을 만난 후 조국에게는 예전에 없던 이상한 버릇이 생겼다. 조국은 그에게 여러 번 다짐을 받고, 또 확인받고 싶어 했다. 앞으로 자신을 속이거나 거짓말하지 말라는 것, 그리고 치료를 열심히 받으라는 것이었다. 뒤집어 말하면 민준이 앞으로도 그녀를 속이거나 거짓말할까 봐, 또 치료를 받지 않을까 봐 걱정이 된다는 뜻이었다.

민준의 대답에 조국의 표정이 조금 누그러지자 긴장하고 있던 그도 다시 여유를 찾았다.

"김민준 씨는 어렸을 때 이미 이와 유사한 정신적 충격을 받은 적이 있어 관계의 단절에 대한 트라우마가 내재되어 있던 경우입니다. 영애님의 경우와는 다르게 불안을 느끼는 대상을 가까이 두고 그 원인을 제거해야 했지요. 대상과의 밀착 관계가 증상을 완화하는 데 도움이 될 것 같다고, 예전에 제가 분명히 그렇게 소견을 적었던 것 같은데요. 김민준 씨도 잘 알고 있던 사실입니다."

이 년 전 민준은 자신이 필요했을 텐데, 그걸 알면서도 그는 그녀의 곁을 떠났다.

"……당신, 기억이 정확히 언제 돌아왔어요?"

민준이 곁눈질로 힐끗 조국을 쳐다보았다 다시 정면을 바라보았다. 그는 그녀가 굳이 알아서 좋을 것 없는 불필요한 사실을 알게 하고 싶지 않았다. 그래서 그는 '솔직하게'와 '솔직한 전부' 사이에서 적당한 대답을 골라냈다.

"이 년 전. 병원에 있을 때."

"그럼 혹시 나 때문에 떠났던 거예요? 내가 치료를 받아야 해서요?"

조국은 주치의가 한 말 중 '영애님의 경우와 다르게'라는 말이 목에 걸린 가시처럼 느껴졌다. 이 년 전 자신이 격리 치료를 받아야 했다는 사실을 민준은 이미 알고 있었던 거였다.

"이상한 상상하지 마. 그건 원래부터 예정되어 있던 내 일이었어."

당시 민준의 출국은 조국 때문이 아니었다. 그렇다고 해서 그가 떠나기를 바랐던 대통령 때문도 아니었다. 그건 온전히 민준의 결정이었고, 그에 따라 부수적으로 발생한 일들은 모두 그의 선택에 따른 결과물이었다.

민준이 조국을 흘끔 쳐다보았다. 그녀는 여전히 심란한 얼굴을 하고 있었다.

"미안해."

"……뭐가 미안해요?"

"그런 얼굴 하게 만들어서."

민준이 조국의 머리카락을 쓱 쓰다듬었다. 미안하게, 조국에게 자꾸 쓸데없는 걱정을 시킨다. 강조국은 걱정하는 얼굴보다 화를 내는 얼굴이 훨씬 더 잘 어울리는데 말이다. 민준은 화제를 돌리며 분위기를 전

환시켰다.

"이제 진짜 돌고래 밥 줄 시간이야! 우리 밥 먹자, 강서, 아니 강조국."

"……뭐가 먹고 싶은데요."

"아무거나 맛있는 거."

볼멘 듯한 그녀의 목소리에 민준에 대한 애정이 담겨 있었다. 돌고래라는 단어에 마법이 들어 있는지, 그녀는 이 말만 들으면 잔뜩 화나 있던 얼굴도 눈 녹듯 사르르 풀어졌다. 그러고 보니 그는 강조국이 도대체 왜 돌고래에 집착하는지 아직 물어보지 못했다.

"배 많이 안 고프면 우리 대전 가서 먹어요."

"대전 맛집도 벌써 종류별로 다 섭렵한 거야?"

"그렇지만 이번엔 내가 진짜로 다 가본 식당이니까 믿어도 돼요."

"그 많은 식당을 다 누구랑 같이 갔는데?"

조국을 흘끔 쳐다보는 민준의 눈썹이 한껏 위로 치켜 올라갔다. 조국은 대답 대신 입가에 흐뭇한 미소를 띠었다.

"누구랑 갔냐고 물었는데 왜 웃어."

"내가 거기서 누구랑 갔겠어요? 연구원들이랑 같이 갔죠."

"연구원에 여자 연구원들이 그렇게 많아?"

"우리 연구실에는 없는데요?"

대꾸 없이 와락 인상을 구기는 민준에 결국 조국은 참지 못하고 웃음을 터뜨렸다.

"웃지 마!"

차창을 통해 들어오는 가을볕이 참 따듯한 날이었다.

⚜

유리창 너머로 갑자기 소나기가 내렸다. 일기예보에 비가 온다는 얘기는 없었는데, 오전 내내 맑던 하늘이 점차 어둑해지더니 갑자기 빗방울이 거침없이 쏟아 붓기 시작했다. 그래서 오늘 서연은 아쉽게도 '점심 후 커피와 함께 햇볕 쬐기'라는 숭고한 의식을 치르지 못했다.

서연은 창가 앞 하이체어에 앉아 다리를 공중에 흔들거렸고, 그녀 앞엔 오늘도 어김없이 생크림이 듬뿍 올라간 카페모카 한 잔이 놓여 있었다. 서연은 생크림을 떠먹으며 비가 내리는 창밖을 바라보았다.

후두두둑. 시야를 가리며 쏟아지는 빗방울들이 아스팔트 바닥에 튕겨 사방으로 튀어 올랐다. 오늘 오전 그녀는 커피사업부의 내년도 사업계획안을 작성하다가, 하늘은 아니고 구름 정도 되는 김 팀장에게 모난 말을 잔뜩 들었다. 김 팀장은 서연이 커피에 조예가 깊다며 칭찬할 때는 언제고 요즘 갑자기 그녀에게 까칠하게 굴고 있었다.

팀장은 서연에게 어디 어디가 잘못되었으니 고치라는 구체적인 지적 없이, 싸늘한 목소리로 그냥 다시 만들라고만 말했다. 서연은 저를 향한 다른 사람들의 감정을 조금 빨리 알아차리는 편이었다. 덕분에 그냥 다시 만들라는 말은 '나는 네가 싫다'라는 말과 동의어임을 금방 알아들을 수 있었다. 그래서 서연은 오늘 카페모카에 생크림을 아주아주 많이 올려야만 했다. 달콤한 생크림으로 꿀꿀한 가슴속 염기를 희석시켜줘야 했기 때문이었다.

서연이 주변을 살피며 두리번거리다가 차가운 유리창에 대고 길게 입김을 불었다. 그러자 유리창 위에 금세 불투명한 동그라미 하나가 생겼다. 서연은 그것을 쓱싹쓱싹 문질러 다시 투명하게 만들었다. 그리고 또 다시 입김을 불었다. 이번엔 아까보다 동그라미가 더 커졌다. 하지만 뿌듯한 기분도 잠시, 뿌연 동그라미는 금세 찬 기운을 머금어 투명해졌다. 작은 동그라미 하나도 마음대로 되지 않자 서연은 부아가 치밀어 올랐다.

"아르바이트 직원이 노려보는데."

그때 그녀 옆에서 혼잣말처럼 중얼거리는 남자의 목소리가 들렸다. 서연은 고개를 돌렸다.

"어? 안녕하세요!"

그 아저씨였다. 아니지, 이 아저씨도 이 회사를 다녔으니까 선배님이라고 불러야 하나? 어쨌든 그를 이렇게 또 만나다니, 서연은 마치 길에서 오랜 친구를 우연히 만난 것처럼 반가웠다.

"잘 지냈어요?"

건우가 테이블 위에 서류 가방을 내려놓으며 서연의 옆에 앉았다. 그는 며칠 전 서연을 만나 그렇게 헤어진 이후로 계속 마음이 불편했었다. 다시 만나게 된다면 꼭 사과해야겠다고 마음먹고 있었는데, 눈앞의 아가씨는 기억이 모조리 리셋이라도 되었는지 보자마자 대뜸 함박웃음부터 지어 보였다. 기억력이 별로 좋지 않다던 그녀의 말은 정말 사실이었다.

건우와 그녀 사이에 무슨 케이블이라도 연결되어 있는 건지 그가 Boni에 들를 때마다 이렇게 서연을 만나게 되었다. 건우의 눈에만 자주 띄는 건지는 몰라도, 이렇게 Boni에 들를 때마다 번번이 서연을 보는 것도 쉬운 일은 아니었다.

"오늘 아침까진 잘 지냈어요. 아니, 정확히 말하면 오전 10시 30분까지요."

"그럼 10시 30분 이후로는 어떻게 되었는데요?"

"안타깝게도 불행해졌거든요."

"저런. 비타민 아가씨께서 어쩌다가."

건우가 안타까운 표정을 과장되게 지어 보였다. 별명이 비타민이라던 그녀의 말대로 서연과 대화를 나누다 보면 정말 에너지가 충전되는 기분이었다. 눅눅한 습기를 잔뜩 머금고 있던 가슴이 뽀송뽀송 말라갔다.

"근데 아저씨는 왜 자꾸 여기로 와요?"

"서연 씨. 날 아저씨 말고 다른 호칭으로 좀 불러주면 안 될까요? 내가 아직 그렇게 불릴 나이가 아닌데요."

"알겠어요, 로미오."

로미……. 건우가 못 말리겠다는 듯 웃으며 자리에서 일어났다.

"난 커피 한 잔 마실 건데, 뭐 더 마실래요? 작명도 해줬으니 내가 사 줄게요."

"그럼…… 전 에스프레소 마키아토요!"

"아……."

여유 있게 미소 짓고 있던 건우의 얼굴에서 웃음기가 점차 사라져 갔다.

"로미오도 한번 마셔봐요! 아마 좋아하게 될 거예요."

쏴아- 유리창 너머로 가을비가 세차게 쏟아져 내렸다.

⚜

조국의 오피스텔은 연구소에서 조금 떨어진 곳에 있었다. 입주민인 그녀와 동행을 했음에도 불구하고 경비팀은 민준의 신분을 꼼꼼히 확인했다. 덕분에 그의 차는 정문 출입구 앞에 한참 동안 멈춰 있어야 했다.

"당신이 있어서 깐깐한 거야, 아니면 원래 저렇게 깐깐하게 구는 거야?"

"반반이에요. 워낙 경비를 꼼꼼히 서기도 하고, 또 내가 누군지 대강 알고 있는 것 같기도 하고요."

"이것 말고도 다른 게 또 있어?"

"내가 보여줄까요?"

조국이 민준을 바라보며 빙긋 웃었다. 조국의 오피스텔은 7층에 있었다. 701호가 조국의 집, 마주 보고 있는 702호는 조국의 경호관들이 숙소로 사용하며 교대로 거주하는 곳이었다. 하지만 조국이 살고 있는 701호는 702호와 잠금장치부터 달랐다.

조국은 잠금장치의 키패드 번호를 누르는 대신 지문 인식기에 엄지손가락을 갖다 댔다. 붉은 레이저 선이 옆으로 한 번 지나간 후에야 현관문의 잠금장치가 풀렸다. 조국이 민준과 함께 거실에 들어서자 삐- 소리와 함께 벽에 부착된 스피커를 통해 보안 경비 팀장의 목소리가 흘러나왔다.

[911입니다. 별일 없으십니까.]

"네. 오늘은 일이 있어 지금 집에 들어왔어요. 수고하세요."

[네. 수고하십시오.]

"봤죠?"

조국은 의기양양한 표정을 지으며 민준을 돌아보았다. 하지만 민준은 뭐가 마음에 안 드는지 탐탁지 않은 표정이었다.

"당신이 들어오고 나갈 때마다 항상 저렇게 체크를 하는 건가?"

"아니요, 그건 아니고요. 내가 들어올 시간이 아닌데 집에 누가 들어올 때만 저렇게 확인을 해요."

민준이 베란다 유리창에 등을 대고 팔짱을 끼며 비스듬히 기대섰다. 그는 문득 이런 삶이 정말 조국이 살고 싶었던 삶이었을까, 라는 생각이 들었다. 지금의 모습은 그가 막연하게 생각했던 조국의 행복한 삶과는 많이 달라 보였기 때문이었다.

"강조국."

"응. 왜요?"

"당신은 지금 행복하게 살고 있는 거야?"

민준이 차분한 목소리로 물었다. 그녀를 바라보는 눈빛이 진지했기에 조국은 잠시 생각에 잠겼다.

"난 내가 할 수 있는 일이 있어서 정말 다행이라고 생각해요. 할아버지께서 살아 계셨더라면 무척 좋아하셨을 거고요. 그리고 또……."

"아니. 당신 지금 행복하냐고 물었어. 당신 아버지나 할아버지 말고 당신 말이야."

"음……."

"이리 와봐."

민준이 생각에 빠진 조국을 향해 두 팔을 벌렸다. 조국이 다가서자 민준이 그녀의 허리를 두 팔로 감싸 안았다.

"왜요?"

"팔은 위로 올리고."

조국이 피식 웃으며 민준의 목에 팔을 둘렀다. 민준은 두 손으로 조국의 허리를 단단히 받치며 그녀의 눈을 가까이에서 들여다보았다.

"……그래서, 강조국 씨는 나를 다시 만나 행복하나?"

"아마도요?"

조국은 나른하게 웃었고, 민준은 조국의 허리를 더 세게 당겨 안으며 그녀의 입술 위로 입술을 내렸다. 통유리를 통해 들어온 반짝이는 햇살이 두 사람 위로 하얗게 쏟아졌다. 그녀의 입안을 탐험하듯 구석구석 돌아다니던 민준은 잠시 후 천천히 입술을 떼어내고 그녀를 바라보았다.

"가고 싶지 않은데."

민준이 그녀의 아랫입술을 가볍게 물었다 놓으며 아쉬운 목소리로 중얼거렸다.

"많이 서운해요?"

"아마도."

"그래도 이젠 주말에 볼 수 있잖아요."

조국은 서운한 기색이 역력한 민준에게 기쁜 목소리로 작게 속삭였다. 몸이 붙어 있는 터라 그의 쿵쿵 뛰는 심장박동 소리가 들렸고, 힘차게 울리는 심장 소리는 꼭 사랑 고백 같았다.

민준의 시선이 그녀의 얼굴에서 아래로 미끄러지듯 내려와 조국의 하얀 목 언저리에 머물렀다. 그는 처음 봤을 때부터 허전해 보이던 그 목덜미가 신경 쓰였다.

"목걸이 사줄까?"

민준은 예전에 줬던 목걸이는 어디 있냐고 물어 조국을 곤란하게 하고 싶진 않았다. 다만 그녀가 무언가를 징표처럼 몸에 지니고 있었으면 좋겠다는 생각이 들었을 뿐이었다.

그는 사람들이 왜 목걸이, 반지 등을 서로의 몸에 수갑처럼 채워놓는 건지 이제야 알 것 같았다. 그건 상대방에게, 당신이 나의 사람이라는 흔적을 남겨놓고 싶은 거였다.

"이거 말이에요?"

조국이 의기양양한 표정으로 왼쪽 소매를 위로 살짝 걷어 올렸다. 그러자 가느다란 팔목에 팔찌처럼 감겨 있는 목걸이가 보였다. 민준이 선물해 준, 그것이었다. 민준과 애인 사이가 아닌 이상 목에 걸고 다닐 수는 없었다. 하지만 그녀는 이 목걸이를 버리고 싶지도 않았다.

조국이 이렇게 목걸이를 팔찌처럼 감고 다니는 게 처음 있는 일도 아니었다.

"팔찌를 좋아해? 그럼 팔찌로 사줄까?"

"아니요."

조국이 웃으며 고개를 내저었다. 그가 준 목걸이를 여전히 가지고 있다는 뜻이었는데, 민준은 제가 목걸이보다는 팔찌를 더 좋아한다고 생각한 모양이었다. 조국이 목걸이를 손목에서 풀어 다시 목에 걸었다. 그녀의 목에서 반짝이는 목걸이를 바라보며 민준이 미소 지었다.

"얼른 나아요. 다 나으면 내가 선물해 줄게요."

"선물?"

"응. 선물. 당신이 갖고 싶은 걸로요."

민준은 갖고 싶은 것에 대해 생각해 보았다. 살아오는 동안 뭔가 절실히 갖고 싶다는 생각은 한 번도 한 적이 없었다. 하지만 지금 그에게 누군가가 무얼 갖고 싶냐고 묻는다면 이제 망설이지 않고 대답할 수 있었다. 예쁜 민들레, 조국을 갖고 싶다고.

"뭐든지 다?"

"응. 뭐든지 다요."

"……."

"어때요, 동기 부여가 됐나요?"

"완전."

민준이 고개를 끄덕였다. 그는 주치의의 멱살을 잡아서라도 빠른 시간 내에 완치 증명서를 받아올 생각이었다.

"지금 곧장 서울로 올라갈 거죠?"

"아니. 잠깐 들를 데가 있어."

"어디를요?"

"어디를."

"……."

"위험한 데는 아니니까 인상 쓰지 마."

조국이 근심스럽게 이마를 찡그리자 민준이 엄지손가락으로 그녀의 이마를 꾹 눌러 다시 펴놓았다.

"일 끝나고 전화해."

"응."

조국이 고개를 끄덕이자 민준이 그녀를 다시 가슴에 가득 안았다. 품 안에서 꼼지락거리는 조국이 좋아서, 그녀의 등을 쓸어내리는 민준의 입가에 따듯한 미소가 머물렀다. 민준은 오늘 대전에 내려온 김에 이곳에서 멀지 않은 청주를 방문할 생각이었다. 안기영을 한 번은 만나야 한다고 생각했다.

⚜

외벽을 하얗게 칠한 건물은 얼핏 보면 교도소가 아니라 학교처럼 보였다. 대전을 떠나 청주에 도착한 민준은 여자 교도소에 도착했다. 민준은 접견 신청서를 작성한 후, 접견실 유리창을 사이에 두고 바깥쪽에서 기영을 기다렸다.

그는 이미 박 단장에게서 그녀가 건우의 면회를 거절했다는 이야기를 들었기에 큰 기대는 하지 않았다. 하지만 왠지, 그녀가 자신은 만날 것 같다는 생각이 들었다. 그가 아는 안기영이라면 그럴 것 같았다. 잠시 후 유리창 너머 안쪽 철문이 열렸고, 곧이어 옅은 녹색 수의를 입은 기영이 모습을 드러냈다. 이 년 만이었다. 민준이 기영을 마지막으로 본 것은 그녀가 민준에게 총을 겨눴던 그날 밤이었다.

민준은 의자에서 일어났고, 곧 두 사람은 유리창을 사이에 두고 마주 앉았다.

“건강하네.”

민준이 툭 내뱉듯 말을 던지자 줄곧 고개를 숙이고 있던 기영이 눈을 들었다. 이 년이 흘렀어도 기영의 눈빛은 그대로였다.

“안 죽고 살아 있었네?”

정제되지 않은, 날카로운 말투도 여전했다.

“내가 워낙 건강 체질이라서 말이야. 어떻게, 팔은 이제 좀 괜찮나?”

“보다시피 멀쩡해. 그런데 여기는 웬일이야? 우리가 언제부터 이렇게 다정하게 면회를 할 사이였어?”

기영이 그를 비웃듯 입가에 조소를 머금었다. 민준이 왜 자신을 찾아왔는지 알 것 같았다. 그가 여기까지 온 이유는 그녀가 그의 접견 신청을 받아들인 이유와 다르지 않을 터였다. 이 년 전 그날, 민준과 기영은 서로 멀리 떨어지지 않은 장소에 서 있었다. 목표물을 저격하는 것은 그녀가 늘 해왔던 훈련이었다. 그러니 가까운 거리의, 게다가 뒤돌아 서 있던 민준의 심장을 그녀가 맞추지 못할 이유가 전혀 없었다. 하지만 기영은 처음에는 민준의 팔을, 그다음에는 그의 어깨를 맞추었다. 민준은 과다 출혈로 죽을 수도 있었고 살 수도 있었지만, 결과적으로 죽지 않았다.

"그러게 좀 잘 쏘지 그랬어, 그때 날 죽였으면 이렇게 널 만나러 올 일도 없었을 텐데."

"아쉽게도 팔이 흔들리는 바람에 말이야."

기영은 자존심을 세우고 싶은 건지 여유 있게 웃으며 민준의 말에 빠득빠득 말대꾸를 했다.

그러나 그때 기영의 팔이 흔들린 건 사실이었다. 고작 몇 개월도 안 되는 회사 생활 동안 동료애라도 든 건지, 우습게도 그 짧은 순간 그녀의 총구는 민준의 심장을 비껴갔다. 민준이 조국을 감싸며 끈적한 피가 묻은 총구를 겨누었을 때, 그 짧은 순간 들었던 복잡한 감정이 무엇이었는지 그녀는 지금도 알 수 없었다.

"그러는 넌 왜 그때 날 안 죽였어? 같이 일하는 사이에 그새 나한테 정이라도 들었던 거야?"

"너 때문일 리가 없잖아? 정 고마워할 사람이 필요하다면 강 주임한테 고마워하든가."

민준은 기영이 죽는 모습을 조국에게 보여주고 싶지 않았다. 기영이나 민준 자신은 그렇게 사는 인생이라 하더라도 그녀는 그런 걸 볼 필요도, 봐서도 안 되는 거였다. 기억하고 싶지 않는 것들도 기억하는 그녀에게 그건 너무 큰 고통이 될 터였기 때문이었다.

민준이 조국의 이야기를 꺼내자 줄곧 여유 있던 기영의 눈빛이 크게 흔들렸다. 그러나 기영은 곧 흔들리는 눈빛을 서늘한 눈동자 뒤로 감추었다.

"결국, 행복한 건 또 공주님뿐이네."

기영이 입가에 허탈한 미소를 지으며 혼잣말로 중얼거렸다. 그곳으로 달려온 건우의 모습이 그녀의 의식이 완전히 사라지기 전 마지막으로 본 것이었다. 그때 세상이 끝났으면 어땠을까라는 생각을 여러 번 했다. 만약에 내가 설이라는 이름을 버리지 않았더라면 그는 나를 사랑했을까, 만약에 내가 먼저 그에게 고백을 했으면 그는 나를 봐주지 않았을까? 남는 건 시간뿐인 이곳에서 그녀는 한 가지 생각만을 했다. 기영이 건우의 면회 신청을 받아들이지 않은 건, 그 한 번이 평생에 마지막 만남이 될 것임을 알았기 때문이었다.

공주님이란 말에 민준의 눈빛이 싸늘하게 변했다. 그가 고개를 옆으로 기울이며 팔짱을 꼈다.

"안 주임은 열등감이 안 좋은 쪽으로 발현된 케이스인가. 이런 건 정신분석학적으로 뭐라고 하는지 궁금하네."

"뭐라고? 열등감? 네가 나에 대해 뭘 안다고 그런 말을 함부로 지껄여? 나도 너나 강설처럼 좋은 부모 밑에서 자랐으면 이렇게 되지도 않았어!"

기영은 열등감이란 단어에 민감하게 반응하며 처음으로 언성을 높였다. 보육 시설의 아이들은 만 18세가 넘으면 그곳을 나와야 하고 그 뒤로는 어떻게든 스스로의 힘으로 살아가야 한다. 하지만 그들 중 자생력을 갖춘 아이들은 그리 많지 않았고, 대부분은 그곳을 나오자마자 정해진 수순처럼 사회의 빈곤층으로 다시 내몰렸다.

반면 기영은 아주 운이 좋은 케이스였다. 그녀는 어느 복지가의 후원을 받아 대학에 진학할 수 있었고, 다른 아이들과 다르게 사회에 안정적으로 정착할 수 있었다. 기영은 밖에서 만난 평범한 사람들에게 자신이 시설 출신이라는 사실을 들키고 싶지 않았다. 그래서 그녀는 이름을 바꿨고 그쪽 방향으로는 눈도 돌리지 않았다.

민준이 픽, 실소를 짓자 기영의 얼굴이 일그러졌다.

"왜 웃는 거야?"

"그런 것까지 말해주고 싶진 않고."

민준이 기영을 빤히 바라보았다. 행복의 기준이 어디에 있는지는 모르겠지만, 강조국이 행복하게만 살아왔다고 말할 수는 없을 것 같았다. 하지만 대통령의 딸이 행복하지 않다고 얘기한다면 다른 사람들은 분명 이상하게 생각할 터였다.

"그래도 이왕 여기까지 온 김에 이건 말해주고 가야겠네. 너한테 대학 등록금과 후원금을 대줬던 그 복지 사업가 말이야, 도대체 어떤 사람인지 그동안 한 번도 궁금하지 않았어?"

이건 민준도 사건 직후 안기영에 대한 조사가 진행되면서 알게 된 사실이었다. 그전에는 드러나지 않았던 사실이었고, 때문에 기영도 알고 있지 않을 이야기였다.

"찾아보니까 그 복지가 이름이 강현석이던데, 너도 그 이름 들어는 봤지?"

"지금 무슨 헛소리를 하는 거야? 그, 그분이 누군지 내가 어떻게 알아?"

"그럴 리가 없을 텐데. 너도 아는 이름 있잖아. 이 나라의 대통령, 강설의 아버지."

"허, 허튼소리 하지 마! 보육원 원장님께서 분명히 후원자가 누구인지 절대 알 수 없다고 하셨……."

발끈했던 기영의 말문이 턱 막혔다.

"설아! 그분 딸이 우리 설이하고 친구가 되고 싶다고 했대. 그분이 우리 설이도 그분 딸처럼 공부도 잘하고 건강하게 자랐으면 좋겠다고 하셨어."

"우…… 웃기지 마! 내가 그런 말도 안 되는 소릴 지금 믿을 것 같아?"

얼굴이 하얗게 질린 기영이 의자에서 벌떡 일어섰다. 한번쯤 그분을 찾아뵙고 인사를 드리고 싶었다. 기영은 막연히 그분을 떠올릴 때마다 그 기대에 부응하지 못하고 여기까지 흘러와 버린 인생이 한없이 초라하고 죄송스러웠다. 그러니 이건 말도 안 되는 이야기였다. 기영은 갑자기 현기증이 일어 비틀거리며 의자를 붙들고 섰다.

"오랫동안 후원을 해줬던 아이가 자기 딸을 납치하고 죽이려 했다는데 당연히 말이 안 돼야지. 다행히 대통령께서도 그건 못 들은 걸로 하겠다고 하셨다던데."

"……."

"그건 너무 슬프시다고."

민준의 목소리가 낮게 가라앉았다.

누구에게나 기회가 같은 모습으로 찾아오는 건 아니었다. 민준에게는 아버지 김 국장이 기회였고, 기영에게는 대통령의 경제적인 지원이 기회였을 것이다. 비참하게 굴러갈지도 모를 인생이 방향을 틀어 좀 더 따듯한 곳으로 나아갈 수 있었던 특별한 기회 말이다. 그러나 그 행운을 걷어찬 건 그녀 자신이기 때문에 이제 와 다른 누굴 탓할 수도 없었다.

"……거짓말이야."

기영이 초점 없는 눈빛으로 멍하니 중얼거렸다.

"그래도 살아 있으니까 이렇게 얼굴을 보네."

민준이 자리를 툭툭 털고 의자에서 일어났다.

"인생 길어, 그러니까 잘 지내."

그리고 그녀에게 해줄 수 있는 가장 진심 어린 충고를 한 뒤, 접견실을 나섰다. 기영이 언제 밖으로 나올 수 있을지는 모르겠지만, 앞으로 10년 혹은 15년을 살고 나온다고 해도 그녀 앞에 남아 있는 인생이 결코 짧지는 않을 것이다. 그러니 강조국을 위해서라도 그녀는 이제 다른 삶을 살아야 했다. 그게 그녀 때문에 상처받은 사람들에게 안기영이 할 수 있는 최선의 속죄일 것이다.

"……공주님 보고 싶네."

건물 밖으로 나온 민준은 한숨을 내쉬며 파란 하늘을 올려다보았다.

⚜

주변이 어둑어둑해질 무렵, 민준의 자동차가 NIS 본관 건물 앞에 멈춰 섰다. 박 단장에게 오늘 사무실로 들어갈 거라는 말을 한 이유도 있었지만, 그것보다 아버지의 호출이 있었기 때문이었다. 타닥타닥, 계단을 올라가는 민준의 발걸음이 평소와 다르게 느릿했다. 조국을 두고 와서 그랬고, 안기영을 보고 와서 더욱 그러했다.

조국을 다시 만나 답답했던 가슴에 숨구멍이 트인 대신 머릿속에 이런저런 복잡한 생각이 많아졌다. 복도를 따라 걷던 민준이 국장실 방문 앞에 멈춰 서서 문을 두드렸다.

"들어와."

민준이 안으로 들어가자, 박인정과 함께 차를 마시고 있던 김 국장이 그를 맞았다.

"여기 와서 앉아."

"네."

민준이 떨떠름한 얼굴로, 인정 옆에 한 칸을 비워두고 떨어져 앉았다.

"그제 하마터면 큰일 날 뻔했다면서."

"영애께서 무사하셨으니 다행이죠."

민준의 대답에 인정은 고개를 아래로 숙였다. 그녀는 이대철이 만난 사람이 영애였다는 이야기를 처음 들었을 때 심장이 멎는 줄 알았다. 게다가 엎친 데 덮친 격으로 와인의 성분 분석 결과 그 안에서 소량의 마약이 검출되었다. 일은 해결되었지만, 하마터면 영애가 눈앞에서 마약을 마시는데 넋 놓고 보고만 있을 뻔했던 것이다. 당연히 청와대 경호실이 발칵 뒤집혔고 영애의 경호관들은 그 즉시 보직이 변경되었다. 경호관이 놓친 부분을 NIS 요원이 찾아내 영애가 무사할 수 있었다는 이야기 정도로 훈훈하게 마무리되었다는 게 그나마 불행 중 다행이었다.

"그래서 말이다."

김 국장이 들고 있던 찻잔을 테이블 위로 내려놓았다.

"청와대에서 영애의 경호를 담당할 수 있도록 우리 NIS에서 요원을 한 명……."

"제가 가겠습니다, 국장님."

갑자기 민준이 그의 말을 끊어내며 불쑥 끼어들었다. 국장은 황당한 얼굴로 민준을 바라보았다. 그에 당황한 건 인정도 마찬가지였다. 그녀가 오래 본 건 아니었지만 그라면 그런 시시한 일은 절대 하기 싫다고 거절할 것 같았는데, 순순히 가겠다고 대답하는 민준이 너무 의외였다.

"……요원을 한 명 보내달라고 했는데 조건이 있다."

민준을 노려본 김 국장이 다시 말을 이어나갔다.

"그게 뭡니까, 국장님."

"여자 요원. 그것도 그제 사건 현장에 있었던 박인정을 지목했다. 박인정이 안 된다면 다른 여자 요원이라도 보내달라는 요청이다."

그의 말에 민준이 잔뜩 인상을 구겼고, 김 국장은 그 모습에 헛웃음이 나왔다. 며칠 전만 해도 한국으로 다시 불러들였다고 살기등등한 눈으로 노려보던 놈이 갑자기 이러는 데에는 필시 그럴 만한 이유가 있을 터였다.

"민준이는 남고 인정인 그만 나가봐."

미련이 남은 듯 잠시 머뭇거리던 인정이 김 국장에게 목례를 한 뒤 사무실을 나갔다.

"너 뭐야?"

"제가 왜요."

"며칠 전까지만 해도 밖으로 다시 내보내 달라던 놈이 갑자기 웬 변덕이야?"

"……나갔다 들어온 지 얼마나 됐다고 제가 또 나갑니까? 그리고, 국장님께서 이미 그건 안 된다고 말씀하셨잖아요."

민준은 국장의 시선을 피해 자연스럽게 왼손에 시선을 가져갔다. 그러고는 괜히 손목시계를 위아래로 빙글빙글 돌리며 딴청을 피웠다.

"영애 때문이냐?"

민준은 움직임을 멈추었다.

"그렇다면 제가 갈 수 있습니까?"

당연히 정색하며 아니라고 할 줄 알았는데, 희망 섞인 눈빛으로 자신을 바라보는 민준을 보며 김 국장은 잠시 할 말을 잃었다. 키우는 동안 한 번도 무얼 사달라 조른 적이 없던 민준이었다. 이 년 전 자신에게 부탁하던 민준의 모습이 떠올라 김 국장의 가슴 한구석이 저릿해졌다.

"가고 싶습니다, 아버지. 해봐."

김 국장의 말에 민준이 와락 인상을 구겼다.

"싫으면 말고."

"……됐습니다!"

기분이 상한 민준이 자리에서 일어섰다. 차라리 대전에서 출퇴근하는 게 낫겠다 싶었다.

"얼마 전에 원자력연구소에서 비밀리에 팀을 하나 꾸렸더구나."

"그렇습니까?"

민준은 관심이 없다는 듯 건성으로 대답했다.

"그 안에서도 비공식적인 팀이고, 앞으로도 외부에 알려지지 않을 팀이지."

그제야 민준이 그를 내려다보았다. 김 국장은 태연하게 찻잔을 들어 차를 한 모금 마신 후 다시 테이블 위로 내려놓았다.

"라인업이 쟁쟁하다더구나. 최고 연구원들을 소집했어."

"갑자기 제게 그런 말씀을 하시는 이유가 뭡니까?"

"영애가 그 안에 있다."

"지금 뭐라고…… 하셨습니까?"

"강조국 연구원이 그 팀에 있다고 했다."

"영애가 왜 그 팀에 있습니까?"

"조국 양은 네가 생각하는 것 이상으로 중요한 사람이야. 영애라서가 아니라 우리나라의 인재로서 말이다."

민준에게 말은 안 했지만 처음 이 보고를 받았을 때, 김 국장은 사실 영애가 그 팀에 들어간 게 아니라 어쩌면 영애를 중심으로 팀이 만들어진 게 아닐까 생각했다. 영애의 경력으로 팀에 들어가는 것 자체가 말이 안 되는 일이었다. 달리 생각해 보면 그 팀을 짜는 데 영애가 꼭 필요했다는 이야기가 된다. 김 국장은 목소리를 낮춰 은밀하게 말을 이어갔다.

"게다가 더 흥미로운 건 NIS 요원의 영애 경호를 황 원장이 완곡하게 거절했다는 사실이다. 영애가 이번에 위험에 처했었고 앞으로 재발 방지를 위해 우리 측에서 요원을 붙일 거라고 말씀드렸더니 아주 난색을 표하더구나."

"아무래도 우리가 가까이 있는 게 마음 편하지는 않겠죠. 당연한 것 아닙니까."

"하긴. 이제 와서 뭘 하려고 해도 할 수가 없는 상황이긴 하지."

"그건 또 무슨 말씀입니까?"

"네가 그것까지 알 필요는 없다."

김 국장이 손가락으로 팔걸이를 타닥타닥 두드렸다. 이 년 전 되찾은 완성 파일은 파기되었고 관련 자료는 모두 사라졌다. 그런데 이제 와서 맨땅에 헤딩하는 것도 아니고…… 김 국장은 황 원장이 이 연구원들을 데리고 대체 무얼 하려는 건지 도무지 감을 잡을 수 없었다.

황 소장이 뭘 하든 김 국장이 상관할 바는 아니었지만, 그 일이 이 년 전처럼 대외적인 문제로 번질 여지가 생긴다면 얘기는 달라진다. 경제적으로 수십 조의 가치가 넘는 초소형 원자로 연구가 핵 문제로 번질 줄 누가 알았겠는가.

나라를 생각하는 마음은 같았지만, 황 소장과 김 국장, 그리고 대통령이 나라를 생각하는 방식은 각자 달랐다. 황 소장은 과학자였고, 대통령은 정치가였으며, 김 국장은 대통령의 뜻에 따라 나라의 안녕과 평화를 최우선시해야 하는 공무원이었다. 틀린 게 아니라 다르다는 걸 알면서도 그 다름을 서로 인정하기란 쉽지 않은 일이었다.

잠시 생각에 잠겨 있던 민준이 시선을 들어 김 국장과 눈을 마주했다.

"제가 가겠습니다."

그의 확고한 표정에 김 국장이 혀를 찼다. 민준을 생각하면 그를 보내야 했지만, 솔직히 그를 더 이상 영애와 관계된 일에 휘말리게 하고 싶지 않았다. 또한, 민준을 영애 옆에서 떨어뜨려 놓고 싶어 했던 대통령이, 그를 다시 영애 곁으로 보낸 걸 알게 되면 뭐라 할지 눈앞에 훤했다.

"제가 갑니다, 아버지."

민준이 다시 한 번 힘주어 말했다. 그러자 김 국장이 못마땅한 듯 입술을 씰룩거리며 그를 노려보았다.

"저녁은 먹었냐?"

김 국장이 화제를 돌리며 소파에서 몸을 일으켰다. 그는 대통령에게 한 소리 들을 생각을 하니 벌써부터 머리가 지끈거렸다. 민준이 아무 대답이 없자 김 국장이 뒤를 돌아보았다.

"저녁 먹었냐고 물었다."

"……아니요, 아직."

"그럼 같이 간단히 저녁이나 먹고 들어갈까?"

"제가 아는 데가 있는데, 좀 멀긴 해도 거기로 가실래요?"

"그러지 뭐."

김 국장은 시답지 않다는 말투로 대답을 하긴 했지만 기다렸다는 듯 얼른 양복 재킷을 걸쳐 입었다. 민준과 함께 국장실을 나서던 김 국장이 그를 흘끔 쳐다보았다.

"참, 병원은 다녀왔냐?"

"네, 아버지."

"네가 진짜 병원에 다녀왔다고?"

"네."

김 국장이 의아한 얼굴로 민준을 바라보았다. 당연히 병원에 안 갔을 거라고 생각하고 잔소리를 하기 위해 물은 말이었다. 그런데 이미 다녀왔다는 것도 놀라웠지만, 그보다 더 놀라운 건 민준이 지금 웃고 있다는 것이었다. 그 미소가 보기 좋아, 그는 민준의 얼굴을 한참 동안 바라보았다.

오늘 만난 아들은 요 근래 본 모습 중 가장 편안한 얼굴을 하고 있었다. 아들의 표정 하나로 이렇게 기분이 달라지는 걸 보면 그도 부모인 이상 어쩔 수가 없었다. 김 국장은 한숨을 내쉬며 발걸음을 옮겼다.

"쯧. 자식이 뭔지."

"무슨 문제가 있습니까?"

"됐다!"

그는 나중에 대통령이 물으면 뭐라고 답을 할지는 일단 저녁을 먹고 난 후에 생각하기로 했다. 오늘 저녁만큼은 이런저런 골치 아픈 일을 다 잊고 그저 아들과 함께 저녁을 먹는 아버지이고만 싶었다.

"이미 이곳에 와보셨다고요?"

늦은 저녁, 두 사람은 중국집의 창가 테이블에 마주 보고 앉았다. 민준은 자신이 병원에 누워 있는 동안 조국과 아버지가 이곳에서 함께 식사를 한 적이 있었다는 이야기를 듣고 눈썹을 위로 치켜뜨며 되물었다.

"네가 기억을 못 해서 그렇지 너 어렸을 때 너하고도 같이 왔었다."

"제가 아버지랑 같이 여길 왔었다고요?"

"그래. 정확히 말하자면…… 재권이도 함께였지만."

"……."

"기억 안 날 거야, 어렸을 때니까."

민준은 처음 설과 함께 이곳에 왔을 때를 머릿속에 떠올렸다. 친아버지와 함께 짜장면을 먹으러 다녔던 기억이 희미하게 남아 있었지만, 그곳이 이곳인 줄은 몰랐다. 그가 설과 이곳에 왔을 때 왠지 익숙하고 편안한 느낌을 받은 건 결코 우연이 아니었다.

"이인호 박사님께도 내가 알려드렸다."

"……그러셨어요?"

민준이 대수롭지 않다는 듯 건성으로 대답하며 까만 면발을 젓가락으로 들어 올렸다. 친아버지와 이인호 박사와의 이야기를 듣고 난 이후, 그 뒤 상황은 어렴풋이 짐작하고 있었던 일이었다. 이인호 박사가 제게 어떤 부채 의식 같은 걸 가지고 있었기에 그 집을 주려고 했던 것일 테니 말이다.

민준이 조국에게 그 집을 다시 돌려준 건 그녀에게 그 집이 소중하기 때문이기도 했지만, 그가 받을 이유가 없기 때문이기도 했다. 그저 민준은 조국이 그 집을 찾고 행복해하는 얼굴을 보고 싶었을 뿐이었다.

"조국 양이 너한테 아무 말도 안 해?"

"무슨 말을요?"

"……아니다, 아무것도."

민준의 표정을 보니 영애는 아직 그 이야기를 하지 않은 모양이었다. 하긴 집 이야기를 하려면 이 박사님과 민준의 친아버지 이야기도 자연스럽게 해야 할 테니, 아무래도 그녀가 선뜻 말을 꺼내기는 쉽지 않았을 것이었다.

"그나저나 그제 많이 놀랐을 텐데 괜찮은지 모르겠구나."

김 국장이 슬쩍 민준의 눈치를 살피며 물었다.

"뭐. 괜찮은 것 같더라고요."

그의 무성의한 대답에 김 국장은 떨떠름한 표정을 지었다. 민준의 표정이 밝아 보여 무슨 일이 있었나 싶었는데 녀석이 영 속을 내보이지 않았다.

"요즘 영애한테 여기저기서 혼담이 들어온다던데. 아무래도 혼기가 꽉 찼으니 그럴 만도 하겠지."

김 국장의 기습적인 도발에 민준의 젓가락질이 허공에 잠시 멈추었다.

"……그래요?"

하지만 민준은 쉽게 넘어가지 않았다. 그는 태연하게 젓가락질을 이어갔고, 김 국장은 영 마뜩잖은 얼굴로 민준을 바라보았다.

민준은 잘 웃지도 않고, 잘 울지도 않는 아이였다. 키우는 내내 어리광 한 번을 부리질 않았다. 재권이는 다정하고 살가운 성격이었는데……. 원래 그렇게 자랐어야 할 녀석을 제가 이렇게 키운 건 아닌 건지 싶어, 갑자기 김 국장의 마음이 착잡해졌다.

"할머니가 안 계셔서 그런가, 옛날 맛이 아니네."

이번에도 할머니를 못 뵈었다. 기력이 쇠하셔서 가게엔 가끔만 나오신다고 들었던 것 같은데 오늘도 그날은 아니었다. 주인 할머니가 지금 식당에 없다고 해서 맛이 특별하게 달라질 일은 없으련만, 김 국장은 허한 마음에 괜히 죄 없는 음식을 타박했다.

"맛있는데요, 왜요."

"그래? 넌 괜찮아?"

"전 괜찮은데, 아버진 별로세요?"

"……아니."

김 국장은 민준과 눈이 마주치자 슬쩍 미소를 지었다. 그리곤 까만 면발을 잔뜩 들어 올려 입안 가득 넣고 우물거렸다.

"다시 먹어보니 맛있는 것 같네."

"다음엔 어머니하고 서연이도 같이 와요, 아버지."

"그래. 그러자."

김 국장은 민준을 보면 꼭 재권을 보는 것 같아 가끔 그리움에 가슴이 먹먹해질 때가 있었다. 재권이 살아 있었더라면 괜찮다고, 이제 그만 잊으라고 말을 해주었을 텐데. 민준에게 늘 괜찮다고 말했지만 정작 그 말을 듣고 싶었던 건 김 국장 자신이었다.

"그런데 저는 언제 내려가면 됩니까?"

민준이 김 국장을 흘끔 쳐다보며 물었다.

"누가 너 거기로 보내준대?"

"제가 가겠다고 말씀드렸잖아요, 아버지."

별말 없다가 이렇게 하고 싶은 말을 툭툭 내던지는 민준의 이런 성격은 친부인 재권보다 오히려 김 국장에게 더 가까웠다. 그는 왠지 흐뭇한 마음이 들어 입가에 슬쩍 미소를 지었다.

"아까 내가 했던 말 못 들었냐? 청와대에서 여자 요원으로 보내달라고 했다니까?"

흐뭇한 건 흐뭇한 거고, 그래도 일은 일이었다. 대통령이 여자 요원으로 보내 달라고 콕 집어 언급을 했는데도 민준을 보내려면 그럴 만한 타당한 이유가 있어야 했다. 하지만 그럴 만한 이유가 도대체 뭐가 있겠는가.

"제가 제일 낫습니다. 이번 같은 일에 휘말리게 하지도 않을 거고요."

"이유가 그게 다야?"

"그것 말고 다른 이유가 더 필요합니까?"

"당연히 필요하지."

대통령에게 보고가 들어가면 분명히 언짢아할 것이었다. 게다가 그냥 남자 요원도 아니고 민준을 보낸다면 김 국장에게 혹시 다른 욕심이 있는 건 아닌가 오해할 수도 있었다.

"그럼 나머지 이유는 아버지께서 만들어주세요."

역시, 성격도 그냥 재권일 닮은 게 더 나았다.

⚜

서연이 유리문을 열고 카페 안으로 들어왔다. 점심시간이라 계산대 앞은 직장인들로 북적거렸다. 서연은 그 앞으로 쪼르르 달려가 줄을 섰고 마침내 제 차례가 되자 씩씩한 목소리로 주문했다.

“카페모카 한 잔이요! 생크림 아주아주 많이 주세요.”

“점심은 먹었어요?”

응? 서연이 고개를 돌려 옆을 바라보았다. 시선을 좀 더 위로 올리자 눈에 익은 얼굴이 시야에 들어왔다. 건우가 서연과 눈이 마주치자 입가에 부드러운 미소를 지었다.

“어?”

“잘 지냈어요?”

“오늘도 또 일 보러 여기 오신 거예요?”

“요즘 들어 여기 들어올 일이 많네요.”

건우가 싱긋 웃더니 고개를 돌려 직원에게 신용카드를 내밀었다.

“카페모카 두 잔 주세요. 하나는 생크림 아주아주 많이, 그리고 하나는 생크림 빼고.”

건우가 직원에게 카드를 내밀자 서연이 눈을 동그랗게 뜨고 건우를 쳐다보았다.

“저한테 오늘도 커피 사주시게요? 왜요?”

“아는 사람끼리 커피 한 잔 정도는 사줄 수 있잖아요?”

“하지만 전 아저씨를 잘 모르는데요?”

서연이 고개를 갸웃거렸다.

“겨우 서른두 살 밖에 안 된 사람한테 아저씨라니, 차라리 그냥 로미오라고 부르든가요.”

건우가 그녀에게 장난스럽게 눈을 찡긋거렸다.

건우는 일부러 점심시간에 맞추어 카페로 내려왔다. 오전에 비서실장에게서 아버지가 기다린다는 이야기를 전해 듣고 일이 내내 손에 잡히지 않았다. 아버지가 여전히 밉고 원망스러웠지만 그래도 건우에겐 하나밖에 없는 아버지였기 때문이었다.

그래서 혹시나 하는 마음에 이곳에 내려왔다. 정말 인간 비타민이 맞는 건지 서연을 보자마자 기분이 편안해지는 것 같았다.

"흠…… 서른두 살 로미오 님. 혹시……."

"혹시?"

"저 보러 일부러 여기에 오시는 거예요?"

서연이 검지로 자신을 가리키며 고개를 옆으로 갸우뚱했다. 하하하하하. 건우가 고개를 뒤로 젖히며 커다랗게 웃음을 터뜨렸다. 자기를 보러 온 거 아니냐는 말을 저렇게 대놓고 묻다니, 누가 김민준 여동생 아니랄까 봐 어쩜 저렇게 둘이 비슷한지 모르겠다.

"일부러 온 건 아닌데, 서연 씨를 만나니 정말 반갑긴 하네요."

때마침 건우가 손에 쥐고 있던 차임벨이 울렸고, 건우와 서연은 자연스럽게 픽업대로 향했다.

"아저씨도 혹시 혈액형이 O형이에요?"

서연이 건우가 건네주는 컵을 받으며 물었다.

"왜 그렇게 생각해요?"

"아무리 봐도 저랑 같은 과 같아서요. 왜, 남의 일에 참견하고 그런 거 좋아하는 사람들 있잖아요."

"별로 칭찬으로 들리지 않는데요?"

"칭찬이 아니니까요."

건우가 생각하기에 역시, 김민준 남매는 이상한 종족이었다.

"서연 씨 혈액형이 O형이에요?"

"네. 우리 엄마, 아빠, 저 이렇게 O형이에요."

"기대에 부응하지 못해 미안하지만 난 B형이에요."

"아저씨도 B형이에요? 와, 우리 오빠도 B형인데."

"아, 그래……."

피식 웃으며 컵을 입에 가져가던 건우가 행동을 멈추고 서연을 바라보았다. 서연은 아무렇지 않은 얼굴로, 커피를 빨대로 쭉쭉 빨아들이고 있었다.

“왜 저를 그렇게 쳐다봐요?”

“……아니요. 그냥.”

건우는 그녀가 김민준과 친남매가 아니라는 사실에 적잖이 충격을 받았다. 그런데 서연이 이런 이야기를 이렇게 스스럼없이 하는 것도 충격적이었다. 건우가 주변을 살피며 잠깐 화제를 돌렸다.

“날씨도 좋은데, 우리 밖에 나가서 마실까요?”

“좋아요.”

서연이 고개를 끄덕였고 두 사람은 유리문을 열고 밖으로 나왔다.

회사에서 멀리까진 가지 못했지만, 그래도 바깥 공기를 쐬니 좋았다. 눈앞에 뿌옇게 껴 있던 안개가 서서히 걷히는 기분이었다. 건우가 고개를 돌려 서연을 바라보았다.

“어쩐지 남매라는데 둘이 너무 안 닮았다 했어요. 그나저나 뜻하지 않게, 내가 서연 씨의 큰 비밀을 알게 되었네요.”

건우는 웃으며 커피를 한 모금 입에 머금었다. 서연과 이복 남매인지 아닌지 잘 모르겠지만 어쨌든 김민준도 참 파란만장하게 사는구나 싶었다.

“이게 무슨 비밀이에요? 이건 그냥 사실이에요. 뭘 감추고 싶을 때나 그게 비밀이죠.”

서연이 어깨를 으쓱였다. 민준이 친오빠가 아니라는 걸 알게 된 건 중학생이었을 때였다. 하지만 그렇다고 달리질 건 없었다. 잘생기고 멋진 민준이 그녀의 오빠라는 사실은 변하지 않았다. 사실은 민준이 아니라 자신이 입양아인 건 아닐까 생각한 적도 있지만, 그러기엔 엄마를 꼭 빼닮은 얼굴이었다.

“카페에 내려오길 정말 잘한 것 같아요. 서연 씨 얼굴을 보니까 기분이 좋아지네.”

"아저씬 오늘 기분이 안 좋았어요?"

"네, 안 좋았어요."

"왜요?"

"음…… 아버지께서 날 보고 싶다고 하셨는데, 난 아버지를 보고 싶지 않아서? 비밀로 하려고 했는데, 사실이니까 나도 그냥 얘기해 주는 거예요."

"아저씨는 왜 아버지를 보고 싶지 않아요?"

"우리 아버지는 해서는 안 될 일을 하셨고, 난 아직도 그걸 용서할 수가 없으니까요."

"아저씨 그럼 설마, 지금 가출한 거예요?"

서연이 눈을 휘둥그렇게 뜨고 건우를 위아래로 훑어보았다.

"가출하고 싶은데, 지금은 내가 집을 지켜야 하니까 가출은 당분간 보류."

"그럼 혹시 아버지께서 가출하신 거예요?"

"그거랑 비슷한 건데 좀 달라요."

"어떻게 달라요?"

"아버진 지금 교도소에 계시거든요."

"……."

"왜, 교도소라니까 무서워요?"

눈을 둥그렇게 뜬 서연을 바라보며 건우가 빙긋 웃었다. 이런 이야기를 남한테 아무렇지 않게 얘기하다니, 스스로가 신기한 일이었다.

"……그래서 그랬구나. 어쩐지 아저씨 머리 위에 까만 먹구름이 보이더라고요."

"내가 그렇게 보였어요?"

"네. 그런데 아저씬 그렇게 어려운 환경에서 그래도 참 잘 자랐네요. 기특해요."

서연이 손을 높이 올려 건우의 머리를 쓰다듬었다. 건우의 갈색 머리카락이 서연의 손 안에서 부드럽게 흐트러졌다. 건우가 눈을 크게 뜨고 서연을 내려다보았다. 당황스럽게도 그는 순간 서연의 손길이, 그녀의 위로가 좀 더 오래 머물기를 바라는 자신을 깨달았다.

"아저씬 생일이 언제예요?"

"내 생일은 왜 물어요?"

"아저씨 생일 기억해 주려고요. 내가 케이크도 사줄게요, 생크림 되게 많은 걸로요."

"……."

"아, 혹시 여자친구 있어요?"

"아니요. 여자친구는 없는데……."

건우가 굳은 얼굴로 서연을 잠시 바라보았다.

"그럼 괜찮죠?"

"아니요. 마음만 고맙게 받을게요, 서연 씨."

건우가 친절한 미소를 지으며 서류 가방을 고쳐 들었다. 그는 순간적인 감정에 휩쓸려 신중하지 못했다고 생각했다. 서연이 시무룩한 얼굴로 건우를 바라보았다.

"……난 또 아저씨가 나한테 관심이 있나 했죠. 그런데 다른 데 가서 똑같이 행동하면 안 돼요. 난 정말 아저씨가 나한테 작업 거는 줄 알았단 말이에요."

"그렇게 보였어요? 그랬다면 미안해요."

서연은 지갑에서 오천 원짜리 지폐 한 장을 꺼내 건우에게 내밀었다.

"받으세요. 제 커피 값이에요."

"괜찮아요, 서연 씨."

"우리 오빠가 모르는 사람한테 얻어먹지 말라고 했어요."

그녀는 손사래를 치며 거절하는 건우의 재킷 주머니 속으로 한사코

오천 원짜리 지폐를 밀어 넣었다. 건우가 당황한 얼굴로 서연을 바라보았다.

"전 이만 가볼게요. 안녕히 가세요."

서연이 미련 없이 등을 돌리더니 로봇처럼 씩씩하게 팔다리를 움직이며 건물 안으로 걸어 들어갔다. 뒤돌아선 그녀의 얼굴은 붉게 물들어 있었다. 당연히 그린 라이트인 줄 알았는데, 주황색도 아니고 무려 레드였던 것이다. 에잇. 서연은 고개를 붕붕 흔들며 머릿속에 남은 건우의 잔상을 털어냈다.

그녀가 회전문 안으로 사라지는 모습을 지켜보던 건우가 쓸쓸히 발걸음을 돌렸다. 머리로는 잘한 일이라고 생각했지만 왠지 마음이 무거워졌다.

⚜

NIS 국장실.

"방금 뭐라고 하셨습니까?"

"너희 둘 다 대전으로 내려갈 거니까 준비하라고 했다."

"저 혼자서도 충분합니다, 국장님."

민준은 바로 옆에 인정을 세워두고도 귀찮다는 표정을 감추지 않았다. 김 국장이 슬쩍 인정을 쳐다보았다가 못마땅한 기색이 역력한 민준을 더 못마땅한 얼굴로 바라보았다. 사람을 면전에 두고 저런 말을 하다니, 참으로 배려 없는 자식이었다.

"경호실에서 요청한 건 여자 요원이고, 박인정 혼자 보내기엔 불안하니 둘이 가라는 거 아냐. 불만 있으면 지금 말해, 너 대신 다른 놈 보낼 테니까."

"……."

"폐 끼치지 않을게요, 선배님."

민준의 반응이 서운해진 인정이 퉁명스러운 목소리로 말했다. 아무리 제가 미숙하다지만 바로 눈앞에서 잔뜩 인상을 구기고 서 있는 민준을 보니 기분이 몹시 언짢았다.

"나머지 진행 사항은 박 단장한테 듣고 인정인 그만 나가봐."

김 국장이 그녀에게 눈짓을 하자 인정은 그에게 목례를 한 후 밖으로 나갔다.

"왜 둘이나 내려갑니까?"

문이 닫히자마자 민준이 대뜸 물었다. 김 국장이 괜히 두 사람을 대전으로 내려 보낼 리가 없었다.

"아무리 생각해도 개운치가 않아. 대전에 무슨 일이 있는지 좀 알아봐야겠다."

원자력연구소에서 비밀리에 무슨 일을 하고 있는 것 같은데, 대충 눈치를 보아하니 대통령에게도 보고하지 않은 모양새였다. 황 소장이 보고를 하지 않았다는 것은 청와대에서 알게 되었을 때 반대할 것이라고 생각했기 때문일 터였고, 그럼에도 불구하고 강행하겠다는 건 추후에 꽤나 골치 아픈 일로 번질 수 있다는 이야기였다.

과학자에겐 과학자로서의 입장이 있고 청와대는 대내외적인 정치적, 경제적 입장이라는 게 있다. 이렇게 애매한 입장 차로 인해 어느 한쪽으로 결정하기 힘들 때 김 국장은 한 가지만 생각한다. 이 일이 나라의 안녕과 이익에 반하는 일인가, 아닌가.

"알겠습니다."

민준이 대수롭지 않게 대답했다. 그곳에서 무슨 일을 하든지 간에, 그에게 중요한 건 대전으로 내려갈 수 있게 되었다는 사실이었다.

"잠은 잘 자고 있어?"

"그럼요."

그러고 보니 강조국한테 아직 어제 잘 잤다고 보고를 하지 못했다. 그는 얼른 칭찬을 받아야 한다는 생각에 마음이 조급해졌다.

"더 이상 하실 말씀 없으십니까?"

민준이 손목시계를 쳐다보며 되물었다. 오후 1시 30분이었다.

"재권이한테는 다녀왔어?"

"오후에 잠깐 들르려고요."

민준이 귀국한 지 벌써 여러 날이 지났다. 안 그래도 그는 오늘 오후쯤 친부모님이 계신 곳에 들러야겠다고 생각하고 있던 참이었다.

"박 단장한테 들렀다 가봐."

"알겠습니다."

민준이 가볍게 목례를 한 후 밖으로 나왔다. 그리고 핸드폰을 꺼내 최근 통화 목록의 가장 위에 있는 전화번호를 눌렀다. 수신자는 당연히 민들레였다.

[여보세요?]

그녀의 밝고 낭랑한 목소리가 들리자 민준이 입가에 흐뭇한 미소를 지었다.

"나야. 지금 바빠?"

[아니요. 이제 막 점심 먹고 연구실로 들어가는 길이었어요.]

전화기 너머에서 웅성웅성거리는 소음이 들렸다. 아마 동료들과 함께 식사를 하고 들어가는 모양이었다. 그런데, 어째 주변에서 들리는 목소리가 죄다 바리톤이었다.

'언짢네, 이거.'

민준이 눈을 가늘게 떴다.

"어젯밤엔 잘 잤어?"

[그럼요, 잘 잤죠. 왜요? 무슨 일 있어요?]

"나도 잘 잤거든. 그것도 아주 잘."

[그랬어요? 잘했어요.]

후훗. 민준이 입가에 미소를 띤 채 복도를 따라 느긋하게 걸었다.

“나 이제 다 나은 것 같은데.”

[그럼 병원에서 증명서 떼어 와요.]

쩝. 역시 강조국은 호락호락하지가 않았다.

“이봐, 강……”

말을 이어가려던 민준이 갑자기 입을 다물었다. 복도 끝에는 인정이 신발로 바닥을 툭툭 차며 서 있었다.

“이따 전화할게.”

[그래요.]

전화를 끊은 민준이 앞을 그대로 지나가자 인정이 얼른 그의 옆을 따라 걸었다.

“선배님.”

“말해.”

“박 단장님께서 그러시는데 대전에 이미 경호관 숙소가 있대요. 근데 둘이 내려가니까 근처에 선배님께서 쓰실 숙소를 하나 더 구해야 한다고 말씀하셨어요.”

‘아, 숙소.’

민준은 머릿속으로 702호를 떠올리며 눈을 반짝였다.

“박인정.”

“네.”

웬일로 인정을 부르는 민준의 목소리가 나긋나긋하고 친절했다. 인정은 얼굴에 홍조를 띤 채 민준을 바라보았다.

“지금 숙소는 내가 사용할 거니까, 네가 새로 구할 숙소에 묵도록 해.”

“네? 하지만 단장님께서 그건 제 숙소라고 하셨는데요?”

"꼭 좋은 데로 구해달라고 해라."

황당한 표정을 짓는 인정을 흘끔 쳐다본 민준이 다시 복도를 걷기 시작했다. 조국이 그를 보고 어떤 표정을 지을지 생각하니 그의 가슴이 간질거렸다. 민준은 그녀가 처음엔 놀랐다가, 바로 그에게 달려와 안겼으면 좋겠다고 생각했다.

건우는 비서실장을 통해 백 회장이 몸이 불편하다는 이야기를 여러 번 전해 들었다. 그럼에도 불구하고 건우는 그동안 백 회장을 찾아가지 않았다. 건우는 하나밖에 없는 아들을 끔찍이 생각하면서 다른 사람의 목숨은 가볍게 여겼던 아버지에게 그런 기쁨을 주고 싶지 않았다.

뉴스에서 으레 보던 것처럼 구속 집행정지 신청을 하고 휠체어에 마스크를 쓰고 나올 것이라고 생각했던 것과는 달리 백 회장은 의외로 조용한 수감 생활을 했다. 만약 백 회장이 그랬다면 아버지에 대한 건우의 혐오감은 더 짙어졌을 것이다.

딸깍— 면회실에 앉아 생각에 잠겨 있던 건우는 문이 열리는 소리에 고개를 들었다. 백 회장이 교도관과 함께 면회실로 들어오자 그는 의자에서 일어났다.

이 년 만에 본 아버지는 많이 쇠약해 보였다. 회장실에 앉아 있을 때에는 그렇게 위풍당당하던 아버지도 수의를 입고 있으니 그저 평범한 할아버지에 불과해 보였다. 그래도 아버지인지라, 백 회장의 초라한 모습을 대면하는 순간 그의 가슴이 꽉 막혀왔다.

"오랜만이구나."

백 회장은 눈시울을 붉히며 건우를 바라보았다.

"하실 말씀이 있으신 것 같아 들렀습니다."

건우는 냉정을 잃지 않기 위해 마음을 침착하게 가다듬었다. 부드러운 외모와 달리 건우는 차가운 면모를 가지고 있었고, 그런 성격이 그를 지금까지 버티게 해준 것이었다.

"네가 고생이 많다는 얘기는 들었다. DX는 이제 완전히 정리가 된 거냐? 아깝지만 어쩔 수 없지, 다음을 기약하는 수밖에."

당연한 수순이었지만 Pakin 그룹은 무기를 생산 수출하는 방위산업체를 더 이상 소유할 수 없게 되었다. Pakin의 방위산업체였던 계열사 DX는 직원 고용 승계 조건으로 다른 기업에 매각되었다.

"그 정도로 끝난 게 감사할 일이지요."

사실 정부가 마음만 먹었다면 Pakin 그룹을 해체시킬 수 있는 명분은 충분했다. 그래도 Pakin 그룹이 아직까지 명맥을 이어갈 수 있는 건 영애를 보호하려 했던 건우의 행적이 암묵적으로 정상 참작되었기 때문이었다.

"그런데 대전에 갑자기 공장은 왜 지은 거냐."

백 회장이 교도관의 눈치를 살피며 나직한 목소리로 물었다.

"대전에 물류 창고가 필요해서요."

그는 의미심장한 눈빛으로 건우를 바라보았지만, 건우는 별거 아니라는 듯 담담하게 대답했다. 백 회장은 회사에 관련된 일이라 계속해서 신경을 쓰고 있었다. 아무리 바깥출입을 할 수 없는 입장이라고 해도 불필요한 시설에 막대한 자금을 쏟아 붓는 걸 백 회장이 모를 리가 없었다.

"건우 너, DX도 넘어간 마당에 국제 무기상에 아직도 줄을 대고 있는 이유는 또 뭐야. 혹시…… 나중을 생각하는 거냐?"

"아버진 여전하시네요."

백 회장의 낮은 목소리에는 희망이 섞여 있었기에 건우는 씁쓸한 표정으로 그를 바라보았다. 백 회장의 탐욕스러운 눈빛은 여전히 변함이 없었다.

"기업 운영은 자선사업이 아니야, 명심해."

"아버지!"

건우가 언성을 높이자 백 회장은 고개를 돌리며 그의 시선을 외면했다. 백 회장은 아들이 정부 기관과 관련된 투자에 적극적이고, 사회 각계 계층에 목돈을 기부하는 이유가 바로 그의 특별사면을 염두에 두고 하는 행동이라고 생각했었다. 제아무리 아비를 미워해도 그래도 속으로는 핏줄이라 어쩔 수 없었나 보다, 라고 생각했는데 알고 보니 건우는 그의 사면에는 조금도 관심이 없었다. 어려운 상황에서도 냉정함을 잃지 않는 점은 기특했지만, 부모 앞에서도 누그러지지 않는 건우의 차가운 면모는 내심 괘씸했다.

"다른 말씀 없으시면 이만 가보겠습니다."

건우가 의자에서 일어섰다. 그는 더 이상 아버지와 마주 앉아 있고 싶지 않았다. 그날 이후 아버지의 아들이라는 사실이 수치스러워졌다. 한때 남들보다 더 높은 긍지를 가지고 살았던 건우에게 그 수치심이란 생각만 해도 몸서리칠 정도로 치욕스러운 것이었다.

"건강하세요, 아버지."

건우는 냉랭한 목소리로 말을 뱉으며 서류 가방을 집어 들었다.

"나도 일이 이 지경까지 올 줄은 몰랐다. 하지만 후회는 안 해. 후회 같은 건 나약한 패배자들이나 하는 거다."

"전 후회합니다, 아버지."

건우는 후회하고 또 후회했다. 만약이라는 경우의 수를 따지며 고통스러운 시간을 거슬러 올라가다 보면, 언제나 그 출발점에 그가 있었다. 그가 NIS를 그만두지 않았더라면 아버지가 같은 잘못을 반복하지 않을 수도 있었다. 그리고 어쩌면, 안기영도 다른 인생을 살 수 있었을 것이다.

백 회장은 잠시 침묵을 지키다 다시 입을 열었다.

"날 추워지는데 옷 따듯하게 입고 다녀라."

건우가 고개를 돌리며 백 회장을 외면했다. 울컥하는 마음과 함께 눈시울이 뜨거워졌다. 그래도 아버지라 온전히 미워할 수만은 없었다. 이따금씩 지독하게 외로울 때면, 의식의 끄트머리에 어릴 적 다정했던 아버지의 환영이 보이기도 했다.

"……건강이 안 좋으시다면서요."

울음을 삼킨 목소리가 제멋대로 갈라져 나왔다.

"아프긴 내가 왜 아파! 여기서 나갈 때까지 건강해야지. 내가 밖에 나가서 할 일이 얼마나 많은데!"

금세 오만함과 뻣뻣한 자세를 되찾은 아버지의 모습에 건우는 거부감이 아닌 안도감이 들었다. 아버지의 이런 욕심과 오만한 모습이 오히려 건우의 마음을 편하게 해주었다.

"그때까지 네가 Pakin을 잘 지키고 있어야 한다. 내가 여기에서 나가기만 하면 DX보다 더한 걸 만들 테니 말이다. 두고 봐라!"

그는 아버지가 많이 달라지지 않아서 정말 다행이라고 생각했다. 눈가에 촉촉이 맺혔던 물기는 빠르게 말랐고, 건우는 다시 침착한 모습을 되찾았다.

"네가 오기 싫으면 박 실장이라도 자주 보내."

"알겠습니다."

건우는 아버지를 더 돌아보지 않고 면회실을 나섰다. 몇 걸음 걷지도 않았는데, 가슴에 날카로운 통증이 느껴져서 그는 복도 벽을 짚고 섰다. 목구멍까지 눈물이 차오르는데 쏟아낼 곳이 없었다. 금방이라도 질식할 것 같아서 숨을 헐떡거리는 건우의 머릿속에 문득 서연이 떠올랐다.

정말 웃기게도 그 순간, 서연이 보고 싶었다.

⚜

5, 4, 3, 2, 1, 땡!

"내일 뵙겠습니다!"

초침과 분침이 만나 한 몸을 이루는 찰나의 순간, 서연이 의자를 뒤로 힘껏 밀며 자리에서 벌떡 일어났다. 그녀는 사무실 출입구를 향해 종종걸음으로 걷듯이 달렸다. 서연은 엘리베이터 버튼을 반복해서 누르며 초조하게 위를 올려다보았다.

"근처에 볼일이 있어 들렀는데, 시간 괜찮으면 나랑 저녁 같이할래요?"

후훗. 서연이 흡족한 미소를 지으며 머리카락을 어깨 너머로 도도하게 쓸어 넘겼다. 아닌 척하더니 역시 그린 라이트였다. 안 그래도 건우의 우울한 얼굴이 계속 눈에 밟히던 참이었다. 아직도 먹구름을 머리 위에 이고 다니는지도 궁금했고, 제 전화번호는 어떻게 알았는지도 궁금했다.

마음이 급하니 엘리베이터 움직이는 속도가 영 굼뜨게만 느껴졌다. 서연은 급한 마음에 발만 동동 굴렀다.

회사 옆 골목 안쪽에 있는 편의점 앞에, 안이 잘 보이지 않는 고급 승용차 한 대가 서 있었다. 딱 봐도 저 차는 아닐 터인데 주변에 다른 차는 없었다. 서연은 고개를 앞으로 쑥 빼고 주위를 두리번거렸다. 분명히 미리 도착해 기다리고 있는 중이라고 했는데 어디에도 건우의 모습이 보이지 않았다.

"이씨. 오늘이 만우절이야? 췻."

서연이 고개를 아래로 떨구며 힘없이 뒤돌아섰을 때였다. 빠앙- 등 뒤에서 클랙슨 소리가 들렸다. 응? 다시 뒤돌아보니 까만 자동차가 그녀를 향해 깜빡깜빡, 헤드라이트를 비추었다. 서연이 까만 자동차를 향해 다가가자 조수석 창문이 조금 아래로 내려왔다.

"타요, 서연 씨."

로미오였다. 서연은 반색을 하며 냉큼 조수석에 올라 신나게 안전벨트를 맸다.

"이거 아저씨 차예요?"

"네. 내 차예요."

"아저씨 부자였군요?"

"맞아요. 부자예요. 내가 부자라서 좋아요?"

"부자이면 당연히 좋은 것 아니에요? 참, 그런데 내 전화번호는 어떻게 알았어요?"

"나도 예전에 그 회사 다녔잖아요. 아직도 그곳에 거미줄 같은 인맥이 남아 있죠."

"그럼 오늘은 정말 내가 보고 싶어서 온 거예요?"

"네. 네?"

핸들을 돌리며 무심코 대답을 하던 건우가 당황한 얼굴을 했다. 혹시 못 알아들었나 싶었던 서연은 손가락으로 자신을 가리키며 또박또박 말했다.

"오늘은 내가 보고 싶어서 온 거냐고요."

"아……."

건우는 뭐라 대답을 할지 망설였다. 서연의 직구 화법에 적응하려면 아무래도 시간이 필요할 듯싶었다.

"곤란하면 대답 안 해도 괜찮아요. 대신 저녁은 우리 아주 끔찍하게 매운 걸 먹으러 가요."

"끔찍하게…… 매운 걸로요?"

"네. 아주아주 끔찍한 걸로요."

서연이 조금 당황한 건우의 얼굴을 바라보며 장난꾸러기 같은 눈빛을 했다.

잠시 후, 건우는 같은 가격의 음식에도 레벨이 있다는 걸 오늘 처음 알게 되었다. 식당 벽에 붙은 메뉴판에는 매운 단계가 총 6단계로 세심하게 나뉘어 적혀 있었다. 가격의 차이가 아니라 매운 강도의 차이라니, 그는 아무리 메뉴판을 꼼꼼하게 들여다보아도 도무지 무슨 차이가 있는 건지 알 수 없었다. 단계가 올라갈수록 매운맛이 강하다고 했는데, 단순히 생각해 볼 때 아무리 매워봤자 그래도 사람이 먹을 만하지는 않겠나 싶었다.

"몇 단계 드실 거예요?"

서연은 생글거리는 얼굴로 건우를 바라보며 물었다. 그녀의 얼굴은 잠시 후 일어나게 될 위장 습격 사건에 대한 기대감으로 가득했다.

"그래도 3단계가 중간이니까 그 정도는 먹어야 하지 않을까요? 아니면 4단계 먹을까요?"

"아저씨, 혹시 매운 고추를 밥 없이 여러 개 먹을 수 있어요?"

"아니요. 그럴 리가요."

건우가 정색을 하며 손사래를 쳤다.

"그럼 1단계 드세요. 저도 1단계 먹을 거니까요."

"그렇게 많이 매워요?"

후훗. 서연은 대답 대신 고개를 옆으로 기울이며 의미심장한 미소를 지었다.

"에……."

건우는 바닐라 아이스크림에 혀를 길게 내밀어 붙인 채 미동도 없이 앉아 있었다. 차가운 아이스크림이 아직도 가라앉지 않은 혀의 화기를 식혀주었다. 그 모습이 우스운지 서연은 이따금씩 킥킥 웃으며 아이스크림을 혀로 날름거렸다.

"1단계도 잘 못 먹을 거면서 무슨 자신감으로 3단계를 먹겠다고 그랬어요?"

"끔찍하게 매운 걸 먹겠다던 사람도 잘 못 먹던데 왜 나만 가지고 그래요?"

건우가 억울한 표정으로 툴툴거리더니 다시 차가운 아이스크림에 혀를 갖다 댔다. 엄청나게 매운 걸 먹겠다고 잔뜩 벼르더니, 서연도 건우와 별로 처지가 다르지 않았다. 둘 다 우유를 마시러 간 김에 매운 짬뽕을 몇 젓가락 먹고 나왔다고 생각하면 될 것 같았다. 건우는 그래도 남자 체면이 있지, 라는 몹쓸 생각을 아주 잠깐 했었었다. 그러나 두 번째 젓가락질부터 그는 급속히 겸손해졌다. 눈물, 콧물에 쓰린 속은 말할 것도 없고 머리까지 지끈거렸다. 그는 도대체 왜 이런 걸 돈 주고, 줄을 서면서까지 사먹는 건지 도무지 이해할 수 없었다.

"아저씨는 이제 기분이 좀 괜찮아졌어요?"

서연은 아이스크림을 핥으며 즐거운 목소리로 물었다. 건우가 미간을 살짝 찌푸리며 서연을 쳐다보았다.

"내가 언제 기분 안 좋다고 했어요? 그냥 저녁이나 먹자고 했지."

"나한테 왜 저녁을 먹자고 했는데요?"

"김민준…… 대리 여동생이기도 하고 회사 후배이기도 하고, 그리고 또……."

갑자기 그녀의 얼굴이 보고 싶었다는 말을 꺼낼 수는 없었다. 서연과는 딱 이만큼의 거리만 유지했으면, 그저 가끔 같이 저녁을 먹고 커피를 마시는 사이 정도였으면 좋겠다는 생각을 했다. 이게 이기적인 마음이라는 걸 건우도 잘 알고 있었다. 하지만 그는 오늘 너무 지쳤고, 누군가를 만나 위로받고 싶기도 했다. 그저 이렇게 서연을 만나 웃으며 잠깐이나마 시름을 잊고 싶을 뿐이었다.

"……우린 친구잖아요."

"우리가 친구예요?"

"커피도 같이 몇 번 마셨고, 오늘은 매운 음식도 같이 먹었고. 이 정도면 우리 친구라고 할 수 있지 않아요?"

"전 남자랑 친구 안 하는데요? 애인이라면 또 모를까요."

"젊은 사람이…… 생각이 참 고루하네요."

건우는 민망한 표정을 감추며 아이스크림을 한입 베어 물었다. 말이 안 된다고 생각하면서 얘기를 꺼내긴 했지만, 그렇다고 이렇게 단칼에 거절할 줄은 몰랐다.

"그러니까 아저씨는 저랑 놀고만 싶다는 거군요? 연애는 하기 싫고, 놀고는 싶고."

"그렇게까지 비약하진 말아요, 서연 씨. 그런 뜻으로 말한 건 아니니까."

건우가 정색하는 얼굴로 말했다. 그는 자신의 뜻과 다르게 굉장히 나쁜 놈이 된 것 같아 기분이 언짢아졌다.

"좋아요! 친구 해요, 우리."

"네?"

"내가 이제부터 아저씨랑 놀아주겠다고요."

서연은 아이스크림콘까지 입안으로 모두 털어 넣은 뒤, 옷에 떨어진 과자 부스러기를 마저 툭툭 털어냈다.

"근데, 그전에 우유 하나만 더 사 먹고 친구 해요."

서연이 가방을 뒤적거리더니 그 안에서 손바닥만 한 동전 지갑을 꺼냈다.

"매운 거 잘 먹어서 나한테 먹자고 한 거 아니었어요?"

"저 매운 거 잘 못 먹어요. 일부러 신체에 고통을 가하며 즐길 정도로 가학적인 취미도 없고요. 전 달콤한 거 좋아한다고 말했잖아요."

참, 그랬지. 서연은 '생크림 아주 많이' 아가씨였다.

'그럼, 매운 걸 좋아하지도 않으면서 이곳엔 왜 오자고 한 거지?'

건우가 고개를 갸우뚱 기울였다.

"그런데 여기는 왜 오자고 한 거예요?"

"이를 테면 뇌를 다른 곳으로 유인하는 거예요. 쓰린 속 때문에 다른 생각할 틈을 주지 않는 거죠. 제가 울고 싶을 때 가끔 써먹는 방법이에요."

"서연 씨 아까 울고 싶었어요?"

"나 말고 아저씨요. 그러게 아저씨는 왜 아직도 청승맞게 머리 위에 먹구름을 이고 다녀요?"

그럼 나 때문에 여길 오자고 한 거였나. 그가 서연을 바라보며 아이스크림을 한입 베어 먹었다. 건우는 이 생크림 아가씨와 친구보다는 조금 더 가까운 사이가 되고 싶었다. 친구와 연인 사이 정도면 좋겠다는 건 내 욕심인 걸까?

"아저씨도 우유 사줄까요?"

"……아니요, 괜찮아요. 그런데 그보다."

"응?"

편의점 문 앞에서 서연이 뒤돌아 건우를 바라보았다.

"서연 씨는 언제까지 나를 아저씨라고 부를 거예요?"

"아저씨를 아저씨라고 안 부르면, 그럼 뭐라고 불러요?"

"그냥 오빠라고 부르던가요."

"그건 안 돼요. 세상에 오빠는 우리 오빠 한 사람뿐이에요."

"치사해요, 서연 씨."

"치사해도 어쩔 수 없어요."

"……백건우."

"응?"

"내 이름 백건우라고요. 그러니까 앞으로는 이름으로 불러줘요."

'백건우? 분명 어디서 많이 들어봤던 이름인데…….'

서연이 의아한 얼굴로 눈동자를 데굴데굴 굴렸다.

"우유 안 사도 돼요?"

"아니요? 살 거예요."

고개를 갸웃거리던 서연이 편의점 문을 열고 곧장 안으로 사라졌다. 건우는 피식 웃으며 아이스크림을 크게 한입 베어 물었다.

8

이 년 만이었다. 민준은 추모 공원, 부모님의 납골당 앞에 서서 눈을 감았다. 두 분을 그리워하며 눈물 흘리던 아이는 이제 어린 자식을 두고 세상을 떠나야 했던 두 분의 심중을 헤아리는 어른이 되었다.

"다녀왔습니다."

민준이 감았던 눈을 뜨며 조용히 읊조렸다. 저와 아버지가 아니라면 두 분을 기억하는 사람이 없을 터라, 그가 없는 동안 찾아오는 사람이 없어서 많이 외로우셨을 것이었다.

묵념을 마치고 고개를 든 민준은 제 눈앞의 뭔가를 보고 놀랐다. 부모님의 납골당 유리문 옆에 작은 꽃다발이 꽂혀 있었다. 납골당 사이즈에 맞춰 제작을 한 것처럼 보이는, 화사한 꽃들이 하나하나 세심하게 다듬어진 작은 꽃다발이었다. 민준은 의아한 얼굴로 유리문에 가까이 다가가 꽃다발을 자세히 바라보았다.

하얗고 노란 민들레꽃이 아름다운 리본으로 곱게 묶여 있었다.

조국은 저녁을 먹고 연구실 식구들과 함께 가볍게 맥주 한 잔을 마셨다. 그녀는 조금 함께하고 싶었지만, 근처에서 기다리는 경호관을 생각해 먼저 자리를 털고 일어났다. 최근 그녀에게 일어났던 불미스러운 일로 경호관이 교체되었는데, 만난 지 며칠 되지 않은 사람에게 술에 취한 모습까지 보여줄 순 없었다.

"응?"

오피스텔에 도착해 차에서 내린 조국이 제자리에 걸음을 멈추고 선 채 눈을 깜빡거렸다. 맥주는 한 잔만 마시고 왔는데 헛것이 보이는 듯했다. 서울에 있어야 할 민준이 오피스텔 출입구에 서 있는 것이다.

"늦었네."

조국을 발견한 민준이 그녀에게 다가왔다. 기다리느라 많이 피곤했는지, 그는 조국을 보고도 웃지 않았다.

민준이 조국에게 다가오자 경호관의 얼굴이 긴장감으로 딱딱하게 굳어졌다. 며칠 전 영애가 위험에 처했던 일 때문에 경호실에는 한차례 거센 폭풍우가 지나갔다. 굴욕적이게도 이제 영애의 경호는 청와대 경호실이 아니라 NIS 소관으로 넘어갈 예정이었고, 그녀는 그때까지만 영애의 곁을 지키라는 명령을 받았다. 이런 상황에서 영애에게 또 다른 불미스러운 일이라도 생긴다면 경호실의 체면은 바닥에 떨어질 것이 자명했다.

민준은 그의 앞을 가로막고 선, 결연한 얼굴의 여자 경호관을 보고 미간을 찌푸렸다.

"무슨 일입니까?"

"안 보입니다."

"제가 무슨 일이냐고 물었습니다."

"안 보인다고."

경호관이 민준을 똑바로 쳐다보며 품 안으로 손을 집어넣으려는 순간, 조국이 그녀의 팔을 붙잡았다.

"이상한 사람 아니에요. 제가 아는 분이에요."

"하지만 영애님."

"정말 걱정 안 하셔도 돼요. 먼저 올라가세요."

조국이 경호관을 향해 부드럽게 웃으며 고개를 끄덕였다. 경호관은 탐탁지 않은 눈길로 민준을 위아래로 훑어보았다. 그녀는 아리송한 표정을 짓다가 조국의 환한 얼굴에 이내 표정을 지우고 두 사람 앞에서 사라졌다.

"연락도 없이 여긴 어쩐 일이에요?"

경호관이 사라지자 조국은 토끼처럼 깡충 뛰어 민준 앞에 섰다. 그녀는 예고 없이 갑자기 찾아온 민준이 너무 반가웠다.

"그냥 얼굴 보려고 잠깐 들렀어."

"얼굴 보려고 이 시간에 일부러 여기까지 온 거예요? 왜요……?"

"할 얘기도 있고."

반가운 마음이 들었던 것도 잠시, 할 말이 있다는 말에 심장이 불안하게 뛰기 시작했다. 조국은 민준의 눈빛이 복잡해 보여 어색한 표정을 지었다. 그가 이런 얼굴을 한 걸 보니 하기 어려운 말일 터였다.

"우리 급한 이야기가 아니면 오늘 말고 나중에 할까요?"

"왜 갑자기 그런 얼굴을 하는 거야?"

민준이 설핏 미간을 좁히며 조국을 바라보았다.

"당신 혹시…… 또 어디 가는 거예요?"

의아한 얼굴을 한 민준은 이내 그녀의 말뜻을 알아채고 짧은 한숨을 내쉬었다.

"하아, 당신이 여기에 있는데 내가 어딜 가."

그는 자신을 보며 이런 생각을 떠올리는 조국이 안쓰러웠다.

"안아줄래, 안길래?"

민준이 조국을 향해 두 팔을 넓게 벌렸다. 그제야 안심이 된 조국은 입술을 삐죽거리며 그의 품에 덥석 안겼다. 민준은 조국의 어깨에 고개를 묻고 눈을 감았다. 그리고 품 안으로 날아온 민들레 홀씨가 혹시라도 바람에 다시 날아갈까 봐 가슴 안에 단단히 가두었다.

"근데 얼굴이 왜 그래요? 난 또 안 좋은 일이 있는 줄 알았잖아요."

"……내 얼굴이 어땠는데."

"표정이 예전과 똑같았어요."

조국의 목소리가 가늘게 떨렸다. 그녀는 이 년 전 두 사람이 헤어지던 날이 떠올랐고, 그때 느낀 감정이 고스란히 되살아나 눈물이 났다. 민준이 이렇게 아무런 표정을 짓지 않는 것은 그 뒤에 감춰야 할 감정이 있기 때문이었다는 걸 나중에야 깨달았다. 그래서 조국은 그날처럼 표정을 감춘 민준이 불안하고 두려웠다.

"오늘 부모님께 다녀왔거든."

민준의 나지막한 목소리에 조국이 작게 숨을 죽였다. 부모님이라니, 어떤 부모님을 말하는 것인지 짐작이 가지 않았다. 아직 두 사람은 민준의 돌아가신 부모님에 대해 이야기를 나눈 적은 없었다. 그래서 설은 그에게 어떤 부모님을 이야기하는 거냐고 물을 수가 없었다.

"거기에서 민들레꽃을 봤어. 당신이 좋아하는 꽃."

민준은 아직, 그녀가 어떻게 돌아가신 부모님에 대해 알고 있는지 김 국장에게 물어보지 않았다. 하지만 그 장소를 알고 있는 사람은 아버지밖에 없으니 조국은 분명 아버지에게 그 이야기를 들었을 터였다. 그녀는 어쩌면 민준이 누구에게도 말한 적 없는, 그의 어린 시절 이야기까지 알고 있을지도 모르는 일이었다.

"……그랬군요."

"응."

조국은 짧게 대답한 뒤 천천히 팔을 올려 민준의 등을 감싸 안았다.

조금 전 안아줄 건지 안길 건지 물었던 민준은, 사실 그녀가 안아주기를 바랐던 것이었을까? 안아달라는 말을 꺼내지 못해서 그녀를 안고 기대는 민준을 생각하니 가슴이 먹먹해졌다.

조국이 그의 등을 조심스럽게 어루만졌다. 바람을 타고 우연히 날아든 홀씨가 척박하고 메마른 그의 가슴에 뿌리를 내리고 예쁜 꽃을 피웠다. 민준은 이제 그녀가 떠난다고 해도 보낼 수 없을 것 같았다.

"……저녁은 먹었어요? 피곤하지 않아요?"

"당신은 왜 나한테 항상 밥 먹었냐, 잘 잤냐만 묻는 거지? 꼭 엄마 같잖아."

민준이 피식 웃으며 낮은 목소리로 물었다. 분명 궁금한 게 많을 텐데도 조국은 아무것도 묻지 않았다. 그에게 이런 감정을 가지게 하는 사람이 세상에 또 존재할 수 있을까? 조국은 그에게 사랑하는 여인이면서 한편으론 어머니 같고, 또 다정한 누이 같기도 했다. 그녀는 그에게 따듯하고 사랑스럽고 편안한 보금자리였다.

"당신 지금 많이 피곤해 보여요. 근처에 호텔 있으니까 오늘은 여기에서 자고 내일 올라가요. 그렇게 해요, 응?"

조국은 민준의 품에서 얼굴을 떼며 그를 올려다보았다. 민준은 그런 그녀의 얼굴을 잠시 바라보다 입을 열었다.

"당신이 나랑 같이 있어준다면."

오늘은 혼자 있고 싶지 않았다. 그는 이 따듯한 온기를 좀 더 오래 붙잡고 있고 싶었다.

두 사람이 탄 엘리베이터가 7층에 도착하자 조국은 엘리베이터 안에서 바깥으로 고개를 쑥 내밀고 밖을 바라보았다. 만약 경호관과 얼굴이라도 마주친다면 서로 민망한 상황이 연출될 수도 있었다. 조국은 뒤꿈치를 들고 701호를 향해 살금살금 걸었고, 민준은 귀엽다는 듯 눈웃음을 지었다. 조국은 재빨리 현관문을 연 뒤 그에게 들어오라는 손짓을 했다. 꼭 남의 집에 몰래 들어가 도둑질을 하는 것처럼 심장이 쿵쾅거렸다.

조국은 민준을 이대로 서울로 올려 보내고 싶지 않았고, 이 시간에 호텔을 찾아 거리를 전전하게 만들고 싶지도 않았다. 그러기엔 민준이 너무 지쳐 보였다.

오피스텔 안으로 무사히 들어오자 조국은 움츠렸던 어깨와 허리를 당당히 펴며 뿌듯한 표정을 지었다. 그녀는 어려운 장애물을 무사히 극복하고 마침내 결승선을 통과한 기분이었다.

"소파에 앉아서 잠깐만 기다리고 있어요. 내가 당신이 입을 만한 옷이랑 세면도구 찾아줄게요."

조국이 서둘러 코트를 벗으며 말했다. 그런 그녀를 민준이 물끄러미 바라보았다.

"그것보다 먼저 나 먹을 것 좀 주면 안 돼?"

"당신 아직 저녁 안 먹었어요?"

"응, 안 먹었어. 나 배고파."

민준은 기다렸다는 듯 고개를 끄덕였다.

"집에 지금 먹을 만한 게 없어요. 라면도 괜찮겠어요?"

"집에 라면이 있어?"

"혹시 몰라서 사다놓았어요."

조국은 라면을 좋아하지 않았다. 하지만 그녀는 민준이 돌아온 이후 평소 같았으면 사지 않았을 물건을 구입해 집에 구비해 놓았고, 라면도 그중 하나였다.

민준이 욕실에서 손을 씻고 나오는 동안 조국은 편한 실내복으로 갈아입고 나와 물을 끓이기 시작했다. 민준은 식탁 의자에 앉아 조국의 분주한 움직임을 눈으로 좇았다.

"당신도 나랑 같이 먹을 거지?"

"그럼, 나 빼고 당신 혼자 먹으려고 했단 말이에요?"

"아니. 혼자 먹기 싫어서."

민준은 눈을 흘기는 조국을 바라보며 피식 웃었다. 이상하게도 그녀를 만나면 사실은 배가 고팠고, 사실은 피곤했으며, 사실은 쉬고 싶었던 거라는 걸 깨닫는다.

"당신은 이제 무슨 일을 하는 거예요?"

조국은 끓는 물에 라면을 넣으며 자연스럽게 물었다. 사실 그가 앞으로 무슨 일을 할 건지 궁금한 건 아니었다. 그저, 민준이 이젠 그녀를 두고 멀리 가지 않을 거라는 말을 듣고 싶었다.

"그냥 늘 하던 일."

"지금 나한테도 비밀이라는 거예요? 난 이미 당신의 정체를 알고 있는 사람이라고요."

"그러니까 더 이상은 묻지 마. 당신은 나에 대해 너무 많이 알고 있어."

민준의 장난스러운 말투에 조국은 흘끔 뒤를 돌아보며 웃었다.

"가족들은 당신이 무슨 일을 하는지 알고 있죠? 걱정이 많겠어요."

"아버지만 알고 계셔. 어머니랑 서연인 모르고."

"그래도 가족인데 너무하네요. 진짜 모른다는 것도 신기하고요."

"어쩌면 어머니는 알면서도 모른 척하고 계실 수도 있어. 아버지 때문에 마음고생을 많이 하셔서 나까지 그런 일을 한다고 믿고 싶진 않으실 거야."

"……그런데도 당신은 그 일이 좋아요?"

"응."

조국은 다 끓인 라면을 식탁 위로 가져왔다.

"그만두고 싶다는 생각을 해본 적은 없어요?"

"그런 적은 한 번도 없었는데."

조국은 왠지 조금 서운한 기분이 들었다. 그가 저 때문에 일을 그만두기를 바라는 건 아니었지만 적어도 고민했다는 이야기는 듣고 싶었다. 하지만 민준이 만약 연구소를 그만두길 바란다는 말을 한다면 그녀 역시 같은 대답을 할 터였다. 그녀 역시 지금 하고 있는 일을 그만두고 싶다는 생각을 해본 적이 없었고, 또 앞으로도 그럴 생각이 없기 때문이었다.

"만약 내가 그만두길 바란다면요?"

"정말 내가 이 일을 그만두길 바라는 거야?"

민준이 뜨거운 김이 나는 라면을 후루룩 입에 넣었다.

"그걸 바라는 건 아니지만 그래도 만약이라는 게 있잖아요."

"이 일은 내가 좋아하고 또 내가 가장 잘할 수 있는 일이야."

"알아요. 그렇지만."

"응?"

"……아니에요. 내가 괜한 말을 했어요."

조국은 뜨거운 면을 후후 불어 김을 식힌 후 입에 넣었다. 이제 더 이상 그가 다치거나 아프지 않았으면 좋겠다는 말을 진지하게 꺼낼 수는 없었다. 그건 그를 걱정하면서 괴로워하고 싶지 않은, 제 이기적인 마음일 수도 있다는 생각이 들었기 때문이었다.

게다가 자신이 민준에게 그런 걸 바랄 입장도 아니었다. 지금 누가 누구한테 위험한 일을 그만두었으면 좋겠다는 말을 할 수 있겠는가.

"우리 아버지 때문에 그래?"

민준의 물음에 설은 젓가락질을 멈추고 잠시 그를 응시했다. 그가 어떤 아버지를 얘기하고 있는지 알 수 없었다.

"혹시 내 친아버지 때문에 그런 생각을 하는 거냐고. 당신 지금 걱정하는 거잖아."

"……."

"아버지가 돌아가신 건 누구 탓이 아니라 사고였어. 그리고 꼭 이 일을 해서가 아니라 사고는 누구한테나 일어날 수 있는 일이야."

"하지만…… 우리 할아버지는 그렇게 생각하지 않았을 거예요. 그 일이 가족이나 가까운 사람의 일이라면 그렇게 생각할 수만은 없잖아요."

"아니. 그건 분명 불행한 사고였어. 그러니 당신이 거기에 미안해할 필요는 없어. 그건 돌아가신 이 박사님도 마찬가지고."

후루룩- 민준은 면발을 입안으로 밀어 넣었다.

소방관이 화재 진압을 하다가 유명을 달리할 수도 있다. 그렇다고 해서 그게 그 집에 불이 난 탓이라고 말할 수는 없다. 민준은 혹시라도 설이 쓸데없이 책임감 비슷한 감정을 갖게 되길 바라지 않았다.

"그럼…… 그 집은 왜 받지 않은 거예요?"

"내가 뭘 안 받아?"

"할아버지께서 당신한테 남기신 평창동 집이요."

민준이 입안에 든 음식을 느리게 씹으며 조국을 바라보았다. 아버지가 자신이 부탁한 일을 조국에게 일부러 전했을 리는 없었다. 그 이야기는 아버지에게도 즐거운 이야기가 아닐 것이기 때문이었다. 그렇다면 조국은 그걸 어떻게 알게 된 걸까?

"어떻게 안 거야?"

민준이 시선을 내리며 태연하게 식사를 이어갔다 .

"할아버지께서…… 수첩에 메모를 남겨놓으셨어요."

"그러셨어?"

하긴, 그렇게 들키지 않은 이상 아버지가 조국에게 그 이야기를 먼저 꺼냈을 리가 없었다.

"김민준 씨."

"응."

"할아버지께선 진심으로 당신이 행복하길 바란다고 하셨어요. 그래서 할아버지한테 소중한 추억이 있는 집을 당신한테 남기신 거고요."

"박사님의 마음은 감사하지만 내가 그걸 받을 이유는 없어. 그리고 나한테 그 집이 생겼다고 해서 내가 더 행복해지는 것도 아니고."

"그럼 나한테는 도대체 그 집을 왜 준 거예요?"

"난 그 집의 진짜 주인한테 돌려줬을 뿐이야."

이인호 박사의 심정은 충분히 이해가 갔지만, 사실 그는 친아버지의 목숨 값을 받은 것 같아 마음이 불편했다. 만약 집이 아니라 다른 것이었다 해도 그는 거절했을 터였다. 그는 이인호 박사가 느꼈을 자책감보다 돌아가신 아버지의 명예가 더 중요했다.

"난 그 집을 받을 수 없어요. 할아버지께서 하늘에서 보고 계신다면 많이 속상하실 거예요."

"당신이 그 집을 찾았으니 난 그걸로 됐어. 내가 좋다는데, 그걸로 안 되는 거야?"

"정말 그렇게 나한테 줘도 괜찮은 거예요?"

그냥 집만 넘긴 게 아니었다. 집이 워낙 고가라 납부해야 할 세금도 상당했을 터였다. 그런데 집은 이미 소유권 이전등기와 관련된 세금까지 깨끗하게 정리된 상태로 조국에게 넘어왔다.

"박사님께서 내가 행복하길 바란다고 하셨다며. 난 당신이 그 집을 찾아서 충분히 행복해."

민준은 별다른 감정의 동요를 드러내지 않았고, 그 일에 대해 더 이상 언급하고 싶어 하지도 않았다. 그는 복잡했을 감정을 모두 정리한 후 그녀에게 갈무리한 감정만을 보여줬다. 조국은 자신이 오랫동안 잠 못 자고 고민했던 일을 민준이 아무렇지 않게 넘겨 버리자 왠지 조금 억울한 마음이 들었다.

"그럼 이제 나한테 다시 돌려달라고 하지 말아요! 난 그 집 가지고 시집갈 기니까."

"시집은 언제 갈 건데?"

민준은 그릇에서 시선을 떼지 않은 채 담담한 어조로 되물었다.

조국은 할 말을 잃은 채 멍한 얼굴로 그를 바라보았다. 민준은 조국에게 그런 질문을 던져 놓고도 후루룩후루룩, 면발을 입안으로 잘도 끌어 올렸다. 그녀가 아무 대답이 없자 민준이 힐끗 조국을 쳐다보았다.

"응? 언제 갈 거냐고."

"……그걸 내가 어떻게 알아요?"

조국은 뾰로통한 표정으로 대답한 뒤 얼른 시선을 내렸다. 그에게 프러포즈를 받은 것도 아닌데 가슴이 콩닥콩닥 뛰었다.

"라면 붇겠는데."

"응, 먹어요."

두 사람은 어색한 침묵 속에 식사를 이어갔다. 사실 어색한 건 조국뿐이었고, 민준은 정말 배가 고팠는지 냄비를 바닥까지 깨끗하게 비웠다.

"여기 당신 옷이요. 칫솔은 새 거 꺼내서 욕실 세면대 위에 올려놓았어요."

"이걸 여태 가지고 있었어?"

이 년 전 한국을 떠나기 전날, 민준을 찾아왔던 조국이 비에 젖은 옷을 갈아입고 돌아갔을 때의 옷이었다. 이 옷에 대해서는 그도 까마득히 잊고 있었다.

"내 옷도 아닌데 마음대로 버릴 수가 없었어요. 당신이 돌아오면 돌려주려고 가지고 있었던 거예요."

조국은 사실 민준이 한국으로 돌아오면 이 옷을 핑계로 그를 한 번 찾아갈 수 있지 않을까 싶어 지금껏 그 옷을 가지고 있었다. 하지만 가지고만 있었을 뿐 차마 꺼내볼 수는 없었다. 그녀는 이 옷을 보며 민준과 헤어지던 날을 다시 떠올리고 싶지 않았다.

민준은 조국이 내민 옷가지를 물끄러미 바라보다 시선을 들어 그녀를 바라보았다.

"……많이 울었어?"

민준의 낮은 목소리가 차분하게 가라앉았다. 그동안 지옥 같은 제 마음을 외면하기 급급해 조국이 어떤 마음일지 생각하지 못했다. 그저 그녀의 병이 나았다니 다행이었고, 하고 싶었던 일을 하고 산다니 잘된 일이라는 생각을 했을 뿐이었다. 그런데 남겨진 조국의 마음 역시 그와 다르지 않았다. 그녀의 마음이 그와 다르지 않았으니 많이 아팠을 것이고, 많이 울었을 터였다.

"응. 많이 울었어요."

조국은 미소를 지었지만, 지난날을 떠올리자 눈가가 촉촉해졌다. 민준이 조국의 어깨를 감싸 안자 그녀가 들고 있던 옷가지가 바닥으로 툭 떨어졌다.

"내가 잘못했어."

민준은 조국의 귓가에 한숨처럼 속삭였다. 그녀가 여전히 기억하고 기다리고 있을 거라는 생각을 하지 못했다. 저를 생각하는 그녀의 마음의 크기가 저와 같지는 않을 거라 생각했던 그의 잘못이었다.

"……응. 당신이 잘못했어요."

조국의 눈물이 민준의 셔츠에 진하게 번졌다.

조국이 씻고 나오니 민준은 소파에 팔짱을 끼고 기대앉아 눈을 감고 있었다. 그녀가 가져다 준 이불은 개킨 그대로 놓여 있었다.

"불편하지 않아요?"

"괜찮아. 편해."

자고 있던 게 아니었는지, 민준은 그녀가 묻는 말에 곧바로 대답했다. 조국은 심란한 표정을 지었다. 가뜩이나 잠을 잘 자지 못하는 사람이라 더욱 마음이 쓰였다. 작은 소파도, 민준이 잠자리로 삼기엔 너무 불편해 보였다. 그렇다고 그한테 침대에서 같이 자자고 할 수도 없고, '우리 침대에서 손만 잡고 잘래요?'라는 말을 꺼낼 용기 따위는 더더욱 없었다.

"그래도 많이 불편해 보이는데……."

"나도 당신이랑 같이 자고 싶은데, 내가 오늘은 별로 순수할 자신이 없어."

"내가 언제 당신이랑 자고 싶다고 했어요?"

조국이 퉁명스럽게 대꾸했다. 들어가 자라는 말인 건 잘 알았지만, 그래도 발걸음은 쉽게 떨어지지 않았다.

"얼른 자. 난 눈 좀 붙이고 있다 알아서 잘 갈 테니까, 괜히 아침 일찍 일어나지 말고."

"그래도……."

조국이 여전히 그 앞에 머뭇거리며 서 있자, 민준이 턱짓으로 침실을 가리켰다.

"토끼는 위치로."

"치."

그녀의 아랫입술이 불퉁하게 튀어나왔다.

입장이 바뀌어도 단단히 바뀌었다. 누가 얼핏 보면 조국은 같이 자자고 조르고 있고 민준이 완강히 거절하는 모양새였다. 조국이 입술을 삐죽거리며 침실을 향했다. 그녀는 미련이 남은 듯, 한 번 더 뒤를 돌아보았지만, 그는 이미 소파에 등을 기대고 눈을 감고 있었다.

거실 불이 꺼지고 마침내 어둠 속에 고요한 평화가 찾아왔다. 민준은 어둠 속에서 파란 하늘과 하얀 구름, 맑고 푸르른 자연을 상상했다. 그의 머릿속에 재현된 장면은 정말 순수함의 극치였다. 민준은 자신의 인내와 정신력에 후한 점수를 주며 소파에 누웠다. 좁은 소파가 불편하긴 했지만 그의 순수한 마음과 대조를 이루는 육체에 비할 정도는 아니었다.

그때, 침대에서 한참 동안 몸을 뒤척거리던 조국은 방문을 쳐다보았다. 혹시 민준이 저번처럼 잠을 잘 자지 못할까 봐 걱정이 되었던 것이다. 그녀는 방문을 꼭 닫으면 바깥소리가 잘 들리지 않을까 봐 일부러 문도 조금 열어두었다. 작은 소음이라도 들릴라치면 설은 벌떡 일어나 방문을 향해 귀를 기울였다.

그러기를 몇 번쯤 했을까, 이러다 정말 밤을 샐 것 같았던 조국은 차라리 민준의 근처에서 잠을 자는 게 더 낫지 싶었다. 조국은 붙박이장에서 두툼한 이불과 요를 꺼내 도둑고양이처럼 살금살금 거실로 걸어 나갔다.

민준은 오른팔을 이마에 올린 채 잠들어 있었다. 조국은 소파와 가까운 바닥에 조심스럽게 이불을 깔고 누웠다. 소리가 나지 않게 하려고 얼마나 긴장했는지 몰랐다. 마침내 자세를 잡은 그녀는 천천히 몸을 돌려 민준의 얼굴을 슬며시 올려다보았다.

그녀의 눈이 휘둥그렇게 커졌다. 자고 있는 줄 알았는데 민준은 깨어 있었던 것이다. 어둠 속에서 그녀와 민준의 눈이 마주쳤다.

“안 잤어요?”

“……응.”

조국은 낮게 갈라진 민준의 목소리에 묘하게 가슴이 두근거렸다.

“잠이 안 와요?”

“……그런가 봐.”

“그럼 내가 순수하게 안아줄까요?”

민준이 어이가 없다는 듯 피식 웃었다. 걱정은 되는데 같이 자자고 할 수는 없고, 해서 궁여지책으로 생각해낸 게 차가운 거실 바닥에 이

불을 깔고 누운 것일 터였다. 바보 같은 민들레 때문에 그의 마음이 뭉클해졌다.

“그러다 감기 걸려. 어서 방으로 들어가.”

“나 하나도 안 추워요. 이거 되게 따듯한 이불이에요.”

조국이 자신 있게 이불을 들춰 보이며 탁월한 보온성을 강조했다.

“……진짜.”

민준이 일어나더니 조국에게 성큼 다가왔다.

“으으응?”

조국의 몸이 공중에 붕 떠올랐다. 민준은 조국을 이불로 둘둘 말아 안고 침실로 향했다. 그녀를 이불로 말아 침대로 배송하는 데 재미가 들린 모양이었다.

“나 괜찮다니까요? 하나도 안 추워요, 진짜!”

“내가 추워서 안 되겠어.”

민준은 애벌레가 된 조국을 침대 위에 내려놓은 후 옆에 누워 그녀를 뒤에서 끌어안았다. 등 뒤에서 쿵쿵 낮게 울리는 민준의 심장박동이 느껴지자 조국이 숨을 멈추었다. 그녀가 돌돌 말린 이불 속에서 꼼지락거리자 민준이 낮은 목소리로 중얼거렸다.

“……가만있어. 죽겠으니까.”

민준은 그녀의 목덜미에 고개를 묻고 익숙한 향기를 맡으며 눈을 감았다.

깜박 졸았다고 생각했는데 벌써 5시가 다 되어가는 아침이었다. 민준은 조국이 깰세라 조용히 몸을 일으켰다. 그는 욕실에서 간단한 세면을 한 후 옷을 갈아입고 집을 나섰다.

“춥네.”

이른 아침의 공기는 칼바람을 품고 있었다. 하아— 민준이 오피스텔 출입구에 서서 허공에 길게 입김을 뿜었다. 해가 뜨려면 아직 시간이 꽤 남았는데, 벌써 희끄무레한 어둠을 가르며 출근길을 서두르는 사람들이 보였다.

"지금 올라가는 거예요?"

그때, 등 뒤에서 서운함이 잔뜩 묻어 있는 목소리가 들렸다. 민준이 뒤를 돌아보니 조국이 잠옷 바람에 기다란 카디건을 걸친 채 서 있었다. 그녀는 급하게 뛰어 나왔는지 맨발에 슬리퍼 차림이었다.

"일어나지 말라니까. 추운데 왜 나왔어?"

"눈 뜨니까 당신이 없길래……."

미간을 찌푸리며 조국에게 다가간 민준이 코트 자락을 펼쳐 그녀를 품 안에 안았다. 그 역시 그녀를 이곳에 두고 가야 하는 서운함이 조국보다 컸으면 컸지 작진 않았다. 민준은 그녀를 다독였다.

"금요일 저녁에 데리러 올게."

"그럴 필요 없어요. 나 금요일 저녁에 약속 있어요."

"약속 있어? 무슨 약속."

"아버지께서 그날 얼굴 좀 보자고 하셨어요."

"그럼 일 끝나면 전화해. 집에서 얌전히 기다리고 있을 테니까."

"……응."

조국은 헤어지기가 아쉬워 민준의 품 안에서 고개를 들지 않았다. 그를 보면 그가 안녕이라고 말할 것 같았다. 민준이 조국의 등을 토닥였다.

"요즘 영애한테 여기저기서 혼담이 들어온다던데. 아무래도 혼기가 꽉 찼으니 그럴 만도 하겠지."

갑자기 언짢은 생각이 떠오른 민준이 인상을 찌푸렸다.

"강조국."

"응."

"모르는 사람이 과자 준다고 따라가면 돼, 안 돼."

"……안 돼요."

"잘 모르는 사람이 밥 먹자고 하면 어떻게 해야 되지?"

"빨리 신고해야 해요."

"누구한테?"

"당신한테요."

조국은 그제야 웃으며 민준을 올려다보았다. 민준은 흡족한 미소를 지으며 조국의 입술에 가볍게 입을 맞춘 후 다시 한 번 그녀의 아랫입술을 살짝 물었다 놓았다.

"지금 나 따라갈래?"

"그럴까요?"

조국이 고개를 옆으로 기울이며 나른하게 웃었다. 농담인 건 알고 있었다. 하지만 같이 있고 싶어 하는 그의 마음이 느껴졌기에, 그녀의 아쉬움은 깨끗이 사라졌다.

"추워. 얼른 올라가."

"서울에 도착하면 나한테 전화해 줘요, 알았죠?"

"그래."

민준이 웃으며 조국에게 손을 흔들었다.

민준을 배웅하는 조국은 마치 출근하는 신랑을 보내는 새색시의 모습 같았다. 민준의 차가 눈앞에서 멀어지자 조국은 카디건을 앞으로 여미며 뒤돌아섰다. 옅게 웃고 있던 조국은 금세 웃음기를 거두었다. 몇 발자국 앞에, 경호관이 당혹스러운 얼굴로 서 있었다.

"일찍 일어나셨네요?"

"일어나셨습니까, 영애님."

아마 현관문이 열렸다 닫히는 소리를 듣고 쫓아 나온 모양이었다. 만약 그랬다면 그녀는 조국과 민준의 애틋한 이별 장면을 전부 보았을 터였다. 조국은 경호관의 앞을 지나쳐 엘리베이터 앞에 섰다.

조국은 옆에 다가와 선 경호관에게 진지한 어투로 말했다.

"잠이 일찍 깨서 잠깐 바람 쐬러 나온 거예요."

"네, 하지만 아까……."

"나 혼자서 말이지요."

조국의 단호한 목소리에 경호관은 입술을 굳게 다물었다.

조국은 경호관이 제 일거수일투족을 보고하고 있다는 걸 알고 있었다. 하물며 다른 일도 아니고 남자에 관한 일은 분명 위에 보고가 될 터였다.

"……무슨 말씀인지 잘 알겠습니다."

경호관이 고개를 끄덕였다. 어차피 곧 경호 임무도 해제될 텐데 괜한 분란 거리를 만들고 싶은 생각은 추호도 없었다. 게다가 잠깐 본 남자의 눈빛을 떠올리자 건드려서 좋을 것 하나 없다는 결론에 이르렀다. 경호관은 주머니 안에 든 핸드폰을 만지작거리다 결국 체념하며 밖으로 손을 뺐다.

"고맙습니다."

조국이 경호관을 바라보며 설핏 웃어 보였다.

샤워를 하고 나온 민준은 벽시계를 쳐다보았다. 조국은 지금쯤 출근 준비를 하고 있을 것 같았다. 민준은 핸드폰을 스피커 모드로 바꾸어 식탁 위에 올려놓고는 차가운 생수를 꺼내 마셨다.

[이제 도착한 거예요?]

신호가 몇 번 울리기도 전에 반가운 목소리가 들렸다.

"도착은 진작 했고 샤워도 했어. 지금 출근하는 거야?"

[아니요. 오늘은 다른 약속이 있어서 조금 있다 나가도 돼요.]

"아침부터 무슨 약속이 있어?"

[……아, 건우 씨요. 가끔 일 때문에 만나는데 오늘 만나기로 했거든요. 지금 아마 대전으로 내려오고 있을 거예요.]

"흐음. 백건우랑 여전히 친하게 지내나 보네?"

[정말 일 때문에 만나는 거니까 질투하지 말아요. 아주 공적인 만남이라고요.]

"모르는 사람 만나지 말랬다고 이제 아는 사람 만나는군."

민준은 못마땅한 듯 눈썹을 찌푸렸지만 결국 입술 끝에 웃음을 머금었다. 핸드폰 너머에서 조국이 기분 좋게 웃고 있기 때문이었다. 하지만 아무리 그렇다고 해도 유쾌하지 않은 기분은 어쩔 수 없었다.

"근데 당신이 공적으로 백건우를 만날 일이 뭐가 있어?"

[Pakin이 정부 산하 기관에 투자를 많이 하고 있어요. 민간 기업으로는 제일 큰 규모거든요.]

"Pakin에서 투자하는 거랑 강조국 씨랑 무슨 상관이 있어?"

[……아무래도 내가 아는 사람이라 이야기하기가 편한가 봐요. 다른 뜻은 없어요.]

"강조국 씨 한가하네, 근무 시간에 개인적인 외출을 다 하고 말이야. 그렇다고 백건우한테 급한 용무가 있는 것도 아닌데 말이지."

[개인적인 일이 아니라니까 그러네요. 그러는 당신이야말로 요새 너무 한가한 거 아니에요? 어제는 서울에서 대전으로 퇴근을 다 하고 말이죠.]

조국의 너스레에 민준이 손에 들고 있던 플라스틱 물병을 공중으로 던졌다 잡으며 웃었다.

"나 이따 시간 내서 잠깐 병원에 들를 거야."

[말도 잘 듣고 착하네요?]

"빨리 나아서 강조국한테 선물 받아야지. 근데 강조국 씨랑 있으면 잠이 잘 오는 걸 보니 병원을 꼭 다닐 필요는 없어 보이는데, 나 그냥 병원 대신 대전으로 진료 받으러 다닐까 봐."

엄밀히 말하면 어젯밤 잠을 잘 잔 건 아니었다. 하지만 그렇다고 악몽을 꾼 것도 아니었다. 그가 잠을 잘 못 잔 건 심장이 잠들지 않아서였을 뿐, 불면증과는 전혀 상관이 없는 이야기였다. 조국을 다시 만난 이후로 그의 심장이 과도하게 혹사를 당하고 있었다. 심장이 더 이상 네 심장 못 해먹겠다고 파업을 해도 그가 할 말이 없을 정도였다.

[갖고 싶은 게 뭔지 미리 말해주면 안 돼요? 갑자기 말하면 내가 준비 못 할 수도 있잖아요.]

"내가 뭘 받고 싶은지는 나중에 얘기해 줄게."

[응? 시간 됐다. 알았어요, 나 이제 준비하고 나가봐야 할 것 같아요. 이따 건우 씨 만나면 당신 안부 전해줄게요.]

"안부는 무슨. 백건우랑 나랑 서로 안부 전할 사이도 아닌데, 됐어."

[아…….]

조국이 잠시 대답을 주저하며 머뭇거렸다. 그리고 그 머뭇거림에 민준이 눈썹을 찌푸렸다. 민준은 별생각 없이 한 말인데 볼썽사납게 옛 남자친구를 질투하는 꼴이 되었다.

"강조국 씨."

[……말해요.]

"백건우한테 내 안부도 전해주고 일도 열심히 해. 아무리 경호관이 같이 있다지만 너무 멀리 돌아다니진 말고."

[알았어요.]

"그래도 백건우랑은 너무 오래 있진 마."

[후후후. 알았어요.]

"그렇게 이상하게 웃지도 말고."

[다른 사람들은 내가 이렇게 웃으면 좀 귀엽다고 그랬는데요?]

"그런 말, 들리는 대로 다 믿고 그러는 거 아니야."

[질투쟁이.]

뾰로통한 말투에 민준이 미소 지으며 거실 창문을 옆으로 활짝 열었다. 그러자 파란 가을 하늘이 그의 눈에 시리게 가득 담겼다.

"강조국."

[왜 불러요.]

"……보고 싶네, 진짜."

파란 하늘을 보아도 눈에 보이는 건 온통 조국의 웃는 얼굴뿐이었다. 그녀의 행복한 웃음소리가 귓가에 햇살처럼 흩어졌다.

조국이 건우와 만나기로 한 곳은 연구소에서 조금 떨어진 한적한 카페였다. 이른 시간이라 그런지 가게 안은 한산했다. 먼저 온 조국이 건우를 기다렸다.

잠시 후 찰랑– 하며 출입문이 열리는 소리가 들렸다. 조국은 입구로 들어서는 건우와 눈이 마주치자 부드럽게 웃었다.

"일찍 온 거야? 내가 늦은 것 같진 않은데."

"아니요, 나도 방금 전에 왔어요. 커피 마실래요?"

"괜찮아. 어제 너무 매운 걸 먹었더니 아직도 속이 쓰려."

"얼마나 매운 걸 먹었기에 아직도 속이 아픈 거예요?"

"말로 설명하긴 어렵고, 어딘지 알려줄 테니 나중에 한번 가서 먹어봐."

건우가 조국과 마주 보고 앉았다.

"얼굴이 좋아 보이네. 두 사람 벌써 만난 거야?"

"나보다는 건우 씨 얼굴이 더 좋아 보이는데요?"

"내가 그렇게 보인다고? 난 아닌데."

건우가 한쪽 눈을 찡긋거리며 기분 좋게 웃었다. 어제저녁 서연을 만나고 나서 우울했던 기분이 깨끗이 사라졌다. 그녀를 집에 두고 매일 얼굴을 볼 수 있다면 얼마나 좋을까, 라는 생각이 들 정도였다. 이래저래 김민준은 정말 복도 많은 놈이었다. 김서연 같은 여동생에 강조국 같은 여자친구가 있으니 말이다.

"난 건우 씨가 걱정돼요. 솔직히 난 건우 씨가 굳이 이렇게까지 할 필요는 없다고 생각해요."

주변을 두리번거리던 조국이 낮은 목소리로 말했다.

"걱정할 게 뭐가 있어. 만일 문제가 생긴다고 해도 내 일은 내가 알아서 할 거야."

"건우 씨."

"너무 걱정하지 마. 나도 전직이 요원이었는데 그렇게 쉽게 들키진 않을 테니까."

Pakin이 방위산업을 접었는데도 건우는 여전히 부친인 백 회장이 거래하던 국제 무기상과 밀접한 관계를 맺고 있었다. 어떤 면에서는 제법 돈독해지기까지 했다. 막대한 돈을 벌 수 있다면 어제의 적이 오늘의 동지가 되는 게 이상한 일은 아니었다. 서로의 아킬레스건을 쥐고 필요한 거래를 할 수 있다는 건 차라리 깔끔한 관계였다. 만약 이 사실이 밖으로 불거져 나갈 경우 건우는 꽤 난감해질 터였지만, 그래도 그는 잃어버린 시간을 이렇게라도 보상하고 싶었다. 이 나라가 Pakin 때문에 삼 년이란 시간을 버린 이상 앞으로 올 시간을 더 빨리 흐르게 할 수밖에 없었다. 게다가 건우도 한때는 대한민국이라는 이름만 들어도 가슴이 뛰는 요원이었었다. 다만 그가 현직 요원은 아니기에 NIS와 같은 뜻을 가질 필요는 없을 뿐이었다.

"그런데 건우 씨, 혹시 연애해요?"

"나? 아닌데? 왜 그렇게 생각했어?"

"아까부터 계속 핸드폰만 쳐다보고 있잖아요. 꼭 기다리는 전화가 있는 사람처럼 말이에요."

"연애는 무슨, 그냥 친구야. 친구하고 통화할 일이 있는데 아직 연락이 없어서 기다리는 거야."

건우는 지금 출근하기 전에 전화하겠다고 먼저 말해놓고도 아무런 연락이 없는 몹쓸 친구의 전화를 기다리고 있었다. 이름을 콕 찍어서 정확히 가르쳐 줬는데도 불구하고 건우에 대해 잘 모르는 걸 보면 확실히 애사심은 없는 친구였다.

"그러는 설, 아니 강조국은 김민준을 이렇게 계속 만나도 되는 거야?"

"계속 만나도 되는 거냐니, 무슨 뜻으로 묻는 거예요?"

"김민준하고 어디까지 생각하고 있는지는 모르겠지만 쉽지 않아 보여서 말이야."

"그런 생각 안 해요. 지금은 그런 걸 생각할 여유도 없고요."

건우가 NIS를 나온 후에 민준이 들어왔기 때문에 사실 그가 민준에 대해 아는 건 거의 없었다. 그저 김서연이라는 여동생이 있고, 그럴 의도는 없었지만 그가 입양아로 추정된다는 사실을 알게 되었을 뿐이었다. 민준의 집안 배경이 어떤지는 몰라도 어찌 되었든 영애를 만난다는 건 만만치 않은 일일 터였다.

따르-

"여보세요?"

건우는 핸드폰 벨소리가 울리기가 무섭게 얼른 전화를 받았다. 그 동작이 얼마나 재빠르고 민첩했는지 조국은 어안이 벙벙한 얼굴로 건우를 바라보았다. 건우는 전화를 받자마자 얼굴 가득 미소를 지었고, 그건 조국이 아주 오랜만에 보는 편안한 미소였다.

조국이 건우를 바라보며 살짝 미소를 지었다. 그녀는 건우의 미소가 반갑고 또 고마웠다.

[나예요! 줄리엣.]

"출근했어요?"

[네, 갑자기 로미오가 생각나서 전화했어요. 나 되게 반갑죠?]

"반갑긴 한데, 어제 나한테 분명히 오늘 출근 전에 전화하겠다고 하지 않았어요?"

[아, 내가 그랬어요? 전화를 하긴 하려고 했는데 출근하자마자 제가 좀 바빴어요.]

"많이 바빴어요?"

[네. 팀장님이 갑자기 커피사업부 현황 보고서를 만들라고 하셨거든요. 본부장님이 빨리 읽고 외우셔야 한대요. 본부장님이 정확히 대답할 수 있도록 자세히 만들라고 해서 좀 오래 걸릴 것 같아요.]

건우는 지나가는 말로 커피사업부 본부장에게 몇 가지 질의한 적이 있었다. 본부장이 즉답을 하지 못하고 우물쭈물하기에 씁쓸한 미소를 지었었는데 결국, 본부장의 빈 뇌를 채워주기 위해 밑의 직원들만 바빠진 것이다. 혈연과 인맥으로 자리를 차지하고 있는 임원의 안 좋은 예였다.

"그럼 오늘 늦게 끝나요?"

[그럴 것 같아요. 근데 다행히 회사 동기가 사무실에 같이 남아준다고 했어요.]

"여자 동기가 참 의리 있네요?"

[남자 동기인데요?]

"아, 남자 동기요."

[앗, 저 지금 들어가야 돼요. 이만 끊을게요, 안녕!]

건우는 통화가 끊어진 핸드폰을 멍한 얼굴로 내려다보았다. 동시에 건우의 얼굴에 그늘이 졌다. 누군가 그에게 달콤한 사탕을 손에 쥐어줬다 도로 빼어간 기분이었다.

"연애하는 거 아니라면서요?"

조국의 웃는 소리에 건우가 눈을 들어 그녀를 바라보았다.

"어. 아니라니까, 정말 그런 거 아니야."

건우가 손사래를 치며 서둘러 핸드폰을 코트 주머니 안으로 집어넣었다.

"공장…… 들렀다 바로 올라갈 거죠?"

"응. 다른 사람들은 그곳으로 직접 오는 거야?"

"네, 그렇게 알고 있어요."

"정말 기대되네."

조국은 대답 없이 미소를 지으며 커피 잔을 들여다보았다. 그녀가 하고 있는 일이 옳은 일인지, 그른 일인지 확신하지 못하는 조국은 그의 말에 대답할 수 없었다.

서연을 만나기 위해 서둘러 서울로 올라온 건우는 일부러 저녁 시간에 맞추어 Boni에 왔다. 하지만 직접 그녀가 있는 사무실로 올라가는 건 무리였다. 그곳엔 그를 알아보는 직원들이 분명 있을 테고, 건우는 그들에게 불필요한 오해의 시선을 받고 싶지 않았다. 무엇보다 서연이 제 정체를 이런 식으로 알게 하고 싶지 않았다. 건우가 Pakin 오너의 아들인 걸 알게 되면 반응이 어떨지 좀 궁금하긴 했지만, 서연이 그 사실을 몰라서 그에게 주는 즐거움이 훨씬 더 컸다.

건우는 난감한 표정으로 손에 든 쇼핑백을 쳐다보았다. 그는 조금 전 일식집에 들러 미리 전화로 주문해 두었던 초밥 정식을 받아 왔다. 물론 단순히 야근하는 직원에 대한 격려 차원이었다. 하지만 막상 그녀를 불러내어 전해주려고 하니 너무 오버스러운 행동이 아닌가 싶어 망설여졌다. 그는 격려라고 생각했지만 한편으로는 뭔가 떳떳하지 못하고 찜찜한 기분이었다.

건우는 두 사람 사이에 연애라는 감정이 싹트기를 바라지 않았다. 서연이 문득문득 생각나고 그녀와 같이 있으면 좋긴 했지만, 그녀와 어떤 관계가 될 수 있을 거라는 생각 같은 건 하지 않았다. 애초에 그럴 가능성이 없다고 생각했기 때문에 그런 쪽으로는 한 번도 생각해 보지 않은 거였다. 김민준과 강조국, 그리고 그의 아버지 백인회 회장을 생각하면 김서연이라는 아가씨와 뭘 어떻게 해보겠다는 건 애당초 해서는 안 되는 생각이었다. 건우는 이걸 그녀에게 어떻게 전해주고 가야 할지 고민에 빠졌다.

"아, 배불러!"

그때, 건우의 귀에 서연의 씩씩한 목소리가 들렸다. 갈팡질팡하며 고민하던 마음은 어느새 사라지고 그는 대뜸 반가운 마음부터 들었다. 건우가 미소를 지으며 그녀를 향해 고개를 들었다.

서연은 어떤 남자와 함께 로비를 가로질러 가고 있었다. 그녀는 오른손에 아마 '카페모카 생크림 아주아주 많이'일 것으로 추정되는 컵을 들고 있었다. 서연은 곁의 남자가 그녀의 머리카락을 짓궂게 헤집으며 장난을 치는데도 기분이 좋은 듯 마냥 헤헤거리며 웃었다.

퇴근 시간이 지난 로비는 한산했고, 덕분에 그들이 나누는 대화는 건우의 귀에 아주 또렷하고 정확하게 들렸다.

"로미오, 우리 다음엔 꼭 불타는 주꾸미를 먹어보자."

"채워도 채워도 채워지지 않는 그대의 위는 정말 위대하군, 줄리엣."

"흠. 당신이 진정 나를 사랑한다면 불타는 주꾸미의 역경을 나와 함께 넘어줘야 하는 게 아닌가요, 로미오?"

"그대가 나에게 사랑의 키스만 해준다면 나는 그대와 불타는 주꾸미뿐 아니라 불타는 돈가스의 역경까지 함께하겠소, 줄리엣."

두 사람은 키득거리며 엘리베이터 앞에 섰다.

두 사람을 지켜보던 건우가 쓴웃음을 지었다. 스스로가 한심해서 헛웃음이 나왔다. 건우는 미련 없이 뒤돌아섰다. 그는 지금 왜 이렇게 화가 나는지 이유는 정확히 알 수 없었지만, 자신이 꽤 볼썽사나운 모습을 하고 있다는 건 알 수 있었다.

“로미오, 미안하지만 나한테는 이미 불짬뽕의 고난을 함께한 정인이 있어요.”

서연은 고개를 옆으로 돌리며 괴로운 심경을 표현했다. 그 모습에 남자가 커다랗게 웃음을 터뜨렸다.

Pakin 그룹은 무슨 연유에서인지 작년부터 갑자기 복지시설의 아이들에게 관심을 갖고 후원하기 시작했다. 재능을 가진 아이들은 그 재능을 키울 수 있도록 도와주었고, 학업 능력이 뛰어난 아이들은 학업을 계속 이어갈 수 있도록 지원해 주었다. 연말의 ‘사랑의 밤’ 행사는 바로 이 아이들을 불러 1박 2일 동안 맛있는 음식을 먹고 즐겁게 놀 수 있는 기회를 제공하는 거였다. 행사 프로그램으로는 마술과 연극 등을 보여줄 예정이었으며, 서연은 학부 시절에 연극 동아리를 했다는 이유로 연극에서 여주인공인 줄리엣 역할에 덜컥 낙점되었다. 그리고 남자 주인공은 그녀의 입사 동기 중 가장 허우대가 멀쩡하다고 평가받는 정빈우였다.

“젠장, 그나저나 크리스마스이브에 연극이라니 이게 말이 돼? 나처럼 약속 있는 사람들은 도대체 어떡하라는 거야?”

생각해 보니 부아가 치밀어 오른 서연이 두 눈을 부릅뜨며 죄 없는 동료를 노려보았다. 그것도 건우와 처음으로 함께 보내게 될 크리스마스이브였다!

서연은 아직 건우와 구체적인 약속을 하진 않은 상태였지만 이대로라면 크리스마스이브는 당연히 그와 보낼 것이 분명하다고 생각했다. 그런데 이브에 연수원에서 연극이라니, 커플에 대한 배려가 없어도 너무 없었다. 그녀는 아이들에 대한 배려는 있으면서 정작 직원들에 대한 배려는 왜 없냐고 툴툴거렸다.

"원래 효녀 심청 하자는 걸 내가 강력하게 우겨서 이걸로 바꿨잖아. 심청이 옷보다는 줄리엣 드레스가 더 예쁘다는 사실을 잊으면 안 돼. 나한테 감사하는 마음도 절대 잊지 말고."

"웃기지 마. 빈우 씨가 심 봉사 역할 하기 싫어서 바꾼 거 다 알고 있거든?"

"이제 독심술도 하냐?"

띵– 엘리베이터 문이 활짝 열리자 남자가 성큼 걸음을 옮겼다. 그사이 서연은 핸드폰 액정을 바쁘게 눌러댔다.

"뭐 해? 안 타?"

"응? 어, 타."

서연은 대화창에 문자를 입력한 후 엘리베이터에 올랐다.

딩동– 도로변에 세워놓은 차로 걸어가던 건우의 주머니에서 문자 수신음이 울렸다.

〈로미오 바빠요? 나는 한 시간 정도면 일이 끝날 것 같아요. 그냥 그렇다고 알려주는 거예요.〉

건우는 표정 없는 얼굴로 핸드폰을 쳐다보다 그대로 주머니에 집어넣었다.

서연은 일이 끝난 후 집으로 가는 버스를 탔다. 운 좋게도 창가 자리 몇 개가 남아 있었다. 자리에 앉은 서연은 핸드폰을 손에 쥐고 화면을 뚫어져라 바라보았다.

"뭐야, 왜 문자를 보고도 아무런 답이 없어? 이 몹쓸 로미오 같으니라고!"

대화창의 숫자가 사라진 걸 보니 메시지를 읽은 건 분명한데 답장이 없었다. 아까 회사를 나오면서 이제 끝났다는 두 번째 문자를 보냈는데도 건우에게서는 여전히 아무런 연락이 없었다. 문자를 두 개나 보고도 연락이 없는 걸 보니 많이 바쁜 것 같았다. 하지만 그렇다고 문자 하나 보낼 시간이 없을까 싶어, 서연의 아랫입술이 앞으로 삐죽 튀어나왔다.

그녀는 혹시 건우에게 전화가 걸려올지도 모른다는 생각에 휴대폰을 손에 꼭 쥐고 시무룩한 표정으로 버스 창문에 머리를 기댔다. 그녀는 머리를 유리창에 콩콩 부딪치며 생각했다.

어제 같이 저녁을 먹고 함께 차를 마신 후 건우는 그녀를 집에 바래다주었다. 그리고 오늘 오전에는 서연의 전화를 기다렸다는 듯 반갑게 받았다. 여러 가지 정황상 이건 분명히 썸을 지나 연애의 시작으로 가는 단계였다. 그런데 문자를 두 개나 확인하고도 연락이 없는 남자라니, 이건 좋은 징조가 아니었다.

한참을 달리던 버스가 마침내 그녀의 집 근처 정류장에 멈췄다. 손에 꼭 쥐고 있던 핸드폰은 그때까지도 울리지 않았다. 서연은 혼잣말을 중얼거리며 가로등이 환하게 켜진 골목을 힘없이 걸었다.

"괜찮아, 김서연. 아직 사귀는 것도 아니잖아. 내 말이 맞지?"

서연은 혹시라도 다시 혼자가 될 경우를 생각해 미리 스스로를 위로했다. 상대방에게 진심으로 소중한 사람이 되고 싶다는 생각이 들 때면 이상하게 몸과 마음이 반대로 움츠러들었다. 마음이 깊어질수록 더 소심해지고 더 겁쟁이가 되었다. 서연은 제가 사랑하는 만큼 상대방이 자신을 사랑하지 않을까 봐 겁이 났다.

집으로 향하던 서연의 발걸음이 갑자기 멈추었다.

"아저씨……?"

서연은 골목 한쪽에 주차되어 있는 차를 발견하고서는 활짝 웃었다. 건우의 차였다. 서연을 발견한 건우가 차에서 내렸다.

"나 언제부터 기다리고 있었어요? 내가 아까 아저씨한테 문자 보냈었는데, 아직 못 본 거였군요?"

서연이 쌩긋 웃으며 건우를 올려다보았다. 대화창에서 숫자 1이 사라졌지만, 그건 분명히 전산상의 오류였을 터였다. 그러다 그의 입매가 묘하게 뒤틀린다는 생각이 드는 순간 서연의 귓가에 차가운 음성이 들렸다.

"……서연 씨는 인생이 참 쉬워요, 그렇죠? 내키는 대로 말하고, 내키는 대로 행동하고. 복잡한 것도, 어려운 것도 없지요. 오는 사람 안 막고, 가는 사람 안 잡고, 조금만 잘해주면 아무나 따라나서고."

"아저씨, 혹시 지금 나한테 화내고 있는 거예요?"

"내가 왜 김서연 씨한테 화를 냅니까?"

"혹시 너무 많이 기다려서 화가 났어요? 그럼 우리 회사 근처에 엄청 매운 식당이 새로 생겼는데 나랑 내일 같이 가볼래요? 거기 가면 로미오도 분명 기분이 좋아……."

서연의 말에 건우의 눈빛이 차갑게 변했다. 건우는 그녀의 말을 끊어내며 힘주어 말했다.

"내 이름은 백건우라고 분명히 말했던 것 같은데, 아무리 가르쳐 줘도 도저히 머리에 입력이 안 됩니까?"

건우의 눈빛이 너무 차가워, 서연은 입을 꾹 다물고 그의 눈을 바라보았다.

"다시는 날 그런 식으로 부르지 말아요, 아마 앞으로 부를 일도 없겠지만."

건우의 차가운 시선이 서연의 얼굴에 머물렀다. 그가 냉기 어린 말을 쏟아내는데도 서연은 건우를 담담한 얼굴로 바라보았다.

"그러니까 아저씨는, 아니 백건우 씨는 나를 만나러 온 게 아니라 이제 저랑 만나지 않겠다는 말을 하러 온 거였군요? 그런 건 그냥 문자로 알려주셔도 괜찮은데요."

건우가 더 이상 만나고 싶지 않다는 말을 꺼냈으니, 서연은 이제 자신이 건우를 만나지 않아도 괜찮을 이유를 찾아야 했다.

"그렇지만 아저씨는 제가 좋았다가 다시 싫어진 게 아니라 그냥 처음부터 별생각이 없었던 거예요. 내 말이 맞죠?"

그러니 상처 받지 않아도 괜찮을 터였다. 그가 변한 게 아니라, 그의 마음이 거짓이 아니라, 원래부터 건우에겐 그런 감정이 없었던 거였다.

"맞아요. 내가 서연 씨한테 다른 감정을 가질 이유가 있겠습니까?"

"다행이다."

"다행…… 이라고?"

건우의 얼굴이 일그러졌다.

"무슨 말인지 잘 알았어요. 추우니까 이제 얼른 집에 가세요!"

서연이 잘 가라는 듯 건우에게 손을 흔들며 웃었다.

"얼른 집에 가……? 너 내가 그렇게 우스워?"

건우가 서연의 팔을 거칠게 붙들며 언성을 높였다. 울지도 않고, 화를 내지도 않으며 웃기만 하는 서연을 보니 화가 나 미칠 것 같았다. 서연이 금방 헤어져도 상관없는 사람으로 저를 여겼다는데, 정작 그걸 바랐으면서도 왜 이렇게 불쾌한 기분이 드는 건지 알 수 없었다.

"안 우스워요, 정말이에요."

"그럼 자존심이 없나? 남자가 그런 말을 해도 너는 아무렇지도 않아?"

"아저씨는 속으로는 날 안 좋아하면서 겉으로 좋아하는 척하지 않았잖아요, 날 좋아했다가 마음이 변해서 내가 싫어진 것도 아니잖아요. 그럼 난 정말 괜찮아요!"

"……뭐야, 너."

건우는 서연을 뚫어져라 바라보았다. 서연은 그가 그녀를 처음 만난

날처럼 빙긋 웃고 있었다.

“단장님, 초밥 드시겠습니까?”

[지금이 밤 10시라는 건 알고 하는 소리지?]

“제가 마침 지금 목동에 있어서요. 괜찮으시면 잠깐 근처에서 뵙고 싶은데요.”

[그럼 그냥 우리 집으로 와. 우리 집에 지금 나밖에 없으니까.]

박 단장과 통화를 끝낸 건우는 액셀러레이터에 올린 발에 더욱 힘을 주었다. 지금 목동에 있다고 거짓말을 했으니 비슷하게 시간을 맞춰 가려면 속도를 높여야 했다.

건우는 박 단장의 아파트 앞에 차를 주차하고 난 뒤, 초밥이 담긴 쇼핑백을 들고 차에서 내렸다. 그의 집 앞에서 벨을 누르자 박 단장이 건우를 반가운 얼굴로 맞아주었다.

“여어, 백건우. 이 시간에 목동까진 웬일이야? 여기서 무슨 약속 있었어?”

박 단장은 건우가 내민 쇼핑백을 받아들며 어서 안으로 들어오라는 손짓을 했다.

“집에 정말 혼자 계신 거예요? 사모님은 어디 가셨나 봐요?”

“와이프는 우리 공주님 데리고 친정에 놀러 갔어. 내일 올 거야. 거기 앉아.”

건우가 엉거주춤한 자세로 거실 한복판에 서 있자 박 단장이 손으로 소파를 가리켰다.

“집이 아주 아늑하네요.”

“어, 난방이 잘 되거든.”

건우는 고개를 돌려 거실을 빙 둘러보았다. 벽은 온통 아이의 사진으로 가득 차 있었고, 바닥에는 캐릭터가 그려진 매트가 넓게 깔려 있었다. 참 따듯한 집이었다.

"차 가져온 거야?"

"네."

"그럼 술은 못하겠네?"

"주세요. 대리운전 부르면 돼요."

박 단장이 아쉬운 듯 입맛을 쩝쩝 다시는 걸 본 건우가 웃으며 말했다. 건우의 대답에 박 단장이 신난 표정을 지으며 주방 안으로 들어가더니, 낑낑거리며 검붉은 액체로 가득 찬 유리병을 들고 나왔다. 그는 테이블 위에 초밥 박스를 넓게 펼친 후 유리컵 두 개에 포도주를 따랐다.

"이거 우리 장모님이 직접 담가주신 포도주야. 나한테는 제발 술 좀 줄이라고 말씀하시면서도 번번이 이렇게 담가서 올려 보내셔. 진정한 언행불일치의 표본이시지."

"단장님은 참 좋아 보이시네요."

건우의 얼굴빛이 쓸쓸해 보여, 박 단장은 그의 눈치를 살피며 조심스럽게 말을 꺼냈다.

"……아버지는. 건강하셔?"

"……네, 뭐."

"네가 고생이 많다."

"고생은요."

박 단장은 유리컵을 들어 건우의 잔에 부딪친 후 꿀꺽꿀꺽 마셨다. 제 손으로 직접 아버지의 범죄 증거물을 가져다준 건우의 속이 어떨지, 그는 충분히 짐작할 수 있었다.

"참, 김민준은 잘 지내요? 지금쯤 한국에 들어와 있을 텐데요."

"아, 민준이? 그 미친놈이 오자마자 이라크로 가겠다고 지랄 염병을 떨어서 보다 못한 국장님이 한소리 하신 모양이야. 요새 조용해."

"밖으로 이 년이나 돌았으면서 왜 또 나간다고 그래요? 이 년 전에 나간 것도 사실 좀 특수한 경우 아니었습니까?"

"맞아. 사실 민준이가 이 년 전에 왜 나가게 되었는지는 나도 잘 몰라. 그때 눈치를 보니까 국장님도 보내고 싶지 않으신 거 같았는데…… 윗분들의 세계를 내가 어떻게 알겠냐. 자기 자식인데도 그거 하나 못 빼주고 밖으로 내보낸 국장님 속이 더 말이 아니었겠지."

묵묵히 박 단장의 말을 듣던 건우가 놀란 눈을 들어 박 단장의 얼굴을 쳐다보았다.

"자기 자식이라니요?"

"아, 넌 모르나? 하긴, 네가 나가고 나서 민준이가 들어왔으니까 모를 수도 있겠구나. 민준이가 김 국장님 아들이야."

"……김민준이 국장님 아들이라고요?"

"응. 국장님한테 아들 하나, 딸 하나 있다고 했잖아. 그 아들이 민준이야. 잘 생각해 봐봐, 두 사람 성깔머리가 닮았잖아."

그럼 서연이 김 국장 딸이라는 말이었다. 건우는 왠지 허탈한 마음이 들었다. 서연이 어딘가 모르게 좀 이상하다고 생각했던 건 건우의 지나친 기우였다.

"……국장님께서 딸을 많이 아끼시겠네요."

하긴 기우이든 아니든 간에 건우와는 상관없는 일이었다. 건우가 설을 많이 좋아했다는 것을 알고 있는 김 국장이 당신의 딸과 그가 어울렸다는 사실을 알면 기함할 터였다. 거기에 한술 더 떠 건우는 민준을 다치게 만든 백인회 회장의 아들이었다.

"딸인데 당연히 아끼시겠지. 그런데 말이야, 좀 이상한 구석이 있긴 해."

"뭐가 이상해요?"

"내가 딸을 낳아보니까 말이야, 진짜 너무 예뻐서 미치겠거든? 사무실에 있으면 눈앞에 아른거려 아주 죽겠어. 아, 생각하니까 또 보고 싶네, 우리 공주님."

"그런데요?"

"국장님은…… 뭐랄까, 어떨 때 보면 딸한테 거리를 두는 것 같다고나 할까. 하여튼 뭔가 이상해. 딸 생일에도 일부러 밤늦게 퇴근하시고 말이야."

"우연이겠죠. 정말 바쁘셔서 그런 건지 어떻게 압니까?"

"아니야, 진짜 이상하다니까? 민준이도 그…… 아니다!"

박 단장이 고개를 슬며시 옆으로 돌리며 잔에 남은 포도주를 남김없이 마셨다.

"왜 말씀을 하다 마세요?"

"민준이는 자기 얘기 하는 거 싫어해, 다른 얘기 하자. 그래, 넌 영애랑은 이제 아예 끝난 거야?"

"끝나고 말고 할 것도 없어요, 그럴 사이 아니었어요."

"그럼 너도 빨리 좋은 사람 만나, 혼자 있으면 외로울 텐데."

"……바빠서요."

건우가 씁쓸한 미소를 지으며 입가에 잔을 가져갔다.

그에게 커다란 저택은 어느 순간부터 거대한 감옥 같았다. 집안일을 도와주는 사람들이 있었지만 건우는 언제나 그 안에서 혼자였다. 함께 이야기를 나눌 사람도, 차를 마실 사람도 없었다. 그럼에도 불구하고 외롭다는 생각은 거의 하지 않았는데, 건우는 요즘 부쩍 혼자 있고 싶지 않다는 생각이 들었다.

잠시 후 건우는 거나하게 취해 잠든 박 단장을 침대에 옮겨놓고 난 뒤 그 집을 나섰다. 차에 올랐지만 사실 갈 곳도, 가고 싶은 곳도 없었다. 건우는 대리운전 기사를 부른 후 차량 오디오 음량을 높였다.

"아저씨는 속으로는 날 안 좋아하면서 겉으로 좋아하는 척하지 않았잖아요. 날 좋아했다가 마음이 변해 내가 싫어진 것도 아니잖아요. 그럼 난 정말 괜찮아요!"

아니, 내가 괜찮지 않다. 건우는 두 손에 얼굴을 묻었다.

⚜

금요일 저녁이 되었다. 조국은 경호관의 차를 타고 서울로 올라왔고, 아파트가 아닌 청와대로 향했다. 오늘 사택에서 부모님과 함께 저녁 식사를 하기로 한 터였다.

"저 왔어요!"

거실 중문을 열고 들어오는 조국의 활기찬 목소리엔 오늘따라 유난히 생기가 돌았다. 영부인과 차를 마시던 대통령은 고개를 돌려 조국을 바라보았다. 조국은 목소리뿐 아니라 얼굴에도 홍조가 가득했다. 설레고 기분 좋은 일이 있을 때 짓는 표정이었다. 너무 오랜만에 봐서 그런지 대통령의 눈에는 그런 딸이 너무 낯설게 보였다.

"매일 연구실에서만 지낸다는 녀석이 얼굴이 왜 그리 좋아? 무슨 기분 좋은 일이라도 있는 게냐?"

"제가 언제는 기분이 안 좋았어요? 엄마, 저 배고파요. 얼른 저녁 먹고 싶어요."

조국은 겉옷을 벗으며 너스레를 떨었다. 대통령과 영부인이 서로의 얼굴을 바라보다 동시에 가볍게 웃음을 터뜨렸다. 무슨 일 때문인지는 모르겠지만, 오랜만에 생기가 도는 딸의 모습이 너무 반갑고 좋았다.

"그래, 요새도 그렇게 일이 많은 게냐? 황 원장이 여러모로 바삐 애를 쓰고 있는 것 같긴 하지만 그래도 너무 바쁜 것 아니야? 네가 그렇게 바쁠 일이 도대체 뭐가 있어."

"전 다른 사람들하고 똑같이 일하고 있어요, 저만 특별히 바쁜 게 아니라고요. 잘 지내고 있으니 걱정하지 마세요, 아빠."

"젊은 애가 오피스텔하고 연구실만 왔다 갔다 하면 무슨 재미가 있어? 경호관들이 아주 지루해한다던데, 그렇게 재미없게 살지 말고 시간 내서 연애도 하고 그래."

"그럴까요? 후훗."

세 가족은 오랜만에 한자리에 모여 앉아 즐거운 식사를 즐겼다. 조국은 접시에 정갈하게 담긴 음식들을 골고루 맛보았다. 마치 맛 평가를 하는 사람처럼 음식을 오랫동안 음미했고, 가끔씩 만족스러운 표정을 지으며 고개를 끄덕였다.

영부인은 조국이 밖에 나가 살더니 집 밥이 많이 그리웠나 싶어 측은한 눈길로 그녀를 바라보았다.

"맛있으면 넉넉히 준비하라고 할 테니 이따 갈 때 좀 가져갈래?"

"아니요, 만드는 방법만 배워갈게요. 제가 집에서 똑같이 만들어 먹으면 돼요."

"번거롭게 뭐 하러 그래, 네가 음식 만들 시간이 있기나 하니?"

"제가 만들어야 할 것 같아서 그래요. 만드는 방법은 제가 아주머니께 따로 여쭈어볼 테니 엄마는 신경 쓰지 마세요."

"강조국. 우리 딸은 엄마 아빠한테 신경 쓰지 말라는 말밖에 할 말이 없는 거야?"

영부인이 서운한 표정을 지으며 조국을 곱게 흘겨보자, 그녀는 머쓱한 표정을 지으며 배시시 웃었다.

"제 걱정은 하지 않으셔도 된다는 말이에요. 전 정말 잘 지내고 있거든요, 후훗."

"혹시, 진짜 누구랑 연애하는 거야?"

"아니요?"

영부인이 가볍게 던진 말에 조국이 정색을 하며 대통령의 눈치를 살폈다. 다행히 그는 별다른 말을 덧붙이지 않아 조국은 속으로 안도했다. 민준을 만나는 걸 아버지가 알게 되면 분명 어떤 형태로든 제약을 걸 테니, 일단은 모른 척하고 있어야 했다. 게다가 아버지는 이 년 전에 이미 조국이 민준을 만나러 가는 걸 탐탁지 않게 생각했다. 결론적으로 지금 부모님께 민준을 드러내는 건 좋은 생각이 아니었다.

"그럼 너 누구 한번 만나볼래? 엄마 은사님께서 너한테 누굴 소개시켜 주고 싶다고 하셨는데, 공부를 하는 사람……."

"저 바빠요, 엄마."

"그래도 네 나이가 곧 스물아홉이야. 당장 결혼을 하진 않아도 엄마는 네가 좋은 사람 있으면 만나도 보고 그랬으면 좋겠어."

"한번 생각해 볼게요."

조국이 건성으로 대답하며 다음 반찬으로 젓가락을 옮겼다.

'이거랑 저거랑…….'

"강조국. 엄마가 저렇게까지 얘기하는데 아무리 바빠도 시간을 좀 내보는 게 어떨까?"

아버지가 귀담아듣지 않고 있는 줄 알았는데 그게 아니었다.

"제가 좀 한가해지면 그때 말씀드릴게요. 지금은 정말 시간이 없어요."

'좀처럼 한가해질 것 같진 않지만요.'

조국은 하마터면 밖으로 튀어나올 뻔했던 말을 얼른 입안으로 삼켰다. 그 뒤로도 그녀는 내심 추가적인 질문을 대비하고 있었는데, 조국의 생각과는 달리 대통령은 그녀에게 별다른 말이 없었다.

"연구소에 별일은 없고?"

"별일 있을 게 뭐가 있어요. 매일 똑같아요."

대통령은 조국의 밝은 표정을 보며 속으로 안도했다. 고집 있고 강단 있는 그녀의 성격으로 볼 때 그 일을 그렇게 묵과하고 넘어갈 것 같지 않았는데, 다행히 그건 기우였던 모양이었다.

"저 내일하고 모레는 집에서 편히 쉴 거니까 경호관님 일 보실 것 있으면 보셔도 돼요."

그날 밤 아파트로 돌아온 조국은 집으로 들어가기 전에, 준비했던 말을 경호관에게 조곤조곤 말했다.

"원래 서울에 있을 때에는 집에 혼자 있어요. 방해받는 걸 별로 좋아하지 않거든요. 혹시 무슨 일이 생기면 바로 연락드릴게요, 아마 그럴 일은 없겠지만요."

"네. 알겠습니다, 영애님."

조국은 경호관에게 방해하지 말 것을 다시 한 번 강조했다. 예전 경호관에게는 굳이 이런 말을 할 필요가 없었지만 이제는 상황이 달라졌다. 그녀는 이제 시간이 날 때마다 민준을 만나야 했고, 그를 만나는 모습을 경호관에게 보이고 싶지 않았다. 혹시라도 경호관이 뭔가를 눈치챈다면 다시 한 번 적당한 말로 구슬릴 생각이었지만, 그전에 그런 일을 만들지 않는 게 더 좋은 방법이었다.

조국은 옷을 갈아입고 다시 밖으로 나왔다. 마트에 가서 장을 보고 밤새 음식을 만들 생각이었다. 민준에게는 내일 아침 일찍 그의 집으로 건너갈 생각이니 비밀번호를 알려달라고 미리 말해두었고, 문제가 될 건 없었다.

잠시 후 조국은 양손에 잔뜩 장을 봐 가지고 집에 돌아왔다. 내일 아침까지는 아직 시간이 넉넉하게 남아 있었지만, 그래도 그녀는 마음이 급했다.

"피곤하다면서 잠도 안 자고 도대체 뭘 하고 있는 거지?"

팔짱을 끼고 뒤 베란다에 서 있던 민준이 고개를 옆으로 비스듬히 기울였다. 밤 11시가 훌쩍 넘었는데도 조국의 아파트는 아직도 환하게 불이 켜져 있었다.

조국은 민준에게 내일 아침에 올 테니 아침을 먹지 말고 기다리라며 신신당부했다. 심지어 괜히 일찍 일어나진 말라며, 비밀번호를 알려주면 그냥 알아서 들어와 있겠다고 말했다.

"내일 물어봐야겠네."

민준은 입가에 미소를 지으며 베란다 창문을 닫고 뒤돌아섰다. 바로 그때, 그의 핸드폰에서 문자 수신음이 들렸다.

〈Pakin 그룹, 대전에 물류 창고 완공.〉

"Pakin이 대전에 물류 창고가 왜 필요해?"

민준은 문자의 내용을 확인하고선 이마를 찌푸렸다.

조국이 공적으로 백건우를 만날 일이 있다고 하기에 민준은 인정에게 그룹 Pakin이 대전에서 무슨 일을 하고 있는지 알아보라고 했다. 하지만 뜬금없이 물류 창고라니, 이상한 일이었다. 이 년 전 일로 Pakin 그룹은 알게 모르게 안팎으로 위축되었다. 그러니 꼭 필요한 게 아니라면 대전에 거대한 물류 창고를 새로 지을 이유가 없었다.

"건우 씨와 공적으로 만날 일이 있어요."

잠시 고민하던 민준이 인정에게 전화를 걸었다.

"지난 이 년간 정부 기관이든 민간 기업이든, 대전광역시에 투자한 단체 리스트 뽑아서 나한테 가져와 봐."

뭔가 개운치 않을 때에는 그 실체를 낱낱이 파헤쳐 살펴보면 해결될 터였다.

쏴아- 민준은 잠결에 물이 흐르는 소리와 그릇이 달그락거리는 소리를 들었다. 시계를 보니 아직 아침 6시였다.

'설마 이 시간에?'

민준은 눈을 찌푸리며 밖으로 나갔다.

조국은 분주하게 주방을 오가며 요리를 하고 있었다. 좀처럼 사용할 일이 없었던 가스레인지 위에서 찌개가 보글보글 끓었고, 주방 인테리어를 담당하던 전기밥솥에서는 치이- 소리와 함께 뜨거운 김이 위로 모락모락 올라왔다.

그것을 보자 행복이 그의 가슴속에서 모락모락 피어오르는 듯했다.

민준이 조국의 허리를 두 팔로 감으며 그녀의 어깨에 고개를 묻었다. 조국이 그의 주방에서 앞치마를 두르고 요리를 하는 모습이 꿈만 같았다.

"으응? 벌써 깼어요?"

"……응."

조국이 빙긋 웃으며 고개를 옆으로 돌리려다 다시 어색하게 웃으며 원위치했다. 민준이 자신의 집에선 상의를 탈의한 채 잠이 든다는 건 미처 알지 못했던 습관이었다. 그의 딱딱한 가슴근육이 등에 가깝게 밀착되자 심장이 쿵쾅거리기 시작했다.

"얼른 씻고 와요. 내가 아침 차려줄게요."

"……싫어."

민준이 어리광을 부리듯 조국을 두 팔로 더욱 세게 끌어안았다. 낮게 갈라지는 그의 목소리가 조국의 심장을 빨리 뛰게 하였다. 조국은 제 허리를 감싼 민준의 팔을 천천히 풀며 그를 달래듯 말했다.

"안 돼요, 나 바빠요. 얼른 씻고 와요."

"……잔소리쟁이."

민준이 못마땅한 듯 혀를 차더니 낮게 웃으며 조국의 머리를 헝클어뜨렸다.

"참. 어제 잘 잤어요?"

욕실로 향하는 민준의 뒤에 대고 조국이 소리쳤다.

"아니, 잘 못 잤어. 누가 자꾸 내 꿈에 나타나서 잔소리를 해."

민준의 너스레에 조국은 풋 웃더니 다시 서둘러 음식을 만들기 시작했다. 어젯밤에 만든 반찬과 미리 재워놓은 갈비 덕분에 아침 준비는 순조로웠다. 좋은 기억력은 다방면으로 아주 쓸모가 많았다. 아주머니께서 알려주신 요리법은 조국이 먹었던 음식과 똑같은 맛과 형태로 정확하게 재현되었다.

잠시 후 민준이 수건으로 머리카락의 물기를 닦아내며 주방으로 들어오다 식탁 위에 차려진 음식을 보고 눈을 휘둥그렇게 떴다.

"이게 다 뭐야?"

"뭐긴 뭐예요, 아침 식사죠. 얼른 앉아요."

조국이 보글보글 끓는 뚝배기를 식탁 한가운데 올려놓았다. 그리고 민준에게 수저를 건넸다.

"이걸 당신 혼자 다 준비한 거야?"

"응. 그래서 어제 좀 바빴어요."

"……."

"감동했어요?"

"그냥, 좀 신기해서."

"뭐가 신기해요?"

"아침에 눈을 뜨니까 당신이 우리 집에 있고 또, 씻고 나오니까 음식을 차려놓고 나를 기다리고. 뭔가 너무 현실성이 없잖아."

"상상으로 만든 음식이 아니니까 식기 전에 얼른 먹어요. 참, 아까 당신 씻을 때 전화 왔었는데."

"그랬어?"

민준은 그녀의 말을 건성으로 들어 넘기며 맛깔스럽게 보이는 반찬에 젓가락을 뻗었다. 언제 이런 요리법을 다 배운 건지, 강설은 정말 신기한 여자였다.

“지금 확인 안 해봐도 돼요?”

“밥부터 먹고 나서.”

인정의 전화였을 것이다. 어젯밤에 시킨 일에 대해 보고를 하려는 목적이었을 것이고 말이다. 곰도 구르는 재주가 있다더니 인정에게도 부지런하다는 장점이 있었다. 그런데 급한 일이라고 하지도 않았는데 토요일 아침 댓바람부터 전화를 하는 걸 보면 확실히 융통성은 없는 녀석이었다.

딩동-

초인종 소리에 민준이 젓가락질을 멈췄다. 설마, 그래도 걔도 사람인데 이 정도까지 융통성이 없을 리는 없겠지.

딩동딩동-

‘젠장.’

내가 잘못 생각했었다.

“누가 왔나 봐요. 안 나가봐요?”

“나오지 말고 식사하고 있어.”

민준이 속으로 욕설을 내뱉으며 일어났다. 인터폰 화면을 보니 역시 박인정이었다. 민준이 인상을 쓰며 현관문을 열었다.

“선배…….”

쾅! 민준이 빠르게 현관문을 닫고 어이가 없다는 표정으로 인정을 내려다보았다.

“너 지금이 몇 시인 줄 알아?”

“아까 전화를 드렸는데 안 받으셔서 그냥 왔어요. 이거요, 선배님.”

민준은 인정이 내민 서류를 받아 들었다. 그녀는 뿌듯한 얼굴을 하고 있었다.

"지금 어디서 오는 거야?"

"사무실이요. 자료를 찾다 보니 생각보다 시간이 오래 걸렸어요."

"내가 당장 가지고 오라고 하지도 않았는데 왜 그랬어?"

"제가 빨리 가져다 드리면 선배님께서 좋아하실 것 같아서요."

"……수고했다. 조심해서 들어가."

인정이 주말 아침부터 예고 없이 찾아온 건 언짢았지만, 그가 시킨 일을 하다 밤을 새고 왔다는 그녀에게 모진 말을 할 순 없었다.

수고했다는 민준의 말에 인정의 얼굴 표정이 한층 더 밝아졌다.

"선배님은 지금 식사하고 계셨어요?"

"어. 그러니까 너도 얼른 가서 밥 먹어."

"제가 또 도와드릴 일은 없어요?"

"지금은 없어. 잘 가라."

그는 인정을 보내고 난 후 다시 집 안으로 들어왔다. 그리고 인터폰 화면을 바라보며 서 있던 조국과 마주쳤다.

"밥 안 먹고 왜 여기 서 있어?"

"이렇게 일찍 집까지 찾아온 걸 보니 많이 급한 일이었나 봐요?"

"급한 일은 아닌데 애가 열정이 넘쳐서 그래."

민준은 서류 봉투를 들고 건넛방으로 들어갔다가 빈손으로 나왔다. 조국은 여전히 같은 자리에 우두커니 서 있었다.

"표정이 왜 그래?"

"내 표정이 어때서요?"

급한 일도 아닌데 주말 아침부터 민준을 찾아온 그녀는 환하게 웃고 있었다. 조국은 그녀가 민준을 바라보는 눈빛이 저와 같다는 것을 눈치챘다. 그건 분명 이성적인 감정이 섞인 눈빛이었다.

미묘하게 가라앉은 조국의 목소리에 민준이 웃음기를 거두고 그녀를 바라보았다. 조국이 고개를 옆으로 돌리며 주방으로 걸음을 옮겼다 .

"우리 얼른 밥 먹어요."

"강조국."

민준이 한숨처럼 조국의 이름을 불렀다. 그녀의 기분이 좋지 않아졌음을 깨달았기 때문이다.

"왜 그래?"

민준은 조국의 등 뒤에서 그녀의 어깨를 안았다. 그의 목소리가 한숨 같아서 조국의 마음이 무거워졌다. 하지만 왜 기분이 좋지 않은지 말을 할 수는 없었다. 그에게, 아까 그 사람이 왜 당신을 그런 눈빛으로 바라보는 거냐고 물을 수 없었다.

"당신이 예전처럼 밥 먹다 말고 가버릴까 봐 걱정돼서 그랬어요."

조국은 민준의 팔을 풀고 뒤돌아서 그를 바라보았다. 그녀의 표정을 살피던 민준의 눈빛이 차분하게 가라앉았다.

"정말이에요."

"오늘은 하루 종일 당신하고 같이 있을 거야."

"그럼 됐어요."

조국이 그를 올려다보며 미소 지었지만 그의 표정은 여전히 굳어 있었다. 민준은 그녀의 머리카락 사이에 손가락을 묻고 조국의 눈을 가까이서 바라보았다.

"근데 왜 안 웃어."

"갑자기 손님이 찾아와서 긴장했나 봐요."

"정말 괜찮은 거지?"

"그럼요."

"그럼 우리 밥 먹자."

민준은 조국의 손을 잡고 식탁에 가 앉았다.

"나 이거 다 먹을 거야."

"이걸 어떻게 다 먹는다고 그래요?"

조국이 샐쭉한 표정을 지으며 눈을 흘기자 그제야 민준이 미소를 지었다.

"내가 다 먹으면 강조국이 또 해줄지도 모르잖아."

"나 그렇게 한가한 사람 아니에요. 앞으로 주말에 잘 올라올 수 있을지 몰라서 시간 있을 때 해주고 싶었던 거예요. 그러니까 또 이렇게 만들어줄 거라는 기대는 당분간 접어줘요."

"연구소 일이 그렇게나 바빠?"

"아마 당분간 많이 바빠질 거예요."

"무슨 일을 하는데 주말까지 일해야 할 정도로 그렇게 바쁜 거야?"

"말해주면 당신이 알아요?"

"내가 알까 봐 알려주기 싫은 건 아니고?"

"……."

"뭘 그렇게까지 정색을 해?"

조국이 움찔하며 젓가락질을 멈추자 민준이 입술 새로 나직한 웃음을 흘렸다. 그녀는 알쏭달쏭한 표정을 짓고 있는 민준이 얄미워 눈을 가늘게 떴다.

"그런 당신은 얼마나 중요한 일이기에 후배가 토요일 아침부터 집을 다 찾아와요?"

"……못 본 사이에 강조국의 전투력이 어마어마하게 상승했군."

조국은 민준의 말을 못 들은 척했다. 그러자 민준이 식탁 위로 손가락 두 개를 세워 게걸음으로 슬금슬금 다가가 그녀의 손을 덥석 잡았다. 조국이 눈을 동그랗게 떴다.

"불편하지 않아요?"

민준은 오른손으로 조국의 손을 잡고 왼손으로 젓가락질을 하고 있었다.

"불편해. 그런데 안 웃는 강조국이 훨씬 더 불편해."

참 나. 조국이 어이가 없다는 듯 옆으로 눈을 흘기다 마침내 웃음을 터뜨렸다.

"나 미워하면 안 돼."

민준은 식사를 마칠 때까지 조국의 손을 놓지 않았고 왼손으로 어설픈 젓가락질을 계속했다.

식사를 하고 난 후 민준이 욕실에 들어가 있는 동안, 조국은 아침에 가져온 민준의 옷을 드레스룸에 가져다 놓기 위해 건너편 방의 문을 열었다. 테이블 위에 옷을 올려놓으려던 조국은 그 위에 놓인 하얀 봉투를 보고 고개를 갸웃거렸다. 아까 민준의 후배라는 사람이 가져온 서류 봉투였다. 민준이 아무렇게나 던져 놓았는지 봉투 밖으로 파일 윗부분이 삐죽 삐져나와 있었다.

'대전?'

'대전'이라는 글자가 보이자 조국은 반사적으로 봉투를 들었다. 투명한 파일 안에는 보고서로 보이는 자료가 들어 있었고 상단에 '대전광역시 변동 사항'이라는 글씨가 쓰여 있었다. 그리고 그 아래, Pakin을 포함한 몇몇 기업체들의 이름이 소제목으로 언급되어 있었다.

조국은 황급하게 봉투 안에 파일을 집어넣은 후 원래대로 테이블 위에 올려놓았다. 그리고 도망치듯 밖으로 나왔다.

'민준 씨가 왜 대전과 관련된 기업들에 대해 조사를 하고 있는 거지?'

심장이 쿵쿵 뛰기 시작했고, 손끝이 차갑게 저려왔다. 머릿속은 온통 뒤죽박죽이었다. 청와대에서, 집 앞에서, 그리고 그 레스토랑에서도…… 민준이 그녀 앞에 다시 나타난 게 어쩌면 우연이 아니었을지도 모르는 일이었다.

⚜

"토요일에 출근하라니 이게 지금 말이 되는 소리야?"

"깜짝이야!"

멍하니 생각에 잠겨 있던 서연은 갑자기 들리는 소프라노 목소리에 흠칫 놀라 소리의 근원지를 바라보았다. 영업기획팀의 정 주임이 책상 위에 가방을 던지며 씩씩거리고 있었다. 서연은 오늘 딱히 할 일이 없었기에 별로 상관은 없었지만, 그래도 휴일에 출근을 하게 되어 기분이 좋지 않은 건 마찬가지였다.

어젯밤 늦은 시간, 커피사업부 본부에 비상 연락이 돌았다. 부사장이 본부장과 사업부 전반에 관한 미팅을 할 예정이니 커피사업부 직원들은 팀별로 몇 명씩 사무실에 비상대기를 하라는 전달이었다.

말하자면 부사장이 본부장에게 질문을 했을 때 바로 대답을 하지 못했을 경우를 대비해 답안지들을 출근시킨 거였다. 사실 비상대기라고 해도 특별히 그네들이 더 해야 할 일은 없었지만, 꿀맛 같은 휴일을 뺏긴 직원들의 분노와 상실감은 대단했다.

"서연 씨, 바빠?"

"아니요, 괜찮습니다."

"그럼 우리는 카페에 있을 테니까 무슨 일 생기면 바로 전화해 줄래?"

서연은 김 팀장의 말에 잠시 우리의 범위에 대해 생각했다. 그녀가 말하는 '우리'라는 집합에는 김 팀장과 과장 및 대리 등이 몇 명 포함되어 있었고, 그 '우리'의 여집합은 서연이었다.

"네, 팀장님."

서연은 흔쾌히 고개를 끄덕였다. 서연은 팀의 막내이고 유일한 여자

사원인데도 김 팀장은 그녀를 좋아하지 않았다. 서연을 대놓고 구박하거나 미워하지는 않았지만, 언제부터인가 이렇게 은연중에 그녀를 무리에 끼워주지 않곤 했다. 서연은 자신이 막내인 게 문제인지 아니면 김 팀장과 같은 여자인 게 문제인지 통 알 수가 없었다.

"그렇다고 서연 씨만 두고 우리끼리 가요?"

박 과장이 미안한 뉘앙스를 풍기며 서연을 흘끔 뒤돌아봤지만 김 팀장은 아주 상큼한 목소리로 대답했다.

"누구 하나는 사무실에 있어야 하잖아요. 막내인 게 죄지요, 뭐."

김 팀장은 서연이 막내인 게 죄라고 말했지만 서연은 여전히 그녀의 문제점을 알 수 없었다. 왜 나를 사랑하지 않을까, 라는 질문에 대한 대답은 언제나 빈칸이었다.

서연은 멀어지는 사람들의 대화를 들으며 컴퓨터로 이런저런 기사들을 검색하기 시작했다.

"너 미운 오리 새끼야?"

그때, 동기 정빈우가 혀를 차며 서연의 옆으로 다가와 앉았다. 혹시나 있을 연락에 대비해 따분한 시간을 보내야 하는 건 그도 마찬가지였다.

"응. 그런데 나중에도 백조가 될 것 같지는 않아."

"쯧. 가엾은 줄리엣. 이따 점심시간에 내가 불타는 주꾸미 같이 먹어줄까?"

"아니야, 됐어. 오늘은 안 먹을래."

"하룻밤 사이에 변덕은."

서연은 왼손에 턱을 괴고 모니터를 바라보았다.

"빈우 씨. 빈우 씨가 보기에도 내가 이상해?"

"이상하다기보다…… 좀 독특하다고나 할까?"

"이상하다는 말이네."

"응. 미안."

"……역시 내가 문제구나."

서연이 한숨을 내쉬며 혼잣말을 중얼거렸다.

그녀가 채우는 주관식 답안은 다른 사람들과 다를 때가 많았다. 어젯밤 건우의 물음에 대한 그녀의 대답도 정답이 아니었다. 어제 그는 이상한 표정을 지으며 서연을 바라보았다. 서연은 제가 한 어떤 말이 그를 화나게 했는지 알 수 없었다. 친구인 척하는 썸인 줄 알았는데, 그 사람은 썸도 아니었고 친구도 아니었다. 그럼 그는 도대체 왜 나를 만났던 걸까? 생각은 꼬리의 꼬리를 물고 이어졌다.

"왜, 남자친구랑 싸웠어?"

"난 남자친구 같은 거 없어."

"뭐야, 어제는 정인 어쩌고 하더니 그럼 나한테 거짓말한 거였어?"

"응. 거짓말이었나 봐."

어제 이른 저녁까지만 해도 그녀에게 진실이었던 것은 밤이 되자 거짓말이 되었다. 여전히 그가 화난 이유는 알 수 없었지만, 그 표정으로 미루어 볼 때 잘못은 서연 자신에게 있는 듯했다.

서연에게 연애의 시작과 끝은 언제나 같았다. 남자들은 서연의 귀여운 얼굴과 밝은 성격에 호감을 느끼며 다가왔고 몇 번의 데이트를 거친 후 사랑을 고백했다. 하지만 서연은 막상 고백을 받으면 상대방이 언젠가는 자신을 사랑하지 않을지도 모른다는 생각이 들며 불안해졌다. 그래서 그녀의 연애는 늘 그즈음에서 끝이 났다.

건우는 그런 불안을 느낄 필요도 없이 처음부터 아무런 감정이 없었다고 말했다. 사랑하는지 아닌지 알 수 없는 것보다는 그 편이 훨씬 나았다. 그래서 서연은 괜찮다고 생각했는데, 이상하게 어제부터 가슴이 가시에 찔린 듯 따끔따끔 아팠다.

"김서연, 차였구나!"

"그렇게 너무 신바람 난 말투로 말하지 말아줬음 좋겠어."

서연이 시무룩한 목소리로 대꾸했다. 이제 정말 그 사람을 못 보겠구나, 라는 생각이 들자 기분이 우울해졌다.

⚜

집에 잠깐 다녀오겠다던 조국은 두 시간이 지나도록 아무 연락이 없었다. 민준은 핸드폰으로 설에게 전화를 걸었다.

[여보세요?]

많이 피곤했는지 조국의 목소리가 낮게 가라앉아 있었다.

"목소리가 왜 이래, 몸이 많이 안 좋아?"

[아침에 너무 일찍 일어나서 피곤했나 봐요. 졸려서 좀 잤어요.]

"내가 지금 거기로 갈까?"

[아니에요, 좀 잤더니 괜찮아졌어요. 집으로 갈 테니까 기다려요.]

착 가라앉은 조국의 목소리가 신경이 쓰여 민준은 베란다에 나가 아래를 내려다보았다. 바람이 제법 쌀쌀하다 느껴질 무렵, 조국이 나오는 모습이 보였다. 민준은 반사적으로 흐뭇한 미소를 지었다가 이내 웃음을 거두었다. 조국은 꼭 억지로 끌려오는 사람처럼 힘없이 걸어오고 있었다.

조국은 엘리베이터 앞에 다다르자 한참을 그대로 서 있었다. 민준이 저를 의심하고 있을 거라는 생각은 들지 않았다. 그의 눈빛은 진짜였기 때문에, 그의 마음을 의심하는 것도 아니었다. 조국이 모든 걸 다 얘기할 수 없듯이 그도 마찬가지일 거라고 생각했다. 하지만 그래도 기분은 좀처럼 나아지지 않았다.

버튼을 누르지 않았는데 엘리베이터 문이 활짝 열렸다. 고개를 들어 보니 그 안에 민준이 있었다.

"마중 나왔어."

조국이 고개를 끄덕임과 동시에 그녀의 몸이 엘리베이터 안으로 빨려 들어가 민준의 품에 안착했다. 민준은 한 손으로 조국의 허리를 감싸고 다른 손으로 버튼을 눌렀다. 엘리베이터가 위로 올라가기 시작하자 민준은 조국의 뺨을 붙잡고 그녀의 눈을 가까이에서 바라보았다.

한참을 기다려도 조국이 올라오지 않아 결국 민준이 내려갔을 때, 엘리베이터 문이 열리는 순간 그녀가 짓고 있던 우울한 표정이 머릿속에 박혀 사라지지 않았다. 민준은 그 이유를 찾기 위해 그녀의 얼굴을 세심하게 살폈다. 조국의 표정 하나에 민준의 얼굴에도 어두운 그늘이 생겼다.

"많이 피곤했어?"

"응. 그랬나 봐요."

"앞으론 이런 거 하지 마."

"내가 해주고 싶었던 건데요 뭘."

조국이 시선을 옆으로 돌리며 희미하게 웃었다.

"눈."

"……."

"내 눈 봐야지."

조국이 다시 그의 눈을 바라보자 민준이 부드럽게 웃었다. 조국도 그와 같은 온도의 눈빛으로 웃어주고 싶었지만, 뜻대로 되지 않았다. 대신 조국은 그의 가슴에 얼굴을 묻었다.

"나 진짜 피곤했나 봐요."

"걱정했어."

민준의 목소리가 다정했다. 조국은 그의 등을 감싸 안았다.

⚜

대전 연구소로 내려온 조국은 금세 바쁜 일상으로 되돌아갔다. 민준과는 전화 통화밖에 할 수 없었지만 주말이면 그를 다시 만날 수 있으니 괜찮았다. 그의 집에서 서류를 본 이후 조국은 이따금 혼자만의 생각에 잠겼다. 잊어버릴 수는 없으니 잊지 않았을 뿐이고, 다만 그날을 생각하지 않으려 노력할 뿐이었다.

조국은 경호실장으로부터 새로 교체된 경호관이 오늘 대전으로 내려올 거라는 이야기를 미리 전해 들었다. 이대철 사건이 꽤 심각한 후유증을 남겼는지, 그는 조국에게 여러 번 반복해서 경호에 만전을 다하겠다고 다짐했다

그는 불구속 상태로 조용히 조사를 받던 이대철이 늦은 밤 귀가를 하다가 정체 모를 괴한을 만나 온몸을 구석구석 두들겨 맞았다는 이야기는 덤으로 들려주었다.

어쨌든 만전을 다하겠다는 그의 다짐이 그냥 말뿐인 건 아니었다. 보통 두 명의 경호관이 교대로 서울과 대전을 오가며 근무했는데 그는 이제 두 명의 경호관이 아예 대전에 상주할 예정이라 말했다. 조국은 그렇게까지 할 필요는 없다고 생각했다. 대전에서 조국이 가는 곳이라곤 집과 연구소뿐이고, 퇴근 후에는 밖으로 일절 나가지 않았다. 그래서 조국이 오피스텔로 돌아오면 경호관은 그 이후의 시간을 비교적 자유롭게 유용할 수 있었다. 이제 두 사람이 내려오면 오히려 조국에게 관심을 덜 기울이게 될지도 모르니 그녀에겐 어쩌면 더 다행일 수도 있는 일이었다.

"오후에 내려온다고 했던 것 같은데……."

조국은 손목시계를 쳐다보며 혼잣말로 중얼거렸다. 그들을 만나면 해줄 이야기가 있었다. 경호관이 바뀔 때마다 설명하고 납득시키는 건 번거로웠지만, 조국은 이렇게 해서라도 최소한의 자유를 보장받고 싶었다.

비슷한 시각, 민준은 이미 대전의 오피스텔 앞에 와 있었다. 그는 팔

짱을 끼고 서서 702호에 포장 이사 박스가 들어가는 걸 흡족한 얼굴로 바라보았다.

조국이 알면 깜짝 놀랄 것이다. 하지만 그는 조국이 놀라기보다 많이 좋아해 줬으면 좋겠다는 생각을 했다. 주말에 보고 며칠이 지나도록 얼굴을 못 본 민준은 지금 조국이 너무 보고 싶어서 딱 돌아버릴 것만 같았다.

"선배님!"

민준은 인정이 저만치서 달려오는 것을 힐끗 보았다. 꼭 소풍 나온 어린애 같은 얼굴을 하고 있었다. 그래도 민준이 702호를 득템할 수 있었던 건 다 박인정 덕분이었다. 보기보다 쓸 만한 구석이 있는 녀석이었다.

"짐 정리는 다 했나 봐?"

"짐이라고 할 것도 별로 없는데요, 뭘. 저희 이따 원자력연구소로 가는 거 맞죠?"

"그럴걸?"

"영애님이 혹시 제 얼굴을 기억할까요? 아마 못 하시겠죠?"

"글쎄."

민준이 옅은 미소를 지었다. 이사를 왔으니 당장 옆집 주인에게 인사를 가야 하겠지만, 일단은 생각했던 일을 먼저 해야 했다. 박인정은 여전히 시끄러웠지만 그래도 이제는 견딜 만했다. 조국을 만나고 나서 그는 한층 너그러워졌다.

"난 잠깐 일 좀 보고 올 테니까, 넌 이따 시간 맞춰서 그쪽으로 와."

"어디 가시게요? 저도 지금 할 일 없는데 같이 가면 안 돼요?"

"응, 안 돼."

민준은 대전에 내려오면 조국과 하고 싶은 게 있었다. 그는 조국에게 행복한 기억을, 먼 훗날 떠올렸을 때 행복한 과거를 만들어주기 위해

해야 할 일들이 많았다.

인정은 바람처럼 사라지는 민준을 멍한 얼굴로 지켜보았다.

뉘엿뉘엿 지던 해가 시야에서 완전히 사라졌다. 퇴근을 한 조국은 천천히 밖으로 나왔다. 연구동 출입구에서 새로 온 경호관들을 만나기로 했기 때문이었다.

"응?"

정면을 향해 무심코 고개를 들던 조국은 눈을 크게 떴다. 민준이 그녀의 눈앞에 서 있었다. 반가운 마음에 활짝 웃으며 달려가던 조국이 천천히 멈추고 어색한 얼굴로 민준을 마주 보고 섰다.

민준은 혼자가 아니었다. 그 옆에, 조국도 얼굴을 잘 알고 있는 여자가 함께 서 있었다.

"안녕하십니까, 금일부터 영애님의 경호를 맡은 김민준입니다."

민준은 조국을 발견하자 한쪽 눈썹을 위로 살짝 올리며 웃었다. 조국은 여전히 예뻤고, 그는 이제 이 고운 얼굴을 매일 볼 수 있게 되었다.

"안녕하십니까, 박인정입니다. 잘 부탁드립니다!"

"……네, 반갑습니다."

조국은 떨떠름한 표정을 지으며 대답했다. 민준은 조국을 보러 온 것이 아니었다. 그녀가 보고 있는 사람들은 경호실에서 나온 경호관이 아니라, NIS에서 나온 요원 두 명이었다.

"두 분이 오셨네요……?"

"네, 영애님. 경호실에서 영애님의 경호를 강화하라는 지시를 받았습니다."

인정이 또박또박 자신 있게 대답하자 민준이 슬쩍 눈살을 찌푸렸다. 그는 그들이 경호실 경호관이 아닌 NIS 요원인 걸 이미 알고 있는 조국이 괜한 억측을 할까 봐 마음이 쓰였다.

“저는…… 퇴근 후 특별한 경우를 제외하고는 항상 집에 있으니, 지금 이 시간 후로는 저에게 다른 신경은 쓰지 않으셔도 됩니다.”

“하지만 영애님, 저희는 그런 지시는 받지 않았습니다.”

인정은 ‘내 말이 맞죠?’라는 표정을 지으며 민준을 올려다보았다. 하지만 민준은 아무 대꾸 없이 영애가 하는 말을 듣고 있었다.

“그리고 저에게 제가 모르는 도청 장치나 추적 장치를 부착하는 것은 절대 안 됩니다. 전에 계시던 분들은 잘 알고 계시던 이야기입니다.”

“네? 도, 도청 장치라니요? 저희가 그, 그럴 리가요!”

인정이 눈을 휘둥그렇게 뜨며 손을 내저었다. 영애를 만나자마자 무시무시한 이야기를 들었다.

민준이 조국을 바라보며 눈을 가늘게 접었다. 단둘이 있는 것도 아니고, 어쨌든 이곳에서 조국이랑 쎄쎄쎄나 할 생각은 없었지만 그녀는 그의 생각과 달리 냉담한 얼굴을 하고 있었다. 조국은 지금 심기가 아주 많이 불편해 보였다.

“또한, 서울과 대전을 오갈 때를 제외하고 대전 안에서는 대부분 저 혼자 움직입니다.”

“그전까지는 그러셨는지 몰라도 이제 안 됩니다.”

민준이 그녀의 말을 잘라냈다. 지금까지 계속 그녀 혼자서 대전을 돌아다녔다는 것도 말이 안 되지만, 앞으로는 더더욱 있을 수 없는 일이었다.

조국이 차가운 눈빛으로 민준을 응시하자 인정은 저도 모르게 뒤로 한 걸음 물러섰다.

“왜 안 된다는 거죠?”

“근래에 있었던 불미스러운 일로 영애님에 대한 경호를 강화하라는 상부의 지시가 있었습니다. 그러니 불편하시더라도 양해해 주시면 감사하겠습니다.”

"그것참…… 정말 짜증 나는 일이네요."

두 사람의 공방을 얌전히 듣고 있던 인정은 제 귀를 의심하며 두 눈을 끔뻑거렸다. 곱고 단아하게 생긴 영애는 생각보다 자기주장도 강하고 자기감정을 잘 표현하는 타입이었다. 그녀는 실제로도 정말 짜증이 난다는 얼굴을 하고 있었다.

"제가 드릴 말씀은 이게 전부입니다."

조국이 홱 뒤돌아섰다. 그녀는 머릿속으로 민준의 죄목을 하나하나 떠올렸다. 그는 경호관으로 온다는 이야기를 미리 하지 않았다. 게다가 NIS에서 두 사람을 보낸 이상 단순히 경호나 하러 온 것은 아닐 텐데 그걸 숨겼으며, 하물며 같이 온 경호관은 민준의 집에까지 찾아왔던 여자 요원이었다. 욕이라도 내뱉고 싶었지만 아는 욕이 없었다. 기껏해야 짜증 난다는 말뿐이었다.

"영애님?"

뒤에서 민준의 목소리가 들렸지만, 조국은 대꾸하지 않았다. 그녀는 곧장 차에 올랐다.

"영애님."

민준이 운전석 문을 붙잡으며 그녀를 불렀다.

"저를 걱정해 주시는 건 감사하지만 이런 행동은 저를 불편하게 하는 겁니다."

민준은 조국을 물끄러미 바라보았다. 화가 단단히 난 얼굴이었다. 사전에 이야기를 하지 않고 갑자기 경호관이라고 나타났으니 놀랄 만도 한데, 그녀가 왜 이렇게까지 화를 내는 건지 알 수 없었다.

"……화났어?"

민준이 조국에게만 들리도록 작게 물었다. 그러자 조국은 민준의 정강이를 힘껏 걷어찬 뒤 재빨리 차 문을 잠갔다.

그 모습을 저만치 뒤에서 지켜보던 인정이 눈을 동그랗게 뜨고 입을 붕어처럼 뻐끔거렸다.

'열어.'

민준이 운전석 창에 대고 조국에게 입 모양으로 말했다. 조국은 민준을 흘끔 쳐다본 후 그를 무시하고 쌩하니 출발해 버렸다. 민준이 인상을 잔뜩 구기며 낮게 욕설을 뱉어내더니, 재빨리 그의 차로 뛰어갔다.

인정은 눈앞에서 벌어진 일이 도무지 믿기지 않았다. 영애는 기분이 좋지 않은지 처음 보는 경호관의 다리를 걷어차고 달아나 버렸다. 그리고 민준은 심각한 얼굴로 곧바로 영애의 차를 따라갔다. 이 모든 게 눈 깜빡할 사이에 일어난 일이었다.

민준은 차에 타자마자 조국에게 전화를 걸었다. 하지만 그녀는 전화를 받지 않았다.

부우웅— 민준이 속도를 높여 도로 위의 차들을 추월해 달리기 시작했다. 그리고 다시 그녀에게 전화를 걸었다.

[내가 지금 운전 중인 걸 뻔히 알면서 전화를 걸어요?]

"차 갓길에 세워, 당신 지금 흥분했어."

[나한테 이래라저래라 명령하지 말아요!]

"강조국."

[날 감시하러 온 경호관처럼 말하지 말란 말이에요!]

전화를 끊은 조국은 다시 속도를 높여 달리기 시작했다. 세상에 유일하게 내 편이라고 생각했던 사람이 선을 넘어 상대편으로 가버린 것처럼 서럽고 서운했다. NIS에서 아무 이유 없이 두 사람을 이곳에 보내지는 않았을 것이다. 민준의 집에서 우연히 본 서류를 생각하다 보니 대충 감이 잡혔다. 두 사람은 무언가를 알아낼 게 있고, 그게 자신과 무관하지 않은 것이다.

이대로 아무도 모르는 곳으로 사라져 버리고 싶었다. 전화벨이 계속 울렸지만 조국은 그것을 쳐다보지도 않았다. 민준의 차가 바로 뒤에서 조국을 따라오고 있었다.

한참을 달리던 조국의 차는 넓은 공터에 멈췄다. 계속 달려봤자 민준이 지구 끝까지라도 따라올 기세였기 때문에 어차피 이쯤에서 멈출 수밖에 없었다. 조국은 운전대에 두 손을 얹고 가쁜 숨을 몰아쉬었다. 한번 격해진 감정은 생각보다 잘 수그러들지 않았다.

똑똑. 민준이 차창에 노크를 했다. 또다시 욱해서 창밖의 그를 노려보던 조국은 숨을 고르고 마음까지 진정시킨 후 차 문을 열었다.

"……이제 진정이 좀 됐어?"

"당신은 날 속였어요."

"속인 게 아니야. 난 당신이 좋아할 거라고 생각했어. 도대체 왜 이렇게 화를 내는 거지?"

"솔직하게 말해요. 당신이 여기에 온 진짜 이유가 뭐예요?"

"무슨 소리를 하는 거야? 일하러 온 거잖아, 지금. 물론 강조국 얼굴을 아침에도 보고 저녁에도 보겠다는 숨은 의도를 부인하진 않겠지만 말이야."

"나 지금 당신이랑 농담할 기분 아니에요."

"나 농담하는 거 아닌데."

"지금 나더러 그 말을 믿으라는 거예요? NIS에서 당신더러 내 얼굴 보러 가라고 당신 후배랑 둘이 묶어서 여길 보냈다고요?"

"박인정을 내가 데리고 온 건 아니지만, 당신 때문에 둘이 내려온 건 맞아. 그런데 그렇다고 해도 난 당신이 왜 이렇게까지 화를 내는지 모르겠어."

'당신 설마, 일부러 내 앞에 다시 나타난 건 아니지?'

조국은 입을 꾹 다물고 민준을 바라보았다.

민준은 자신 때문에 일을 포기하지는 않을 사람이었다. 민준은 사랑을 이유로 임무를 외면하지 않을 것이고, 그건 차후 두 사람에게 불행의 빌미가 될 수 있었다.

"난 NIS 요원의 경호를 받을 이유도 없고, 받고 싶지도 않아요. 당신도 잘 알겠지만 NIS와 좋지 않은 기억이 있거든요. 그러니 당신들이 정말 내 경호 때문에 여길 온 거라면 다시 돌아가요."

"당신 기분이 내키지 않는다는 이유로 그럴 수는 없어. 이건 당신이 아니라 다른 사람이 영애라고 해도 내겐 마찬가지야."

"내가 당신한테 부탁을 해도요?"

"날 움직이는 건 당신의 부탁이 아니라 상부의 명령이야, 강조국."

민준은 어느새 감정을 지운 채 진지한 눈빛을 하고 있었다. 그는 진심이었다.

조국은 그의 입장을 충분히 이해했지만, 가슴이 그의 말을 납득하지 못했다.

"김민준 씨, 당신은 나랑 NIS 둘 중 하나만 선택해야 한다면 어느 쪽을 선택할 거예요?"

"예를 들어도 꼭 그렇게 살벌한 예를 들어야겠어?"

"대답해 봐요. 당신은 누구 편이에요?"

"내가 둘 중 하나를 선택할 일 같은 건 없어. 당신이 나라를 팔아먹지 않는 이상 그럴 일은 없단 뜻이야."

"내가 나라를 팔아먹으면 어떡할 건데요?"

"당신 지금 억지 부리는 거야, 이런 건 당신답지 않아."

"그래요, 나 지금 당신한테 억지 부리고 있어요. 그런데 당신도 대답을 못 하는 건 마찬가지잖아요."

민준이 한쪽 눈썹을 찡그렸다. 조국은 뭔가 단단히 심사가 뒤틀린 게 틀림없었다. 그녀는 평소 같으면 하지 않을 말을 하고 있었다.

"강조국. 만약 당신이 나라를 팔아먹으면 나는 그 나라를 되찾아올 거야. 그리고 당신을 기다리겠지. 당신이 무얼 하든 그 옆에 내가 있을 거란 얘기야."

조국은 민준의 대답이 마음에 들지 않았다. 하지만 무조건 당신의 편에 서겠다는 말 또한 그녀가 원하는 대답은 아니었다. 조국은 이런 민준이 좋았지만, 그것과는 별개로 마음이 착잡했다.

"내 대답이 마음에 안 들어?"

"안 들어요."

"강조국은 화를 내도 예쁘네. 아주 제대로 갑이야, 갑순이."

민준이 추위에 파래진 그녀의 뺨을 감쌌다. 조국이 이마를 찡그리자 민준은 그녀의 이마에 입을 맞추고 얼굴에 미소를 머금었다.

"보고 싶었어, 갑순 씨."

이 남자를 어떻게 사랑하지 않을 수 있을까? 조국은 기쁘게 반짝이는 그의 눈빛을 보면서 한숨을 내쉬었다.

조국과 민준의 자동차가 오피스텔 앞에 나란히 멈췄다.

"영애님!"

출입구 앞을 서성거리던 인정이 두 사람 앞으로 곧장 달려왔다. 조국은 차에서 내려 그녀를 마주 보고 섰다.

"선배님이 따라가셔서 괜찮을 거라고 생각은 했지만, 그래도 걱정했어요."

"그래서 김민준 씨가 따라온 걸 알면서도 경호실에 제 위치를 찾아달라고 했나요?"

"네? 그건……."

조국은 머쓱한 표정의 인정을 무감정한 눈으로 바라보았다. 오피스텔로 돌아오는 동안 계속 전화가 걸려 왔다. 만약 그 전화를 받지 않았더라면 별일 아닌 일이 매우 커졌을 터였다.

"전 집에 잘 돌아왔다고 보고하세요."

조국이 무표정한 얼굴로 그녀의 앞을 지나갔다. 인정은 민준을 억울한 표정으로 바라보았지만, 오히려 그는 팔짱을 끼며 그녀에게 물었다.

"박인정, 왜 시키지도 않은 일을 한 거지?"

"영애님이 행선지도 밝히지 않고 갑자기 사라졌잖아요! 게다가 선배님도 연락이 안 됐고요."

박인정이 잔뜩 골이 난 얼굴로 민준을 바라보았다. 아까 다급히 영애를 따라가던 민준의 모습을 생각하니 기분이 좋지 않았다. 다른 사람이 봤으면 두 사람이 사랑 다툼을 하는 연인이라고 오해할 수도 있을 법한 상황이었다.

"그래서 경호실에 보고를 했어?"

"전 그냥 영애님의 위치가 확인되지 않아서 그런 거지 다른 뜻은 없었어요. 아빠라면 빨리 찾아줄 수 있을 것 같았고요."

"박인정, 넌 어디 소속이야?"

"그거야 당연히 NIS요."

"그건 알고 있네? 난 또 모르는 줄 알았지."

"……."

"다음번에도 소속을 착각하면 아예 그쪽으로 보내줄게."

민준은 웃고 있었지만 눈은 싸늘하기만 했다. 인정이 불퉁한 표정을 지으며 시선을 옆으로 돌렸다.

집으로 올라온 조국은 제일 먼저 핸드폰 전원을 껐다. 지금은 그 누구의 전화도 받고 싶지 않았다.

"아주 제대로 갑이야, 갑순이."

갑순이는 무슨. 조국은 투덜거렸다. 그녀가 갑순이라면 민준도 만만치 않은 갑돌이였다. 지금 누구 앞에서 을 코스프레를 하고 있냔 말이다.

민준은 대전에 내려온 이유를 자신을 보기 위해서라고 했지만, 그의 집에서 본 서류를 생각하면 그 말을 백 프로 믿을 수는 없었다.

딩동– 초인종이 울렸다. 조국은 인터폰 화면 밖 인정의 얼굴을 보았다. 그녀는 안에서 얼굴이 보인다는 걸 의식하지 못하는 건지, 탐탁지 않은 얼굴을 하고 있었다.

"무슨 일이시죠?"

[영애님, 혹시 저녁 안 드셨으면 저희랑 저녁 드시겠어요? 오늘이 첫날인데 그래도 같이 식사라도 하면 좋을 것 같아서요.]

조국은 서늘한 얼굴을 하고 있으면서도 목소리는 나긋나긋한 인정을 보자 문득 기억하고 싶지 않은 사람이 떠올랐다.

속으로는 조국을 미워했으면서도 겉으로는 늘 웃는 낯을 하던 사람이 있었다. 안기영, 그녀는 지금 어떻게 지내고 있을까? 조국은 기영을 떠올리며 차분한 어조로 말했다.

"전 괜찮으니 두 분이 다녀오세요."

[그럼 다녀오겠습니다! 영애님, 혹시 무슨 일 있으시면 저한테 바로 연락 주세요.]

얼굴이 밝아진 인정이 냉큼 뒤로 돌더니 종종걸음으로 달려가 702호 초인종을 눌렀다. 조국은 모니터를 통해 앞집 현관문이 열리고 민준이 나오는 모습을 보았다. 오랫동안 702호에 살아온 사람처럼, 문을 열고 나오는 보습이 무척 자연스러웠다.

아까 올라오면서 오늘 702호와 802호에 사다리차가 올라왔다는 이야기를 얼핏 들었다. 702호를 누가 사용하니 했더니 민준인 모양이었다.

[선배님, 짐 다 정리하고 내려왔어요. 우리 밥 먹으러 가요!]

[난 됐어, 너나 가서 먹고 와.]

[그럼 대전에 내려온 기념으로 우리 술이나 한잔할까요?]

[피곤해. 난 좀 쉴 거야.]

[그럼 어떡해요. 전 대전에 아는 사람이라고는 선배님밖에 없고, 또 혼자 밥 먹어본 적도 없단 말이에요.]

[그럼 오늘 먹어보면 되겠네. 뭐든 처음이 어렵지 두 번째부터는 쉬운 법이야.]

[아니, 그래도…….]

조국은 버튼을 눌러 화면을 껐다. 얘기를 거기까지 들었을 때 문득, 도청 장치를 싫다고 했던 본인이 남의 대화를 엿듣고 있는 셈이라는 생각이 들었던 것이다. 뒤돌아 선 조국은 곧바로 노트북부터 켰다. 일을 빨리 마무리해야 한다는 생각에 마음이 조급해졌다. 쫓는 사람은 없는데, 누군가에게 쫓기는 것처럼 마음이 불안해졌다. 그녀는 이 불안함의 원인이 민준이라는 생각을 떨쳐 버리려 애썼다.

딩동— 핸드폰을 꺼놓았더니 대신 벨을 누르려는 건지, 벌써 두 번째 방문객이었다. 하지만 그녀는 누구냐고 묻지 않고 다시 인터폰 화면을 보았다. 이번엔 민준이었다.

그가 다시 한 번 초인종을 눌렀다. 조국은 미간을 찡그리며 문을 열었다.

"무슨 일이에요?"

"저녁 먹었어? 아직 안 먹었으면 나랑 같이 나가자."

말로는 나갈 건지 말 건지 조국의 의향을 물었지만, 민준은 이미 외출복 차림이었다.

"난 한번 집에 들어오면 외출하지 않는다고 아까 말했잖아요."

"외출을 하자는 게 아니라 저녁 먹으러 가자는 거야. 저녁을 먹으려면 밖으로 나가야 하는데 당신을 혼자 두고 갈 수는 없잖아."

"그래서 지금 나랑 같이 나가자는 거예요?"

"난 혼자 밥 먹는 거 싫어."

"그럼 왜 아까!"

"아까 뭐?"

"……아니에요."

하마터면 왜 아까 동료와 같이 가지 않았냐는 말을 꺼낼 뻔했다.

"같이 가줄 거지?"

"나 할 일 있어요, 바빠요."

"밥 먹고 나서 바쁘면 안 돼?"

오늘 민준은 대전으로 내려온 이후 조국의 화난 얼굴밖에 보지 못했다. 그는 앵그리 조국이 아니라 활짝 웃는 조국을 보고 싶었다.

"……잠깐 거기서 기다려요."

잠깐 고민하던 조국이 체념하듯 말했다.

민준이 슬쩍 미소를 지었다. 역시 그녀는 그가 식사를 하지 않을까 봐 신경이 쓰이는 것이었다. 잠시 후 조국은 외출복으로 갈아입고 다시 나타났다.

"가까운 데로 가요. 뭐 먹고 싶어요?"

조국이 현관문을 닫으며 그에게 물었다.

"아무거나 먹자."

민준은 건성으로 대답하며 쓰고 있던 까만 모자를 벗어 그녀에게 씌웠다. 조국이 눈을 동그랗게 뜨고 눈을 깜빡거렸다.

"모사는 왜요?"

"밖에 추워."

조국이 턱을 치켜들며 황당하다는 표정을 짓자 민준이 모자챙을 꾹 누르며 웃었다.

저녁을 먹고 난 후에는 다행히 조국의 기분이 좋아 보였다. 조국이 아까 화를 냈던 이유가 배가 고파서였을지도 모른다는 생각이 들 정도였다.

"짐은 다 정리한 거예요?"

"이사 업체하고 가구 업체에서 다 알아서 해서 특별히 내가 할 일은 없었어."

"여기로 아예 이사 온 것도 아니면서 무슨 짐이 그렇게 많아요? 게다가 우리 오피스텔은 웬만한 건 대부분 빌트인으로 되어 있잖아요."

"알잖아, 내가 곱게 자라서 남이 쓰던 걸 싫어해."

민준이 곁눈질로 그녀의 손을 슬쩍 쳐다보았다. 손을 잡고 싶었지만 그럴 수 없었다. 대전에 내려오니 그녀를 자주 볼 수 있다는 건 좋았지만, 아무래도 행동은 더 조심스러워졌다.

"진짜 대전엔 왜 내려온 거예요?"

"당신 보려고 왔다고 아까 말했잖아."

"그게 정말 전부라고요?"

"나는 그게 전부야."

"그렇다고 두 사람이나 여기에 내려올 필요가 있었어요?"

"그럴 필요가 없었을 텐데, 사실 따지고 보면 이게 다 모험을 사랑하는 영애님 덕분이지."

민준의 너스레에 조국이 샐쭉한 표정으로 그를 흘겨보았다.

"영애가 꽤 골치 아픈가 봐요?"

"응. 누가 밥 사준다고 하면 아무 놈이나 막 따라가거든."

"어떤 사람인지 정말 궁금하네요. 한번 만나보고 싶어요."

"내가 보여줄 수는 있는데 무릎 조심해야 할 거야. 요즘 로우킥 연습을 하나 보더라고."

민준이 한쪽 눈을 장난스럽게 찡긋했다.

"참, 이대철 사장 불구속 수사 중이라면서요? 그 사람 며칠 전에 어떤 괴한한테 폭행을 당했대요."

"아 이런, 어쩌다가. 조심 좀 하지."

"당신도 몰랐던 얘기예요?"

"당연하지, 내가 그런 얘기를 알 턱이 있나."

"난 또, 혹시 당신이 그 사람을 때려줬나 했죠."

"내가 그랬으면 좋겠어?"

"아니요, 그건 싫어요."

민준이 고개를 절레절레 흔드는 조국을 내려다보며 웃었다. 그녀와 저녁을 먹고 느긋하게 산책하는 것이 평온하니 좋았다. 하지만 두 사람의 여유로운 산책은 그리 오래가지 못했다. 두 사람 앞에 인정이 갑자기 불쑥 나타난 것이다.

"어? 두 분, 언제 밖에 나오신 거예요?"

조국과의 시간을 방해받은 민준이 눈썹을 찌푸렸다. 하늘로 둥실 떠오르던 풍선이 공중에서 갑자기 팡- 하고 터진 것 같았다.

"넌 어디 갔다 오는 거야?"

"저녁 먹고 왔죠. 그런데 두 분은 어디 다녀오시는 길인가 봐요?"

"네가 신경 쓸……."

"제가, 밖에 나올 일이 있었는데 혼자 나오기가 좀 그래서 부탁을 드렸어요."

조국이 민준의 말을 중간에서 가로챘다. 인정은 뭔가 석연치 않다는 느낌을 받았지만, 괜히 말대꾸를 하다 민준에게 혼이 날까 봐 고개를 끄덕였다.

"그럼 이왕 나오신 김에 저기에서 맥주 한잔하고 들어가실래요? 집에 혼자 있으려니까 좀 그래서요. 아…… 영애님, 혹시 술은 안 드세요?"

"아니요, 맥주 한두 잔 정도는 괜찮아요."

"저도 그 이상은 잘 못 마셔요, 취하거든요. 혹시 소주도 드세요?"

인정이 고개를 절레절레 흔들며 손사래를 치더니 곧바로 질문을 이어갔다.

그녀는 기존 여자 경호관들과는 다르게 조국을 별로 어려워하지 않았다. 오히려 오늘 처음 만났다는 사실이 무색할 만큼 조국에게 친근하게 굴고 있었다. 그러나 조국의 경험상, 과한 친절과 관심은 그 속에 독을 감추고 있는 경우가 대부분이었다.

"아니요."

"영애님, 저랑 비슷한 점이 많으시네요? 저도 소주는 안 마셔요. 소주는 투명한 게 꼭 눈물 같아서 마시고 싶지 않더라고요."

"……그런가요?"

인정은 외모도 성격도 조국과 달랐지만, 의외의 공통점이 있었다. 순간 조국은 기분이 묘해졌지만 이내 그 생각을 떨쳐 버렸다. 조국은 민준의 말대로 오늘 자신이 유독 예민한 건지도 모르겠다는 생각을 했다.

"그럼 가까운 데로 가요. 두 분보다 제가 이곳을 더 잘 알 테니 제가 안내할게요."

조국의 대답에 인정이 신이 난 듯 활짝 웃었다가 점차 어색하게 얼굴을 굳혔다. 인정의 시선이 조국의 까만 모자에 머물렀다.

"……네, 영애님."

그 모자는 영애의 것이라고는 전혀 생각되지 않는, 남성미가 물씬 풍기는 검정색 모자였다.

잠시 후 세 사람은 호프집 테이블에 둘러앉아 소소한 얘기들을 주고받았다. 주로 조국과 인정이 대화를 나누었고, 민준은 말없이 맥주잔을 비웠다.

조국이 좋아하는 프라이드치킨이 나오자 민준은 포크 두 개를 양손으로 들었다. 그리고 메스를 손에 쥔 외과 의사처럼 신중한 얼굴로 치킨의 살을 발라 조국의 앞 접시에 올렸다.

"괜찮…… 습니다. 제가 할 수 있어요."

조국이 인정의 눈치를 보며 어색하게 웃었다. 인정이 뜨악한 얼굴로 민준을 쳐다보고 있었기 때문이었다.

"저도 괜찮습니다."

민준은 냉담하게 대답한 뒤 다시 진지한 얼굴로 뼈와 살을 분리하기 시작했다. 조국이 붉어진 얼굴을 감추기 위해 맥주잔을 얼른 입가에 갖다 댔다. 그리고 민준이 발라놓은 치킨 조각을 포크로 찍었다.

민준은 곁눈질로 슬쩍 조국을 쳐다보았고, 그녀의 입 끝에 희미하게 걸린 미소를 보았다.

조국은 떨떠름한 표정을 짓고 있는 인정과 눈이 마주치자 얼른 미소를 거두었다. 그녀는 미묘한 분위기를 바꾸고자 인정에게 질문을 던졌다.

"참, 인정 씨는 나이가 어떻게 돼요?"

"저는 스물여섯 살이에요. 민준 선배하고는 네 살 차이고요."

"여기에서 계속 지내려면 많이 외로울 텐데 괜찮겠어요?"

"혼자가 아니니까 괜찮아요. 만약 혼자 내려와야 했다면 제가 아닌 다른 사람이 와 있었을지도 몰라요."

바로 그때, 조국 앞으로 세 번째 맥주잔이 놓였다. 조국이 자연스럽게 맥주잔에 손을 뻗자 민준이 잔을 쓱 가져갔다. 졸지에 맥주를 강탈당한 조국이 황당하다는 얼굴로 민준을 바라보았다.

"그거 제 건데요?"

"제가 입 댔으니 이젠 제 겁니다."

민준이 꿀꺽꿀꺽, 몇 모금 만에 잔을 깨끗이 비웠다. 황당해하던 조국이 맥주를 다시 주문하기 위해 버저에 손을 뻗자 민준은 얼른 다른 손으로 그것을 막았다. 두 사람의 시선이 공중에서 부딪쳤다.

"정말 무례하시네요."

"영애님의 건강을 걱정하는 겁니다."

"제 건강은 제가 알아서 할게요."

"그럴 수는 없습니다."

한 치도 양보하지 않겠다는 듯, 두 사람 사이에 팽팽한 긴장감이 흘렀다.

두 사람을 번갈아 바라보던 인정의 표정이 차가워졌다. 그녀에게는 매우 낯설게도 민준의 한쪽 입술 끝이 위로 올라가 있었고, 그의 눈꼬리는 아래로 부드럽게 휘어져 있었다.

"제가 두 잔 더 달라고 했어요."

잠깐 자리를 비운 인정이 테이블로 돌아와 시큰둥하게 말했다. 그녀의 시선이, 또다시 조국이 쓰고 있는 모자에 머물렀다.

"일부러 업히고 싶어서 기어코 더 마신 거야?"

"아아니."

말로는 아니라면서 조국은 고개를 위아래로 끄덕였다. 민준은 그녀를 등에 업고 걷고 있었다.

인정은 소싯적 육상 선수가 꿈이었는지, 두 사람을 뒤로하고 힘차게 달려가 버렸다. 민준이 생각하기엔 참 좋은 술버릇을 가지고 있는 녀석이었다. 어찌나 빨리 달리는지, 그녀의 모습이 벌써 콩알만큼 작게 보였다. 달리는 방향을 보니 다행히 제대로 달리고 있는 것 같았다.

"그래도 내가 있을 때만 이러는 거지? 다른 남자 등에도 업히고 그랬던 건 아니지?"

민준이 조국에게 다정한 목소리로 물었다.

"……."

"아니야? 술 먹으면 늘 이랬던 거였어?"

대답이 없자 민준은 걸음을 멈추고 어이가 없다는 듯 언성을 높였다.

"몰라."

조국은 그의 등에 뺨을 기대며 뾰로통하게 대답했다. 옆을 돌아본 민준은 모자를 거꾸로 쓴 조국이 개구쟁이 소년처럼 귀여워, 결국 화내는 걸 포기했다.

"내가 어렸을 때 말이야, 어떤 할아버지가 꼬마 여자애를 데리고 우리 아버지를 찾아온 적이 있었어. 그날 그 애랑 놀이터에서 같이 그네를 타며 놀았어. 그러다 그 애가 나한테 가운데 말 잇기를 하자고 했는데, 딱 봐도 나보다 어린 게 그런 말을 하니까 어처구니가 없었지. 근데 그때 그 애가 뭐라고 말을 했는데 내가 대답을 못 했어. 나보다 어린애한테 진 게 분해서 국어사전을 얼마나 열심히 외웠던지."

민준은 낮게 웃으며 말을 이었다. 조국은 잠이 든 건지, 아니면 숨죽여 듣고 있는 건지 아무런 대답이 없었다.

"조 뭐라고 했던 것 같은데, 잘 기억이 안 나."

"……강조국."

조국이 작은 목소리로 속삭이듯 말했다.

"응?"

"가운데 말 잇기. 내가 강조국이라고 말했어."

"그걸 기억하고 있었어?"

민준이 또다시 걸음을 멈췄다. 그는 아버지에게 이야기를 듣고 나서야 그때 그 꼬맹이가 그녀였다는 사실을 알았다. 그러니 당연히 그보다 나이가 어렸던 조국은 그때를 기억하지 못할 거라고 생각했다.

"응. 그 오빠 머리가 아주 나빴어."

"야, 그런 거 아니야."

"야? 나한테 지금 야라고 한 거야?"

민준이 낮게 으르렁거리듯 항의하자 조국이 배시시 웃으며 그의 목을 두 팔로 더 세게 끌어안았다. 조국 역시 그때 놀이터에서 만났던 오빠가 민준이었다는 사실을 그가 떠난 뒤 알게 되었다. 김 국장이 평창동 집에 얽힌 이야기와 함께 말해주었던 것이다. 그 이야기를 듣고 가슴이 많이 아팠는데, 그 기억은 이제 그녀에게 소중한 추억이 되었다.

민준이 피식 웃더니 다시 앞을 향해 느긋하게 걷기 시작했다. 조국은 저번처럼 민준의 등에 손가락을 대고 글씨를 쓰기 시작했다.

"강조국, 내가 이번 기회에 오해를 바로잡고 싶은데, 사실 그때 내가 몰라서 대답을 못한 게 아니라 당신이 동생이라서 봐준 거였어."

"하지만 두 번째도 졌잖아."

"두 번째? 아, 그건 당신이 귀여워서 내가 봐준 거였고."

"아닌 거 같은데……."

"나쁜 말이야, 강조국."

민준의 나무라는 목소리에 조국이 흠칫, 몸을 떨었다. 등에 '바보'라고 썼는데 민준이 금방 눈치를 챘다. 조국이 손바닥으로 쓱쓱 등을 문지르고 다시 민준의 목에 팔을 둘렀다.

"어차피 다시 해도 내가 또 이길 거야."

"내가 먼저 시작하면 아마 내가 이길 텐데?"

"좋아, 그럼 이번엔 당신이 먼저 시작해."

조국은 민준의 등에 뺨을 기댔다. 찬바람을 막아주는 넓고 따듯한 등이 좋았다. 마치 기분 좋게 흔들리는 요람에 누워 있는 것 같은 기분이었다.

"사랑해."

그의 등이 약하게 떨리는 것과 함께 나지막한 목소리가 들렸다. 조국이 가만히 숨을 멈추었다.

"사랑해, 강조국."

"……뭐라는 거야."

왠지 눈물이 나올 것 같았다.

"사랑해."

"……."

"이제 2대 1이야."

조국이 말없이 그의 목을 꽉 끌어안자 민준은 미소를 지으며 어두운 밤하늘을 올려다보았다. 내일도, 또 그 다음 날도 지금만 같았으면 좋겠다는 생각이 들었다.

"영애님, 괜찮으세요?"

민준이 조국을 업고 오피스텔 입구에 다다르자, 출입구를 어슬렁거리던 인정이 얼른 그에게 다가왔다. 그녀는 찬바람을 맞으며 달려가는 동안 술이 깼는지 꽤나 멀쩡해 보였다. 인정의 시선이 민준의 등에 기대 눈을 감고 있는 조국을 향했다. 그녀는 정색하며 조국을 바라보았다.

인정은 달려오면서 열심히 생각했지만, 아무리 생각해 봐도 영애를 이해할 수 없었다. 민준이야 임무에 충실하기 위해 그러는 거라고 이해할 수 있었지만 공과 사를 엄격하게 구분하지 못하고 거기에 박자를 맞춰주는 영애는 곱게 보이지 않았다. 인정은 아무리 영애라지만 민준을 너무 편하게 대하는 게 아닌지 싶어 언짢기까지 했다.

"추워. 눌러."

민준이 인정에게 눈짓으로 현관 키패드를 가리켰다. 인정은 오피스텔 현관 비밀번호를 누르고 들어가 엘리베이터 버튼을 눌렀다. 엘리베이터에 오른 그녀는 민준의 등에 업힌 조국을 서늘한 눈길로 바라보았다.

"아무리 그래도 설마 선배님이 영애님을 업고 올 줄은 몰랐어요."

"취하셨잖아. 그리고 부축해서 걷는 게 더 힘들어."

"이렇게 남자 등에 업혀 오는 걸 보면, 영애님도 생각보다 되게 털털한 성격이신가 봐요?"

"박인정, 할 말 있으면 뒤에서 얘기하지 말고 앞에서 얘기해. 그리고 앞에서 할 수 없는 얘기면 뒤에서도 하지 마."

인정의 말투가 거슬린 민준은 싸늘한 목소리로 말했다.

띵- 7층에서 엘리베이터가 멈췄다. 엘리베이터에서 내린 민준이 뒤돌아서 경고하는 눈빛으로 인정을 바라보다가 문이 닫히자 701호 방향으로 몸을 틀었다.

"손가락."

현관 앞에 선 민준이 조용히 말했다. 그는 조국이 깨어 있다는 걸 알고 있었다. 조국은 팔을 뻗어 도어 록에 손가락을 갖다 댔다. 문이 열리자 민준은 안으로 들어가 현관에 그녀를 내려놓았다.

"당신도 이제 가요."

"조금만 있다가."

조국은 바닥만 응시했다. 누군가가 갑자기 그녀의 얼굴에 찬물을 확 끼얹은 기분이었다.

"방금 들은 이야기도 안 잊어버릴 거야?"

"그게 내가 노력해서 잊어버려야 할 정도로 중요한 얘기예요?"

"아니, 계속 기억이 날 것 같으면 차라리 때려 버리라고."

민준의 농담 같은 진담에, 조국은 머리에 쓰고 있던 모자를 벗어 그에게 건네주며 억지로 미소를 지었다.

"잘 잘 거지?"

"노력해 볼게요."

"레드썬. 강조국은 이제부터 깊은 잠에 빠져듭니다."

민준은 최면을 걸듯, 조국의 눈앞에서 검지를 좌우로 흔들었다.

"지금 나한테 잘 자라고 최면 걸어주는 거예요?"

"응. 그러니까 걸려야 돼."

'레드썬. 강조국은 앞으로도 김민준만 사랑합니다.'

민준이 눈을 감았다 뜨며 부드럽게 웃었다.

⚜

Boni 커피사업부 사무실.

'주임 김서연'

서연은 승진과 함께 새로 받은 사원증에 입김을 불어 소매로 정성껏 닦았다. 사원이나 주임이나 위치는 거기서 거기였지만, 서연은 이것이 일 년 동안 회사에 잘 다녔다는 칭찬 같아 기분이 날아갈 듯했다.

아, 맞다! 이 기쁜 소식을 얼른 전해야지! 서연은 핸드폰을 꺼내 누군가에게 빠르게 문자를 보냈다.

〈나 주임 됐어요! 내가 승진한 기념으로 오늘 맛있는 거 사줄게요.〉

신나게 전송 버튼을 누르는 순간, 왠지 모르게 싸한 기운이 등줄기를 타고 스멀스멀 위로 올라왔다. 그러나 그녀의 손가락은 뇌의 명령을 받고 이미 착실하게 전송을 실행한 후였다.

"으악!"

서연은 마치 벌레라도 만진 것처럼 핸드폰을 책상 위로 집어 던졌다. 사람들에게는 종종 기억력이 별로 좋지 않다고 얘기하곤 했지만, 서연 스스로는 심각하게 생각해 본 적이 없었다. 그러나 그녀는 지금 이 순간, 자신의 기억력을 원망했다.

수신인, 로미오. 전송 완료.

서연은 눈을 질끈 감고 잠시 현실을 부정했지만, 다시 정신을 차리고 핸드폰을 손에 쥐었다.

딩동— 창가에 서서 아래 풍경을 내려다보고 서 있던 건우는 고개를 돌려 책상 위의 핸드폰을 바라보았다. 문자 내용을 확인한 건우는 한쪽 눈썹을 위로 치켜떴다. 뭘 잘못 보았나, 라는 생각이 드는 찰나 문자메시지가 한 통 더 수신되었다.

〈잘못 보냈어요. 죄송합니다. 정말이에요.〉

오늘 정기 승진 공고가 났다는 건 건우도 알고 있었다. 하지만 그가 구태여 아래 직원들의 인사까지 신경을 쓸 필요는 없기 때문에 거기에 별 관심을 두지 않았다.

건우는 핸드폰 화면을 바라보며 잠시 생각에 잠겼다. 서연을 만나기만 하면 가슴 밑바닥에 고여 있던 정제되지 않은 감정이 불쑥불쑥 밖으로 튀어나왔다. 정돈된 모습을 보여주는 데 익숙한 건우가 벌써 몇 번이나 서연에게 민낯을 보였다.

얼마 전 건우는 그답지 않게 그녀에게 모진 말을 했다. 정작 그 자신은 두 사람 사이에 다른 감정이 섞이기를 바라지 않으면서도, 그날 그만 만나자는 자신의 말에 너무 쉽게 동의하던 서연에게 화가 났다. 그녀는 분명 마음이 상했을 텐데도 잘 가라고 손을 흔들며 웃어주었다.

건우는 핸드폰을 응시하다 이윽고 서연에게 문자를 보냈다.

서연은 핸드폰이 울리자 몸을 흠칫 떨었다. 그녀는 핸드폰을 경계하듯 쳐다보다 조심스럽게 문자메시지를 확인했다.

〈그래요.〉

"……뭐지?"

서연은 미간을 좁혔다. 이것이 첫 번째 문자에 대한 답인지, 아니면 두 번째 문자에 대한 답인지 알 수 없었다.

〈일 끝나면 저번에 만났던 그 골목으로 와요. 거기서 기다릴게요.〉

"……첫 번째다."

서연이 눈동자를 옆으로 데구루루 굴렸다. 건우와 서연은 그날 밤 이미 그만 만나기로 결정을 한 상태였다. 그러니 건우가 왜 이런 답장을 보냈는지 전혀 짚이지가 않았다. 곰곰이 생각하던 서연은 가방에서 지갑을 꺼내 백 원짜리 동전을 공중에 던졌다 잡았다.

"100이네."

백건우의 100이었다. 이걸로 오늘 저녁, 그녀에게는 없던 스케줄이 생겼다.

"서연 씨, 잠깐 나 좀 볼까요?"

"네, 팀장님."

퇴근 시간이 얼마 남지 않았다. 핸드폰 시계를 들여다보던 서연은 김 팀장의 부름에 자리에서 일어나 곧장 그녀의 책상 앞에 다가가 섰다. 팀장은 회전 의자를 옆으로 빙글 돌리더니 두 손을 깍지 끼고 팔걸이에 얹은 채 서연을 흥미로운 눈초리로 올려다보았다.

"별 뜻은 없는데 이건 그냥 생각이 나서 묻는 거예요."

"네."

서연이 고개를 끄덕였다. 별 뜻이 없다는 것은 서연의 대답에 따라 그녀의 삶이 앞으로 평화로울 수도, 전쟁 같을 수도 있다는 거였다. 그리고 그냥 생각이 나서 묻는 거라는 말은 계속 생각을 하고 있다 이제 더 이상 참지 못해 묻는다는 뜻이었다. 그래도 서연은 스스로의 정신 건강을 위해 김 팀장의 사나운 눈초리는 별 뜻이 없는 거라고 생각하기로 했다.

"서연 씨 혹시 부사장님 알아요?"

서연은 눈을 끔뻑거렸다. 전혀 예상하지 못했던 질문이었다. 이것은 그녀에게 마치 대통령을 아냐고 묻는 것과 같았다. 그런데 이 질문이 안녕 못할지도 모르는 미래와 어떤 연결 고리를 가지고 있는지는 도무지 알 수 없었다.

"회장님 아드님인 그 부사장님이요?"

"네, 백 부사장님이요."

서연은 잠시 고민에 빠졌다. 그녀는 회사에서 부사장을 만난 적도 없었고 앞으로도 만날 예정은 없었다. 회사 내에서 우연히 만나 스쳐 갈 수도 있겠지만, 부사장이 Boni에 나오는 일은 드문 일이라 그마저도 가능성이 희박했다. 서연은 부사장에 대한 무성한 소문만 들었을 뿐, 개인적으로는 그에 대해 전혀 아는 바가 없었다.

부사장은 예전에 이 회사에 다니던 평범한 여직원을 사랑했는데 집안의 반대로 사랑을 이루지 못했고 결국 그 여직원은 퇴사를 했다고 했다. 그리고 그가 그 여자와 헤어지는 조건으로, 당시 팀장의 직위였던 부사장이 지금의 자리에 오를 수 있었다고 했다. 그 이야기는 백 회장이 부사장과 그 여자를 헤어지게 하기 위해 비열한 수를 쓰다 현재 큰집에 가 있다는 문장을 끝으로 마무리되었다. 외전으로는 그 여직원을 좋아하던 대리 한 명이 그녀를 따라 퇴사를 했다는 슬픈 이야기도 있었다.

드라마 속 주인공처럼 현실감이 느껴지지 않는 사람도 아는 사람이라고 말해야 하는 건지, 서연은 쉽게 판단을 내리지 못했다. 슬쩍 김 팀장을 살펴보니 아는 사람이라고 말을 하면 절대 안 될 것 같은 무서운 오라가 풍겨 나오고 있었다. 그것은 신데렐라에 나오는 이복 언니들의 느낌과 매우 흡사했다.

"모르는데요. 제가 부사장님을 어떻게 알겠어요, 팀장님?"

부사장을 모르는 건 사실이었기에 서연은 확신을 가지고 대답했다. 서연은 행여 김 팀장이 그 말을 믿어주지 않을까 봐 눈을 두어 번 더 깜빡거리며 순진무구해 보이는 연기에 디테일을 더했다. 서연의 대답은 정답이었다. 김 팀장의 목소리가 금세 나긋나긋하게 변했다.

"이건 그냥 덤으로 물어보는 건데 곤란하면 대답하지 않아도 돼요. 혹시 서연 씨 아버지께서 무슨 일을 하시는지 물어봐도 될까요?"

느그 아부지 뭐 하시노, 이건 서연에게 어려운 질문이 아니었다.

"옛날에는 이것저것 하셨는데, 지금은 공무원이세요."

아빠는 늘 바빴다. 며칠씩 집에 안 들어오는 일도 많았고 나가는 시간도, 들어오는 시간도 일정하지 않았다. 아빠 몸에 이런저런 흉터가 있는 걸 봤던 서연은 그저 막연하게, 아빠가 몸으로 하는 힘든 일을 한다고 생각했다. 그녀가 아빠의 직업을 정확히 알게 된 건 그렇게 오래된 일이 아니었다.

"아…… 그래요?"

김 팀장의 목소리가 조금 전보다 더 부드러워졌다. 그녀는 서연의 입에서 그녀가 알 만한 기업의 이름이 나오지 않아 안심했다. 혹시 그녀 자신처럼 다른 계열사 임원의 딸이라도 되나 싶었는데 아니었던 거였다.

"시간이 벌써 이렇게 되었네? 이만 퇴근해요, 서연 씨."

"네, 팀장님. 내일 뵙겠습니다."

서연은 친절해진 김 팀장에게 꾸벅 인사를 한 뒤 얼른 자리로 돌아왔다. 그리고 그녀의 친절함이 사라지기 전에 퇴근 준비를 서둘렀다. 다행히 서연이 사무실을 무사히 빠져나갈 때까지 그녀의 친절함은 유효했다.

"그래서 부사장을 안다고 했어요?"

서연은 건우를 만나자마자 대뜸, 혹시 커피사업부 마케팅팀 김 팀장을 아느냐고 물었다. 그도 이 회사를 다녔으니 어쩌면 그녀를 알고 있을지도 모른다는 생각을 한 거였다. 그러자 건우는 김 팀장을 알고 있다고 대답했고, 서연은 건우에게 오늘 있었던 일을 들려주었다.

"아니요, 모른다고 했어요. 부사장님에 대한 건 진짜 여자 얘기밖에 모르는걸요?"

"여자 얘기라니요?"

건우가 속으로 혀를 찼다. 듣기 좋은 이야기는 아닐 것이라는 예감이 들었다.

"아저씨는 그 얘기 안 들어봤어요? 왜 부사장님이 우리 회사 여직원하고 사귀었는데 집에서 반대해서 헤어졌다는 거요. 그 여직원은 회사에서 쫓겨나고 부사장님은 그 여자랑 헤어지는 조건으로 회장님이 승진시켜 줬대요. 회장님이 그 여자한테 자기 아들한테서 떨어지라고 해코지하다가 그게 잘못돼서 큰집에 간 거라면서요? 부사장님이 Boni에 잘 출근하지 않는 것도 그 여자를 못 잊어서 그런 거래요. 회사에 나오면 막 생각나고 보고 싶을까 봐서요."

건우는 연예인들이 항간에 도는 유언비어를 듣는 심정이 이런 것이겠구나, 라는 생각이 들었다. 이 소문 중 정확한 사실은 여자가 회사를 그만두었다는 것과 건우가 부사장이 되었다는 것, 그리고 백 회장이 현재 복역 중이라는 것뿐이었다. 사실과 추측이 골고루 잘 버무려진 이야기였다.

건우가 Boni에 잘 들르지 못하는 것은 정말 몸이 열 개라도 모자랄 만큼 바쁜 탓이었다. 건우는 그의 얼굴이 잘 보이지 않는다고 해서 회사 직원들이 이런 소설을 쓰고 있을 줄은 몰랐다.

"서연 씨, 그거 다 헛소문이에요."

"이게 다 헛소문이라고요?"

"헛소문이라는데 왜 실망하는 표정이에요?"

서연이 아쉬운 표정을 짓자 건우가 의아한 얼굴을 했다.

"진짜 사랑은 변하면 안 되는 거잖아요. 난 부사장님이 진짜 사랑을 했다고 생각했거든요. 그게 가짜였다면 어쩐지 좀 슬플 것 같아요."

"진짜 사랑한 건 맞는데 사랑은 변하는 거예요."

"변하는 건 사랑이 아니에요!"

서연이 발끈하며 외쳤다. 건우는 그런 그녀를 바라보며 피식 웃었다.

변하지 않는 사랑 어쩌고 하는 걸 보니 서연이 어린 친구라는 게 실감이 났다.

"내가 어렸을 때 고구마를 정말 좋아했는데 지금은 감자를 좋아하게 되었어요. 그렇지만 지금 내가 감자를 좋아한다고 해서 예전에 고구마를 좋아했던 게 가짜인 건 아니잖아요. 난 정말 고구마를 좋아했으니까요. 하지만 지금 누군가 나한테 고구마와 감자 중 무엇을 선택할 거냐고 묻는다면 난 당연히 감자를 선택할 거예요."

"그럼 고구마는 어떻게 해요?"

"고구마를 감자보다 더 많이 좋아하는 사람을 만나게 되지 않겠어요?"

"아니에요, 고구마는 결국 혼자일 거예요. 사랑을 믿을 수 없게 되었을 테니까요."

"누구예요?"

"뭐가요?"

"서연 씨한테 그런 생각을 갖게 만든 사람 말이에요."

"흠…… 내가 그동안 영화를 너무 많이 봤나."

서연은 팔짱을 끼고 진지한 표정으로 고개를 끄덕였다. 건우가 그런 서연을 흘끔 쳐다보며 웃다가 천천히 웃음기를 거두었다.

"……지난번엔 미안했어요, 서연 씨."

건우는 핸들을 돌리며 차분한 어조로 사과했다. 그녀가 차에 타자마자 다짜고짜 김 팀장의 얘기를 꺼내는 바람에 사과가 늦어졌다.

"친구끼리 그럴 수도 있죠."

기분이 좋아진 서연은 창문을 아래로 내리며 활짝 웃었다. 서연이 창틀에 팔을 올리고 고개를 밖으로 쑥 내밀자 건우는 기겁을 하며 소리쳤다.

"밖으로 머리 내밀지 말아요!"

"안 들려요!"

서연이 바람에 나부끼는 머리카락을 정신없이 잡으며 까르르르, 기분 좋은 웃음소리를 냈다.

⚜

"제가 괜찮다고 했잖아요!"

"안 됩니다."

민준과 조국은 아침부터 주차장에서 승강이를 벌였다. 민준은 팔짱을 끼고 자동차 운전석 문에 기대선 채로 단호하게 고개를 저었다.

"그럼 저는 먼저 출발하겠습니다."

인정이 뿌듯한 얼굴로 민준에게 인사를 건네자, 그는 조국의 어깨 너머로 보이는 그녀에게 알았다는 듯 고개를 끄덕였다. 조국이 고개를 돌리자 인정은 조국에게 가볍게 묵례를 하고 뒤돌아 사라졌다.

사실 민준은 오늘 인정에게 작은 미션을 주었다. 그는 그녀가 가져온 서류를 살펴보다 조금 특이한 점을 발견했다. 충청도 몇몇 광산의 광업권이 한 신생 외국 기업으로 꾸준히 넘어가고 있었다. 이 지역의 광업권은 이미 오래전부터 유명한 외국 기업들이 상당 부분을 보유하고 있었다. 하지만 최근에 광업권을 사들이기 시작한 이 기업 같은 경우, 밖으로 알려진 정보가 거의 없는 신생 회사였다. 다른 것이었으면 그냥 넘어갔을 테지만 여기는 그럴 수가 없었다. 이곳이 우리나라 최대의 우라늄 광산 지대였기 때문이었다.

민준은 인정에게 최근 이 년 사이 이 지역의 광산 개발권을 누가 언제부터 가져갔는지 자세히 알아오라고 했다. 핵주권도 없는 나라에서 경제적 가치도 떨어지는 저품위광 우라늄 광산 개발권을 누가, 왜 그렇게 열심히 사들이고 있는지 알 필요가 있었다. 그는 인정에게 영애님은 자신이 잘 보필하고 있을 테니 너는 더 가치 있는 일을 하고 오라고 말했다.

그리고 인정은, 민준에게 쓸모 있는 사람으로 인정받은 것 같아 몹시 뿌듯했다. 예전부터 그녀는 영애가 공주님 놀이를 왜 이 먼 곳까지 와서 하고 있는지 이해할 수 없었고, 민준이 고작 영애의 운전기사 노릇이나 해야 한다는 사실에 분노하고 있었다. 인정은 연구실에 앉아 형식적인 근무를 하고 있을 게 뻔한 영애보다 그녀 자신이 훨씬 더 값어치 있는 사람이라 생각하며 자리를 떴다.

인정이 사라지고 난 후, 민준은 조수석 문을 열고 조국을 쳐다보았다. 그가 턱짓으로 안쪽을 가리키자 조국은 심기가 불편한 얼굴로 결국 차에 올랐다.

“저분은 어디 가는 거예요?”

“내가 심부름 보냈어.”

“당신은 어디 갈 데 없어요? 난 혼자 다니는 게 훨씬 더 편하다고요.”

“데려다주겠다는데 도대체 왜 싫다고 하는 거야?”

“싫다는 게 아니라 공과 사를 구분하겠다는 거예요.”

“당신이 오해하고 있나 본데 내가 지금 하고 있는 게 ‘공’이야, 당신이 지금 혼자 가겠다고 우기는 게 ‘사’고.”

“하지만 난 지금 출근하는 게 아니에요. 다른 곳에 잠깐 들렀다 갈 거예요”

“출근이 아니면, 이 시간에 도대체 어딜 가려고?”

민준이 고개를 돌려 조국을 쳐다보았다.

“……친구를 만나기로 했어요.”

“친구 누구.”

“내가 당신한테 만나는 사람들을 일일이 다 말해줄 순 없잖아요.”

“내가 알면 안 되는 사람을 만나러 가는 건 아니고?”

"아니에요, 난 단지 당신한테 오해받고 싶지 않을 뿐이에요."

'오해'라는 단어에 민준의 머릿속에는 한 명이 떠올랐다.

"혹시 백건우를 만나러 가는 거야?"

"그래요. 오늘 건우 씨와 아침 약속을 잡았어요."

조국은 체념한 얼굴로 대답했다. 그전 경호관들은 그들의 눈에 보이는 것만 전달할 뿐, 보이지 않는 것까지 알려고 하지 않았다. 하지만 민준은 아니었다. 그는 그의 눈에 보이지 않는 것까지 알고 싶어 했다. 조국의 입장에서 볼 때 민준은 그녀에게 좋은 경호관이 아니었다.

"오늘도 백건우와 공적인 일이 있는 건가? 오해는 안 하는데 그래도 기분은 별로네."

창밖을 바라보던 조국은 고개를 돌렸다. 그는 감정을 지운 얼굴로 핸들을 붙잡고 있었다.

"Pakin 그룹 투자로 원자력연구소에서 공동 개발하는 일이 있어요. 그 일 때문에 건우 씨를 가끔 만나요."

"그럼 혹시 백건우랑 같이 밥도 먹을 거야?"

"그건 아니에요. 잠깐 만나 일 얘기만 하고 바로 연구소로 들어갈 거예요."

"그럼 됐어."

백건우와 밥을 먹지 않는다는 조국의 대답에 민준의 마음에는 평화가 찾아왔다. 민준은 그녀의 손을 붙잡고 손등을 쓱쓱 가볍게 문질렀다.

"아니, 밥 먹는 게 그렇게 중요한 문제예요?"

"나한테는 중요해. 기다릴 테니까 일 끝나면 나와."

"나 기다리지 말고 당신 할 일 해요. 얼마나 기다려야 할지도 모르잖아요."

"내가 기다리면 불편해?"

"응, 마음이 불편할 것 같아요."

"알았어, 그럼."

민준은 조국을 약속 장소에 내려주고 그녀가 안으로 들어가자 차를 돌렸다. 민준의 차는 반대편에서 오는 건우의 차와 스쳐 지나갔다.

"Le blanc라는 회사였는데, 본사가 프랑스예요. 생긴 지 이 년이 안 되는 곳이래요. 일 년 전부터 광산 개발권을 하나씩 사들이고 있는데, 얼마 전엔 대전시에 광구 시추탐사를 위한 굴착 신고도 했대요."

"굴착 신고를 했다고? 그게 언제인데?"

"바로 내일모레예요."

인정은 민준에게 그녀가 알아낸 것에 대해 열심히 브리핑을 하기 시작했다. 시에서 환경문제 때문에 채굴 신청은 불허했지만 광업권을 가진 외국 기업의 시추 탐사까진 막을 수가 없었고, 그 기업이 샘플로 채취할 광석들은 본토에 있는 본사로 보내져 광물의 품위를 가리게 될 예정이라는 거였다.

"Le blanc(르 블랑)이라…… 이름부터 마음에 안 드네."

민준은 거실에 세워놓은 화이트보드에 Le blanc이라는 글자를 쓰고 동그라미를 그렸다. 단어가 주는 느낌 때문에 갑자기 기분이 나빠졌다. 하얗다는 뜻은 그에게 강설을 연상시키기 때문이었다. 민준은 곰곰이 생각에 잠겼고, 인정은 말을 잘 듣는 학생처럼 의자에 두 손을 모으고 앉아 그를 바라보았다.

"그런데 선배님은 왜 대전에 있는 기업들에 대해 조사하는 거예요? 우린 영애님 때문에 여기 와 있는 거잖아요."

"저번에 있었던 일도 있고 해서 영애 주변에 문제가 될 만한 일이 있는지 미리 조사하는 거야. 중요한 일은 아니니까 너무 깊게 생각하지 않아도 돼."

"혹시 영애님이 우라늄하고 무슨 관련이 있는 거예요?"

건성으로 대답하던 민준은 갑자기 정색을 하고 인정을 바라보았다. 그녀는 그가 조국을 의심하는 것처럼 보이는 게 기분 좋은 듯, 아까부터 기쁜 얼굴을 하고 있었다.

"박인정."

"네, 선배님."

"말을 꺼낼 때에는 해도 되는 말인지 아닌지, 먼저 생각이란 걸 한 후에 꺼내면 안 될까?"

"……네, 알겠습니다."

"그리고 말해둘 게 있는데."

"네, 선배님."

민준이 감정 없는 눈빛으로 인정을 직시했다.

"영애가 네 모든 언행을 참아줄 필요가 없다는 걸 명심해. 네가 네 아버지 앞에서 어리광을 부리는 것처럼 영애도 똑같이 그럴 수 있다는 말이야. 이해가 돼?"

"……네, 이해했습니다."

인정이 고개를 숙여 붉어진 얼굴을 감추었다. 민준은 그녀에게 영애 앞에서 까불지 말라는 얘기를 하고 있었다. 그는 그녀가 청와대 경호실로 뽀르르 전화를 한 것처럼, 영애도 똑같은 행동을 할 수 있다는 사실을 일깨워 줬다.

늦은 저녁. 조국의 오피스텔 현관문이 조심스럽게 열렸다. 그녀는 702호를 흘끔 쳐다본 후 엘리베이터를 타지 않고 계단을 내려왔다. 민준은 오늘 그녀가 백건우를 만난 게 신경이 쓰였는지 저녁에 이야기를 좀 하자고 했지만, 조국에겐 오늘 밤 그럴 시간이 없었다. 그래서 조국은 그에게 오늘은 피곤해서 일찍 자겠다는 핑계를 댔다.

1층 출입 유리문을 열고 막 나가려는 참이었다.
"이렇게 늦은 밤에 어디를 가려고?"
갑자기, 등 뒤에서 나지막한 목소리가 들렸다. 쿵. 심장이 내려앉는 기분을 느끼며 조국은 당황한 얼굴로 뒤를 돌아보았다. 민준이 팔짱을 끼고 조국을 물끄러미 바라보고 있었다.
"뭐예요, 지금? 내가 나가는 거 어떻게 알았어요?"
"질문은 내가 먼저 했는데."
"살 게 있어서 잠깐 요 앞 편의점에 가려는 거예요."
"편의점 갈 거면 나랑 같이 가, 마침 살 게 있었는데 잘됐네."
민준은 조국이 들고 있는 차 키를 힐끗 내려다보며 대답했다. 그의 시선을 의식한 조국이 슬그머니 손을 주머니에 꽂아 넣었다. 하지만 민준은 이미 그녀가 거짓말을 하고 있다는 걸 눈치챈 후였다. 그는 어서 대답을 해보라는 듯 조국을 빤히 쳐다보았다.
"아무리 당신이라도 내 개인 사생활까지 전부 다 참견할 순 없어요."
"영애님의 사생활이라…… 무슨 빨간 비디오 제목 같네. 이 밤에 내가 모르는 남자라도 만나려는 거야?"
"그러면 안 되나요?"
"설득력이 없어, 다른 핑계를 대봐."
"왜 설득력이 없어요? 나에게도 당신이 알지 못하는 인간관계가 있다고요."
"당신이 내가 아닌 다른 남자를 만나고 싶을 리가 없잖아."
"김민준 씨, 당신이 당신의 모든 걸 나와 공유할 수 없는 것처럼 나도 그래요. 맞아요, 나 사실 약속이 있어요. 그런데 당신이 같이 간다면 나는 너무 불편할 거예요."
"내가 있어서 불편하다는 이야기를 벌써 두 번째 듣네, 그것도 같은 날 말이지."

"미안해요. 그래도 난 당신이 날 좀 편하게 해줬으면 좋겠어요."

"그렇게 싫다면 어쩔 수 없지. 알았어, 같이 가지 않을게."

민준이 싱겁게 고개를 끄덕이자 조국은 미심쩍은 얼굴을 했다. 꺼림칙하긴 했지만 지금은 시간이 없었다.

"조심해서 다녀올게요."

"……그래."

조국은 민준에게 걱정 말라고 몇 번이나 말한 후 그의 눈앞에서 차를 몰고 사라졌다. 민준은 따라오지 말라는, 간절한 조국의 눈빛을 떠올리며 주머니 속 차 키만 만지작거렸다.

조국은 Pakin이라고 써진 거대한 물류 창고 앞 에 차를 주차했다. 밤이었지만 그곳에 들고 나는 차들이 많아 조국의 자동차가 특별히 눈에 띄지는 않았다. 조국은 물류 창고 옆에 있는 건물을 향해 빠르게 걸었다. 주변을 돌아본 그녀는 보안 카드를 리더기에 대고 곧바로 안으로 들어갔다.

그곳은 일반 직원들이 접근하지 않는 곳이었다. Pakin 직원들은 연구개발동으로 알고 있었지만 Pakin을 위한 곳은 아니었다. 조국은 지하로 내려가 두 개의 육중한 문을 더 통과했다.

"늦어서 죄송해요."

"농축 장비를 완성했어요. 여기로 와서 한번 볼래요?"

조국이 마지막 문을 열고 안으로 들어서자 먼저 와 있던 사람들이 활짝 웃으며 그녀를 맞았다. 누군가 휘이익- 하고 휘파람을 불며 작게 웃었다. 마침내 농축 장비 조립을 마쳤고, 이로써 원자로 없이도 필요한 실험을 할 수 있게 되었다. 건우의 도움이 없었더라면 절대 불가능했을 일이었다.

⚜

청와대.

“다 늦은 저녁에 이렇게 오라 해서 미안합니다.”

“아닙니다, 각하.”

오늘 김 국장은 대통령의 부름을 받았다. 대통령이 다 늦은 저녁에 부른 건 사적으로 할 말이 있다는 뜻이었다. 사전에 별다른 언질이 없었던 걸로 유추해 볼 때 불편한 이야기일 가능성이 높았다.

대통령은 책상 위에 팔꿈치를 올리고 깍지를 낀 채로 김 국장을 물끄러미 올려다보았다.

“김 국장, 지금 대전에 가 있는 요원이 도대체 누구입니까?”

대통령은 경호실로부터 NIS 요원 둘이 영애의 경호를 위해 내려갔다고 들었다. 그가 지시한 건 여자 요원 한 명이었는데, 내려간 요원은 남녀 각각 한 명씩 두 명이었던 것이다.

“저번에 말씀하셨던 박인정 요원과 산업보안팀 김민준 요원입니다.”

김 국장의 대답에 대통령은 자신의 귀를 의심하며 눈썹을 꿈틀거렸다.

“혹시 내가 알고 있는 그 김민준 요원 말입니까?”

“네, 각하.”

“그 친구가 왜 거기에 있습니까.”

“제가 필요하다고 판단해 그곳으로 보냈습니다.”

“필요하다라…… 김 국장 혹시 내가 모르는 다른 생각을 가지고 있었습니까?”

대통령은 심기가 불편해졌고, 언짢은 기색을 감추지 않았다.

“다른 생각이라니 무슨 말씀이십니까?”

“내 딸아이 옆에 굳이 김 국장의 아들을 붙여놓은 이유 말입니다. 난 김 국장에겐 정치적인 뜻이 없는 걸로 알고 있었는데, 혹시 내가 틀렸습니까?"

"저한테 다른 뜻이 없다고는 말씀드릴 수 없습니다만, 적어도 각하께서 생각하시는 이유는 아닙니다."

"다른 뜻이라니, 그게 무슨 말입니까."

대통령의 눈빛이 진중해졌다. 그는 손가락으로 테이블을 타닥타닥 두드렸다.

"저는 강조국 양이 원자력연구소에 있는 이유가 따로 있다고 판단하고 있습니다."

"김 국장, 그건 이미 다 끝난 일입니다. 김 국장도 확인한 일 아니었습니까? 내 여식이 아무리 영특하다고 한들 장인어른처럼은 될 수 없습니다. 지금 하는 일에 취미를 붙이며 살고 있기 때문에 내버려 두고 있는 것뿐이에요."

"각하께서 그렇게 믿고 싶으신 건 아니십니까?"

"김 국장."

대통령의 눈빛이 서늘해졌지만 김 국장은 개의치 않고 말을 이어나갔다.

"각하, 이인호 박사님이 돌아가셨을 때에도, 그리고 이 년 전 파일을 되찾았을 때에도 미국중앙정보국은 이미 그 사실을 알고 있었습니다. 그 파일에 핵무기와 관련된 정보가 담겨 있었다는 걸 알고 있기 때문에, 아마 지금도 감시의 끈을 놓지 않고 있을 겁니다. 만약 이 년 전과 비슷한 일이 또 일어난다면 그들도 이번에는 그렇게 쉽게 넘어가지 않을 겁니다. 그것은 각하께서 더 잘 알고 계시지 않습니까?"

"그래서, NIS에서는 지금 무얼 하고 있다는 말입니까?"

"대전에서 무슨 일이 일어나고 있는지 조사 중입니다. 만약 원자력연구소 측에서 핵과 관련된 연구를 하고 있다면 각국 정보국이 눈치채기 전에 중단시켜야 합니다. 북한에 강도 높은 UN 안보리의 제재가 이루어지고 있는 지금, 대한민국이 비밀리에 핵무기 개발을 하고 있다는 오해라도 받게 되면 일이 복잡해집니다. 게다가 이 년 전 파일에 담겨 있던 내용 때문에 우리나라를 바라보는 국제원자력기구의 시선은 여전히 곱지 않습니다."

"그렇다고 꼭 그곳에 김민준 요원을 보내야 했습니까? 난 김 국장을 이해할 수 없군요."

대통령은 이미 이 년 전에 자신의 딸 조국에 대한 민준의 마음을 눈치채고 있었다. 그가 민준을 집무실로 불렀을 때 민준은 자신이 왜 파견을 나가야 하는지 이유를 묻지 않았고, 다른 변명을 하지도 않았다. 그랬던 민준이 이번 임무를 순순히 받아들였다는 게 대통령은 영 개운하지 않았다.

대전에 관한 임무를 민준이 받아들인 이유는 그가 조국을 잊었거나, 아니면 흔들리지 않는 냉철한 이성을 가졌거나, 그도 아니면 상명하복을 절대적으로 받아들이거나, 이 셋 중 하나일 것이었다. 대통령으로서는 그 이유가 첫 번째이길 바랐지만, 마음에 걸리는 게 있었다. 그는 얼마 전 얼굴이 부쩍 밝아 보이던 딸의 얼굴을 떠올리며 미간을 찌푸렸다.

"김민준 요원은 상황 판단이 빠르고 합리적인 결정을 내리는 요원입니다. 그것 외에 다른 뜻은 없습니다."

'합리적인 결정이라…….'

대통령은 다시 한 번 더 이 년 전 일을 떠올렸다. 그때 민준은 개인적인 감정에 휘둘려 상부의 명에 불복하고 그곳으로 달려갔다. 그 전례에 비추어 볼 때, 민준이 대전으로 간 이유는 아직도 딸에게 그때와 같은 마음을 가지고 있기 때문일 가능성이 높았다.

대통령은 눈살을 찌푸리며 이마에 손가락을 짚었다.

"영애와 원자력연구소에서 일어나는 모든 일에 대해 보고하세요."

"네, 각하."

김 국장이 돌아가고 난 뒤 대통령은 고 이인호 박사의 말을 떠올리며 생각에 잠겼다.

"파스퇴르는, 과학에는 국경이 없지만 과학자에게는 조국이 있다고 말했지. 내가 가장 좋아하는 말이라네. 오랜 타국 생활을 하면서 난 내가 힘없는 나라의 국민이라는 게 이따금씩 서러웠거든. 하지만 난 이제 조국이 있어서 정말 행복하고 또 감사하네."

그때, 조국이 있어 행복하다고 말하던 이인호 박사의 표정은 희망찼고 벅찼다. 조국이 정말 장인어른의 희망이었을까? 대통령의 얼굴에 시름이 깊어졌다.

9

다음 날 저녁 민준의 오피스텔.

“르 블랑(Le Blanc)이 내일 제49호 광구에서 시추탐사를 시작할 거래요. 며칠 전부터 큰 트럭과 장비들이 근처에 왔다 갔다 하는 걸 동네 주민들이 많이 봤대나 봐요.”

“그럼 인정이 너는 내일 그곳에 가서 드나드는 차량이 어디로 가는지 좀 조사해 봐.”

“그곳에 드나드는 차량이 한두 대가 아닐 텐데요? 제가 그걸 다 조사할 순 없잖아요.”

“들어가는 차량 말고 광물을 싣고 나오는 트럭을 찾으면 되는데, 찾을 수 없을까? 없으면 내가 가고.”

“아니요, 찾을 수 있어요.”

“다행이네.”

대화는 끝났는데, 인정은 여전히 민준의 앞에 앉아 있었다. 그녀는 민준이 종이를 위로 넘겨가며 읽는 모습을 바라보았다. 시선을 느낀 민준이 인정을 힐끗 쳐다보며 물었다.

"안 가?"

"벌써 저녁 먹을 시간인데요, 선배님."

"그런데?"

"전 어제오늘 아주 힘들었고 내일도 아주 힘들 예정이에요."

"말 빙빙 돌리지 말고 하고 싶은 말을 해."

민준이 종이를 탁 덮으며 인상을 구겼다.

"저 밥 좀 사주세요."

"……밥?"

그는 '밥'이라는 단어를 듣자 조국 생각이 났다. 어젯밤 이후, 민준과 조국 사이에는 묘한 긴장감이 흐르고 있었다. 조국은 내내 그에게 어색하게 굴었고 민준은 머릿속에서 맞춰지지 않는 퍼즐 조각이 신경 쓰였다.

"가서 지금 식사하러 가실 건지 여쭈어봐."

"누구한테요? 영애님 말이에요?"

민준이 고개를 끄덕이자 인정은 어깨를 축 늘어뜨리며 실망스러운 표정을 지었다. 그녀는 어쩔 수 없이 민준의 오피스텔을 나서서 701호의 초인종을 눌렀다. 그녀는 내심 영애가 없기를 바랐지만, 인정의 바람과는 달리 영애는 현관문을 열어주었다.

"이 시간에 무슨 일이에요?"

"영애님, 저희 지금 밥 먹으러 나갈 건데 같이 가실래요? 선배랑 집에서 둘이 시간 가는 줄 모르고 얘기하다가 그만 식사할 때를 놓쳤어요. 선배가 같이 밖에 나가 먹자고 하는데, 영애님 혹시 식사 안 하셨으면 저희랑 같이 가시는 게 어떨까 해서요."

조국이 인정의 어깨 너머로 열린 702호 현관문을 쳐다보았다. 그녀는 어젯밤 이후로 민준과 별다른 이야기를 나누지 않았다. 그는 오늘 아침 조국이 요구하는 대로 차도 따로 타 뒤에서 따라왔으며 그것은 퇴근할 때도 마찬가지였다.

"정말 나랑 가고 싶어요?"

조국은 인정이 자신이 함께 가기를 바라지 않는다는 걸 눈치챘다. 그녀의 떨떠름한 표정으로 볼 때 그냥 인사치레로 물어본 거라는 느낌이 강했다. 물론 조국도 동료들의 식사에 끼어들어 함께 가고 싶은 생각 같은 건 조금도 없었다.

"……그래도 되고, 아니어도 괜찮아요."

인정이 말끝을 흐리며 대답했다. 그녀는 이 정도 말했으면 영애도 대강 눈치챘을 거라고 생각했다.

"난 이미 먹었어요. 두 분이서 다녀오세요."

그때, 겉옷을 입은 민준이 복도로 나왔다. 조국은 그를 바라보지 않은 채 그대로 현관문을 닫았다.

'일 때문에 건우 씨와 만나는 나를 보는 민준 씨의 마음이 이러했을까?'

속마음은 어찌 되었든 간에 겉으로는 다른 내색을 하지 않는 민준과는 다르게, 조국은 겉으로 드러날 표정을 감출 자신이 없었다.

그러고 보니 조국은 밖에서 민준과 둘이서 마음 편하게 식사를 한 적이 거의 없었다. 같이 영화를 본 적도, 여행을 간 적도 없었다. 조국은 그의 오피스텔에서 함께 이야기를 하고 저녁을 먹으러 나가는 인정을 보면서, 자신이 민준과 스스럼없이 할 수 있는 게 많지 않다는 걸 깨달았다.

"선배님, 엘리베이터 왔어요!"

인정은 엘리베이터 버튼을 누르고 민준을 불렀다. 민준은 무슨 생각을 하는지, 701호 현관을 한 번 쳐다본 뒤로 아무 말이 없었다. 그러던 그가 갑자기 인정을 불렀다.

"박인정."

"네."

"여자들은 기분이 좋지 않거나 화가 났을 때 어떻게 해줘야 기분이 좋아지는 거지?"

"그거야 기분이 안 좋은 원인이 뭐냐에 따라 다르죠. 그런데 갑자기 그건 왜 물으시는 거예요?"

"아, 내 애인이 화가 난 것 같아서 달래주고 싶은데 방법을 잘 모르겠네."

"……뭐, 선배님 같은 경우 자주 못 만나니까 그럴 수도 있겠네요. 그렇지만 원래 몸이 멀어지면 마음도 멀어지는 거 아닌가요? 자연스러운 현상이에요."

"아주 헤어지라고 악담을 하는군."

"애인이 있긴 있으신 거예요?"

"있어, 아주 예쁜 사람."

민준이 입가에 희미한 미소를 지었다. 아마 애인을 떠올리는 듯싶었다. 그 모습에 인정은 불현듯 그의 집 앞에서 맡았던 여자의 향기를 기억해 냈다.

그 여자의 향기……? 인정이 눈을 크게 뜨고 고개를 돌려 민준을 바라보았다.

향수 냄새나 화장품 냄새가 아니라 체향과 어우러진 은은한 향기는 매우 독특해 인정의 기억 속에 남아 있었다. 그런데 인정은 분명 그 향기를 최근에 다시 맡은 적이 있었다.

"뭘 그렇게 쳐다봐?"

"……아니에요."

인정은 얼른 고개를 돌리며 당황스러운 시선을 아래로 내렸다. 그건 분명이 영애에게서 나던 향기와 같았다.

잠시 후 조국은 밖으로 나왔다. 그녀는 차를 타려다 마음을 바꿔 자전거를 끌고 나왔다. 차가 밖에 없는 걸 보면 민준이 외출한 걸 눈치챌 터였기 때문이다.

언젠가 민준은 조국에게 봄이 오면 한강에 가서 같이 자전거를 타자고 말했다. 그 말 때문에 조국은 자전거를 샀고, 가끔 혼자 자전거를 타고 인근 공원을 돌았다. 상대방이 꺼낸 이야기를 정작 그 본인은 까맣게 잊어버리고, 이렇게 그녀 혼자만 기억하는 경우가 종종 있었다. 그리고 혼자만 기억할 때 그녀가 느끼는 외로움의 크기는 작지 않았다.

조국은 자전거에 올라 천천히 페달을 밟기 시작했다.

⚜

"영애님은 좀 특이한 것 같아요. 얼마 전엔 같이 맥주도 마셨는데 오늘은 또 같이 식사하는 건 싫다고 하고, 아무래도 우리랑은 확실하게 선을 긋고 싶다는 걸까요?"

"……."

"선배님?"

인정은 민준이 대답이 없자 재차 그의 이름을 불렀다. 잠시 딴생각을 하던 민준이 눈을 들어 그녀를 바라보았다.

"우리 뭐 먹을까요?"

인정이 기분 좋은 듯 메뉴판을 테이블 위에 쫙 펼치고 눈을 반짝였다.

"네가 먹고 싶은 거 아무거나 시켜."

"아무거나 다요? 그럼 선배님은 뭐 드실 건데요?"

"난 속이 별로 안 좋아서 생각이 없네."

민준은 벨을 눌러 직원을 호출한 뒤 인정의 식사와 함께 맥주를 주문했다.

조금 전 조국은 민준의 시선을 피했다. 그녀가 화를 낸 건 아니었지만, 민준은 분명 불편한 무언가가 두 사람 사이에 끼어들었다는 걸 알 수 있었다.

인정이 식사를 하는 동안 민준은 맥주 두 병을 비웠다. 식사 후 오피스텔로 돌아온 민준은 701호 초인종을 눌렀다. 그런데 안에서는 아무런 인기척이 없었다. 민준은 재차 초인종을 눌렀다.

여전히 고요한 현관 앞에서 민준은 그녀에게 전화를 걸었다. 조국과 이야기를 해야 했다.

부우웅― 호수 공원의 벤치에 앉아 호수에 비친 불빛을 바라보고 있던 조국은 무거운 진동 소리를 내는 핸드폰을 꺼냈다. 민준이었다. 벌써 집에 돌아온 모양이었다. 받고 싶지 않았지만 연락이 닿지 않으면 민준은 그녀가 무사히 있는지를 확인하려 들 것이 분명했다. 설은 핸드폰이 잠잠해지자, 곧바로 문자를 보냈다.

〈피곤해서 일찍 자요. 내일 봐요.〉

조국은 가로등 불빛이 비쳐 보이는 호수의 물결을 응시하며 그대로 앉아 있었다.

부우웅― 핸드폰이 다시 진동했다. 이번엔 건우였다. 조국이 씁쓸한 미소를 지었다. 그녀는 이렇게 건우의 전화가 반가운 적이 있었나 싶었다.

“이렇게 늦은 밤에 웬일이에요?”

[혹시 내 전화를 기다리고 있었던 거야? 강조국이 나를 왜 이렇게 반가워하지? 괜히 사람 불안하게 말이야.]

“기다리긴요, 잠깐 밖에 나와서 운동하다 쉬고 있던 참이에요. 오랜만에 운동했더니 활력이 넘치나 봐요."

[내 선물 봤어? 어때, 맘에 들었어?]

"아주 완벽했어요. 고맙고…… 또 미안해요, 건우 씨."

[내가 그런 말 하지 말라고 했잖아. 그런데 왜 이렇게 목소리에 힘이 없어, 혹시 애인을 자주 못 봐서 그런 거야? 하긴, 대전하고 서울은 좀 멀지?]

"아무리 멀다고 해도 이탈리아와 한국만큼 멀겠어요?"

[흠. 그건 그렇네. 그때에 비하면 지금은 오히려 옆집 사는 거 같을 거야, 그렇지?]

"……아무래도 그렇겠죠."

조국은 건우에게 민준이 대전에 있다는 이야기를 할 수는 없었다. 그는 당연히 민준이 왜 여기에 와 있는 건지 궁금해할 것이었다.

"미안해요, 건우 씨."

[한 번만 더 같은 소리 하면, 선물 도로 가져갈 거야.]

"한번 준 선물을 도로 가져가는 법이 어디 있어요?"

[가져가서 강조국보다 더 괜찮은 사람이 나타나면 그 사람한테 줘야지.]

"장담하건대 우리나라에서 나보다 더 괜찮은 사람은 못 만날걸요?"

[자신만만한데?]

핸드폰 너머에서 건우가 웃는 소리가 들렸다. 조국은 웃으며 숙였던 고개를 들었다. 그리고 곧 그녀의 얼굴에서 미소가 사라졌다.

[늦었다. 운동 그만하고 들어가서 얼른 자.]

"……그래요. 건우 씨도 잘 자요."

조국은 핸드폰을 다시 주머니에 집어넣었다. 그렇게 오랫동안 통화한 줄 몰랐는데, 벌써 시간이 꽤 지나 있었다. 조국은 통화를 하는 데에 정신이 팔려 누군가 가까이 다가오는 줄도 몰랐다.

"밖에서 자기엔 날씨가 많이 추운 것 같은데?"

민준이 자전거를 끌고 그녀의 눈앞에 서 있었다.

"잠이 안 와서 잠깐 산책 나온 거예요. 그런데, 이번에도 핸드폰에 붙인 거예요?"

"당신이 당신 모르게 그렇게 하는 거 싫다고 말했잖아."

"솔직히 당신이 내 말을 그렇게 잘 들어줄 줄은 몰랐어요."

기분이 상한 조국이 뾰족하게 대답하며 민준과 그의 자전거를 번갈아 쳐다보았다.

"그런데 웬 자전거예요?"

"옛날에 당신이랑 자전거 타고 싶다고 말했잖아. 당신이랑 자전거나 탈까 해서 내려오던 날 샀어."

"그걸…… 기억하고 있었어요?"

"기억하고 있었던 게 아니라 간절히 바라고 있었지."

민준이 그녀의 오피스텔에 처음 왔을 때, 그는 현관에서 그녀의 자전거를 보았다. 그날 이후 민준은 그녀와 함께 나란히 자전거를 타는 상상을 했다. 그랬던 그가 대전으로 내려오던 날 제일 먼저 한 일은 당연히 그녀와 함께 탈 자전거를 사는 거였다.

조국과 민준은 자전거를 끌며 나란히 집을 향해 천천히 걷기 시작했다.

"그런데 여긴 어떻게 알고 왔어요?"

"당신이 호수 공원 좋아한다고 말했잖아. 그래서 혹시나 해서 한번 와봤어."

"당신은 왜 이렇게 기억력이 좋아요?"

"이건 기억이 아니라 관심이라고 했잖아, 강조국에 대한 관심."

조국의 집 앞에서 민준은 생각을 했다. 조국이 잠들어 문을 열어주지 못한 건 아닐 터였다. 그녀의 성격상 집 안에 있을 것 같지도 않았다. 그러다 문득 현관에 놓여 있던 자전거를 떠올렸다.
“저녁 먹으러 나간다더니 술 마신 거예요?”
민준에게서 희미한 알코올 냄새가 났다.
“맥주 한잔 마셨어.”
조국은 정면을 보고 걸으며 민준과 대화를 나누었다.
“그런데, 백건우가 당신한테 무슨 선물을 준 거야?”
조국이 어깨를 움찔거렸다. 민준이 제 말을 모두 들은 거였다. 그녀는 당황한 기색을 감추고 최대한 담담한 표정을 지었다.
“그냥 건우 씨랑 말장난한 거예요. 건우 씨가 나한테 특별히 선물할 일이 뭐가 있겠어요?”
“강조국.”
민준의 목소리가 낮게 깔렸다.
“네.”
“당신, 백건우한테 뭐 약점 잡힌 거라도 있나?”
“그게 무슨 소리에요?”
“아니면 백건우한테 가고 싶은데 나 때문에 못 가는 건가?”
조국이 걸음을 우뚝 멈췄다. 그녀는 놀란 눈으로 민준을 바라보았다. 조국은 그가 그렇게 생각할 거라고는 상상조차 해본 적이 없었다.
“말도 안 되는 소리 하지 말아요!”
“그게 아니라면 당신은 왜 그렇게 백건우와 가깝게 지내는 거지?”
“말했잖아요, 그건 일 때문이라고요!”
“그걸로는 다 설명이 안 돼.”
“김민준 씨!”
“아니면 두 사람 사이에 내가 알면 안 되는 비밀이라도 있는 거야?”
“그러는 당신과 박인정 씨는 단순히 나를 경호하기 위해 여기에 있는 건가요? 정말 그것뿐이에요?”

"말 돌리지 마, 내가 지금 묻고 있잖아. 강조국, 당신 도대체 여기에서 뭘 하고 있는 거야?"

민준이 서늘한 눈빛으로 조국을 바라보았지만, 그녀는 민준의 눈을 피하지 않았다. 무거운 침묵 속에 두 사람의 시선이 허공에서 팽팽하게 마주쳤다.

"와! 두 분 자전거 타고 계셨던 거예요? 혹시나 해서 나와봤는데 두 분이 진짜 밖에 계실 줄은 몰랐어요."

어디선가 나타난 인정이 자전거를 타고 와 두 사람 앞에 멈춰 섰다. 그녀는 조국을 바라보며 억지로 미소를 지었다.

"너야말로 저녁 먹고 일찍 잔다더니 왜 또 밖으로 나온 거야?"

"너무 배불러서 잠이 안 올 것 같더라고요. 같이 자전거나 타자고 선배님 집에 내려갔는데 안 계시길래 그냥 밖으로 나온 거예요."

조국은 피로감을 느꼈다. 인정이 일부러 자극하려는 듯한 말투도 피곤했고, 그녀를 다그치는 민준의 얼굴도 보고 싶지 않았다. 무엇보다도 이 피곤한 상황을 벗어나고 싶었다.

"근데 영애님은 제가 나가자고 말씀드리면 거절하시고, 민준 선배가 나가자고 하면 이렇게 허락하고 그러시는 거예요? 매번 그러시면 저 너무 서운해요, 영애님."

조국이 인정을 응시했다.

"김민준 씨가 같이 나가자고 한 게 아니라 여기에서 우연히 만난 거예요. 그것보다 박인정 씨."

"네, 영애님."

"나는 나를 좋아하지 않으면서 좋아하는 척하는 사람에게 익숙하지 않아요. 그러니, 나한테 이렇게 억지로 친밀감을 표시하지 않아도 됩니다."

조국은 차분한 어조로 말했지만, 인정을 바라보는 눈빛이 차가웠다.

"영애님, 그게 아니라 저는 그냥!"

"두 사람 다 따라오지 말아요, 부탁합니다."

조국은 냉랭한 목소리로 말을 뱉은 뒤 자전거에 올랐다. 그녀는 당황해서 얼굴이 발개진 인정을 뒤에 두고 힘차게 페달을 밟았다. 언젠가 민준이 돌아오면 나란히 자전거를 타고 달리는 것을 상상하며 설렜었다. 하지만 지금 민준이 있고 자전거가 있는데도 외로웠다. 조국은 인정이 미웠고 민준도 미웠다. 그리고 이런 자신이 안기영과 다를 바 없는 것 같아 눈물이 났다. 페달을 아무리 밟아도 갈 곳이 없어 가슴에 눈물이 차올랐다.

조국의 태도에 당황한 인정이 민준에게 물었다.

"선배님이랑 같이 나온 게 아니었어요?"

민준은 조국이 자전거를 타고 사라지는 모습을 바라보았다. 겁이 많은 여자가 밤에 혼자 자전거를 끌고 나와, 또 혼자 자전거를 타고 어둠 속으로 사라졌다. 자신이 곁에 있는데도 그녀는 혼자 있는 외로움을 택했다. 그의 가슴이 까맣게 물들어갔다.

민준이 인정의 말을 무시하고 자전거에 올라 빠르게 페달을 밟았다. 그는 얼마 안 가 곧 조국을 따라잡았고, 그녀의 자전거 앞에 멈춰서 핸들을 붙잡아 세웠다.

"비켜요, 나 지금은 당신하고 이야기하고 싶지 않아요."

조국이 민준의 옆을 지나갔다. 그는 그녀가 멀어지는 모습을 바라보았다.

조국은 집에 오자마자 욕탕 안에 물을 가득 받고, 그 안에 들어가 무릎을 감싸 안고 앉았다. 뜨거운 김이 금세 욕실 안을 뿌옇게 가득 채웠다.

조국은 빨개진 눈가를 몇 번이고 손바닥으로 문질렀다. 한참 후에 욕탕 안의 뿌연 김이 다 사라지고 나자 한기가 느껴졌다. 조국은 하얀 가운을 입고 욕실을 나섰다. 따뜻한 물에 오랫동안 앉아 있었더니 마음이 조금 진정된 것 같았다.

딩동– 초인종이 울렸다. 그녀는 그 소리를 무시했지만, 초인종은 멈추지 않고 계속 울렸다. 인터폰 화면을 보니 예상했던 것처럼 민준이 있었다. 조국은 그를 무시한 채그대로 침실 문을 열고 들어가 방문을 닫고 침대에 누웠다.

〈좀 진정되면 전화해. 기다릴게.〉

민준의 문자에도 조국은 핸드폰 전원을 끄고 이불을 머리끝까지 뒤집어썼다. 오늘은 그냥 이대로, 민준을 미워하는 채로 잠들 수밖에 없었다.

인정은 아침 일찍부터 민준의 오피스텔을 찾았다. 민준은 화이트보드에 그림을 그려가며 그녀에게 설명을 했다.

“광구로 들어가는 길은 이 도로뿐이야. 광산과 관련된 사람이 아니고서는 그쪽으로 드나들 일이 없을 테니까, 너는 이 라인에 도로 초입을 비추는 CCTV가 있는지 살펴보고 드나드는 차량 번호 조회해 봐. 어디로 가는지 알아볼 수 있으면 더 좋고. 오케이?”

“그냥 사무실에 한 달이면 한 달, 일주일이면 일주일 이렇게 자료 뽑아달라고 하면 안 돼요? 쉽게 하면 될 걸 굳이 이렇게 아날로그식으로 해결해야 해요? 제가 범인을 잡으러 가는 것도 아니잖아요.”

인정이 불퉁한 목소리를 냈다. 그와 함께 일을 한다는 게 좋기도 하고, 또 민준이 선배기 때문에 군말 없이 따르고는 있지만, 여전히 왜 이 일을 해야 하는지 알 수 없었다.

“문명이 모든 걸 다 해결해 주진 않아. 최소한의 도움만 받고 나머진 스스로 해결하는 습관을 길러야지. CCTV 없으면 조사 안 할래?”

"그럼 전 서울엔 언제 올라가요? 오늘 금요일이에요, 선배님. 영애님은 오늘 안 올라가세요?"

"여기는 내가 알아서 할 테니까, 넌 거기 들렀다가 곧장 서울로 올라가. 주말에 쉬고 월요일에 내려오면 돼."

"알겠습니다. 근데 선배님, 어젯밤에 잘 못 주무셨어요? 되게 피곤해 보이세요."

민준은 인정의 말을 못 들은 척하며 화이트보드를 바라보았다. 그는 어젯밤 701호의 초인종을 여러 번 눌렀지만, 조국은 끝까지 문을 열어주지 않았다. 전화도 걸었지만, 바로 소리샘으로 넘어갔다. 그가 할 수 있는 건 아침이 되기를 기다리는 것밖에 없었다. 그리고 민준은 어젯밤, 한동안 꾸지 않았던 악몽을 꾸었다. 꿈속에서 조국은 위태롭게 잡고 있던 민준의 손을 놓고 깜깜한 어둠 속으로 사라져 버렸다. 민준이 놓친 게 아니었다. 그녀 스스로 손을 놓고 사라졌다.

그때 느낀 심장의 통증이 아직도 사라지지 않았다. 그의 심장은 자립적이지 못했고, 그녀에게 지나치게 의존하고 있었다.

"무슨 일 있으면 연락해."

인정을 내려 보낸 후 민준은 조국의 집 앞에 서서 초인종을 눌렀다. 오전 7시가 넘었으니 지금쯤 설도 일어났을 터였다. 문이 열리지 않을지도 모른다고 생각했는데 잠시 후에 조국이 모습을 드러냈다. 그녀는 일찍 일어난 건지 이미 외출복 차림이었다. 민준이 씁쓸한 얼굴로 입을 열었다.

"……잘 잤어?"

"그럼요."

"난 잘 못 잤어."

"그랬군요."

"왜 잘 못 잤는지 안 물어봐?"

"궁금하지 않아요."

"……이제는 잘 잤는지 안 궁금해?"

"……."

"질문한 거 아니야. 대답 안 해도 돼."

조국은 잠시 출렁이는 마음을 속으로 다독였다. 하룻밤 새 민준의 얼굴이 까칠해져 있었다. 그녀는 자신 때문에 그가 잠을 못 잔 것 같아 가슴이 욱신거렸다.

어젯밤 두 사람은 불편한 대화를 나누었다. 그로서는 충분히 의심이 갈 만한 상황이었고, 조국이 사실을 설명하지 않는 이상 민준은 계속 오해를 할 수밖에 없을 터였다. 하지만 진짜 문제는 그녀가 사실을 설명할 수 없다는 데에 있었다. 그리고 아마 앞으로도 조국이 먼저 이야기를 꺼내진 못할 터였다.

"삼십분 뒤에 올게. 쉬고 있어."

"다른 할 일이 있는 게 아니면 잠깐 들어와요. 나 당신한테 할 말이 있어요."

조국은 민준을 불러 세웠다. 이 불편한 관계를 유지하고 싶지 않은 건 그녀도 마찬가지였다. 잠시 후 두 사람은 소파에 얼굴을 마주 보고 앉았다.

"나한테 할 말이라는 게 뭐야?"

"오늘 아침 일찍 아버지께서 전화를 거셨어요. 저한테 며칠 전 연구실에서 나오자마자 경호관도 없이 어딜 갔었던 거냐고 물으시더군요."

"그랬어?"

아마 대전에 내려온 날 박인정이 호들갑을 떨며 경호실에 연락을 한 것 때문일 거였다.

"나한테도 사생활이라는 게 있어요. 나는 나한테 일어나는 모든 일을 누군가 지켜보고 낱낱이 알게 되는 걸 바라지 않아요. 난, 그렇게는 살 수 없어요. 만약 그게 안 된다면 난 위험을 무릅쓰더라도 어떻게 해서든지 당신들 눈을 피할 거예요. 그러니 내가 최소한의 내 시간을 가질 수 있도록 당신이 날 좀 도와줘요."

"나한테 부탁할 건 그게 전부야?"

"이게 전부예요. 난 당신이 이것만 지켜주면 좋겠어요."

"그렇게 할게."

"정말이에요?"

"대신, 무슨 일이 생기면 제일 먼저 나한테 연락하겠다고 약속해. 그리고 그날처럼 갑자기 눈앞에서 사라지는 건 절대 안 돼."

"알았어요, 그럴게요."

조국이 고개를 끄덕이자, 민준이 한숨을 내쉬었다. 무겁게 가슴을 누르던 돌덩이가 그제야 밑으로 내려간 것 같았다. 민준이 일어나 그녀에게 양팔을 벌렸다.

"이리 와봐."

조국이 다가가자 민준은 그녀를 두 팔로 가득 안았다. 그녀를 가슴에 안자 이제야 겨우 살 것 같았다. 조국이 그의 아가미도 아닌데, 그녀를 가슴에 안아야만 비로소 그는 제대로 숨을 쉴 수 있었다. 언제부턴가, 조국을 안으면 한숨이 원 플러스 원처럼 따라붙었다.

"강조국은 조그만 게 너무 무서워. 나 어제 한숨도 못 잤어."

"어젠 당신이 너무 미워서 보고 싶지 않았어요."

"내가 아무리 미워도 내 지푸라기 인형 바늘로 막 찌르고 그러지 마. 지금 온몸이 욱신거린다고."

"나한테 당신 지푸라기 인형 있다는 건 어떻게 알았어요?"

조국이 퉁명스럽게 대꾸했다.

"그래도 인간적으로 심장은 찌르지 말자. 잘못 찌르면 나 죽어."

"알았어요. 심장은 피해줄게요."

"허리도 안 돼."

조국이 피식 웃자 민준이 다정한 눈으로 그녀를 바라보았다. 그가 숨을 쉬는 데에도 강조국의 허락이 필요했다. 그것은 아무리 괴로워도 기꺼이 감내하고 싶은 고통이었다.

"그래서 오늘 영애님 스케줄은 어떻게 되나? 오늘 금요일이야."

"나 앞으로 당분간 대전에 있을 거예요. 주말에도 일해야 할 것 같거든요. 오늘은 연구소 갔다가 오후에 돌아올 거예요."

"그럼 우리 오늘은 자전거 타고 같이 출근할까? 어제 자전거 같이 못 탔잖아. 대신 추우니까 옷은 따듯하게 입고."

"응. 그래요."

조국이 고개를 끄덕이자, 민준이 그녀의 뺨을 가볍게 꼬집었다 놓았다.

"그런데 박인정 씨는 어디 갔어요?"

"내가 심부름 보냈어. 월요일에나 올 거야. 왜, 박인정한테 할 말 있어?"

"아니요. 그냥 눈에 보여야 하는 사람이 안 보이니까 좀 이상해서요."

"걔한테 신경 쓰지 않아도 돼. 그냥, 의욕이 넘쳐서 그렇지 나쁜 애는 아니야."

아마 민준이 말하는 신경과 자신이 생각하는 신경의 의미는 다를 것이다. 조국은 민준은 인정이 그를 어떻게 보는지 모르는 건지 아니면 알면서도 모른 척하고 있는 건지 알 수 없었다. 그녀는 갑자기 그의 마음이 궁금해졌다. 건우와 자신이 만나는 걸 보는 민준의 심정이 지금 제 마음과 같을 텐데, 그는 언제나 겉으로는 별다른 내색을 하지 않았던 것이다.

"나 뭐 좀 물어봐도 돼요?"

"응?"

"당신은…… 내가 건우 씨를 만나도 이상한 생각 같은 거 안 해요?"

"해, 그것도 아주 많이. 하지만 되도록 생각을 안 하려고 하는 것뿐이지. 내가 무슨 생각을 하든 당신을 사랑하는 마음이 달라질 순 없잖아. 내 정신 건강을 위해 굳이 마음 쓰지 않는 것뿐이야."

아무리 그리워해도 친부모님이 돌아오실 수 없는 것처럼, 그의 의지와는 상관없이 그가 어쩔 수 없는 일은 있었다. 민준은 그의 의지대로 할 수 없는 건 되도록 마음에 담아두지 않고 흘려보내려고 노력할 뿐이었다.

"당신이 마음 쓸 일 같은 건 전혀 없으니 걱정하지 말아요. 건우 씨, 요즘 연애하는 것 같던데."

"백건우가 연애를 한다고? 백건우랑 연애는 별로 안 어울리는데 상대가 누구인지 궁금하네."

건우는 겉으로는 부드러워 보여도 사실 차갑고 냉정한 면모가 있는 사람이었다. 그 깐깐한 백건우가 연애를 한다니. 민준도 남의 연애 상대가 궁금하긴 처음이었다.

"건우 씨 얼굴이 요즘 많이 밝아졌더라고요."

"강조국 씨, 남의 연애에는 그만 신경 쓰고 내 연애나 좀 신경 써주는 게 어떨까? 내 눈 밑에 시커먼 다크서클 안 보여?"

"아주 잘 보여요."

조국이 발뒤꿈치를 들어 민준의 입술에 입을 맞춘 후 빙긋 웃었다. 그러자 그는 심각한 표정을 지으며 고개를 비스듬히 기울였다.

"영애님? 저는 3세가 아니라 30세입니다만. 기회를 한 번 더 드리겠습니다."

"못됐어요."

조국이 웃으며 민준의 목에 팔을 둘렀다. 그녀의 입술이 다가가기 전에 그의 입술이 먼저 그녀를 찾아왔다.

"화내지 마, 나 속상해."

민준이 그녀의 허리를 단단히 감아 당기며 눈을 감았다.

⚜

똑똑. 노크 소리에 건우는 고개를 들었다. 비서실장이 들어와 가볍게 목례를 한 후 그의 앞에 섰다.

"부사장님께서 지시하신 대로 잘 일러두었습니다. 오늘 오후 중으로 처리가 될 예정입니다. 일이 마무리되면 다시 보고 드리겠습니다."

"다른 말이 새어 나오지 않도록 입단속은 잘 해두셨습니까?"

"그건 걱정하지 않으셔도 됩니다. 그 점은 믿을 만한 사람입니다."

"수고하셨습니다. 오후에 작업이 완료되면 다시 보고해 주세요."

"네, 부사장님."

"그런데, 박 실장님."

비서실장이 막 등을 돌리려는 찰나 건우의 질문이 이어졌다. 그는 다시 뒤돌아섰다.

"며칠 전에 제가 자주 가던 바에 커피사업부 김 팀장이 나타났던데, 혹시 짚이는 데가 있으십니까?"

"아, 그건……."

건우의 목소리는 담담했으나 비서실장은 큰 질책이라도 받은 듯 얼굴이 굳어졌다.

"제가 좋아하는 곳이었는데 이젠 갈 수가 없을 것 같아서 말입니다. 다음번에도 똑같은 일이 일어날까 봐 우려가 되는데, 박 실장님 생각엔 같은 일이 또 반복될 것 같습니까, 아닙니까?"

"……앞으로는 그럴 일 절대 없을 겁니다. 죄송합니다, 부사장님."

"알겠습니다. 그만 나가보세요."

비서실장이 나가자 건우는 창가로 다가가 블라인드 줄을 아래로 잡아당겼다.

Boni의 사장이 그의 딸을 자신에게 붙이고 싶어 한다는 건 알고 있었다. 그리고 비서실장이, 비록 월급 사장이긴 해도 대표이사의 부탁을 쉽게 거절할 순 없었을 터였다. 그래도 건우는 같은 일이 두 번 일어나는 건 사양하고 싶었다. 그의 얼굴에 피로감이 짙어졌다.

건우는 서연에게 문자를 보냈다.

〈오늘 일 늦게 끝나요?〉

〈네. 일 끝나고 남아서 연극 연습을 해야 돼요.〉

〈연극이요? 무슨 연극이요?〉

〈우리 회사에서 다음 달에 사랑의 밤 행사를 하거든요. 에헴. 제가 주인공이에요.〉

〈어디서 연습해요?〉

〈12층 소회의실에서요. 일이 다 끝나면 그때 전화할게요.〉

건우는 문자를 바라보며 입가에 희미한 미소를 지었다. 아무것도 없이 전부 비워냈더니, 가슴이 아주 작은 바람에도 들썩였다.

⚜

인정은 민준이 말한 갓길에 차를 대고 무료한 시간을 보내고 있었다. 그의 말대로 광구를 향해 들어가는 차량은 많았지만 나오는 차량은 없었다. 그때, 커다란 화물 트럭 한 대가 광구 쪽으로 들어가는 게 보였다. 인정은 그녀는 바로 쫓아가 볼까 하다가 혹시 모르니 같은 장소에서 그대로 대기했다. 그 뒤 그쪽 방향으로는 몇 시간 전에 들어간 화물 트럭 한 대를 제외하고는 나오는 차량도, 들어가는 차량도 없었다.

잠시 후 그 트럭이 다시 모습을 드러냈다. 트럭은 묵직한 무언가를 가득 싣고 나오는 것처럼 보였다. 인정은 조용히 그 트럭을 뒤따랐다.

트럭은 몇 십 분을 달려 고속도로 휴게소에 다달았다. 인정은 트럭 사진을 찍어 민준에게 전송한 후, 다시 움직이기를 기다렸다. 그때, 그 트럭 뒤로 같은 모양의 트럭 여러 대가 주차를 하려는 듯 전진과 후진을 거듭하며 인정의 시야를 가렸다. 고개를 이리저리 돌리다 시야가 완전히 가로막히자 그녀는 인상을 잔뜩 찌푸렸다.

잠시 후 인정은 눈앞에 똑같은 모양의 트럭 여러 대가 나란히 주차된 것을 보고 눈을 끔벅거렸다. 차량 번호를 외워두었던 건 정말 잘한 일이었다. 그게 아니었더라면 어떤 차였는지 헷갈릴 뻔했다. 잠시 후 문제의 트럭이 다시 움직이기 시작했다. 인정은 다시 차를 몰았다.

⚜

저녁이 되자 건우는 특별한 일 없이 Boni 부사장실에 머물러 있다가 자리에서 일어났다. 그는 엘리베이터에 올라 잠시 망설이다 12층 버튼을 눌렀다. 서연에게서 아무런 연락이 없는 걸로 봐서는 아직 연습이 끝나지 않은 모양이었다.

"부사장님, 12층엔 무슨 일로 가십니까?"

비서실장이 그의 눈치를 슬쩍 살피며 물었다.

"직원들이 연말에 하는 사랑의 밤 자선 행사 연습을 한다고 하더군요. 겸사겸사 잠깐 둘러보고 가려고 합니다."

엘리베이터가 멈추자 건우는 박 실장과 함께 12층 복도를 걸었다. 직원들은 퇴근을 한 후라 사무실은 대부분 텅 비어 있었다. 단 한 곳, 소회의실을 제외하고 말이다. 소회의실 문밖으로 사람들의 시끌벅적한 음성이 들렸다. 건우는 문의 유리창을 통해 안을 들여다보았다. 서연이 대본으로 보이는 종이를 손에 들고 연극 연습을 하고 있었다.

건우는 문밖에서 서연이 대사를 연습하는 모습을 구경했다. 주인공이라고 하더니, 서연은 진짜로 로미오와 줄리엣의 줄리엣이었다. 그녀의 앞에 건우가 지난번 보았던 남자 직원이 서 있었다. 그가 로미오인 모양이었다.

"아, 로미오. 어째서 당신은 로미오인가요. 아버지를 잊고 그 이름을 버려요. 그게 싫다면 절 사랑한다고 맹세만이라도 해주세요."

'아니. 난 아버지를 잊을 수가 없고 앞으로도 너를 사랑한다는 말을 해줄 수 없어.'

건우는 서연을 바라보며 마음속으로 대답했다.

"로미오, 그 이름을 버리고 당신과 맞지 않는 그 이름 대신 이 몸을 가져요."

'백건우라는 이름을 버리면 내가 정말 너를 가질 수 있을까?'

"에잇, 진짜. 난 로미오가 정말 싫어!"

진지하게 대사를 하던 서연이 갑자기 종이를 구기며 버럭 화를 냈다.

"야, 김서연! 줄리엣이 로미오가 싫다고 하면 어떻게 하냐?"

"하지만 로미오는 지조 없는 바람둥이잖아!"

서연은 허리에 손을 얹고 씩씩거리며 상대 배역인 정빈우를 노려보았다. 서연의 행동이 전혀 당황스럽지 않은 듯, 빈우는 즐거운 표정으로 그녀에게 대꾸했다.

"로미오가 바람둥이라니 그게 무슨 소리야? 로미오는 절절한 사랑의 아이콘이라고!"

"로미오가 원래 사랑했던 건 줄리엣이 아니라 로잘린이었어. 로잘린을 그렇게 사랑했으면서 어떻게 금방 줄리엣을 사랑할 수가 있어? 로미오가 만약 죽지 않았다면 아마 줄리엣과 헤어지고 또 다른 여자를 사랑했을 거야."

"사랑의 밤 행사에, 숭고한 사랑에 자꾸 금 가는 소리 할래?"

"로잘린은 결국 로미오에게 고구마였어."

서연이 퉁명스럽게 대꾸하자, 빈우가 고개를 절레절레 흔들었다.

"대리님, 김 주임이 자꾸 헛소리하는 걸 보니 뭘 좀 먹이고 해야 할 것 같습니다. 줄리엣, 뭐 먹을래?"

"달달한 거 아무거나."

"생크림 많이?"

"응. 아주 많이."

"넌 애도 아닌데 왜 그렇게 단 걸 좋아하는 거야?"

"생크림은 나한테 행복이거든. 행복을 돈으로 살 수 있다니, 얼마나 좋아?"

"그래, 내가 행복 많이 사다 주마. 다른 분들은 커피 드시나요? 제가 다녀오겠습니다."

건우는 황급히 발길을 돌려 소회의실 앞에서 벗어났다. 비서실장이 의아한 얼굴로 그의 곁에 따라붙었다.

"둘러보시려고 했던 것 아니셨어요?"

"생각해 보니 제가 방해가 될 것 같네요. 박 실장님 먼저 들어가세요, 전 개인적인 용무 좀 보고 들어가겠습니다."

비서실장을 먼저 보낸 후 건우는 서연에게 문자를 보냈다.

〈끝나면 전화해요. 지금 Boni 근처에 있는데 집에 가는 길에 내려줄게요.〉

건우는 밖으로 나와 어디론가 바삐 차를 몰았다. 누군가를 마음에 담자 그 사람을 생각하는 것만으로도 마음에 작은 위안이 되었지만, 사랑은 그에게 여전히 어렵고 두려운 감정이었다.

서연이 차에 오르자 그는 사놓았던 케이크 상자를 건넸다.

"이게 뭐예요?"

"생크림 케이크예요."

케이크 상자를 받아드는 서연의 표정이 환하게 밝아졌다가 이내 떨떠름해졌다. 서연이 의심쩍은 눈초리로 건우를 쳐다보았다.

"갑자기 나한테 케이크는 왜 주는 거예요?"

"서연 씨 표정이 왜 그래요, 케이크 싫어해요?"

"아뇨, 너무 좋아서요. 그런데 이렇게 생각지 못했던 행운이 생기면 딱 그만한 불행이 뒤에 온다고 그랬어요. 그래서 다음에 올 불행을 미리 대비하는 중이에요."

"행운은 눈덩이라서 굴리고 굴리면 다음엔 더 큰 행운이 서연 씨한테 찾아올 거예요. 그러니까 안심하고 받아도 괜찮아요."

"그럼 불행이 끼어들지 못하게, 내가 행운을 빠르게 굴릴까요?"

안심하며 밝게 웃는 서연의 얼굴을 보니 건우의 가슴에 따듯한 온기가 번져 갔다. 하지만 따듯한 온기와 함께 외로움이 밀려왔다. 그는 만약 신이 있다면, 사랑이 그에게만 이렇게 혹독한 건지 묻고 싶었다.

⚜

[선배님. 뭔가 좀 이상해요.]

오후 무렵, 민준은 인정의 전화를 받았다.

"뭐가 이상하다는 거야?"

[그 트럭이요, 목적지가 화원이에요. 운전기사가 지금 짐을 내리고 있는데 트럭에 나무 묘목들이 잔뜩 실려 있어요.]

"트럭에 나무 묘목이 실려 있다고?"

[네.]

하– 기가 찬 민준이 헛웃음을 터뜨렸다. 광구에서 나온 트럭의 목적지가 화원이라니, 정말 웃기는 일이었다.

[이제 어떻게 하죠, 선배님? 제가 운전기사한테 가서 한번 물어볼까요?]

“아니, 화원 위치만 기억하고 철수해. 고생했다, 쉬어.”

민준은 전화를 끊고 난 뒤 아까 인정이 보내온 사진을 뚫어져라 바라보았다.

이 트럭이 중간에 멈춘 곳은 고속도로 휴게소뿐이었다. 만약 그의 생각이 맞다면, 이 방법을 생각해 낸 놈은 범죄 영화를 많이 봤거나 아니면 본인이 이런 상황을 이미 겪어봤거나 둘 중 하나일 터였다. 즉 그 사람이 누군지는 몰라도 지금 뒤가 켕기는 일을 하고 있다는 것이었다.

“Le blanc씨, 빨리 만나보고 싶네.”

민준이 웃으며 통화 버튼을 눌렀다. Le blanc의 낯짝을 빨리 보려면 일의 효율성을 높이는 수밖에 없었다.

“단장님, 김민준입니다. 부탁드릴 게 있어서 전화 드렸습니다.”

[아무렴, 네가 나한테 부탁할 게 없다면 전화 걸 일이 있겠냐?]

“차량 번호 알려 드릴 테니 오늘 하루 동선 파악 좀 해주세요. 총 세 대고 모두 같은 회사 화물 트럭입니다.”

[너 이제 나한테 이런 거 부탁하고 그러면 안 돼. 아무리 내가 격식을 따지지 않는다고 해도 넌 너무 격식이 없어, 알아?]

툴툴거리는 박 단장의 어조에 민준이 픽 웃었다.

“압니다. 잘 아는데, 단장님께서 지시를 내리셔야 밑의 애들이 신속하게 알아내서 보고할 것 아닙니까? 제가 알아보는 것보다 그게 더 빠를 것 같아서요.”

[너 지금 나한테 공손하게 부탁하는 거야?]

“두 손으로 전화 받고 있습니다.”

[쯧, 말이나 못하면. 알았다!]

“참, 단장님. 하얀색하면 뭐가 떠오릅니까?”

[뭐야, 이거 퀴즈야? 그럼 혹시 상품도 있는 거야? 하얀색이라고 하면…… 눈! 당연히 눈이지, 하늘에서 내리는 하얀 눈. 어때, 정답이야?]

민준의 기분이 찝찝했던 이유가 바로 여기에 있었다. 그의 머릿속에 떠오르는 하얀 이미지는 오직 강설뿐이었다.

"정답이 아니었으면 좋겠네요, 연락 주세요."

민준은 전화를 끊고 난 후 핸드폰 속 사진을 바라보았다. 이건 세 개의 컵에 조그만 공을 넣고 컵을 이리저리 돌려, 어느 컵에 공이 들어 있는지 알아맞히는 야바위꾼의 노름과 같았다.

인정에게 들은 바로, 트럭이 멈춰 있던 휴게소 주차장은 CCTV가 없는 곳이었다. 그런 곳에서 깜찍하게 트럭 세 대로 장난을 치다니, 그도 인정이 보내온 사진이 아니었다면 그대로 놓치고 지나갈 뻔했다.

"자, 공은 이제 어디로 갔을라나?"

민준이 핸드폰을 공중에 던졌다가 받으며 웃었다.

늦은 저녁, 민준은 조국이 근무하는 연구동 앞에 자전거를 세우고 그녀를 기다렸다. 겨울이 코앞이라 밤공기가 차가웠다. 아침에 괜히 자전거를 타고 출근하자고 했나 싶었다. 민준은 그녀가 나오면 따뜻하게 손을 잡아줘야겠다는 생각을 하며 주머니 속에 손을 집어넣고 보온을 유지했다.

연구동의 문이 열리자 민준이 고개를 들었다. 조국과 함께 다른 연구원들 몇 명이 밖으로 나왔다. 그중엔 원자력연구소장인 황 소장도 있었다. 민준은 황 소장과 눈이 마주치자 가볍게 묵례를 한 후 바로 조국을 향해 시선을 돌렸다. 하지만 그는 민준이 시선을 돌린 후에도 여전히 그를 바라보고 있었다.

"많이 기다렸어요?"

조국이 민준 곁으로 다가왔다.

"목도리는 어디에 있습니까?"

"아, 맞다! 목도리! 잠깐만 기다려요!"

수줍은 듯 상기된 얼굴의 조국은 왔던 길을 종종걸음으로 되돌아갔다. 그사이 민준은 그녀의 자전거 바퀴를 발로 툭툭 차며 공기가 빠지진 않았는지, 핸들이 괜찮은지 등을 꼼꼼히 살펴보았다.

"김 국장님께 얘기 들었습니다. 얼마 전에 조국 양한테 불미스러운 일이 있었다면서요."

등 뒤에서 묵직한, 남자의 목소리가 들리자 민준은 고개를 돌렸다. 다른 연구원들은 이미 가고 없는데 황 소장은 아직도 같은 자리에 머물러 있었다.

"영애에게 요원을 붙이겠다고 했더니 황 소장이 난색을 표하더구나."

그 순간 민준은 아버지가 했던 말을 떠올렸다. 그는 잠시 시선을 내렸다가 다시 황 소장과 눈을 마주했다.

"다행히 잘 해결됐습니다."

"제가 경호관님 이름을 좀 물어봐도 되겠습니까?"

"……김민준입니다."

민준은 잠깐 망설이다 대답했다. 내키지는 않았지만 그렇다고 굳이 숨겨야 할 이유도 없었다.

"김민준 씨, 날씨가 춥습니다. 내가 차로 두 사람을 데려다줄 테니 날 밝을 때 와서 자전거를 가져가는 게 어떻겠습니까? 조국 양이 감기라도 걸릴까 봐 걱정이 됩니다."

"걱정해 주시는 건 감사합니다만 영애님은 제가 알아서 하겠습니다, 소장님."

민준은 입가에 의례적인 미소를 지었다. 그는 뭔가 더 묻고 싶은 게 있는 것처럼 보였지만 자신은 대답해 줄 것이 없었으니, 협상은 결렬이었다.

"목도리 찾아왔어요!"

그때, 조국이 다시 밖으로 나왔다. 조국은 칭찬을 받고 싶은 아이처럼 그에게 손에 돌돌 말아 쥔 목도리를 들어 보이며 웃었다. 민준은 목도리를 받아 그녀의 목에 두어 번 감은 후 안으로 바람이 들어가지 않도록 단단히 여몄다.

"팔 넣으세요."

민준이 입고 있던 점퍼를 벗어 조국의 어깨에 둘렀다. 조국이 그의 카키색 야상 점퍼를 입자 민준은 지퍼를 채우고 목 부근까지 남김없이 단추를 잠갔다. 그녀는 양팔을 위아래로 붕붕 흔들더니 풉, 하고 웃음을 터뜨렸다.

"따듯하긴 한데 나 좀 웃긴 거 같지 않아요?"

"추운 것보다는 낫습니다. 이제 돌아갈까요?"

"소장님, 가보겠습니다. 조심해서 들어가세요."

조국이 황 소장에게 고개를 숙이며 인사를 건넸고, 민준도 그를 향해 가볍게 고개를 끄덕였다.

"그래요. 조심해서 들어가요."

황 소장은 긴가민가한 표정을 지으며 두 사람의 뒷모습을 지켜보았다.

그의 눈에 민준은 경호관이 아니라 마치 애인을 마중 나온 연인처럼 보였다. 김 국장이 남자 요원을 보냈다는 사실에 많은 생각을 했는데, 그에게서 요원이 아닌 연인 같은 모습을 보자 머릿속이 더 복잡해졌다.

'설마, 아니겠지.'

황 소장은 고개를 절레절레 흔들며 그를 기다리고 있던 차에 올랐다.

"추우면 얘기해."

옷 입은 모양만 보자면 민준은 봄이었고 조국은 한겨울이었는데, 그는 조국이 춥다고 하면 입고 있던 셔츠마저 벗어줄 기세였다.

“아무리 추워도 난 더 이상 옷을 껴입을 수 없어요.”

조국이 고개를 흔들었다. 지금도 두꺼운 옷 때문에 움직이기 불편할 정도였다. 누군가 툭 치면 옆으로 데굴데굴 구를 수도 있을 것 같았다.

“당신은 운동 부족이야. 매일 실내에만 있으니까 얼굴에 핏기가 없잖아.”

“그렇다고 설마 나한테 앞으로도 매일 이렇게 출퇴근하자고 하는 건 아니겠죠?”

“마음 같아서는 그러고 싶은데, 그러다 진짜 감기 들면 안 되니까 그건 안 될 것 같고.”

“이삿짐은 이제 다 정리가 됐어요?”

“궁금하면 와볼래? 당신 우리 집 안 와봤잖아. 내가 오늘 이사 온 기념으로 집들이 할게.”

“좀 궁금하긴 한데 오늘 말고 다음에 갈게요.”

“왜?”

“집에서 할 일이 많거든요.”

“그럼 내가 라면 끓여줄 테니까, 우리 집에서 라면만 먹고 갈래?”

“괜찮아요. 지금은 먹고 싶지 않아요.”

끼이이이익– 민준의 자전거가 그녀 앞으로 쌩하게 달려 나갔다가 갑자기 뒤돌아 멈춰 섰다.

“강조국 씨 대답이 너무 무성의한데? 잠깐 고민도 안 해보고 말이야.”

조국의 대답이 맘에 들지 않는 듯, 민준은 못마땅한 얼굴을 하고 있었다. 그녀는 어안이 벙벙한 얼굴로 민준을 쳐다보았다.

“그게 지금 내가 고민해야 되는 질문이었어요?”

"내가 지금 당신을 우리 집에 초대하고 있잖아."

"알아요, 하지만 꼭 오늘 가야 하는 건 아니잖아요. 그리고 나 정말 할 일이 많아요."

"그럼 오늘은 더 이상 나랑 못 놀아주는 거야?"

"미안해요. 사실 피곤하기도 하고요."

"어째 대전에 내려오니까 강조국 얼굴 보기가 더 힘드네?"

민준이 아쉬워하는 걸 보자 조국은 미안한 생각이 들었다. 물론 그녀도 민준과 더 오래 같이 있고 싶었지만, 오늘은 정말 그럴 수 없었다. 그녀의 기분과는 상관없이, 오늘 안으로 마무리해야 할 일이 있기 때문이었다. 민준이 서운해해도 어쩔 수 없었다.

"그럼 내일은 시간이 되는 거야? 내일은 아무리 바빠도 나한테 시간을 내줬으면 좋겠는데."

조국은 오늘과 내일 스케줄을 재빨리 떠올렸다. 일을 서두르면 내일 오후쯤엔 민준과 데이트를 할 수 있을 것 같았다.

"음…… 내일은 괜찮을 것 같아요."

"그럼 내일은 나랑 놀아주는 거지?"

"아마도요."

"오케이."

"응."

조국이 고개를 끄덕이자 그는 만족스러운 얼굴을 하다가 기습적으로 입을 맞추었고, 당황한 그녀는 재빨리 주변을 두리번거렸다.

"아무도 없습니다."

민준이 피식 웃더니 페달을 힘차게 밟아 달려 나갔다.

조국을 701호로 들여보내고 집으로 들어온 민준은 곧바로 노트북을 켜고 NIS 인트라넷에 접속했다. 집에 돌아오는 도중, 어쩌면 인트라넷에 이곳의 광산과 관련된 자료들이 있을지도 모른다는 생각이 들었기 때문이다.

그러다 그는 문득 이 년 전 사건을 떠올렸다. 그는 그동안 한국을 떠나 있었기 때문에 일이 어떻게 마무리되었는지 제대로 듣지 못했다. 그 사건에 관한 기록을 찾아보던 민준은 한쪽 눈썹을 꿈틀거렸다. 그는 흥미롭다는 듯, 턱을 괴고 테이블을 손가락으로 타닥타닥 두드렸다.

"이건 뭐지?"

해당 사건 파일에 접근 제한이 걸려 있었다. 그는 박 단장에게 전화를 걸까 하다가 너무 늦은 밤이라는 걸 확인하고 그만두었다. 조만간 그에게 전화가 오면 그때 물어보면 될 일이었다.

비슷한 시각, 조국은 실험 데이터를 정리하고 있었다. 가능한 한 빨리 일을 마무리해야 했다. 민준과 함께 시간을 보내지 못하는 건 아쉬웠지만, 지금은 그런 아쉬움보다 조급한 마음이 더 컸다.

두 사람의 오피스텔 불빛은 오랫동안 꺼지지 않았다.

다음 날 민준은 늦잠을 잤다. 핸드폰을 보니 부재중 전화가 찍혀 있었고 메시지함에는 문자가 들어와 있었다.

〈민준아, 생일 축하해. 엄마가 미역국도 못 끓여줬네. 오늘 못 올라온다고 했지? 대신 집에 오면 엄마가 미역국 맛있게 끓여줄게.〉

민준이 미소를 지으며 침대에서 일어났다. 미역국이든 뭐든 오늘내일은 조국과 함께 시간을 보낼 예정이었으니, 그에게는 가장 좋은 생일이 될 터였다.

그가 701호의 벨을 누르자, 조국이 하품을 하며 문을 열어주었다. 그녀 역시 잠을 많이 자지 못한 것처럼 보였다. 눈이 거의 감겨 있다시피 했다.

"하암. 벌써 왔어요?"

"자고 있었어? 좀 이따가 올까?"

"아니에요, 일어났어요."

"당신 아직 잠이 덜 깬 것 같은데?"

"사실 너무 졸려서 계속 자고 싶어요. 그런데 당신이랑 있고 싶기도 해요."

조국이 어리광을 부리듯 고개를 좌우로 흔들었다.

"그럼 난 거실에 있을 테니까 당신은 들어가서 좀 더 자고 나와."

"아니에요! 집이 어질러져 있어서 여기는 안 돼요."

집 안에 들어오려는 민준을 만류하며 조국이 손을 내저었다. 거실에는 그녀가 지난밤 작업한 서류들이 잔뜩 어질러져 있었다. 민준이 그것을 보면 뭔가를 눈치챌 수도 있는데 집 안에 들일 수는 없었다.

조국이 다시 하품을 하자 민준은 그녀가 안쓰러워 한쪽 눈썹을 찡그렸다.

"그럼 우리 집으로 올래?"

"그래도 돼요?"

"안 될 리가 없잖아."

민준은 눈을 반쯤 감고 있는 그녀의 손을 잡고 702호로 돌아왔다. 그는 조국을 침대에 눕히고 그 옆에 누워 그녀와 마주 보았다.

"혼자 사는 사람 침대가 왜 이렇게 커요?"

잠에 취한 조국이 이불을 가슴 앞으로 말아 쥐며 웅얼거렸다. 그녀의 의식은 반은 이쪽 세상에, 그리고 나머지 반은 저쪽 세상에 걸쳐 있었다.

"혹시 강조국이랑 둘이 쓸지도 몰라서 사는 김에 큰 걸로 샀어."

"……잘했어요."

조국은 잠에 취한 게 꼭 술에 취한 사람 같아서, 민준이 보기에는 그녀 자신이 무슨 말을 하고 있는지 모를 것 같았다. 민준은 조국의 머리카락을 귀 너머로 넘겨주며 나직한 목소리로 물었다.

"강조국. 당신 꿈은 여전히 베짱이가 되는 건가?"

"……응. 베짱이. 개미랑 같이……."

"다리가 아프면 업어주기도 하고, 괴롭히는 벌레들 있으면 혼내주는 힘 센 개미는 어때?"

"……벌레…… 개미…… 좋아."

"그럼 나한테 시집올래?"

"……응."

민준이 픽 웃으며 조국의 뺨에 손을 얹었다. 그녀가 잠결에 손을 뻗자 그는 좀 더 가까이 다가가 조국을 가슴에 안았다. 그의 품에 들어온 조국은 제자리를 찾은 퍼즐처럼 꼭 맞았다. 민준은 조국의 등을 어루만지며 잠든 그녀의 이마에 입을 맞추었다.

어쩐지 옆자리가 허전한 것을 느끼고 눈을 떴을 때는 어느새 오후였다. 방 안을 살펴봤지만 조국은 보이지 않았다. 민준이 침실을 나가자 주방 쪽에서 인기척이 느껴졌다. 조국이 주방을 분주하게 오가며 요리를 하고 있었다.

언제 제 집 냉장고를 털어왔는지, 식탁 위에는 민준이 처음 보는 식재료들이 놓여 있었다. 민준은 팔짱을 끼고 벽에 비스듬히 기대서서 조국이 요리하는 모습을 지켜보았다. 조국이 무심코 뒤를 돌아보다 그를 발견하고서는 깜짝 놀라 몸을 움츠렸다.

"깜짝이야! 일어났으면 말을 하지 왜 거기에 서 있어요?"

"요리하는 베짱이를 구경하고 있었어."

"뜬금없이 베짱이 얘기는 또 뭐예요?"

베짱이는 오른손에 국자를 들고 어처구니없다는 표정을 지었다.

"그런 게 있어."

담담한 민준의 목소리에 아쉬움이 묻어나왔다. 조국이 기억하고 있을 줄 알았는데, 그녀의 뛰어난 기억력은 잠결에는 해당 사항이 없는 모양이었다.

혹시 필요한 것만 기억하는 건가? 그런 것 같지는 않았는데. 잠시 의심하던 민준은 고개를 저으며, 다시 요리에 집중하는 조국의 뒷모습을 바라보았다.

"얼른 씻고 와요. 내가 우리 집 채소들을 다 가지고 왔어요."

"강조국."

"말해요."

조국은 뒤를 돌아보지 않은 채 보글보글 끓고 있는 냄비의 불을 약하게 줄이며 건성으로 대답했다.

"우리는 도대체 왜 침대에서 잠만 자는 거지?"

"콜록! 콜록!"

갑자기 사레가 들린 조국이 빨개진 얼굴로 가슴을 콩콩 두드렸다. 민준이 냉장고에서 얼른 생수병을 꺼내 그녀에게 건넸다. 조국이 손등으로 입가를 훔치며 민준을 노려보았다. 생각지 못했던 기습 공격이었다.

"나한테 머리로 잘 생각해 보라고 말했잖아요."

"응, 분명히 그랬지."

민준이 고개를 까딱거렸다. 일 년이든 이 년이든 그의 곁에서 행복할 수 있을지 잘 생각해 보라고 말한 것은 바로 민준이었다.

"그런데 유효기간이 어제로 만료되었어."

"그런 게 어디 있어요? 유효기간이 있다는 말은 안 했잖아요."

"당신이 기억을 못하나 본데, 아까 당신이 나한테 이미 그러겠다고 대답도 했어."

조국이 눈동자를 데구루루 굴리며 기억을 더듬기 시작했다. 뇌 주름 사이사이를 구석구석 스캔한 조국이 마침내 확신을 가지고 민준을 쳐다보았다.

"거짓말하지 말아요!"

"거짓말 아니야."

"김민준 씨, 난 한번 보고 들은 건 아무리 오래된 일이라고 해도 절대 안 잊어버린다고요. 그런 내가, 방금 한 말을 기억하지 못할 것 같아요?"

"그럼 당신 머릿속을 잘 찾아봐. 그 속에 들어 있겠네."

"내가 당신한테 정확히 뭐라고 했는데요?"

"안 가르쳐 줄 거야."

민준이 웃으며 보글보글 끓는 냄비의 뚜껑을 열었다. 안을 들여다본 그는 얼떨떨한 얼굴로 고개를 돌려 조국을 바라보았다.

"미역국이네?"

"응, 날씨도 춥고 해서 끓여봤어요. 미역국은 싫어해요?"

"……아니, 좋아해. 마침 오늘 꼭 먹고 싶었어."

민준이 냄비 뚜껑을 닫은 후 차분한 눈빛으로 조국을 응시했다. 아마 우연이었겠지만 그에겐 예상하지 못했던 감동이었다.

"……고마워. 잘 먹을게."

"새삼스럽게 왜 인사를 하고 그래요?"

"밥 먹고 얼른 밖에 나가자. 내가 오늘 할 일이 아주 많아. 강조국 씨한테 고기도 먹여야 되고, 시간이 별로 없어."

"고기는 왜요? 나 고기 먹고 싶다고 한 적 없는데요?"

"앞으로 강조국 씨 힘들 일 많을 테니 많이 먹고 힘내야 돼."

"그게 무슨 뜻이에요?"

"그게 무슨 뜻일까?"

조국이 머리에 물음표를 달고 고개를 갸우뚱거리자, 픽 웃으며 그녀의 머리를 쓰다듬는 그의 목덜미가 붉어졌다.

늦은 밤, 두 사람은 오후 내내 밖에서 즐거운 시간을 보내고 마침내 민준의 오피스텔 거실 테이블 앞에 정착했다. 민준은 조금 전부터 턱을 괴고 조국을 빤히 쳐다보고 있었다. 그 시선이 부담스러웠던 조국이 머그잔을 테이블 위에 내려놓은 후 시간을 확인했다.

“늦었는데 자고 가. 내가 내일 집까지 바래다줄게.”

조국이 자리에서 일어서자 그가 그녀의 손목을 대뜸 붙잡았다. 농담 같은 말이었지만 숨겨진 뜻은 명확했다. 어른의 대화로 번역하면 ‘오늘 집에 가지 마. 무슨 뜻인지 알지?’였다. 그전까지의 장난스러운 뉘앙스와 확실히 달랐다.

“괜찮아요, 아직 집으로 가는 버스가 끊기지 않았어요.”

“힘내라고 고기도 많이 먹여놓았는데 그냥 갈 거야?”

역시 그녀의 생각이 맞았다. 어쩐지 그가 오늘 전투적으로 고기를 먹이는 게 이상하다 싶었다. 힘을 내라더니, 그가 그녀에게 고기를 먹인 이유는 일을 열심히 하라는 의미가 아니었다.

“부모님이 엄격하셔서요. 그러니 오늘은 이만 가봐야겠어요.”

“그래? 그럼 어쩔 수 없지.”

민준이 예상외로 순순히 손목을 놓아주자 조국은 오히려 당황했다. 그렇게까지 단칼에 거절을 하려고 했던 건 아니었다. 다만 덥석 ‘그래요’라고 대답하기가 좀 그랬을 뿐이었다.

“그래도 집 앞까진 바래다줄게.”

“……응. 고마워요.”

조국이 어색하게 웃으며 고개를 끄덕였다. 그녀라고 정말 이런 그림을 원한 건 아니었다. 그래도 가지 말라고 붙잡는다면, 민준의 의도가 무엇이든 그 옆에 같이 있겠다고 생각했다. 하지만 삼고초려는 민준에겐 해당 사항이 없는 이야기였다.

조국은 702호를 나와 701호를 향해 걸어갔다. 도어 록에 손가락을 갖다 대자 잠금장치가 풀렸다. 어쩐지 기분이 침울해진 조국이 시무룩한 표정으로 뒤돌아서 그를 보았을 때였다.

"나 그럼 들어갈게……."

띠리리리- 민준의 핸드폰이 울린 건 그때였다. 민준이 핸드폰 발신자를 확인하더니 피식 웃었다.

"여보세……."

[오빠! 생일 축하해!]

핸드폰 밖으로 발랄한 목소리가 튀어나왔다. 그 목소리는 조국에게도 익숙했다. 오랜만에 듣는 목소리였지만 조국은 단번에 그녀가 서연임을 알 수 있었다.

'오늘이 민준 씨 생일이었어?'

조국의 두 눈이 휘둥그렇게 커졌다. 그러고 보니 오늘 민준이 마침 미역국이 먹고 싶었다며, 고맙다고 말했던 게 생각났다.

민준이 눈을 둥그렇게 뜬 그녀의 눈치를 살피며 옆으로 고개를 돌렸다.

"어, 그래. 고맙다. 근데 오빠 지금 바쁘니까 나중에 통화하자."

[오빠, 밤에도 바빠?]

"응, 밤에도 바빠."

민준은 서둘러 전화를 끊었다. 조국이 얼떨떨한 얼굴로 그를 빤히 쳐다보았다.

"오늘이 당신 생일이었어요?"

"응."

"근데 왜 나한테 말 안 했어요!"

"당신이 미역국도 끓여줬고 같이 저녁도 먹었고. 할 건 다 했는데?"

"오늘 생일이었는데 왜 집에 인 올라갔어요? 가족들이 기다릴 거 아녜요."

"당신이 여기 있는데 내가 서울을 왜 올라가?"

조국은 당황한 기색이 역력한 얼굴로 시간을 확인했다. 아직 문을 닫지 않은 베이커리가 분명 있을 터였다. 그녀는 민준에게 경고하듯, 그를 향해 검지를 길게 뻗었다.

"집에서 꼼짝하지 말고 기다리고 있어요!"

"지금 이 시간에 어딜 가려고?"

"그래도 생일인데 촛불은 불어야 하잖아요."

"됐어, 충분해. 나이 한 살 더 먹는 게 뭐가 좋다고."

"내 마음이 불편해서 안 돼요. 금방 다녀올 테니까 기다리고 있어요, 알았죠?"

"참 나. 나랑 같이 가, 그럼."

"안 돼요! 금방 갔다 올 거니까 집에 얌전히 있어요."

조국은 신신당부를 한 후 민준의 눈앞에서 사라졌다. 그는 오늘 그녀와 함께 하루 종일 같이 있었기 때문에 정말 그걸로 충분했다. 어머니께선 서운해하실 테지만 생일이 올해만 있는 것도 아니니 괜찮았다. 그러나 조국은 빨간 망토 아가씨처럼 그렇게, 늑대의 생일 케이크를 사러 제과점으로 총총 사라졌다.

민준이 손목시계를 들여다보며 미간을 찌푸렸다. 그는 슬슬 조국이 케이크를 사러 간 게 아니라 사실은 만들러 간 게 아닌지 걱정이 되기 시작했다. 전화를 걸어볼까 하는 생각이 들던 찰나에 드디어 조국이 돌아왔다. 그녀는 케이크 상자와 와인 상자를 양손에 하나씩 들고 있었다.

조국은 서둘러 케이크를 꺼내 식탁 위에 올려놓았다. 민준은 그녀가 케이크에 불을 붙이는 모습을 지켜보았다.

"미안하지만 선물은 나중에 줄게요, 괜찮죠?"

"선물은 생일날 줘야지."

"혹시 집에 와인 잔 있어요?"

"물론. 그것도 종류별로."

"집에 와인 잔이 왜 종류별로 있어요?"

"있냐고 물어놓고 왜 가지고 있냐고 하면 난 뭐라고 대답을 해야 해?"

민준이 찬장 안에서 길쭉한 와인 잔 두 개를 꺼냈다. 그리고 조국이 사온 스파클링 와인을 잔에 따랐다.

"내가 이 년 동안 어디에 있다 왔게?"

"이탈리아."

"그렇지."

"그런데 왜 이탈리아였어요? 좋은 나라긴 하지만 이왕이면 우리나라하고 지리적으로 가까운 나라였으면 더 좋았을 텐데 말이에요."

"글쎄, 로마의 휴일 때문이었을까?"

민준은 수수께끼 같은 말을 하며 그녀에게 와인 잔을 건넸다. 조국이 로마의 휴일 이야기에 눈을 반짝이며 몸을 앞으로 기울였다.

"당신도 그 영화 봤어요? 혹시 당신도 오드리 헵번을 좋아했던 거예요?"

"공주님 생활이 싫증나서 밖으로 도망쳤던 그 천방지축 아가씨 말이지? 그러면 안 돼, 경호관들이 그 아가씨 때문에 얼마나 힘들었겠어? 당신은 그 영화를 보고 교훈을 얻어야 해. 경호관 없이 밖으로 함부로 돌아다니면 안 된다는 교훈을 말이야."

"영화 감상이 겨우 그게 다예요?"

"여주인공 허리가 너무 가늘어서 그 안에 장기가 어떻게 다 들어가는지 잠깐 궁금하긴 했지. 그런데 당신이 이렇게 흥분하는 걸 보니 남자

주인공이 근사했나?"

"그냥 남자주인공이 아니라 1955년도에 무려 그레고리 펙이었다고요. 앤 공주는 헤어지고 나서 분명히 속상했을 거예요. 그만큼 잘생긴 남자를 또 어디서 만날 거야."

"강조국이 알고 보니 외모지상주의였군. 강조국 씨를 위해 앞으로도 잘생김을 유지하도록 노력해야겠어."

챙- 민준과 조국의 잔이 부딪치며 경쾌한 소리가 났다.

"이제 촛불 꺼도 돼?"

"응, 소원도 빌어요."

민준이 훅, 바람을 불어 촛불 세 개를 꺼뜨리자 조국의 얼굴 앞에서 하얀 연기가 아지랑이처럼 피어올랐다. 그러고 보니 희미한 어둠 속에서 눈을 반짝이는 조국이 오드리 헵번처럼 보이기도 했다. 그래도 역시 오드리 헵번보다는 조국이 예뻤다.

"생일 축하해요."

조국이 케이크 위로 몸을 숙여 민준에게 입을 맞추었다. 민준은 눈을 조금 크게 떴다가 이내 눈꼬리를 부드럽게 접어 내리며 웃었다.

"소원 빌었어요?"

"그럼."

"뭔지 물어봐도 돼요?"

"당신도 같이 빌어준다면 얘기해 주고."

"소원이 뭔데요?"

"오늘 밤 강조국이 집에 가지 않게 해주세요."

민준이 조국의 허리를 감싸 안자 두 사람의 입술이 자연스럽게 맞물렸다. 둘은 긴장감을 감추기 위해 이따금씩 작게 웃음을 터뜨렸고, 쿵쿵 울리는 서로의 심장 소리를 못 들은 척 외면했다. 민준은 담대하게 웃고 있었지만, 그녀의 허리를 감싼 손이 평소와 다르게 뜨거웠고, 그

손끝이 미세하게 떨리는 것 같기도 했다.

"그게…… 당신 소원이에요?"

"빨간 망토 아가씨가 눈앞에 있으니 다른 소원은 생각이 안 나네. 어때, 이루어질까?"

"늑대가 잘생겨서 어쩔 수가 없네요."

민준이 허리를 끌어당기며 안아 들자 조국은 그의 목에 팔을 두르고 그를 내려다보았다. 두 사람의 입맞춤은 침실까지 이어졌다.

조국은 민준의 어깨에 조심스럽게 손가락을 얹었다. 순간 움찔한 민준의 얼굴이 조국과 눈이 마주치자 부드럽게 풀어졌다. 상의를 탈의한 민준이 위에서 내려다보자, 조국은 그의 어깨와 등을 손가락으로 조심스럽게 어루만졌다. 희미한 흉터가 군데군데 남아 있는 그의 상체는 조국의 매끈한 피부와 대조를 이루었다.

"……몸에 상처가 너무 많아."

조국이 작게 중얼거렸다.

"강조국을 만나려고 내가 일부러 만든 거야."

그녀의 붉은 뺨을 내려다보며 민준이 옅은 미소를 지었다. 그는 나름대로 긴장을 풀기 위한 농담이었지만 그녀에겐 재미있는 농담이 아니었다. 손가락 끝으로 흉터를 어루만지던 조국의 손가락이 어깨에 난 흉터에 가 머물렀다. 그녀는 어쩐지 가슴이 뭉클해져 눈물이 차오르는 눈을 깜빡거리며 민준을 올려다보았다.

"흠집이 많아서 싫어?"

"……아니."

민준은 발갛게 달아오른 그녀의 뺨에 입을 맞추었다. 뺨에 닿는 그의 입술에서 더운 열기가 느껴져 조국의 얼굴이 더 붉어졌다. 희미한 어둠 속에 쿵쿵 울리는 그의 심장 소리가 선명하게 들렸다.

"한번 개봉하면 반품 안 되는 거야."

민준이 나지막이 중얼거리며 그녀의 얼굴 위로 입술을 내렸다. 맞닿은 입술 사이로, 안으로 삼키지 못한 뜨거운 열기가 흘러나왔다. 그와 그녀의 손가락이 단단하게 얽혔다.

민준의 등 근육이 꿈틀거리기 시작했다. 민준은 마주 잡은 손에 힘을 주며 그녀의 입술 새로 흘러나오는 달뜬 신음을 삼켰다.

"야옹이."

민준은 조국의 머리카락 속에 한 손을 찔러 넣고 그녀의 목덜미를 가볍게 물었다 놓았다. 그러자 그의 품 안에 갇힌 고양이가 가르랑거리며 작게 바르작거렸다.

"지금이 몇 시인 줄 알아요?"

"알아."

민준은 그녀의 머리카락을 엉망으로 헤집으며 웃었다. 뭐가 그리 재미있는지, 그는 아까부터 조국을 멋대로 야옹이라고 부르고 있었다.

"야옹이. 좀 있으면 아침이야."

민준은 그녀의 손목을 물었다가 어깨를 물기도 했다. 그때마다 조국은 미간을 잔뜩 찡그렸지만 항의할 기운이 남아 있지 않았다.

"제발 나한테 말 시키지 말아요. 나 너무 피곤해요."

"알았어."

민준이 웃으며 반대쪽 목덜미를 물자 조국이 칭얼거리며 짜증을 냈다.

"물지도 말고요!"

"오늘은 일단 그만 물게."

"내일도…… 물지 마요."

많이 고단했는지 조국은 웅얼거리며 이내 깊은 잠에 빠졌다. 민준은 그녀의 귓불을 물려다 잠시 멈칫했다. 오늘은 그만 물라고 했으니 이쯤에서 멈춰야 할 것이다. 잠시 고민하던 민준이 마침내 미소를 지으며 다시 그녀의 뺨에 지그시 입술을 눌렀다. 덕분에 조국은 성질 고약하게 생긴 강아지가 계속 얼굴을 혀로 핥는 꿈을 꿨다.

민준은 조국을 품에 안고 눈을 감았다. 맨살에 닿는 그녀의 매끄러운 피부가 부드럽게 감싸오는 이불처럼 포근하고 따듯했다.

그는 꿈속에서 어린 시절 제 모습을 보았다. 어린 민준은 어두운 방 구석에 무릎을 세우고 앉아 그 안에 고개를 깊이 묻고 있었다.

딸깍— 방문이 열리는 소리가 나자 그는 몸을 부르르 떨며 고개를 더 깊숙이 숙였다. 두려움에 몸이 덜덜 떨리고 심장이 쿵쿵거렸다. 아직 맞지 않았는데도 고통을 기억하는 어깨는 불에 덴 것처럼 화끈거렸다.

'여기서 혼자 뭐 해요?'

그 앞에 누군가가 쪼그려 앉으며 부드러운 음성으로 그를 불렀다. 민준이 고개를 들자 여자와 시선이 마주쳤다. 여자는 그를 보며 옅게 웃었고, 그녀에게서는 익숙하고 좋은 향기가 났다.

'내가 당신을 데리러 왔어요, 그러니까 나랑 같이 가요.'

민준은 여자를 물끄러미 바라보았다. 여자는 개구쟁이 같은 미소를 지으며 오른손을 내밀었고, 잠시 망설이던 민준은 조심스럽게 그녀가 내민 손을 잡았다.

그러자 그녀는 그를 안고 위로하듯 천천히 등을 쓰다듬었다. 민준은 오랫동안 그리워했던 따듯한 온기에 눈물을 왈칵 쏟았다. 그는 손을 놓으면 여자가 사라질까 봐 그녀의 옷깃을 꽉 붙들었다.

'나쁜 꿈은 이제 끝났어요.'

환하게 웃는 여자의 미소에 민준은 자신이 오랫동안 그녀를 기다려 왔다는 걸 깨달았다. 그는 그녀의 손을 잡고 어둠을 지나 환한 빛 속으로 함께 걸어갔다.

⚜

민준이 눈꺼풀을 천천히 들어 올렸다. 정신을 차리고 옆을 돌아보았는데 그녀가 없었다. 꿈이었나, 라는 허탈한 생각이 드는 순간 꿈속에서 느꼈던 감정의 여파 때문인지 눈시울이 붉어졌다. 그는 천장을 바라보았다. 여러 가지 감정들이 한꺼번에 북받쳐 올라 가슴이 먹먹했다. 민준은 손바닥으로 눈두덩을 문질렀다.

사랑하는 사람과 꿈같은 밤을 보내고 나서 맞이하는 아침에 눈물이라니, 그녀가 지금 옆에 없는 게 다행이었다.

"야옹인 도대체 아침부터 어딜 간 거야?"

민준이 목멘 음성으로 투덜거리며 침대에서 몸을 일으켰다. 꿈속에서 그의 손을 잡았으면 책임을 져야 할 게 아닌가.

민준은 혹시 그녀가 거실에 있나 싶어 침실 밖으로 나갔다. 하지만 거실엔 적막만이 가득했다. 아쉬운 마음이 들려는 찰나 화이트보드에 가지런히 적힌 글자가 들어왔다.

–깊이 잠들어서 깨우지 않고 가요. 밥 줄 테니 일어나면 건너와요, 야옹.

민준은 웃음을 터뜨렸다. 눈가는 다시 시큰해졌지만, 가슴엔 행복이 가득 찼다.

민준은 샤워를 하고 나와 곧장 701호의 초인종을 눌렀다. 문이 열리자 그 틈 사이로 그의 야옹이가 언뜻 보였다. 민준의 야옹이는 목 끝까지 올라오는, 두툼한 터틀넥 스웨터를 입고 있었다.

"잘…… 잤어요?"

"야옹."

민준이 옅게 웃으며 대답했다. 어쩐지 그의 눈을 똑바로 마주치기가 어색했던 조국이 눈동자를 옆으로 빙그르르 돌리며 물었다.

"아침은 먹었어요?"

조국은 그에게 아침을 줄 테니 건너오라는 메모를 남겨놓았다는 사실을 잠깐 잊었다. 하지만 그녀의 질문에 대답을 하는 민준도 정상은 아니었다.

"응. 보고 싶었어."

"내가 밥 먹었냐고 물었잖아요."

"보고 싶었어, 야옹이."

701호 안으로 성큼 들어간 민준이 조국을 안으며 웃었다.

"근데 왜 이렇게 꽁꽁 싸매고 있는 거야?"

"그럴 만한 이유가 있어요."

"겉으로 티가 많이 나나?"

"지금 뭐 하는……!"

민준이 갑자기 그녀의 스웨터 안으로 손을 쑥 집어넣더니 옷을 위로 들어 올렸다. 당황한 그녀가 민준의 어깨를 밀쳤지만, 그는 꿈쩍도 하지 않았다. 그는 고개를 이리저리 돌리며 울긋불긋해진 피부를 관찰하더니 픽, 웃음소리와 함께 옷매무새를 정리해 주었다. 그리고 아주 흡족한 얼굴로 고개를 끄덕였다.

"많이 나네."

강조국은 겉으로 보이는 부분도 예쁘지만 보이지 않는 부분이 더 예뻤다. 물론 마음을 얘기하는 건 아니었다. 어젯밤 그의 품 안에서 가르랑거리던 그녀를 떠올리자 민준은 감전이라도 당한 것처럼 손끝에서 발끝까지 전기가 찌르르 흐르는 것을 느꼈다.

"……들어와요."

조국이 끙 소리와 함께 고개를 절레절레 흔들며 뒤돌아섰다. 그녀는 잔뜩 인상을 찡그린 채 엄지손가락으로 한쪽 허리를 지압하듯 누르며 걸었다. 밤새 누구한테 두들겨 맞은 것처럼 온몸이 욱신거렸다. 민준이 뒤에서 그녀의 허리를 한 팔로 감싸 안자 조국이 걸음을 멈췄다. 그가 오른손으로 그녀의 등허리를 부드럽게 마사지하듯 문지르며 나지막한 목소리로 말했다.

"좀 풀어주면 괜찮을 거야."

조국은 보살핌을 받는 환자처럼 그 자리에 가만히 서 있었다. 그의 손길이 닿자 신기하게도 허리의 은근한 통증이 점차 수그러들었다.

"……평소에 잘 안 쓰던 근육들이 갑자기 운동을 하니까 놀랐나 봐요."

"내가 당신은 운동 부족이라고 말했잖아."

"그거랑 이거랑 같은 근육이에요?"

"글쎄."

민준이 낮게 웃으며 조국을 뱅글 돌려 눈앞에 세웠다. 태연함을 연기하고 있는 그녀의 분홍빛으로 물든 뺨이 눈에 들어오자 그의 눈빛이 애틋하게 변했다. 민준이 조국을 가볍게 안아 올리며 그녀의 얼굴을 올려다보았다. 오전의 밝은 햇살과 함께 그녀의 미소가 그의 얼굴 위로 가득 쏟아졌다.

"강조국은 오늘도 예쁘네."

민준이 웃자 조국은 그의 뺨을 감싸 쥐고 고개를 내렸다. 두 사람의 맞닿은 입술에 사랑이 머물렀다.

⚜

건우는 굳은 얼굴로 한국 병원 VIP 병실 앞에 섰다. 백 회장의 변호인 측이 지병의 악화를 사유로 하여 신청한 형 집행정지 신청이 받아들여졌고, 그는 어제 이곳 병실로 이동되었다.

방금 전 건우는 백 회장의 주치의를 만났다. 주치의는 건우에게 심근경색을 앓고 있는 백 회장의 상태가 별로 좋지 않다고 했지만, 그는 백 회장이 정말 아픈 것인지 확신할 수 없었다. 아버지라면 수단과 방법을 가리지 않고 얼마든지 교도소를 나올 구실을 만들어낼 수 있는 사람이었다.

병실 문을 열자 백 회장의 핼쑥한 얼굴이 보였다. 건우가 병실 안으로 들어서자 침대에 비스듬히 누워 서류를 보고 있던 백 회장이 시선을 들었다.

"편찮으시다더니 정정하시네요."

"내가 없는 동안 아주 재미있는 일을 하고 있더구나."

백 회장이 탁, 서류를 덮으며 날카로운 눈으로 건우를 쳐다보았다. 기력은 쇠했어도 그의 매서운 눈초리는 여전했다.

"지금 무슨 말씀을 하시는 겁니까?"

"네가 여섯 개의 나라로 쪼개서 차명으로 수입한 물건에 대한 이야기다."

"아버지께서 관심 두실 만한 일이 아닙니다."

건우는 냉정하게 딱 잘라 말했다.

"네가 지금 제정신이야? 대체 지금 무슨 생각으로 그런 일을 벌이고 있는 거야!"

"그럼, 제가 아버지 아들인데 제정신일 수 있겠습니까?"

"이, 이놈이! 윽."

손을 부들부들 떨던 백 회장이 가슴께를 움켜쥐며 거친 숨을 몰아쉬었다. 건우는 조금의 동요도 없이 서늘한 눈빛으로 백 회장을 내려다보았다.

"언제까지 여기에 계십니까?"

"난 다시는 그곳으로 안 돌아갈 거다."

"돈이 좋긴 좋네요."

"괘씸한 놈, 애비한테 할 말이 고작 그것밖에 없어?"

"많이 편찮으신 줄 알았는데 멀쩡하시니 이만 가보겠습니다, 제가 좀 바빠서요."

그때, 탐탁지 않은 백 회장의 목소리가 그의 걸음을 잡아챘다.

"네가 요즘 만난다는 그 여자애는 어느 집 여식이냐."

건우는 천천히 뒤를 돌아 백 회장을 바라보았다. 그의 눈에 분노가 일렁였다.

"만나는 여자 없습니다. 그리고 제가 앞으로 누굴 만난다고 해도 신경 쓰지 마십시오."

"시답지 않은 계집애를 만나고 있다면 하루빨리 정리해. 티 안 나게 데리고 노는 건 상관없다만 격식 따지는 집에서 나중에 따지고 들자면 흠 잡을 수도 있어."

"그건 걱정하지 마세요, 제가 앞으로 결혼을 한다거나 아버지한테 손주를 안겨드릴 일은 절대 없을 테니까 말입니다. 그러니까, 제가 누굴 만나서 뭘 하며 놀든 관심 두시지 말란 얘깁니다."

건우는 백 회장을 경멸스러운 눈빛으로 바라보며 경고하듯 말했다. 제가 만나는 여자가 시답잖다면 아버지는 그 여자를 정리하려 들 것이고, 반대로 만약 그의 마음에 흡족한 상대라면 계산기를 두드리며 또다시 탐욕을 드러낼 게 분명했다. 어느 쪽이든 간에 혐오스러운 건 마찬가지였다. 백 회장은 건우가 결혼을 하고 아이를 낳고 사는 모습을 보고 싶겠지만, 그는 절대 아버지에게 그런 기쁨을 주고 싶지 않았다.

밖으로 나온 건우는 굳은 얼굴로 조금 전 받은 서연의 문자에 답을 보냈다. 아버지인 백 회장에게 그녀를 들켜서 좋을 일이 하나도 없었다. 백 회장이 서연의 존재를 알게 된다면 제일 먼저 이용할 가치가 있는지 없는지를 생각할 것이고, 만약 이용 가치가 없다면 어떤 식으로든 정리에 들어갈 게 분명했다. 건우는 이 구질구질하고 역겨운 관계에 서연을 끼워 넣고 싶지 않았다.

건우가 병실을 나가자 백 회장은 곧바로 누군가에게 전화를 걸었다.

"건우가 만난다는 그 여자에 대해 좀 알아봐."

심각한 얼굴로 전화를 끊은 백 회장의 얼굴에 초조함이 가득했다. 그에게 남아 있는 시간이 많지 않았다. 그는 하루라도 빨리 건우의 옆에 괜찮은 짝을 붙여놓아야 마음을 놓을 수 있을 것 같았다.

〈주말인데 뭐 해요?〉

침대에서 뒹굴거리던 서연이 건우에게 문자를 보냈다. 서연은 건우가 케이크도 사줬고 해서, 오늘 별일이 없다면 그에게 밥이라도 사야겠다는 생각을 하고 있었다.

〈많이 바빠요. 한가해지면 연락할게요.〉

서연은 건우의 답장을 보곤 뒤로 벌렁 드러누웠다.

건우는 도무지 알 수 없는 사람이었다. 친구로 지내자고 해놓고 연인에게나 할 법한 행동을 하기도 했고, 그런가 하면 또 이렇게 냉정하게 밀어내기도 했다.

"남자친구…… 도 아니고, 남자 사람 친구…… 도 아니고, 로미오 넌 도대체 어떤 사람이야?"

서연은 가슴 위에 손을 깍지 껴 얹은 뒤 중얼거렸다. 그는 다정하면서도 차가웠고, 그녀를 줄곧 시선으로 좇다가도 눈이 마주치면 고개를 돌리곤 했다. 건우는 서연이 만난 남자 중 가장 복잡한 사람이었다.

늦은 오후 민준은 샤워를 마친 후 욕실 밖으로 나왔다. 테이블 위의 핸드폰이 요란하게 울리고 있었다. 그는 조금 열려 있던 침실 문을 닫은 후에야 전화를 받았다. 아침에 701호에서 밥을 먹고 난 뒤 납치해 온 야옹이가 지금 그의 침대에서 곤히 잠들어 있었기에, 내딛는 발걸음이 조심스럽기만 했다.

"네, 단장님. 좋은 주말 보내고 계십니까?"

민준은 그 어느 때보다도 친절한 목소리로 전화를 받았다. 하룻밤 새 그에게 새로운 가치관이 확립되었다. 세상은 무척 아름다운 곳이었고 인생은 그 어떤 고난이 있더라도 계속 살아갈 만한 가치가 있는 거였다. 조국이 그에게 그 사실을 일깨워 주었다.

[어라? 여보세요?]

"제 말 안 들리십니까?"

[너 왜 그래, 무슨 일 있어? 야, 불만 있으면 차라리 화를 내. 난 네가 이러면 무섭다, 민준아.]

"제가 단장님께 왜 화를 냅니까? 그나저나 제가 부탁드린 건 알아보셨어요?"

민준이 머리카락의 물기를 수건으로 닦으며 낮은 웃음을 흘렸다.

[어, 알아봤는데 네가 말한 트럭 중 두 대는 대전에서 출발해서 서울로 올라왔고, 한 대는 다시 대전으로 돌아갔어. 네가 찾는 게 혹시 대전으로 다시 돌아간 트럭이야?]

'찾았다!'

민준이 입가에 씩 미소를 지었다.

"그 트럭 지금 어디에 있습니까?"

[그것보다 먼저 좀 물어볼 게 있는데, 너 도대체 이 트럭은 왜 찾는 거야?]

"그럴 일이 좀 있어요. 아직 확실한 게 없어서 지금은 말씀드릴 게 없습니다."

[너 혹시 건우랑 아직도 뭐가 남아 있는 거야?]

"백건우 이야기가 여기에서 왜 나옵니까?"

민준이 미간을 찌푸렸다.

[Pakin이 이번에 대전에 지은 물류 창고 있잖아, 네가 찾는 트럭이 거기에 있으니까 하는 말이지.]

"그 트럭이 지금 Pakin 물류 창고에 있다고요?"

[어, 금요일 오후부터 지금까지 쭉 그곳에 있다고 하던데? 자, 이제 얘길 해봐. 뭐야, 도대체?]

"글쎄요. 그게 도대체 뭘까요 단장님."

Pakin이 Le blanc과 무슨 관계가 있지? 잠시 생각에 잠겼던 민준이 다시 입을 열었다.

"단장님."

[어, 말해.]

"백건우가 한국으로 들어오기 전에 어디에 있었습니까?"

[걔? 프랑스에 있다 들어왔지, 아마? 그런데 그건 왜 묻는 거야?]

"……아닙니다."

민준이 눈빛이 싸늘해졌다. Le blanc은 프랑스에 본사를 둔 기업이었다. Pakin이 Le blanc과 무슨 관계인지는 모르겠지만, 둘 사이에 연관이 있는 건 분명했다. 관련이 있는 쪽은 백건우일까, 백 회장일까. 하지만 백 회장은 운신의 폭이 좁을 텐데…….

[참, 백인회 회장 형 집행정지로 나왔다. 지금 한국 병원에 있어.]

"백 회장이 나왔다고요?"

[어, 건우한테 잘됐다고 얘길 해야 하는 건지 아닌 건지 모르겠지만 사실이 그래.]

백 회장이 혹시 이 년 전 일에 대한 앙심으로 또 다른 일을 꾸미고 있는 걸까? 백 회장은 충분히 의심을 살 만한 전적이 있고 백건우는 프랑스에 있었다는 공통점이 있다.

"참, 단장님. 제가 이 년 전 사건 관련 파일을 열어보려고 했더니 접근 제한이 걸려 있던데요. 왜 제가 볼 수 없습니까?"

[응? 국장님이 너한테 아무 말씀도 안 하셨어?]

"아직 못 들었습니다."

[결론만 말하자면 그때 찾은 파일을 폐기하면서 관련된 모든 정보를 삭제했어.]

"파일을 폐기했다고요? 왜죠?"

[국제원자력기구에서 우리나라에 강하게 항의를 하면서 연구 자료들을 전부 폐기할 것을 요구했어. 그 파일 내용 중 우라늄 농축에 관한 내용이 걔네 레이더망에 걸려든 거지.]

"그걸 IAEA에서 어떻게 알았습니까?"

[우리나라에도 타국 정보국 요원들이 곳곳에 숨어 있잖냐, 그쪽을 통해서 얘기가 새어 나간 모양이야. 뭐 우리도 같은 일을 하니까 뭐라고 할 순 없지만 말이야. 안 그래도 북한이 잊을 만하면 미사일 쏘고 또 잊을 만하면 핵실험을 하는데, 이 와중에 우리나라까지 도매금으로 같이 넘어갈 수 있으니까. 아까워도 어떻게 하겠어, 미래보다 지금 당장 우리나라가 살고 봐야지. 게다가 우리나라는 핵확산금지조약 회원국이잖아. 결국, 조용히 폐기하는 걸로 넘어가기로 암묵적으로 합의하고 끝냈지.]

"그걸 정말 다 폐기했단 말씀이십니까?"

[진짜라니까? 그러니까 지금 이렇게 잠잠한 거야. 넌 그때 밖에 있어서 몰랐겠지만, 우리 그거 수습하느라 꽤 피곤했다.]

"……이해가 안 가네요."

[거기에 네 이해는 필요 없고.]

"원자력연구소 측에서 그걸 순순히 받아들였습니까?"

[그쪽에서 순순히 안 받아들이면 어쩔 거야.]

민준이 이해할 수 없는 건 강조국이었다. 조국에게 그 파일이 어떤 의미인데, 그걸 그녀가 순순히 받아들였을 리가 없었다. 그가 알기로 조국은 그동안 원자력연구소에서 연구를 하고 논문을 쓰며 조용히 살아왔다. 그녀는 어떻게 그렇게 아무렇지 않게 그럴 수 있었을까?

"단장님, 영애도 이 사실을 알고 있습니까?"

[아마 알고 있지 않을까? 그 일이 있고 나서 얼마 후 황 원장이 원자력연구소로 영애를 데려갔으니까 말이야. 아마 그때 얘기해 주지 않았을까 싶은데?]

박 단장과의 통화를 끝낸 그는 머릿속으로 드러난 사실들을 정리했다. 이 년 전 파일이 폐기되고 난 후 조국은 원자력연구소에서 근무를 시작했고, 현재 Pakin은 우라늄 광산 개발권을 가진 Le blanc과 관련이 있다.

민준이 텅 빈 화이트보드를 마주 보고 섰다. 그는 하얀 칠판을 물끄러미 바라보기만 했다.

그때, 조국이 잠기운이 남은 눈을 비비며 거실로 나왔다. 언제 골치가 아팠냐는 듯 그녀를 보자마자 그의 얼굴에 절로 미소가 지어졌다.

"일어났어?"

"지금 몇 시예요?"

"5시 조금 안 됐어. 커피 줄까?"

조국이 고개를 끄덕이자 민준이 주방으로 가 에스프레소 머신에서 커피를 내렸다. 조국은 거실 창 가까이 있는 테이블 의자에 앉았다.

잠시 후 민준이 두 개의 머그잔을 테이블 위에 내려놓으며 그녀와 마주 앉았다.

"집에 화이트보드가 다 있네요?"

"나는 강조국 씨만큼 기억력이 좋지 않기 때문에 여기저기 적어놓고 기억해야 하거든."

"그럼 내가 당신의 외장 하드가 되어줄까요?"

조국이 머그잔을 손에 쥐며 웃었다.

"내 저장 용량이 부족할 것 같으면 얘기할게. 참, 그런데 말이야. 이 년 전에 찾은 파일은 지금 원자력연구소에 보관되어 있나?"

민준이 아무렇지 않은 척 태연하게 물으며 머그잔을 입에 가져갔다.

"……글쎄요, 난 잘 모르겠는데요."

조국의 눈동자가 왼쪽으로 슬쩍 내려갔다가 다시 올라왔다. 그녀의 표정이 순간 어색하게 굳어지는 걸 민준은 놓치지 않았다.

"그럼 황 소장님께 물어보면 되려나? 만나게 되면 한번 여쭈어봐야겠네."

"갑자기 그 파일에 대해서는 왜 묻는 거예요? 이미 옛날에 다 끝난 일이잖아요."

"갑자기 생각이 났어. 밖에 드러낼 수 없는 내용이 들어 있으니 그걸로 뭘 했을 것 같지는 않고, 어딘가 잘 보관되어 있겠다 싶어서."

조국은 사실대로 이야기를 할까 말까 잠시 망설였다. 하지만 민준이 알고자 하면 얼마든지 알 수 있는 사실이기 때문에 굳이 숨길 필요가 없었다.

"사실…… 파일은 폐기되었어요."

"폐기라니, 그게 무슨 소리지?"

민준은 한쪽 눈썹을 위로 올리며 처음 듣는 얘기인 양 놀란 표정을 했다.

"파일의 내용이 외부로 흘러나갔고, 그중 우라늄 농축 부분을 국제원자력기구에서 문제 삼았어요. 우리가 그들이 정한 연구 범위를 넘어섰다는 이유였어요. 대한민국의 과학자들은 이 분야에 관한 한, 능력의 한계가 아니라 개발의 한계가 있죠."

조국은 마치 남의 이야기를 하듯 담담하게 이야기를 꺼냈다.

"이 박사님께서 오랫동안 연구하셨던 결과물인데 당신이 많이 속상했겠네."

"허탈하긴 했어요."

조국은 그때 허탈하기도 했고, 대상을 알 수 없는 분노 비슷한 감정도 느꼈다. 그녀가 파일 내용을 다시 복구할 수 있었으니 망정이지 만약 조국이 없었다면 그건 말 그대로 세상에서 사라졌을 터였다. 하지만 조국은 복구한 파일을 그냥 가지고만 있을 수는 없었다. 누군가에게 들켜 복구한 파일을 또다시 빼앗기기 전에 하루라도 빨리 실험을 하고 결과물을 만들어내야 했다.

아버지인 대통령이 알게 되면 기함할 이야기였다.

"하긴, 그 내용이 핵무기확산금지조약에 위배되는 내용이긴 하지."

"할아버지는 처음부터 핵무기를 만들려고 했던 게 아니었어요!"

발끈한 조국의 뺨이 붉어졌다.

"할아버지는 우리나라의 원자력 자립을 생각하다 그렇게까지 연구가 진행이 되었을 뿐이지, 일부러 무기를 만들려고 하셨던 건 아니었단 말이에요. 할아버지는 위대한 과학자가 어떤 시대에는 불안하고 불편한 과학자가 되기도 한다고 하셨어요. 그래서 할아버지는…… 돌아가시고 난 후 어떤 사람들한테는 불편한 과학자가 되었죠."

"……."

"왜 아무 말이 없어요?"

"내가 지금 이런 말을 당신한테서 듣고 있다는 게 좀 놀라워서."

"이런 내 생각이 놀랍나요?"

"놀랍다기보다, 영애가 이런 말을 한다는 게 좀 의외라서. 솔직히 대통령께서 듣고 좋아할 만한 얘기는 아니니까."

민준이 차분한 음성으로 대답했다.

"당신도 우리 할아버지가 무모한 일을 했다고 생각해요?"

"박사님의 뜻은 알겠지만, 결과적으로 우리나라의 입장이 곤란해진 건 사실이야. 같은 일이 반복된다면 이번엔 아마 국제원자력기구의 경고 정도로 지나가지 않겠지. 북한과 같은 취급을 받게 될 수도 있어. 유엔 안보리 회의에 의제로 회부되면 골치 아프다는 말 정도로는 해결이 안 될 거고, 결과적으로 나라의 안정을 뒤흔드는 일이야. 난 조국의 안녕과 평화에 반하는 것엔 당연히 찬성할 수 없어. 그나저나 대통령께서 딸이 이런 생각을 하고 있다는 걸 알게 되면 언짢아하실 것 같은데."

"다른 사람은 몰라도 우리 아버지는 그러시면 안 된다고 생각해요."

"왜 그러면 안 되지?"

"아버지는 예전부터 아무것도 하지 않으면 아무것도 바뀌지 않는다는 말씀을 종종 하셨어요. 그러니 적어도, 누군가는 해야 하지만 그게 너는 아니었으면 좋겠다는 말씀을 나한테 하시지는 않겠죠."

"글쎄, 나는 그 마음을 이해할 수 있을 것 같은데? 나 역시 누군가는 해야 하는 일을 내가 하는 건 상관없지만, 당신이 하길 바라지는 않는 사람이니까."

"그래요? 당신은 아닐 거라고 생각했는데 의외네요."

"그렇지만 나는 당신이 온몸에 폭탄을 두르고 꽃밭을 걷겠다고 하면 기꺼이 손을 잡아줄 생각이야."

민준이 머그잔을 테이블 위에 내려놓았다.

"진심이에요?"

"감동 안 해도 돼. 당신한테 걸어야 하는 게 내 목숨뿐이라면 나한테는 어려운 결정이 아니야. 그러나 당신이 그 폭탄을 어디에 터뜨리느냐는 분명 상관이 있겠지."

"만약 그렇다면 내가 당신 손을 먼저 놓아야겠네요. 당신도 구하고 폭탄도 팡 터뜨리고."

조국은 민준의 말을 장난으로 넘겼다.

"강조국 씨가 조금만 더 일찍 태어났더라면 역사 교과서에서 먼저 만났을 텐데 아쉽네."

"비꼬지 말아요."

"비꼬는 거 아니야. 다만 나는, 그래서 강조국은 지금 뭘 하고 있는 건지 궁금할 뿐이야."

"나요? 나는 그냥……."

조국의 눈빛이 흔들렸다. 그가 그냥 해본 질문일 텐데도 괜히 가슴이 뜨끔했다.

"……일꾼개미예요."

"여왕개미가 아니고?"

민준이 테이블 위로 쓱 몸을 기울여 순식간에 조국의 코앞에 얼굴을 들이밀었다. 쯧. 그는 가볍게 혀를 차더니 드라큘라처럼 조국의 목덜미를 이빨로 콱 물었다.

"아얏! 지금 뭐 하는 거예요?"

조국은 황당한 얼굴로 목덜미를 문질렀다.

"미워서 무는 거야."

"내가 당신한테 도대체 뭘 잘못했는데요?"

"앞으로 뭘 잘못할지 몰라서 미리 무는 거야."

민준은 차분한 눈빛으로 그녀를 응시했다.

"아무리 생각해도 개운치가 않아. 대전에 무슨 일이 있는지 좀 알아봐야겠다."

'강조국. 아무것도 하지 않으면 아무것도 바뀌지 않아서, 그래서 당신은 지금 무얼 하고 있는 걸까?'

민준의 눈이 어둡게 짙어졌다.

⚜

월요일 아침이 되었다. 민준은 아침 일찍 서울로 올라갔고, 조국은 인정과 함께 출근했다. 인정과 함께인 게 마음이 불편했지만, 그녀의 자동차에 문제가 생겨 정비를 맡겼다는 말에 어쩔 수가 없었다.

"영애님은 주말에도 연구실에 나가셨어요? 보니까 서울에 안 올라가셨던 것 같아서요."

인정이 운전을 하며 조국에게 물었다. 영애가 서울로 올라가지 않았으니 당연히 민준도 주말 동안 이곳에 머물렀을 터였다. 주말 동안 무슨 일이 있었는지, 아침에 인정이 잠깐 본 그는 생각이 많은 얼굴을 하고 있었다.

"연구실 일이 좀 많았어요. 인정 씨는 주말 잘 보내고 왔어요?"

"부모님도 뵙고 이것저것 하느라고 좀 바빴어요. 바빠서 제대로 연애할 시간도 없네요."

"인정 씨, 만나는 사람이 있었어요?"

조국이 의아한 얼굴로 그녀를 바라봤다.

'민준 씨를 마음에 두고 있는 것 같다는 것은 내 착각이었나?'

"아직 남자로 만나는 사람은 아니고 그렇게 만나고 싶은 사람이에요. 내가 좋아하는 사람이 나를 좋아하는 건 기적이라면서요. 그래서 지금은 그저, 제가 언젠가는 그 사람한테 기적이 되기만을 바라고 있어요."

조국은 이럴 땐 어떤 얼굴을 해야 하나 생각하며 난감한 표정을 감추었다. 아마도 인정이 염두에 둔 사람은 민준일 터였다. 그 사실을 뻔히 알고 있으면서 그 사람과 잘되기를 바란다는 덕담을 할 순 없었다. 괜히 아는 척을 해 없던 부스럼을 만들고 싶지도 않았다.

"영애님도 잘 아는 사람이에요. 김민준 선배거든요."

하지만 인정은 조금의 망설임도 없이 또박또박 말을 이어갔다. 그녀는 조국이 이 사실을 꼭 알아두기를 바라는 사람 같았다.

"그런가요?"

조국은 짧게 응수한 뒤 고개를 돌려 창밖을 바라보았다. 인정의 말대로라면 민준과 조국은 지금 기적을 체험하고 있는 중이었다. 그리고 인정은 언젠가 그 기적이 그녀 자신에게 일어나기를 바라고 있었다. 조국은 인정의 마음을 어느 정도 짐작하고 있었기에 새삼스럽게 큰 충격 같은 건 받지 않았지만, 마음이 무거워지는 건 어쩔 수 없었다.

인정은 그래서 민준을 따라 이곳에 내려왔던 것일까? 조국은 다시 고개를 돌려 그녀를 바라보았다.

"인정 씨, 내가 뭐 좀 물어봐도 될까요?"

"네, 물어보세요."

"김민준 씨와 인정 씨 두 사람이 어떻게 여기에 같이 내려오게 된 거죠? 난 그 전엔 남자 경호관이 없었고, 또 지금처럼 두 사람이 와 있는 경우는 처음이라 궁금해요."

"원래는 저만 내려오는 거였는데 선배가 자기도 내려가겠다고 자원했어요. 아무래도 저번 사건도 있고 해서 선배가 책임감을 느끼고 있었던 것 같아요."

인정은 민준이 내려온 데에 별다른 뜻은 없었다는 걸 조국에게 강조했다.

"그럼 그날 레스토랑에는 어떻게 오게 된 건데요?"

"제가 사실 이대철 사장을 조사하고 있었어요. 그날 이대철 사장이 있는 곳에 영애님이 계시다고 하니까 선배가 갑자기 그쪽으로 달려왔고요. 아무래도 무언가 위험하다는 촉이 있었나 봐요. 역시 선배가 괜히 선배가 아니더라고요."

"자기 일에…… 참 열심인 사람이네요."

그날 민준이 어떤 마음으로 그녀에게 달려왔는지 잘 알면서도 조국은 이렇게 대꾸할 수밖에 없었다.

"열심히 하면 뭘 해요? 그것도 알아주는 사람이 있어야죠. 선배는 해외 파견을 뜬금없이 이 년이나 나갔다 왔어요. 선배는 그전에도 해외에 있다 들어왔기 때문에 꼭 가야 하는 경우가 아니고서는 나갈 필요가 없었거든요. 아무튼, 되게 특이한 경우였다고 하더라고요."

"그게 특이한 경우였다고요?"

"네. 선배들 말로는 위에서 누가 찍어서 내보냈다는데 누가 일부러 민준 선배를 밖으로 내보내겠어요? 국장님보다 높은 사람이면 뭐, 대통령께서 쫓아낸 것도 아니니…… 아, 죄송합니다! 별 뜻 아니에요, 영애님. 오해하지 마세요!"

힐끗 쳐다본 조국의 얼굴에 핏기가 가시는 걸 보며 인정은 사색이 되었다. 민준이 너는 입을 다물고 살아야 한다고 핀잔을 줬던 게 그제야 생각났다. 영애는 기분이 많이 상했는지 그 뒤로는 계속 창밖만 바라보았다.

"정말 죄송합니다, 영애님."

인정의 진심 어린 사과에도 영애는 아무런 대꾸를 하지 않았다.

조국은 창밖을 바라보며 눈물을 흘리지 않기 위해 눈에 잔뜩 힘을 주고 아랫입술을 꽉 깨물었다.

"글쎄, 로마의 휴일 때문이었을까?"

민준은 왜 하필 이탈리아였냐고 물었을 때 담담하게 웃었었다. 조국은 몰랐던 사실을 하나씩 알게 될수록 그에 대한 미안함이 가슴속에 쌓여갔다. 안 그래도 고단한 그의 삶을 자신이 더 힘들게 만들고 있는 것 같았다. 그가 만난 기적이 내가 아니었다면 민준은 좀 더 예쁜 사랑을 하면서 살 수 있지 않았을까, 라는 생각이 들자 조국의 눈에 고여 있던 눈물이 툭, 아래로 떨어져 내렸다. 그래도 그를 계속 사랑할 수밖에 없어서 조국은 미안하고 또 미안했다.

⚜

"대전에서 오는 길이야?"

"네."

"생일날 미역국은 먹었어?"

"미역국도 먹고 밥도 잘 먹었습니다."

늦은 오후, 민준은 김 국장의 사무실에 들어섰다. 김 국장은 그의 얼굴을 자세히 들여다보며 고개를 갸웃거렸다. 대전 공기가 좋아서 그런 건지, 민준의 분위기가 내려가기 전과 미묘하게 달라져 있었다. 그의 얼굴에는 김 국장이 확연히 느낄 수 있을 만큼 유난히 생기가 돌았다.

"뭐 좋은 일 있냐? 좋은 일 있으면 나도 좀 같이 알자?"

"새삼스럽게 무슨 좋은 일은요. 그런데 갑자기 전 왜 부르셨습니까?"

"네가 보고하지 않으니 내가 널 부를 수밖에 없지 않겠냐?"

"보고라니, 무슨 말씀이세요?"

"너 그 트럭은 뭐야?"

"무슨 트럭 말씀입니까?"

"시치미 떼지 마. 네가 박 단장한테 트럭 동선 추적해 달라고 했다며? 그거 뭐냐고."

"아, 뭐 좀 찾아보려고 하는 중이었어요. 그러다 하나 걸린 건데 아직 확실한 게 아무것도 없어서 말씀 못 드렸습니다."

민준은 담담한 목소리로 대답했다. 퍼즐 조각들이 아직 정확히 맞춰지지 않아 보고할 수 있는 건 없었다.

"대전에 있는 Pakin 물류 창고에 무슨 문제라도 있는 거야?"

"그것도 더 지켜봐야 할 것 같습니다. 보고 드릴 게 있으면 같이 말씀드릴게요. 그런데 아버지, 여쭈어볼 게 있는데요. 이 년 전에 이 박사님 연구 파일을 폐기했다고 들었는데 그게 사실입니까?"

"그건 또 어떻게 알았어?"

"인트라넷에 들어가 보니 사건 파일에 접근 제한이 걸려 있더라고요. 그러다 알게 되었습니다."

"이 박사님 연구 자료는 지금 세상에 없어. 물론 남아 있어서도 안 되지만 말이야. 그때 파일과 관련된 모든 증거물은 다 지웠다. 하물며 네가 영애한테 달아놓았던 GPS 수신기까지 모두 제거했어."

"혹시라도 카피본이 남아 있을 수도 있지 않습니까?"

"그럴 일은 없어. 그때 황 소장과 민 박사, 영애가 가지고 있던 것들까지 전부 다 찾아 없앴으니까. 만약 지금 어딘가에 파일이 남아 있다면 그 존재만으로도 문제가 될 거다. 그 파일에 무슨 내용이 담겨 있었는지 우리만 알고 있는 비밀이 아니니 말이다. 만약 어딘가에 존재한다면 다른 곳에서 눈치채기 전에 먼저 찾아 없애야 해."

"전부 없앴다고 조금 전에 말씀하셔 놓고, 만약을 가정하시는 건 또 무슨 뜻입니까?"

김 국장이 민준을 물끄러미 바라보았다.

"만약 파일이 있다면 누군가 복구를 했을 테고, 그건 아마 영애와 관련이 있을 거라 생각한다는 뜻이다."

"왜 영애가 그것과 관련이 있다고 생각하시는 겁니까?"

"이 년 전 파일을 복구한 건 영애와 황 박사, 그리고 민 박사 이 세 사람이었다. 그리고 세 사람 중 영애만이 그 파일을 폐기했다는 걸 안 뒤에도 별다른 반응을 보이지 않았어. 영애가 그럴 수 있었던 건 파일이 없어도 괜찮거나 아니면 다른 곳에 숨겨놨을 경우뿐인데, 내가 알기로는 다른 곳에 숨겨놓진 않았더군. 그렇다면 남은 것은 하나, 완성 파일이 없어져도 괜찮다는 것인데 왜 그랬던 걸까?"

"……."

"그리고 만약 파일을 복구했다면 그다음으로는 무엇을 할까, 진짜로 만들 수 있는지 실험을 하고 싶지 않을까? 내가 생각하고 있는 건 거기까지다. 하지만 그러려면 눈에 띄지 않는 실험실이 있어야 하고 실험 장비가 있어야 하며 우라늄이 있어야겠지. 셋 다 당연히 쉬운 문제가 아니야."

"……정말 쉬운 문제가 아니네요."

민준이 속으로 한숨을 삼키며 자리에서 일어났다. 마지막으로 남은 퍼즐 조각을 비어 있는 자리에 차마 놓지 못하고 손에 그대로 쥐고 있는 기분이었다. 그 퍼즐 조각을 맞추면 퍼즐 판이 완성될 터였다. 민준은 아직은, 아니, 적어도 오늘은 퍼즐을 완성하고 싶지 않았다.

"무슨 말씀인지 알겠습니다, 아버지. 참, 서연이는 잘 지내고 있습니까? 그제 전화가 왔는데 통화를 길게 못했습니다."

"그 녀석이야 인생이 늘 즐거운 녀석 아니냐? 회사는 열심히 다니고 있는 것 같더구나. 제 엄마를 닮았으면 좀 더 차분한 맛도 있었을 텐데, 아직도 철부지 어린애야."

김 국장에게 서연은 마냥 철없는 딸이었다. 그녀는 손에 신용카드 한 장만 쥐어주면 헤헤거리며 아빠 최고를 외치는 밝고 경쾌한 딸이었다.

"올라온 김에 서연이 얼굴이나 보고 내려가야겠어요."

민준의 말에 김 국장은 그를 힐끗 올려다보았다.

"네 엄마 보고 가라. 말은 안 해도 많이 서운한 눈치야."

"안 그래도 들렀다 갈 겁니다."

"박인정은 거기서 잘하고 있고?"

"뭐, 그럭저럭 잘은 지내는 것 같습니다."

"넌 가까이 있어도 인정이한테 그렇게 관심이 없냐?"

"동료끼리 관심이 있고 없고가 어딨습니까?"

"그 마음이 설마 동료에게만 국한된 얘기는 아니겠지?"

"제 마음과 상관없이 제가 해야 하는 일은 잊지 않고 있습니다."

"……그만 나가봐."

김 국장은 인상을 구기며 민준에게 그만 나가보라는 손짓을 했다. 민준의 얼굴이 밝아진 이유가 인정이 아님은 분명했다. 그걸 깨달은 김 국장의 얼굴에 근심스러운 기색이 짙게 드리웠다.

그는 민준이 영애를 마음에 두고 있다는 사실이 걱정스러웠다. 대통령은 민준이 영애의 곁에 있다는 사실에 노골적으로 불편한 기색을 내비쳤지만, 이제는 김 국장이야말로 대놓고 반대하고 싶은 심정이었다.

민준은 차 시동을 걸며 서연에게 전화를 걸었다. 생일날 길게 통화하지 못하고 전화를 바삐 끊었던 게 마음에 불편하게 남아 있었다.

"오빠야. 지금 어디야?"

[나? 나는…… 회사! 지금 회사에 있어.]

"언제 끝나는데? 오빠 어차피 집으로 갈 거니까 데리러 갈게."

[아니야! 그럴 필요 없어! 오빠 일하느라 바쁘잖아!]

"지금은 안 바빠."

[일이 언제 끝날지 몰라서 그래. 앗! 나 일해야 해. 오빠, 안녕!]

민준은 통화가 끊긴 핸드폰을 쳐다보며 야릇한 표정을 지었다. 직접 데리러 가겠다는데 마다할 서연이 아니었다. 부자연스러운 말투를 보니 서연이 뭔가 켕기는 짓을 하고 있는 모양이었다.

"오지 말라니까 꼭 가야겠네."

민준은 Boni를 향해 달리기 시작했다. 그곳에 가면 서연이 그의 마중을 극구 사양하며 오지 말라고 한 이유를 알 수 있을 터였다.

민준이 Boni 앞에 도착한 것은 마침 퇴근 시간이었다. 오 분이 지나자 서연이 건물 밖으로 나왔다. 그녀는 주변을 두리번거리더니 종종걸음을 치며 재빨리 골목 안으로 사라졌다. 도로변에 차를 세워두었던 민준은 천천히 그녀의 뒤를 따랐다. 얼마 지나지 않아 서연이 까만 자동차에 오르는 모습이 보였다. 짙은 선팅이 된 차는 내부가 잘 보이지 않았다.

민준이 피식 웃으며 서연에게 전화를 걸었다. 그녀가 오지 말라던 이유는 남자 때문이었다.

"쉿! 조용히 해야 해요. 알았죠?"

핸드폰 벨이 울리자 서연은 건우에게 미리 신신당부를 한 후 통화 버튼을 눌렀다.

"여보세요?"

[오빠야.]

"응, 알아."

[퇴근 멀었어?]

"으, 응. 그런 거 같아. 일이 언제 끝날지 모르겠어."

[오랜만에 오빠가 저녁이나 사주고 가려고 하는데, 많이 늦어?]

"어, 아주 늦게 끝날 거 같아."

[그럼 끝날 때 전화해, 밖에서 기다리고 있을 테니까.]

"아냐! 그럴 필요 없어! 언제 끝날지 모른다니까?"

[김서연.]

"어."

[날도 추운데 옷 그렇게 얇게 입고 다니지 말고 따듯하게 입고 다녀, 알았어?]

"어. 어, 어?"

[오빠 간다.]

"어……."

서연은 통화가 끊어진 핸드폰을 멍하니 바라보았다.

“김 대리예요?”

“네.”

“김 대리가 뭐라고 했는데 그렇게 얼이 빠졌어요?”

“오빠가 나보고 옷 이렇게 얇게 입고 다니지 말래요.”

건우가 사이드미러를 흘끔 쳐다보았다. 자동차 한 대가 천천히 유턴을 해 뒤돌아 가는 게 보였다. 그의 얼굴이 굳어졌다. 민준이 봤을까? 아니다, 보진 못했을 것이다. 저를 봤다면 그가 서연에게 아무 말도 하지 않았을 리가 없다.

“들켰다!”

“……뭘 들켜요?”

“우리 오빠가 나 이 차 타는 거 봤나 봐요, 이제 어떡하죠?”

“그게 어때서요, 김 대리가 우릴 보면 특별히 곤란할 일이라도 있어요?”

“아니요? 그런 건 없어요, 나는 없는데 로미오는 아닌 것 같아서요.”

서연이 긴장한 기색이 역력한 건우의 얼굴을 살피며 고개를 갸웃거렸다.

“나도 그런 거 없습니다.”

다시 한 번 힐끗 사이드미러를 살펴본 건우의 표정이 갑자기 싸늘하게 식었다. 자동차 한 대가 뒤를 따라오고 있었다. 아마 백 회장이 지시한 일일 터였다. 건우는 차선을 변경하며 속력을 높였다. 오랜만에 맡아보는 도망자 역할이었다.

민준은 멀어지는 차를 사이드미러로 힐끗 쳐다본 후 어디론가 전화를 걸었다.

“차량 번호 하루 다 5X32. 소유주가 누구야? 지금 좀 알려줘.”

서연이 탄 차는 일반 회사원의 것이라기엔 꽤 고가였기에, 왠지 기분이 찜찜했던 민준은 NIS 사무실에 있는 후배에게 전화를 걸어 물었던 것이다.

[잠시만요, 차량 소유주가 박oo. Boni…… 비서실 직원입니다. 무슨 일이십니까?]

"Boni 비서실?"

[네. 부사장 직속 비서실장이네요. 또 필요한 건 없으십니까?]

"없어. 고맙다."

[수고하십시오.]

민준이 하! 헛웃음을 터뜨렸다.

"참 나, 김서연. 비서실장하고 만나고 있는 거였어?"

사이드미러를 흘끔 쳐다본 민준이 고개를 내저었다. 그 길로 곧장 본가에 들러 어머니를 뵙고 저녁 늦게 나온 민준은 조국에게 전화를 걸었다. 대전에 도착하면 늦은 밤일 것 같았기에 그는 조국이 잠들기 전에 목소리만이라도 듣고 싶었다. 그녀는 그의 전화를 기다리고 있었던 것처럼 금방 전화를 받았다.

[여보세요?]

"강조국."

[응.]

"목소리가 안 좋은데, 어디 아파?"

[그냥…… 생각을 좀 하고 있었어요.]

"내 생각을 하고 있었던 거야?"

민준이 입가에 희미한 미소를 지었다. 조국의 목소리를 들으니 복잡했던 마음이 편안해졌다.

[맞아요, 당신이 나를 두고 떠났던 날을 생각하고 있었어요.]

"좋은 날 다 놔두고 왜 하필 그날을 생각하고 있는 거야?"

[그때, 당신은 나를 보면서 무슨 생각을 했어요……?]

조국의 목소리에 힘이 없어 민준은 눈썹을 일그러뜨렸다. 대전까지 최소한 두 시간은 더 걸릴 것이다. 운전대를 잡은 손에 힘을 주며 민준이 나지막한 음성으로 말을 이어갔다.

"내가 있잖아, 그제 잠깐 꿈을 꾸었는데 꿈에 당신이 나왔어. 사실 지금 아버지를 만나기 전에 다른 집으로 잠깐 입양을 간 적이 있었거든."

[…….]

"그때 안 좋은 기억이 있어서 지금도 가끔 그때의 꿈을 꾸는데, 그제는 그 꿈에 갑자기 당신이 나와서 내 손을 잡고 안아주는데 기분이 참 이상하더라고."

[…….]

"어렸을 때 엄마 아빠가 돌아오지 않을 걸 알면서도 누굴 그렇게 기다렸던 건지 생각해 봤는데, 내가 아마 당신을 기다렸나 봐. ……듣고 있어?"

[응.]

"두 시간 정도 있다 도착할 거야, 도착하면 전화할게."

[안 자고 기다릴게요, 조심해서 와요.]

"보고 싶네, 우리 야옹이."

딩동― 벨이 울렸다. 조국은 재빨리 현관으로 달려 나가 문을 열었다. 민준이 그녀를 바라보며 웃었다. 조국은 그의 얼굴을 보니 눈물이 났다.

"다녀왔어."

조국은 민준을 와락 끌어안고 그의 가슴에 고개를 묻은 채 숨죽여 울었다.

"야옹이, 왜 울어."

"……나 당신이 너무 좋아요."

"타이밍이 좀 이상한데. 혹시 지지난밤 이후로 내가 급격히 더 좋아진 거야?"

민준이 농담을 했지만, 조국의 눈물은 멈추지 않았다.

"우리 아빠가 그랬죠."

민준을 바라보는 조국의 목소리가 떨렸다. 민준의 입꼬리가 천천히 아래로 내려왔다.

"우리 아빠가 당신을 해외로 보냈던 거 맞죠."

"아니야."

"거짓말하지 말아요."

"아니라니까. 그래서 바보같이 울고 있었던 거야? 내가 당신은 화내는 모습이 제일 잘 어울린다고 했잖아."

민준이 그녀의 눈가에 번진 눈물 자국을 닦아내며 부드럽게 웃었다. 조국의 눈물에는 좀처럼 면역이 생기지 않았다. 이유가 뭐가 되었든 간에, 그녀가 울면 그의 심장은 영 안녕하지를 못했다.

"미안해요."

"나는 미안하다는 말 말고 다른 말을 듣고 싶은데."

"사랑해요."

민준은 주저 없이 모범 답안을 바로 내놓는 그녀를 보며 웃었다.

"그래도 나만큼은 아닐 거야."

"다시는 날 두고 어디 가지 마요. 또 그러면 당신 지푸라기 인형에 바늘 꽂아놓을 거야."

"내가 그건 안 된다고 했잖아."

"정말 그럴 거예요."

"난 이제 아무 데도 안 가, 만약 가더라도 야옹이는 데리고 가야지."

민준이 조국의 뺨에 흐르는 눈물을 닦아내며 웃었다. 조국은 그 웃음 끝이 슬퍼, 민준을 꽉 끌어안았다. 그녀의 등을 쓸어내리는 민준의 눈빛이 차분하게 가라앉았다.

⚜

난 몇 번째 물고기인가. 건우는 며칠째 연락이 없었고, 서연은 며칠째 같은 생각을 하고 있었다. 서연은 건우와의 유일한 연결 고리인 핸드폰을 쳐다보았다. 전화번호 말고는 연락 수단이 없는 사람도 친구라고 할 수 있을까, 라는 생각이 들었다.

"아무래도 진짜 연애를 해야겠어."

퇴근 시간이 되었지만, 오늘도 여전히 연락이 없는 건우에 서연은 굳게 다짐했다.

"그 연애를 오늘 시작하는 건 아니겠지? 오늘 본부 회식인 거 잊지 마."

서연은 옆에 다가온 빈우를 빤히 쳐다보았다. 오늘은 그동안 무탈하게 회사를 다녀 한 계단 위로 올라간 자들을 축하하기 위한 승진자 회식이 있는 날이었다.

"알고 있어."

"그런 뜻에서 이거나 마셔."

빈우가 서연에게 숙취 해소 음료를 건넸지만, 그녀는 손사래를 치며 거절했다.

"난 이런 거 필요 없는 사람이야. 주량으로 승진했으면 내가 지금 대표이사야."

팀장들이 심심했는지 그들끼리 오늘 마지막까지 생존자가 남아 있는 팀은 회식비 면제라는 내기를 걸었다. 그리고 아직도 친절함이 유효한 김 팀장은 그녀에게 마케팅팀의 법인카드는 무척 소중하다고 말했다. 때문에 서연은 오늘만큼은 마케팅팀에 없어서는 안 되는 소중한 인재였다.

"오늘 회식 장소에 부사장님도 오신다는데 괜히 취해서 윗사람한테 못 볼 꼴 보이지 말지?"

"부사장님이 오신다고?"

"백건우 부사장님 말이야."

"아!"

어쩐지 건우의 이름을 어디서 많이 들어봤다 했더니 부사장의 이름과 같았다. 고개를 주억거리는 서연에게 빈우가 고갯짓으로 반대편을 가리켰다.

"저기 김 팀장님, 지금 잔뜩 힘 준 거 안 보여?"

"팀장님이 왜 힘을 줘?"

"어제 부사장님하고 단둘이 저녁을 먹었대. 회사에 소문이 쫙 퍼졌어, 물론 소문의 근원지는 김 팀장님 본인이지만 말이야."

"그게 그렇게 놀랄 일이야? 둘이 연애하나 보지."

서연이 책상 위를 정리하며 덤덤하게 대꾸했다. 그러다 문득 그녀는 김 팀장이 그녀에게 부사장을 아느냐고 물었던 게 생각났다. 김 팀장님은 그때 나한테 자랑을 하고 싶었던 걸까? 만약 그런 거였다면 내 리액션이 너무 부족했다. 어머, 제가 보기에는 오히려 팀장님께서 부사장님하고 잘 아시는 사이인 것 같은데요? 까르르르르, 정도는 말해줬어야 했는데 말이다.

"아무래도 연기 연습을 더 해야겠어."

서연이 결연한 표정으로 고개를 끄덕이자 빈우가 쯧, 혀를 차며 한심하다는 눈초리로 그녀를 바라보았다.

회식 장소는 회사 가까운 한우집이었다. 삼겹살집도 아니고 한우집이라니, 마케팅팀의 법인카드를 지켜야 할 목적의식이 더욱 뚜렷해졌다.

식당 안에는 이미 상이 세팅되어 있었다. 팀장급 이상 테이블은 따로 떨어져 있었고 서연은 막내답게 길쭉한 테이블 가장 안쪽 구석에 자리를 잡고 앉았다. 김 팀장은 본부장과 부사장을 모시고 나중에 합류할 예정이라고 했다.

초록색 병이 테이블 위에 군데군데 놓이자 사람들은 오른손으로는 고기를 집어 먹으며 왼손으로는 빠르게 술잔을 비우기 시작했다. 얼마 지나지 않아 입으로 들어가는 게 고기인지 소주인지 구분이 되지 않는 패잔병들이 하나둘씩 속출하기 시작했지만, 서연은 여전히 고기와 소주를 정확히 구분할 수 있었다.

"어? 부사장님, 본부장님 오셨다."

고기를 먹을까 소주를 마실까 고민하고 있던 서연의 귀에 잔뜩 긴장한 목소리가 들렸다. 직원들이 일제히 손에 들고 있던 젓가락과 소주잔을 내려놓고 자리에서 일어났다. 서연도 벌떡 일어섰다.

"괜찮습니다. 다들 앉으세요."

서연은 직원들에게 차분하게 말을 건네는 남자를 바라보며 눈을 깜빡거렸다. 조금도 취하지 않았는데 이상하게 건우가 보였다. 건우가 본부장과 김 팀장을 그의 좌우로 두고 있었다.

다른 사람들은 다시 자리에 앉았지만 서연은 그대로 서 있었다. 진짜 건우인 것 같은데 믿을 수 없는 장소에서 이해하기 어려운 포지션의 그를 만나니 현실이 아닌 것 같았다.

"서연 씨, 그만 앉아도 돼요."

김 팀장이 건우 옆에 앉으며 저만치 멀뚱히 혼자 서 있는 서연에게 친절한 미소를 지었다. 건우는 흘끔 서연을 쳐다보더니 그녀와 눈이 마주치자 무심하게 시선을 옆으로 돌렸다. 그제야 퍼뜩 정신이 든 서연이 로봇처럼 뻣뻣하게 자리에 앉았다.

서연은 불판 위에서 지글지글 구워지는 고기를 멍한 눈으로 바라보았다. 아, 나는 물고기도 아니었나.

"자, 다들 잔을 높이 들고!"

누군가 큰 목소리로 외치자 사람들은 각자의 앞에 놓인 잔을 일제히 높이 들었다. 그리고 연이어 건우의 건배사가 있었다.

"백건우입니다. 오늘 커피사업부 승진자 회식이 있다고 해서 여러분이 불편할 줄 알면서도 잠깐 들렸습니다……."

누군가가 멍하게 앉아 있는 서연을 팔꿈치로 툭 건드리며 작은 목소리로 그녀를 불렀다.

"김 주임."

"아."

그녀만이 잔을 들지 않고 있었다. 서연은 얼른 술잔을 들고 안에 담긴 투명한 액체를 바라보았다. 잔 안에 제 얼굴이 비춰 보였다. 물고기도 아닌데, 서연은 물속에 우스꽝스러운 얼굴로 잠겨 있었다.

"위하여!"

직원들이 우렁찬 목소리로 제창을 하며 술을 입안에 털어 넣었다. 서연은 술잔을 비운 후 젓가락을 들었다. 그리고 아무렇지 않게 고기를 먹기 시작했다. 직원들은 술잔을 들고 상급자를 찾아 자리를 이동하기 시작했고, 서연의 옆에는 야망이 없어 보이는 빈우가 다가와 앉았다.

"서연아."

"응."

"적당히 마시다가 윗분들 가시면 너도 빠져."

"안 돼, 난 오늘 소중한 존재야."

서연은 고기 한 점을 입에 넣고 오물거렸다. 그녀는 잠시 후 있을 술잔 파도타기를 위해 속을 열심히 채워야 했다. 그러나 계속 고기를 입안으로 밀어 넣어도 허전한 속은 채워지지 않았다.

서연은 왜 위가 자꾸 채워도 채워지지 않는 건지 궁금했다.

“야, 그만 먹어! 너 배탈 나.”

고기를 꾸역꾸역 입안으로 밀어 넣는 서연을 보다 못한 빈우가 젓가락의 진로를 방해하며 인상을 썼다.

“난 배탈 안 나.”

그녀가 기억하는 한 살아오면서 배탈이 난 적은, 어렸을 때 아빠가 밤늦게 들고 온 생일 케이크를 꾸역꾸역 먹고 탈이 났던 딱 한 번뿐이었다.

어렸을 때는 아프기를 간절히 바랐지만 안타깝게도 그녀는 허약한 체질이 아니었다. 서연은 자신이 아프면 아빠가 제 이마를 손으로 짚으며 근심스럽게 바라보는 게 좋았다. 그래서 그녀는 종종 뜨거운 방바닥에 이마를 대고 있다가 아빠가 집에 돌아오면 달려가서 이마를 만져 보라고 말하곤 했다. 그렇게라도 서연은 아빠가 자신을 정말 사랑하는지 확인을 하고 싶었지만, 매번 그럴 수 있었던 건 아니었다. 서연이 방바닥에 이마를 대지 않아도 언제나 같은 온도의 눈빛으로 바라봐 주는 사람은 오빠밖에 없었다.

술자리가 무르익고 대망의 술잔 파도타기가 시작되었지만 건우는 집에 가지 않았다. 건우가 가지 않았기에 본부장도 자리를 지켰고 팀장들도 자리를 지켰다. 일찍부터 술을 마시기 시작한 사람들은 술잔을 손에 들고 하나둘씩 고개를 밑으로 떨구었다. 더러는 찬바람을 쐬러 밖으로 나갔고, 더러는 벽에 기대 깊은 생각에 잠겼다. 여전히 술잔을 비워내는 사람은 서연밖에 없었다.

“이모, 여기 고기 더 주세요!”

테이블에 고기를 추가하는 사람도 그녀뿐이었다.

술잔 비우기 토너먼트가 급물살을 탔다. 살아남은 자들은 몇 되지 않았고, 그중엔 당연히 서연이 있었다. 살아남은 자들은 마침내 테이블 한쪽에 모여 앉았다. 서연이 고개를 돌리면 건우와 대화를 나눌 수 있을 정도로 그가 앉아 있는 테이블과 가까운 곳이었다.

"술 잘 마시네요?"

누구에게 한 말인지는 모르겠지만 건우의 목소리는 맞았다. 며칠 만에 듣는 건우의 목소리였다. 서연은 고개를 돌려 건우와 시선을 마주치자 그에게 무심하게 고개를 끄덕인 후 술잔을 비웠다.

건우는 시선을 내려 흔들리는 눈빛을 감추었다. 서연의 무심함이 그의 마음을 어지럽혔다. 테이블에 남아 있던 마지막 술병이 비자, 서연이 손을 위로 번쩍 들었다.

"이모, 여기 소주 한……."

"오늘은 그만 마십시다. 다들 많이 취했는데, 내일 출근도 해야 하지 않습니까?"

건우가 서연의 말을 자르며 지갑에서 카드를 꺼내 비서실장에게 건넸다. 카드를 본 서연이 김 팀장을 바라보았다. 김 팀장은 건우를 향해 몸을 반쯤 틀고 앉아 있었다. 누가 보면 부부처럼 보일 법도 했다.

"팀장님, 그럼 우리가 이긴 거예요?"

"어머, 김 주임. 아직도 그 생각을 하고 있었던 거야?"

"직원들끼리 무슨 내기를 했습니까?"

"그냥 재미있으라고 농담한 건데, 진짜로 믿었나 봐요."

서연은 까르르 웃는 김 팀장을 물끄러미 바라보며 술잔을 거꾸로 뒤집었다. 방금 전까지 허전했던 속이 이제는 거꾸로 뒤집어지는 것 같았다. 민준이 보고 싶었다. 만약 오빠가 이 모습을 봤다면 김 팀장을 혼내줬을 게 분명했다.

부사장이 눈치 없이 앉아 있던 술자리가 마침내 끝났다. 건우가 먼저 사라져야 나머지 직원들도 집에 갈 수 있기에, 그는 밖으로 나오자마자 기다리고 있던 차에 올랐다.

부사장이 사라지고 나자 사람들은 직급 순서대로 차례차례 사라졌다. 서연은 빈우와 함께 사람들이 하나둘씩 눈앞에서 사라지는 모습을 지켜보았다. 사람들이 모두 떠나자 서연은 그제야 버스 정류장을 향해 몸을 틀었다. 빈우가 서연의 팔을 붙들었다.

"버스 타고 가려고?"

"응."

"내가 집에 가는 길에 내려줄게."

"아니야, 나는 너의 물고기가 아니잖아."

"이씨, 아무리 마셔도 안 취한다더니 취한 거야?"

"난 취하지 않았어, 로미오. 그러니 너는 가던 길 가. 이쪽 길이 아니잖아."

서연은 빈우에게 손을 흔든 후 코트 주머니에 손을 꽂고 천천히 걷기 시작했다. 거리에 늘어선 상점들의 간판 불이 하나씩 차례차례 꺼지는 게 보였다. 서연은 케이크 전문점을 발견하고서는 그 앞에 멈춰 섰다. 그리고 유리 진열대에 가지런히 모인 케이크를 가만히 바라보았다. 케이크를 보자 건우 생각이 났다. 좋은 일이 있으면 나쁜 일이 온다더니 그날이 오늘이었다.

서연은 로미오와 줄리엣의 노래를 흥얼거리며 다시 거리를 걷기 시작했다. 까만 자동차 한 대가 천천히 그녀의 뒤를 따랐다.

⚜

늦은 밤, 민준은 오늘도 Pakin 물류 창고를 향해 차를 몰았다. 그 트럭은 며칠째 한 장소에 머물고 있었고, 민준은 눈으로 직접 확인할 게 있었다. 트럭이 아직 이곳에 있으니 관련이 있는 누군가는 분명 이곳에 나타날 거라 생각했는데, 며칠째 주변은 잠잠했다.

그는 물류 창고 앞 주차장 구석에 차를 대고 정면을 응시했다. 가로등 불빛이 그곳까지는 닿지 않았기에 그는 완벽한 어둠 속에 잠길 수 있었다. 그때, 그의 눈에 익숙한 자동차가 어둠을 가르며 모습을 드러냈다. 민준의 눈빛이 날카롭게 빛나다 어둡게 짙어졌다.

차에서 내린 조국이 주위를 두리번거리더니 곧장 어떤 건물 안으로 들어갔다.

"……강조국."

민준이 낮게 중얼거리며 눈을 감았다 떴다. 그녀가 Pakin과 공동으로 개발한다고 말했던 일이 이 일인 것 같았다. 상황은 그가 가장 나쁘다고 생각했던 방향으로 흘러갔다.

정면을 응시하던 민준의 시야에 또 다른 자동차 한 대가 들어왔다. 이번에도 역시 그의 눈에 익숙한 차였다. 차에서 내린 인정은 주변을 살펴보다 잠겨 있는 출입문을 가볍게 흔들었다. 인정이 핸드폰을 귀에 대며 다시 차로 돌아가는 것을 민준은 굳은 표정으로 보았다.

"박인정……."

인정은 민준이 아닌 다른 누군가의 지시를 받고 조국의 뒤를 밟았다.

민준은 왠지 기시감을 느꼈다. 예전에 설을 감시하던 안기영이 백 회장에게 전화를 걸던 모습이 떠올랐다. 잠시 후 그는 인정에게 전화를 걸었다.

[여보세요? 선배님?]

그녀는 무척 당황스러운 목소리였다.

"늦은 밤에 미안한데 지금 바쁜가?"

[아니요…… 그렇게 바쁘진 않은데, 무슨 일이세요? 혹시 급한 일이세요?]

"별일 없으면 좀 내려오지그래."

[저기 선배님…… 한 삼십분 정도만 있다가 내려가면 안 될까요?]

"그래, 기다릴게."

전화가 끝나자마자 인정이 출발했다. 그녀의 차가 시야에서 사라지자 민준은 차에서 내려 조국이 들어간 건물 앞으로 갔다. 조국이 출입카드를 가지고 있는 걸로 봐서는 그녀가 이곳에 오늘 처음 온 건 아니었다. 도대체 그녀는 이렇게 늦은 밤에 여기에서 무슨 연구를 하고 있는 것일까?

"만약 파일을 복구했다면 그다음으로는 무엇을 할까. 진짜로 만들 수 있는지 실험을 하고 싶지 않을까? 내가 생각하고 있는 건 거기까지다. 하지만 그러려면 눈에 띄지 않는 실험실이 있어야 하고 실험 장비가 있어야 하며 우라늄이 있어야겠지."

이곳에 그녀가 꾸준히 방문했다면 이 안에 아마 실험 장비도 있을 것이며, Le blanc이 시추탐사라는 명목으로 채취해 낸 우라늄도 있을 터였다. 우리나라의 우라늄 광산엔 대부분 저품위광인 우라늄만 묻혀 있다는 말이 100% 사실은 아니라면 가능성이 있는 이야기였다.

민준이 연구동을 향해 날카로운 시선을 던졌다.

민준의 오피스텔에서 인정은 그와 마주 보고 앉았다. 무슨 일 때문인지 몰라 가슴이 두근거렸던 인정과는 달리 민준은 그녀가 처음 보는 냉정한 얼굴을 하고 있었다.

그녀를 뚫어져라 바라보던 민준이 이윽고 입을 열었다.

"박인정이 이곳에서 해야 하는 일은 뭐지?"

"영애님을 보호하는 일입니다."

"그것 말고 또 있나?"

"……없습니다, 선배님."

"없어?"

"네, 없습니다. 그런데, 그걸 물어보시려고 이 시간에 절 보자고 하신 거예요?"

인정이 민준의 시선을 피하며 말꼬리를 돌렸다.

"그럼 혹시 밤에 아르바이트하나?"

"아, 그건……."

인정의 말문이 막혔다. 하얗게 질린 그녀의 얼굴을 바라보며 민준이 말을 이었다.

"박인정, 널 보면 난 가끔 누가 생각이 나. 물론 아련한 첫사랑은 아니야."

"……."

"그 사람은 잘못된 선택을 했고 그 선택에 대한 대가를 치르고 있는 중이지. 난 네가 그 사람과 비슷한 전철을 밟게 되길 바라지 않아. 그리고 난 너를 후배로서 보살펴야 할 책임이 있고 잘못된 길을 가지 않게 해야 할 의무가 있어."

"선배님은 꼭 제가 무슨 잘못을 저지르고 있기라도 하는 것처럼 말씀하시네요?"

"그럼 아니야?"

"아니에요!"

인정이 억울한 듯 얼굴을 일그러뜨리자 민준의 어조가 한층 누그러졌다.

"네가 왜 이곳에 와 있는지를 기억해. 너는 영애님을 보호하고 지키기 위해 이곳에 와 있는 거고, 그 일만 잘 해내도 훌륭한 거니까."

"선배님이 저한테 할 말은 그게 전부예요?"

"묻고 싶은 게 있었지만, 그냥 널 믿기로 했어."

"그럼 이제 제가 물어봐도 돼요?"

"아니, 묻지 마."

"……그럼, 선배님한테 고백해도 돼요?"

"그것도 안 돼."

인정의 눈에 눈물이 고였지만 민준은 그녀의 얼굴을 말없이 응시할 뿐이었다.

"고백도 하면 안 되고 묻지도 말아야 한다면 선배님도 절 믿지 마세요."

인정은 민준의 집을 뛰쳐나가다가 엘리베이터에서 내린 조국과 마주쳤다. 벌써 밤 12시가 넘은 시각이었다. 조국은 울고 있는 인정을 보고 깜짝 놀랐다.

"인정 씨……? 인정 씨가 이렇게 늦은 시간에 왜……."

조국의 심장이 쿵쿵 뛰기 시작했다. 두 사람이 복도에서 마주치기에는 너무 늦은 밤이었다. 인정은 눈물을 재빨리 닦은 후 날 선 눈으로 조국을 응시했다.

"영애님께서는 이렇게 밤늦게 혼자 바깥출입을 하셨나 보네요?"

"그럴 일이 있었어요."

"그러시겠죠. 그러다가 무슨 일이 생겨도 책임은 영애님이 아니라 저희가 지는 거니까 아무 상관 없으시겠고요."

"인정 씨."

감정이 격양된 인정이 거침없이 말을 이어나갔다.

"영애님께서는 개인적인 시간을 달라고 말씀하셨고 저희는 그 부탁을 최대한 들어드렸어요. 그러다 무슨 일이 일어나도 그건 영애님 탓이 아니니까 영애님은 속이 편하실지 모르겠지만 저희는 아닙니다. 영애님께서도 저희들의 입장을 좀 생각해 주실 순 없으신가요?"

"제가 어떻게 하는 게 두 분의 입장을 생각해 드리는 건가요? 만약 인정 씨가 제 옆에 없다면 그런 걱정을 할 필요도, 할 일도 없겠지요.

그러니 말해보세요, 제가 어떻게 하면 이곳에서 두 분을 안 볼 수 있나요?"

"……."

"제가 아버지께 아빠, 저 두 사람 좀 치워주세요, 라고 애교라도 부릴까요? 아니면 경호실장님께 경호실이 얼마나 무력하면 영애의 경호를 NIS에 뺏긴 거냐고 항의라도 해야 될까요?"

조국이 단호한 얼굴로 냉랭하게 말하자, 인정이 불쾌하고 당황스러운 표정을 지었다.

"그러니까 영애님은, 저나 선배가 영애님 때문에 어떤 불이익을 겪게 되어도 무관하다는 말씀이지요? 그렇다면 이건 영애님과 상관없는 저희만의 문제가 맞네요. 무슨 말씀인지 잘 알겠습니다. 그러면 저라도 선배를 보호해야겠네요."

"그게 무슨 말이죠?"

"기적이라고 믿고 있는 게 기적이 아니라는 걸 알게 되었을 때 상처받을 사람을 보호하겠다는 말씀을 드리는 겁니다."

"……."

"안녕히 주무세요. 내일부터는 선배가 아니라 제가 영애님 곁에 있겠습니다."

인정이 조국에게 묵례를 한 후 엘리베이터를 타고 그녀의 눈앞에서 사라졌다. 조국은 그 자리에 우두커니 서서 인정이 남기고 간 말을 되새겼다.

띠디- 전자음 소리가 들렸고 702호 현관문이 천천히 열렸다. 민준이 문을 반쯤 열고 서서 그녀를 바라보았다. 조국은 그와 눈이 마주쳤지만 뭐라 할 말이 없었다.

조국은 그녀 자신이 모든 걸 버리고 그를 사랑할 수 있을까, 라고 자문했다. 버려야 하는 게 부와 명예 같은 거라면 고민할 것도 없었지만,

그녀가 앞으로도 해나가야 할 일과 미래라면 쉬운 문제가 아니었다.

"……야옹이."

민준이 그녀를 불렀다. 조국이 움직이지 않고 제자리에 서 있자 민준이 검지를 안쪽으로 까딱거렸다.

"이리 와."

"……당신이 오면 되잖아요."

"당신이 오는 걸 보고 싶어서 그래."

"……."

"그대로 뒤돌아서 가면 나 울지도 몰라."

선뜻 발걸음을 옮기지 않는 조국을 바라보며 민준이 차분한 목소리로 말을 이었다. 마지못한 조국이 터벅터벅 걸어 민준 앞에 우뚝 멈춰 섰다. 민준이 조국을 안고 어깨에 고개를 기댔다.

"우리 영애님은 좀 곱게 살면 안 되나."

민준이 농담처럼 중얼거렸지만 조국은 대답 대신 아랫입술을 지그시 깨물었다. 두 사람 사이에 무거운 공기가 흘렀다.

"안 되나 보네."

'미안해요.'

조국은 혼잣말처럼 중얼거리는 그에게 마음속으로 대답했다.

"우리 영애님은 좀 곱게 살면 안 되나."

조국은 어젯밤 민준이 했던 말을 생각하고 있었다. 그가 무슨 뜻으로 그런 말을 했는지 정확하게 알 순 없었지만 분명 그녀의 밤 외출과 관련된 이야기인 것 같다는 느낌이 들었다.

그의 한숨은 매우 무거웠다.

침대에 누워 몸을 뒤척거리다 보니 어느새 아침이 밝았다. 조국은 핸드폰 불빛이 반짝이는 걸 보고 확인했다.

〈일어나면 이쪽으로 건너왔으면 좋겠는데. 할 얘기가 있어.〉

민준의 문자메시지를 확인한 조국은 민준과 어떤 대화를 나누게 될지 알 수 있었다. 어젯밤 인정과의 불편한 대화와 그의 혼잣말을 종합해 보니 그가 어떤 말을 하고 싶은 건지 대강 짐작이 갔다.

조국이 702호로 건너갔을 때 민준은 평소와 다름없는 얼굴을 하고 있었다. 불편한 상황에서도 여유 있는 그의 태도는 부자연스러워 보였다. 그건 그가 속으로 다른 생각을 하고 있다는 거였다.

"커피 마실래?"

그는 머신기에서 커피를 내리며 담담하게 물었다. 조국이 고개를 끄덕이자 그는 머그잔 두 개를 들고 와 테이블 앞에 앉았다.

민준은 두 손으로 컵을 감싸 쥐고, 조국을 물끄러미 바라보았다. 그의 침묵이 불편했던 조국은 잔을 내려놓으며 먼저 입을 열었다.

"잠을 못 잤어요? 눈이 빨개요."

"잘 못 잤어. 그래서 피곤해."

"왜요?"

"강조국한테 묻고 싶은 말이 많아서, 그거 생각하느라고."

조국은 대답 대신 커피 한 모금을 입에 머금었다. 분위기로 보아하니 얼버무리고 숨길 수 있는 단계는 이미 지난 듯했다. 이제 그녀에게 남은 문제는 민준이 어디까지 알고 있는지를 알아내는 것이었다.

"내게 묻고 싶은 게 있으면 그냥 물어보면 되잖아요."

"묻기 전에 당신한테 미리 해둘 말이 있어."

"무슨 말을요?"

조국이 민준의 눈을 마주 보았다. 그의 얼굴은 차가워 보였지만 눈빛은 여전히 애틋했다.

"앞으로 무슨 일이 일어나더라도 우리 사이는 변하지 않을 거라는 거, 잊지 말라고."

"그 무슨 일이라는 게 혹시 당신이 내게 묻고 싶은 말과 관계가 있는 건가요?"

"맞아, 그러니 내가 묻는 말에 당신이 좋아하는 솔직함을 얹어서 대답해 줬으면 좋겠어. 내가 알고 싶은 건 이 년 전에 없앤 파일을 당신이 다시 복구했냐는 거야."

조국은 잠시 침묵했다. 민준이 어디서부터 어디까지 알고 묻는 건지 알 수 없었기에, 그녀에겐 생각할 시간이 필요했다.

민준은 표정의 변화 없이 그녀를 바라보며 조국의 대답을 기다렸다.

"당신이 나한테 도대체 무슨 이야기를 듣고 싶은 건지 모르겠어요."

"난 지금 이 박사님의 파일 얘기를 하고 있어. 그 파일을 없애야 했던 이유를 충분히 들었을 텐데 당신은 왜 그걸 다시 복구한 거지?"

민준의 목소리에 확신이 어려 있었다. 대답을 기다릴 필요도 없이 조국의 표정만 봐도 그의 말이 맞았다는 걸 알 수 있었다. 그녀는 이미 반쯤 체념하는 얼굴을 하고 있었다.

"당신은 정말 나를 조사하고 있었던 거네요."

"지금 그게 중요한 게 아니야. 당신은 그래서 파일을 어디까지 복구한 거지?"

"할아버지의 초소형 원자로는 우리나라 원자력 에너지 절감에 큰 도움을 줄 수 있는 기술이었어요. 그리고 난 그걸 그대로 사장시키기 아까웠을 뿐이고요."

"그게 전부라고?"

"네, 전부예요."

"아니잖아."

물론 그게 사실의 전부는 아니었다. 그녀는 단순히 파일을 복구하는 데에 그치지 않고 할아버지의 연구보다 한 발자국 더 앞으로 나아갔으며, 연구원들과 함께 비밀 실험을 거듭하며 데이터를 축적하고 있는 중이었다. 조국은 흔들리는 마음을 다잡으며 침착함을 되찾으려 애썼다. 설마 그가 그 사실까진 알지 못할 터였다.

"그 파일은 지금 우리나라에 있어선 안 돼, 당신도 그 이유를 모르진 않을 텐데."

"그래요, 나도 그 얘긴 들었어요. 그 파일을 찾기 위해 여러 명이 죽고 다쳤는데, 그럼에도 불구하고 지금은 우리나라에 존재하면 안 되는 골칫거리가 되었다고 말이죠. 한때는 우리나라의 유일한 희망이었던 적도 있었는데 말이에요."

"그 파일을 정부에서 어떻게 처리하든 그건 당신이 상관할 일이 아니야."

"왜 우리에게 상관할 권리가 없다는 거죠? 당신들은 목적에 따라 그 필요성이 달라질지 모르겠지만 우리는 아니에요. 우리에게 그건 그저 오랜 연구의 결과물일 뿐이라고요."

"그래, 좋아. 그래서 당신이 그 파일을 다시 복구했다고 해. 그럼 그다음, 당신이 지금 백건우와 벌이고 있는 일은 도대체 뭐지?"

당황한 조국은 입을 다물었다. 민준은 그녀가 생각했던 것보다 훨씬 더 많은 것을 알고 있을지도 모르겠다는 생각이 들었다.

"난 지금 당신이 우라늄 광산에서 채굴한 광석을 가지고 하고 있는 일에 대해 묻고 있는 거야."

"난 도대체 당신이 무슨 말을 하는 건지 모르겠어요."

"Pakin 물류 창고 연구동."

"……."

"더 얘기해야 돼?"

"……난 그저, 할아버지의 연구를 완성하고 싶을 뿐이에요."

마침내 조국은 얕은 한숨을 내쉬며 이실직고를 했다. 아니라고 무작

정 부인할 수 있는 상황이 아니었다.

“감정적으로 생각하지 말고 이성적으로 판단해. 용기는 가상하지만 그건 우리나라를 정치, 경제적으로 위험에 빠뜨릴 수 있는 상당히 위험하고 어리석은 행동이야.”

“그럼 당신은 내가 어떻게 해야 했다고 생각해요? 당신이 만약 내 입장이었다면 아, 이제 필요가 없어졌다니 당연히 없애야지, 하고 순순히 수긍할 수 있었을 것 같아요?”

“이 일이 바깥으로 흘러나가면 어떤 일이 일어나게 될지 생각해 봤어? 단순히 관련자 몇 명이 징계만 먹고 끝날 수 있을 것 같아? 설마 내일 일은 난 몰라요, 라는 안일한 생각을 하고 있는 건 아니겠지?”

“필요한 조건이 이렇게 다 갖추어지는 게 쉬운 일이 아니에요. 그렇기 때문에 난 이번 기회를 놓칠 수 없어요.”

원자력연구소의 의지만으로는 가능한 일이 아니었다. 건우가 위험을 감수하고 막대한 자금을 들여 돕지 않았더라면 애초에 시작도 할 수 없었을 거였다. 그렇기 때문에 모든 조건이 갖춰진 지금, 그녀는 하루라도 빨리 실험을 완성하고 끝내야 했다.

두 사람 사이에 짧은 침묵이 흘렀다. 민준은 흔들림 없는 눈빛으로 그녀를 바라보았다.

“당장 중지해. 감성적인 이유 말고 이성적인 이유로 난 당신한테 동의할 수 없어. 만약 국제원자력기구에서 알게 된다면 두 번째는 그냥 넘어가지 않을 거야.”

“나도 만일의 경우와 최악의 경우를 생각하고 있어요. 내가 책임져야 할 부분이 있다면 그 부분에 대한 각오도 하고 있고요.”

조국이 민준을 똑바로 바라보았다. 그녀는 애초에 그가 자신의 생각에 동의하기를 바라지는 않았다. 그녀와 그는 입장이 다르기 때문이었다.

"그 책임이라는 게 설마 단순히 연구원 파직 정도로 끝날 거라고 생각하는 건 아니겠지? 그래서, 이번 일에 책임을 담당한 사람들은 누구지? 황 소장, 당신, 그리고 백건우. 여기에 다른 누가 또 있어?"

"다른 사람 일은 몰라요. 그러니 하고 싶은 말이 있다면 내 얘기만 해요."

"당신은 영애라는 보호막이 어디까지 작용할 거라고 생각하는 거야? 다른 사람들은 몰라도 당신은 입장이 달라. 당신의 의지와 상관없이 많은 사람들이 휘둘리게 될 거야. 당장 대통령 각하는 정치적으로 큰 타격을 입으시겠지."

머그잔의 커피가 서서히 식어갔다. 조국은 더 이상 김이 올라오지 않는 까만 커피를 내려다보았다. 완성이 코앞이었다. 실험을 완성하고 나면 바로 실험 장비를 해체할 준비도 되어 있었다. 잠시 멈추었다가 훗날을 기약할 수도 있겠지만, 지금 멈춰 버리면 두 번 다시 같은 기회가 오지 않을 수도 있다는 걸 그녀는 잘 알고 있었다. 그렇다고 그에게 잠시만 모른 척해달라는 말을 꺼낼 수도 없었다. 그녀는 그런 식으로 민준에게 책임이 가게 되는 상황을 만들고 싶지는 않았다.

"지금 하던 일을 중지하고 정리하는 데 당신한테 시간이 얼마나 필요하지?"

"내가 지금 그만두면 당신은 없었던 일로 덮고 가겠다는 건가요?"

조국이 씁쓸한 미소를 지었다.

"아니, 지금 중지시켜 사태가 확산되는 걸 막으려는 거야. 원자력연구소와 백건우가 무슨 일을 얼마나 어떻게 했는지는 추후에 있을 조사 과정에서 밝혀지겠지, 그 결과에 따른 책임은 각자 지게 될 테고 말이야."

"……그렇군요. 그렇다면 우리가 지금 이렇게 대화를 나눈다고 해서 달라질 건 없으니 이 이야기는 이제 그만하는 게 좋겠네요."

조국이 자리에서 일어서자 민준이 굳은 얼굴로 그녀의 손목을 붙잡았다.

"내 얘기 아직 안 끝났어."

"난 끝났어요."

"강조국."

"내가 이 일을 하고 싶지 않아도 이건 나밖에 할 수 없는 일이에요. 피할 수도 없지만, 피하고 싶지도 않아요. 이런 나를 이해하지 않아도 괜찮아요. 하지만 당신도 알다시피 이제 나한테 시간이 별로 없으니 오늘은 그만 돌아가야겠어요."

조국은 그의 손을 뿌리쳤고 혼자 남겨진 민준은 굳은 얼굴로 창밖을 응시했다. 이 일을 다른 사람이 알게 되는 건 이제 시간문제였다. 그렇기에 파장이 어디까지 미치게 될지 예측하여 그 피해를 최소화해야 했다. 민준은 핸드폰을 들었다.

건우는 문자 메시지를 확인했다. 발신인은 놀랍게도 민준이었다.

〈김민준입니다. 만나고 싶으니 가급적 빠른 시간 안에 약속 잡아주십시오. 오늘이면 더 좋습니다.〉

건우의 눈이 둥그레졌다. 두 사람이 서로 문자를 주고받을 사이는 아니기 때문이었다.

건우는 혹시 서연과 관련된 일이 아닐까 잠깐 생각했지만, 그녀가 이제 와서 민준에게 제 이야기를 했을 것 같지는 않았다. 게다가 백 회장이 그녀의 존재를 눈치챘다는 걸 알고 난 후부터 그는 서연에게 일절 연락을 하지 않았다. 그러니 민준이 그를 만나고자 하는 이유는 그녀의 이야기가 아닐 가능성이 높았다.

〈오늘 아무 때나 괜찮습니다.〉

〈저녁 6시에 회사로 가겠습니다.〉

시간을 확인한 건우는 사무실 밖으로 나왔다. 비서실 직원들이 자리에서 일어섰으나 건우는 고개만 가볍게 끄덕인 후 밖으로 나갔다.

조금 있으면 점심시간이고, 특별한 일이 없다면 그녀는 점심을 먹고 1층 카페로 올 터였다. 건우는 그녀에게 본의 아니게 거짓말을 하게 된 것에 대해 사과를 하고 당분간 연락하지 못하더라도 오해는 하지 말아 달라는 말을 전하고 싶었다.

카페에 내려온 그는 커피 한 잔을 시키고 출입문이 보이는 테이블에 앉았다. 그새 그의 얼굴이 직원들에게 알려졌는지 건우의 주위로는 아무도 얼씬거리지 않았다. 그는 마치 바다 한가운데 고요히 떠 있는 섬처럼 홀로였다.

찰랑 소리와 함께 서연이 활짝 웃으며 카페 안으로 들어왔다. 하지만 그녀는 혼자가 아니었다. 그의 눈에 익은 직원과 함께였다.

"카페모카 생크림 아주 많이 주세요, 빈우 씨는?"

"같은 걸로, 전 더 많이 주세요."

"그래도 소용없어, 우리 직원 언니는 아주 공정하고 정확하거든. 빈우 씨라고 해서 더 많이 줄 리가 없어."

"내가 먹을 게 아니라 너 주려고 그런다. 나눔과 배려가 워낙에 몸에 배어 있어서 말이야."

"진짜 나한테 주려고?"

"어. 그러니까 내 것까지 많이 먹고 쑥쑥 자라라, 줄리엣."

두 사람은 눈을 마주치며 환하게 웃었다. 건우는 순간 가슴에 저릿한 통증을 느끼며 커피 잔을 쥔 손에 힘을 주었다. 그는 서연과 눈이 마주치길 바라며 두 사람을 뚫어져라 바라보았지만 그와 눈이 마주친 건 서연이 아니라 남자 직원이었다.

"아, 부사장님."

픽업대에서 음료를 받아 들고 고개를 돌리던 빈우의 시선이 건우와 정면으로 마주쳤다.

다른 직원들은 건우를 보고도 못 본 척 멀리 돌아 나갔는데 빈우는 그럴 수 없었다. 부사장이 그와 서연을 뚫어져라 바라보고 있었기 때문이었다. 빈우는 어쩔 수 없이 건우에게 다가가 허리를 숙여 인사를 했고, 서연도 건우를 향해 가볍게 고개를 숙였다. 건우는 서연을 쳐다보았지만, 그녀와 눈이 마주치지는 않았다.

"커피…… 마시러 왔나 봐요?"

"네, 부사장님."

빈우는 부사장의 질문에 허리를 꼿꼿이 펴고 선 채 긴장한 얼굴로 대답했다. 임원들은 카페가 아니라 자신의 사무실에서 차를 마시기 때문에, 이곳에서 부사장을 만나게 될 줄 몰랐다. 얼굴을 몰랐으면 그냥 지나쳤겠지만, 지난번 회식 이후로는 그럴 수도 없게 되었다.

"그날은 집에 잘 들어갔습니까?"

"네, 덕분에 잘 들어갔습니다."

"숙취는 없었어요? 많이 마신 것 같던데요."

"없었습니다, 걱정해 주셔서 감사합니다."

"술 너무 많이 마시지 말아요. 잘 마신다고 자만하지도 말고요."

"네…… 알겠습니다."

빈우는 어째 부사장의 질문이 좀 이상하다는 생각이 들었다. 하지만 상대가 상대니만큼 그는 부사장의 질문에 열심히 대답할 수밖에 없었다.

"그나저나 연극 준비는 잘 되고 있어요?"

"네, 그렇습니다."

"그럼 제가 그날 연극을 보러 가도 괜찮을까요?"

"물론입니다, 부사장님."

"로미오와 줄리엣을 한다고 들었는데 연극의 엔딩이 어떻게 되는지 궁금하네요. 혹시 내게 미리 알려줄 수 있나요?"

"네? 연극의 엔딩…… 말씀입니까?"

"네. 궁금해서 그렇습니다."

빈우는 문득 부사장이 그동안 회사에 두문불출했던 이유가 혹시 정신에 문제가 생겼기 때문이 아니었을까, 라는 생각이 들었다. 예전에 사랑을 잃고 힘들어했다고 했으니 충분히 가능성이 있을 것 같았다. 지금의 부사장은 그가 이런 생각을 할 정도로 이상해 보였다.

"그게…… 아무래도 애들이 보는 거라 원작의 엔딩은 좀 잔인하다고 해서…… 일단 둘 다 죽지는 않습니다."

"그럼 로미오와 줄리엣은 어떻게 됩니까? 두 사람은 해피엔딩입니까?"

"……."

"아니면 헤어지나요?"

빈우는 할 말을 잃고 멍한 얼굴로 부사장을 바라보았다. 이쯤 되니 제가 뭔가 단단히 잘못한 게 있어 부사장이 트집을 잡고 있는 것 아닐까 싶기까지 했다. 하지만 그는 아무리 생각해 봐도 부사장에게 특별히 실수한 일이 없었다.

빈우가 잠깐 넋을 놓고 있다 정신을 차리고 보니 부사장의 시선은 그가 아닌 서연을 향해 있었다. 서연은 떨리지도 않는지 손에 커피를 든 채 건우를 마주 보며 서 있었다.

'대충 대답하고 얼른 올라가자.'

빈우가 눈빛으로 서연에게 빨리 대답할 것을 종용하자 그녀는 마지못해 입을 열었다.

"……두 사람의 인생을 끝까지 보여줄 수는 없으니 섣불리 해피엔딩이라고 말을 할 순 없지만, 연극은 행복한 두 사람의 모습을 보여주는 걸로 끝날 것 같아요."

"주인공들이 죽지도 않고 불행하지도 않다니 다행이네요."

건우는 서연과 눈이 마주치자 희미하게 미소를 지었다. 그녀에게 Pakin의 아들이 아닌 척 연극을 하는 동안 그는 매우 행복했다. 그러나 건우가 서연에게 보여준 연극에는 아버지인 백 회장도, 백 회장 때문에 죽을 뻔한 민준도, 그가 예전에 사랑했던 강조국도 나오지 않았기 때문에 그가 행복할 수 있었던 거였다.

"……그만 올라가 봐요."

건우의 말이 끝나자마자 두 사람은 기다렸다는 듯 그에게 인사를 한 뒤 카페를 나갔다. 건우는 서연의 뒷모습을 계속 바라보았지만 그녀는 뒤돌아보지 않았다.

"대범한 줄리엣 같으니라고! 부사장님이 코앞에 있는데 너 어떻게 그렇게 담담하냐? 그나저나 부사장님은 저기서 약속이 있으신가? 아직도 혼자 계시네."

빈우가 뒤를 흘끔 돌아보다 부사장과 눈이 마주치자 얼른 고개를 앞으로 돌렸다. 하지만 서연은 절대 뒤를 돌아보지 않았다.

"아마 물고기를 기다리고 있었을 거야."

"넌 좀, 내가 알아들을 수 있게 얘기해 주면 안 될까?"

"저기서 누굴 기다리고 있는 것 같다고."

'나를.'

건우는 아마 자신을 기다렸을 것이다. 하지만 건우는 이제 더 이상 우연을 핑계로 자신을 만날 수는 없을 것이다. 그는 두 사람 사이에 선을 그어놓고 항상 그 선 너머에서만 그녀를 바라보았다. 복잡한 사정이 있는 사람이라고 생각했는데 다가오길 망설였던 이유가 고작 그가 Boni의 부사장이기 때문이었다니 너무 시시했다. 그는 서연과 놀고는 싶고, 진지한 관계는 되고 싶지 않았던 거였다. 그나마 그가 그녀를 호텔로 데려가지 않고 레스토랑이나 카페만 데리고 다녔다는 사실에 감사해야 할지도 몰랐다.

"사람이 사랑의 상처가 너무 크면 저렇게 되는 걸까? 네 생각은 어때, 줄리엣?"

"그 소문 너무 믿지 마. 직접 본 것도 믿을 수 없는 게 태반인데 보지 못한 것까지 다 믿을 수는 없잖아."

"그나저나 우리 부사장님은 사내 연애를 참 좋아해. 이번엔 김 팀장님인 거지? 그래도 이번엔 옛날과 달리 강제 이별 코스를 밟진 않겠네."

"왜 그렇게 생각해?"

"김 팀장님이 사장님 딸이잖아. 게다가 김 팀장님 외가 배경도 꽤 좋다던데, 그 정도면 Pakin에서 갈라놓을 정도는 아닐 것 같은데?"

"그 정도는 돼야 사람들 앞에서 만날 수 있는 거구나? 내가 커트라인을 몰랐네."

"그게 무슨 소리야?"

"내 기분이 지금 아주 별로라는 뜻이야."

서연은 빨대를 입에 물고, 엘리베이터에 올랐다. 건우는 자신을 사랑하진 않았고 두 사람은 연인 관계가 아니었으니 그가 배신한 건 아니었다. 그렇기 때문에 건우가 누구를 만나 연애를 하든 자신이 그에게 화를 낼 수는 없는 일이었다.

그럼 로잘린도, 줄리엣도 아닌 나는 그에게 도대체 무엇이었을까? 서연은 문득 건우가 많이 사랑했다는 그 여자가 궁금해졌다. 건우의 커트라인에 미치지 못했는데도 그가 사람들 앞에서 사랑했던 여자는 어떤 사람이었을까? 그가 선을 긋지 않고 누군가를 사랑하는 모습은 상상이 가질 않았다.

퇴근을 조금 앞둔 시간, 책상 위에 올려둔 핸드폰이 지이잉- 울렸다. 서연은 잠깐 망설이다 내용을 확인했다.

〈1층 로비로 나올 것.〉

문자를 확인한 서연은 얼굴에 함박웃음을 지었다. 그녀는 퇴근 시간이 되자마자 서둘러 1층으로 내려갔다.

"오빠!"

"김서연."

서연은 민준에게 한걸음에 달려가 그에게 안겨 가슴에 고개를 비비적거렸다. 오빠의 품에 안기자 왠지 눈물이 나올 것 같았다. 며칠 동안 계속 우울했는데 오늘은 우울의 정점인 날이었다. 서연은 이런 날에 오빠를 보게 되어 정말 다행이라고 생각하며 민준을 끌어안은 팔에 힘을 주었다.

"잘 지냈어?"

"아니, 잘 지내지 못했어. 오빠, 나 아픈 거 같아!"

서연이 울상을 짓자 민준은 근심스러운 얼굴로 그녀의 이마에 손을 짚었다. 이마에 닿는 따듯한 손길이 좋아 서연은 배시시 웃으며 그를 올려다보았다.

"응? 그러고 보니 열이 있는 것 같기도 한데…… 카페에서 기다리고 있어, 오빠가 일 끝나면 집에 데려다줄게."

"헤헤. 아니야, 괜찮아. 뛰어와서 그래. 근데 오빠가 여긴 어쩐 일이야?"

"잠깐 친구 좀 만나러 왔어."

"친구 누구?"

"있어, 네가 모르는 사람. 왜, 오빠가 너 보러 온 건 줄 알았어?"

"응, 나 오빠가 너무 보고 싶었거든. 그래서 오빠도 내가 보고 싶었나 했지."

서연이 어리광을 부리자 민준이 웃음을 터뜨렸다. 그녀가 저를 보고 싶었다고 말하는 경우는 딱 한 가지밖에 없기 때문이었다.

"남자친구랑 싸웠어?"

"남자친구가 있어야 싸우지, 난 남자친구 없어."

"없다고?"

"응, 없어."

"흠……."

민준이 고개를 옆으로 기울이며 알쏭달쏭한 얼굴을 했다. 서연은 연애하는 걸 특별히 감추지 않았는데 남자친구가 없다고 말하는 걸 보니 그새 헤어진 모양이었다.

"오빠 있잖아, 오빠가 회사 다닐 때 말이야……."

"응? 회사 다닐 때? 회사 다닐 때 뭐."

"……아니야."

서연은 그에게 건우에 대한 이야기를 물어볼까 하다가 그만두었다. 민준이 그런 걸 왜 묻느냐고 물어보면 둘러댈 핑계가 없기 때문이었다.

"별일 없으면 집에 일찍 들어가, 어머니 혼자 적적하셔."

"응, 일찍 갈 거야."

민준은 시무룩한 서연의 뺨을 가볍게 꼬집었다 놓으며 웃었다. 이제 나이도 있으니 좀 진득하게 남자친구를 사귀면 좋으련만 서연은 아직 그럴 생각이 없는 것 같았다.

"오빠 올라간다?"

"응."

"조심해서 들어가."

"알겠어."

민준이 엘리베이터를 타고 눈앞에서 사라지자 서연은 어깨를 힘없이 늘어뜨렸다. 오빠와 함께 있고 싶었지만, 오늘은 날이 아니었다.

로비 한가운데 우두커니 서 있는 서연의 어깨를 누군가 가볍게 두드리며 알은척을 했다. 고개를 돌려 보니 같은 사무실에 근무하는 다른 팀 대리였다.

"서연 씨, 방금 전 그 사람 혹시 김민준 대리 아니에요?"

여자의 말에 서연은 눈을 동그랗게 떴다.

"네, 맞아요! 어떻게 아세요?"

"맞죠? 어머, 진짜 오랜만이네! 저 사람 부사장과 삼각관계였다가 강 주임이 회사 그만뒀을 때 같이 퇴사한 그 사람이잖아요!"

"네……? 강 주임은 누구고, 또 삼각관계라니 그게 무슨 말씀이세요?"

"부사장 스캔들의 주인공인 강 주임이라고 있었는데, 서연 씨는 입사하기 전 일이라 아마 잘 모를 거예요. 김 대리는 그때 회사 그만두고 어디 해외로 멀리 나갔다고 들었는데 다시 돌아왔나 보네."

"……."

"그때 항간에 김 대리랑 강 주임이랑 서로 좋아하는 사이였는데 부사장이 끼어들었다는 얘기도 있었고, 또 누구는 강 주임이랑 부사장이 사귀었는데 김 대리가 뺏었다는 얘기도 있었는데. 뭐, 진실은 당사자만 아는 거겠지요. 아, 서연 씨가 아는 사람이라고 했는데, 미안해요. 나쁜 뜻으로 말한 건 아니니까 너무 기분 나빠하진 말아줘요."

연예인 얘기하듯 신나게 얘기하던 여자는 서연의 굳은 얼굴에 어색한 웃음을 지었다. 여자는 먼저 간다는 인사를 하고 사라졌지만, 서연은 좀처럼 발을 떼지 못하고 얼음처럼 얼어붙은 채로 그 자리에 멍하니 서 있었다.

김 대리와 강 주임이라니, 정황상 민준 오빠와 설 언니를 가리키는 게 맞을 터였다. 하지만 서연은 건우가 사랑했던 여자가 그 언니인 줄은 정말 몰랐다. 건우가 그 언니를 사랑했다고 해도 그녀와는 상관없는 일인데, 괜히 눈시울이 붉어지며 눈가에 눈물이 맺혔다.

"……뭐야. 왜 울어, 김서연."

서연은 눈가의 물기를 재빨리 손등으로 닦아냈다. 조금 전 오빠에게 거짓말로 아프다고 했는데 갑자기 등에 식은땀이 나고 얼굴에 열이 올랐다. 서연은 이마에 손등을 대고 천천히 걸었다. 사랑을 확인받고 싶은 건 아니었는데 손등에 닿은 이마가 뜨거웠다.

10

"오랜만이네요. 귀국했다는 얘긴 들었어요."

민준이 부사장실로 들어가자 건우가 책상에서 일어서며 손짓으로 소파를 가리켰다. 민준은 고갯짓으로 인사를 한 후 자리에 앉아 사무실을 빙 둘러보았다. 건우가 그를 마주 보고 앉았다.

"사무실이 아주 좋습니다. 넓고, 쾌적하고, 전망도 좋고."

"내 사무실 구경하려고 일부러 여기까지 온 건 아닐 테고, 무슨 일입니까?"

"그렇게 바로 물어봐 주니 고맙네요. 르블랑에 대한 이야기를 나눠볼까 하고 왔습니다."

르블랑이라는 말에 건우는 잠시 움찔거리다가 바로 태연한 표정을 지었다.

"뜬금없이 르블랑이라니요. 설마 칸쿤에 있는 리조트를 말하는 겁니까?"

"이제 와서 모르는 척하면 모르는 게 됩니까? 백건우 씨도 눈치가 있을 테니 모른 척할 단계는 이미 지났다는 걸 알 텐데요."

"……그것에 관한 거라면 나는 김민준 씨와 나눌 이야기가 없습니다. 기업의 세세한 비즈니스까지 시시콜콜 남한테 알려줄 의무는 없으니까요."

"나도 남의 일에 관심 두고 싶진 않은데 아시다시피 직업이 직업인지라 물을 수밖에 없습니다. 그래도 직접 물어보러 여기까지 오다니 정말 친절하지 않습니까?"

"뭘 묻고 싶은지 모르겠지만 왜 그런 사업을 하고 있냐고 물을 거라면 거기에 대답해 줄 말은 없는데요."

"백건우 씨가 왜 그런 일을 하는지는 궁금하지 않습니다. 나는 그래서 앞으로 어떻게 할 계획인지가 궁금할 뿐입니다."

"내가 앞으로 무엇을 하든 그것 또한 김민준 씨가 관여할 일이 아닙니다."

"내가 알았고, 내가 알았으니 이제 다른 사람도 곧 알게 되겠죠. 당신이 그럴 경우를 미리 생각하지 않았을 리는 없고, 백건우 씨가 책임이라는 것에 대해 어떤 생각을 가지고 있는지 나는 좀 알아야겠는데요."

"책임 소재가 궁금한 거라면 내가 책임질 일은 책임지면 되는 것 아닙니까?"

"책임질 사람은 여럿인데 책임의 무게는 각자 다를 것 같아 묻는 겁니다. 황 소장은 해임으로 끝나고 당신은 경제적인 손실과 제재를 당하는 걸로 책임을 진다고 한다면, 강조국은 어떻게 합니까?"

당황한 건우가 손가락으로 이마를 짚으며 눈빛을 감추었다. NIS에서 강조국와 원자력연구소의 일까지 이렇게 빨리 알게 될 거라고는 생각하지 못했다. 눈에 띄지 않게, 빠르게 연구를 완성하고 다시 숨을 수 있다고 생각했는데 그의 예상과는 달리 숨기 전에 꼬리를 들켰다.

"누군가에게 책임을 물게 할 거라면 이왕이면 제일 타격이 클 만한 놈한테 덮어씌우겠죠. 내가 생각하기엔 그건 다름아닌 영애 같습니다만."

민준이 싸늘한 눈빛으로 건우를 바라보았다. 영애가 이런 일에 휘말렸다는 게 알려지면 그 파장은 분명 상당할 터였다. 문제를 삼고 싶은 사람과 집단의 목적에 따라 정도는 다르겠지만, 영애는 희생양으로 삼기에 아주 좋은 먹잇감이었다.

"영애가 책임을 혼자 뒤집어쓸 일을 걱정하는 거라면 그런 일은 없을 겁니다."

"그걸 어떻게 확신할 수 있습니까?"

"황 소장이 알고 보니 몰래 파일 복사본을 가지고 있었던 거고, 욕심 많은 기업인과 황 소장은 비밀리에 연구를 계속해 제3국으로 다시 유출하려고 했던 거죠. 그 아버지에 그 아들이라고 이미 전례가 있는 Pakin이니 사람들이 충분히 이해할 수 있을 것 같은데요? 원래 재벌들의 선행은 잘 믿기지 않아도 악행은 수긍되지 않습니까? 거기서 영애를 빼는 건 당신 몫으로 남겨두죠."

"당신의 죄책감을 덜기 위해 벌인 일치고는 스케일이 너무 크지 않습니까? 대전에서 일어난 일이 쓸데없이 글로벌해질 수도 있을 거라는 거, 당신도 모르는 바가 아닐 텐데요."

"죄책감이 아니라 다른 의미의 애국심이라고 봐주면 좋겠습니다만 NIS의 입장이 있으니 거기까지 바라진 않겠습니다. 그런데 그보다 김민준 씨가 나를 찾아왔다는 건 상부에 아직 보고를 하지 않았다는 의미인 것 같은데, 굳이 나를 먼저 찾아와서 이런 이야기를 해주는 이유가 뭡니까?"

"날 회유하려고 묻는 말은 아닐 텐데 그게 왜 궁금합니까?"

"이 일에 누구까지 책임을 지게 될지 궁금해서 말이에요. 지금 김민준 씨도 사실을 알고 있으면서도 묵인하고 있지 않습니까?"

"아, 얘기가 또 그렇게 됩니까?"

민준이 허리를 뒤로 물리며 느슨하게 다리를 꼬고 앉았다. 이 일에 대해 알게 되는 사람이 늘어나면 그만큼 책임질 사람도 늘어난다. 건우는 지금 사실을 알고 있는 민준이 침묵함으로써 지게 될 책임에 대해 묻고 있는 거였다.

"사랑과 임무 중 NIS 요원의 긍지가 과연 어디를 향할지 정말 궁금하네요. 고민되겠어요?"

"나는 그런 걸로 고민하지 않습니다."

"당신의 결정에 따라 조국 씨가 당신을 떠날 수도 있지 않겠어요?"

"그거야말로 백건우 씨가 상관할 문제가 아닙니다."

"당신은 연인이 떠날 것이 조금도 두렵지 않습니까? 그 사람을 위한 결정이었는데도 그 사람은 그걸 모르고 당신을 외면한다면 당신은 괜찮겠어요?"

낮게 깔리는 목소리에 민준은 눈을 가늘게 뜨고 건우를 바라보았다. 진지하게 대답해 줄 생각은 없었는데 건우의 표정을 보니 왠지 성의껏 대답을 해줘야 할 것 같았다.

"알려주고 마음의 짐을 함께 나누든가, 그게 싫다면 그 짐을 혼자 짊어지면 되는 것 아니겠습니까?"

"그럼 김민준 씨는 전자입니까, 후자입니까?"

"난 후자지만 정답은 아닙니다. 상대방이 그걸 원하지 않으면 틀린 답이지요."

민준이 무심하게 대꾸하며 자리를 툭툭 털고 일어섰다. 그는 건우에게 마지막 인사를 하고 나가려다 말고 그를 바라보았다.

"참, 이건 개인적인 질문인데 왜 하필이면 이름이 르블랑이었습니까?"

질문의 뜻을 눈치챈 건우가 피식 웃었다. 그도 그 이름을 지으면서 떠올렸던 생각이기 때문이었다.

“김민준 씨는 설마 내가 강설을 생각해서 지은 이름이라고 생각했습니까?”

“아닙니까?”

“기대에 부응하고 싶긴 한데 아쉽게도 백건우의 백을 뜻하는 말입니다.”

“그건 마음에 드네요.”

“여기까지 오셨는데 그거라도 마음에 드신다니 다행이네요.”

“……조만간 대전에 방문객들이 많아지겠습니다.”

민준과 건우가 서로의 얼굴을 응시했다. 민준로서는 건우에게 충분한 배려를 한 거였고, 건우 역시 그 사실을 알고 있었다. 앞으로 벌어질 일들은 온전히 각자의 몫이 될 터였다.

늦은 밤, 대전으로 돌아온 민준은 조국을 만났다. 무슨 일이 벌어지고 있는지 알았으니 이제 어떻게 해야 하는지가 남았지만 사실 민준이 결정할 수 있는 건 없었다. 그에게는 이번 일의 결정권이 없었다.

“서울에서 건우 씨를 만나고 왔다면서요.”

“백건우가 그래?”

“네, 통화했어요.”

“그래서 두 사람은 이제 어떻게 하기로 한 거야?”

“…….”

“말해줄 수 없다는 건가?”

민준이 대답 없는 조국의 허리를 감아 당겼다. 조국은 그의 가슴에 손을 짚으며 놀란 얼굴로 그를 올려다보았다. 민준은 그녀와 눈이 마주치자 눈썹을 찌푸렸다.

“당신이 나를 그런 눈으로 보는 거 정말 맘에 안 들어.”

"그런 눈이 어떤 눈인데요?"

"당신 눈빛에서 사랑이 사라졌잖아, 어제 가출했는데 아직도 안 돌아왔네."

이번엔 조국이 인상을 썼다. 이런 상황에서도 농담을 하는 그가 어이없으면서도 한편으로는 변하지 않은 모습에 적이 안심이 되기도 했다. 조국이 얼굴을 찡그리자 민준은 엄지손가락으로 그녀의 이마를 어루만졌다.

"당신은 이제 어떻게 할 거죠?"

"강조국이 지금 걱정하는 게 그것뿐이야? 내가 이제 어떻게 할지 걱정돼?"

"네, 솔직히 말하면 그래요."

"거기에 혹시 내 생각은 없어?"

"……."

"없나?"

조국의 이마를 어루만지던 민준의 손길이 그녀의 뺨으로 내려왔다.

"나한테 쉽게 얘길 꺼낼 순 없었겠지, 물론 이해해. 이제 내가 알았으니 걱정도 되겠지, 그것도 물론 이해해. 그런데 말이야, 이걸 알게 되었으니 저 사람 입장이 어렵겠구나, 라는 생각은 혹시 안 해봤어?"

"이건 내가 당신을 사랑하는 것과는 별개의 문제예요!"

"그건 나도 마찬가지지, 강조국."

"……."

"혹시 기대할까 봐 미리 말해두는데, 당신이 기대하는 일 같은 건 일어나지 않을 거야."

"……그럴 거라고 생각했어요."

"그래도 당신은 이 일과 상관없이 마음이 변하지 않을 자신이 있어?"

"그럴 수…… 있어요."

조국이 민준의 시선을 피해 고개를 옆으로 돌렸다. 민준의 성격이라면 당연히 그럴 것이라고 생각했지만 가슴이 서늘해지는 건 어쩔 수 없었다. 솔직히 그녀는 그를 예전과 같은 얼굴로 볼 수 있을지 확신할 수 없었다.

"강조국."

민준이 이름을 부르자, 조국은 내렸던 시선을 천천히 들어 그의 눈을 바라보았다.

"거짓말을 할 때는 상대방의 눈을 똑바로 쳐다봐야지 지금처럼 시선을 피하면 안 돼. 그럼 이렇게, 거짓말이 들통나게 되거든."

"그런가요?"

조국은 붉어진 얼굴로 다시 그의 시선을 외면했다. 그러자 민준의 시선이 그녀의 하얀 목덜미에 머물렀다. 그녀의 목에 걸린 목걸이를 바라보던 그는 천천히 눈을 들어 설을 바라보았다.

"……여전히 융통성이 없네."

민준이 낮게 중얼거렸다.

다음 날 조국은 연구소에 들려 황 소장을 만났고, 병가를 내고 오피스텔로 돌아왔다.

민준이 알게 되었고 그는 멈출 생각이 없다는 걸 확인했으니 이제 세 사람은 결정을 내려야 했다. 그리고 마침내 그들은 다음을 기약하며 지금 가지고 있는 것을 감추고 숨자는 데 뜻을 모았다. 어차피 다른 대안은 없었다. 전부 잃거나 멀리 돌아가는 것 중에 선택할 수 있는 답은 이미 정해져 있었다.

조국은 하루 종일 오피스텔 안에서 꼼짝도 하지 않았다. 민준은 아침부터 얼굴을 볼 수가 없었고, 인정은 그녀를 수행하는 동안 긴 침묵을 지킴으로써 불편한 심경을 내비쳤지만 조국은 거기까지 신경 쓸 여력이 없었다.

비슷한 시각, 민준은 오피스텔 안에서 후배가 보내온 CCTV 자료를 살펴보고 있었다. 그것은 Pakin의 물류 창고로 들어가는 도로를 비추는 카메라의 며칠 전 녹화 영상이었다. 민준이 헛웃음을 터뜨리며 자리에서 일어섰다.

Pakin의 물류 창고를 향하는 메인 도로의 CCTV에 그의 자동차는 보였지만 조국의 자동차는 보이지 않았다. 건우는 그것까지 계산해서 다른 진입로를 만들어놓은 것이다. 인정의 차도 보이지 않는 걸 보니 그녀는 그날 조국의 뒤를 따라갔던 모양이었다. 건우가 이렇게까지 준비를 해놓은 이상, Pakin이 물류 창고에 따로 CCTV를 설치했다고 해도 그 자료는 이미 삭제되었을 가능성이 높았다.

"영애가 혼자 뒤집어쓸 일을 걱정하는 거라면 그런 일은 없을 겁니다."

건우가 했던 말이 괜한 허풍은 아니었다. 띠리리리- 팔짱을 끼고 창문 밖을 내려다보던 민준은 벨소리가 들리자 핸드폰을 확인했다. 민준의 표정이 굳어졌다.

"네, 아버지."

[대전 동향에 대해 보고해 봐.]

"……광산 개발권을 사들인 프랑스 법인 회사가 있는데 Pakin 소유입니다."

[그리고.]

"광구에서 나온 트럭이 Pakin 물류 창고에 있던 걸로 보아 그곳에서 무슨 일을 하는지 조사가 필요할 것 같습니다."

[Pakin과 원자력연구소와는 아무런 관련이 없어?]

"Pakin의 투자로 원자력연구소가 연구 개발을 하고 있는 걸로 알고 있습니다.

[며칠 전 영애가 Pakin 물류 창고를 방문했다던데.]

"네, 그렇습니다."

CCTV에 흔적은 남아 있지 않아도 목격자는 있다. 민준은 그날 밤 인정이 통화를 하던 상대가 김 국장이었다는 걸 알 수 있었다. 그렇다면 아버지는 이 모든 걸 인정에게 들어 이미 알고 있을 터였다. 그런데도 일부러 그에게 다시 사실을 확인하고 있었다.

[……알았다. 인정인 거기 두고 넌 내일 아침 사무실로 올라와.]

"알겠습니다."

국장과의 통화를 끝낸 민준이 굳은 얼굴로 창밖을 응시했다. 내일 올라오라고 하는 걸 보니 바로 문제 해결에 들어갈 게 분명했다.

"당분간 낚시나 하러 다니게 생겼군."

민준이 픽 웃으며 창문을 활짝 열었다. 오늘 밤과 내일은 아주 길고 고된 하루가 될 게 분명했다.

"야옹이는 안 따라오려나……."

그는 701호 방향을 바라보며 중얼거렸다.

딩동— 초인종이 울리자 인정은 의아한 얼굴로 인터폰 화면을 바라보다 고개를 갸웃거리며 현관문을 열었다. 민준은 그녀와 눈이 마주치자 손에 든 와인 병을 흔들어 보였다.

"선배가 여긴 어쩐 일이세요?"

"특별히 할 일 없으면 나랑 술이나 한잔하자고."

"선배님은 내일 아침 일찍 서울 올라가셔야 하는 거 아니에요?"

"그건 또 어떻게 알았대?"

"……."

"내가 너 말 많이 하지 말라고 했지? 또 이렇게 꼬투리 잡히잖아."

민준은 당황한 인정의 얼굴을 보고 웃으며 현관 안으로 들어섰다. 인정은 그에게 뭐라고 변명을 해야 하나 고민했지만, 민준은 그녀의 대답이 궁금하지 않았는지 더 이상은 캐묻지 않았다.

"그렇다고 이렇게 예고도 없이 여자 혼자 사는 집에 들어오시면 어떻게 해요?"

인정은 거실을 어지럽힌 옷가지를 치우며 퉁명스럽게 말했지만, 속으로는 와인을 들고 찾아온 그가 근사해서 심장이 두근거렸다.

"집에 잔은 있지?"

"잠깐만 기다리세요."

인정은 빨개진 얼굴로 주방 안으로 들어갔다. 그녀는 가슴에 손을 얹고 잠시 호흡을 다스린 후 유리잔 두 개를 들고 다시 거실로 나갔다. 인정은 민준이 왜 자신을 찾아왔는지 그 의도가 궁금했지만 거실 소파에 그가 앉아 있는 모습을 보자 궁금증이 깨끗이 사라졌다. 그저 그가 자신의 공간 안에 들어와 있다는 사실이 좋을 뿐이었다.

"와인 잔은 없어요."

"아무거나 괜찮아."

민준은 유리잔에 와인을 따랐고, 인정은 두 손을 얌전히 모으고 앉아 그를 바라보았다.

"저한테 하실 말씀이 있어서 오신 거예요?"

"당분간 네 얼굴 못 볼 것 같아서 송별회도 할 겸 겸사겸사 올라온 거야."

"선배님 어디 가세요? 갑자기 왜요?"

인정의 얼굴이 하얗게 변했다. 당분간 볼 수 없다니 인정에겐 청천벽력 같은 소리였다.

"글쎄, 국장님께서 내게 하실 말씀이 있으신 거 아닐까?"

"전 국장님께 선배님에 대해서는 아무 말도 하지 않았어요!"

"알아."

민준은 속으로 혀를 찼다. 인정이 묻지 않아도 알아서 술술 불어주는 건 좋은데, 문제는 다른 곳에서도 그럴 거라는 사실이었다. 그는 나중에 기회 봐서 그녀에게 진지하게 전직에 대해 생각해 보라는 얘기를 해줘야겠다고 생각했다.

"그런데 왜 당분간 얼굴을 못 볼 것 같다는 말씀을 하세요?"

"국장님이 내가 아닌 너한테 보고를 받아야 했던 이유 때문이겠지."

순간 얼굴이 빨개진 인정은 갑자기 꿀 먹은 벙어리가 되었다. 또 중요한 사실을 얘기하고 만 거였다. 인정은 왜 유독 민준 앞에만 가면 이야기가 술술 흘러나오는지 도무지 알 수 없었다. 인정은 단숨에 와인을 비워 낸 후 그에게 다시 잔을 내밀었다.

김 국장은 그녀에게 영애의 특이한 동향에 대해 따로 보고하라는 지시를 내렸고, 인정은 단지 상부의 명을 따랐을 뿐이었다. 그런데 그 결과가 민준을 가까이서 볼 수 없게 되는 거라니 이건 말도 안 되는 일이었다.

"나한테 무슨 말을 하고 싶어서 그렇게 빨리 마시는 거야?"

인정은 두 번째 잔도 한 번에 들이켜 마셨다. 두 번째 잔을 비워내자 와인의 붉은빛이 뺨으로 갔는지 그녀의 얼굴이 서서히 붉게 물들었다. 인정은 굳게 결심한 듯 눈에 힘을 잔뜩 주고 민준을 바라보았다.

"선배님은 제가 선배님을 좋아한다는 걸 알면서도 여기 오셨어요."

"그런데?"

"혹시 저를 찾아온 이유가 영애님한테서 저를 떼어놓기 위한 건가요? 제가 또 몰래 영애님의 뒤를 밟을까 봐서요?"

"내가 왜 그래야 하지?"

"……선배님이 만나는 여자가 바로 영애님이니까요."

"흐음."

민준은 여유 있는 표정으로 유리잔을 입에 가져갔다. 그동안 눈치를 못 챈 인정이 이상한 거였을 뿐, 그녀가 이제 알게 되었다고 해서 새삼 놀라거나 특별히 걱정할 만한 일은 아니었다. 하지만 시기가 문제였다. 인정이 두 사람의 관계를 누군가에게 일부러 얘기하거나 또는 그녀도 모르게 발설하게 될 경우를 생각하자 별로 아름답지 않은 그림이 그려졌다. 다른 때면 몰라도 지금과 같은 상황에는 조금도 도움이 되지 않는 일이었다.

"내가 이 년 전 파견 근무를 나가기 전에 마지막으로 맡았던 임무는 영애의 근접 경호였어."

"선배님이 예전에 영애님 경호를 한 적이 있었다고요?"

"그래."

민준은 잔을 테이블 위에 내려놓은 뒤 나지막한 어조로 말을 이어갔다.

"그러던 중 불행하게도 영애가 납치를 당하는 일이 발생했고, 영애를 구출하는 과정에서 이래저래 내가 맘고생 몸 고생을 좀 했지. 이대철 사건 때는 영애가 또 위험한 일에 휘말릴까 봐 달려갔던 거고, 그와 비슷한 맥락에서 나는 지금 이곳에 와 있는 거야. 너한테 자세히 얘기해 줄 순 없지만, 영애하고는 어렸을 때 개인적인 인연도 있었고. 어쨌든 내가 그동안 영애한테 좀 각별한 책임감을 가지고 있었다는 걸 부인하진 않겠지만 그게 다야. 그러니 그걸 가지고 우리 두 사람이 서로 만나는 사이라고 말을 할 수는 없지."

"그럼 선배님은 도대체 저한테 왜 오신 거예요?"

"인사도 하고 당부할 것도 있고 해서 왔어."

"당부라니요? 무슨 당부요?"

"내가 없으면 영애 옆에 있을 사람은 너뿐이잖아. 우리는 애초에 영애를 보호하기 위해 대전에 왔어. 영애를 위험한 일에 휘말리지 않게 하는 게 네가 영애를 지키는 방법이라는 걸 잊지 말라고."

인정은 민준이 하는 말을 묵묵히 들었다. 그는 질투가 날 만큼 정성스럽게 영애를 보살피고 있었다. 인정은 그가 마지막으로 당부하는 말도 결국 영애와 관련된 이야기라는 게 씁쓸했지만, 그래도 그가 영애에게 다른 감정을 품고 있던 게 아니었다는 그 사실만으로 안도가 되었다.

"그리고 이건 아까와 마찬가지로 책임감의 연장선에서 하는 말인데, 내가 옆에 없어도 영애에 대한 일은 내가 알고 있어야 하니까……."

"알겠습니다. 무슨 일이 생기면 선배님께 보고해 달라는 말씀이잖아요."

"똑똑하네, 박인정."

"그럼 저도 궁금한 거 하나 물어봐도 돼요? 선배님이나 영애님 얘기는 아니에요."

"물어봐."

"선배님이 예전에 절 보면 누가 생각난다고 했잖아요. 그 사람이 누구인지 얘기해 줄 수 있어요?"

"아, 그거? 영애를 사랑하는 남자를 사랑했던 영애의 납치범, 지금은 교도소에서 복역 중이야."

"선…… 선배님!"

인정이 눈을 크게 뜨며 소리쳤다. 납치범이라니! 어떻게 나를 그런 사람과 비교할 수 있단 말인가!

"그 사람이 생각났던 건 맞는데 너랑은 달라. 넌 그 사람과 다르게 사리 분별을 할 줄 알고 의식이 있는 사람이니까, 그렇지?"

"……뭐, 그렇긴 하지만 그래도 기분은 별로 좋지 않네요."

"한 잔 더 할래?"

"아니요, 저도 내일 서울 올라가야 해서 많이 마시면 안 돼요."

민준이 와인을 따르려다 말고 인정을 흘끔 쳐다보았다. 그녀는 민준의 칭찬에 기분이 좋은지 입가에 미소를 머금고 있었다.

"너도 내일 서울로 올라간다고?"

"네. 국장님이 차량을 보낼 테니까 영애님과 같이 올라오라고 하셨어요."

"……그렇군."

나는 내일 서울로 올라가고 NIS에서 따로 차를 보낸다라……. 민준은 손에 쥔 잔을 빙글빙글 돌렸다.

"네! 참, 그런데 영애님께는 인사 안 하고 가셔도 괜찮아요? 선배님 말씀대로라면 영애님에게 각별한 책임감을 가지고 계신 거잖아요."

"그건 내가 알아서 할게."

"제가 지금 여기로 영애님을 모셔올까요?"

민준이 인정을 바라보았다. 어차피 조국을 찾아갈 생각이었는데 오히려 잘되었다. 그가 조국을 찾아가는 것보다 이게 모양새가 더 자연스러웠다. 잠시 침묵을 지키던 그는 이윽고 고개를 끄덕였다.

"그래, 그럴 수 있으면."

"그럼 잠깐만 기다리세요."

인정이 집을 나서고, 민준은 빈 잔에 와인을 채워 넣은 후 재킷 주머니에 손을 넣고 잡히는 물건을 만지작거렸다.

TV 채널을 이리저리 돌려보던 조국은 갑작스럽게 인정의 방문을 받았다. 문을 여니 얼굴이 발갛게 달아오른 인정이 서 있었다. 조국은 그녀가 뛰어와서 얼굴이 붉은 건가 싶었는데, 그녀에게서 옅은 알코올 냄새를 맡았다.

"늦은 시간에 무슨 일이죠?"

조국은 하루 종일 노트북을 가지고 씨름하느라 남은 힘이 별로 없었다. 머리카락을 쓸어 올리는 그녀의 얼굴에는 피로감이 짙었다.

"영애님, 많이 바쁘신가요?"

"바쁘진 않지만 좀 피곤하네요."

"많이 피곤하지 않으시면 저희 집에 올라가서 와인 한잔해요, 영애님."

"다음에 해요, 난 지금 좀 쉬고 싶어요."

"지금 저희 집에 민준 선배 와 있어요, 영애님."

민준이라는 말에 조국이 의아한 눈으로 인정을 바라보았다. 순간 자신이 잘못 들었나 싶었는데 잘못 들은 게 아니었다.

"선배랑 같이 와인을 마시고 있었는데 영애님 생각이 나서요. 그래도 선배가 마지막 인사는 드려야 할 것 같아서 제가 영애님을 모셔온다고 했어요."

"마지막…… 이라뇨?"

"선배가 내일 서울로 올라가면 앞으로 영애님 뵙기 힘들 것 같다고 해서요. 선배가 그러는데 자기는 영애님한테 책임감을 많이 가지고 있다고 했어요. 어렸을 때부터 인연도 있었고, 영애님 납치당했을 때 일도 있고 해서 신경이 많이 쓰인다고 그러더라고요. 그러니 영애님도 도와준 사람에 대한 인사 정도는 해주시면 좋을 것 같아서요."

'그 사람이 내 얘기를 인정 씨한테 했다고……? 도대체 왜?'

"부탁합니다, 영애님."

조국은 뭔가 이상한 일이 벌어지고 있다는 느낌을 받았다. 등골이 서늘해졌지만 처음 느끼는 기분은 아니었다. 분명 예전에도 이런 느낌을 받은 적이 있었다. 우울하고 슬프고 가슴 아팠던, 그가 조국을 두고 떠나려고 했던 그때와 같은 기분이었다.

"오셨습니까?"

조국이 인정의 집 거실에 들어섰을 때, 민준은 소파에 기대앉아 와인을 마시고 있었다. 조국이 인정을 따라 올라온 이유는 그녀의 말을 어떻게 이해해야 할지 몰라서였다. 조국은 그가 왜 그녀의 집에서 와인을 마시고 있는 건지, 그리고 갑자기 왜 그녀에게 자신의 이야기를 한 건지 이해할 수 없었다. 게다가 그가 내일 서울로 올라간다는 게 사실이라면 더더욱 이 시간에 인정의 집에 있는 게 이해가 되지 않았다.

"……내일 올라가신다고 들었는데요."

"그렇습니다. 한잔하시겠습니까?"

민준은 조국에게 잔을 내밀었지만, 조국은 받지 않았다.

"이제 더 이상 이곳에 있을 필요가 없으신가요?"

"아마 없을 것 같습니다. 앉으세요."

"……."

"제가 잔 가져다 드릴게요, 영애님."

인정이 잔을 가지러 간 사이 조국은 민준을 똑바로 바라보았다. 그는 별일 없다는 듯 잔에 와인을 따라 마시며 그녀에게 앉으라는 눈짓을 했다.

"오늘 밤엔 외출 안 하십니까?"

조국은 쉽게 입이 떨어지지 않았다. 숨이 막혀 가슴이 답답해졌고, 머릿속이 하얗게 변해 아무런 생각도 들지 않았다. 그녀는 주먹을 꽉 움켜쥐고 입술을 작게 달싹였다.

"이제…… 목적을 달성했나요?"

"목적이라니, 그게 무슨 말씀입니까?"

"당신은 정말 나를 감시하기 위해 일부러 내 앞에 나타난 거였어요? 예전처럼……?"

줄곧 여유 있어 보이던 민준이 갑자기 얼굴을 잔뜩 구겼다. 그가 막 입술을 움직이려는 찰나 인정이 잔을 들고 다시 모습을 드러냈다.

"제가 한 잔 따라드릴게요, 영애님."

조국은 인정에게서 잔을 받았다. 그의 집에서 함께 와인을 마시고 밤을 보냈던 날이 떠올라 심장이 죄어들었다. 조국이 잔을 비워내자 인정이 그녀의 눈치를 살피며 다시 빈 잔을 채웠다. 뭔가 할 말이 있는 듯 미적미적하던 인정이 이윽고 조심스럽게 입을 열었다.

"저기…… 오해해서 죄송했어요, 영애님. 저 솔직히 선배와 영애님이 사귀는 사이인 줄 알았거든요. 선배가 사실을 얘기 안 해줬으면 저 영애님을 속으로 계속 미워했을지도 몰라요."

"……."

"그리고 영애님이 되게 유능한 연구원이라고 해서 저 사실 놀랐어요. 전 영애님이 이곳에서 취미 생활을 하고 계시는 줄 알았거든요."

"……난 그렇게 유능하지 않아요. 별로 머리가 좋지 않아 매번 같은 거짓말에 속고, 그게 진짜 줄 알고 믿어버리죠."

"매번 같은 거짓말에 속았다는 게 무슨 말씀이세요?"

"영애님."

민준이 갑자기 부르자 조국은 그제야 그를 바라보았다. 그의 눈빛이 차가웠고 목소리엔 화가 실려 있었다.

"그동안 고생하셨습니다. 셋이 건배할까요?"

조국은 잔을 눈앞에 들어 보이더니 한 번에 끝까지 비웠다. 그의 시선이 계속 닿아왔지만 그녀는 더 이상 민준과 눈을 마주치지 않았다. 그의 집요한 시선을 조국은 그대로 무시했다. 문득 외국 영화에 종종 나오는 욕설 한 마디가 떠올랐다. 조국은 그 말을 입 밖으로 낼 수 있다면 얼마나 좋을까, 라는 생각이 들었다.

"영애님, 어렸을 때 민준 선배 만난 적 있으시다면서요? 옛날에 선배는 어땠어요? 지금하고 똑같았어요? 되게 귀여웠을 것 같아요, 무뚝뚝하고 잘생긴 꼬마 말이에요."

"글쎄요. 만난 적이 있었다는데 기억이 잘 안 나네요. 내가 초등학교에 들어가기도 전의 일인데 기억하는 게 더 이상하지 않겠어요?"

"그리고 참, 영애님 납치도 당하셨다면서요! 그래서 영애님 경호에 그렇게 신경을 많이 쓰는 거였다는 걸 이제야 알았어요. 그때 영애님을 사랑하는 남자를 짝사랑하던 여자가 범인이었다면서요?"

조국은 그제야 시선을 돌려 민준과 두 눈을 마주했다. 그는 어떻게 내 이야기를 이렇게 가벼운 화젯거리로 올릴 수 있었을까.

"내 얘기가 재밌어요?"

"네, 궁금해요! 그래서 그 남자 분은 어떻게 되었어요?"

그녀는 민준의 눈을 바라보며 물었지만, 대답을 한 건 인정이었다. 설은 그녀의 말에 진심을 담아 대답했다.

"나한테 미안하고 고마운 친구가 되었죠. 지금 내가 유일하게 믿을 수 있는 사람이기도 하고요. 내 옆엔 언제나 내게 거짓말을 하고 날 속이는 사람들뿐이었거든요."

생각해 보니 민준을 다시 만났을 때도 그가 그녀를 찾아온 건 아니었다. 그를 처음 만난 건 청와대였고 그다음은 집 근처였으며, 그녀에게 오지 않은 민준을 찾아간 것 역시 그녀였다. 그리고 그는 경호관이 되어 나타났고, 이젠 임무가 끝났다며 다시 그녀의 곁을 떠나려 하고 있었다.

"그럼 그분하고 잘 해보시는 건 어때요? 왠지 그분하고 영애님하고 되게 잘 어울릴 것 같아요."

"박인정, 쓸데없는 소리 하지 마."

민준이 잔을 테이블 위에 내려놓으며 낮은 목소리로 말했다.

"생각해 본 적 없는데 한번 생각해 봐야겠네요."

"이상한 생각을 하시면 건강에 해롭습니다, 영애님."

"제 건강은 제가 알아서 한다고 예전에 말씀드렸던 것 같은데요."

"영애님의 건강을 말하는 게 아닙니다."

"저에 대한 책임감이 그 정도까지라니 몸 둘 바를 모르겠네요. 누가 보면 우리가 무슨 친남매라도 되는 줄 알겠어요."

민준이 입을 다물었다. 갑자기 심장이 뜨거워지고 가슴에 격렬한 통증이 느껴지는 걸 보니 그녀가 그의 지푸라기 인형을 화형에 처한 게 틀림없었다.

조국은 눈앞이 빙글빙글 돈다고 생각했다. 사물이 가까이 보였다 멀어졌고 민준의 얼굴이 일그러져 보였다가 하얗게 지워지기도 했다.

"영애님, 괜찮으세요?"

"내가 할게."

먼 곳에서 인정의 다급한 목소리가 들렸고, 이어 그녀의 몸이 공중으로 붕 떠올랐다.

"먼저 간다."

"제가 안 따라가도 괜찮을까요?"

"너도 취했잖아, 쉬어."

드문드문 말소리에 이어 문이 열리고 닫히는 소리가 들렸다. 얼굴에 찬 공기가 느껴지는 걸 보니 인정의 집 밖으로 나온 것 같았다.

"강조국은 총이 아니라 말로 사람을 죽이네. 정작 기억해야 할 말은 다 잊어버리고."

엘리베이터에 오른 민준은 앞으로 안은 조국을 내려다보며 짧게 한숨을 내쉬었다. 7층에 도착한 그는 조국을 침대에 조심스럽게 내려놓았다.

"이렇게…… 싫지 않았는데……."

민준이 그녀에게 손을 뻗었다. 조국은 목덜미에 서늘한 촉감이 와 닿았다 사라지는 걸 어렴풋이 느끼며 깊은 잠에 빠져들었다. 마지막으로 나지막한 한숨 소리가 들린 것 같았지만 그대로 의식이 끊어졌다.

민준은 701호를 나와 702호로 가지 않고 오피스텔 건물 관리 사무소를 향했다. 오늘은 그에게 아주 바쁜 밤이 될 터였다.

"수고하십니다."

자정을 넘긴 시각, 민준은 오피스텔 관리 사무소 안으로 들어갔다. 보안경비팀 직원 한 명이 자리를 지키고 앉아 있었다. 충혈된 눈으로 화면을 바라보던 직원은 민준을 발견하자마자 자리에서 일어났다.

"무슨 일이십니까?"

"C동 702호 입주민입니다. 지하 주차장에 주차해 놓은 차에 문제가 있어서 그러는데 C동 녹화 자료를 좀 찾아볼 수 있을까요?"

"아, 그렇습니까? 이쪽으로 오세요. 그런데 저희는 자료 보관 기간이 열흘밖에 안 돼서 만약 그 이전 걸 찾으시는 거라면 삭제되고 없을 텐데요."

남자는 많이 피곤한 듯, 하품을 하면서 민준을 안내했다.

"C동…… 주차장, 여기 있네. 보고 계시다가 이상한 거 보이면 말씀하세요, 제가 봐드릴 테니까요."

"알겠습니다, 감사합니다."

민준은 모니터를 뚫어져라 바라보기 시작했다. 남자는 처음엔 그의 곁에 서서 화면을 함께 들여다보았지만, 곧 흥미를 잃고 하품을 하며 저만치 멀어져 갔다. 슬쩍 남자의 눈치를 살핀 민준이 조용히 마우스를 움직이기 시작했다.

서울로 가기 전에 한 곳을 더 들러야 하기 때문에 남아 있는 시간이 많지 않았다.

조국은 잠에서 깨자마자 지독한 두통을 느꼈다. 그녀는 그대로 침대에 누워 어젯밤 일에 대해 생각했다. 민준은 오늘 아침 서울로 올라간다고 했고, 그가 서울로 간다는 건 그녀의 신변에 어떤 변화가 있을 거라는 예고였다. 하지만 이미 흔적은 깨끗이 지웠고 황 소장, 건우와도 이야기를 맞추었으니 이제 증거가 될 만한 것은 없었다.

그러다 조국은 문득 어젯밤 제 목에 닿았던 차가운 감촉을 기억해 내고 목 주변을 두 손으로 더듬거렸다. 다행히 목걸이는 제자리에 있었다. 만약에 그녀가 없더라도 다른 사람이 연구를 계속하려면 축적된 데이터가 필요했다. 그럴 경우를 대비해 자료를 어딘가에 남겨놓기로 했는데, 현재로서는 믿고 맡길 사람이나 감춰둘 장소가 마땅치 않았다.

조국은 황 소장을 만나 의논을 해야겠다고 생각하며 자리에서 일어났다. 그러다 그녀는 민준이 어젯밤에 했던 말을 머릿속에 떠올렸다. 그때는 취중이라 정신이 없었지만 그가 한 말은 또렷하게 기억이 났다.

"강조국은 총이 아니라 말로 사람을 죽이네. 정작 기억해야 할 말은 다 잊어버리고."

그가 그녀에게 기억하라고 했던 중요한 말은 하나밖에 없었다.

"앞으로 무슨 일이 일어나더라도 우리 사이는 변하지 않을 거라는 거, 잊지 말라고."

"아무 사이도 아니라면서."

조국은 씩씩거리며 욕실로 향했다. 그녀는 솔직하게 사귀는 사이라고 털어놓지 못하는 그의 입장이 이해가 가면서도, 하필이면 그를 좋아하는 인정에게 그런 말을 해야만 했다는 게 속상했다.

하지만 계속 그 생각을 하고 있을 수만은 없었다. 그가 곁에 없을 때 한시라도 빨리 황 소장을 만나 이 파일을 어디에 보관할지 의논해야 했다. 씻고 나온 조국은 서둘러 연구소로 갈 준비를 했다.

딩동— 그때 초인종이 울렸다. 인터폰 화면에는 처음 보는 얼굴이 있었다. 조국은 왠지 불길한 느낌이 들어 얼른 인정에게 전화를 하려다가 이내 허탈한 표정을 지었다. 인정은 낯선 방문객들과 함께 있었다.

현관문을 열자 인정이 조금 당황한 얼굴로 조국을 바라보았다. 그녀도 이 상황에 대해 사전에 언질을 받지 못했던 것 같았다.

"아침부터 죄송합니다, 영애님. 괜찮으시다면 저랑 같이 온 분들이 지금 영애님께 말씀드릴게 있다고 합니다."

"네, 괜찮아요. 말해요."

조국은 잠깐 그녀에게 시선을 주었다가 고개를 돌렸다.

"안녕하십니까, 영애님. NIS에서 나왔습니다."

앞에 서 있던 남자의 입에서 묵직한 저음이 흘러나왔다. 그는 그녀에게 NIS 신분증을 내보이며 경직된 얼굴로 인사를 건넸다. 남자는 예의가 발랐지만 눈빛이 단호했다.

"이 시간에 무슨 일이시죠?"

"갑작스럽게 죄송합니다만, 영애님께서는 지금 저희와 함께 서울로 올라가셔야겠습니다. 이미 청와대에도 보고가 들어갔다고 알고 있습니다."

쿵. 바닥으로 떨어진 심장이 빠르게 뛰기 시작했다. 조만간 이런 일이 일어날 수 있다고 생각하긴 했지만, 막상 눈앞에 닥치자 두려움이 밀려왔다. 어떻게든 황 소장님께 이 사실을 알려 드려야 하는데 방법이 떠오르지 않았다. 이런 조국의 머릿속을 들여다보기라도 한 듯 남자는 차분하게 말을 이어갔다.

"원자력연구소 황충완 소장 쪽에도 사람이 갔습니다. 저희가 이곳을 떠나는 대로 영애님의 연구실과 오피스텔에 대한 조사가 이루어질 예정입니다. 언짢으시겠지만 양해를 부탁드리겠습니다."

조국은 인정을 바라보았다. 그녀가 혹시 잠깐이라도 시간을 벌어줄 수 있지 않을까 기대했지만, 인정은 조국보다도 더 긴장하고 있었다. 조국은 곧바로 체념하고 다시 남자에게 시선을 돌렸다.

"올라가더라도 무슨 일 때문인지는 알고 가야겠는데요."

"저희는 다만 영애님을 정중히 모셔오라는 명령을 전달받았을 뿐 무슨 일 때문인지는 정확히 알지 못합니다. 이미 청와대에도 보고가 들어갔다고 들었습니다. 그러니 만약 질의하실 게 있다면 서울로 올라가 직접 물어보시면 될 것 같습니다."

민준은 이런 일이 일어날 걸 미리 알고 오늘 서울로 올라간다고 했던 거였을까? 조국은 그가 지금 여기에 있는 것보다는 서울로 올라간 게 더 낫다고 생각했다. 만약 저 무리 속에서 그를 발견했다면 더 비참한 기분일 것 같았다. 그녀는 속으로 크게 심호흡을 한 뒤 남자를 똑바로 바라보았다.

"밖에서 잠깐만 기다려주세요. 준비하고 나오겠습니다."

"죄송합니다만 지금부터는 저희와 함께 움직이셔야 합니다."

"……알겠습니다."

"핸드폰은 이리 주시겠습니까, 영애님?"

'이제 어떻게 하지?'

조국은 머뭇거리다가 손에 쥐고 있던 핸드폰을 천천히 앞으로 내밀었다. 지금 이곳에 파일을 숨기는 건 불가능했다. 게다가 지금 상황에서는 숨길 곳을 찾는 것보다 오히려 숨겨둔 파일이 발각되었을 때 일어날 일들에 대해 생각해야 했다.

조국은 집 안으로 들어가 그들의 시선이 닿는 곳에서 소지품을 챙기고 코트를 찾아 입었다. 그들과 함께 밖으로 나오자 현관 밖에서 대기하고 있던 사람들이 곧바로 집 안으로 들어갔다. 조사를 위한 것일 터였다.

오피스텔 밖으로 나온 조국은 인정과 함께 차에 올랐다. 그녀는 의식적으로 목 주변에 손을 대지 않으려 애를 쓰며 창밖의 먼 곳으로 시선을 던졌다.

NIS 조사실 앞.

이 년 만에 이곳에 다시 오게 되었다. 하지만 그때와는 입장이 달랐다. 그때는 참고인의 자격이었다면 지금은 정황상 피고인이 된 게 분명했다. 조국은 조사실 앞 의자에 앉아 바닥을 응시했다. 그녀의 옆에는 인정이 있었고 옆에는 남자 요원 두 명이 서 있었다.

조사실 안에서는 황 소장님이 조사를 받고 있었다. 그와는 미리 말을 맞추어두었으니 크게 걱정할 일은 없었지만 지금 목에 걸고 있는 목걸이가 문제였다. 하지만 조국은 자신이 파일을 가지고 있었던 게 다행이라는 생각이 들었다. 들키더라도 원자력연구소장보다는 말단 연구원인 그녀가 가지고 있다 들키는 편이 더 나았다. 조국은 주먹을 단단히 말아 쥐며 떨리는 마음을 가라앉히려 애썼다.

조사실 문이 열렸고 황 소장이 밖으로 나왔다. 조국이 자리에서 벌떡 일어서자 그는 그녀의 어깨를 한 손으로 지그시 누르며 안심하라는 듯 고개를 가볍게 끄덕였다. 황 소장은 묻고 싶은 게 있는 얼굴이었지만 겉으로는 아무런 내색도 하지 않았다. 그는 그녀의 어깨를 두어 번 더 가볍게 두드린 후 곧 그 자리를 떴다.

"들어오십시오."

낯선 남자의 목소리에 조국은 조사실 안으로 들어갔다. 안에는 김 국장과 요원으로 보이는 남자 두 명이 길쭉한 책상 앞에 앉아 있었다. 그리고 민준이 팔짱을 끼고 벽에 기대 서 있었다. 그를 발견한 조국의 눈빛이 흔들렸지만, 그는 표정의 변화 없이 담담한 얼굴로 그녀를 응시했다.

조국이 고개를 돌리는 순간 민준은 그녀가 꼭 말아 쥔 주먹이 두려움으로 떨리는 걸 보았다. 그는 눈을 가늘게 뜨며 그녀를 향한 애틋한 눈빛을 감추었다.

"오랜만입니다, 조국 양."

"……안녕하세요."

김 국장이 먼저 인사를 건넸고 조국은 그를 향해 가볍게 고개를 숙였다.

"불편하게 모셨다면 이해해 주시기 바랍니다."

"……아닙니다, 괜찮습니다."

"몇 가지 가볍게 물어보고 싶은 게 있어서 불렀으니 너무 긴장하지 않으셔도 됩니다."

김 국장은 편안하게 생각하라고 했지만, 그녀는 그럴 수 없었다. 숨겨야만 하는 게 있는 입장에서 조사를 받는데, 마음이 편할 리가 없었다.

조국이 요원들을 마주 보고 자리에 앉자마자 그녀에게 질문이 쏟아지기 시작했다.

"강조국 씨는 연구소에서 무슨 연구를 하고 계십니까?"

"원자로 개발에 관한 연구를 하고 있습니다."

"연구소에서 특별히 구성한 팀이 있다고 알고 있습니다. 무엇을 위한 팀입니까?"

공격적인 어조로 묻는 이 남자는 아마 소장님에게도 같은 질문을 했을 터였다. 그녀는 미리 말을 맞추어놓길 정말 잘했다고 생각했다.

"원자력 에너지를 대체할 미래 에너지 개발을 위한 팀입니다."

"질문을 바꾸겠습니다. 백건우 씨를 알고 계십니까?"

"……네, 알고 있습니다."

"두 분이 최근에 만난 적이 있습니까?"

조국은 잠시 숨을 고른 후 차분하게 말을 이어갔다.

"네, 있습니다."

"무슨 일로 만나셨지요?"

"개인적인 일 때문입니다."

"백건우 씨는 지금 불법 장비와 무기 수입 등의 혐의를 받고 있습니다. 알고 계십니까?"

남자의 날카로운 목소리에 조국은 순간 움찔했다. 건우는 혹시라도 일이 탄로 났을 경우에도 절대로 아는 척을 하면 안 된다고 신신당부했다. 기업의 문제로 끝날 일이 더 큰 문제로 번질 수 있다는 거였다.

> "거짓말을 할 때는 상대방의 눈을 똑바로 쳐다봐야지 지금처럼 시선을 피하면 안 돼. 그럼 이렇게, 거짓말이 들통나게 되거든."

저도 모르게 시선을 내리려던 조국은 이내 민준이 했던 말을 기억해내고선 남자의 얼굴을 똑바로 바라보았다.

"모르는 일입니다."

'잘했어, 야옹이.'

갑자기 환청이 들렸다. 조국은 왠지 눈물이 나올 것 같았다. 이 안에 들어온 순간부터 민준의 시선은 줄곧 그녀를 향해 있었다. 조국은 그가 자신이 쓰러지지 않도록 시선으로 붙잡아주고 있는 것 같다는 느낌이 들었다.

"강조국 씨는 며칠 전 대전에 있는 Pakin 물류 창고에 간 적이 있습니다. 이유를 물어봐도 되겠습니까?"

그녀의 등에서 식은땀이 흘러내렸다. 대전에서 민준이 묻던 때와는 상황이 달랐다. 남자의 어조는 정중했지만 눈빛은 상당히 위압적이었다.

"김민준 요원이 이미 확인한 사실입니다. 거기에서 무엇을 하셨습니까?"

민준의 이름을 듣자 그녀의 가슴 깊은 곳에서 뜨거운 덩어리가 목구멍까지 올라왔다. 조국은 떨리는 입술을 안으로 꽉 깨물었다. 여기서 들키면 건우와 황 소장, 그리고 다른 연구원들도 무사하지 않을 터였다. 지금 이 사람들에게 흔들리는 모습을 보일 수는 없었다.

"……남자친구를 만났습니다."

"남자친구를 그 늦은 시간에 그런 장소에서 만났습니까? 이해할 수가 없습니다."

"제가 남자친구를 만나는 걸 이해할 수 없다고 말씀하시면 전 뭐라고 대답을 해야 하나요? 아시겠지만 제겐 행동의 자유가 없습니다. 경호관들 눈을 피하려면 이 방법밖에는 없었어요."

조국의 떨리는 목소리에 분노가 설핏 어렸다. 남자는 당황하는 얼굴로 김 국장을 바라보았다. 김 국장은 눈썹을 찌푸리며 민준을 힐끗 쳐다보았다. 조국을 뚫어져라 바라보며 서 있는 민준의 얼굴이 경직되어 있었다.

"질문을 바꾸겠습니다. 이 년 전에 국정원에서 파기한 파일이 있습니다. 그 안에 어떤 내용이 들어 있었는지 알고 계십니까?"

"알고 있습니다."

"혹시 그 파일에 복사본이 따로 있었습니까?"

"당시 국정원에서 제가 가지고 있던 모든 자료를 가져간 걸로 알고 있습니다. 따로 복사본은 없었습니다."

그때, 노크 소리와 함께 조사실 문이 열리고 한 남자가 안으로 들어왔다. 그는 김 국장에게 묵례를 한 후 조심스럽게 말을 꺼냈다.

"국장님. 물류 창고 연구동 수색을 했는데 그 안에 별다른 장비는 없었다고 합니다. 다만……."

"다만, 뭔가?"

"그 안에 어울리지 않는 몇 가지 물건들이 있었다고 합니다."

"어울리지 않는 물건?"

남자는 곤란한 얼굴로 조국의 눈치를 살피더니 작은 목소리로 대답했다.

“그 안에 이런저런 가구와 생활용품들이 있다고 하는데…… 아무래도 연인의 밀회 장소로 쓰였던 곳 같다고 합니다.”

보고를 하는 남자의 얼굴이 벌게졌다. 아마 조국을 의식한 걸 터였다.

“이런저런 가구라는 게 도대체 뭔가?”

“……침대와 화장대, 같은 걸 말씀드리는 겁니다.”

줄곧 팔짱을 낀 채 무심한 얼굴로 서 있던 민준의 한쪽 눈썹이 꿈틀거렸다.

‘백건우, 이 자식…….’

민준은 보고하는 남자가 마치 건우라도 되는 양, 그를 이글거리는 눈빛으로 노려보았다. 김 국장이 그런 민준을 흘끔 쳐다보았다가 다시 남자를 바라보았다.

“또 다른 건?”

김 국장의 질문에 남자는 그의 귓가에 아주 작은 목소리로 속삭였다.

“현재 강조국 연구원의 노트북을 분석 중인데 최근에 데이터가 모두 삭제된 흔적이 있습니다.”

“복구는 가능한가?”

“최선을 다하고 있긴 하지만 확신할 순 없다고 합니다.”

김 국장은 고개를 끄덕이며 남자에게 그만 나가보라는 손짓을 했다. 김 국장과 남자의 대화 때문에 잠시 끊겼던 질문이 그녀에게 다시 이어졌다.

“강조국 씨, 최근에 노트북 안에 들어 있던 데이터를 삭제한 적이 있습니까?”

"네, 제가 지웠습니다."

"담겨 있던 내용과 삭제한 이유를 말씀해 주실 수 있습니까?"

"개인적으로 기록한 일기와 사진입니다. 아버지를 생각하니 추후에 문제가 될 수도 있을 것 같아 모두 삭제했습니다."

조사실 안에 침묵이 흘렀다. 조국은 얼굴이 붉어진 상태였만, 남자의 시선을 피하지 않았고, 민준은 끄응 앓는 신음을 냈다. 무슨 상상을 했는지, 줄곧 무표정한 얼굴이었던 조사 요원도 당황한 기색을 감추지 못했다.

"실례가 되지 않는다면…… 만나는 남자에 대해 말씀을 해주실 수 있겠습니까?"

"죄송하지만 그건 지금 말씀드릴 수 없습니다. 아버지께 나중에 따로 말씀을 드릴 생각이니 정 궁금하시면 아버지께 여쭈어봐 주세요."

조사 요원은 난감한 얼굴로 김 국장을 바라보았다. 더 이상의 질문이 곤란하다는 의미였다. 잠시 조국을 물끄러미 바라보던 김 국장이 마침내 침묵을 깨고 입을 열었다.

"……백건우는, 오고 있나?"

"네, 지금 이곳으로 오고 있는 중입니다."

"조국 양, 오늘은 이만 돌아가셔도 좋습니다. 불쾌한 질문을 드렸다고 해도 이해해 주시면 감사하겠습니다."

김 국장의 인사에 조국은 서둘러 자리에서 일어났다. 그녀는 한시라도 빨리 이 공간을 빠져나가고 싶었다. 막 뒤돌아서려는 순간 갑자기 김 국장이 뭔가 생각난 듯 그녀를 불러 세웠다.

"잠깐만요, 조국 양."

"……?"

"지금 목에 걸고 계신 목걸이가 눈에 많이 익습니다."

쿵! 조국의 심장이 내려앉았다. 이번엔 아까와는 달리 표정을 감추지 못했다. 김 국장은 그녀의 손이 떨리는 걸 똑똑히 지켜보았다.

"제가 좀 확인하고 싶은 게 있는데 잠깐 이리 건네주시겠습니까?"

조국은 두려움 가득한 얼굴로 목걸이를 붙들며 한 걸음 뒤로 물러섰다. 눈앞이 아득해졌다. 그녀는 목걸이를 손으로 단단히 쥐며 저도 모르게 민준을 애원하듯 바라보았다. 하지만 그는 무심한 얼굴로 그녀를 바라보고 있을 뿐이었다.

"이건…… 할아버지께서…… 제게 주셨던 선물입니다. 제겐 아주 소중한 거예요."

"알고 있습니다, 나중에 돌려드릴 테니 이리 주십시오."

남자 요원이 조국에게 다가와 손을 내밀었지만, 그녀는 목걸이를 손에 쥔 채 고개를 돌려 그를 외면했다. 설마 그가 제 몸에 손을 대고 억지로 빼앗지는 못할 터였다.

그때, 누군가 조국의 목에 손가락을 얹었다. 그 차가운 감촉에 조국이 깜짝 놀라 고개를 돌렸다. 분명히 어젯밤, 이와 비슷하게 그녀의 목덜미를 스치던 손길이 있었다. 민준이 그녀의 목에 걸린 목걸이에 손을 올린 채로 조국을 바라보고 있었다. 조국의 눈에 원망스러운 눈물이 차올랐지만 민준은 조금도 동요하지 않았다.

"이리 주십시오."

"……만지지 말아요."

"주십시오, 영애님."

"……안 돼요."

민준은 하얗게 질린 그녀의 목에서 목걸이를 빼내 조사 요원에게 건네주었다. 툭, 그녀의 손이 힘없이 아래로 떨어졌다.

"백건우 씨를 조사하고 난 후 영애님을 다시 부를 수 있습니다. 박인정 요원이 영애님을 청와대로 모실 겁니다."

가까이에서 그의 목소리가 들렸지만 무슨 소리인지 몰랐다. 패닉 상태인 그녀의 귀에는 그저 윙윙거리는 소리로만 들릴 뿐이었다.

"영애님."

"……."

"제 말 안 들리십니까."

"……려요."

"영애님."

"들린다고요."

조국은 민준을 바라보며 작게 입술을 움직였다. 각오하고 한 일이었지만 결국 최악의 경우를 맞이하고야 말았다. 그러나 지금은 이렇게 넋을 놓고 있을 때가 아니었다. 정신을 차리고 앞으로 벌어질 일들을 어떻게 해결해야 할지 생각해야 할 때였다. 조국은 황 소장과 건우에게 피해가 가지 않게 하기 위해 그녀가 해야 할 일만 생각하기로 했다.

"괜찮으십니까."

민준이 나지막한 목소리로 물었다. 다른 사람들 귀에는 형식적인 인사치레로 들렸지만, 조국을 바라보는 민준의 눈빛은 애틋했으며 그녀를 향한 걱정이 담겨 있었다.

"……괜찮아요."

조국이 고개를 끄덕이자 민준이 눈을 천천히 감았다 떴다.

'괜찮아.'

그녀만 알아볼 수 있도록 그의 입술이 조용히 움직였다.

그날 오후 국장실. 김 국장은 민준을 차가운 얼굴로 올려다보았다. 단단히 화가 난 듯, 민준을 바라보는 눈길이 오늘따라 유난히 매서웠다.

"자, 이제 내게 설명을 해봐."

"제가 따로 더 드릴 말씀은 없습니다. 아까 이미 다 들으시지 않았습니까?"

"영애가 물류 창고 연구동에서 야밤에 밀회를 즐겼다는 말을 지금 나더러 믿으라는 거야?"

김 국장이 코웃음을 쳤다.

"증거가 나왔다는데 왜 믿을 수가 없습니까?"

"그러기 전에 네가 그놈을 반 죽여놨겠지, 안 그래?"

"제가 왜 그럴 거라고 생각하시는 겁니까?"

"네가 이대철한테 한 짓을 내가 모르고 있을 줄 알았어?"

김 국장의 낮게 깔린 목소리에 분노가 어렸지만 민준의 반응은 영 미지근했다. 그는 속으로 조사실에서 그를 바라보며 눈물을 글썽거리던 설을 떠올리고 있었다.

"그런데 왜 모른 척하고 계셨습니까?"

"그놈은 맞을 만했으니까 그렇지. 겁대가리 상실한 놈, 감히 누구한테 그런 장난을 쳐."

"알고 계신다니 그 일을 부인하진 않겠지만, 영애가 대전에서 밤에 누구를 만나 그 안에서 뭘 했는지는 제가 알지 못합니다."

"네가 모른다고?"

"네, 모릅니다."

김 국장이 책상 위에 팔꿈치를 올리며 깍지를 꼈다.

"넌 영애가 수상한 외출을 하는 걸 알고 있었으면서도 내게 보고하지 않았고 Pakin이 광산의 실질적인 소유주라는 사실을 알면서도 침묵했다. 일이 이러한데, 네가 과연 숨기는 게 없다고 말을 할 수 있을까? 다른 사람도 아닌 네가 사사로운 감정 때문에 조사를 방해해?"

"제 임무는 조국의 안녕과 평화에 위협이 될 만한 요소를 제거하는 게 아닙니까? 저는 그에 적합한 임무 수행을 했다고 생각합니다, 아버지."

"그래서 보고하지 않았다? 그런데, 누가 네게 그런 결정권을 줬지?"

"아버지께서도 이번 조사가 외부로 알려지지 않고 조용히 지나가길 바라고 계시지 않습니까. 아무 일도 일어나지 않는 것보다 더 좋은 해결 방법은 없습니다."

민준의 말이 맞았다. 지금의 상황으로서는 아무 일도 일어나지 않도록 막는 게 최선이었다. 하지만 그가 NIS조차도 조사할 수 없도록 의심스러운 흔적을 모두 지워 버린 건 다른 문제였다. 그건 항명이었다.

"영애의 오피스텔과 관련된 녹화 자료가 하나도 남아 있지 않더구나. 관리 사무소 측 얘기로는 직원의 실수로 삭제된 것 같다고 하던데, 내가 그 말을 어떻게 해석할지 넌 알고 있겠지."

"컴퓨터라는 게 원래 오류도 나고 그러는 것 아니겠습니까? 기계라고 해서 완벽할 순 없으니까요."

김 국장은 더 이상 소모적인 언쟁을 할 필요가 없다고 생각했다. 그가 보기에 민준은 사실을 털어놓을 생각이 전혀 없었다.

"물류 창고 쪽 CCTV에도 녹화 자료가 없고, 영애가 살고 있는 오피스텔에도 자료가 없다라…… 우연치고는 참 기막힌 우연이구나."

"그렇습니까?"

"지금 너랑 영애 중 누가 연기를 하고 있는 거냐."

"제가 생각하기에 영애는 연기에 소질이 없어 보입니다."

"나도 그렇게 생각한다. 그러니 누군가 연기를 하고 있다면 그건 아마 네놈이겠지."

김 국장이 서늘한 얼굴로 책상을 검지로 톡톡 두드렸다.

"……징계위원회가 열릴 거다. 각오하고 있겠지."

"네, 알고 있습니다."

"앞으로 추가로 뭐가 나오느냐에 따라 징계 수위가 달라질 거다, 그것도 물론 알고 있겠지."

"네."

"신분증 반납하고 대기해."

"알겠습니다."

민준이 묵례를 하고 나가자 김 국장은 의자를 거칠게 뒤로 밀며 자리에서 벌떡 일어났다. 그는 얼굴을 잔뜩 구긴 채로 창 밖을 내다보았다.

영애의 생각이 틀린 게 아니라 다를 뿐이라는 건 그도 알고 있었다. 그 역시 이인호 박사를 존경했던 사람으로서, 과학자의 문제가 정치·외교의 문제로 번질 수밖에 없는 현실이 안타까운 건 마찬가지였다.

대전 물류 창고 연구동의 방사능 측정 결과 자연방사능 수치를 훨씬 상회하는 방사능이 검출되었다. 그건 그 안에서 그와 관련된 실험을 했다는 증거였다. 그러나 백건우는 장비 수입과 광산 보유는 인정했지만 원자력연구소와는 관련이 없다고 선을 그었고, 영애에게선 아직 이렇다 할 증거를 찾지 못했다.

김 국장은 서랍 안에서 조국의 목걸이와 그 안에 들어 있던 물건을 꺼냈다. 조금 전 영애의 반응으로 유추해 보건대 그녀는 아직 이 물건에 대해 모르고 있는 듯했다.

"……망할 놈."

그는 안타까운 마음이 섞인 욕설을 뱉어냈다. 왜 항상 희생은 민준의 몫이어야 하는 건지 그는 아버지의 입장에서, 화가 치밀어 올랐다.

늦은 저녁 청와대 집무실. 대통령은 아까부터 조국을 책상 앞에 세워 둔 채 업무를 보고 있었다. 조국은 이미 단단히 각오를 하고 있었는데도 그는 아무것도 묻지 않았다. 서류에 사인을 한 대통령이 서류를 탁 소리가 나게 덮은 후 마침내 그녀를 올려다보았다.

"이런 일 정도는 벌어져야 내가 네 얼굴을 볼 수 있구나."

그가 나지막한 한숨과 함께 말을 이었다.

"듣자 하니 대전에 있는 Pakin 연구동에 네가 남자를 만나러 갔다고 했다던데, 그 남자가 도대체 누구냐."

"제가 남자를 만나는 게 문제가 되는 건 아니잖아요, 아빠."

"그렇지, 네가 거기서 어떤 남자를 만났든 간에 그게 문제가 되는 건 아니다. 하지만 그곳에서 자연적인 수치를 상회하는 방사능이 검출되었다는 건 문제가 되겠지."

대통령의 목소리가 서늘하게 내려앉았다. Pakin의 연구동에서 방사능이 검출되었다는 건 누가 들어도 이상한 얘기였다. 제아무리 실험 장비를 감추고 흔적을 지웠다고 해도 그 수치까지 지울 수는 없었을 터였다.

"그 문제에 관해서는 제가 드릴 말씀이 없어요."

"나한테 할 말이 없다고?"

"네, 아빠."

"그곳에서 방사능이 검출되었다는 게 외부로 알려지면 그 사실을 덮기 위해 얼마나 많은 국가적 희생이 필요한지 알고 있는 게냐!"

단단히 화가 난 대통령이 언성을 높였다. 조국은 아버지의 이런 모습을 오늘 처음 보았다.

"어디에 있어."

"……무슨 말씀이세요?"

"네가 거기서 실험한 데이터. NIS에서는 네가 자료를 전부 지운 것 같다고 말했지만 네가 그 자료를 그냥 없앴을 리가 없지."

'이게 무슨 소리지? 목걸이 안에 파일이 없다고?'

조국의 눈이 흔들렸다. 어제까지 있었던 파일이 지금 없다는 건, 어젯밤부터 아침 사이에 누군가 그녀의 목걸이에 손을 댔다는 얘기였다. 그리고 그럴 수 있었던 사람은 단 한 사람밖에 없었다. 김민준, 그 사람은 파일을 가지고 도대체 무슨 일을 하고 있는 거지?

"난 지금 네가 감춘 파일이 지금 어디에 있는 건지 묻고 있는 거다."

"……파일 같은 건 없어요."

조국은 당당하게 대통령을 마주 보았다. 지금 상황을 보니 아버지는 파일에 대해 모르고 있고, 그 말은 NIS에서도 그 파일의 존재에 대해 알지 못하고 있다는 거였다.

"강조국."

"전 정말 모르는 일이에요, 아빠."

대통령은 굳은 얼굴로 김 국장과의 통화 내용을 머릿속에 떠올렸다.

"영애의 목걸이 안에서 물건이 하나 발견되었습니다. 하지만 데이터 파일은 아닙니다, 각하."

"물건이라니, 그게 뭔가?"

"문양이 새겨진 반지입니다. 아무래도 사적인 물건인 것 같으니 영애에게 돌려주려고 합니다."

"……아니, 목걸이만 돌려주고 그건 내게 가져오게."

짐작컨대 조국에게 반지를 준 사람은 아마 민준일 터였다. 그 반지가 왜 목걸이 안에 들어 있었는지는 모르겠지만, 분명한 건 두 사람이 그런 물건을 주고받을 정도로 가까운 사이라는 거였다. 대통령에게는 전혀 달갑지 않은 얘기였다.

"장인어른께서 네게 주신 목걸이에, 혹시 네게 중요한 뭔가를 넣어놓았느냐?"

"아니요, 그런 건 없어요."

"……그래?"

"네, 아빠."

대통령은 조국의 안색을 살폈다. 조국의 반응으로 볼 때 그녀는 그 반지의 존재에 대해 아직 모르고 있는 것 같았다.

"그렇다면 이제 네가 밤늦게 만났다는 그 남자 문제만 남았구나. 다시 한 번 묻겠다, 그 남자가 누구냐?"

"그건 말씀드릴 수 없어요. 제가 말씀드리면 아빠가 찾으실 거잖아요."

대통령은 조국이 말하는 남자가 김 국장의 아들이란 걸 알면서도 일부러 물었다.

"네가 지금 이곳에 있다는 이유로 이제 곧 많은 추측과 소문이 무성해질 거다. 그러면 나는 사람들한테, 내 딸을 결혼시키기 위해 서울로 불러들인 것이라고 얘기할 생각이다. 빈말을 할 순 없으니 네 엄마와 상의해서 시간 잡아. 네가 남자를 만난다는 걸 알게 되면 이런저런 억측을 하던 사람들도 곧 잠잠해지겠지."

"아빠!"

"내가 할 말은 다 끝났다, 그만 나가봐."

할 말을 마친 대통령이 다시 손에 펜을 쥐었다. 이렇게 된 이상 차라리 잘된 일인지도 몰랐다. 조국이 위험한 행동을 한다면, 그녀에게서 그럴 수 있는 시간과 장소를 빼앗으면 그만이었다. 그는 이번 기회에 조국에 대한 사람들의 시선을 다른 곳으로 돌리고 그녀에게 적당한 남자를 만나게 할 생각이었다.

하지만 조국은 그 자리에 그대로 서 있었다.

"아빤 절 가지고 장사라도 하고 싶으신 거예요?"

"너는 진심으로 내가 널 가지고 그런 짓을 할 거라고 생각하는 거냐? 이 나라의 대통령인 내가 얼마나 대단한 사위를 봐서 무슨 이득을 보겠다고!"

"이득을 보지 않아도, 적어도 손해는 안 보고 싶으신 게 아니고요?"

"강조국!"

대통령은 대단히 모욕적인 말이라도 들은 것처럼 얼굴이 벌겋게 달아올랐다.

“그래서, 이번에도 제가 아빠 눈에 차지 않는 남자를 만난다면 또 그 사람을 멀리 보내실 건가요?”

“김 국장 아들이 그러더냐? 내가 그렇게 자길 내보냈다고?”

“그 사람이 나한테 그런 얘기를 했으면 이 년 동안 그렇게 밖으로 떠돌지도 않았을 거예요!”

민준의 얘기에 발끈하는 조국을 바라보며 대통령도 평정심을 잃었다.

“난 네가 평범하지 않은 부친과 남편 때문에 힘들었던 네 엄마처럼 살게 하고 싶진 않아! 그런데 넌 또 네 엄마와는 다르지. 너는 이렇게 앞뒤 가리지 않는 데다가 네가 하고 싶은 일은 기어이 해야만 하는데, 내가 거기다 한술 더 떠서 항상 목숨을 던질 준비가 되어 있는 남자를 네 짝으로 받아들일 수 있을 것 같으냐?”

“그럼 그런 남자는 도대체 어떤 사람의 짝이 될 수 있나요?”

조국은 대통령 자신을 꼭 빼다 박은 것처럼 고집이 셌다. 그는 골치가 아파오는 것을 느끼며, 관자놀이에 손가락을 짚고 긴 한숨을 내쉬었다.

“바로 아빠가, 누구에게나 기회가 공평하게 주어지는 나라를 만들겠다고 하지 않으셨어요? 그런데 아빠 가족은 안 되는군요. 누군가는 위험한 일을 해야 하지만 그게 가족이면 안 되고, 출신 배경과 상관없이 노력으로 인정받을 수 있는 사회를 만들겠다고 하셔놓고도 그런 사람이 가족의 테두리 안으로 들어오는 건 싫으신 거죠.”

조국은 그동안 입 밖으로 꺼내지 않고 속으로만 삼켰던 말을 기어이 내뱉었다. 아버지를 존경하는 마음이 흐려질까 봐 마음속에만 담아두고 있었던 말이었다.

“난 네가 평범하게 살길 바랄 뿐이다! 내가 아비로서 그런 바람도 가질 수 없는 거냐? 네가 어떻게 살게 될지 눈앞에 훤히 보이는데 그걸 그대로 보고만 있으라고? 게다가 김 국장 아들은 죽으면 죽었지 여자 때문에 그 일을 그만두진 않을 사람이야, 네가 지금 이렇게 고집을 부리며 기어이 하고 싶은 일을 하고 있는 것처럼 말이야!"

대통령이 책상을 강하게 내리치며 자리에서 벌떡 일어섰다. 그는 자식이 불안한 삶을 살지 않길 바랄 뿐이었고, 그런 부모의 마음을 몰라주는 조국이 서운했다.

"아빤, 제가 아빠 말씀대로 순순히 선을 볼 것 같으세요?"

"네 이름이 같은 일에 반복해서 오르내린 이상 넌 그래야 할 거다. 네가 영애라서 내가 조용히 넘어가는 게 아니라 그 일이 알려져 미칠 악영향 때문에 어쩔 수 없이 침묵한다는 걸 명심해. 당분간 청와대 밖으로 나갈 생각은 하지 않는 게 좋을 거다. 이건 네 아버지로서 하는 말이 아니라 이 나라의 대통령으로서 하는 말이다."

"……."

"……대답 안 할 거냐?"

"다른 하실 말씀 없으시면 나가볼게요."

조국은 침착한 얼굴로 뒤돌아섰다. 청와대 안에서 꼼짝하지 말라는 아버지의 말씀이 그냥 해본 소리는 아닐 터였다. 조국은 당분간 조용히 지내면서 밖으로 나갈 기회를 찾아야겠다는 생각을 했다.

문밖에서 대기 중이던 인정이 그녀의 뒤를 따라 걸었다. 조국은 저를 따르는 인정의 기척을 느꼈지만, 뒤를 돌아보진 않았다.

"인정 씨는 언제까지 내 옆에 있을 건가요? 이제 옆에 있을 이유가 없지 않나요?"

"저는 당분간 계속 영애님 곁을 지키라는 명령을 받았습니다."

"그럼 다른 한 분은 어디로 갔나요? 내가 좀 만나야겠는데요."

인정의 대답이 없자 조국은 걸음을 멈추고 뒤를 돌아보았다. 그녀는 곤란한 표정을 지었지만, 조국은 끝까지 대답을 듣겠다는 듯 인정을 뚫어져라 바라보았다.

"……지금은 선배를 만나기 어려우세요."

"만나기 어렵다니, 그게 무슨 소리죠?"

"민준 선배는 징계를 받아 현재 직무 정지 상태예요. 선배가 지금 어디에 있는지는 저도 알지 못합니다."

그가 징계를 받았다고? 조국의 눈빛이 미세하게 흔들렸다.

"직무 정지라니요? 왜 징계를 받은 거죠?"

"자세한 이유는 저도 몰라요. 저도 다른 선배한테 들은 거라서……."

조국은 입을 굳게 다물었다. 민준에게 도대체 무슨 일이 있었던 건지 알 수 없었다. 그러니 그녀는 당장에라도 그를 만나 이야기를 들어야 했다.

"내 핸드폰 이제 돌려줘요, 인정 씨."

"영애님 핸드폰은 제가 아까 국장님께 받아서 비서실장님께 전해 드렸어요."

"내 핸드폰을 비서실장님께 드렸다고요?"

"네, 영애님."

'아빠다!'

조국이 입술을 깨물며 주먹을 불끈 쥐었다. 대통령이 그녀의 핸드폰을 받고도 모른 척하고 있다는 걸 알게 된 것이다.

"그럼 내 목걸이는요? 그것도 드렸나요?"

"아, 목걸이는 여기 있어요! 국장님이 영애님한테 전해달라고 하셨거든요."

조국은 인정이 내민 목걸이를 물끄러미 바라보았다. 민준은 NIS 조사실에서, 이 안에 파일이 없다는 걸 알면서도 조사를 하겠다며 목걸이를 가져갔다. 그건 분명 조국을 곤란하지 않게 하기 위한 행동이었을 터였다. 하지만 그가 대전에서 일어나는 일을 상부에 보고했으면서도 그렇게 행동했다는 건 앞뒤가 맞지 않는 얘기였다.

“김민준 씨한테 전화 좀 걸어주세요. 알겠지만 내가 지금 핸드폰이 없으니 연락할 방법이 없네요.”

“네? 선배한테요?”

“네, 인정 씨는 그분한테 연락할 수 있잖아요.”

“안 그래도…… 제가 여러 번 전화를 걸어보았는데 연락이 되지 않았어요.”

인정은 조국의 시선을 피해 눈을 옆으로 돌렸다. 그러자 조국이 픽, 가볍게 웃었다.

“거짓말이네요.”

“……!”

“이것도 아빠의 명령인가요?”

“아니요, 이건 아니…….”

인정이 뒤늦게 두 손으로 입을 틀어막았지만 이미 늦은 후였다. 조국은 알 만하다는 듯, 입가에 희미한 미소를 지었다.

“그럼 이건 김 국장님의 명령인가요?”

“…….”

“그런가 보네요.”

“영애님…….”

조국은 민준이 지금 자신 때문에 곤란해졌다는 사실을 깨달았다. 그러다 파일까지 갖고 있는 게 발각되면 어쩌려고 그러는지, 참 겁도 없는 사람이었다. 잠시 생각에 잠겨 있던 조국이 다시 입을 열었다.

“그나저나 김민준 씨한테 고양이를 받기로 했는데 연락이 안 된다고 하니 어떻게 해야 할지 모르겠네요.”

“고양이를요? 고양이를 받기로 하셨어요?”

“네. 나도 부탁받은 거라 약속은 지켜야 해서요. 당분간 맞선을 보러

다니느라 바쁠 것 같으니 가능한 한 빨리 그 사람과 연락이 닿았으면 좋겠는데요."

민준이라면 자신이 무슨 말을 하는지 알아들을 거였다.

"……제가, 혹시 연락이 닿게 되면…… 한번 물어볼게요."

"참, 그리고 고양이를 안 주면 대신 인형을 태우겠다고도 전해주세요."

"네? 인형을 태우다니요……? 그건 또 무슨 말씀이세요, 영애님?"

"그렇게 말하면 알아들을 거예요. 궁금하면 그 사람한테 직접 물어봐요."

"네…… 알겠습니다."

"고마워요, 인정 씨."

조국은 혼란스러운 얼굴의 인정을 바라보며 의미심장한 미소를 지었다. 인정은 분명 민준에게 그녀의 이야기를 전할 터였다. 조국은 그가 어떤 대답을 할지 너무 궁금했다.

여행을 가기 위해 캐리어에 짐을 챙기던 민준은 인정의 전화를 받았다. 다른 전화는 안 받아도, 조국의 인간 GPS가 되어줄 인정의 전화는 무조건 받아야 했다.

"말해."

[선배님, 지금 어디세요?]

"내가 너한테 행선지를 보고할 필요는 없잖아. 왜, 무슨 일 있어?"

[네. 영애님이 선배님한테 고양이를 받기로 했다던데요, 그 고양이 언제 주냐고 물어보시는데 제가 뭐라고 대답해야 돼요?]

"내가 고양이를 주기로 했다고?"

민준은 핸드폰을 귀와 어깨 사이에 끼우고 캐리어 안에 옷을 집어넣다가 갑자기 행동을 멈췄다. 조국이 파일에 대해 눈치챈 게 분명했다.

그녀는 고양이라고 표현을 했지만 실은 파일을 내어놓으라는 말일 터였다.

[네, 당분간 맞선 때문에 바쁠 것 같으니 가급적 빨리 받고 싶다고 하시던데요.]

"뭐라고? 맞선?"

'이 여자가 진짜.'

민준의 이마에 퍼런 힘줄이 불끈 돋았다.

[네.]

"……."

[선배님? 여보세요?]

민준은 끙 신음하며 작게 욕설질했다. 야옹이는 비뚤어졌고, 대놓고 그를 협박하고 있었다.

"……그리고, 또 다른 말은 없었어?"

[아, 고양이를 안 구해주면 인형을 태우겠다던데 그게 무슨 뜻이에요? 저한테 궁금하면 선배님한테 직접 물어보라고 하시던데요?]

민준은 잠깐 생각에 잠겼다. 조국과 민준은 당분간 만나지 않는 편이 좋았다. 사람들의 관심에서 멀어질 필요가 있기 때문이었다. 하지만 그녀가 그의 대답을 기다리고 있을 테니 어쨌든 대답은 해줘야 했다.

[선배님?]

"박인정, 영애의 다음 주 일정이 어떻게 되지?"

[그건 아직 모르는데요, 선배님.]

"알아내서 알려줘. 그리고 영애님께는 인형의 신변에 위협을 가하면 고양이는 절대 만날 수 없으실 거라고 전해."

[도대체 그 인형이 뭔데 그래요?]

"내 목숨 같은 거야."

민준의 목소리에 웃음이 작게 묻어 나왔다.

[그럼 영애님께서 지금 선배님을 협박하고 계신 거예요?]

"그거랑 비슷한 거라고 할 수 있지. 아무튼, 잊지 말고 전해, 일정 알려주는 것 잊지 말고."

[네, 선배님.]

통화를 끝낸 민준이 픽 웃으며 핸드폰을 바라보았다. 야옹이는 화가 많이 났는지 날카로운 발톱을 휘두르며 그를 귀엽게 협박하고 있었다. 조국이 반지를 보면 파일이 어디에 있을지 당연히 알 수 있을 거라 생각했는데, 별다른 얘기가 없는 걸 보니 그녀는 아직 반지를 보지 못한 것 같았다. 민준은 팔짱을 끼고 서서 조국을 어떻게 보러 갈 것인지 생각하기 시작했다.

⚜

건우가 소환되어 조사받은 건에 대해 비서로부터 보고를 받은 백 회장은 가슴께를 움켜쥐며 거칠게 호흡했다. 건우가 기어이 사고를 치고 말았다. 아들이 한 일의 옳고 그름은 애초에 그에게 중요하지 않았다. 그에게는 그 사건 때문에 Pakin이 불이익을 받을지도 모른다는 것과 아들에게 위기가 닥칠 거라는 것만이 중요했다. 주치의의 말에 의하면 앞으로 그에게 남아 있는 시간이 많지 않았다. 이런 상황에서 건우까지 흔들린다는 건 절대 안 될 일이었다. 백 회장은 비서를 향해 힘겹게 말했다.

"조사가 어떻게 되었는지 알아봐. 그리고 내가 전에 알아보라는 건 어떻게 됐나."

"부사장님께서 요즘 그 아가씨를 만나는 것 같진 않습니다. 아무래도 회장님께서 생각하시는 그런 관계는 아닌 듯합니다만……."

"아니야, 그 녀석 성격에 여자를 그냥 만났을 리가 없어. 아마 지금 여자를 감춰둘 생각을 하고 있는 모양인…… 쿨럭!"

"회장님!"

백 회장이 기침을 하며 침대 시트에 손을 짚었다. 놀라서 손을 내미는 비서를 향해 그는 괜찮다는 듯 손을 내저었다.

"괜찮다. 그래, 그 아가씨는 뭐 하는 집 딸인가?"

"입사 지원서를 찾아보니 부모의 직업란이 공란이었습니다. 가정 형편이 어려워 보이진 않았지만, 회장님께서 생각하시는 그런 집안의 아가씨는 아닌 것 같습니다."

"안 봐도 훤하지, 건우에게서 돈 냄새를 맡고 들러붙은 계집애일 게 뻔해."

그는 생각만 해도 그 여자가 괘씸해 이를 아득 갈았다.

"이제 어떻게 할까요?"

"건우 모르게 내 앞에 데리고 와."

"부사장님이 알면 가만있지 않으실 텐데요."

"그러니까 걔 모르게 데려오라는 거 아니야!"

"알겠습니다, 회장님."

남자가 인사를 하고 나간 후 백 회장은 가슴에 손을 올리고 거친 호흡을 다스렸다. 그는 얼마 전에 건우가 마케팅팀 김 팀장과 저녁 식사를 한 이유가 그의 눈을 속이려 한 행동이었다는 걸 알고 있었다. 그것은 역으로, 건우가 그렇게 하면서까지 그 여자를 감추고 싶어 한다는 거였고 그녀에 대한 마음이 그만큼 깊다는 걸 뜻했다.

그 여자는 백 회장 앞에서 건우를 진심으로 사랑한다며 눈물을 흘릴 수도 있고, 건우가 Pakin의 부사장이 아니더라도 사랑했을 거라는 허무맹랑한 거짓말을 늘어놓을 수도 있을 것이었다. 그러나 백 회장은 그런 값싼 연기에 속아 넘어갈 사람이 아니었다.

그는 돈 냄새를 맡고 달려든 계집애 따위, 적당히 겁을 주든 돈을 몇

푼 쥐어주든 해서 건우의 눈앞에서 치워 버리면 될 일이라고 생각했다.

⚜

비슷한 시각에 조국은 서울 시내에 있는 한 백화점에서 쇼핑을 하고 있었다.

오늘 아침, 대통령은 바람도 쏘일 겸 쇼핑을 하러 나가겠다는 그녀의 말에 코웃음을 쳤지만 안 된다고 만류를 하진 않았다. 대통령이 조국에게 청와대 밖으로 한 발자국도 나가지 말라고 했던 말은 원자력연구소와 관련된 일에서 손을 떼라는 말이었지, 그녀의 외출 자체를 금지시킨다는 뜻은 아니었기 때문이다.

그는 오히려 조국이 밖으로 외출을 한다는 사실이 내심 반갑기까지 했다. 그녀가 엉뚱한 곳에 신경을 쓰는 것보다는 차라리 그런 식으로 시간을 보내는 게 더 낫다고 여긴 것이다. 경호관이 옆에 있으니 조국도 섣부르게 행동하지는 않을 터였다. 대통령은 그렇게 생각했고, 조국은 그가 그렇게 생각할 것이라고 예상했다.

조국은 이렇게 해서 평소에 관심 없던 쇼핑을 밖으로 나갈 구실로 삼았다. 그녀가 민준과 대화를 나눌 수 있는 기회를 만들려면 일단은 청와대를 벗어나야 했기 때문이다. 조국의 전언에 그녀에게 돌아온 그의 대답은, 인형을 불태우면 고양이를 만날 수 없을 거라는 협박뿐이었다. 맞선을 볼 거라는 말에 대한 반응은 없었으며 연락을 하겠다는 대답 또한 없었다. 그렇다면 그가 자신에게 연락을 하지 않고서는 못 배길 만한 상황을 만들면 될 일이었다. 그에 대한 응징은 그다음 문제였다. 이번 쇼핑은 민준이 연락을 하게 만들기 위한 방편이기도 했다.

"영애님, 설마 그 옷을 사시려고요?"

조국은 가슴골이 들여다보이고 착 달라붙어서 몸의 곡선을 고스란히 보여주는 빨간색의 미니 원피스를 입고 거울 앞에 섰다. 그녀는 거울 앞에 서서 무심한 표정으로 이리저리 몸을 돌려 보았고 인정은 입을 떡하니 벌렸다. 인정이 생각하기에 아무리 영애의 취향이 이렇다 해도, 적어도 영애라는 위치에서 선 자리에 입고 나갈 만한 옷은 아니었기 때문이었다.

조국은 뜨악한 표정을 짓는 인정을 흘끔 쳐다보았다.

"왜요, 이상해요?"

"이상하다기보다 영애님껜 조금 과한 것 같아서요."

"너무 과해서 상대가 싫어할까요?"

"그럴 것 같진 않은데요……."

"그런데 표정이 왜 그래요?"

조국은 떨떠름한 표정의 인정을 의아한 얼굴로 바라보았다.

"그냥…… 영애님께서 선을 보러 나가신다는 게 좀 이상해서요."

"내가 선을 보러 나간다는 게 뭐가 이상해요? 부모님께서 날 결혼시키기 위해 서울로 불러들였다는 얘기, 듣지 않았어요?"

"듣긴 들었는데요, 전 영애님한테 따로 만나는 남자분이 있다고 들었거든요."

"아, 내가 밤에 몰래 나가서 만났다는 그 남자 말이에요?"

조국은 알 만하다는 표정으로 옅게 웃었다. 인정은 자신이 Pakin 연구동에서 몰래 만났던 남자를 두고 왜 선을 보러 나가는 건지 이해가 가지 않는 모양이었다.

"네, 전 두 분이 보통 사이가 아닌 줄 알았거든요."

"보통 사이예요, 보통 사이니까 내가 이렇게 선을 보러 나가겠다고 하잖아요."

"두 분이 진지하게 만난 게 아니었어요? 그 왜, 연구동에서……."

조국은 인정이 말끝을 흐리자 픽 웃었다. 그녀도 건우가 연구동의 장비를 치우면서 그렇게까지 할 줄은 몰랐다.

"침대 얘기군요?"

"……."

"침대에서 만났다고 진지한 사이라고 생각하다니, 인정 씨도 생각보다 고루한 사람이네요."

"남자한테서 반지를 받았는데도 보통 사이예요? 전 영애님이 그분께 프러포즈를 받았다고 생각했는데요."

무심하게 옷을 고르던 조국이 갑자기 행동을 멈췄다. 그녀는 눈을 크게 뜨고 정색을 하며 인정을 바라보았다.

"반지라뇨? 무슨 반지요?"

"네?"

인정은 당황한 얼굴로 한 걸음 뒤로 물러섰다. 그녀는 영애가 그 반지에 대해 당연히 알고 있을 줄 알았다. 영애가 목에 걸고 있던 목걸이 안에 반지가 들어 있었는데, 정작 목걸이의 주인인 영애가 그 반지를 모를 수는 없을 것이기 때문이었다.

인정은 NIS 선배로부터 영애의 목걸이 안에서 반지가 나왔다는 말을 들었다. 그래서 그녀는 영애가 밤에 몰래 남자를 만났다는 말이 사실이었을 거라고 생각했다. 영애가 그녀와 민준을 따돌리고 그 남자를 몰래 만났을 정도였으니 두 사람은 애절한 사랑을 하고 있을 터였다. 그런데 영애는 정말로 그 반지의 존재에 대해 모른다는 얼굴을 하고 있었다. 인정은 도대체 어떻게 된 영문인지 알 수 없었다.

"내가 무슨 반지냐고 물었는데요, 인정 씨."

조국은 인정이 아무런 대답이 없자 그녀에게 재차 물었다.

"그게…… 영애님 반지요."

"난 반지 같은 거 안 가지고 있는데, 무슨 반지를 말하는 거죠?"

"아, 저는 영애님 목걸이 안에 반지가 들어 있었다고 들었거든요. 아마 제가 잘못 들었나 봐요."

'목걸이 안에 반지가 들어 있었다고?'

"신경 쓰지 마세요, 영애님. 아무래도 제가 착각을 한 것 같으니까요."

"……아니요, 내가 그 안에 반지를 넣어두었다는 걸 깜빡했네요. 그런데, 내가 돌려받은 목걸이 안엔 반지가 들어 있지 않던데요?"

조국은 눈물이 나오려는 걸 가까스로 꾹 눌러 참았다. 민준은 파일을 가져가는 대신 반지를 목걸이 안에 넣어두었다. 그는 파일이 없어진 걸 알고 놀랄 설을 안심시키려 했고, 그녀가 그의 변치 않는 마음을 믿어주길 바랐던 거였다.

"장인어른께서 네게 주신 목걸이에, 혹시 네게 중요한 뭔가를 넣어놓았느냐?"

아버지는 목걸이 안에 무엇이 들어 있었는지 다 알고 계셨다. 아시면서도 나에게 그렇게 물었던 거였다. 아버지는 그 반지를 나에게 돌려주지 않을 생각이었던 걸까?

"그렇죠, 영애님? 목걸이 안에 반지가 들어 있었던 게 맞죠? 휴우, 전 또 제가 실수한 줄 알았잖아요. 그럼 그 반지는 도대체 어디로 갔을까요? 전 분명히 국장님께서 주신 목걸이를 영애님께 그대로 돌려드렸는데요. 반지를 본 사람들이 반지가 되게 독특하게 생겼다고 한 걸 보면, 어디에 섞여서 사라졌을 것 같지도 않은데 말이에요."

"……반지가 독특하게 생겼다고요?"

조국은 목소리가 갈라지지 않도록 잠긴 목을 가다듬고, 최대한 침착한 목소리로 물었다.

"네. 분명히 반지에 무슨 꽃이 새겨져 있다고 들었는데 뭐였더라……."

조국은 미간을 좁히며 기억해 내려 애쓰는 인정을 보며 입가에 희미한 미소를 지었다. 그가 그녀에게 보여주고 싶은 꽃은 하나밖에 없었다.

"……민들레꽃."

조국이 작은 목소리로 속삭이듯 말했다.

"아, 맞아요! 민들레꽃! 어떤 분인진 모르겠지만 되게 낭만적인 것 같아요. 그런데 그런 분을 두고 정말 선을 보셔도 괜찮은 거예요?"

"그래도 보러 나가야죠."

"아……."

조국은 맞선 자리에 나가겠다는 결심을 확고히 했다. 청와대를 멀리 벗어날 수 있는 좋은 기회이기 때문이다. 하지만 그전에, 먼저 아버지를 만나야 했다. 조국은 반지를 되찾아올 생각이었다.

"인정 씨, 부탁이 있는데요. 인정 씨 핸드폰으로 지금 내 모습 좀 찍어줄 수 있어요?"

"영애님을요?"

"네, 보여주고 싶은 사람이 있어서 그래요."

"아…… 네!"

인정은 어리둥절한 표정을 지었지만, 이내 무슨 뜻인지 알았다는 듯 고개를 힘차게 끄덕였다. 영애는 반지를 선물한 그분에게 사진을 보여주고 싶은 거였다. 인정은 사랑하는 사람을 두고도 마음에도 없는 선을 보러 나가야 하는 영애에게 측은한 마음이 들었다.

찰칵- 몸에 꼭 맞는 빨간 미니 원피스를 입은 그녀가 인정의 핸드폰 화면을 가득 메웠다.

"찍었어요, 영애님."

"내가 좀 봐도 될까요?"

인정의 핸드폰을 건네받은 조국은 설핏 웃음을 지었다. 그녀는 최근 통화 목록에서 민준을 찾아 방금 찍은 사진을 전송한 후 핸드폰을 인정에게 다시 돌려주었다. 인정은 멍한 얼굴로 핸드폰과 조국의 얼굴을 번갈아 쳐다보았다.

"지금 사진 보내신 거예요?"

"네."

"누구한테요?"

조국은 대답 대신 얼굴에 희미한 미소를 지으며 마음속으로 숫자를 세기 시작했다. 하나, 둘…….

띠리리리- 핸드폰이 요란하게 울리기 시작하자 조국은 속으로 웃음을 터뜨렸다. 적어도 다섯까지는 셀 생각이었는데 셋도 넘지 못했다. 직접 그를 보지 않아도 민준이 어떤 표정을 짓고 있을지 그녀의 눈앞에 훤했다.

인정은 당혹스러운 얼굴로 핸드폰을 쳐다보았다. 발신자는 민준이었다. 그와 연락이 잘 안 된다고 영애에게 거짓말했던 게 들통 난 것이었다.

"전화 안 받아요?"

조국은 픽 웃더니 팔짱을 끼고 인정을 바라보았다. 그제야 정신을 차린 그녀는 서둘러 버튼을 누르고 전화를 받았다.

"여보세……."

[죽을래? 너 그 사진 뭐야, 합성한 거야?]

잔뜩 화가 난 민준의 고함 소리가 튀어나왔다. 그는 지금 몹시 분노하고 있는 게 분명했다.

인정은 핸드폰을 귀에 댄 채 조국의 얼굴을 멍하니 바라보았다. 영애는 조금 전 애인이 아니라 민준에게 그 사진을 보낸 거였다. 인정은 영애가 사진을 잘못 보냈다고 말할 것이라 생각하며 그녀의 대답을 기다렸다. 하지만 조국은 아무렇지 않은 표정으로 천연덕스럽게 눈만 깜빡거렸다.

"솔직하게 말해요."

그리고 인정을 격려했다.

"……영애님 쇼핑하시는 데에 따라왔어요. 사진을 찍어드렸는데, 영애님이 선배님한테 그 사진을 보내셨네요."

인정이 무심하게 중얼거렸다. 그녀는 머릿속으로 예전에 조국과 민준이 함께 있던 모습을 떠올렸다. 민준은 매사에 시큰둥했고 늘 귀찮다는 얼굴을 하고 있었지만, 곁에 영애가 있을 때는 표정부터 달랐다. 그의 시선의 끝은 항상 영애에게 가 닿았고, 그녀를 바라보는 눈매는 언제나 부드럽게 휘어져 있었다.

[근데 영애님 복장이 왜 그래, 어디 춤추러 가신대?]

"……춤추러 가는 건 아니고 맞선 보러 나갈 때 입겠다고 사신 건데요."

[뭐? 어디에서 뭘 입어?]

"선볼 때 저 옷을 입겠다고 하셨다고요."

인정의 목소리가 착 가라앉았다. 영애가 비밀리에 만났다는 남자는 아마 민준일 터였다. 그가 영애의 상대가 아니기를 줄곧 바랐는데 민준의 전화를 받는 순간 그녀의 바람이 와장창 깨지는 소리가 들렸다.

[지금 옆에 계시면 잠깐 바꿔봐.]

"계시긴 한데 바꿔드릴 수는 없어요, 선배님."

[국장님이 너한테 그렇게 하라고 시키셨어?]

"……."

[별말 안 할 거니까 바꿔. 국장님께 말씀드리든 말든 그건 네가 알아서 하고.]

인정은 조국의 눈을 바라보지 않기 위해 시선을 내린 채 그녀에게 핸드폰을 내밀었다.

"영애님, 민준 선배인데 전화 받아보시겠어요?"

"김민준 씨가 나를 바꿔 달래요?"

"……네."

조국은 의외라는 듯 눈을 동그랗게 뜨며 전화를 받았다.

"여보세요? 김민준 씨?"

[그 옷 입고 나가기만 해봐, 진짜 가만 안 둬!]

민준은 대뜸 큰 소리로 으름장을 놓았다. 조국은 인정의 눈치를 흘끔 살핀 후 매장을 나와 나지막한 목소리로 대화를 이어갔다. 당연히 따라올 거라고 생각했던 인정은 그 자리에 우두커니 서 있었다.

"입고 나가는 건 안 되고 내가 선보러 나가는 건 괜찮은가 보죠?"

[진짜로 선보러 나갈 생각이었어?]

"그럼요, 그러니까 이렇게 옷도 사러 왔죠."

[당신이 지금 그러고 돌아다닐 때가 아닐 텐데?]

"이러고 돌아다녀야 할 때라서 이러고 다니는 거예요. 말장난 그만하고, 그건 지금 어디에 있어요?"

[뭐가 어디에 있어?]

"시치미 떼지 말아요. 당신이 반지 대신 훔쳐간 거 말이에요!"

조국이 발끈해 언성을 조금 높였다. 그러자 전화기 너머에서 그가 낮게 웃는 소리가 들렸고, 곧이어 부드러운 음색이 귓가에 스며들었다.

[반지는 마음에 들었어?]

"……응. 예뻤어요."

[맘에 들었다니 다행이네.]

조국은 애써 밝은 목소리를 냈지만, 말끝이 떨리는 건 어쩔 수 없었다. 반지가 예뻤다는 대답에 기분 좋게 웃는 민준의 목소리가 그녀의 가슴을 뭉클하게 했다.

"그나저나 당신 지금 어디에 있는 거예요? 사무실에 있는 거 아니에요?"

[나 사무실 아니야, 당분간 여행이나 다닐까 해서 휴가 냈어.]

"휴가를…… 냈다고요?"

[응. 부럽지?]

"……그래요, 부러워요. 그러니까 내 몫까지 좋은 거 많이 보고 맛있는 것도 많이 먹어요."

조국은 일부러 쾌활한 목소리로 대답했다. 그가 직무 정지 상태라는 걸 알고 있다는 티를 내고 싶지 않았기 때문이었다.

[강조국.]

"응."

[나랑 같이 여행 갈래?]

조국은 눈물을 닦으며 피식 웃었다. 그에게 어디든 같이 가자는 이야기를 듣고 싶었는데, 막상 그 말을 듣자 눈물이 났던 것이다.

"그래요."

[내가 어딜 데려갈 줄 알고 그렇게 순순히 따라나서겠다는 거야?]

"날 어디로 데려갈 건지는 상관없지만, 만약 데리러 안 오면 나 진짜 이 옷 입고 선보러 갈 거예요."

[못됐네, 마음 씀씀이가 그래가지고 어디 산타 할아버지한테 선물이나 받겠어?]

"내가 그렇게 못할 것 같아요?"

[아니, 꼭 그럴 거 같아. 고집쟁이 강조국 같으니라고.]

"그래서, 나한테는 언제 올 건데요?"

[늦지 않게 갈게.]

민준이 작은 목소리로 속삭였다. 나지막한 그의 목소리에는 그녀에 대한 그리움이 짙게 배어 있었다.

통화를 끝낸 조국은 손등으로 눈가에 맺힌 눈물을 닦았다. 다시 돌아서던 조국은 제자리에 우뚝 멈춰 섰다. 언제 왔는지, 인정이 무표정한 얼굴로 그녀를 바라보며 서 있었다.

"……그분이신가 봐요?"

"네, 인정 씨."

"……."

"놀라게 했다면 미안합니다."

조국은 차분한 얼굴로 인정의 곁을 스쳐 지나갔다. 그녀는 조국에게서 익숙한 향기를 맡을 수 있었다. 민준의 아파트 현관 앞에서 맡은 적이 있던, 바로 그 향이었다.

⚜

서연은 점심 무렵 이상한 전화 한 통을 받았다. 전화를 건 남자는 Pakin 대표인 백 회장의 비서실장이라고 했다. 백 회장이 그녀를 만나고 싶어 하니 퇴근 후 그가 입원해 있는 병원에 같이 갔으면 한다는 것이었다.

그런 이유로 서연은 퇴근 후 회사 지하 주차장에서 까만 차량에 몸을 실었다. 그녀는 백 회장이 자신을 왜 만나고 싶어 하는지 짐작할 수 있었지만 이해가 가진 않았다. 서연은 더 이상 1층 카페에 출입하지 않았고, 건우와 연락을 안 한 지도 벌써 여러 날이 지났기 때문이었다. 그럼에도 불구하고 백 회장을 만나러 가는 건, 일단 그가 서연에게 용무가 있다고 말했으며 그녀 또한 백 회장에게 두 사람이 아무 사이가 아님을 알려줘야 할 것 같았기 때문이었다.

자동차가 한국 병원에 도착했고, 서연은 비서실장이라는 사람과 함께 병원 안으로 들어섰다. 엘리베이터를 타고 위로 올라가는 동안 그는 한마디도 하지 않았으며 서연도 그에게 아무것도 묻지 않았다. 그가 VIP 병실 앞에 서서 노크를 했고, 곧이어 서연은 그를 따라 들어갔다.

병실 안으로 들어가자 침대에 비스듬히 누워 서류를 읽고 있던 백 회장이 날카로운 눈빛으로 서연을 쏘아보았다.

“김서연이라는 아가씨가 이 아가씨인가?”

백 회장은 서연을 뚫어져라 바라보며 천천히 말했다. 하지만 그녀에게 묻는 말이 아니었기에 서연은 대답을 하지 않았다. 그저 백 회장이 그녀를 바라보는 것처럼 빤히, 그의 얼굴을 응시하고 있을 뿐이었다.

“어른을 봤으면 인사를 해야지, 안 그런가?”

“안녕하세요.”

그녀의 무성의한 대답에 백 회장의 입술이 뒤틀렸다.

“자네 이름이 뭔가? 듣자 하니 우리 회사 직원이라던데.”

그녀를 말없이 바라보던 백 회장이 마침내 입을 열었다.

“커피사업부 마케팅팀 김서연 주임입니다.”

“자네가 여길 왜 왔는지는 잘 알고 있겠지?”

“회장님께서 절 왜 부르셨는지는 아직 얘기를 못 들었는데요.”

“그래서 모른다고?”

“네. 모릅니다, 회장님.”

하! 백 회장이 코웃음을 치며 기가 막힌다는 표정을 지었다. 당돌한 눈빛으로 똑바로 쳐다보는 게 아주 뻔뻔하기가 그지없었다.

‘건우를 믿고 이렇게 천방지축 날뛰는 것 같은데, 산전수전 다 겪은 나에게는 어림도 없지.’

그는 정색하며 말했다.

“내가 가지고 있는 시간은 자네 같은 사람의 시간과 그 가치가 다르네. 그러니, 내 더 이상 시간 낭비하지 않고 단도직입적으로 말하지. 내가 자네 존재를 안 이상 자넨 건우와 더 이상 만나지 말아야 할 걸세. 만약 자네가 건우를 만난다는 이야기가 내 귀에 또다시 들려온다면 앞날이 순탄치 않을 것이야.”

“지금 저를 협박하시는 거예요, 회장님?”

"그렇게 들린다면 그게 맞겠군."

"제가 왜 백 부사장님을 만나면 안 되는데요?"

서연은 무심한 어조로 백 회장에게 되물었다. 그가 회사 업무와는 관련이 없는 사적인 일로 불렀기 때문에, 서연은 백 회장에게 절절맬 이유가 없다고 여겼다. 그녀는 백 회장의 마음에 들고 싶다는 생각 같은 건 조금도 없었고, 그 대신이라고 하기에는 좀 그렇지만 만약 그녀에게 무슨 일이라도 생긴다면 오빠가 가만있지 않을 거라는 믿음이 있었다. 그리고, 아마 아빠도.

"어린 아가씨가 욕심이 보통이 아니군. 건우가 몇 번 만나주니까 자네가 내 아들과 결혼이라도 할 수 있을 것 같은 모양인데, 그런 일은 절대 일어나지 않을 테니 꿈 깨는 게 좋을 거야. 조용히 건우 옆에서 사라진다면 내가 섭섭하지 않을 정도로 신경 써주겠지만, 이렇게 뻔뻔하게 나오면 그마저도 없을 줄 알아."

백 회장은 서연을 위협하듯 날카롭게 눈을 번뜩였다. 그는 그녀가 동정심을 얻기 위해 눈물이라도 짜낼 줄 알았다. 그러나 여자는 예상외로 아주 뻔뻔했다. 백 회장이, 정 이렇게 나온다면 자신 역시 곱게 대접해 줄 이유가 없다고 생각했을 때 서연이 입을 열었다.

"제가 부사장님과 무슨 사이라도 될까 봐 이러시는 거라면 번지수 잘못 짚으셨어요. 전 부사장님과 아무 사이도 아니거든요. 그래도 굳이 섭섭하지 않을 정도로 신경 써주시겠다면 사양하지는 않을게요."

"자네가 건우와 아무 사이가 아니라고?"

"네, 아니에요."

"그 말에 책임질 수 있나?"

"아니요, 책임 안 질 건데요? 회장님이 책임 운운하면서 앞으로 절 괴롭힐 수도 있잖아요."

백 회장이 인상을 쓰며 서연을 쳐다보았다. 그녀의 반응은 그의 예상에서 벗어나는 일이었다. 백 회장은 건우와 아무 사이도 아니라는 말에 매서운 눈길을 거두면서도, 혹시 다른 꿍꿍이가 있는 게 아닌가 싶었기에 의심까지 거두진 않았다.

"자네 원래 이렇게 겁이 없는 사람인가? 내가 자넬 어떻게 할 줄 알고 이렇게 나한테 맹랑하게 구는 거지?"

"회장님 시간은 비싸다면서요. 회장님이 저 같은 말단 직원을 어떻게 하려고 그 비싼 시간을 쓰실 것 같진 않아서요."

백 회장이 아무런 대답이 없자 서연은 핸드폰으로 시간을 확인했다. 문자나 전화로도 충분히 할 수 있는 이야기였는데 굳이 병원까지 오게 만든 게 좀 짜증 나긴 했지만, 어른에 대한 예의라고 생각하기로 했다.

"그럼 이제 저한테 하실 말씀은 다 끝난 건가요? 더 없으시면 이만 가보려고요."

"왜, 무슨 약속이라도 있는 건가?"

"부사장님과 만나지 말라는 말씀을 하시려고 절 부르신 거라면서요."

"그래, 맞네."

"부사장님과 만나는 사이도 아니지만, 앞으로도 만나고 싶지 않으니 그건 걱정 마세요. 오늘은 그냥 왔지만 두 번째는 안 올 거니까 앞으로 저 부르지도 마시고요."

"만나고 싶지도 않다는 건 무슨 소리지? 자네 지금 내 앞에서 허세라도 부리고 싶은 겐가?"

앞으로도 건우를 만나지 않을 거라는 서연의 확신 어린 대답에 백 회장의 말투와 표정이 나긋나긋해졌다. 마음이 여유로워지자 호기심이 일었다.

"부사장님이 별로라서요."

"건우가 별로라고? 내 아들이?"

"네."

"이유를 말해보게."

"회장님께 말씀드리기엔 좀 그런데요."

"괜찮네, 내가 궁금해서 그러니 얘기해 보게."

대답을 할까 말까 잠깐 망설이던 서연의 뒤로 병실 문이 거세게 열렸다.

"대답할 필요 없어요!"

서연은 그녀의 곁에 다가와 선 건우를 놀란 눈으로 올려다보았다. 급하게 뛰어왔는지 밖으로 내뱉는 호흡이 거칠었다. 서연은 오랜만에 보는 것도 아닌데 이전과 달리 건우가 낯설게 느껴졌다.

"미안해요, 서연 씨."

건우가 서연의 표정을 빠르게 살핀 후 백 회장을 똑바로 바라보았다.

"아직도 이런 짓을 할 기력이 남아 있으세요?"

"건우한테 얘기를 했습니까?"

백 회장은 건우를 외면한 채 그녀를 바라보았다. 나긋나긋한 표정으로 서연을 대했던 그의 눈빛이 순식간에 싸늘해졌다. 서연이 막 입술을 떼려는 순간, 건우가 한 템포 빠르게 먼저 대답했다.

"아버지가 절 감시하시는 것처럼 저도 아버지를 감시할 수 있습니다. 앞으로도 제가 모르는 일은 절대 없을 거라는 걸 알아두세요, 아버지. 도대체 김서연 씨는 왜 부르신 겁니까?"

"부사장인 네가 일개 주임의 이름까지 알고 있다니 놀랍구나. 이 아가씨는 너랑 아무 사이도 아니라고 하던데, 너는 도대체 여기에 왜 온 거냐."

"아버지 전과가 더 늘어날지도 몰라서 왔습니다."

"이 아가씨가 네 약점이 맞긴 맞나 보구나, 멍청한 놈 같으니라고!"

백 회장은 못마땅한 얼굴로 혀를 찼고, 서연은 집에 가겠다는 말을 꺼낼 타이밍을 찾느라 두 사람을 번갈아 쳐다보았다. 더 이상 이런 분위기 속에서 머물고 싶은 생각이 없었던 그녀는 두 사람의 대화가 잠시 끊어진 틈을 타 재빨리 입을 열었다.

“두 분은 계속 말씀 나누세요. 전 이만 집에 가봐야 할 것 같아서요. 안녕히 계세요, 회장님, 부사장님.”

“앞으론 불러도 오지 말아요, 서연 씨. 자칫 잘못하다가는 다칠 수도 있거든요.”

건우는 백 회장을 응시하며 낮은 목소리로 말했다. 서연에게 하는 말처럼 보였지만 그는 아버지에게, 그녀에게 손을 대지 말라는 경고를 하고 있었다.

하지만 백 회장은 오히려 느긋한 표정을 지으며 건우를 쳐다보았다. 앞으로 살날이 얼마 남지 않은 백 회장이야말로 더 이상 두렵고 말고 할 것도 없었다.

“내가 앞으로 자네 얼굴을 보기 힘들 것 같은데, 갈 땐 가더라도 건우가 별로인 이유는 얘기해 주고 가지 않겠나? 내가 앞으로 건우의 짝을 생각할 때 참고하도록 하지.”

“대답하지 말아요, 서연 씨.”

건우는 듣고 싶지 않았다. 서연에게서 그 얘기를 듣는다면 마음에 상처가 될 것 같았다.

“죄송하지만 회장님께 대답하고 싶지 않아요. 이제 진짜 가보겠습니다, 안녕히 계세요.”

서연은 두 사람에게 인사를 한 뒤 병실을 나갔고, 건우는 문이 닫힐 때까지 백 회장의 눈을 바라보며 서 있었다.

“더 이상 아무 짓도 하지 마세요, 아버지. 제 손으로 아버지를 그곳에 보내는 경험은 한 번으로 충분하니까요.”

“몹쓸 놈.”

건우가 몸을 홱 돌렸다. 복도로 나간 그는 엘리베이터 앞에 서 있는 서연을 보자 서둘러 그녀 곁으로 다가갔다. 그녀는 다행히 크게 상처받지 않은 것처럼 보였다.

"서연 씨, 미안합니다."

엘리베이터 상단의 숫자를 바라보던 서연은 고개를 돌려 건우를 바라보았고, 별거 아니라는 듯 어깨를 으쓱하며 담담하게 말했다.

"괜찮아요. 재미있는 경험이었어요."

"재미있었어요……?"

"네. 제가 어디 가서 이런 경험을 해보겠어요? 꼭 드라마 주인공이 된 것 같았다니까요?"

엘리베이터 문이 열리자 서연은 건우에게 작별 인사도 없이 안으로 성큼 발을 내디뎠다. 사실 애써 아무렇지 않은 척을 하고 있었지만, 건우를 보는 게 아무렇지 않을 수는 없었다. 좀 전까지는 괜찮았는데 서연은 갑자기 머리에 열이 오르는 것 같았다.

그러나 건우가 손목을 붙잡는 바람에 서연은 오히려 뒤로 한 걸음 물러나야 했다. 예상하지 못했던 그의 행동에 서연이 눈을 크게 떴다 .

"지금 뭐 하시는 거예요?"

"왜 나한테 아무것도 묻지 않습니까?"

"묻고 싶은 게 없으니까요."

서연은 잡힌 손목을 빼낸 후 인상을 찌푸리며 손목을 위아래로 흔들었다. 그는 곱상하게 생긴 외모와 다르게 손아귀 힘은 제법 강한지, 잡혔던 손목이 시큰거렸다.

"내가 서연 씨한테 왜 연락을 하지 않는 건지, 왜 부사장이란 걸 얘기하지 않았는지 조금도 궁금하지 않았어요?"

"묻지 않아도 그 정돈 그냥 알 수 있어요. 나한테 호감은 가는데 그러다 엮일까 봐 걱정이 됐던 거겠죠."

"비슷하긴 하지만 서연 씨가 생각하는 이유 때문은 아니에요."

"내가 생각하는 이유가 뭔 줄 알고요? 난 부사장님이 날 사랑할 자신이 없다고 생각했는데요?"

서연은 그새 아래층으로 내려가 버린 엘리베이터 버튼을 다시 눌렀다. 그녀가 생각하기에 건우는 자신처럼, 타인에게 사랑받는 것에 자신이 없었고 타인을 사랑할 용기마저 부족한 것 같았다. 사랑에 확신이 없는 서연이 사랑에 망설이고 주저하는 건우를 만났으니 두 사람은 이어질 수가 없는 것이었다.

"나보고 하는 말입니까? 내가 무슨 자신이 없다는 거죠?"

"부사장님은 사랑 때문에 힘들거나 상처받지 않을 만큼만 사랑을 해요. 꼭 나처럼요. 아깐 말하지 못했는데 그게 바로 제가 부사장님이 별로라고 했던 이유예요. 부사장님한테는 내가 어렵게 용기를 낼 만한 사람은 아닌 거죠."

건우의 눈빛이 일순 흔들렸다.

"그럼 내가 좀 더 용기를 낸다면, 서연 씨도 용기를 내줄 건가요?"

"아니요. 우리 두 사람이 만나려면 그렇게나 많은 용기가 필요한 거잖아요. 난 용기가 없어도 되는 사람을 만나고 싶어요. 그러니 부사장님도 나 말고 그런 사람을 만나요."

엘리베이터 문이 양옆으로 열리자 서연이 안으로 들어가 곧바로 닫힘 버튼을 눌렀다. 하지만 건우가 손으로 문을 붙잡은 뒤 그 안으로 성큼 들어왔다.

"부사장님은 다음 거 타시면 안 돼요?"

"집까지 데려다줄게요."

"내가 다른 사람 찾아보라고 했잖아요."

"서연 씨는 잘 모르겠지만 난 서연 씨한테 이미 많은 용기를 보여줬어요."

서연은 엘리베이터 문에 비친 건우를 곁눈질로 바라보다 그와 눈이 마주쳤다.

"이렇게, 눈을 마주치는 데에도 나한테는 꽤 많은 용기가 필요하죠."

눈이 마주친 그가 희미하게 웃었고, 서연은 이상하게 가슴이 뜨끈해지는 걸 느끼며 다른 곳으로 눈을 돌렸다. 머리의 열이 가슴으로 옮겨 왔는지, 심장이 뜨거워지는 듯했다.

⚜

청와대 대통령 집무실. 쇼핑을 갔던 조국은 사택으로 돌아가지 않고 곧장 이곳으로 달려왔다. 조국이 집무실 안으로 들어서자 책상에 앉아 있던 대통령은 그녀를 힐끗 쳐다보았다. 그는 대수롭지 않다는 듯 곧바로 시선을 내리며 조국에게 무덤덤한 어투로 말했다.

"네가 이 시간에 여긴 웬일이냐?"

"제 물건 돌려주세요, 아빠."

"……물건? 무슨 물건을 말하는 거지?"

대통령은 그녀가 무슨 말을 하는지 통 모르겠다는 얼굴을 했지만, 조국은 넘어가지 않았다. 조국은 오른 손바닥을 내보이며 다시 한 번 힘주어 말했다.

"다 알고 왔으니 시치미 떼지 마세요. 아빠가 저 모르게 가져가신 물건 말이에요. 저한텐 중요한 거니까 돌려주세요, 그리고 제 핸드폰도요."

대통령은 설의 눈을 마주 보며 책상 서랍을 열었고, 그 안에서 금빛 반지와 핸드폰을 꺼냈다.

"이걸 말하는 거냐?"

대통령이 반지를 집어 들자 조국이 책상 앞으로 가까이 다가섰다. 그러자 그는 재빨리 반지를 손바닥 안으로 감추었다.

"지금 뭐 하시는 거예요?"

"다음 주에 네 엄마가 영빈관 앞에서 사랑의 바자회를 연다고 하더구나. 네 엄마가 그날 네게 소개해 주고 싶은 사람을 초대할까 한다던데."

"그런데요?"

"그날 엄마 옆에 얌전히 서 있겠다고 약속하면 돌려주마. 물론 엄마 손님들께 인사도 하고."

대통령은 조국이 핸드폰을 집어 드는 걸 바라보며 나직하게 말했다. 어차피 그녀가 알고 온 이상, 반지를 내어주고 다른 걸 얻기로 한 것이다.

"그럼 그날 저도 제 친구를 초대해도 되나요?"

"어떤 친구를 말하는 거지? 적어도 연구소 동료는 아니었으면 좋겠는데."

"예전에 다녔던 직장 동료예요."

"그럼 그건 네가 알아서 해."

그제야 대통령이 반지를 내어주자 조국은 냉큼 그것을 받았다. 그녀는 조금 전의 대통령과 마찬가지로 주먹을 쥐어 반지를 손안에 감추었다.

"그리고 한 가지 더 말씀드릴 게 있어요."

"말해봐."

"아빠 절 언제까지 이곳에 붙잡아둘 생각이세요?"

"주변이 잠잠해지고 네가 다른 생각을 하지 않는다는 확신이 들 때까지다."

그는 조국이 꼭 쥐고 있는 오른손에 힐끗 시선을 던졌다가 다시 그녀와 눈을 마주쳤다.

"그 말씀은 제가 밖으로 나가 아빠가 원하지 않는 행동을 할까 봐 걱정이 된다는 말로 들리는데, 제 생각이 맞나요?"

"그렇다면?"

"밖으로 나가지 않을게요. 저한테 사람들을 붙이셔도 되고요."

"지금 그건 무슨 뜻으로 하는 소리지?"

"전 이곳 말고 할아버지 집에 있고 싶어요, 아빠."

"할아버지 집이라니, 무슨 집을 말하는 거냐?"

대통령이 고개를 기울이며 인상을 찌푸렸다.

"평창동 할아버지 집이요."

"지금 도대체 무슨 소리를 하는 거야?"

그는 헛소리라도 들은 것처럼 황당한 얼굴이었다. 조국이 말하는 평창동 할아버지 집이란 그녀의 외할아버지이자 대통령의 장인어른이었던, 지금은 작고한 이인호 박사의 옛날 집을 말하는 거였다. 장인어른께서 생전에 다른 사람에게 소유권을 넘겼다고 알고 있던 대통령은 그녀가 도대체 무슨 소리를 하고 있는 건지 도통 이해가 가질 않았다.

"그 집 소유주가 할아버지와 각별한 인연이 있었던 사람인데, 고맙게도 이 년 전에 저한테 그 집을 선물로 줬어요. 받지 않으려고 했지만 제가 꼭 받길 원해서 거절하지 않았고요."

"충분히 오해가 생길 수 있는 일인데 왜 나한테 그 얘길 하지 않았지?"

"그 사람은 제가 그 집에서 행복하면 그걸로 충분하다고 했어요."

"그건 말도 안 되는 얘기다! 순진하게 그 얘기를 믿었단 말이야?"

대통령은 곧장 비서실장을 안으로 불러들였다. 그는 메모지에 평창동 집의 주소를 적어 비서실장에게 건네며 지시를 내렸다.

"평창동에 있는 주택이네. 현재 소유주, 그 전 소유주까지 확인해서 즉시 내게 보고하게."

비서실장이 묵례를 하고 나가자 대통령의 시선이 다시 그녀를 향했다. 누군가가 그런 고가의 수택을 선뜻 주었다는 건 말이 되지 않는 얘기였으니, 분명 그 뒤에 다른 얘기가 숨어 있을 터였다.

"말해 봐, 그 사람한테 따로 무슨 청탁이라도 받은 거냐?"

"아빠!"

"뇌물 청탁 수수 문제일 거라고 생각하고 싶지 않구나. 설마 그런 건 아니겠지?"

"그런 거 아니에요. 그러니까 제 말이 맞는다면 절 평창동 할아버지 집으로 들어가게 해주세요. 전 그 집에서 당분간 책이나 읽으며 조용히 있을게요."

대통령은 고집이 센 딸이 혹시 다른 꿍꿍이를 꾸미는 게 아닌가 하는 생각에 그녀의 눈을 똑바로 바라보았다. 그는 평창동 집이 조국의 소유가 되었다는 사실도 믿을 수 없었지만, 그 집으로 돌아가 조용히 살 거라는 그녀의 다짐도 곧이곧대로 믿을 수는 없었다.

"네 말이 정말 사실이라면 한번 생각은 해보마."

그는 조국을 향해 천천히 고개를 끄덕였다.

방으로 돌아온 조국은 방문을 닫자마자 핸드폰 충전을 시작했고, 그 후에야 손에 쥐고 있던 반지를 살폈다. 인정의 말대로 반지에는 꽃 한 송이가 그려 넣은 것처럼 정교하게 새겨져 있었다.

"직접 끼워줘야지, 이렇게 주는 게 어디 있어."

조국은 작게 투덜거리며 네 번째 손가락에 반지를 끼웠다. 그리고 침대에 누워 반지를 낀 손을 이리저리 돌리며 바라보았다.

"영애님께선 그동안 절 놀리신 건가요?"

"감춘 건 사실이지만 일부러 인정 씨를 속이려 했던 건 아니에요."

조국은 인정과의 대화를 떠올렸다. 그녀를 생각하자 마음이 불편해졌지만, 오랫동안 속에 담아두고 싶진 않았기에 곧바로 그 기억을 털어버렀다. 그러다 그녀는 충전 중인 핸드폰의 전원을 켰다. 혹시 도청이 되는 건 아닐까 잠깐 생각했지만, 설사 그렇다고 해도 특별히 문제가 될 만한 대화가 아니면 괜찮을 것 같았기에 더 주저하지 않고 통화 버튼을 눌렀다. 따르르르- 신호음이 가고 딸깍, 전화가 연결됐다. 조국은 마치 민준을 만난 것처럼, 반가움으로 눈이 커다래졌다.

[여보세요.]

"나예요!"

[……알고 있습니다. 무슨 일이십니까?]

민준이 존댓말을 하는 걸 보니 그도 조국과 같은 생각을 하고 있는 모양이었다.

"무슨 일이 있는 건 아니고, 대전에서 제대로 인사도 못 하고 헤어진 게 생각나서 전화했어요."

[신경 써주셔서 감사합니다, 영애님.]

"그러지 말고 인사도 나눌 겸 다음 주에 청와대 영빈관 앞에서 열리는 바자회에 오지 않을래요? 아마 나는 그날 하루 종일 어머니와 함께 그곳에 있을 것 같아요."

[아.]

민준이 짧게 탄성을 냈다. 생각지 못한 초대에 놀란 눈치였다.

"그날 여기로 오면 내가 네 번째 손가락을 보여줄게요."

[예쁩니까?]

조국은 그에게 자신이 반지를 끼고 있다는 말을 우회적으로 얘기했다. 그러자 민준이 나직한 목소리로 물었다.

"네, 정말 예뻐요."

조국은 손을 앞으로 쭉 뻗어 네 번째 손가락을 감싸고 반짝거리는 반지를 바라보았다. 그녀의 생각이 틀리지 않는다면 민준은 아마 자신이 생각하는 곳에 파일을 삼추어놓았을 터였다.

"꼭 내가 어딘가에 두고 온 민들레꽃처럼요."

[아, 이런.]

조국은 말문이 막혀 아무런 대답을 하지 못하는 민준을 향해 상큼한 목소리로 덧붙였다.

"그날 봐요."

반지에 새겨진 민들레꽃이 전등불을 받아 예쁘게 반짝였다.

대통령은 책상 위에 놓인 두 개의 서류를 바라보며 검지로 책상을 톡톡 두드렸다. 하나는 그가 민준에 대해 알아보라 지시한 내용이었고, 다른 하나는 평창동 집에 관한 거였다. 공교롭게도 두 개의 서류 모두 민준의 이름이 언급되어 있었으며, 민준에 관한 보고서 안에는 김 국장과 민준의 친부에 관한 이야기도 짧게 언급되어 있었다.

보고서를 읽은 대통령은 김 국장이 민준의 친부에게 느꼈을 '죄책감'에 대해 생각했다. 장인어른 또한 평창동 집을 민준에게 증여할 정도로 마음의 빚을 가지고 계셨다는 건 그도 이번에 처음 알게 된 사실이었다. 김 국장을 직접 불러 물어보기 뭣해 일부러 다른 루트로 알아보았지만 이쯤 되니 그를 부를 수밖에 없었다. 이심전심인지, 김 국장은 마침 그에게 보고할 것이 있어 청와대로 들어오는 길이었다고 했다.

똑똑. 노크 소리가 들리고, 대통령은 안으로 들어오는 김 국장을 쳐다보았다.

"청와대 출입이 잦습니다. 내가 자리를 하나 마련할 테니 아예 이곳으로 들어오는 게 어떻겠습니까?"

대통령은 농담을 던지며 김 국장에게 앉으라는 손짓을 했다.

"무슨 중요한 말을 하려고 전화도 아니고 이렇게 직접 나를 찾아온 겁니까, 김 국장."

"영애에 대한 말씀을 드리려고 왔습니다, 각하. 사안이 사안인지라 아무래도 전화로 보고를 드리는 것보다 직접 뵙고 말씀드리는 게 낫다고 생각했습니다."

"얘기해 보세요."

대통령은 찌푸린 이마를 손가락으로 문질렀다. 이제 영애의 영자만 들어도 노이로제에 걸릴 지경이었다. 게다가 그는 아직 그 일을 어떻게 마무리 지을지 마음의 결정을 내리지 못한 상태였기 때문에 더욱 골치가 아팠다.

"당사자들은 부인하고 있지만, 정황상 Pakin 연구동에서 우라늄 농축 실험을 한 게 확실합니다. 우리나라에도 각국 정보 요원들이 있기 때문에 꼬리를 밟히는 건 시간문제인데, 자칫하다간 황 소장뿐 아니라 영애까지 그들에게 노출될 가능성이 큽니다. 관련자들이 드러나게 될 경우 그들은 저번 사건과 공통분모인 영애를 허투루 여기진 않을 겁니다."

안하무인인 북한은 주변국들의 강한 반발에도 아랑곳하지 않은 채 핵실험을 계속하고 있고, 핵무장을 시도하려는 이란에서는 핵물리학자들이 연달아 피살되고 있다. 이런 상황에서 조국이 핵과 관련되어 세간의 주목을 받게 된다면 그보다 더 난감한 일은 없을 터였다.

"문제의 여지가 될 만한 건 모두 없앴습니까?"

"결과적으론 그렇습니다, 각하. 저희가 조사에 들어가기도 전에 이미 증거가 될 만한 것들이 모두 사라졌으니까요."

"그게 어떻게 된 일입니까?"

"그 일과 관련해서, 현재 김민준 요원이 징계를 받고 직무 정지 중입니다."

대통령은 관자놀이를 짚으며 입을 꾹 다물었다. 민준은 아마 영애를 지키기 위해 항명을 한 것일 터였다. 대통령이 그를 어떻게 생각하든, 그것과는 상관없이 조국이 위험한 순간에는 늘 그가 그녀의 곁에 있었다. 그리고 민준은 항상 조국을 위험으로부터 지켜냈다. 보고서에 따르면 저번의 레스토랑 관련 사건에서도 그녀를 구한 건 민준이었다고 했다. 어찌 되었든 민준이 훌륭한 요원인 건 사실이었고, 지금 같은 상황에서 그가 조국의 안전을 믿고 맡길 수 있는 사람도 민준뿐이었다.

"그럼 복직시켜 영애의 경호를 맡기세요."

"그럴 순 없습니다, 각하."

김 국장의 단호한 음성에 놀란 대통령이 눈썹을 위로 치켜들었다.

"지금 뭐라고 했습니까, 김 국장?"

"김민준 요원이 영애의 경호를 맡는 건 더 이상 불가능하다고 말씀드렸습니다."

"그에게 무슨 문제라도 있습니까?"

"경호 대상에게 사적인 마음을 가지고 있는 요원은 임무에 부적합합니다. 믿을 만한 다른 요원으로 배치하겠습니다."

김 국장의 반응에 대통령은 속으로 당황했다. 민준이 조국에게 사적인 감정을 가지고 있다는 걸 알고 있는 김 국장이 이렇게까지 정색을 하며 반대할 줄은 몰랐던 것이다. 그는 김 국장이 조국 옆에 일부러 민준을 붙여놓았던 게 아니었을까 생각했는데, 그게 아니었다.

그러나 대통령은 내색하지 않고 김 국장에게 물었다.

"그 결정에 김 국장의 사심이 들어 있습니까?"

"있습니다, 각하. 전 제 아들이 매번 목숨을 걸고 지켜야 하는 사람을 마음에 품고 있는 게 부모로서 걱정이 됩니다. 영애에겐 민준이 지금까지 한 것만으로도 충분했다고 생각합니다."

이건 대통령이 우려했던 것과는 전혀 다른 전개였다. 김 국장의 말은 위험한 상황인 영애 옆에 더 이상 민준을 두고 싶지 않다는 뜻이었고, 그가 영애와 엮일까 봐 걱정이 된다는 것이었다.

"내 장인어른을 경호하다 사망한 김민준 요원의 친부 때문에 그런 겁니까?"

"아니라고 부인하진 않겠습니다. 저도 각하처럼 제 아들의 인생을 걱정하는 아버지니까요."

"……당황스럽군요."

"죄송합니다, 각하."

김 국장은 대통령이 언짢아 해도 상관이 없다고 생각했다. 그는 영애의 일이라면 물불 안 가리고 뛰어드는 민준이 안타까웠다. 김 국장은 그런 민준이 영애의 곁에 있는 걸 탐탁지 않게 생각하는 대통령에게 그 역시 영애를 민준의 짝으로 맺어주고 싶진 않다는 뜻을 분명히 전하고 싶었다. 영애가 위험한 일을 하고 있다는 걸 안 이상, 그런 영애를 지켜야 하는 무거운 짐을 민준이 짊어지게 하고 싶지 않았다.

"……장인어른께서 평창동 집을 김민준 요원에게 줬다고 들었습니다. 그런데 그 집이 왜 지금 조국의 소유가 되어 있습니까?"

"민준이 이탈리아로 가기 전 영애 모르게 그 집을 전해주라고 제게 부탁을 했습니다. 전 그때 아들의 부탁을 들어줬을 뿐입니다."

"그게 사실이라면 그 집을 그냥 그렇게 받을 수는 없습니다. 야당에서 정치적으로 문제를 삼을 수 있으니 이제라도 그 집에 대해 적당한 가격을 치르겠습니다."

"그건 제가 가타부타 말씀드릴 수 있는 문제가 아니니 각하께서 문제가 되지 않는 선에서 해결하시면 될 것 같습니다."

대통령은 시선을 내리며 의자의 팔걸이를 손가락으로 탁탁 두드렸다. 조국이 벌여놓은 일도 큰 문제였지만, 지금과 같은 상황에서 조국을 완전히 믿고 맡길 만한 사람이 마땅치 않다는 게 더 큰 문제였다. 믿을 수 있는 유일한 사람을 붙이는 건 김 국장이 반대를 하고, 이제 와 그에게 무조건 제 뜻에 따르라 말하기엔 면목이 없었다.

"알겠습니다, 영애의 경호에 관한 건 김 국장 뜻에 맡기겠습니다. 그리고 원자력연구소에 대한 조사는 이쯤에서 마무리합시다. 우리가 굳이 시끄럽게 들쑤셔서 남의 이목을 끌 필요는 없지 않겠습니까."

"마무리하자는 뜻입니까, 아니면 보호를 하자는 말씀이십니까?"

김 국장이 의미심장한 질문을 던졌다. 대통령이 이쯤에서 덮자는 게 영애를 생각해서가 아니라는 것쯤은 그도 잘 알고 있었다. 그는 대통령의 뜻이 국가 간 대외적인 관계 유지에 있는 것인지, 아니면 다른 곳에 있는 건지 알고 싶었다.

"……북한은 파키스탄의 전철을 그대로 따를 건가 봅니다. 그리고 미국은 대선이 얼마 남지 않았지요. 나는 나의 결정이 대한민국의 미래를 어떻게 바꾸게 될지 신중히 생각하지 않을 수 없습니다. 그래서 아직은 김 국장한테 해줄 말이 없어요."

북한은 핵보유국 선언을 했다. 휴전 상태인 북한이 핵무기를 개발하여 보유했다는 건 남한에겐 분명 위협적인 일이었고, 현재 우호적인 한미 관계도 미국의 대선 결과에 따라 언제든지 달라질 수 있으니 안심할 수만은 없는 문제였다.

"그리고, 난 아버지로서 시키지 않은 일만 골라서 하는 딸이 걱정됩니다. 물론 딸아이는 이런 아비의 마음은 전혀 고려하지 않겠지만 말입니다."

"아마 조국 양이 작고하신 이 박사님을 많이 닮았나 봅니다."

"그렇습니다, 조국은 자라는 동안 부모인 우리보다 장인어른을 더 많이 따랐지요. 애가 자라는 동안 내가 너무 바빠 자주 볼 수는 없었지만 그래도 괜찮다고 생각했는데, 어느새 저만치 멀어져 버렸습니다. 딸아이는 아니라고 하겠지만 그 아이와 나 사이엔 분명 거리감이 있지요."

김 국장은 대통령의 말을 들으며 서연을 떠올렸다. 바빠서 평소엔 거의 얼굴을 보지 못하고 살지만, 가끔 얼굴을 볼 때면 늘 잘 지낸다고 방긋방긋 웃는 서연을 말이다. 며칠 전 언뜻 보았을 때 분명 기운이 없어

보였는데도 서연은 괜찮다며 웃어 보였다. 김 국장은 서연이 정말 괜찮은 건지 한 번 더 물어볼 걸 그랬다는 생각이 들었다.

그때 대통령이 굳은 얼굴로 말을 덧붙였다.

"어쨌든 빠른 시일 안에 결정을 내리겠습니다. 그때까지 이 일은 잊고 계세요."

"알겠습니다, 각하."

대통령은 할 말이 끝났다는 듯 고개를 끄덕이며 김 국장에게 그만 나가보라는 뜻을 전했다.

주변 상황이 이러한데 조국은 그에게 청와대를 나가겠다고 했다. 대통령은 청와대를 나가 조용히 지내겠다는 그녀의 말을 믿지 않았다. 그의 귀에는 조국의 말이, 나가서 조용히 다른 일을 하겠다는 말로 들렸다. 깊은 생각에 잠긴 대통령의 모습 위로 어둠이 내려앉았다.

⚜

대낮인데도 겨울이 코앞이라 그런지 날씨가 무척 쌀쌀했다. 다행히 영빈관 앞마당의 하얀 천막 안은 열풍기가 세워져 있어 꽤 포근한 편이었다. 청와대 직원들과 같은 디자인의 셔츠를 입고 느지막이 이곳에 나온 조국은 곁눈질로 주변을 슬쩍슬쩍 살펴보았다. 사람들이 하나둘씩 영빈관 앞으로 모여들고 있었다.

"시간도 정해줄 걸 그랬나."

조국은 불안한 표정으로, 테이블 위에 진열되어 있는 그녀의 물건을 흘끔 쳐다보았다. 청와대 식구들은 바자회에 많은 물품을 기증했고 그녀와 영부인, 그리고 대통령의 물건들도 있었다. 조국은 제가 내놓은 물건들 중 한 가지만은 민준이 오기 전에 팔리지 않았으면 하는 마음이었다.

"물건이 안 팔릴까 봐 걱정이 되는 거니?"

영부인이 테이블을 보고 있는 조국의 옆으로 다가왔다. 그녀의 부드러운 목소리에 그녀의 뒤에 서 있던 비서관들이 일제히 하하하, 호탕한 웃음을 터뜨렸다. 그들은 영부인과 마찬가지로 가슴에 사랑의 바자회라고 써진 긴팔 셔츠를 입고 있었다.

"영애님, 걱정 마세요. 어떤 건지 살짝 알려주시면 저희가 사드리겠습니다. 하하하하."

조국은 그들을 쳐다보며 어색한 웃음을 지은 후 제 앞으로 하나둘씩 모여드는 사람들을 향해 얼굴을 돌렸다.

"올 때가 되었는데……."

"그러니까요."

영부인의 혼잣말에 설이 무심코 대답을 하자, 영부인이 눈을 동그랗게 뜨고 그녀를 바라보았다.

"누구 기다리는 사람이라도 있는 거니? 혹시 친구를 초대한 거야?"

"네."

"누구를?"

"이따 오면 소개해 드릴게요."

조국은 발꿈치를 들고 시선을 멀리 던지며 또다시 고개를 두리번거렸다. 이번에도 민준이 보이지 않았기에 시무룩해진 조국은 또다시 그녀의 애장품인 지푸라기 인형을 힐끗 쳐다보았다. 바자회 준비를 핑계로 청와대 밖으로 나가 어렵게 이곳저곳을 뒤져 겨우 찾아낸 지푸라기 인형이었다. 조국은 남자 인형은 방에 두고 여자 인형만 이곳에 가지고 나왔다.

'어디 가지 말고 얌전히 기다리고 있어.'

조국이 눈에 잔뜩 힘을 주며 인형을 쳐다보고 있을 때였다.

"저 인형이 영애님 물건입니까?"

웃음기가 묻어나오는 목소리에, 조국은 고개를 돌려 눈앞에 다가와 선 남자를 올려다보았다. 이쪽을 흘끔 쳐다본 영부인이 흐뭇한 미소를 짓는 것도 얼핏 보였다.

조국은 바로 이 남자가 어머니가 보여주려고 하는 남자라는 걸 알 수 있었다.

"아니요, 아닙니다."

조국은 남자의 눈을 바라보며 고개를 내저었다. 신문에서 몇 번 본 적이 있어 낯이 익은 남자였다.

"제가 좋은 차를 파는 곳을 알고 있는데, 만약 제게 힌트를 주신다면 영애님께 답례로 차를 대접하겠습니다. 영애님이 내놓은 물건이 어떤 건지 알려주실 수 있으세요?"

"그런데 저도 그러고 싶지만 제가 내놓은 물건은…… 아쉽게도 다 팔렸네요."

잠깐 두리번거리던 조국이 입가에 친절한 미소를 띠며 차분하게 대답했다.

"제가 누군지는 안 물어보시네요, 궁금해하실 줄 알았는데요."

"알고 있습니다, 외교관님이잖아요."

"절 아세요?"

"신문에서 몇 번 봤습니다."

정확히는 남자보다는 남자의 아버지와 함께 있는 그를 봤던 거였다. 차기 유력한 대권 주자로 거론될 만큼 영향력 있는 부친을 둔 덕분에, 남자는 종종 그의 아버지와 함께 신문지상에 이름이 오르내렸다.

"연구원은 그만두셨다고 들었습니다. 많이 섭섭하셨겠어요."

"그만둔 게 아니라 지금 휴직 중입니다. 다시 연구소로 돌아갈 거예요."

"아…… 제가 잘못 들었나 보네요, 죄송합니다."

남자는 살짝 당황한 기색이었으나 이내 입가에 부드러운 미소를 지었다. 남자의 시선이 두 손을 앞으로 모으고 서 있던 조국의 왼손에 가 머물렀다. 정확히는 그녀의 네 번째 손가락에 끼워진 반지를 보고 있었다. 잠시 반지를 응시하던 남자가 고개를 들었다.

"액세서리를 좋아하시나 봅니다. 반지가 예쁘네요."

"사실 그렇게 좋아하진 않는데 중요한 사람이 준 거라서요."

"아……."

조국은 손등을 쭉 펴고 반지를 바라보며 희미하게 웃었다.

네 번째 손가락을 보여준다고 했는데 민준은 아직까지 오지 않았다. 서운한 마음에 무심코 고개를 돌리던 조국이 갑자기 눈을 크게 떴다. 그녀의 지푸라기 인형이 사라지고 없었다. 남자와 잠깐 얘기를 나누는 사이 누군가 인형을 사간 모양이었다. 그녀의 눈에 눈물이 맺혔다.

"이 물건 A/S도 됩니까?"

그때 누군가 조국의 앞에 불쑥 인형을 내밀었다. 인형을 흔들다가 조국의 눈에 눈물이 글썽거리는 걸 본 민준이 눈썹을 찌푸렸다.

"왜 웁니까?"

"다른 사람이 사간 줄 알고 놀랐잖아요."

"이렇게 못생긴 지푸라기 인형을 누가 사간다고요."

"언제 왔어요?"

"조금 전에 왔는데 대화 중이시길래."

조국은 그때서야 아차 싶어 남자를 바라보았다. 남자는 황당한 얼굴로 조국과 민준을 바라보다 고개를 돌려 영부인을 바라보았다. 당황한 건 영부인도 마찬가지였다. 그녀는 얼른 표정을 바꾸고 남자에게 미소를 지으며 이리 오라는 듯 손짓을 했다. 남자는 다시 한 번 두 사람을 쳐다보더니 픽 웃으며 영부인 쪽으로 걸음을 옮겼다.

주변 사람들의 시선이 조국과 민준에게 집중되었지만 두 사람은 태연하게 대화를 이어갔다.

“잘 지내고 있었어요?”

“물론입니다.”

민준은 인형을 좌우로 흔들며 입가에 슬쩍 미소를 지었다. 그의 시선이 조국의 손가락을 향했다가 다시 그녀의 얼굴로 향했다.

“일찍 가야 하는 건 아니죠? 시간 많잖아요.”

“일을 안 하고 있긴 하지만 생각만큼 그렇게 한가하지도 않습니다.”

‘저 남자 영애님이랑 무슨 사이인가?’

‘근데 직업이 없나 봐, 일을 안 한다잖아. 설마 영애님 애인 같은 건 아니겠지?’

‘그래도 너무 잘생겼다. 저런 남자라면 일 안 해도 내가 먹여 살릴 수 있는데, 그치?’

주변에서 수군거리는 소리가 들렸다. 졸지에 일을 하지 않는 젊은이가 된 민준이 사람들을 힐끗 쳐다보자, 깜짝 놀란 사람들이 얼른 시선을 돌리며 그의 눈길을 외면했다. 민준이 못마땅한 표정을 짓자 조국이 웃음을 터뜨렸다. 인상을 찌푸리던 그는 조국의 웃는 모습을 보며 픽, 바람 빠진 웃음소리를 냈다.

“뭐가 그렇게 재미있어요? 나도 좀 알려주면 안 될까요?”

조국의 옆으로 영부인이 다가오자 민준이 얼굴에서 미소를 거두며 손에 들고 있던 인형을 아래로 내려 등 뒤로 슬며시 감추었다. 그는 영부인을 향해 고개 숙여 인사를 한 뒤 차렷 자세로 섰다. 대통령 앞에서도 긴장을 하지 않았던 민준이었는데, 이상하게 영부인 앞에서는 그럴 수 없었다. 민준은 그를 머리끝부터 발끝까지 호기심 어린 눈으로 꼼꼼히 살펴보는 그녀 앞에서 얼음처럼 굳어버렸다.

“우리 딸 친구인가요?”

“안녕하십니까, 김민준입니다.”

"그렇게 긴장하지 않아도 돼요. 바쁠 텐데 일부러 시간 내서 바자회에 와줘서 고마워요."

"아닙니다, 괜찮습니다."

민준의 등을 타고 식은땀이 흘러내렸다. 차라리 적진에 포로로 잡혀 고문을 당하는 게 낫겠다 싶었다. 민준은 조국이 무슨 말이라도 하길 바랐지만, 그녀는 그를 도와줄 의사가 전혀 없어 보였다. 아니, 사실은 그녀가 어떤 표정을 짓고 있는지 알 수 없었다. 영부인이 그를 너무 뚫어져라 바라보고 있어서 잠깐이라도 눈을 옆으로 돌릴 수가 없기 때문이었다. 영부인은 그와 조국을 번갈아 쳐다보더니 야릇한 표정을 지었다. 그녀는 그가 조국과 무슨 사이인지 궁금해하는 게 분명했다.

"우리 딸과 친한 친구인 것 같은데, 많이 바쁘지 않으면 이따 차 한잔하고 가요."

"이 사람, 전혀 바쁘지 않아요."

"멀리까지 와준 손님을 그냥 보내야 하나 했는데 그것 참 다행이구나."

민준은 간신히 눈을 옆으로 돌려 능청스럽게 웃는 조국을 바라보았다. 조국은 그와 눈이 마주치자 눈꼬리를 아래로 내리며 환한 미소를 지었다. 민준은 그녀에게 눈빛으로 레이저를 쏘며, 등 뒤에 감추고 있던 인형을 대신 응징하듯 힘껏 눌렀다.

청와대의 고즈넉한 곳에 전통 한옥 양식으로 지어진 상춘재는 대통령이 중요한 외빈을 만날 때 종종 이용하는 장소였다. 그렇기 때문에 민준이 영부인을 마주 보고 앉아 있기에 적당한 장소는 결코 아니었다. 민준은 지금 육체와 영혼이 분리되는 것 같은, 특별한 경험을 하고 있었다.

"차가 입에 맞지 않나요?"

"아닙니다."

영부인은 국화 한 송이가 곱게 핀 차를 마시며 미소를 지었다. 아까는 보는 눈이 많았기에, 그녀는 민준에게 묻고 싶은 게 많아도 물을 수가 없었다.

영부인은 조국이 손가락에 못 보던 반지를 끼고 있는 걸 보며 두 사람이 단순한 친구 사이가 아닐 거라고 확신했다. 민준은 번듯하고 멀끔하게 생긴 게, 일단 겉으로 보기에는 그녀의 마음에 들었다.

"우리 조국하고는 언제부터 알고 지낸 사이인가요?"

"아, 그게."

민준은 테이블 밑으로 땀이 흥건해진 주먹을 불끈 쥐었다. 그가 지금까지 살아오면서 이보다 더 곤란한 상황에 처했던 적은 없었다. 사건의 원흉인 조국은 민준 옆에서 태연하게 차를 마시고 있었다. 그 모습을 본 그는 지푸라기 인형의 목을 짤짤 흔들고 싶어졌다.

"이 년 전에 일하다가 만났어요. 서른한 살이고, 공무원이에요."

"너한테 묻지 않았는데?"

"들으셨으면 됐잖아요."

영부인은 민준 대신 대답을 한 딸에게 곱게 눈을 흘겼다. 아까 그녀가 초대한 손님에게 조국이 데면데면하게 굴었던 데에는 다 이유가 있었다. 딸의 마음은 이미 눈앞의 남자에게 가 있는 거였다.

그녀는 조국이 마음에 두고 있는 남자라니 후한 점수를 주며 넘어가고 싶었지만, 만난 때가 하필 이 년 전이라는 게 마음에 걸렸다.

"이 년 전이라면…… 대선이 끝난 후였나요?"

"네, 맞습니다."

"그렇다면 혹시 그때, 조국이 영애라는 걸 미리 알고 있었나요?"

"네, 알고 있었습니다."

"흐음……."

영부인은 난감한 표정을 지었다. 두 사람이 자연스럽게 만난 게 아니라 민준이 조국에게 일부러 접근했을지도 모르겠다는 생각이 들었기 때문이었다. 조국은 할 말이 있는 듯 입을 열려고 했지만, 영부인은 가만히 손을 들어 그녀의 행동을 저지했다.

"실례지만 가족 관계가 어떻게 되는지 물어봐도 될까요?"

"부모님과 여동생이 있습니다."

"난 딸 하나로도 힘이 들던데, 두 분이 남매를 낳고 키우느라 고생이 많으셨겠네요."

"친부모님은 제가 어렸을 때 사고로 돌아가셨고 지금 부모님께서 저를 입양해 키워주셨습니다. 두 분께서 절 키우시느라 고생이 많으셨습니다."

"아, 미안해요."

"아닙니다, 괜찮습니다."

영부인의 얼굴에 언뜻 아쉬운 기색이 스쳤다. 그녀는 조국이 데려온 남자가 부모를 일찍 여의고 입양되어 자랐다고 하니 왠지 서운한 마음이 들었다. 게다가 조국이 영애인 걸 알고 만났다는 사실도 마음에 걸렸다.

"공무원이면 구체적으로 무슨 일을 하고 있나요? 오늘 여기에 온 걸 보니 출근을 하지 않았나 보네요."

"국정원 소속입니다. 그리고…… 제가 지금 직무 정지 중이라 오늘은 시간이 있었습니다."

"직무 정지…… 요?"

"네, 그렇습니다."

영부인은 찻잔을 조용히 테이블 위로 내려놓고 민준을 물끄러미 바라보았다. 조국이 처음으로 보여주는 남자라서 기대하는 마음이 컸던 것만큼, 실망하는 마음도 컸다. 영부인은 성실성까지 결여되어 있는 남자라는 생각에 더 이상 민준을 보고 싶은 마음이 없어졌다.

"갑자기 불러내 곤란한 질문을 해서 미안해요. 딸아이 친구를 불러 놓고 제가 실례를 했네요. 내가 지금 밖에 나가봐야 할 것 같은데 우리 딸아이하고 차 마시고 천천히 있다 가요."

영부인은 자리에서 일어났고, 민준은 밖으로 나가는 그녀를 배웅한 후 다시 자리로 돌아왔다. 그는 시선을 내린 채 담담한 표정으로 찻잔을 응시했다.

영부인의 마지막 표정, 민준은 그 표정이 무얼 뜻하는지 알 수 있었다. 그건 그가 별로 마음에 들지 않는다는 뜻일 터였다.

"나 잠깐 나갔다 올 테니 도망가지 말고 여기 가만히 있어요, 알았죠?"

"이건 당신이 계획했던 일이야, 아니면 우연히 일어난 일이야?"

"계획했던 일이에요. 그러니까 얌전히 앉아 있어요."

"강조국 용감하네."

"차 마시고 있어요."

조국은 빙긋 웃으며 일어나 밖으로 나갔다. 영부인은 조국이 따라 나올 줄 알았다는 듯, 심각한 얼굴로 정원 마당에 서 있었다.

"어렵게 초대한 사람인데 벌써 자리에서 일어나시는 게 어딨어요, 엄마."

"강조국, 솔직히 엄마는 지금 좀 당황스럽구나."

영부인이 나지막하게 한숨을 내쉰 후 착잡한 얼굴로 조국을 응시했다. 조국이 오늘 민준을 이곳에 초대한 걸 보면 그녀에게 그를 보여줄 생각이었던 것 같은데, 아무래도 그가 마음에 들지 않는 것이다.

"제가 갑자기 저 사람을 초대해서 당황스러우신 건 아닐 것 아니에요."

"그래. 엄만 솔직히 네가 저 사람을 가벼운 마음으로 내게 보여준 게 아닌 것 같아서 더 걱정돼."

"좋은 사람이에요, 저한텐 과분한 사람이고요."

"아빠도 알고 계시니?"

"알고 계세요."

"손님이 가고 나면 넌 나랑 따로 얘기 좀 해야 될 것 같구나."

영부인은 근심 어린 얼굴로 상춘재 마당을 빠져나갔고 수행원들이 그녀의 뒤를 따랐다. 조국은 그녀의 뒷모습을 바라보다 다시 안으로 들어갔다. 조국은 조금 머쓱한 얼굴로 민준의 앞에 앉았다.

"많이 당황했어요?"

"나보다는 영부인께서 더 당황하신 것 같던데."

"엄마는 괜찮으세요. 갑자기 당신을 보여드려서 좀 놀라신 것뿐이에요."

조국이 민준의 잔에 차를 따르며 얼굴에 미소를 지었다. 그가 가고 나면 그녀는 어머니와 긴 얘기를 나누게 될 터였지만 조국은 크게 걱정하지 않았다. 그녀라면 민준의 반짝임을 알아봐 줄 거라는 믿음이 있었다.

"뭐가 좋아서 그렇게 웃는 거야?"

"우리 엄마가 조만간 당신을 다시 보자고 하실 것 같아서요."

"글쎄, 영부인께선 내가 별로 마음에 들지 않으신 것 같던데."

"진짜 그렇다면 당신은 나를 포기할 거예요?"

"아니, 그땐 청와대 경호를 뚫을 방법을 연구해 봐야지."

"진담이죠?"

"응, 진담이야."

민준이 피식 웃으며 손을 내밀자 조국이 그의 손을 잡았다.

민준은 조국의 어머니가 자신을 환대하진 않을 거라고 생각하긴 했지만, 영부인의 얼굴에 얼핏 스친 실망감을 본 순간 마음이 무거워졌다.

새삼 그녀가 그냥 강조국이 아니라 영애라는 게 실감이 났다.

"나도 당장 당신을 낳아주신 부모님께 인사를 드리러 가고 싶은데 지금은 상황이 여의치 않네요."

조국의 의미심장한 말에 민준이 한쪽 눈썹을 위로 치켜들었다.

"똑똑하네. 그건 어떻게 안 거야?"

"파일을 숨길 곳은 그곳밖에 없을 거라고 생각했어요."

조국은 예상했던 대로 민준이 그곳에 파일을 숨겨두었다는 걸 확인하자 속으로 슬쩍 미소를 지었다. 그곳이라면 안심이었다. 이제 더 이상 파일이 다른 사람 손에 들어갈까 봐 마음 졸이지 않아도 되니 다행이었다.

"당신한테 그 파일이 꼭 필요하진 않을 텐데, 그건 그럼 다른 연구원들을 위해 만들어놓은 건가?"

"무슨 뜻으로 묻는 말이에요?"

"당신 머릿속에 그 내용이 저장되어 있을 텐데도 굳이 그 파일을 만들어둔 건, 당신이 아닌 다른 연구원들을 위한 거였겠지."

"똑똑하네요. 거기까지 생각했어요?"

"강조국이 끊임없이 머리를 쓰게 해서, 덕분에 치매는 안 걸리겠어."

민준은 눈을 가늘게 뜨고 테이블 아래 두었던 인형을 들어, 보란 듯이 두 손으로 인형의 배를 꾹 눌렀다.

"지금 뭐 하는 거예요?"

"잘 작동하는지 알아보는 거야. 그러니까 이유 없이 몸이 아플 땐 내가 뭘 잘못했는지 생각하면서 가슴에 손을 얹고 반성하라고."

"내가 아까 그거 팔릴까 봐 얼마나 조마조마했는지 알아요?"

"그래서 어떻게 하나 더 두고 보려다 그냥 당신한테 간 거야."

'응? 일찍 도착해 있었던 거였어?'

조국은 눈을 크게 떴다.

"도착하자마자 나한테 바로 온 게 아니었어요?"

"그전에 잠깐 할 일이 있었어."

청와대에서 열린 바자회엔 많은 사람들이 참석했다. 그들은 모두 신원 조회를 거친 사람들이었지만 아무리 경호실이 대단해도 그들의 머릿속까지 조회할 순 없었다. 그래서 민준은 일찌감치 이곳에 도착해 조국의 주변을 먼발치에서 지켜보았다. 그러다 그녀와 어떤 남자와의 대화가 길어지자 그제야 조국에게 다가간 거였다.

"당신 직무 정지 중이라면서요."

조국이 의아한 얼굴로 묻자 그는 피식 웃으며 인형의 배를 다시 한 번 꾹 눌렀다. 조국이 약이 올라 인형을 빼앗으려 손을 뻗자 민준이 인형을 높게 들어 올렸다. 인형을 괴롭히는 재미는 나름대로 꽤 쏠쏠했다. 거기에 발끈하는 조국도 귀여웠고 말이다.

"내 거야, 손대지 마."

"재미로 가지고 놀라고 준 거 아니에요!"

"말은 정확히 하자고. 당신이 준 게 아니라 내가 산 거지."

"알았어요, 당신 거예요. 그런데 당신은 언제까지 쉬는 거예요?"

조국이 체념하듯 팔짱을 꼈다.

"그건 말해줄 수 없는데."

"그럼 이건요? 건우 씨나 황 소장님께 나 모르게 다른 문제가 생긴 건 아니죠?"

"다른 사람 말고 당신 걱정이나 해. 보온도 안 되는 옷을 사러 백화점에 가질 않나, 인형을 산다고 거리를 돌아다니질 않나, 당신이 지금 그렇게 함부로 돌아다닐 때야?"

조국이 눈썹을 꿈틀거리자 민준은 슬그머니 시선을 내려 지푸라기 인형을 바라보았다. 그는 조국의 강렬한 눈빛을 못 본 척하며 인형을 향해 혼잣말처럼 중얼거렸다.

"겨울옷 좀 사줘야겠네, 애가 아주 추워 보여."
"어떻게 알았어요?"
"……뭘?"
"내가 그 인형 사러 거리를 돌아다녔다는 거요."
"느낌……?"
민준은 여전히 인형에서 시선을 떼지 않은 채 능청스럽게 대답했다.
"김민준 씨, 당신이 나한테 또 뭔가를 붙여놓은 거예요? 내가 싫다고 전에 분명히 얘기했던 것 같은데요?"
"당신이 싫다면 안 그러겠다고 나도 분명히 대답했던 것 같은데?"
"그럼…… 설마 인정 씨한테?"
"……야옹아, 오빠랑 집에 가자."
민준이 말머리를 돌리며 인형에게 다시 말을 걸었다. 조국은 그가 일부러 답을 피한다는 걸 알고 더 이상 캐묻지 않기로 했다. 캐묻는다고 대답해 줄 민준이 아니었다.
"무소식이 희소식이라고 황 소장님도 건우 씨도 잘 있겠죠, 뭐. 그리고 내가 어디를 다녔는지는 당신이 인정 씨한테 물어봐서 알았을 거고요."
조국이 어깨를 으쓱하며 별거 아니라는 듯 말하자 그는 인형을 만지며 담담하게 대답했다.
"백건우는 지금 경황이 없을 거야."
"왜 경황이 없어요?"
"백 회장이 많이 위독한가 봐."
"아……."
조국은 저도 모르게 벌어진 입을 천천히 다물었다. 그녀가 백 회장을 걱정하거나 염려할 필요는 없었지만, 그를 아버지로 둔 건우를 생각하니 마음이 마냥 편하지만은 않았다.

조국은 건우가 숨겨놓은 실험 장비에 대해 그와 상의를 하고 싶었다. 청와대를 나가면 제일 먼저 건우와 그 일을 의논하려 했는데, 민준의 얘길 듣고 보니 아무래도 당분간은 어려울 것 같았다.

"건우 씨가 힘들겠네요."

"그런 부모라도 세상에 없는 것보다는 낫겠지. 백 회장이 떠나면 백건우도 고아가 되는 거니까."

그는 별생각 없이 무심히 뱉은 말이었지만 조국은 그 말에서 민준의 오랜 외로움을 느꼈다. 어린 나이에 사랑하는 가족을 잃는다는 건 분명 그에게 커다란 충격이었을 터였다. 자신이 외할아버지의 죽음으로 느껴야 했던 고통스러운 감정을, 더 어린 나이에 더 힘들게 겪어야 했던 민준을 생각하니 가슴이 저릿해졌다.

"무슨 생각을 그렇게 해?"

"……이제 곧 12월이잖아요. 산타가 나한테 무슨 선물을 줄까 생각하고 있었어요."

"산타하고는 어디에서 접선할 건데?"

"산타한테는 루돌프 내비게이션이 있잖아요. 알려주지 않아도 아마 알아서 잘 찾아올 거예요. 이번에 산 빨간 원피스는 아무래도 그날 입어야겠어요."

"그 옷을 진짜 산 거야?"

"그럼요."

조국이 고개를 끄덕이며 의기양양한 표정을 짓자 민준이 한쪽 입가에 미소를 머금었다. 그는 한 손으로 턱을 괸 채 조국을 올려다보았다. 그를 멀뚱멀뚱 바라보는 조국과 눈이 마주치자, 민준의 눈꼬리가 부드럽게 아래로 휘어졌다.

"왜 그렇게 봐요?"

"예뻐서."

민준이 그녀의 손을 잡자 조국의 뺨이 발그레해졌다. 그녀의 왼손 네 번째 손가락을 가만히 어루만지는 그의 얼굴에 따듯한 온기가 번져갔다.

늦은 밤, 대통령은 한참 전부터 사택 안 서재에 머물러 있었다. 그는 머릿속이 복잡할 때면 종종 이렇게 서재에서 시간을 보내곤 했다. 영부인이 노크를 하고 안으로 들어오자 대통령은 자리에서 일어나 그녀를 맞이했다. 영부인은 차 두 잔을 들고 와 테이블 위에 올려놓았다.

"오늘 조국이 바자회에 남자를 초대했어요."

"남자를 초대했다고?"

잔을 들던 대통령이 눈썹을 위로 치켜들며 물었다. 조국이 친구를 초대한다더니 김민준을 초대한 모양이었다.

"네. 자연스럽게 넘어갔기에 망정이지, 손님을 초대해 놓고 하마터면 민망한 상황이 될 뻔했어요. 당신은 이미 알고 있었다고 하던데 왜 나한테 미리 얘기해 주지 않았어요? 아까 얼핏 듣기로는 공무원이고 어렸을 때 입양이 되었다고 하던데요."

"국정원 김상현 국장 아들이야. 친부도 국정원 요원이었는데 작전 중 사망했고, 그 뒤 김 국장이 데려와서 키운 모양이야."

대통령은 올 것이 왔다는 표정으로 담담하게 말했다. 그가 말하지 않아도 어차피 아내가 알게 될 일이었다. 조국이 남자를 초대했으니 그녀가 그냥 넘어가진 않을 터였기 때문이다.

"지금 무슨 문제를 일으켜서 직무 정지라고 들었는데요."

"조국이 무슨 사고를 좀 쳤는데 그걸 감추려다 징계를 받았나 보더군."

"조국이 무슨 사고를 쳤어요? 그런데 그 사람이 왜 징계를 받아요?"

영부인은 깜짝 놀랐다. 대통령은 그런 그녀를 힐끗 쳐다본 뒤 찻잔을 들어 표정을 감췄다.

'우리 딸이 장인어른의 뜻을 이어 우리나라를 핵무장 국가로 만들려나 보오.'

그는 차마 마음속 말을 밖으로 뱉을 수 없었다.

"별일 아니야. 당신이 신경 쓰지 않아도 돼."

"그럼 괜찮은 거죠? 조국한테 무슨 문제가 생겼다고 하면 아직도 난 가슴이 뛰어요. 그때만 생각하면 지금도 심장이 내려앉는단 말이에요."

영부인은 이 년 전 설의 납치 사건을 말하고 있었다. 그녀는 그 사건의 자세한 내막까지는 알지 못하지만, 조국이 납치되었다는 사실만은 알고 있었다.

"그때 조국을 찾아 데려온 요원이 김민준이야. 피는 못 속이는지 친부를 많이 닮았나 보더군."

"그게 정말이에요? 이를 어째, 난 그것도 모르고……."

영부인은 곤란한 표정을 지으며 말끝을 흐렸다. 그녀는 그가 자라온 환경도 평범하지 않은 데다 거기에 한술 더 떠 직장에서 문제나 일으키는 사람이라고 생각했는데, 그 생각이 완전히 틀린 거였다. 그녀는 민준에게 미안해졌다.

"미리 알았으면 뭐가 달라지는 게 있나?"

"걱정할 정도의 사람만 아니면 그 사람을 좀 지켜봐도 될 것 같아서요."

"당신은 뭐가 그렇게 너그러워?"

"우리 딸이 내가 당신을 처음 봤을 때와 같은 얼굴로 그 사람을 보고 있었어요. 걱정되는 부분이 있었는데 그게 아니라니 다행이고요."

대통령은 영부인을 물끄러미 바라보았다. 그녀는 이미 민준에게 호의적인 마음을 갖기로 마음먹은 것 같았다. 이런 상황에 장인어른과 민준과의 인연까지 알게 된다면 그녀의 반응이 어떠할지 눈앞에 훤히 보이는 듯했다.

“조국이 나한테 평창동 집으로 들어가 지내고 싶다고 하더군. 그래서 생각해 보겠다고 했는데, 당신이 말려줬음 좋겠어.”

“무슨 집이요? 우리가 평창동에 무슨 집이 있다고 들어가겠다는 거예요?”

“장인어른께서 생전에 거주하셨던 집 말이야, 그 집을 다시 찾았어.”

“아버지 집을 다시 찾았다고요? 그런데 나한테 그렇게 중요한 얘기를 왜 안 했어요!”

영부인의 눈가가 촉촉해졌다. 평창동 집은 그녀가 아버지를 추억할 수 있는 유일한 곳이었다. 그 집을 사려고 몇 번이나 노력했지만, 집 소유주와 연락이 닿지 않아 포기하고 살아왔는데, 갑자기 되찾았다니 그녀는 이게 꿈인가 싶었다.

“얘기할 겨를이 없었어.”

“어찌 됐든 당신이 그 집을 잊지 않고 찾아줘서 너무 고마워요. 그 집을 사는 데 지불한 돈은 내가 낼게요. 아버지께 유산으로 받은 돈이면 아마 그 집을 살 정도는 될 거예요.”

“……돈을 주고 산 게 아니야. 그러니 주고 싶다면 나 말고 그 전 주인한테 줘.”

“돈을 주고 산 게 아니라고요?”

영부인이 눈을 휘둥그렇게 떴다. 그녀는 누군가 대통령에게 충성심을 보이기 위해 그 집을 찾아줬나 싶었다. 충분히 가능한 일이었기에, 영부인은 얼굴을 근심스럽게 찌푸렸다.

대통령은 짧게 한숨을 내쉰 후 일어나서 책상 위에 있던 두툼한 파일을 그녀에게 내밀었다.

“이게 뭐예요?”

“당신이 궁금해하는 모든 것. 하지만 읽기 전에 먼저, 이걸 읽고 나서 나한테 아무 말도 하지 않겠다고 약속해."

"그런 약속까지 해야 돼요?"

그녀는 미간을 좁히며 그가 내민 서류를 받아 옆으로 종이를 넘겼다. 보고서의 첫 부분은 민준의 친부와 이인호 박사 사이의 이야기로 시작했다.

11

건우는 백 회장의 침상 옆에 서서 그를 내려다보고 있었다. 주치의는 오늘 밤이 고비라고 했다. 백 회장은 간간히 가는 숨을 힘겹게 내쉬며 건우를 향해 눈을 깜빡이곤 했다. 그가 마른 입술을 달싹거렸다.

"회사는……."

"아버지가 안 계셨어도 그동안 잘 굴러가던 회사입니다. 그건 앞으로도 마찬가지일 거고요."

백 회장은 이승에 머물 시간이 얼마 남지 않았는데도 회사 걱정을 하고 있었다. 건우는 지금까지 그런 그를 답답하게 생각했지만, 막상 아버지와 이별을 해야 하는 순간이 다가오자 답답함보다는 두려운 마음이 점점 더 커졌다. 이제 그의 머릿속은 하얗게 비어서 아버지에게 무슨 말을 해야 할지도 생각이 나질 않았다.

"그런데…… 자네는 여기 왜……."

백 회장은 시선을 돌려 건우 옆에 서 있는 서연을 쳐다보았다. 그녀는 병실에 들어온 순간부터 지금까지 아무 말 없이 그의 옆에 서 있었다.

"아, 저는 부사장님이."

서연이 입을 여는 순간 건우가 그녀의 손을 꽉 잡았다. 서연은 말을 하다 말고 그를 바라보았다.

건우가 찾아온 것은 서연이 퇴근한 뒤의 일이었다. 그는 그냥 제 옆에 가만히 서 있기만 해달라고 했고, 집까지 찾아온 그의 눈빛이 너무 간절해 보였기에, 서연은 그 부탁을 거절할 수 없었다.

"제가 데리고 왔습니다, 아버지. 전 서연 씨와 결혼도 하고, 아이들도 많이 낳고 아주 잘 살 겁니다. 그러니까……."

건우의 갑작스러운 말에 당황한 서연이 무어라 항의를 하려 했지만, 그의 눈가가 붉어진 것을 보고 입을 다물었다. 서연은 목이 메어 말을 잇지 못하는 건우를 보며, 그가 왜 자신을 이곳에 데리고 왔는지 이해할 수 있었다. 건우는 멀리 떠나는 아버지를 안심시키고 싶은 거였다.

"……부사장님이 건강하게 일을 잘할 수 있도록 제가 옆에서 돕겠습니다. 그러니까 부사장님은 걱정하지 마세요."

연극 연습을 했던 게 도움이 되었는지 어색하지 않게 건우의 애인 역할을 할 수 있었다. 그렇지만 거짓말을 한 건 아니었다. 그 순간 서연의 마음은 진심이었기 때문이다.

백 회장이 힘겹게 손을 들어 서연을 향해 가까이 오라는 손짓을 했다. 그녀는 잠깐 망설이다 병상 가까이 다가가 그를 향해 몸을 기울였다. 그러자 백 회장은 그녀만 들을 수 있을 정도로 아주 작게, 속삭이듯 말했다.

"……자네 오빠한테 ……내가 미안해한다고 전해주게."

서연은 깜짝 놀라 눈을 크게 떴다. 그가 왜 오빠에게 미안하다는 말을 전해달라는 건지 알 수 없었다. 할 말을 찾지 못하는 서연에게, 그는 다시 물러가라는 손짓을 했다.

백 회장은 서연이 병실에 왔다 간 후 그녀에 대해 더 자세하게 뒷조사를 했다. 그녀의 당돌함이 꽤 마음에 들었다. 그러다 서연이 그와 악연이 있는 집 여식이라는 걸 알고 깨끗이 접자고 생각했는데, 오늘 그녀를 데리고 온 건우를 보니 그는 마지막으로 아버지로서 할 수 있는 최선을 다해야겠다는 생각이 들었던 것이다.

"난…… 이제 좀 자고 싶구나."

백 회장이 천천히 눈을 감았다. 건우는 소리 없이 눈물을 흘렸고, 서연은 맞잡은 손에 말없이 힘을 주었다.

각종 방송 매체를 통해 Pakin 그룹 백 회장의 별세 소식이 전해졌다.

〈어젯밤 Pakin 그룹 백인회 회장이 지병으로 별세했습니다. 빈소는 한국 병원에 세워졌으며 백 회장의 독자인 백건우 부사장이 빈소를 지키고 있는 것으로 알려졌습니다. 백인회 회장은 향년 74세로…….〉

아침 뉴스를 보던 조국은 착잡한 마음에 TV 전원을 껐다. 조국은 그의 죽음이 안타깝다기보다는 혼자 외롭게 이 상황을 견디고 있을 건우에게 마음이 쓰였다. 그가 아버지의 죗값을 대신 치르기 위해 발 벗고 저를 도왔다는 사실을 알고 있기에, 건우가 지금 얼마나 허망한 기분일지 짐작이 갔다. 하지만 그렇다고 해도 조국이 그에게 해줄 수 있는 건 없었다. 그녀는 그저 침묵하는 것만이 괴로운 시간을 보내고 있을 건우를 도와주는 것이라 생각했다.

"강조국, 엄마랑 얘기 좀 할까?"

그때 영부인이 조국의 방으로 들어왔다. 조국은 민준을 보내고 난 뒤 어머니가 바로 부를 것이라 생각했으니, 생각보다는 늦은 셈이었다.

"아빠한테 얘기 들으셨어요?"

"들었어. 하지만 네 아버지는 그 사람에 대해 자세히 언급하고 싶어 하진 않으시더구나."

"그럼 엄마는요, 엄마도 아빠와 같은 생각이세요?"

"너한테 내 생각이 중요하니?"

영부인은 애틋한 눈빛으로 조국을 바라보았다. 그녀는 민준에 대한 보고서를 읽고 나자 조국을 사랑하는 그에게 고마웠고 또 그만큼 미안했다. 민준의 외적인 조건만 보고 그를 탐탁지 않게 생각했던 자신이 부끄러울 정도였다. 돌아가신 아버지 생각이 났고, 지금 살아 계셨다면 두 사람을 보고 많이 좋아하셨겠다 싶어 마음이 아팠다.

"엄마한텐 죄송하지만 사실 별로 안 중요해요."

조국의 솔직한 대답에 영부인은 웃음을 터뜨렸다. 그녀가 처음 남편을 만났을 때 그가 어떤 사람이든 상관없었던 자신의 모습이 조국 위로 겹쳐 보였다.

"오늘 별일 없으면 엄마랑 어디 좀 같이 가자."

"어디를요?"

"……할아버지 집."

"어떻게 아셨어요……?"

"넌 내가 언제까지 모를 줄 알았니?"

피식 웃는 영부인의 눈가에 눈물이 맺혔다. 그녀는 눈물을 닦으며 말을 이었다.

"그리고 그 사람한테, 바쁘지 않으면 같이 점심이나 먹자고 해. 내가 오늘 점심 식사를 위해 미리 잡혀 있던 일정을 취소했다는 걸 그 사람이 알아줬으면 좋겠구나."

"그 사람한테 점심 전까지 사택으로 오라고 할까요?"

조국이 눈을 반짝이며 묻자 영부인은 그녀를 향해 곱게 눈을 흘겼다.

"오늘은 그냥 밖에서 같이 점심만 먹자는 거야."

"알았어요, 그렇게 전할게요. 그리고 엄마, 저 엄마한테 부탁드릴 게 있어요."

"부탁?"

"아빠한테 말씀드렸는데 아직 대답이 없으셔서요. 저 여기 말고 평창동 집에서 지내고 싶어요, 엄마. 그러니까 엄마가 아빠한테 말씀 좀 드려주세요."

영부인은 하루 사이에 대통령과 조국으로부터 같은 내용의 부탁을 받았다. 한 명은 청와대를 나가게 해달라고 하고, 다른 한 명은 그걸 말려달라고 했다.

"엄마도 그러고 싶지만, 더 이상 너 혼자 지내는 건 반대야."

"걱정하실 일은 없을 거예요. 그 집에서 저 혼자 지내게 놔두지는 않으실 거잖아요."

영부인이 이마를 찡그리며 한숨을 내쉬었다. 그 말대로 조국이 청와대를 나가도 혼자 지내게 두진 않을 거였다. 하지만 몰랐으면 모를까, 조국이 위험한 순간을 다시 한 번 겪었다는 걸 알게 된 이상 선뜻 그렇게 하라고 할 순 없었다.

"지금은 일단 오늘 일만 생각하자. 평창동에 들렀다 가려면 서둘러야 할 텐데, 그 사람한테 미리 연락도 해야 할 것 아니니?"

조국은 더 이상 대화를 해봤자 어머니가 쉽게 허락을 해주지는 않을 거라는 걸 알았다. 그리고 무엇보다도 오늘은 그녀의 말처럼 일단 민준과 함께 식사를 하는 게 중요했다.

"오늘은 그 사람한테 곤란한 질문 안 하실 거죠?"

"할 거야."

영부인은 쯧 혀를 차며 못마땅한 표정을 지었다가 이내 얼굴에 미소를 머금었다. 곤란한 질문을 했지만 별로 곤란해하지 않던 민준을 떠올리자 흐뭇한 미소가 절로 지어졌다.

조국은 어머니를 바라보며 환하게 웃었다. 참 행복한 아침이었다.

그 시각, 민준은 NIS 박 단장 사무실 안에 있었다.

"백건우한테 안 가보십니까?"

"안 가는 게 도와주는 건지, 가는 게 도와주는 건지 생각 중이야. 그보다 내가 가면 분위기가 이상해질 것 같기도 하고. 왜, 너도 가보게?"

"봐서요."

사실 민준도 장례식장에 가봐야 하는 건가 싶어서 속으로 고민하고 있었다. 건우와 돈독한 관계는 아니었지만 백 회장과 상관없이 그를 생각하면 가는 게 맞았다. 그는 지금쯤 한국 병원엔 조문객들이 넘쳐나고 있을 테니 사람들의 발길이 뜸해질 새벽쯤에나 조용히 빈소에 다녀올까 하고 있었다.

"참, 박인정이 요즘 시들시들하다던데 그 원인이 혹시 너냐?"

"시들시들해진 김에 아예 청와대 경호실로 발령을 내주시지 그래요? 아무리 생각해도 걘 여기보다 거기가 더 어울립니다."

"인정머리 없는 놈, 네가 사랑을 알아? 저거, 여자가 있다는 것도 순 뻥일 거야!"

"있다고 말씀드려도 믿질 않으시니 저도 더 이상 드릴 말씀이 없네요."

민준은 길게 기지개를 켰다. 따분하고 무료한 날들이었지만, 그는 왠지 이 여유가 오래가지 않을 것 같다는 느낌이 들었다. 그래서 민준은 즐길 수 있을 때 실컷 즐겨야겠다는 생각을 하며 차를 홀짝였다.

딩동. 문자 수신음에 민준은 주머니에서 핸드폰을 꺼냈다. 응? 그의 두 눈이 휘둥그레졌다.

"왜 그래, 무슨 일이야?"

핸드폰을 바라보며 눈을 깜빡거리는 민준에게, 웬만해선 잘 놀라지 않는 녀석이 저런 표정을 하는 걸 보면 뭔가 충격적인 일이 있는 게 분명하다고 생각한 박 단장이 물었다.

“야, 뭔데 그래? 어?”

“……아무래도 신종 피싱인 것 같습니다.”

“피싱? 문자 사기 그런 거? 어떤 놈이 겁도 없이 감히! 야, 잡을까? 아니, 잡을래?”

민준은 통장에 거액이 입금되었다는 문자를 보며 헛웃음을 터뜨렸다. 신종 피싱이 아니라면 저도 모르게 제 통장이 대포통장으로 사용되고 있는 게 분명했다. 박 단장의 말마따나, 어떤 자식이 겁도 없이 감히 이런 짓을 했는지 잡아놓고 족쳐야 할 터였다.

“……응?”

그런데 자세히 보니 입금자 이름이 낯익었다. 물론 세상에 동명이인이야 많겠지만 공교롭게도 입금자 명은 그가 알고 있는 영부인의 이름과 같았다. 민준이 아무래도 은행에 가서 확인을 해봐야겠다는 생각을 하는 순간, 문자 한 통이 더 수신되었다.

〈별일 없으면 오늘 같이 점심 먹어요. 엄마가 당신 시간 괜찮으면 같이 식사하자고 하셨어요.〉

두 번째 문자는 더 이상했다. 발신인은 조국이 맞는데 내용에 오류가 있었다. 영부인은 분명 그를 마음에 들어 하지 않는 눈치였는데 뜬금없이 같이 식사를 하자니 그로서는 이상하다고 생각할 수밖에 없었다. 만약 그가 받은 두 개의 문자가 잘못 수신된 게 아니라면, 두 개의 문자를 합쳐 ‘이 돈을 받고 내 딸과 헤어져라’라는 해석이 가능했다. 하지만 그러기엔 또 너무 큰 액수였다.

“……단장님.”

“어, 왜!”

“여자친구 어머니가 같이 식사를 하자는 건 보통 무슨 뜻입니까?”

"뭐야, 요즘 신종 피싱 문자는 그렇게 오냐?"

"그냥 일반적인 경우를 여쭙는 겁니다."

민준이 그제야 핸드폰에서 눈을 떼고 박 단장을 바라보았다. 그에게는 지금 객관적으로 상황을 판단해 줄 사람이 필요했다.

"보통 애인 부모님이 같이 식사를 하자고 할 때는 그 목적이 분명하지."

박 단장은 거만한 표정을 지으며 몸을 뒤로 젖혔다. 민준은 그의 의견을 경청할 준비가 되어 있었고, 그는 민준이 약자인 것 같은 이 상황이 꽤나 유쾌했다.

"무슨 목적 말입니까?"

"그건 바로 네놈이 어떤 놈인지 알아야겠다는 것이다."

"그럼 이미 알고 계시는 경우는요?"

"이미 알고 있는 경우라면 목적은 다시 두 가지로 나누어지지. 말 그대로 네놈이 맘에 드니 밥을 먹자는 거거나, 또는 네놈이 맘에 들지 않으니 내 딸과 당장 헤어져! 이런 말을 하려고 보자는 거야."

박 단장은 마치 사위 후보를 면접 보러 나온 아버지처럼 장인의 입장에 빙의해 열연했다. 그는 눈에 넣어도 아프지 않을 딸을 떠올리면서 딸을 가진 부모의 역할에 몰입할 수 있었다.

"단장님, 드라마를 너무 많이 보신 것 아닙니까?"

"네가 잘 몰라서 그러는데 딸 가진 부모는 원래 다 그래. 근데 진짜로 네 여자친구 어머니가 널 보자는 거야? 피싱이 아니고?"

"아마 그런 가 봅니다."

"야, 그렇게 꽁꽁 숨겨놓지 말고 나도 좀 보여줘! 도대체 어떤 여자기에 우리 인정이가 K.O. 당한 거야? 인정이한테 관심이 없는 걸 보면 네놈이 외모를 따지는 건 아닌 것 같고…… 하여간 특이한 놈이야."

민준은 박 단장이 혼잣말을 하도록 내버려 두었다. 그의 머릿속은 두 개의 문자로 인해 이미 충분히 복잡한 상태였기에 대꾸할 여력도 없었다.

“이따 밤에 회식할 건데 너도 와라.”

“……봐서요.”

“할 일도 없는데 튕기지 말고, 올 때 여자친구도 같이 와. 내가 오늘 우리 제수씨 술 좀 먹여야겠다. 내가 네 하늘 같은 직장 상사인데 설마 내 술잔을 거절하진 못하겠지? 흐흐흐.”

박 단장의 말에 민준이 피식 웃으며 핸드폰을 주머니에 집어넣었다. 그는 어찌 된 일인지 먼저 은행에 들러 확인을 해본 후 조국을 만나러 가야겠다고 생각했다.

민준은 부디 영부인이 그에게 조국을 포기해 달라는 말을 하지 않길 바랐다. 그렇다고 해도 그는 받아들일 수 없기 때문이었다.

“데려올 순 있는데, 정말 그래도 괜찮으시겠어요?”

“안 잡아먹을 테니까 내 앞이라고 너무 긴장하지 말라고나 전해.”

박 단장은 팔짱을 끼며 거드름을 피웠고, 민준은 그를 보며 모처럼 아주 즐거운 밤이 될 것 같다고 생각했다.

정오가 지난 시각, 민준은 조국이 알려준 장소를 향해 차를 몰았다. 한적한 주택가에 위치한 조용한 한식당이었다. 예상했던 대로 식당 주변은 고요했고 검은 양복을 입은 수행원들이 식당을 둘러싸듯 서서 그 앞을 지키고 있었다. 미리 얘기를 해두었는지, 민준이 도착하자 수행원 중 한 명이 그를 안으로 안내했다.

직원의 안내를 받아 미닫이문 안쪽으로 들어가니 잘 차려진 상을 두고 영부인과 조국이 마주 앉아 있었다. 조국은 그와 눈이 마주치자 환하게 웃으며 옆에 앉으라고 손짓했다. 민준은 영부인을 향해 정중히 인사를 했고 그녀는 미소를 지어 보였다.

"갑자기 식사하자고 불러서 미안해요. 찾아오는 데 힘들진 않았어요?"

"아닙니다, 괜찮습니다."

민준은 허리를 꼿꼿하게 펴고 앉았다. 영부인의 밝은 표정을 보니 꽉 쥐고 있던 주먹의 힘이 조금 느슨하게 풀어졌다. 적어도 오늘 '내 딸과 헤어져'라는 말을 듣게 되진 않을 것 같았다.

"어제 제대로 대접하지 않고 보내서 내가 마음이 안 좋았어요. 혹시 섭섭하게 생각했다면 잊어줬으면 좋겠어요."

"그렇게 생각하지 않습니다."

"그랬다면 다행이네요. 여긴 내가 가끔 남편과 같이 오는 곳이에요. 음식이 깔끔해 아마 입맛에 맞을 거예요. 만약 입맛에 안 맞으면 다음 번엔 다른 곳으로 가도록 하죠."

"아닙니다, 맞을 겁니다."

민준의 경직된 말투에 조국이 풋 웃음을 터뜨렸다. 그녀는 내일 지구가 멸망한다고 해도 여유로울 것 같던 민준이 잔뜩 긴장한 게 신기해, 흘끔흘끔 곁눈질로 그를 쳐다보았다.

"좀 전에 조국하고 평창동 집에 다녀왔어요. 알고 있죠? 우리 아버지 집."

"……네, 알고 있습니다."

"그 집을 찾아준 건 고맙게 생각하고 있어요. 하지만 그 집을 그냥 받을 수는 없어요. 아까 내가 보낸 건 아버지의 뜻을 지켜주고 싶은 딸의 마음이라고 이해해 주면 고맙겠어요."

민준은 말없이 시선을 내렸다. 영부인은 그의 부친과 이인호 박사와의 이야기를 듣고 그에게 고마움을 표시한 거였다. 하지만 그 집을 조국에게 준 건 그녀에 대한 민준의 마음이었다. 그는 마치 자신의 마음을 되돌려 받은 것 같아 마음이 편치 않았다. 민준은 영부인을 바라보며 입을 열었다.

"죄송하지만 저는 제 마음에 대한 대가를 물질적인 걸로 받고 싶지는 않습니다."

"거절하고 싶은 마음은 알겠지만 이건 고마움의 표시가 아니라 집에 대한 정당한 지불이니 언짢게 생각하진 말아줬으면 좋겠어요. 그나저나 그 얘기를 하려고 부른 건 아닌데 얘기가 거기로 먼저 흘렀네요."

영부인의 확고한 눈빛에 민준은 입을 다물었다. 그녀는 진심이었고, 그는 영부인의 마음을 더 이상 거절할 수 없었다. 민준은 잠깐 조국에게 시선을 주었다가 다시 눈을 돌렸다. 조국은 차분한 모습으로 두 사람의 대화를 경청하고 있었다.

"그렇다면 오늘 저를 보자고 하신 건……."

"오늘은 내 딸이 중요하게 생각하는 사람을 만나러 왔어요. 조국은 내 생각은 별로 중요하지 않다고 말했지만 그래도 나한테는 하나밖에 없는 딸이니까요. 이건 내가 김민준 씨에게 고마워하는 마음과는 별개예요. 난 단지 고맙다는 이유만으로 내 딸의 결정에 동의할 수는 없어요."

"엄마."

얌전히 두 사람의 대화를 듣고 있던 조국이 인상을 찡그렸다. 민준에게 곤란한 질문을 할 거라고 하더니 그녀는 정말 그를 곤란하게 하고 있었다.

그러나 조국의 걱정과는 달리, 민준은 영부인의 말을 들으며 조국이 그녀를 많이 닮았다는 생각을 하고 있었다. 비단 외모뿐만이 아니라 영부인의 말투와 행동이 꼭 조국의 미래 모습을 보는 것 같았다. 그는 문득 조국은 나이가 들어도 참 예쁘겠다, 라는 생각이 들었다.

"조국 씨는 저한테도 많이 중요한 사람입니다."

"조국이 영애라는 사실을 빼고 생각해도, 정말 같은 마음일까요?"

"그렇다면 더 좋겠지만 그럴 수는 없으니까요. 하지만 강조국이 영애라는 사실을 더해도 제 마음은 같습니다."

"빼도 같은 게 아니라 더해도 같다고요?"

"네, 그렇습니다."

조국이 영애라서 좋은 건 그렇기 때문에 그가 그녀를 만날 수 있었다는 것뿐이었다. 조국이 평범한 부모님을 뒀더라면 더 좋았겠지만, 그녀 자체가 평범하지 않기 때문에 그에게는 별반 차이가 없는 얘기이기도 했다. 결국, 평범하지 않은 그녀를 사랑하는 그가 기쁜 마음으로 감내해야 할 문제였다.

민준의 대답에 영부인은 흐뭇한 미소를 입가에 머금었다.

"특별히 좋아하는 음식이 있으면 나한테 좀 알려줄 수 있어요?"

영부인은 만약 세상에 운명으로 정해진 인연이 있다면 그건 바로 이 두 사람이 아닐까, 라고 생각했다.

식사를 마치고 나온 세 사람은 한식당의 너른 마당에 서서 서로 인사를 나누었다. 조국은 마치 영부인을 배웅하려는 듯 민준 옆에 서서 그녀에게 작게 손을 흔들었다.

"안 가니?"

"오랜만에 나왔으니까 전 밖에서 바람 좀 쐬고 들어갈게요."

한마디로, 민준과 데이트를 하다 들어가겠으니 먼저 들어가라는 뜻이었다.

"경호관도 없이 혼자?"

"걱정 마세요, 이 사람이 있잖아요."

조국의 말에 영부인의 시선이 민준을 향했다. 민준은 어색한 미소를 지으며, 조국에게 앞으로 이런 돌발적인 행동을 할 때에는 사전에 꼭 예고를 해달라 말해야겠다고 생각했다.

"늦지 않게 데려다주겠습니다."

"난 늦게 들어갈 건데요? 오늘 들어가면 또 언제 나올지 모른단 말이에요."

조국은 그게 무슨 소리냐는 듯 눈을 크게 뜨고 민준을 쳐다보았다. 도발적인 대답을 한 건 조국이었는데 어쩐지 민준이 민망해졌다. 그는 목덜미가 홧홧해지는 걸 느꼈다.

"……그럼, 부탁할게요."

민망한 건 그만이 아니었는지, 수행원들을 의식한 영부인이 민준에게 속삭이듯 낮고 빠른 목소리로 말했다.

"이따 보자꾸나."

그녀는 자신을 향해 손을 흔드는 조국에게 살짝 눈을 흘긴 뒤 자동차 뒷좌석에 몸을 실었다. 영부인이 탄 까만 자동차와 수행 차량이 멀리 사라지는 걸 확인한 민준은 몸을 홱 돌려 눈을 가늘게 뜨고 조국을 바라보았다.

"왜 그렇게 봐요?"

"당신 왜 이러는 거야?"

"내가 뭘요?"

"걱정 마세요, 이 사람이 있잖아요? 강조국 씨는 날 팔아서 도대체 무슨 짓을 하려는 거지?"

"알아도 좀 모른 척하면 안 돼요?"

조국이 불퉁한 얼굴을 하자 민준이 그녀의 허리에 양팔을 두르며 물었다.

"어디서 뭘 할 건데."

"그건 묻지 말아요, 나는 아주 약간의 자유 시간만 필요하니 당신만 잠깐 눈감아주면 되는 일이에요."

"내가 당신을 혼자 있게 놔둘 것 같아?"

민준이 그녀의 가까이 얼굴을 내밀었다. 그가 짐짓 화가 난 얼굴을 하고 있었는데도 불구하고 조국은 웃으며 그의 목에 팔을 둘렀다. 민준은 얼굴 근육이 스르르 풀어지는 걸 느끼며, 절로 올라가려는 입꼬리에 단단히 힘을 주어 무표정을 유지했다.

"응, 당신은 그럴 거예요."

"내가 왜?"

"당신은 날 믿고 또 사랑하니까요."

"……비겁한 조국."

민준이 고개를 기울여 그녀에게 입을 맞추었다. 그의 입술이 부드러운 그녀의 입술에 닿는 순간 민준은 가슴 밑바닥에서 뭉근하게 피어오른 행복이 온몸으로 퍼져 나가는 걸 느꼈다.

민준이 그녀의 허리를 감싼 손에 힘을 주며 조국을 안으로 바짝 끌어당기자 조국은 반대로 그의 어깨에 손을 얹으며 상체를 조금 뒤로 물렸다. 그는 눈썹을 살짝 찌푸렸다.

"왜?"

"주변이 너무 환하잖아요."

얼굴이 붉어진 조국이 주변을 슬쩍 살피더니 민준을 나무라는 듯 바라보았다.

"괜찮아, 눈 감으면 깜깜해질 거야."

"지금 말고 이따 진짜 깜깜할 때 만나요."

"응?"

"지금은 나 혼자 갈 곳이 있어요."

"……그건 싫은데."

민준의 목소리가 낮게 가라앉았다. 그를 이용해 뜻을 이루었으면 그에 대한 작은 보답이 있어야 하지 않겠는가. 그러나 그녀는 민준을 약만 올린 상태로 도망을 가려 하고 있었다.

"내가 어디로 데리러 갈까?"

조국의 말간 눈을 바라보던 민준이 그녀의 귓불을 살짝 물었다 놓으며 물었다. 그는 자신이 결국 그녀에게 질 수밖에 없다는 걸 알고 있었다.

"일이 끝나면 내가 당신 있는 곳으로 갈게요. 이따 내가 전화하면 당신이 어디에 있는지만 알려줘요."

"그럼 대신 이걸 가져가."

"이게 뭔데요?"

"호신용 경보기."

민준은 주머니에서 조그만 플라스틱 장치를 꺼내 그녀 앞에 흔들어 보였다. 그는 경보기 안에 GPS 기능이 내재되어 있다는 사실은 굳이 말하지 않았다. 조국이 무리한 부탁을 하고 있으니 이 정도쯤은 애교라고 생각한 것이다.

"이거 누르면 어떻게 돼요?"

"아주 시끄러운 소리와 함께 내가 나타날 거야."

조국은 신기한 듯 호신용 경보기를 이리저리 돌려보며 웃었다.

"지금 한번 눌러볼까요?"

"시끄러워서 안 돼."

"누르면 진짜 와요?"

"그럼."

조국을 두고 멀리 갈 생각은 없었지만, 그래도 혹시 몰라 가지고 있던 거였다. 민준은 누를까 말까 망설이는 조국을 보며 픽 웃음을 터뜨렸다. 그녀는 꼭 장난감을 선물 받은 아이처럼 상기된 표정이었다. 그러다 뭔가 이상했는지 조국이 웃음기를 거두고 민준을 멀뚱히 쳐다보았다.

"근데 당신이 어떻게 알고 와요? 내가 어디에 있을 줄 알고요?"

"……."

"사기꾼."

"사랑의 사기꾼이지."

민준은 느긋하게 팔짱을 끼며 입가에 미소를 머금었다. 그녀의 청량한 웃음소리가 귓속으로 파고들었다.

조국은 민준에게 광화문역 인근에 내려달라고 부탁했다. 조국은 민준의 자동차가 시야에서 사라지자 택시를 세웠다.

"평창동으로 가주세요."

조국은 택시 기사에게 할아버지의 집 주소를 일러준 후 핸드폰을 켜고 전송된 문자를 확인했다.

〈예상 도착 시간은 오후 4시입니다.〉

황 소장의 문자였다.

조국은 청와대를 나오기 전, 어머니의 핸드폰으로 황 소장에게 전화했다. 영부인은 조국이 민준에게 전화를 한다고 생각했는지 순순히 핸드폰을 건네주었다. 황 소장은 건우가 그에게 맡겨놓은 물건을 모처에 보관하고 있다고 말했고 조국은 그 물건을 오늘 평창동으로 보내 달라 부탁했다. 조국은 통화를 마치자마자 곧바로 핸드폰에서 기록을 삭제함으로써 황 소장과의 통화 흔적을 지웠기에 들킬까 봐 걱정할 필요는 없었다.

조국이 평창동 대문 앞을 서성거리며 몇십 분 남짓 기다렸을 때, 저만치서 까만 밴 두 대가 시간 차이를 두고 골목 안으로 들어왔다. 그녀와 함께 일했던 동료 두 명이 차에서 내려서자, 조국은 대문을 양쪽으로 활짝 열었다.

"이쪽이에요."

조국은 주변을 잠깐 두리번거린 후 대문 안쪽 방향을 가리키며 얼른 들어오라는 손짓을 했다. 이대로 연구를 멈출 수는 없었다. 소나기가 지나갔으니 이제 다시 시작해야 했다.

민준은 골목 안쪽에 차를 대고 조국과 동료들의 모습을 멀리서 지켜보았다. 그들은 밴 안에서 박스를 꺼내 여러 차례에 걸쳐 대문 안쪽으로 실어 날랐다. 조국은 잔뜩 긴장한 표정을 짓고 있었지만, 얼굴엔 생기가 넘쳐흘렀다. 그건 민준이 곁에 있을 때 그녀가 짓는 표정과는 달랐지만, 행복해 보인다는 공통점이 있었다. 민준은 희미한 미소를 지으며 자동차 핸들을 돌렸다.

박 단장이 주도하는 회식은 광화문 근처에서 열렸다. 그는 회식 장소를 결정한 민준에게 왜 하필이면 이곳이냐며 투덜거렸지만, 민준이 여자친구의 얼굴을 보여줄 수도 있다는 말에 입을 다물었다.

민준은 맥주를 마시면서 이따금씩 손목시계 화면을 두드렸다. 그는 조금 전 조국에게 그가 있는 곳의 위치를 문자로 전송했다. 그러나 있는 곳을 알려주면 오겠다던 조국에게선 아직 아무런 연락이 없었다.

"여자친구 데려온다며, 어떻게 된 거야?"

박 단장이 세 번째 잔을 테이블 위로 내려놓으며 못마땅한 표정을 지었다. 민준의 여자는 몇 년째 그의 상상 속에서만 존재하고 있었는데, 왠지 오늘도 그의 상상으로만 끝날 것 같은 불길한 느낌이 엄습해 왔다.

"글쎄요. 만나기로 하긴 했는데."

"여자친구가 무슨 일을 하는데 그래? 늦게 끝나는 일이야?"

"지금은 잠깐 일을 쉬고 있는데, 그래도 한가한 사람은 아니에요."

민준이 잔을 들어 올리며 인정을 흘끔 쳐다보았다. 그는 그녀가 오늘 영애의 경호를 하지 않는다고는 해도, 이 자리에 참석할 줄은 몰랐다.

"여기에 오실까요?"

인정이 시니컬한 말투로 물었다. 민준에 대한 마음은 깨끗이 접었지만 두 사람한테 느낀 배신감은 아직 사라지지 않았던 것이다.

"글쎄."

민준이 무심하게 대답하며 손목시계를 확인했다. 그 순간 그의 눈썹이 꿈틀했다. 빨간 점이 이동을 시작했기 때문이었다.

"야, 안 온다고 하면 내가 꼭 좀 보자고 했다고 전해! 설마 남자친구 상사가 부르는데 모른 척하지는 않겠지? 옛날 같았으면 남친의 하늘 같은 상사 앞에서 노래도 부르고……."

"노래요?"

"……아니, 내가 꼭 시키겠다는 건 아니고. 이를테면 말이 그렇다는 거야, 말이."

박 단장은 민준이 정색하자 말을 흐리며 딴청을 피웠다. 민준은 마치 그가 엄청난 잘못이라도 저지른 것처럼, 박 단장을 무섭게 노려보았다.

"저 자식 저거, 내 밑이 아니라 내 위였으면 어쩔 뻔했어?"

박 단장은 작게 투덜거리며 술잔에 입을 댔다.

"선배님은 그분이 뭐가 그렇게 좋아요?"

"그 사람이 왜 좋은지는 구체적으로 생각해 본 적이 없는데."

그는 인정의 질문에 박 단장에게서 매서운 눈길을 거두었다.

"그럼 좋아하는 사람을 두고 무슨 생각을 해요? 그저 마냥 좋기만 하나요?"

"그 사람 앞에서 다치거나 아프지 말아야겠다는 생각을 가끔 해. 그럼 그 사람이 많이 울 테니까."

인정은 민준의 대답에, 영애가 없다고 해도 그 자리가 제 것이 되진 않을 거라는 생각에 씁쓸한 미소를 지었다. 이것저것 재지 않고 민준을 그대로 바라보는 영애와, 영애가 곁에 있든 없든 한결같은 마음인 민준 사이에 그녀가 들어갈 틈 같은 건 앞으로도 없을 것 같았다.

"두 분 모두 짜증나요."

인정이 인상을 잔뜩 찌푸리며 술잔을 들었다. 속이 상했지만, 두 사람을 인정할 수밖에 없었다.

"그러니까 내가 없을 때에는 그 사람 잘 부탁해."

"제가 왜요?"

민준은 얼굴이 벌게져 씩씩거리는 인정을 보며 피식 웃었다. 그는 시계를 쳐다보다 빨간 점이 점점 더 가까이 다가오자 자리에서 일어났다.

"어디 가게?"

박 단장이 눈을 동그랗게 뜨며 물었다.

"바람 쐬러 나갑니다."

"너 그대로 튀면 인간도 아니야, 알지? 내가 너 때문에 여기까지 왔다는 것만 기억해! 어?"

민준의 등 뒤에서 박 단장이 소리쳤지만, 그는 뒤돌아보지 않고 문을 열고 밖으로 나왔다.

사람들이 민준의 앞을 스쳐 지나갔다. 잠시 후 자동차 한 대가 도로변에 멈춰 서더니 조국이 조수석 문을 열고 내렸다. 차 안쪽을 향해 인사를 한 후 돌아선 조국은 민준을 발견하고 환한 미소를 지었다.

조국이 달려오자 그는 코트 자락을 양옆으로 넓게 펼쳤고, 그대로 그녀를 품에 안았다.

"나 잘 찾아왔죠?"

"응. 하지만 혼자 돌아다니는 건 오늘만이야, 이젠 안 돼."

"알았어요. 그런데 왜 밖에 나와 있어요? 사람들 만난다고 하지 않았어요?"

"만나고 있었는데, 당신이 왔으니까 이제 가야지."

민준에게 조국을 동료들에게 보여주고 싶은 마음이 아예 없진 않았다. 하지만 그가 만나는 사람이 영애라는 사실을 다른 사람들이 알게 되었을 경우 그 후폭풍은 작지 않을 터였다. 그는 상관없지만 조국은 입장이 다를 수 있었다.

"사람들한테 인사 안 하고 가도 돼요?"

"괜찮아. 우리 헤어질 때 인사하고 그러는 사이 아니야."

"내 이럴 줄 알았지."

그때, 민준의 등 뒤에서 쯧쯧 하며 혀를 차는 소리가 들렸다. 언제 나왔는지, 박 단장이 그의 등 뒤에 서 있었다.

"제수씨. 내가 이놈 직장 선배 되는 사람인데 말이지요, 제수씨 얼굴 한번 보기 참 힘드네요."

조국이 고개를 들려는 순간 민준이 그녀의 뒤통수를 지그시 눌러 자신의 품 안에 더 깊게 묻었다.

"저분이 나 부르는 거 같아요."

"신경 쓰지 마. 모르는 사람이야."

조국이 속삭이자 민준이 그녀와 눈을 마주치며 고개를 가로저었다.

"야, 김민준! 제수씨가 왔으면 같이 들어와야지 거기서 뭐 하는 거야? 두 사람 지금 영화 찍고 있는 거야?"

박 단장이 어깨를 툭툭 두드리자 민준이 인상을 구겼다. 그가 이 상황을 어떻게 정리할지 잠깐 생각하는 사이 조국이 고개를 옆으로 빼꼼 내밀었다. 그녀의 시선이 박 단장과 정면으로 마주쳤다.

"안녕하세요."

"아이고, 제수씨! 안녕……."

조국과 눈이 마주치자 반색을 하던 박 단장이 갑자기 말을 멈췄다. 그는 눈을 두어 차례 끔뻑거린 후 고개를 돌려 민준을 쳐다보았다. 갑자기 술이 확 깼다.

"하하하하…… 내가 아는 분과 닮은…… 것 같은데, 그래도 너무 많이 닮았……."

"……."

"그…… 실례지만, 성함이……."

"강조국입니다."

박 단장이 취기가 싹 가신 얼굴로 뒤로 한 걸음 물러섰다. 어느새 그의 몸이 절로 꼿꼿해졌고, 두 손은 몸통 옆에 자석처럼 딱 달라붙었다.

"제가 안으로 들어가도 괜찮을까요?"

"아니요, 안 괜찮습니다!"

"저 안에 들어가면 노래해야 된다는데 괜찮겠어?"

"노래요……? 내가요?"

민준의 말에 조국이 근심스럽게 인상을 찡그리자 박 단장이 눈을 휘둥그렇게 뜨며 손사래를 쳤다.

"아닙니다, 제가 불러드린다는 말이었습니다!"

그는 눈에 힘을 주고 민준을 한껏 노려보았다.

"그럼 제가 합석해도 괜찮으시겠어요?"

"아니, 그냥 가셔도 괜찮습니다! 민준아, 뭐 해. 얼른 모시고 가."

"아, 제가 불편하신 거군요. 죄송합니다."

"아닙니다! 불편하지 않습니다! 민준아, 뭐 해. 얼른 모시고 들어오지 않고!"

박 단장을 속으론 울상을 지었지만 겉으로 내색하지 않고 있는 힘껏 입꼬리를 위로 끌어올렸다. 그는 속으로 민준을 절대 가만두지 않겠다고 여러 번 다짐하며 조국에게 어색하게 웃어 보였다.

다행히 술자리에 모인 요원 중 영애의 얼굴을 아는 사람은 인정과 박 단장뿐이었다. 박 단장은 자신이 영애에게 실수한 말은 없었는지 머릿속으로 테이프를 거꾸로 돌려 보았다. 조금 전 술집을 나가기 전과 달리 그의 앉은 자세는 한 치의 흐트러짐도 없었다.

"형수님, 아주 미인이십니다. 그런데 어디에서 뵌 것 같기도 하고, 혹시 TV에 나오시는 분 아닙니까?"

누군가 조국에게 술을 권하며 너스레를 떨었다. 그는 조국 앞에 놓인 잔에 맥주를 따른 후 건배를 하려는 듯 자신의 잔을 들었다. 박 단장이 얼른 눈치를 줬지만 그에게까지 닿지 못했다.

"아니요. 제가 아직 TV에 나온 적은 없어요."

조국은 빙긋 웃으며 맥주를 홀짝거렸다. 민준의 옆에 앉아 그의 동료들에게 인사를 하는 상황은 그녀의 가슴을 설레게 했다.

"실례지만 뭐 하시는 분이십니까? 미모를 보아하니…… 형수님 혹시 스튜어디스십니까?"

"아, 스튜어디스는 아니고요……."

"입장 곤란하게 선배는 뭘 그렇게 꼬치꼬치 캐물어요? 민준 선배가 지금 선배 노려보는 거 안 보여요?"

인정이 퉁명스럽게 남자에게 면박을 주자, 조국이 그녀를 흘끔 바라보았다. 인정은 그녀와 눈이 마주치자 뾰로통한 표정을 지으며 시선을 피했다. 조국은 인정이 자신에게 적대적이진 않은 것 같아 마음이 한결 가벼워졌다. 그녀에게 미안하다 생각하고 있었는데 다행이었다.

"선배, 형수님한테 질문하면 안 됩니까?"

"어, 아무것도 묻지 말고 그냥 보기만 해."

민준이 딱 잘라 대답하자 남자가 낮게 휘파람을 불었다. 갑자기 남자의 얼굴에 장난기가 어렸다.

"형수님, 우리 선배님이 예전부터 여자가 끊이질 않았……."

"야!"

남자가 말을 막 꺼내려는 순간 박 단장이 버럭 화를 내며 그의 뒤통수를 세게 갈겼다. 남자는 뒤통수를 어루만지며 황당하다는 표정을 했다.

"단장님, 갑자기 왜 이러십니까? 제가 뭘 잘못했습니까?"

"야, 너는 무슨 농담을 그렇게 심하게 해? 우리 제수님…… 아니, 제수씨 놀라게!"

"민준 씨한테 진짜 그렇게 여자가 많았어요?"

조국이 눈을 동그랗게 뜨며 짐짓 놀란 표정을 짓자 민준이 남자를 향해 고개를 돌렸다. 그는 코트 안쪽으로 손을 천천히 집어넣으며 얼굴에 미소를 지었다.

"헛소리하면, 죽여 버린다."

"아니, 다들 왜 이러세요? 단장님, 제가 여자친구 데려왔을 때에는 더 하셨잖아요! 제가 그때 화난 여자친구 달래주느라고 얼마나 고생했는지 아십니까?"

남자가 억울한 표정을 지으며 언성을 높이자 장난스러운 분위기를 감지한 조국이 풋 웃음을 터뜨렸다. 그러자 주변 사람들이 일제히 즐거운 웃음을 터뜨리며 맥주잔을 높이 들었다. 그때였다.

〈방금 들어온 긴급 속보입니다. 필리핀 남부를 여행 중이던 한국인 관광객들이 갑자기 연락이 두절된 채 실종되었습니다. 현지 대사관 측에서는 IS와 연계된 이슬람 무장 반군 단체의 소행일 거라는 의견에 조심스럽게 무게를 싣고 있는 상황입니다. 당국 정부는 지금 시각…….〉

찬물을 끼얹은 듯, 분위기가 일순 조용해졌다. 요원들은 굳은 얼굴로 TV를 응시했다.

딩동, 딩동. 요원들의 핸드폰이 여기저기서 울리기 시작했다. 그리고 그건 민준도 예외는 아니었다.

"……오늘 자리는 이쯤에서 정리해야 할 것 같네요. 민준이 너는 제수씨 모셔다드리고."

핸드폰을 확인한 박 단장이 굳은 얼굴로 자리에서 일어섰고, 다른 요원들도 별말 없이 일어나 재킷을 몸에 걸쳤다. 조국은 불안한 눈빛으로 민준을 바라보았다.

"늦었는데 오늘은 이만 갈까?"

조국의 얼굴이 창백해지자 민준은 그녀의 머리카락을 쓰다듬으며 부드러운 목소리로 말했다.

"걱정하는 일 없을 거야. 그러니까 인상 풀어."

"어차피 들어가는 길이니까 제가 모셔다드릴게요."

"그렇게 해줄래?"

두 사람을 지켜보던 인정이 말했다. 그녀는 그 자리에 앉아 있던 사람들 중 유일하게 핸드폰이 울리지 않은 사람이었다. 그녀는 지금 청와대 파견 근무 중이기 때문이었다.

"당신은 직무 정지 중이잖아요. 그런데도 들어가 봐야 하나요?"

조국의 목소리가 미세하게 떨렸다. 그녀의 머릿속에 이 년 전 자신을 만나러 왔던 민준의 모습이 떠올랐기 때문이었다. 그녀는 그때 건우가 민준에게 했던 말을 똑똑히 기억하고 있었다.

"가끔 예외인 경우가 있어."

"예를 들면…… 돌고래 같은 상황이요?"

민준은 대답 대신 눈꼬리를 아래로 휘어 내리며 웃었다.

돌고래. 조국은 오늘에서야 그 단어의 진짜 의미를 알게 되었다. 그건 사랑이 아니라 희생의 의미였다.

TV 채널들은 마치 약속이라도 한 것처럼 며칠째 같은 방송을 반복해서 내보냈다. 그건 신문이나 인터넷 기사도 마찬가지였다. 사람들의 관심은 온통 해외 피랍 사건에 쏠려 있었다.

조국은 그날 이후 연락이 없는 민준을 생각하며 처음엔 두렵고 걱정스러운 마음뿐이었다. 그러다 조국은 자신이 민준을 계속 만나는 한 앞으로도 이런 일이 종종 일어나게 될 거라는 사실을 깨달았다.

“내가 다칠 때마다 그렇게 울 거야?”

조국은 언젠가 민준이 했던 말을 떠올렸다. 그 말 속엔 민준이 제게 쉽게 다가올 수 없었던 이유가 고스란히 담겨 있었다. 하지만 그날 그가 말했던 것처럼, 민준이 올 때까지 무기력하게 기다리고 있을 수만은 없었다. 민준은 자신이 그러길 결코 바라지 않을 터였다.

평창동 집에 장비를 몰래 들여온 이후 조국의 마음은 더 조급해졌다. 동료들과 함께 재조립한 장비는 할아버지 집 마당 안쪽 건물에 잘 숨겨두었다. 그녀는 하루라도 빨리 평창동 집으로 들어가 연구를 재개하고 싶었다.

다행히 위험 수위가 높은 우라늄 농축 실험은 Pakin의 물류 창고 연구동에서 마무리되었다. 후속 연구와 실험 정리는 조국 혼자서도 할 수 있었고 또 혼자 해야 하는 그녀의 몫이었다.

어머니와는 아주머니 한 분과 아저씨 한 분이 그녀의 생활을 도와주고, 외출할 때에는 경호관이 반드시 동행하는 걸로 얘기가 끝났는데 아직 아버지의 허락이 떨어지질 않았다. 자국민 피랍 문제 때문에 그녀는 며칠째 대통령의 얼굴을 보지 못하고 있었다.

“십분 만이다.”

조국은 아침 일찍 일어나 아버지의 방 앞을 서성거린 끝에 간신히 그를 만날 수 있었다. 잠시 후 청와대에서는 대통령의 주재로 세 번째 안보정책조정회의가 열릴 예정이었고, 때문에 조국은 그를 오랜 시간 붙잡고 얘기할 수 없다는 걸 잘 알고 있었다.

대통령은 손목시계를 쳐다본 후 굳은 얼굴로 조국을 바라보았다.

“죄송해요, 아빠. 바쁘신 걸 알지만, 지금이 아니면 아빠를 뵐 수 없을 것 같아서요. 그래서 짧게 말씀드릴게요. 저 평창동으로 들어가요.

수서동 아파트도 정리했고, 제가 대전에서 사용하던 오피스텔은 짐 정리해서 그쪽으로 보내달라고 경호관에게 부탁도 했어요. 이 말씀을 드리려고 기다렸어요."

"허락이 아니라 통보하는 거냐? 내가 안 된다고 할 걸 알면서도 끝까지 이러는구나."

"제가 갈 거라는 거, 아빠도 알고 계셨잖아요."

조국의 말이 맞았다. 대통령은 그가 아무리 으름장을 놓아도 딸이 결국 그의 품을 떠날 거라는 걸 알고 있었다. 그래도 부모의 마음으로 끝까지 붙잡아보고 싶었는데, 결국 이번에도 그는 그녀의 의지를 꺾지 못했다. 하지만 그가 이번에 조국을 청와대에서 내보낸다는 의미는 그 전과 달랐다. 대통령으로서도, 부모로서도 마음의 각오를 단단히 해야 하는 일이었다.

오늘 안보정책조정회의가 끝나면 아마 그는 젊고 유능한 요원들을 먼 곳으로 보내게 될 터였다. 피랍된 자국민들을 구하기 위해 다방면의 접촉이 이루어지고 있었지만, 테러 단체와 타협을 할 순 없었다. 결국 또 누군가의 목숨을 담보로 누군가의 목숨을 지켜야 될 상황이 되고 만 것이다.

조국은 자신의 의지로 그녀의 길을 가고 있었고, 그건 피랍된 인질 구출 작전에 진입 요원으로 차출된 민준도 마찬가지일 터였다. 그는 두 사람에게 그가 해줄 수 있는 건 허락과 승인이 아니라 격려와 기도뿐이라는 것을 마음 깊숙이 깨달았다.

"넌 후회하지 않겠지."

"네, 아빠."

대통령의 눈가가 붉게 물들었다.

다음 날 조국은 평창동 집으로 들어갔다. 물론 그녀 혼자는 아니었다. 조국을 보호하기 위해 두 명의 경호관이 그곳에 함께 머물기로 했고, 보안은 이중 삼중으로 철저하게 점검하고 있었다.

민준은 여전히 연락이 없었다. 조국은 민준이 찾아오는 걸 기다리면서도 한편으로는 그가 나타나지 않기를 바랐다. 인정이 그녀에게, 요원들이 소중한 사람들과 마지막 인사를 나누는 의식에 대해 이야기해 줬기 때문이었다.

조국은 그녀의 이야기를 듣고 난 후에야 그가 이 년 전 아침에 자신을 찾아와 함께 자장면을 먹자고 했던 행동의 의미를 알게 되었다. 그가 이제 만나러 온다면, 그건 어려운 길을 떠나기 전 마지막 인사를 전하기 위함일 터였다.

"영애님, 바람이 너무 찬데요."

도우미 아주머니가 2층 테라스 테이블 의자에 앉아 있던 조국 앞에 찻잔을 내려놓으며 조심스럽게 말을 건넸다. 그녀는 아까부터 의자에 앉아 밖을 물끄러미 바라보고 있었다.

"조금만 더 있다 들어갈게요, 감사합니다."

조국은 그녀에게 미소를 지으며 감사의 뜻으로 고개를 끄덕였다.

아주머니가 거실 안으로 들어가자 조국은 난간 가까이 다가가 섰다. 바람이 차가워서 몸이 절로 움츠러들었다. 문득, 재킷을 벗어주고 목에 머플러를 칭칭 감아주던 민준이 생각났다. 애써 생각하지 않으려고 해도 그가 짓던 미소, 나직한 목소리가 또렷한 기억과 함께 생생하게 떠올랐다. 왠지 눈물이 날 것 같았다. 하지만 자신이 울면 기분이 이상해진다는 민준의 말이 생각난 조국은 밖으로 눈물이 흘러나오려는 걸 억지로 꾹 참았다.

만약 지금 누군가 톡 건드린다면 눈물이 한꺼번에 쏟아져 나올 것 같았다.

조국은 한참 동안 베란다를 서성거리다 마침내 거실 안으로 돌아왔다. 그녀는 아까부터 손에 쥐고 있던 호신용 경보기를 테이블 위에 내려놓았다. 그가 보고 싶으면서도 경보기를 누르면 민준이 정말 나타날까 봐 차마 누르진 못하고 계속 쥐고만 있던 것이었다.

"영애님, 괜찮으십니까?"

조국이 소파에 앉아 차를 마시고 있을 때였다. 갑자기 경호관 한 명이 2층으로 헐레벌떡 뛰어올라 왔다. 그는 오늘부터 그녀를 보호할 경호관 중 한 사람이었다.

"전 괜찮은데요. 왜요, 무슨 일이 생겼나요?"

"보안 장치에 잠깐 문제가 생겼습니다. 아마 기기 에러가 난 것 같은데 금방 복구될 예정이니 너무 걱정하진 마십시오."

남자는 2층 거실을 빙 둘러보더니 조국에게 묵례를 하고 다시 아래로 내려갔다.

그때, 찬바람이 거실 안으로 휭 불어 들어왔다. 놀란 조국이 눈을 크게 뜨고 베란다를 바라보았다.

"강조국은 예전이나 지금이나 경각심이 너무 없네."

민준이 거실 안으로 들어서며 유리문을 닫았다. 애써 참고 있던 눈물이 왈칵 쏟아져 나왔다. 조국은 민준에게 달려가 그를 힘껏 감싸 안았다.

민준은 그녀의 등을 부드럽게 쓸어내리며 얼굴에 미소를 지었다.

"……어떻게 들어온 거예요?"

조국은 민준의 가슴에 얼굴을 묻은 채 고개를 들지 않았다. 그에게 우는 얼굴을 보여주고 싶지 않았다.

"경비가 너무 허술해. 그리고 또 문은 왜 열어둔 거야? 내가 문 잘 잠그라고 했잖아."

"……당신이 이렇게 올 것 같아서."

"그런데 왜 우는 거야? 이제 나를 봐도 반갑지가 않아?"

민준은 그녀가 왜 울고 있는지 알고 있었다. 그래서 그는 조국에게 미안하고 또 미안했다.

"당분간 못 올 거야. 금방 돌아올 테니까 그동안 밥 잘 먹고 씩씩하게 잘 지내고 있어."

"……정말 금방 돌아오는 거죠?"

그녀는 여전히 민준의 얼굴을 바라보지 않은 채 떨리는 목소리로 물었다. 그의 옷깃을 꽉 움켜쥔 조국의 손이 떨렸다.

"당연하지."

"그럼 됐어요."

"그런데 내가 만약……."

"더 이상 말하지 말아요. 나 안 들을래요."

조국이 고개를 저으며 그를 더욱 세게 끌어안았다. 그러자 민준이 그녀의 천천히 풀고 눈물로 젖은 그녀의 뺨을 두 손으로 감쌌다. 심장이 아프게 욱신거렸지만, 그는 담담한 표정을 지으며 조국의 눈을 가까이서 들여다보았다.

"들어. 그럴 일은 없겠지만…… 만약 내가 돌아오지 않아도 절대 울지 않겠다고 약속해."

"싫어요. 약속 안 할 거야."

"하여튼 고집쟁이."

민준이 그녀의 뺨을 타고 흐르는 눈물을 손으로 닦으며 웃었다. 그리고 짐짓 엄격한 표정을 지으며 조국에게 나무라듯 말했다.

"내가 갈 때마다 매번 이렇게 울 거야?"

"응, 매번 울 거예요."

"그러면 안 되는데."

조국은 그를 이렇게 보내면 안 된다는 걸 알고 있었지만 선뜻 그러겠다는 대답이 나오지 않았다. 그러나 조국은 미소 짓는 민준을 보면서 아프게 소용돌이치는 마음을 스스로 다독였다. 제가 울면 그의 마음이 편할 리가 없는데도 민준은 웃고 있었기 때문이었다.

"……나, 안 울고 잘 지내고 있을 테니까 건강하게 돌아와요."

"응."

고개를 끄덕이는 민준의 얼굴에 미소가 짙어졌다.

"몸에 흉터 더 늘려오면 안 만나줄 거예요."

"그래."

조국이 억지로 얼굴에 미소를 지었다.

"웃으니까 예쁘잖아."

그녀는 눈물이 다시 솟아올라 민준의 가슴에 얼굴을 묻었다.

민준이 떠난 뒤 조국은 더 이상 TV를 보거나 신문을 읽지 않았다. 그녀는 식사를 할 때를 제외하곤, 연구실로 사용하고 있는 건물 밖으로 한 발짝도 나오지 않았다. 조국은 민준을 생각하며 울지 않겠다는 약속을 지키기 위해 연구에만 몰두했다. 하지만 다른 한 가지, 늦은 밤 2층 거실 문을 잠그겠다는 약속만은 지키지 않았다.

똑똑. 누군가 연구실 문을 노크했다. 조국은 얼른 자리에서 일어나 출입문을 향해 달려갔다. 이 집 안에서 그녀의 연구실 문을 노크할 수 있는 사람은 아주머니와 집에 상주하는 경호관뿐이었지만, 혹시나 하는 생각에서였다. 문을 열어 방문객을 확인한 그녀의 얼굴에 실망감이 스쳤다. 인정이었다.

"인정 씨, 무슨 일이에요?"

"밖에 눈 와요, 영애님."

그녀의 말에 조국이 하늘을 바라보았다. 첫눈이었다.

"강설. 강설…… 태어나던 날 눈이 많이 내려서 강설인가. 로맨틱하시네, 부모님이."

"어? 설이다."

강설이라는 이름엔 좋은 기억이 없다고 생각했는데, 하얀 눈을 보자 그 이름과 함께 민준과 즐거웠던 날들이 생각났다.

"나한테 그거 알려주려고 온 거예요?"

"첫눈이니까요. 게다가 영애님이 통 밖으로 나오지 않으시니 제가 올 수밖에요."

인정이 무덤덤한 얼굴로 어깨를 으쓱했다. 인정은 특별히 조국이 좋아진 건 아니었지만 이제 그녀를 더 이상 미워하거나 그녀를 질투하지 않았다. 그녀의 이름처럼, 인정할 수밖에 없는 두 사람이었다.

"난 인정 씨가 날 따라서 이곳까지 올 줄은 몰랐어요. 솔직히 말해봐요, 인정 씨는 날 보호하기 위해 내 옆에 있는 거예요, 아니면 감시하기 위해 있는 거예요?"

"오늘은 첫눈도 내리니 솔직하게 말씀드릴게요. 전 영애님을 보호도 하고 또 감시도 하고 있어요."

"국장님도 참 한결같으시네요."

조국이 팔짱을 끼며 피식 웃었다. 이상하게 마음이 차분해졌다. 꼭 눈 때문이 아니더라도 조국은 인정이, 제가 알면 불편할 이유로 옆에 있다고 해도 이제 그녀의 입장을 이해할 수 있었다. 비록 방법은 다를지 몰라도 그녀가 지키려고 하는 것과 인정이 지키려고 하는 것이 다르지 않을 거라는 생각이 들었기 때문이었다.

"김 국장님 말씀이세요? 갑자기 그분은 왜요?"

"인정 씨가 지금 여기 있는 게 국장님의 뜻이 아닌가요?"

인정이 눈을 둥그렇게 뜨자 조국이 의아한 얼굴로 되물었다.

"아니에요. 영애님을 보호하는 건 제 일이지만, 나머진 민준 선배의 부탁 때문이에요."

"그럼 그 사람이 인정 씨한테 날 감시하라고 했다고요?"

"네."

인정이 시원하게 인정하며 고개를 끄덕이자 조국이 어이없다는 얼굴을 했다.

"그 사람이 인정 씨한테 뭐라고 했는데요?"

"별건 아니에요. 그냥 영애님이 잘 지내는지 틈틈이 지켜보라고 했어요. 저도 그렇게까지 하고 싶진 않은데 선배랑 약속을 한 게 있으니 어쩔 수가 없네요."

"무슨 약속이요?"

"선배가 없을 때 제가 영애님 곁에 있겠다는 약속이요. 정말 말도 안 되는 일이지 않아요? 다른 사람도 아니고 어떻게 저한테 그런 부탁을 할 수 있는 건지 정말……."

인정은 졌다는 듯 고개를 절레절레 흔들었다. 민준은 자신을 짝사랑한 여자에 대한 배려가 없어도 너무 없었다. 그러다 그녀는 눈동자가 촉촉이 젖은 조국을 보고 얼른 입을 다물었다.

"……혹시 그 사람한테서 무슨 소식이 있었나요?"

"아직 아무 얘기가 없는 걸 보면 지금 소식을 전할 만한 상황이 아닌 거예요. 하지만 이럴 때는 보통 무소식이 희소식이에요. 그러니 너무 걱정하지 마세요."

인정은 NIS 선배로부터 현지 상황이 별로 좋지 않다는 얘길 들었지만, 조국에게 그 얘기를 전하지는 않았다. 언제일지는 인정도 정확히 알 수 없었지만, 귀동냥으로 주워들은 얘기에 의하면 현지에선 곧 인질들을 구출하기 위한 작전이 펼쳐질 터였다. 선배들은 자세히 얘기하지 않았지만, 인정은 그 대열의 맨 앞에 민준이 서게 될 거라는 걸 알았다. 차출된 요원들 중 여러 번의 인질 구출 경험이 있는 사람은 그뿐이기 때문이었다.

"……고마워요, 인정 씨."

조국은 진심으로 그녀에게 고마워했다. 인정은 민준과의 어쩔 수 없는 약속 때문이라고 했지만 일부러 이곳에 왔고, 조국은 그 마음을 모르지 않았다.

"진짜 고맙다고 생각하신다면 저랑 같이 커피나 한잔해요, 영애님. 첫눈도 내리는데 우중충하게 안에만 있고 싶지 않아요."

"그럴까요? 인정 씨는 무슨 커피 좋아해요?"

"에스프레소 마키아토요, 그렇지만 그냥 아메리카노 마실래요."

"에스프레소 마키아토를 좋아해요?"

조국이 되물었다. 인정과 묘하게 취향이 일치하는 부분이 몇 번 있었는데 좋아하는 커피까지 같다는 게 신기했다.

"제가 좋아한다기보다는 그걸 좋아한다는 남자가 있었어요. 그래서 몇 번 따라 마셨는데 이제 안 그러려고요."

"그 사람이, 그 커피를 좋아한다고 했어요……?"

"전 민준 선배라고 말하지 않았는데요? 그렇지만…… 네, 맞아요. 뭐, 제가 선배를 좋아한 건 어차피 영애님도 알고 계시는 일이니까요."

이제 와 새삼스럽게 그 사실을 숨기고 말고 할 것도 없었다. 물론 영애 앞이라 좀 낯 뜨겁기는 했다. 그러나 인정이 민준에게 스토커 짓을 한 것도 아니고, 그를 집요하게 쫓아다니며 괴롭힌 것도 아니니 이 정도는 영애가 너그럽게 웃으며 넘어갈 수 있는 상황이라고 생각했다.

조국이 밖으로 나오자 인정은 커다란 우산을 그녀 위로 높이 펼쳐 들었다.

"난 괜찮아요. 눈 맞는 게 정 불편하면 인정 씨나 써요."

"저도 눈 맞는 거 좋아해요. 바람 맞는 것도 아닌데 눈 맞는 것쯤이야, 뭐."

조국이 손사래를 치자 인정이 우산을 도로 접어 돌돌 말더니, 우산을 지팡이 삼아 그녀 옆에서 걷기 시작했다.

"영애님은 민준 선배가 왜 좋으세요?"

인정이 슬쩍 물었다.

"그 사람이 왜 좋은 건지 그 이유를 구체적으로 생각해 본 적은 없어요."

"그 사람이 왜 좋은지는 구체적으로 생각해 본 적이 없는데."

조국의 대답에 인정이 그녀의 옆얼굴을 물끄러미 바라보았다. 조국은 민준과 같은 대답을 했다.

"그럼 영애님은 선배를 보면서 무슨 생각을 하세요? 그저, 선배가 마냥 좋기만 하신 거예요?"

"그 사람 앞에서 울거나 힘들어하지 말아야겠다는 생각은 가끔 해요. 내가 울면 그 사람이 힘들 테니까요."

"그 사람 앞에서 다치거나 아프지 말아야겠다는 생각을 가끔 해. 그럼 그 사람이 많이 울 테니까."

"두 분 다 정말 별로인 거 아세요?"

인정이 불퉁한 목소리를 냈다. 이미 민준에 대한 마음을 접었는데 둘이 꼭 이렇게까지 확인 사살을 해야 하나 싶었다. 그보다 더 짜증나는 건, 두 사람 모두 자신들이 그러고 있다는 걸 모른다는 사실이었다.

"왜 얘기가 갑자기 그렇게 되는 거예요?"

조국은 뾰로통한 표정을 짓는 인정을 보며 픽 웃었다. 그녀는 뭐가 그리 못마땅한지 인상을 잔뜩 찡그리고 있었다.

"제가 선배한테도 영애님이 왜 좋냐고 물었거든요."

"그랬어요?"

"그랬는데, 선배도 똑같은 대답을 하더라고요. 영애님이 왜 좋은 건지는 생각해 본 적 없지만, 영애님 앞에서 다치거나 아프지 말아야겠다는 생각은 한대요. 그럼 영애님이 많이 울 거라면서요."

조국은 대답 대신 하늘을 올려다보았다. 자신은 지금 이렇게 첫눈을 맞고 있는데 그는 지금 무엇을 하고 있을까, 라는 생각이 들자 눈가가 시큰해졌다.

"얼마 안 있으면 크리스마스네요, 영애님."

"……벌써 날짜가 그렇게 되었어요?"

"하긴, 그럼 뭐 해요, 크리스마스라고 해도 특별히 할 일도 없는데요. 뭐, 어차피 일하느라 누굴 만날 수도 없겠지만요."

"그날은 인정 씨도 쉬어요, 난 별일 없으면 아마 집에 있을 것 같으니까요."

"아…… 죄송해요."

"괜찮아요."

인정이 미안한 표정으로 눈치를 살피자 조국이 피식 웃었다. 언젠가 민준이 지나가는 말로 크리스마스 때 어떤 선물을 받고 싶냐고 물은 적이 있었다. 그땐 그에게 천천히 생각해 보겠다고 말했지만, 만약 민준이 지금 다시 묻는다면 그녀는 주저 없이 대답할 수 있었다. 내가 원하는 건 오직 당신과 함께 보내는 크리스마스이브뿐이라고.

⚜

온 세상이 하얗게 덮인 크리스마스이브, Pakin 그룹이 운영하는 연수원에서 마침내 사랑의 밤 행사가 열렸다. 강당에는 아이들이 눈을 초롱초롱 빛내며 올망졸망 모여 있었고, 직원들은 연극을 준비하기 위해 바삐 움직였다. 보통 때 같았으면 그들 사이에 즐거운 웃음소리가 오갔겠지만, 오늘 직원들의 분위기는 전체적으로 차분했다. 그룹 회장의 장례를 치른 지 얼마 되지 않은 탓에 그럴 수밖에 없었다.

서연은 핑크색 드레스를 입고 무대 안쪽 대기실에 앉아 있었다. 그녀는 이 나이에 핑크색 드레스가 말이 되냐며 의상을 담당한 디자인 부서 직원에게 항의했지만, 로미오 역의 빈우가 입은 촌스러운 하늘색 턱시도를 보고 군말 없이 핑크색 드레스를 받아들였다.

"곧 연극 시작할 텐데, 부모님은 오셨어?"

대기실 안으로 들어온 빈우가 서연 옆에 의자를 끌어당겨 앉으며 물었다. 대부분의 직원들은 오늘 열릴 사랑의 밤 행사에 가족들과 친구들, 연인을 초대했다.

서연은 지나가는 말로 엄마에게 얘기를 하긴 했지만 그녀가 오늘 이곳에 올 거라고 기대하진 않았다. 요 근래 엄마의 신경이 온통 다른 곳에 가 있는 것 같았기 때문이었다. 아빠의 얼굴을 본 지도 벌써 여러 날이 지났고, 오빠는 또 무슨 일인지 연락조차 되지 않았다.

서연은 친구들을 초대할까 잠깐 생각하기도 했다. 그러나 다른 직원들이 가족이 아무도 안 온 이유에 대해 이런저런 상상을 하게 하고 싶지 않았기에 마음을 고쳐먹었다.

"우리가 무슨 초등학생이야? 부모님 모시고 연극하게?"

서연은 문득 유치원 학예회 때 자신의 부모님만 참석하지 않아 엉엉 울었던 기억이 났다. 그때 엄마는 오빠가 아파 올 수 없었고, 아빠는 바빠서 올 수 없었다.

서연은 옛 기억을 떠올리자 콧잔등이 시큰해졌다. 이제 다 큰 어른이 되었지만 마음은 미처 자라지 못했는지 그때 느꼈던 서러운 감정은 그대로 살아 있었다.

"난 왔는데, 내가 이따 우리 부모님 소개해 줄까?"

"나한테 빈우 씨 부모님 소개를 왜 해줘? 괜히 오해하시게."

그녀는 먼지를 털듯 드레스 자락을 툭툭 치며 퉁명스럽게 대꾸했다.

"행사 끝나면 뭐 할 거야?"

"그냥 집에 갈 거야."

"크리스마스이브인데?"

"난 집에서 할 일이 아주 많은 사람이야."

서연은 지금이라도 엄마한테 전화를 걸어볼까 하다가 그만두었다. 요며칠 엄마의 표정이 어두웠는데, 거기에 그녀에 대한 근심까지 더하면 안 된다는 생각 때문이었다.

"연극 시작 십분 전입니다! 다들 준비해 주세요!"

연출을 맡은 직원이 큰소리로 외치자 서연은 의자에서 일어나 구겨진 드레스 자락을 반듯하게 폈다. 그녀는 촌스러운 핑크색 드레스를 입은 모습을 아무한테도 보여주지 않아도 되니 차라리 잘된 일이라고 생각하기로 했다. 그리고 그 '아무'엔 건우도 포함되어 있었다.

〈곤란하게 해서 미안했어요, 서연 씨. 그리고 고마웠어요.〉

건우는 백 회장의 장례가 끝난 후 그녀에게 문자 하나만을 남겼다. 그가 그녀에게 보낸 메시지는 모두 과거형이었고 그 안에 두 사람의 미래에 대한 언급은 없었다.

장례식이 끝난 다음 날 아침 건우는 해외 출장길에 올랐다. 동료들의 말에 의하면 건우의 이번 출장은 비즈니스 때문이 아니라 사실 개인 일정 때문이라고 했다. 서연은 그 얘기를 들었을 때 건우가 이제 다시 이곳으로 돌아오지 않을지도 모른다는 생각을 했다. 그녀가 보기에 건우는 Pakin에 별로 미련이 없어 보였고, 자신을 만나는 순간마다 용기를 내야 했다는 건우는 이제 더 이상 용기를 내고 싶지 않을 것 같았기 때문이었다.

"오 분 전입니다!"

그녀의 연극은 아직 시작되지 않았는데 두 사람의 연극은 이미 끝이나 있었다. 그것도 하필이면 열린 결말이라는, 아주 우울한 엔딩이었다.

조국은 피랍되었던 인질들이 무사히 구출되었다는 얘기를 들었다. 일부러 방송과 뉴스를 피해 다녔는데 집안일을 도와주시는 아주머니가 방송을 보고 그녀에게 그 사실을 알려준 것이다. 아주머니는 다른 사람들이 그런 것처럼, 인질들이 무사히 구출되었다는 소식에 제 일인 양 기뻐했다.

그러나 아주머니는 그들이 어떻게 구출되었는지, 구출되는 과정에서 사상자는 없었는지는 궁금해하지 않았다. 그녀에겐 인질들이 무사하다는 사실만이 중요했다.

"정말 혼자 있어도 괜찮으시겠어요?"

"정말 괜찮다니까요, 걱정 마세요."

아주머니는 밖으로 나가기 전 조국에게 다시 물었다. 그녀는 마음이 편치 않은 듯 가던 발걸음을 자꾸만 멈췄고, 조국은 그럴 때마다 그녀에게 한껏 미소를 지어 보였다.

조국은 오늘 경호관들을 포함해 집안일을 도와주는 사람들에게 휴가를 줬다. 오늘은 크리스마스이브였고 그들에게도 가족과 연인이 있을 터이기 때문이었다. 조국은 인정에게도 휴가를 줬지만, 그녀는 조국에게 집이 아닌 사무실로 들어갈 거라고 말했다. 급한 일이 있다는 인정의 표정이 어두워, 조국은 그녀에게 무슨 일이 있냐고 묻지 않았다. 아니, 묻고 싶지 않았다.

"오늘 혹시 데이트하시는 거예요?"

아주머니는 어서 가라고 손을 흔드는 조국을 바라보며 흐뭇한 미소를 지었다. 그녀는 평상시와 다르게 곱게 화장을 하고 예쁜 빨간 원피스를 입고 있었다. 누가 봐도 연인과의 데이트를 앞둔 모습이었다. 조국은 아주머니의 질문에 긍정도 부정도 하지 않은 채 그저 입가에 옅은 미소만 지었다.

사람들이 모두 집을 빠져나가자 커다란 저택은 곧 무거운 적막에 휩싸였다. 조국은 어깨에 숄을 두르고 정원으로 나갔다. 하얗게 쌓인 눈위로 어둠이 짙게 내려앉았고, 정원 사이로 난 길을 따라 늘어선 가로등에 불이 켜졌다. 조국은 테이블 가운데 놓여 있던 빨간 양초에 불을 붙였다.

〈필리핀 남부에서 무장 단체에 피랍되었던 한국인 관광객들이 방금 전 인천국제공항에 도착해 게이트를 빠져나오고 있습니다. 공항에는 그들을 환영하는 인파로 발 디딜…….〉

대통령 집무실 안, 대통령은 모니터를 끄고 자리에서 일어났다.

자국민을 구하기 위해 필리핀으로 갔던 요원들 중 한 명은 다시 돌아오지 못했고 또 다른 한 명은 현지 병원에서 극비리에 긴급수술을 받았다. 그는 김 국장으로부터 요원들 중 사상자가 발생했다는 보고를 받는 순간 곧바로 민준을 떠올렸다. 그리고 곧이어 조국 생각이 났다.

"김민준 요원은 무사합니까?"

그는 소식을 듣자마자 제일 먼저 김 국장에게 이 말부터 물었다. 대통령은 사상자 보고를 하는 그에게서 민준이라는 이름을 듣지 않길 바랐다.

노크 소리가 들린 건 그때였다. 곧이어 집무실 문이 열렸다. 굳은 얼굴로 출입문 앞에 선 비서실장이 그에게 묵례를 한 후 입을 열었다.

"도착했습니다, 각하."

"들어오라고 하세요."

대통령이 알았다는 듯 고개를 끄덕였다. 지금은 아까운 청춘이 사라진 것에 대한 슬픔은 잠시 접어두고, 무사히 인질들을 구출해 온 요원들을 격려할 시간이었다.

젊은 요원들이 하나둘씩 집무실 안으로 들어서자 대통령은 그들 한 명, 한 명과 눈을 마주치며 얼굴에 억지로 미소를 띠었다. 그 안에, 민준은 없었다.

⚜

늦은 밤, 마침내 연극이 끝났다. 사람들은 자리에서 일어나 환호하며 박수를 쳤고 서연과 빈우는 무대 중앙에 서서 관객들에게 고개 숙여 인사를 했다. 어떤 똑똑한 꼬마가 연극 도중에 왜 로미오와 줄리엣이 죽지 않느냐며 손을 들고 질문을 해 잠시 그들을 당황하게 만들기는 했지만, 그때를 제외하곤 매끄럽게 진행되었으며 또 잘 마무리된 연극이었다.

무대 중앙에 서서 인사를 마친 서연은 객석을 무심코 바라보다가 눈을 휘둥그렇게 떴다.

"엄마?"

웃고 있는 엄마와 눈이 마주친 것이었다. 그녀는 함박웃음을 지었다. 엄마가 올 거라고는 기대하지 않았기에, 서연의 기쁨은 배가되었다.

"엄마!"

서연은 드레스 자락을 붙들고 단걸음에 무대 아래로 뛰어내렸다. 그녀는 상기된 얼굴로 엄마의 허리를 끌어안고, 몸을 흔들며 어리광을 부렸다.

"엄마 언제 왔어? 왔으면 나한테 얘길 해야지!"

"미안, 엄마가 조금 늦었어."

그녀는 어린아이를 달래듯 서연의 등을 토닥거렸다. 너무 늦은 게 아닌가 싶어 올까 말까 망설였는데 오길 정말 잘했다는 생각이 들었다. 연극이 끝난 후, 무대에 선 다른 배우들은 고개를 이리저리 돌리며 객석에서 가족과 친구들을 찾았는데 서연만이 그러지 않았다. 가만히 서 있기만 하던 서연의 모습에 그녀는 가슴이 아팠다.

"참 엄마, 이 드레스 진짜 촌스럽지 않아? 근데 내 옷보다 로미오 옷이 더 촌스러워서 내가 참았어. 잘했지?"

"그랬어?"

"응. 그리고 엄마, 나 너무 배고파! 연극 준비하느라고 제대로 못 먹었거든? 배고파서 나 지금 완전 어지러워."

서연은 손을 배에 갖다 댔다, 이마에 갖다 댔다 하면서 부산을 떨었다. 그녀는 엄마에게 할 말이 아주 많았다.

"저런, 이 시간까지 밥도 안 먹고 뭐 했어?"

"아까까진 배가 안 고팠는데 이제 배고파졌어. 우리 둘이 맛있는 거 먹으러 가자, 엄마. 오늘은 이브니까 늦게까지 하는 식당들이 많을 거야. 내가 얼른 옷 갈아입고 나올 테니까 잠깐만 기다리고 있어, 알았지?"

"그래, 엄마 기다리고 있을 테니까 천천히 나와."

그녀는 서연이 뒤돌아 달려가는 모습을 물끄러미 바라보았다. 그녀는 조금 전 자신을 발견하자마자 환하게 웃던 서연이 떠올라 가슴이 저릿해졌다. 늘 괜찮다고 말해서 당연히 괜찮을 거라고 생각했는데, 사실 그동안 괜찮지 않았을지도 모른다. 늘 웃고 있던 딸의 얼굴 뒤에 그렇게 쓸쓸한 표정이 감춰져 있는 걸 몰랐다.

그녀는 남편에게 전화를 걸었다. 그는 언제나 바빴고, 늘 가족의 일보다 중요한 일이 있었다. 요즘 남편이 어떤 일 때문에 바빴는지도 그녀도 잘 알고 있었다. 그래도 그녀는 오늘 그에게, 내일까지 남아 있는 몇 시간은 가족을 위해 써달라는 말을 하고 싶었다.

"나예요."

남편은 지금 청와대로 들어가는 길이라고 말했다. 그리고 별일이 없다면 나중에 집에서 보자는 말을 덧붙였다.

"별일이 있어요. 그러니 바쁘더라도 지금은 여기로 와줬으면 좋겠어요."

그녀는 오늘, 결혼한 뒤 처음으로 그에게 부탁을 했다. 이 부탁이 그를 곤란하게 만들 거라는 걸 알았지만 이번이 아니라면 앞으로도 기회가 오지 않을 거였다. 더군다나 오늘은 크리스마스이브였다. 그녀는 한 번쯤은 가족이 우선순위가 되어도 괜찮지 않을까, 라고 생각했다.

⚜

"그런데 김 국장은 왜 보이지 않습니까?"

대통령이 의아한 얼굴로 몇 발자국 떨어져 서 있던 비서실장에게 물었다. 분명 김 국장이 요원들을 데리고 청와대로 들어온다고 들었는데 그가 보이지 않다니 이상했다. 김 국장에게 김민준 요원은 왜 보이지 않는 거냐고 물을 참이었는데, 물어볼 대상마저 없는 상태였다.

"집에 중요한 일이 생겨 도중에 부득이하게 차를 돌렸다고 합니다. 각하께 대신 죄송하다는 말씀을 드려달라고 부탁했습니다."

"김 국장 집에 혹시 무슨 안 좋은 일이 생겼습니까?"

대통령의 목소리가 낮게 잠겼다. 민준도, 김 국장도 보이질 않는 걸 보니 뭔가 좋지 않은 일이 생긴 것 같다는 생각이 들었다. 그는 비서실장이 대답을 망설이는 걸 보며 자신의 생각이 맞을 거라 확신했다. 비서실장은 잠시 머뭇거리다 대통령 곁으로 가까이 다가와, 그만이 들을 수 있는 작은 목소리로 말했다.

"오늘이 크리스마스이브라 가족에게 가봐야 한다고 말했습니다."

"크리스마스이브…… 말입니까?"

"네. 오늘이 가족과 처음으로 보내는 이브라고……."

"김 국장한테 그런 면이 있는 줄은 몰랐습니다."

대통령은 김 국장에게 안 좋은 일이 없다는 사실엔 안도했지만, 그의 대담한 결정엔 헛웃음이 나왔다. 이 자리는 고생한 요원들을 치하하기 위한 자리였다. 오늘 같은 날은 이곳에 나타나 입지를 다지는 편이 나았을 텐데 가족들에게 간 걸 보면 그는 정말 야망이 없는 모양이었다.

대통령은 차렷 자세로 선 요원들과 한 명, 한 명 악수를 하며 그들의 노고를 치하했다. 이 자리에 사상자를 제외하곤 김 국장과 민준만이 참석하지 않았다. 오늘 같은 날은 대통령의 호감 섞인 눈도장을 찍을 수도 있었을 텐데 불참한 것을 보면 아마 그에겐 이보다 더 중요한 일이 있을 터였다. 대통령은 굳이 김 국장에게 물어보지 않아도 민준이 어디로 갔을지 알 수 있을 것 같았다. 아버지나 아들이나, 부전자전이었다.

⚜

서연은 엄마의 팔짱을 끼고 연수원 밖으로 나왔다. 연수원에서 밤새 음주를 즐길 각오가 되어 있었던 몇몇 직원들은 먼저 간다는 서연에게 섭섭함을 토로했지만, 엄마가 너무 엄격하셔서 어쩔 수 없다는 그녀의 말에 마지못해 고개를 끄덕였다.

"응? 눈 온다, 엄마."

인도를 따라 걷다 걸음을 멈춰 선 두 사람은 고개를 들고 하늘을 바라보았다. 서연이 손을 앞으로 내밀자 손바닥에 떨어진 눈송이가 체온에 사르르 녹아 자취를 감추었다. 서연은 아까부터 얼굴에서 미소가 떠나질 않았다.

"오늘 같은 날 엄마랑 있어서 섭섭하지 않아? 직원들하고 놀다 오지 그랬어, 그러면 더 재미났을 텐데."

"엄마랑 같이 있는데 뭐가 섭섭해? 여기에 남아 있어봤자 밤새 술이나 마실 건데, 뭘."

"그럼 나는 그냥 돌아갈까?"

"어?"

서연은 제자리에 얼어붙은 듯 서 있었다. 차에서 내린 김 국장이 두 사람을 향해 다가왔다.

"아빠가 여길 어떻게 알고 왔어요?"

"엄마한테 물어보니 여기에 있다기에 둘 다 데리러 왔지."

"아빠, 안 바빠요?"

"일이 일찍 끝났어."

김 국장은 슬쩍 부인의 눈치를 살피며 대답했다. 그녀가 이런 부탁을 한 적은 처음이었기에, 김 국장은 이곳에 올 수밖에 없었다. 그는 아내가 자신에게 부탁을 한 이유가 궁금했지만 서연이 있기에 그건 나중에 묻기로 했다.

"그런데…… 서연이 넌 왜 장갑도 안 끼고 다니는 거야? 바람이 이렇게 찬데."

김 국장이 서연의 빨간 손등을 보며 인상을 찌푸렸다. 그는 코트 주머니에서 가죽 장갑을 꺼내 서연의 손에 끼워주었다.

"이건 아빠 장갑이잖아요."

"아빠는 괜찮아. 이제 집에 가자."

김 국장은 차 문을 열어주며 두 여자를 안으로 들여보냈다. 서연은 장갑 낀 손을 두 뺨에 올리며 배시시 웃었다. 참 포근한 겨울밤이었다.

테이블 위에 켜놓은 촛불이 바람에 위태롭게 흔들렸다. 조국이 양손으로 둥글게 초 주위를 감싸자 흔들리던 촛불이 겨우 잠잠해졌다. 차갑게 얼어붙었던 손이 따듯한 열기에 그 냉기가 조금 누그러지는 듯했다.

조국은 호신용 경보기를 그러쥐었다. 크리스마스가 이제 얼마 남지 않았는데, 그에게선 아직도 아무런 연락이 없었다.

눈물 한 방울이 툭 떨어졌다. 맨살이 드러난 팔다리가 추위에 파랗게 질렸지만, 조국은 추위를 느끼지 못했다. 그녀의 머릿속은 온통 한 가지 생각으로만 가득 차 있어, 추위라든지 배고픔에 대한 생각들이 끼어들 작은 틈조차 없었다.

"……금방 온다고 했잖아."

울먹거리는 조국의 손등 위로 뺨을 타고 흘러내린 눈물이 떨어져 내렸다.

"누르면 진짜 와요?"

"그럼."

조국은 경보기를 조심조심 만지며 입술을 깨물었다. 버튼을 눌러도 그가 나타나지 않을까 봐, 조국은 선뜻 버튼을 누를 수가 없었다. 마지막 희망처럼 손에 쥐고 있는 경보기가 그녀의 바람을 하나도 남김없이 모두 앗아가 버릴지도 모르기 때문이었다.

갑자기 분 바람에 테이블 위에서 위태롭게 흔들리던 촛불이 꺼졌다. 그 순간 조국의 가슴속에서 무언가 툭 끊어지는 느낌이 났다. 조국은 서럽게 흐느끼며 경보기의 버튼을 힘껏 눌렀다.

삐삐삐삐- 고막을 울리는 시끄러운 소리가 났다. 어둠이 그 소리를 크게 증폭시켰기에 조국은 자신의 울음소리마저도 듣지 못했다.

"내가 그거 누르면 시끄럽다고 했잖아."

눈물 너머로 뿌옇게 흐려진 형체가 다가왔다. 경보기 소리에 묻혀 그의 목소리가 들리지 않았다. 그렇지만 조국은 그게 누구인지 한눈에 알아보았다.

조국은 자리에서 벌떡 일어나 한걸음에 그에게 달려갔다. 민준이 웃는 얼굴을 하고 서 있었다. 조국은 민준에게 안겨 그의 가슴에 고개를 묻었다.

"내가 울지 말고 기다리라고 했잖아."

조국은 그에게 그동안 울지 않고 기다렸다고, 지금은 기뻐서 흘리는 눈물이라고 말하고 싶었지만, 목이 메어 말이 나오지 않았다.

"메리크리스마스, 야옹이."

민준이 조국의 등을 어루만지며 애틋하게 속삭였다. 민준은 조국이 간절히 바라고 원했던, 크리스마스의 선물이었다.

"바쁘신데 죄송합니다, 제가 잘못 눌렀습니다."

호신용 경보기의 성능은 훌륭했고 이웃 주민들의 신고 정신은 투철했던 덕분에, 경보음이 들린 지 채 몇 분도 지나지 않아 지구대 경찰들이 도착했다. 민준은 출동한 경찰들에게 정중히 사과를 했다. 경찰들은 얼굴이 온통 눈물로 젖어 있는 조국을 보고 민준을 미심쩍은 눈으로 바라보았지만 그녀가 그를 옹호하듯 두 손으로 꽉 붙들자 알 만하다는 듯 고개를 끄덕이며 돌아갔다. 아마 연인들의 다툼 정도로 여긴 모양이었다.

"강조국 씨."

민준이 팔짱을 끼고 조국을 위아래로 훑어보았다. 조국은 그가 입을 막 열려는 순간, 그보다 빠르게 입술을 움직였다.

"당신이 조금만 더 빨리 왔더라면 내가 이걸 누르진 않았을 거예요."

"내가 지금 그걸 가지고 뭐라고 하는 게 아니야."

"그게 아니면요?"

"당신이 왜 지금 혼자 있는 거지? 그리고, 경보음이 났는데도 왜 아무도 당신한테 달려오지 않는 거야?"

"전부 휴가를 보냈으니까요. 내일이 크리스마스잖아요."

민준이 목을 스트레칭하듯 고개를 좌우로 돌려 주변을 살펴보았다. 조국이 휴가를 줬다고 해도 경호관들이 한 명도 곁에 없다는 건 말이 되지 않는 얘기였다. 그러다 민준은 담장 밑 어둠 속에서 눈을 반짝이며 두 사람을 지켜보고 있던 한 경호관과 눈이 마주쳤다. 역시, 아무리 휴가를 줬다고 해도 그들이 조국을 혼자 두고 떠날 수는 없을 터였다. 조국은 순진하게도 그들이 정말 모두 떠났을 거라고 믿고 있었지만 말이다.

그러고 보니 이상한 점이 하나 있었다. 저번에 올 때와 마찬가지로, 이번에도 그는 움직임 감지기의 작동을 멈추고 저택 안으로 들어왔다. 경호관은 분명 그걸 보았을 텐데도 아무런 행동도 취하질 않았다. 그는 어둠 속에서 마치 영화를 관람하는 사람처럼, 호기심 가득한 얼굴로 두 사람을 지켜보고 있었다.

"……미처 출발하지 못한 사람이 아직 남아 있는 것 같은데."

민준이 고개를 돌려 조국의 눈을 마주했다. 두 사람이 지금 어떤 장르의 영화를 찍게 될지 모르는 상황에서, 조국이 당황하지 않도록 관객이 한 명 있다는 사실은 얘기해 줘야 할 것 같았다.

"아니에요, 그럴 리가 없어요."

그러나 조국은 단호하게 고개를 가로저었다.

"춥네. 안에 들어가 있어."

"당신은요?"

"잠깐 정원 좀 둘러보고 들어갈게."

민준은 조국의 어깨를 빙글 돌려 집 안으로 먼저 들여보냈다. 조국은 뒤를 돌아보며 의문스러운 얼굴을 했지만, 그가 웃으며 손을 들어 보이자 어쩔 수 없이 안으로 들어갔다.

민준은 곧바로 어둠 속에 몸을 숨기고 있는 경호관을 향해 성큼성큼 걸어갔다. 그는 민준이 자신을 향해 다가오자 밝은 곳으로 나와 모습을 드러냈다.

"여기서 뭐합니까."

그의 목소리에는 날이 서 있었다.

"영애님께서 휴가를 가라고는 하셨지만, 영애님을 혼자 두고 갈 순 없지 않습니까? 그래서 다른 사람들은 보내고 저는 이곳에 남았습니다."

"혹시, 내가 누구인지 알고 있습니까?"

민준의 목소리가 낮게 깔렸다. 경호관은 그를 경계하지 않았고, 민준이 보안기기에 손을 대고 담을 넘어 들어왔는데도 아무런 조치를 취하지 않았다. 충분히 의심할 만한 상황이었다.

"네. 알고 있습니다."

"나를 알고 있다라…… 어떻게?"

민준이 재킷 안쪽에서 총을 꺼내 남자에게 겨누었다. 그러자 그는 황당한 얼굴로, 항복하듯 양손을 어깨 높이로 올렸다.

"나는 널 모르는데."

철컥. 민준이 방아쇠에 손가락을 걸자 그제야 사태를 짐작한 경호관이 눈을 휘둥그렇게 떴다. 남자는 민준의 직업에 대해서는 잘 알지 못하고 있던 모양이었다.

"왜 이러십니까! 저는 단지 김민준 씨가 이곳으로 올 테니 그렇게 알고 있으라는 지시를 받았을 뿐입니다."

"지시? 누가."

"제가 김민준 씨한테 그런 것까지 말해야 합니까?"

민준의 눈썹이 꿈틀거렸다. 그는 남자의 눈을 똑바로 쳐다보며 천천히 총구를 내렸다. 청와대 경호실에 그런 명령을 내릴 수 있는 사람은 단 한 사람밖에 없었다.

"그 외에 또 다른 게 있습니까?"

"없습니다, 그게 전부예요."

민준이 총을 치우자 남자의 얼굴에 불쾌한 기색이 역력했다. 그는 그저 영애에게 손님이 오는가 보다, 정도로만 가볍게 생각하고 있었을 뿐이었다. 오히려 두 사람이 연인 사이라는 것을 알고 놀란 건 자신이었기에, 왠지 억울하다는 생각마저 들었다.

"미안합니다."

민준의 목소리는 여전히 딱딱했지만 그의 진심을 전하기에 부족하진 않았다. 민준의 말에 남자는 굳어 있던 표정을 풀고 괜찮다는 뜻으로 고개를 가볍게 끄덕였다.

"괜찮습니다. 하지만 다음부터는 담 넘지 마시고 당당하게 대문으로 들어오십시오."

"아, 그건 내가 굴뚝을 찾다가……."

"……."

"앞으론 참고하도록 하죠."

남자는 민준에게 눈인사를 한 뒤 사라졌다. 민준은 그의 권유를 받아들여 1층 현관문 앞까지 성큼성큼 걸어가, 차임벨을 힘주어 꾹 눌렀다. 그러자 문이 열리고 빨간 미니드레스를 입은 조국이 그를 맞이했다. 민준은 다시 조국을 품에 안았다.

"아직도 몸이 차네. 도대체 얼마나 오랫동안 밖에 있었던 거야?"

"한 서너 시간쯤 있었나 봐요."

민준의 가슴에 얼굴을 묻고 웅얼거리던 그녀가 갑자기 고개를 번쩍 들더니 그의 얼굴과 어깨, 손을 하나하나 근심스러운 얼굴로 살피기 시작했다.

"……안 다쳤죠?"

"응."

"다행이에요."

"……."

"그런데 당신은 표정이 왜 그래요……? 무슨 일이 있었어요?"

민준은 불안해하는 조국을 안심시켜 주려는 듯 눈꼬리를 내리며 웃었지만, 언뜻 보인 눈은 충혈되어 있었다.

"……피곤해서 그래."

낮게 잠긴 목소리가 갈라져 나왔다. 민준은 손바닥으로 양쪽 눈두덩을 지그시 누르더니 그녀의 어깨에 고개를 묻었다.

"많이…… 피곤해요?"

"응. 많이 피곤해. 그리고 당신도 많이 보고 싶었고."

민준은 나지막이 말했다. 조국이 그의 등을 마주 감싸 안자 그제야 그녀 곁으로 다시 돌아왔다는 사실이 실감났다. 갑자기 가슴 깊숙한 곳에서 뜨거운 덩어리가 불쑥 올라와 목구멍 끝까지 찼다. 그는 돌아왔지만, 함께 돌아오지 못한 동료 생각이 났기 때문이었다.

"나는 그동안 아주 잘 지내고 있었어요. 잘 먹고 잘 자고, 할 일이 너무 많아 정신이 없을 정도였어요. 그러니까 앞으로라도 내 걱정은 하지 말아요. 난 아주 잘 지내고 있을 테니까요."

"……그랬어?"

"응, 그랬어요."

"기특하네."

민준은 조국의 목덜미에 고개를 묻은 채 왼손으로 그녀의 정수리를 쓰다듬었다.

"영애님은 작은 바람 소리만 나도 문을 열고 밖으로 나갔어요."

그는 이곳으로 오기 전 인정에게서 조국의 근황에 대해 들었다. 그래서 그는 그녀가 거짓말을 하고 있다는 걸 알았지만 모르는 체했다.

민준은 오늘 대통령의 격려를 받기 위해 청와대로 가야 했다. 그러나 그는 망설이지 않고 이곳으로 왔다. 그에게는 대통령이 아니라 조국을 보는 게 위로였고 격려였다.

"난 잘 못 지냈어."

민준은 얼마 전까지만 해도 삶과 죽음의 경계를 오가는 순간들이 두렵지 않았는데 이제는 두려워졌다. 함께 돌아오지 못한 동료를 떠올리면, 어쩌면 자신도 조국을 두고 떠났을지도 모른다는 생각이 들었기 때문이었다.

"많이 힘들었어요?"

"응, 많이 힘들었어."

민준은 솔직하게 대답했다. 괜찮다고 말을 할까 싶기도 했지만, 조국이 자신의 거짓말을 눈치챈다면 그녀의 마음이 편하지 않을 것 같았다.

"무슨 일이 있었어요?"

조국은 걱정스러운 얼굴로 그를 올려다보았다.

"있었는데 이제 괜찮아. 시간이 지나면 더 괜찮아질 테지."

그녀는 숨김없이 말해주는 민준을 보며 감정을 감추는 것만이 능사가 아니라는 생각이 들었다. 상대방을 위한다는 마음이 어쩌면 그 사람을 더 힘들게 만들 수도 있었다. 그럴 바에는 차라리 정직하게 속마음을 털어놓는 편이 더 나을 것 같았다.

"……나도 사실은 당신을 기다리면서 많이 힘들었어요. 하지만 앞으론 더 괜찮아질 것 같아요. 이건 진심이에요."

망설이다 덧붙인 그녀의 말에 민준의 입술이 호선을 그리며 위로 올라갔다. 그는 애틋한 눈빛으로 조국을 바라보았다.

"나 배고픈데, 괜찮으면 같이 저녁 먹어줄래?"

"먹다가 도중에 사라지진 않을 거죠?"

"핸드폰 꺼놓을 거야."

"그래도 돼요?"

"그래도 돼."

대통령도 마다하고 온 사람을 누가 부를 수 있겠는가. 민준이 핸드폰 전원 버튼을 막 누르려는 순간 벨이 울렸다. 발신자를 확인한 그가 인상을 찌푸리자 조국은 실망스러운 얼굴을 했다.

"누구예요?"

"모르는 번호야."

아는 사람이었으면 무시하려 했지만, 모르는 번호이기에 그는 전화를 받는 게 낫겠다고 판단했다. 민준은 아랫입술을 내밀어 불만을 표시하는 조국을 보며 피식 웃고 통화 버튼을 눌렀다.

"여보세요."

[목소리를 들어보니 어디 다친 데는 없는 거 같군.]

"누구십니까?"

[나, 조국 아버지일세.]

"……."

'왜요? 지금 당장 가봐야 하는 거예요?'

조국은 갑자기 얼굴이 심각해진 그를 바라보며 입술을 벙긋거렸다. 민준은 고개를 옆으로 젓더니 옆으로 몇 걸음 옮겨 통화를 이었다.

"……걱정해 주셔서 감사합니다."

[옆에 조국이 있나?]

"네, 그렇습니다."

[나보다는 내 딸을 만나러 가는 게 더 급했나 보군.]

"인사를 드리러 가지 못했습니다. 죄송합니다."

민준은 오늘 청와대에 가지 않을 것 때문에 대통령이 화를 낼지도 모른다고 생각했고, 그래도 어쩔 수 없다고 생각했다. 그러나 지금 그에게 전화를 건 대통령은 화가 난 것 같지는 않았다.

[보는 눈이 있으니 너무 늦지 않게 귀가하도록 하고, 앞으로는 담 넘지 말고 대문으로 다니게.]

너무 늦지 않게 귀가하라는 대통령의 말에 민준의 목덜미가 붉게 달아올랐다. 하지만 뒤에 이어진 말에는 절로 미소가 지어졌다.

"감사합니다."

민준은 인상을 잔뜩 쓰고 자신을 바라보는 조국과 시선이 마주치자 눈을 감았다 뜨며 미소 지었다. 그에게 전화를 건 상대가 누구인지 알면 그녀는 무척 놀랄 터였다.

"누구예요? 지금 가봐야 하는 거예요? 지금 가야 한다고 해도 조금만 더 있다 가요."

통화를 끝낸 민준에게 조국이 불퉁한 목소리로 물었다.

"가봐야 되는 건 맞는데, 크리스마스는 같이 맞이해야지."

"지금 당장이요?"

"조금만 있다가."

그의 입술이 그녀의 입술 위로 내려앉았다.

민준은 한때, 조국이 영영 자신의 손에 닿지 않을 거라 생각했던 적이 있었다. 그녀를 그리워하며 고통스럽게 보낸 시간들도 많았다. 하지만 지금 그의 가슴은 그 괴로운 날들이 하나도 생각나지 않을 만큼 사랑으로만 가득 차 있었다. 조국은 산타가 그에게 주고 간 소중한 선물이었다.

⚜

“5. 4. 3. 2. 1. 땡! 메리 크리스마스, 김서연.”

서연은 케이크 조각을 입에 넣고 우물거렸다. 밤 12시가 지났으니 마침내 크리스마스가 되었다. 그녀는 창문 너머로 눈이 내리는 풍경을 바라보며 케이크에 포크를 다시 한 번 찔러 넣었다. 가족과 함께 보내는 크리스마스였는데도 왠지 가슴 한쪽이 허전했다. 서연은 그 허전함을 채우려 끊임없이 입안으로 케이크를 밀어 넣었다.

혹시 건우가 연락을 해오지 않을까 해서 서연은 핸드폰을 내내 곁에 두었다. 하지만 크리스마스이브가 다 지나도록 그에게선 아무런 연락이 없었다. 그녀를 만나기 위해 많은 용기를 내야 했다는 건우는 이제 더 이상 용기를 낼 필요가 없어졌는지도 몰랐다.

그렇게 멍하게 창밖을 바라보고 있을 때 누군가 방문을 노크했다.

“아직까지 안 자고 뭐 해?”

아버지였다.

김 국장은 대통령을 만난 이후 가끔 서연에 대해 생각했다. 대통령이 그에게 딸과의 거리감에 대해 이야기했을 때, 김 국장은 처음으로 자신과 서연의 관계에 대해 진지하게 생각해 보게 되었다. 그 뒤 곧바로 벌어진 사건 때문에 잠시 잊고 있었지만 사건이 종결되고 민준이 돌아오자 다시 서연이 눈에 들어온 것이었다.

“어차피 오늘 회사도 안 가는데요, 뭘.”

서연은 케이크를 오물거리며 대답했다.

김 국장은 그녀 곁에 나란히 앉았다. 케이크가 가득했던 접시는 어느새 텅 비어 있었다. 그는 빈 접시를 바라보며 인상을 찌푸렸다.

"크리스마스인데 남자친구 안 만나?"

"남자친구 없는데."

"예전에 크리스마스 때 만났던 녀석하고는 헤어졌어?"

"걘 사 년 전에 만나던 애고요."

김 국장은 입을 다물었다. 예전에 집 앞에서 딸과 함께 있던 녀석을 우연히 본 적이 있었는데, 그게 벌써 사 년이나 지난 일인지는 미처 몰랐다.

"그런데 오빠는 왜 집에 안 와요?"

서연은 오빠가 출장을 갔다 오늘 귀국했다는 이야기를 들었다. 오빠의 근황에 대해서는 모르는 게 하나도 없는 아빠였다.

"민준인 여자 만나러 갔어."

"오빠한테 사귀는 사람이 있어요?"

"아빠는 솔직히 그 사람이 별로 마음에 들진 않는데, 있긴 있어."

"오빠 여자친구를 봤어요? 아빠는 매일 바쁘다면서, 용케 시간이 있었네."

서연은 무심하게 창문 밖으로 시선을 돌렸다. 그녀가 건우를 몇 번 만나는 동안 가족들 중 아무도 그 사실을 알지 못했다. 서연이 얘기를 안 한 탓도 있었지만, 그녀가 평소와 달리 늦게 귀가해도 엄마 아빠는 그녀가 집에 왜 늦게 들어오는지 그 이유를 묻지 않았다.

"아빠도 우연히 알게 된 거야. 그리고 너는 남자친구도 없잖아."

김 국장은 조금 당황한 얼굴로 변명하듯 서둘러 말을 덧붙였다.

"있었어요. 그것도 바로 며칠 전까지."

"……."

"그 남자는 아니었다고 생각할 수도 있는데 내 생각에는 남자친구가 맞았던 것 같아요."

"남자친구였을 수도 있고 아니었을 수도 있다니, 무슨 말이 그래?"

"그 남자 마음은 내가 모르잖아요. 잘해준다고 해서 다 좋아하는 건 아니니까."

말의 뉘앙스가 미묘했기에 김 국장은 떨떠름한 얼굴이 되었다. 서연의 목소리는 덤덤했지만 어쩐지 말 한 마디 한 마디가 가시처럼 그의 가슴을 콕콕 찔렀다.

"좋아하니까 잘해준 거겠지."

"나는 케이크를 좋아해. 하지만 케이크가 없다고 못살진 않잖아. 아빠도 나를 좋아하지만 내가 없다고 못살진 않을 것처럼 말이야."

"서연아."

"아빠한테 뭐라고 하는 게 아니라 그냥 사실이 그렇다는 거예요."

서연은 커튼을 치기 위해 자리에서 일어나 창문 가까이 다가갔다. 그녀는 커튼 자락을 손에 쥐고 아래를 내려다보았다. 조금 더 먼 곳으로 시선을 던져 봤지만, 인적이 끊긴 거리는 한없이 고요하기만 했다.

"내가 옆에 없어도 서운하진 않잖아요."

서연은 거리를 바라보며 담담하게 말을 이었다. 그녀는 오늘 건우를 기다렸다. 그가 크리스마스이브에 연극을 보러 오겠다고 말했기 때문이었다. 얼마 전 상을 치른 그에게 아직 그럴 여유가 없다고는 해도 자신을 한 번이라도 생각했다면 최소한 연락은 할 수 있었을 것이었다. 그녀의 가족처럼, 건우 역시 서연이 옆에 있지 않아도 삶이 흔들리지는 않는 거였다.

"오빠가 없으면 서운해하시겠지만요."

서연은 결국 이 말까지 밖으로 꺼내고 말았다. 하지만 농담이었다고 얼버무리며 다시 주워 담고 싶진 않았다. 그건 사실이기 때문이었다. 오빠가 아팠을 때 아빠가 보였던 반응은 서연 자신이 아팠을 때와는 많이 달랐다. 아빠는 유독 오빠의 상처에 민감해했고, 그건 두 사람이 어른이 된 지금도 마찬가지였다.

김 국장은 서연의 말에 충격을 받아 아무 말도 할 수 없었다. 그는 자신이 그동안 서연에게 좀 소홀했던 것 같아 관심을 더 기울여야겠다고 막연히 생각만 하고 있던 참이었다. 딸이 이렇게까지 거리감을 느끼고 있을 거라고는 짐작조차 하지 못했다. 김 국장이 더 놀랐던 건, 서연이 그렇게 생각하고 있으면서도 그에게 서운해하거나 섭섭해하지 않는다는 사실이었다. 그녀는 당연한 얘기를 하는 것처럼 담담한 얼굴이었다.

"……왜 그렇게 생각하는 거지?"

간신히 진정한 김 국장은 심각한 얼굴로 되물었다.

"난 사실 아빠가 오늘 나를 보러 올 줄은 몰랐어요. 엄마가 오는 것도 기대하고 있지 않았거든요. 만약 오빠가 오늘 출장에서 돌아오지 않았다면 엄마랑 아빠는 아까 나한테 오지 않았을 거예요."

서연의 말이 틀린 건 아니었다. 민준이 오늘 무사히 귀국하지 못했더라면 그는 물론 부인 역시 서연에게 가지 않았을 거였다. 그러나 그게 사실의 전부는 아니었고, 서연이 오해하고 있는 부분도 있었다. 하지만 그 오해를 풀어주기 위해서는 하기 힘든 이야기를 꺼내야 했다. 서연에게 그런 깊은 얘기까지 할 순 없었다.

"엄마도 네가 그렇게 생각하고 있는 거 알아? 그리고, 아빠는 네가 사달라는 거 다 사주고 해달라는 것도 다 해줬는데 너무한 거 아니야?"

김 국장은 농담처럼 가벼운 말로 이 상황을 넘어가고 싶었다.

"맞아요, 다 해줬어요. 아빤 사고 싶은 걸 알아서 사라고 나한테 카드를 줬고, 난 그걸로 내가 갖고 싶은 걸 샀으니까요."

'그래도 내가 제일 기뻤던 건 바로 아빠가 손에 끼고 있던 장갑을 벗어준 일이란 걸, 아빠는 모르겠죠.'

"그럼 도대체 문제가 뭐야?"

"문제는 없어요. 난 지금도 괜찮고, 앞으로도 괜찮을 거니까요."

"그럼 됐네. 별일 없으면 엄마랑 내일 쇼핑 갈래? 사고 싶은 거 있으면 사, 아빠가 카드 줄 테니까."

"됐어요. 나도 돈 있어요."

"네가 무슨 돈이 있어? 회사 들어간 지 몇 개월도 안 된 녀석이."

아버지의 말에 서연은 그럴 줄 알았다는 듯 피식 웃었다.

"왜 웃어?"

"나 회사 들어간 지 일 년 넘었어요, 아빠."

"……."

"나 이제 잘 테니, 나가면서 불 좀 꺼주세요."

서연은 침대에 누워 이불을 턱 밑까지 끌어 올린 후 눈을 감았다. 김국장은 그런 그녀를 잠시 바라보다 마지못해 발걸음을 옮겼다.

"……그래. 잘 자라."

불이 꺼지고 문이 닫히자 서연은 감았던 눈을 떴다. 그녀는 다시 자리에서 일어나 창밖을 물끄러미 바라보았다. 거리에는 하얀 눈이 쌓여갔고, 그녀의 시선이 닿는 곳 어디에도 사람의 발자국은 보이지 않았다.

⚜

"……아침이야."

민준의 낮게 잠긴 목소리가 들렸다. 비몽사몽 중인 조국이 그를 향해 몸을 돌리자 그는 그녀를 당겨 가슴에 안았다. 잠에서 막 깨어나는 것처럼 보였던 조국은 그의 가슴에 고개를 기댄 채 고른 숨소리를 내며 다시 잠이 들었다. 민준은 입가에 미소를 머금고 그녀의 이마에 가볍게 입을 맞추었다.

어젯밤 자정을 넘긴 시각, 민준은 집으로 돌아왔다. 대통령이 당부했던 것처럼 너무 늦지 않게 그의 아파트로 귀가한 거였다. 다만 다른 점이 있다면 그는 혼자 귀가한 게 아니라는 거였다. 그건 자신을 혼자 두고 가지 말라는 조국의 부탁과 늦지 않게 귀가하라는 대통령의 말을 둘 다 수용한 결과였다.

"……밖에 눈이 많이 왔을까요?"

조국이 잠에 취한 목소리로 웅얼거렸다. 어제 민준을 만나고 나서 긴장이 풀어졌는지, 잠이 쏟아졌다. 물론 민준을 만나고 긴장이 풀어진 게 지금 그녀가 피곤한 이유의 전부는 아니었다. 그의 체력이 곧 국력이라는 민준의 말이 사실이라면 우리나라는 그녀가 생각했던 것보다 훨씬 더 강한 나라일 터였다.

"눈이 많이 왔으면 좋겠어? 내가 눈사람 만들어줄까?"

"……아니, 지금은 그냥 이렇게 있을래요. 나 그동안 너무 피곤했나 봐, 아직 졸려요."

"그동안 뭐 하느라고 그렇게 피곤했던 거야? 얘기 좀 해봐."

조국은 대답 대신 민준을 끌어안았다.

"대답 안 해줄 거야?"

"그냥, 집에서 책 읽고 공부하고 있었어요."

"그 공부는 언제 끝나는데?"

"김민준 씨, 내 공부에 관심 두지 말아요. 당신은 당신의 일을 하고 난 내 일을 하는 거니까요."

"나는 당신 공부에 관심 두는 게 아니라 당신한테 관심 두는 거야."

민준은 조국의 이마에 아프지 않게 제 이마를 콩 부딪쳤다.

조국이 평창동으로 나왔다는 건 대통령이 암묵적으로 그녀가 하는 일을 인정했다는 뜻이었다. NIS에도 조국이 하는 일을 자세히 알려고 하지 말고 뒤에서, 보이지 않게 그녀의 안위에만 신경 쓰라는 지시가 떨어졌다고 들었다. 그리고 NIS는 조국이 아니라 오히려 원자력연구소 황 소장에게 이중 삼중의 경호를 붙임으로써 혹시 있을지 모를 의심의 시선을 그쪽으로 유도하고 있었다. 이것 또한 황 소장과 합의한 결과였다.

"나한테 신경 쓰게 하고 싶진 않은데 솔직히 당신이 있어서 안심이에요. 내가 어디서 무얼 하든 당신은 누구보다 먼저 나를 찾아올 거니까요."

조국이 나른하게 웃으며 민준을 바라보았다. 그녀는 생각하기에 자신은 민준에게 좋은 연인은 아니었다. 민준이 그녀를 사랑하는 한 그는 조국에 대한 걱정과 불안을 마음속에 항상 가지고 있어야 하기 때문이었다. 조국은 자신이 영애라서가 아니라, 골치 아픈 영애임에도 불구하고 자신을 사랑하는 그에게 미안한 마음이 들었다.

"나 같은 일급 요원을 언제까지 개인 용도로 부려먹을 셈이야?"

"당신한텐 미안하지만 내가 꼬부랑 할머니가 될 때까지 그럴 건데요?"

조국은 혀를 쏙 내밀었다가 갑자기 풋 하고 웃음을 터뜨렸다. 물결처럼 흐트러진 그녀의 머리카락이 민준의 가슴을 간질거렸다.

"강조국."

"말해요."

무슨 말을 하려는 건지 민준이 한 박자 뜸을 들였다.

"그냥 나랑 같이 살래?"

민준은 조국의 머리카락을 귀 뒤로 넘겨주며 물었다. 조국이 그게 무슨 소리냐는 듯 눈을 깜빡거리자 민준이 옅게 웃으며 그녀의 뺨을 가볍게 어루만졌다. 그는 평온하게 웃고 있었지만, 조국을 바라보는 눈빛은 진지했다.

"뜬금없이 나랑 같이 살자니, 그게 무슨 말이에요?"

"당신이 지금부터 꼬부랑 할머니가 될 때까지 내가 최선을 다해 근접 경호를 하겠다는 뜻이야."

"흐흠…… 당신 뜻이 정 그렇다면 진지하게 생각해 볼게요."

조국은 짐짓 심각한 표정을 지으며 골똘히 생각에 잠겼다. 그 모습을 바라보던 민준이 피식 웃으며 그녀의 뺨을 살짝 꼬집었다 놓았다.

"그게 그렇게까지 심각한 얼굴로 고민해야 하는 거야?"

"솔직히 결혼하자는 말을 이렇게 듣게 될 줄은 몰랐거든요. 그것도 이렇게 자다 일어난 아침에 말이에요."

"……아."

민준은 당황한 나머지 할 말을 잃었다. 그는 단지 두 사람이 함께 저녁을 먹고, 또 같이 잠들었으면 좋겠다는 생각을 했을 뿐이었다. 오늘처럼 조국을 품에 안고 아침을 맞이하고 싶다는 생각에 그는 자신이 한 말이 청혼이라는 걸 미처 깨닫지 못했다.

"미안해. 방금 건 못 들은 걸로 해줘."

그는 서둘러 말을 덧붙였다. 그녀에게도 프러포즈에 대한 로망이 있을 텐데, 조국의 마음을 헤아리지 못했다는 생각이 들었다.

"난 진지하게 생각하고 있었는데. 지금 치사하게 청혼을 다시 무른 거예요?"

"나한테 서운한 거 아니었어?"

"당신이 이렇게 반지도 줬는데 내가 왜 서운해요? 그렇긴 해도 내 남은 일생이 걸린 문제인데 쉽게 결정할 순 없잖아요. 그러니까 당신도 다시 한 번 잘 생각해 봐요, 정말 나하고 앞으로 평생 살 수 있을지 말이에요."

조국은 반지를 낀 왼손을 펴서 그 앞에 흔들어 보였다. 그러자 민준이 그 손가락에 가볍게 입을 맞추었다.

"난 지금까지 내 미래가 궁금했던 적이 없었어. 그런데 지금은 십 년 뒤, 이십 년 뒤에 내가 어떻게 살고 있을지 꽤 궁금해."

"당신이 미래에 어떻게 살고 있길 바라는데요?"

"내가 마흔 살이 되었을 때 당신이 내 옆에 있고 당신과 똑같이 생긴 여자아이가 한 명 있었으면 좋겠어."

"나랑 똑같이 생긴 여자아이요?"

"응. 그렇지만 너무 똑똑하지는 않았으면 좋겠고."

민준은 조국을 닮은 여자아이를 머릿속으로 그리며 입가에 미소를 지었다. 조국을 닮은 아이는 참 예쁠 터였다.

"벌써 거기까지 생각했어요? 난 당신하고 결혼을 할지 안 할지도 결정 안 했는데요?"

"난 당신을 다시 만났을 때부터 생각했는데?"

"왠지 그 애는 고집도 세고 말썽쟁이일 것 같아."

"그건 안 돼. 당신 성격까지 닮길 바라는 건 아니야."

"뭐라고요?"

조국은 씩씩거리며 민준을 흘겨보다 곧바로 웃음을 터뜨렸다. 조국은 그와의 결혼을 이따금 생각하긴 했지만, 아이까진 생각해 본 적이 없었다. 하지만 우리 두 사람의 아이라는 생각을 하자 민준을 꼭 닮은 어린 남자아이가 바로 떠올랐다. 조국은 어린 민준을 다시 만나면 어떤 느낌일지 궁금해졌다.

조국이 몸을 뒤집어 침대에 배를 깔고 눕더니 장난꾸러기 같은 표정을 지으며 민준의 눈을 바라보았다.

"당신, 예전에 내가 당신한테 내 꿈은 베짱이가 되는 거라고 말한 적이 있는데 혹시 기억나요?"

"베짱이?"

"응. 내 꿈은 돈이 어마어마하게 많은 남자를 만나 놀고먹으며 사는 거라고 말했잖아요. 뭐야, 잊어버렸나 보다."

"아니야, 기억해."

조국이 시무룩한 표정을 짓자 민준이 고개를 저었다. 그가 조국을 속이고 그녀의 목걸이를 가져간 날이었다. 그도 그날 조국과 나누었던 대화를 분명히 기억하고 있었다.

그는 오래 전, 안기영에게 개미가 되고 싶다는 말을 한 적이 있었다. 개미가 되어 추운 겨울날 베짱이와 함께 함박눈이 내리는 창밖을 바라보고 싶다고 말이다. 그땐 이뤄지지 않을 거라 생각했던 막연한 꿈일 뿐이었는데, 민준은 지금 그 꿈속에 있었다. 눈 내리는 겨울, 조국과 함께 있으니 말이다.

"이제 내 꿈은 내가 사랑하는 개미와 오래오래 행복하게 사는 거예요. 그 개미는 자기 일도 해야 하고 베짱이도 튼튼이 돌봐야 하니 많이 바빠야 하겠지만 그래도 난 그 개미랑 살고 싶어요."

"내가 알고 있는 그 개미 말이야?"

"맞아요. 그러니까 난 당신이 나만의 개미가 되어줬으면 좋겠어요."

민준은 몸을 일으켜 침대 헤드에 기대앉더니 조국에게 손을 내밀었다. 조국이 그 손을 잡자 민준은 그녀를 일으켜 옆에 나란히 기대앉게 했다.

"강조국 씨, 지금 나한테 청혼하는 겁니까?"

"응. 청혼하는 거예요. 받아줄 거죠?"

"난 당신과는 다르게."

"……?"

"생각할 시간 같은 건 필요 없어."

조국과 함께할 미래가 괜찮을까, 좋을까, 행복할까 등의 생각은 필요 없었다. 그저 두 사람이 함께 나이 들어갈 수 있다는 것만으로도 충분히 행복했고, 그럴 수 있도록 최선을 다해 살아야겠다는 생각뿐이었다.

"난 내년 크리스마스에도 또 그다음 해에도 당신과 같이 있고 싶거든."

그는 마음속으로 내년에도 또 그다음 해에도 조국과 함께 눈 내리는 창밖을 바라볼 수 있길 바랐다. 민준은 예전에 바랐던 꿈이 이루어졌으니 지금 바라는 꿈 또한 언젠가 현실이 될 것임을 믿어 의심치 않았다.

"그리고 삼십 년 뒤에도……."

그녀의 뺨을 감싼 그의 손바닥으로 따듯한 열기가 옮겨 왔다. 민준이 말을 잠시 멈추고 숨을 고르자 설은 발그레해진 뺨을 내보이며 기쁘게 웃어 보였다.

조국은 깨달은 게 있었다. 그녀에게 그의 사랑이 없다면 앞으로 잘 살 수 없을 거라는 걸 말이다. 그녀가 생각하기에 자신의 미래는 불안했고 또 앞으로의 일도 걱정되었지만, 그래도 그를 사랑하는 마음이 불안한 마음보다 더 컸다.

"나는 당신을 늘 지금처럼 사랑할 거야."

민준의 말이 끝나자 조국은 그의 목을 감싸 안았다. 민준은 조국의 등을 어루만지며 곧 부모님을 만나러 가야겠다는 생각을 했다. 두 분께 설에 대해 말씀을 드리고 결혼을 하겠다는 뜻을 전해야 했다. 하지만 오늘은 아니었다. 오늘은 그가 가야 할 곳이 있었다.

"나, 오늘 다녀올 곳이 있어."

민준이 그녀의 눈을 바라보며 조용히 입을 열었다.

"어디를요?"

"……친구한테 작별 인사를 해야 하거든."

조국의 눈에 말간 눈물이 차올랐다. 그녀는 그가 무슨 말을 하는지 알 수 있었다. 어젯밤 민준이 지치고 힘든 얼굴을 했던 건 분명 이 일과 관련이 있을 거였다. 어쩌면 조국이 민준을 찾아 회식장소에 갔을 때 만난 그의 동료 중 한 사람일지도 모르는 일이었다. 그녀는 누군지 모를 그 사람을 떠올렸고, 그다음으로 그를 기다리고 있었을 사람들을 떠올렸다. 민준의 앞에서 울고 싶지 않았는데 눈가에 가득 고여 있던 눈물이 아래로 툭 떨어졌다.

"……울지 마. 당신이 울면 내가 마음이 좋지 않아."

민준은 그녀의 눈물을 손으로 닦아냈다. 그는 한때 동고동락했던 동료를 잃게 된 심정을 겨우 몇 번의 눈물로 표현할 순 없었다. 민준은 동료보다도 하루아침에 남편과 아버지를 잃게 된 그의 가족들을 생각했다. 조국이 고개를 끄덕이자 민준이 입가에 미소를 지었다.

"평창동으로 데려다주기 싫은데. 오늘부터 그냥 당신하고 여기서 살까 봐."

"이따가 짐 싸서 올까요?"

민준은 진지하게 받아들이는 조국이 사랑스럽고 또 고마워서 그녀를 껴안았다. 그는 어젯밤 조국이 왜 자신과 함께 있으려 했는지 그 이유를 알고 있었다. 그녀는 제 어두운 표정을 보고 그를 혼자 두고 싶지 않아 고집을 부려 따라나선 거였다.

"저녁에 평창동으로 갈게. 같이 저녁 먹자."

"그래요. 우리 둘이 같이 먹어요."

오늘 밤 조국은 그에게 샤브샤브를 만들어줄 생각이었다. 혀를 델 만큼 뜨겁지 않고 그가 따듯함을 오래오래 느낄 수 있을 정도의 온도로 말이다.

⚜

서연은 얼굴만 이불 밖으로 내놓고 천장을 바라보았다. 새벽에 몇 번 더 일어나 밖을 살펴보았지만, 전과 달라진 건 없었다. 서연은 오전 내내 침대에 가만히 누워 있었다. 조금 전 문자가 왔기에 얼른 확인을 했는데 그녀가 기다리는 메시지는 아니었다.

〈어머니께 오빠가 오후에 집에 잠깐 들른다고 말씀드려.〉

발신자는 죽었는지 살았는지 그동안 통 연락이 없다 불쑥 나타난 오빠였다. 옛날 같으면 선물 사왔는지부터 제일 먼저 물었겠지만, 오늘은 그럴 기분이 아니었다.

서연은 자신이 건우를 만나야만 하는 이유를 속으로 생각하기 시작했다.

첫째는 백 회장이 말한, 오빠한테 미안하다고 전해달라고 했던 게 무슨 뜻인지 알아야 한다는 거였고 둘째는 백 회장 때문이 아니라면 왜 그가 자신을 만나기 위해 그렇게 많은 용기가 필요했냐는 거였다. 이 두 가지는 건우만이 답해줄 수 있는 얘기였다. 서연이 그를 기다려야 하는 이유는 이것들만으로도 충분했다.

이런저런 생각을 하고 있는 사이 엄마가 방 안으로 들어왔다. 그녀는 서연의 침대에 걸터앉아 그녀를 내려다보았다.

“계속 이렇게 누워만 있을 거야? 특별히 할 일 없으면 엄마랑 바람이나 쏘이러 나갈까?”

“지금 나 명상하고 있는 거야.”

“눈 뜨고 천장 보면서?”

“응.”

엄마가 눈치를 살피는 게 느껴졌다. 서연은 지난밤 아빠가 엄마에게 뭔가 얘기를 했을 거라 짐작했다. 어색한 분위기가 그걸 말해주고 있었다. 다행히 이 어색한 공기를 바꿀 수 있는 좋은 방법이 있었다.

“참, 오빠한테 연락 왔어. 이따가 집에 들른대.”

“민준이가 집에 들른다고 했어?”

“응. 엄마랑 아빠한테 할 말이 있나 봐.”

“그렇구나. 그런데 엄마는 그것보다 우리 딸이 지금 왜 천장만 보고 누워 있는지가 더 궁금한데?”

오빠 얘기로 대충 넘어가려고 했지만 실패한 서연은 볼에 바람을 빵빵하게 집어넣으며 엄마를 슬쩍 쳐다보았다.

“……그동안 몇 번 만난 남자가 있었어.”

“그랬어?”

"아빠한테는 말하지 마. 그 사람이랑은 지금 아무 사이도 아니니까."

서연은 자리에서 벌떡 일어나 앉으며 신신당부를 했다.

"알았어. 말 안 할게. 그런데 그 사람하고는 헤어진 거야?"

"……그건 나도 몰라."

"응?"

"그냥 연락이 없어."

"그럼 네가 연락을 해보면 되잖아. 그 사람한테 무슨 사정이 있을지도 몰라."

서연은 엄마의 말에 대답하지 않았다. 건우가 연락하길 기다리기만 했지 먼저 연락을 할 엄두는 나지 않았다.

"넌 그 사람을 좋아하는 거야?"

"……그런 것 같아."

"그런데 왜 먼저 연락을 해보지 않는 거야?"

"그 사람이 싫다고 하면…… 이제 그 사람을 만날 수 없게 되니까."

"그 사람도 혹시 너랑 같은 생각을 하고 있는 건 아닐까?"

그녀는 글썽거리는 눈으로 서연을 바라보았다. 항상 밝고 씩씩해서 혼자 둬도 괜찮다고 생각했던 건 착각이었다. 서연이 이렇게 겁이 많고 용기가 없는 아이로 자란 건 엄마인 자신이 그렇게 키운 탓이라는 생각이 들었다.

"나를 좋아한다면 어제 나를 찾아왔을 거야."

"그건 아니야, 서연아. 엄마랑 아빠는 어제 너한테 가지 못할 수도 있었어. 하지만 그건 절대 널 덜 사랑해서가 아니야. 엄마 아빠는 네가 너무 소중해서, 우리가 네가 자라는 모습을 볼 수 있게 해준……."

"엄마……."

'그 사람한테 너무 고맙고 미안해서.'

그녀는 마지막 말을 안으로 삼켰다. 눈에 넣어도 아프지 않을 것 같은 서연이 무럭무럭 자라는 걸 지켜보면서, 민준의 친부에 대한 미안함과 고마움이 점점 더 커져 갔다. 그들은 민준의 친부가 어린 민준을 얼마나 아끼고 사랑했는지 알고 있었다. 그래서 민준이 상처투성이의 모습으로 왔을 때, 그녀는 자신이 서연을 사랑하는 마음과 똑같은 마음으로 민준을 키우겠다고 다짐했던 것이다.

"아무튼 네가 그 사람한테 직접 물어본 건 아니잖아. 그러니까 혼자 추측하면서 이렇게 누워만 있지 말고 네가 먼저 연락을 해봐. 엄마는 네가 용기를 냈으면 좋겠어."

"……."

"그리고 이거 받아."

그녀는 서연에게 신용카드 한 장을 내밀었다.

"이게 뭐야?"

"받아. 아빠가 너한테 전해주라고 했어."

"나 이거 필요 없다니까."

"아빠는 이게 애정을 표현하는 방법이야. 그러니까 필요 없어도 이걸로 커피라도 사 먹어."

"……괜찮다니까 그러네."

서연은 투덜거리면서도 순순히 카드를 받았다. 그녀는 엄마의 말처럼 사람마다 마음을 표현하는 방법이 다를지도 모른다는 생각이 들었다.

"그럼 엄마는 이만 음식 준비하러 나가야겠다. 엄마 장 보러 갈 건데 같이 갈래?"

"지금 장을 보러 가겠다고?"

"민준이 온다면서. 저번에 보니까 얼굴이 까칠한 게 엄마 마음이 너무 안 좋았어. 녀석, 그러니까 집에서 밥 먹고 다니면 얼마나 좋아."

서연은 미간을 좁히며 민준을 생각하는 엄마를 보며 피식 웃었다. 오늘은 이상하게도, 그런 엄마에게 조금도 서운한 마음이 들지 않았다.

"나 장 보러 안 갈래. 어차피 맛있는 건 다 오빠 줄 거잖아. 아야! 왜!"

엄마가 등짝을 찰싹 때리자 서연이 씩씩거리며 그녀를 흘겨보았다.

"너나 민준이나 둘 다 부모 마음을 어쩜 그렇게 몰라주는지 섭섭해서 그런다, 왜!"

"내가 뭘."

"너 때문에 아빠 어젯밤에 한숨도 못 잤어. 두 녀석 다 얼른 결혼시키고 네 아빠랑 둘이 살든가 해야지, 둘이 어쩜 그렇게 돌아가며 걱정을 시키는지."

"오빠는 지금 만나는 언니 있다던데?"

"민준이가?"

엄마가 눈을 휘둥그렇게 뜨자 서연이 슬쩍 미소를 지었다.

"어. 아빠는 이미 그 언니 봤대. 오빠랑 지금 같은 회사 다니는 언니인가 봐."

오빠한테 좋아하는 사람이 생겼다는 건 기쁜 소식이었다. 서연은 사랑에 빠진 오빠의 행복한 얼굴을 다시 한 번 보고 싶었다.

"……같은 회사라고?"

그녀의 얼굴에 근심이 드리웠다. 민준이 만난다는 아가씨가 그와 같은 일을 할지도 모른다는 생각을 하자 걱정스러운 마음이 들었기 때문이었다. 그녀는 오늘 민준이 오면 만나는 여자에 대해 물어보고 집으로 한 번 데려오라고 해야겠다는 생각을 했다.

이날 오후, 민준은 본가에 왔다. 어머니가 집에서 같이 점심을 먹자고 했기 때문에 일정을 마치고 서둘러 온 것이었다. 아버지는 조금 늦게 도착할 예정이었다.

"만나는 여자가 있다던데 그게 사실이니?"

"네, 있습니다."

민준은 어머니의 질문에 들고 있던 젓가락을 잠시 내려놓았다. 당황하실까 봐 식사를 마치고 차분하게 말씀드리려 했는데 이미 아버지께 들어서 이미 알고 계신 모양이었다.

"네 아버지도 본 적이 있다던데 엄마한테는 왜 얘기를 안 해준 거야?"

"일부러 보신 건 아니고 어쩌다 보시게 된 거예요."

"혹시…… 너랑 같은 일을 하는 아가씨니?"

순간 그녀의 얼굴에 근심이 깃들었다. 그는 어머니가 왜 그런 얼굴을 하는지 짐작할 수 있었다. 만약 설이 무슨 일을 하고 있는지 알게 된다면 더 걱정하실 것 같았기에, 민준은 고개를 저으며 사실 범주 내에서 솔직하게 대답했다.

"아니에요. 다른 일을 하는 사람이에요."

"그래? 너랑 같은 일 하는 사람이 아니야?"

그녀가 활짝 웃으며 반색을 했다. 누가 그녀에게 이기적인 사람이라고 해도 어쩔 수 없었다. 민준이뿐 아니라 그의 짝이 될지도 모르는 아가씨마저 같은 일을 하고 있다면 그녀는 밤에 다리를 뻗고 잠들 수 없을 것 같았다.

"어디서 만났는데?"

서연이 음식을 입에 넣고 오물거리며 물었다. 분명 최근에 만난 게 틀림없을 테니 언제 만난 거냐고 물을 필요까지는 없을 거라고 생각한 것이었다.

"그냥. 일하다가."

"예뻐?"

"응."

"나보다 더?"

"응."

그의 대답엔 일 초의 망설임도 없었다. 서연은 전혀 섭섭해하지 않고 오히려 눈을 반짝거리며 그에게 몸을 바짝 붙였다.

"그래서 오빠는 지금 당장 결혼이라도 하겠다는 거야?"

"응. 하려고. 저 그 사람이랑 결혼하고 싶습니다, 어머니."

갑자기 민준의 폭탄선언을 들은 서연은 멍한 얼굴로 그를 바라보았다. 그녀가 아는 오빠는 저런 농담을 하는 사람이 아니다. 그러니까 오빠는 조금 전 진심으로 결혼하겠다는 말을 한 거였다.

민준의 진지한 발언에 놀란 건 어머니도 마찬가지였다. 만나는 여자가 있다고 해서 그저 몇 가지 가볍게 물어보려고만 했는데, 이 자리에서 결혼을 하고 싶다는 말까지 듣게 될 줄은 몰랐다.

그녀는 말없이 민준을 응시했다. 아들은 그 어느 때보다도 평온하고 행복한 얼굴을 하고 있었다. 지금까지 잘못 키운 건 아니었구나, 하는 생각에 갑자기 마음이 뭉클해졌다. 그녀는 미소를 지으며 다시 입을 열었다.

"어떤 아가씨인데? 그 아가씨 집에서도 널 알고 계시니?"

"좋은 사람이에요. 그 친구 부모님께는 아직 말씀을 못 드렸지만, 조만간 찾아뵐 생각은 하고 있어요."

"그 아가씨는 네가…… 무슨 일을 하는지는 알고 있어?"

그녀가 슬쩍 서연의 눈치를 살피더니 민준에게 조심스럽게 물었다.

"알고 있어요."

"그래도 괜찮대?"

"네, 괜찮대요."

민준의 대답에 그녀의 얼굴에 안도감이 서렸다.

"아가씨는 몇 살이고 또 하는 일은 뭐야?"

"저보다 두 살 어리고 연구원이에요."

"연구원? 무슨 연구원? 이왕이면 먹는 분야면 좋겠다."

서연이 갑자기 두 사람의 대화에 불쑥 끼어들었다. 민준은 서연을 힐끗 쳐다본 뒤 다시 어머니에게 시선을 고정했다.

"원자력연구소에서 일하는데 지금은 잠깐 휴직 중이에요."

"에이, 먹는 게 아니었어."

서연은 진심으로 실망한 얼굴이었다.

"아가씨는 언제 집에 데려올 거야? 네가 결혼까지 생각하고 있다니, 어떤 아가씨인지 엄만 너무 궁금해."

"그 사람 부모님께서 허락하시면 그때 데려올게요."

"허락을 안 하실까? 아가씨 집안이 어떤지는 몰라도 아버지 정도면 괜찮아, 민준아. 그래 참, 아가씨 부모님은 뭘 하는 분이셔?"

"아버지는 공무원이세요, 어머니는 가정주부시고요."

거짓말은 아니었다. 대통령은 정무직 공무원이고 영부인은 봉사 외에 별다른 활동을 하고 있지 않기 때문이다. 하지만 그의 어머니가 생각하는 공무원의 범위에 물론 대통령은 없을 것이다.

"아가씨 이름은? 내가 그 아가씨를 뭐라고 불러야 하지?"

"강조국이에요."

"그 언니 이름이 강조국이야? 이름 되게 특이하다. 근데 또 강씨……아, 미안."

무심코 대꾸하던 서연이 당황해 얼른 손으로 입을 막았다. 그녀는 민준이 예전에 만났던 강설이라는 언니가 떠올라 별생각 없이 뱉은 말이었다.

"괜찮아."

서연 자신에게는 다행히도, 민준은 기분 나빠하지 않았다.

"민준아."

"네."

"지금 행복한 거지?"

"네, 어머니."

"그럼 엄마는 그걸로 됐어, 이제 더 이상 묻지 않을게. 밥 먹자."

그녀는 흐뭇한 얼굴로 젓가락을 손에 쥐었다. 어린 꼬마였던 민준이 벌써 이렇게 자라 일생을 함께 하고 싶은 사람을 만나다니, 세월이 참 빠르다는 생각이 들었다.

"에이, 난 아직 궁금한 게 많은데."

"넌 그 사람한테 연락이나 하고."

"그 사람이라니, 누굴 말씀하시는 거예요?"

"아무것도 아니야, 오빠! 신경 쓰지 마."

"있어. 서연이가 좋아하는 사람."

이 씨. 서연이 입술을 삐죽거리며 엄마에게 못마땅한 시선을 던졌다. 아무리 모녀간이라고 해도 엄연히 사생활인데 오빠한테 저렇게 날름 얘기하면 어떻게 하냔 말이다.

"뭐 하는 사람인데?"

전세가 역전되었다. 민준이 흥미로운 얼굴로 그녀에게 질문을 하기 시작했다.

"신경 안 써도 된다니까? 나랑 아무 사이도 아닌 사람이야."

"아직 혼자 좋아하는 거야? 싫다는 사람 쫓아다니면 그거 범죄야, 김서연."

"쫓아다닌 적 없거든? 지금 그 사람이 해외 출장 중이라서 연락이 안 될 뿐이야."

"같은 회사에 근무하는 사람이야?"

"엄마, 나 갈비찜 더 먹을래."

서연이 말을 돌리며 엄마에게 바닥을 드러낸 둥근 접시를 내밀었다. 오빠와 더 말을 하다가는 건우의 이름이 입에서 튀어나올지도 모르니 이쯤에서 대화를 끝내야 했다. 두 사람이 과거에 한 여자를 두고 신경전을 벌였다는 걸 알고 있기에, 오빠가 건우를 어떻게 생각할지는 불을 보듯 훤했다.

“말 돌리는 걸 보니 내가 알면 안 되는 게 있나 보군.”

“…….”

“밥 먹고 오빠랑 얘기 좀 하자.”

“오빤 안 그렇게 생겨 가지고 은근히 잔소리쟁이야. 내가 별거 아니라는데도 왜 그렇게 신경 쓰는 거야?”

서연이 못마땅한 얼굴로 투덜거렸다. 그녀는 민준이 자신에게 관심을 갖는 게 좋으면서도 한편으론 건우의 이름이 입 밖으로 나오면 어떡하나 싶어 내심 걱정이 되었다.

“동생이니까 그렇지, 남이면 내가 뭐 하러 신경을 써.”

“치이. 누가 뭐래?”

“둘 다 이제 얘기 끝났으면 마저 식사할까? 그리고 서연이 넌 오빠한테 그만 까불어.”

어머니가 김이 모락모락 나는 갈비찜이 수북이 쌓인 그릇을 식탁 위에 내려놓았다.

“오빤 갈비찜 손대지 마, 내가 다 먹을 거야.”

“그래, 너 다 먹어라.”

서연이 그를 경계하듯 그릇을 두 팔로 끌어안자 민준이 웃음을 터뜨렸다. 언제나 그에게 양보하던 서연이 이런 모습을 보인 건 이번이 처음이었다. 그러나 그는 서연의 그런 모습이 싫은 게 아니라 오히려 좋았다.

“잰 누굴 닮아 저러는지, 쯧.”

“그러게요.”

민준은 넥타이를 느슨하게 풀어 내린 후 한결 편해진 복장으로 식사를 이어갔다. 가족이 있고 사랑하는 설이 있으니 이제 다른 건 필요 없다는 생각이 들 정도로, 그는 지금 충분히 행복했다.

⚜

다음 날 늦은 아침, 민준은 평창동 조국의 집을 찾았다. 조국은 휴직 상태이고 그도 공식적으로는 직무 정지 상태이니 두 사람은 아주 여유로운 휴가를 보낼 수 있었다. 이번 일을 계기로 직무정지를 풀어달라고 건의할 법도 했지만, 그는 그렇게 하지 않았다. 민준은 조국과 자유롭게 시간을 보낼 수 있는 이런 기회를 제 발로 차버릴 정도로 어리석지 않았던 것이다.

그의 경우 말로만 직무 정지 상태일 뿐 이번처럼 위급한 일이 생기면 언제 차출될지 모르는 것이니, 그녀와의 시간을 즐길 수 있을 때 즐겨야 했다.

평창동 집이 가까워질수록 민준의 눈이 커다래졌다. 대문을 중심으로 좌우로 까만 양복을 입은 건장한 남자들이 주변을 살피며 서 있었다. 민준의 차가 가까워지자 남자 한 명이 손을 뻗으며 앞을 막았다. 민준이 창문을 내리자 가까이 다가온 남자가 몸을 숙이며 말을 건넸다.

"무슨 일이십니까?"

"김민준이라고 합니다. 강조국 씨를 만나러 왔습니다."

조국의 집에 중요한 사람이 와 있는 게 분명했다. 그 중요한 손님이란 아마 대통령이거나 영부인, 아니면 둘 다일 터였다. 남자는 곧장 누군가에게 보고를 했고 잠시 후 앞을 터주었다.

민준은 대문 초인종을 꾹 눌렀다. 그를 흘끔흘끔 쳐다보는 시선이 느껴졌지만 민준은 무심한 얼굴로 서서 대문이 열리기를 기다렸다. 문이 열리자 민준은 기다렸다는 듯 안으로 발을 성큼 내디뎠다. 그리고 정원을 가로질러 뛰어오는 조국을 향해 양팔을 벌리며 그제야 얼굴에 미소를 머금었다. 조국은 자석처럼 그의 품 안에 쏙 들어와 안겼다.

"추운데 이렇게 입고 나오면 어떡해."

그녀는 얇은 실내복 차림이었다. 민준은 찬바람이 들어가지 않도록 코트 자락으로 조국의 등을 꽁꽁 감쌌다. 어제 조국을 보았는데도 밤과 아침 사이 그녀가 보고 싶었고 또 그리웠다. 조국이 가까이 있어도 어찌 된 일인지 그녀에 대한 그리움의 크기는 줄어들질 않았다.

"안에 엄마 와 계세요."

"어머니께서……? 무슨 일이 있었던 거야?"

대문 밖 까만 양복을 입은 남자들의 정체는 영부인의 경호관들이었다.

"내가 어제 전화로 당신하고 결혼하겠다고 말씀드렸거든요. 그랬더니 아침 일찍 집으로 오셨어요."

"그랬어?"

두 사람이 결혼을 하려면 우선 양가 어른의 허락을 받아야 하는 게 순서였다. 그는 어제 부모님께 말씀을 드렸으니 이제 조국의 부모님께 말씀을 드려야 하는 게 맞았다. 갑자기 긴장한 탓인지 조국의 등을 코트로 감싼 그의 손이 미세하게 떨렸다.

"당신 얼굴 지금 되게 어색해요."

"……내가 뭘."

민준은 아무렇지도 않은 척했지만, 등에서 식은땀이 흐르는 것 같았다. 그가 저번에 영부인을 만났을 때와는 또 달랐다. 조국과 함께 살기 위해서 차곡차곡 클리어해야 하는 단계들이 있다면 이건 시작부터 최고 레벨에 도전하는 셈이었다.

"엄마를 만나기 전에 미리 말해둘 게 있어요. 첫째, 난 봄이 오기 전에 결혼을 하고 싶어요. 그리고 둘째, 당신만 괜찮다면 난 결혼해서도 계속 이 집에서 살고 싶어요. 그리고 셋째, 만약 아빠가 허락을 안 해주신다고 해도 난 당신과 결혼할 거예요."

"나한테 미리 해둘 얘기는 그게 전부야?"

조국이 굳게 결심한 얼굴로 고개를 끄덕였다. 어머니는 이 결혼에 대해서 아버지가 아직 아무런 말을 하지 않았다고 했다. 엄마는 조국에게 그녀가 아빠한테는 하나밖에 없는 소중한 딸이라는 걸 알아달라고 말했지만, 누군가의 소중한 아들인 건 민준도 마찬가지였다.

김 국장이 민준을 얼마나 아끼는지는 그녀도 익히 잘 알고 있었다. 그를 생각하자 조국은 갑자기 걱정이 되었다. 김 국장은 조국이 하는 일을 모두 알고 있었으며 그녀가 Pakin 연구동에서 의문의 남자친구와 애정 행각을 벌였다는 오해를 하고 있었다. 그렇다고 이제 와 그게 거짓말이었다고 할 수도 없으니, 말 그대로 진퇴양난이었다.

"나 어떡해요!"

"또 뭐가 남았어?"

"국장님이 내가 대전에서 다른 남자랑 밤에 연애했다고 알고 계시잖아요."

"뭘 어떻게 해? 그 남자랑은 헤어졌다고 말해야지."

"뭐라고요?"

조국은 금방이라도 울음을 터뜨릴 것 같았다. 민준은 울상을 짓는 조국을 더 놀리지 못하는 게 아쉬웠지만 이쯤에서 그녀의 걱정거리를 덜어주기로 마음먹었다.

"사실이 아니라는 거 알고 계셔."

"정말요? 어떻게요?"

"내가 당신이 다른 남자랑 연애하도록 놔뒀을 리가 없잖아. 처음부터 믿지 않으셨어."

"나 진짜 걱정했는데, 정말 다행이에요."

"기다리시겠다. 들어가자."

민준은 조국과 함께 집을 향해 걸음을 옮겼다. 현관 앞에 서 있던 구면의 경호관과 눈이 마주치자 민준은 그를 향해 가볍게 고개를 끄덕였다. 하지만 그는 예를 갖추어 민준에게 거수경례를 했다. 민준은 새삼스럽게 왜 저러나 의아해하며 그를 지나쳐 집 안으로 들어갔다.

"어서 와요. 밖이 많이 춥죠?"

영부인은 민준을 보자 빙긋 웃었다.

"이번에 고생이 많았다고 들었어요."

"아닙니다."

"차는 뭘로 하겠어요?"

"아무거나 괜찮습니다."

그녀는 가사 도우미에게 차를 부탁한 뒤, 맞은편에 나란히 앉은 조국과 민준을 잠시 바라보았다. 조국이 결혼을 하겠다고 했으니 이건 해야 하는 결혼이었다. 그녀와 남편이 반대를 한다고 해도 조국은 제 뜻을 굽히지 않을 것이기 때문이었다.

물론 그녀는 두 사람의 결혼을 반대할 생각 같은 건 없었다. 민준이 좀 더 안전한 일을 하는 남자였으면 좋았겠지만, 그런 직업을 가졌기에 조국을 살릴 수 있었다고 생각하면 그녀는 작게 남아 있던 아쉬움마저 깨끗이 지울 수 있었다.

게다가 그의 친부는 아버지를 지키려다 사망한 요원이었다. 그녀는 민준에게 고맙다는 말과 딸을 잘 부탁한다는 말 외에 다른 말은 할 수 없었고, 또 하고 싶지도 않았다.

"좀 편한 팀으로 부서를 옮기는 건 어때요?"

"무얼 염려하시는지 잘 알고 있습니다. 걱정 끼쳐 드리지 않도록 하겠습니다."

혹시나 해서 그냥 한번 물어본 말이었는데 그의 대답은 역시 그녀가 예상했던 거였다.

"부모님께선 우리 딸에 대해 알고 계신가요?"

"어머니께서는 자세히 모르시지만, 아버지께선 알고 계십니다."

"너무 갑작스러운 일이라 조국 아버지에겐 아직 얘기하지 못했어요. 오늘 들어가면 찬찬히 얘기를 나눠볼 생각이에요."

그녀는 남편이 이 얘기를 듣고 아무 말을 하지 않았다는 말 대신 다른 핑계를 댔다. 별말이 없었다는 건 부정적인 의견으로 비춰질 수 있었기에, 어차피 두 사람을 결혼시킬 마음을 먹은 이상 괜히 민준의 마음을 불편하게 하고 싶진 않았다.

그녀는 민준 옆에서 조용히 얘기를 듣고 있는 조국을 바라보았다. 조국은 그녀와 민준 사이에 오가는 대화가 즐거운 듯 흘끔흘끔 그의 옆모습을 바라보며 웃고 있었다. 딸이 행복해하는 모습을 보니 그녀의 입가에 절로 흐뭇한 미소가 지어졌다.

"오늘은 내가 음식 준비를 할 테니 점심 먹고 가요. 삼계탕 할 건데 닭 요리 괜찮죠?"

"네, 감사합니다."

"두 사람 얘기 나누고 있어요."

그녀는 자리에서 일어나 주방을 향했다.

민준은 몰랐지만, 그녀는 이곳에 도착하기 전에 수행원을 통해 미리 준비해 둬야 할 재료 목록들을 일러두었다. 중요한 손님이 올 예정이기 때문에 그녀가 직접 요리를 할 거라는 말과 함께 말이다. 조국의 집에서 일하는 도우미들과 경호관들은 민준을 보자마자 바로 그가 영부인이 말한 중요한 손님이라는 걸 단번에 알 수 있었다.

"혹시 내가 삼계탕 좋아한다고 말씀드렸어?"

"아니요? 왜요, 삼계탕 싫어해요?"

민준이 조국의 귓가에 대고 소곤거리자 설도 그의 귓가에 대고 작게 속삭였다.

"아니, 좋아해."

"엄마가 정말 당신을 좋아하나 봐요. 엄마가 주방에 들어간 거 나도 오랜만에 봐요."

이때부터 서서히 붉어지기 시작한 민준의 목덜미는 두어 시간이 지나 그가 식탁에 앉았을 때 절정을 이루었다. 보글보글 끓는 큼직한 뚝배기 안에는 겉으로 보기에도 힘이 세 보이는 닭 한 마리가 들어 있었다. 닭뿐만이 아니었다. 인삼, 대추, 은행에다가 바다에서 갓 잡아온 것처럼 탄력 있는 낙지와 큼지막한 전복까지, 한눈에 봐도 정성을 많이 들였다는 걸 알 수 있었다.

"잘 먹겠습니다."

민준은 삼계탕에 담긴 영부인의 뜻에 감동하여 몸둘 바를 몰랐다. 붉게 달아오른 얼굴로 수저를 손에 쥐었다.

"많이 먹어요, 힘든 일 하는데 체력이 좋아야죠. 혹시 장어도 좋아해요?"

"네, 좋아합니다."

"기억해 둘게요, 어서 먹어요."

그녀는 흐뭇한 얼굴로 민준을 바라보았다. 언젠가 사위가 생긴다면 꼭 해주고 싶었던 일이었다. 몸에 좋은 음식을 직접 만들어주고, 잘 먹는 모습을 지켜보는 게 이렇게 뿌듯할 줄은 몰랐다.

"맛있습니다."

국물을 살짝 떠 입에 넣은 민준이 의외라는 듯 눈을 크게 떴다. 빈말이 아니라 정말 맛있었다. 삼계탕뿐 아니라 다른 음식들도 정갈하고 깔끔한 게, 영부인의 요리 솜씨는 보통이 아니었다. 그러고 보니 이 상차림은 어머니가 그에게 해주는 음식과 많이 닮아 있었다. 두 사람의 음식에는 민준을 생각하는 마음이 담겨 있었다.

"정말 맛있습니다. 감사합니다."

민준은 음식으로도 사람의 마음을 전할 수 있다는 걸 오늘 처음 알게 되었다. 그의 진심 어린 칭찬과 감사에 기분이 좋아진 영부인의 볼이 소녀처럼 빨갛게 달아올랐다.

"그래서 당신이 직접 김민준한테 요리를 해주고 왔다는 거야?"

"사람이 볼수록 마음에 들어요. 우리도 그런 아들 하나 있었으면 참 좋았을 텐데 말이에요."

영부인은 침대에서 책을 읽고 있는 대통령의 옆에 누우며 말했다. 오랜만에 직접 요리를 하고 손님을 맞았더니 피곤이 밀려왔다. 그녀는 모로 누워 그를 바라보았다.

"셋이서 좋았겠네."

그는 책장을 옆으로 넘기며 무심하게 대답했다.

"당신은 그 친구가 왜 마음에 들지 않는 거예요? 물론 아쉬운 점도 있지만, 조국이 좋다고 하는 사람이잖아요. 부도덕하거나 특별히 행실이 나쁜 것도 아니고…… 무엇보다 우리와 인연이 아주 깊은 친구이기도 하고요."

"그 녀석도 조국이랑 결혼하겠대?"

"그럼요, 그러니까 우리 딸이 결혼을 하겠다고 하는 거 아니겠어요?"

"쯧. 그놈도 고생을 사서 하는 놈이구만."

"네? 고생을 사서 한다니 그게 무슨 소리예요?"

대통령은 아무 말 없이 종이 한 장을 더 넘겼다. 민준은 생긴 건 찔러도 피 한 방울 안 나오게 생겨 가지고 하는 짓은 영 미련퉁이였다. 조국이 무슨 일을 하고 있는지 알았다면 대통령 딸이 아니라 그보다 더한 집 딸이었어도 두 손 들고 포기했어야 옳았다. 그의 상식으로는 그랬다.

그는 조국 하나만으로도 모자라 사위의 생사까지 걱정해야 한다고 생각하니 상상만으로도 숨이 턱 막혔다. 그렇잖아도 이번 피랍 인질 구출 작전에서 민준이 다칠까 봐 내심 마음 졸이며 김 국장과 조국의 얼굴을 몇 번이나 떠올렸는지 모른다. 그렇다고 나랏일을 위해 목숨을 거는 민준과 조국에게 뭐라고 할 수 있는 처지도 못되었다. 대통령인 그의 입장이 그러했다.

"여보, 도대체 무슨 말이냐고 묻잖아요."

그녀는 남편이 손에 든 책을 빼앗으면서 그를 불렀다. 그는 그제야 눈썹을 찌푸리며 그녀를 바라보았다. 그녀는 그의 아내였지만, 대통령은 영부인에게 조국이 하고 있는 일을 자세히 말해줄 생각이 없었다. 안 그래도 장인어른의 죽음에 트라우마가 있는 부인인데, 딸이 장인어른과 같은 일을 하고 있다는 걸 알게 되면 기절할지도 모르는 일이었다.

"당신은 젊은 사람의 감정이 언제까지 지속될 수 있을 거라고 생각해?"

"조국을 말하는 거예요, 아니면 그 친구를 말하는 거예요?"

"둘 다. 지금이야 좋아서 물불 가리지 않지만, 나중에 후회하게 될지도 모르잖아. 나는 왜 남들처럼 평범한 사람을 만나 살지 못했나, 하고 말이야."

"그래서, 당신도 지금 후회를 한다는 얘기예요?"

"내가? 내가 왜?"

대통령은 그게 무슨 소리냐는 듯 눈을 크게 떴다.

"아버지는 늘 당신의 앞길을 막지 않을까 걱정하셨어요. 자신이 정치적으로 이용되어 당신에게 상처를 주게 되지 않을까 전전긍긍하셨죠. 그런데 그건 당신도 마찬가지였잖아요. 당신 때문에 아버지의 명성에 흠이라도 갈까 봐 항상 조심하고 또 조심하고, 아니에요?"

"맞아. 그랬는데, 난 그게 힘들거나 괴롭지는 않았어. 난 장인어른을 존경했고 어쨌든 장인어른 덕에 내가 당신과 결혼할 수 있었으니까 그것만으로도 충분히 감사하다고 생각했지. 돈도 없고, 가진 건 머리밖에 없는 놈이 감히 이 박사님의 고명딸을 욕심냈잖아."

"흐흠……."

그녀가 의미심장한 미소를 지으며 그를 바라보았다.

"왜 그렇게 보는 거야?"

"두 아이도 그럴 거예요. 내가 왜 이 사람을 만났을까 하고 후회하는 게 아니라, 두 사람이 만날 수 있었던 인연에 서로 감사하며 살지 않을까요? 당신이 그랬듯이 말이에요."

"나랑 그 녀석이랑 경우가 같아?"

대통령이 발끈하며 못마땅한 표정을 지었다.

"난요, 그 친구한테 많이 고맙고 미안해요. 그 친구는 아버지를 잃었는데 덕분에 나는 우리 아버지와 오랜 시간을 같이 보낼 수 있었잖아요."

"……."

"사위가 아니라면 아들이라도 삼고 싶은 심정이라고요."

"사람도 참."

대통령은 고개를 절레절레 흔들며 책을 다시 펼쳤다. 인생이 그렇게 낭만적으로 아름답게만 흐를 수 있다면 얼마나 좋겠는가. 하지만 두 아이들의 미래가 어떨지는 아무도 장담할 수 없었다.

"당신을 꼭 닮은 딸이잖아요. 믿어봐요."

"그 녀석이 그렇게 맘에 들어?"

"잘생겼잖아요."

영부인은 빙긋 웃으며 그의 손을 살며시 잡았다. 딸과 함께 평창동 집에 간 날, 그녀는 그곳에서 아버지가 남긴 수첩을 보았다. 그 수첩에는 민준이 행복하길 바란다는 아버지의 메시지가 담겨 있었고, 그녀는 돌아가신 아버지의 말씀처럼 민준이 행복하길 바랐다.

"난 잘생긴 남자한테 정말 약한 것 같아요."

그녀의 너스레에 대통령이 피식 웃었다. 그는 그 녀석이 정말 그렇게 잘생겼는지 다시 확인을 해 봐야겠다고 생각했다.

12

새해가 얼마 남지 않았다. 연말 분위기에 들뜬 Pakin 직원들은 밤만 되면 술집에 모여들었고, 연말이라는 핑계 아래 매일같이 송년회를 가졌다. 그중 서연의 술자리 출석률은 백 퍼센트였다. 그녀의 부모님은 급기야는 어젯밤, 서연에게 이렇게 회식이 많은 회사는 당장 때려치우라는 다소 험악한 발언을 하기에 이르렀다.

"오늘은 어디서 마시는 거야? 오늘 연극했던 직원들 송년회 한다며?"

서연은 쓰린 배를 부여잡고 인상을 쓰면서 빈우에게 물었다.

"놀라지 마. 송년회 장소가 무려 케이크 카페야."

"왜 송년회를 케이크 카페에서 해?"

"위에서 그렇게 지시가 내려온 모양이야. 술 먹은 다음 날 케이크 더미라니 생각만 해도 끔찍하다. 참, 그런데 오늘은 조신하게 앉아 있어야 할 거야."

"왜? 본부장님이라도 참석하신대?"

"아니, 부사장님이 참석하신대."

빈우의 말에 배를 문지르던 서연이 갑자기 행동을 멈추었다. 그녀는 동료 여직원들에게서 부사장이 조용히 귀국해 그동안 자택에서 쉬고 있었다는 얘기를 들었다. 건우가 오늘 송년회에 참석한다는 걸 보니 오늘은 출근을 한 모양이었다.

엄마는 먼저 연락을 해보라고 했지만 서연은 건우에게 연락하지 않았다. 귀국을 하고도 연락하지 않은 건우에게 마치 기다렸다는 듯 전화를 걸고 싶진 않았던 것이다. 서연은 이런 상황에서 건우의 얼굴을 보고 싶지 않았다. 그렇다면 그녀에게 남은 방법은 삼십육계 줄행랑뿐이었다.

서연은 갑자기 배를 움켜쥐며 고통스러운 표정을 지었다.

"아, 아프다. 빈우 씨, 나 오늘 송년회에 참석 못 할 것 같은데 어떡하지?"

"고작 그 정도 연기에 팀장님이 넘어갈 것 같아? 연기가 너무 어색하니 좀 더 분발하도록 해."

"……."

"참석하기 싫어도 얼굴은 비추고 가. 부사장님은 이미 우리 얼굴 다 알고 있는데 주인공이 빠지면 이상하게 생각하지 않겠어? 부사장님이 사랑의 밤 행사에 참석하지 못해 정말 유감이라고 했나 봐. 그렇게 유감이면 특별 상여나 줄 일이지 케이크 카페에서 송년회라니, 쯧."

빈우의 말대로 그를 피하는 게 더 이상하게 보일 수 있었다. 서연이 가만히 생각해 보니 굳이 건우를 피할 이유도 없었다. 잘못한 것도 없는데 왜 피해야 한단 말인가.

"그래! 나야 좋지 뭐, 케이크 카페 송년회라니 누가 생각해 냈는지는 몰라도 장소는 무척 맘에 들어."

"넌 어제 술을 그렇게 마시고도 오늘 케이크가 먹고 싶냐?"

"그럼! 케이크인데."

서연은 자신 있게 고개를 끄덕였다. 그녀를 만나기 위해 많은 용기를 냈다는 건우와는 다른 의미로 서연은 오늘 그를 만나기 위해 용기를 내야 했다. 어차피 그녀가 이 회사를 다니는 한 시기만 다를 뿐 언젠가는 그를 만나게 될 터였다.

“부사장님이 귀국하고 나서 지방에 며칠 있었다는데, 그곳에 혹시 여자가 있나?”

“집이 아니라 지방에 있었대? 그럼 사업 관계로 출장 갔었나 보네.”

“비서실에서 그러는데 출장은 아니래. 개인 스케줄이라며 수행비서도 없이 혼자 내려갔다는데, 크리스마스에 혼자 지방에 내려간 걸 보면 뻔한 것 아니겠어? 여자지, 여자.”

“그건 아닐 것 같은데…….”

서연은 말끝을 흐리며 잠시 생각에 잠겼다. 건우가 지방에 여자를 만나러 갔다는 건 별로 믿기지 않았다. 그에게 만약 여자가 있었다면 건우가 자신을 아버지께 데리고 갔을 리가 없었던 것이다.

“하긴, 여직원들이 우리 부사장님이 절대 그럴 리 없다고 하긴 하더라. 아니, 부사장한테 지금 여자가 없다고 그 차례가 자기한테 돌아오는 것도 아닌데 다들 왜 그렇게 기를 쓰고 부인을 하는 거야?”

“무슨 뜻인진 잘 알겠는데, 걸그룹 팬클럽 총무가 입에 담을 소리 같지는 않다.”

“야, 나는 그냥 순수하게 우리 천사 소녀들의 노래를 사랑하는 거야!”

“그럼 그 천사 소녀 열애설에 반박 댓글은 왜 그렇게 열심히 다는 건데?”

서연이 입술을 삐뚜름하게 올렸다. 빈우가 못마땅한 표정을 짓더니 그녀에게 시디 한 장을 불쑥 내밀었다.

“시끄럽고 이거나 팀장님 가져다 드려.”

“이게 뭔데?”

“우리 연극 동영상이야. 부사장님이 한 장 복사해 달라고 했대.”

서연은 빈우에게서 말없이 시디를 받아 들었다. 그녀가 직접 건우를 만나는 것도 아닌데 시디를 받아 드는 손길이 떨렸다.

⚜

민준은 대통령의 부름을 받고 청와대로 들어갈 채비를 하고 있었다. 대통령이 아니라 조국의 아버지를 만나러 간다고 생각하니 더 긴장이 되었다. 구김 없이 딱 떨어지는 정장을 입은 그는 거울 앞에 서서 넥타이를 반듯하게 조여 맸다. 매일 입는 옷이었지만, 민준이 오늘 거울 앞에 머문 시간은 평소보다 길었다.

조국은 오늘도 집 밖으로 한 발자국도 나오지 않은 채 매우 바쁠 예정이었다. 연구실 동료들이 평창동 집을 방문하기로 되어 있어 미안하지만 배웅은 할 수 없다고 말했다. 대신 조국은 민준에게 씩씩하게 잘 다녀오라는 말을 전했고, 봄이 오기 전에 그의 신부가 되고 싶다는 말로 민준의 심장을 두근거리게 만들었다.

[긴장돼요?]

스피커폰을 통해 조국의 생기 넘치는 목소리가 흘러나왔다. 그래도 민준이 혼자 청와대로 아버지를 만나러 가는 게 신경 쓰였는지, 잠깐은 통화할 수 있다며 그에게 전화를 건 것이었다.

"응. 긴장돼."

[너무 긴장하지 말아요. 그냥 나를 구하기 위해 적진으로 가는 거라고 생각해요.]

"아무리 그래도 그렇지, 청와대를 적진이라고 표현하는 건 좀 그렇지 않아?"

[그래도 아빠를 적장이라고 표현하진 않았잖아요.]

조국의 너스레에 민준이 낮게 웃었다. 그녀의 목소리를 들으며 그는 안정감을 되찾았다.

그가 대통령의 얼굴을 보는 건 이 년 만이었다. 오늘 그는 영애와 깊은 관계가 될까 봐 우려했던 대통령에게 조국과 함께하고 싶다는 말을 해야 했다. 하지만 그녀의 말대로, 조국과 미래를 함께하기 위해서라면 세상에 그가 못할 일은 없었다. 그렇게 생각하니 잔뜩 긴장해 경직되어 있던 몸이 느슨하게 풀어졌다.

손목시계를 차는 걸 마지막으로 민준의 외출 준비가 끝났다. 그는 다시 한 번 거울 속 제 모습을 바라보았다. 거울 속에 비친 민준은 입가에 미소를 머금고 있었다.

"다녀올게."

핸드폰에 대고 나지막이 속삭인 민준은 마침내 차 키를 들고 밖으로 나갔다.

⚜

"장소가 정말 너무 좋아요, 부사장님."

"마음에 든다니 다행이네요."

테이블 맨 구석에 앉아 있는 서연의 귀에 김 팀장의 애교 섞인 목소리가 들렸다. 그녀는 건우가 카페의 문을 열고 들어오는 순간부터 접시만 뚫어져라 바라보고 있었다. 서연은 포크를 쥐고 있는 오른손에 잔뜩 힘을 주었다.

"안 뺏어 먹을 테니까 손에 힘 좀 풀지?"

옆자리에 앉은 빈우가 그녀에게 작게 속삭였다.

"내 포크야, 신경 꺼."

건우를 보면 자연스럽게 인사를 하겠다고 마음먹었는데, 그의 목소리가 들릴 때마다 서연의 고개는 자기도 모르게 아래를 향했다.

"사랑의 밤 행사에 꼭 참석하고 싶었는데 여의치가 않았습니다. 회사 일도 바빴을 텐데 시간을 내 연극에 참여해 준 직원들께 감사합니다."

감정이 실리지 않은 그의 목소리는 억양 없이 단조로웠다. 두 사람의 조우에 긴장하고 있었던 건 자신뿐이었다는 생각이 들자 서연은 어쩐지 힘이 빠졌다. 기분이 한층 더 나빠진 그녀는 케이크를 입안에 가득 밀어 넣었다.

"로미오와 줄리엣을 하신 두 주연 분들."

쿵, 심장이 아래로 떨어졌다. 서연은 하마터면 손에 쥐고 있던 포크를 떨어뜨릴 뻔했다.

"야."

빈우가 사람들의 눈치를 살피며 서연을 툭 쳤다. 고개를 들 수밖에 없는 상황이었다. 서연은 포크를 내려놓고 건우를 바라보았다. 건우가 그녀를 물끄러미 바라보고 있었다.

서연은 숨을 멈추고 그와 시선을 마주했다. 그의 얼굴이 야윈 것 같아 심장이 아프게 조여들었다.

"……보고 싶었습니다."

건우가 그녀의 눈을 바라보며 천천히 입술을 움직였다. 그가 안으로 들어왔을 때부터 지금까지, 서연은 한 번도 그와 눈을 마주치지 않았다.

"참, 부사장님. 제가 드린 연극 시디는 보셨어요?"

분위기가 일순 어색해졌다. 김 팀장은 분위기를 바꾸려는 듯 과장되게 목소리를 높였다.

"봤습니다. 제가 그 자리에 있었으면 좋았을 텐데 많이 아쉽더군요."

건우의 시선은 여전히 서연에게 고정되어 있었다. 서연은 그의 시선을 피하며 포크로 케이크를 쿡쿡 찔렀다. 왜 우리는 서로에게 연락을 하지 않았을까? 하지 않은 걸까, 아니면 할 수 없었던 걸까? 머릿속에서 같은 질문이 맴돌았다.

“부사장님이야 워낙 바쁘신 분인데요, 뭘. 그리고 또 이렇게 저희 직원들 생각해서 송년회 자리도 마련해 주셨잖아요. 지방에서 일 보시고 어제 늦게 올라오셔서 많이 피곤하실 텐데도 말이에요.”

“제 개인적인 일정을 김 팀장이 어떻게 알았습니까?”

“아, 저는 그냥…….”

생글생글 웃던 김 팀장이 갑자기 입을 다물었다. 부사장이 무슨 일 때문에 충청도에 며칠 머물렀는지는 자세히 알지 못했지만 그의 대략적인 동선을 아는 건 어려운 일이 아니었다. 대단한 비밀도 아닌데 부사장이 너무 정색을 하는 바람에 당황한 그녀의 얼굴이 벌게졌다.

“죄송합니다. 저는 단지 직원들이 부사장님께 이런저런 오해를 하는 것 같아서.”

김 팀장이 황급히 사과를 했다. 부사장이 여자를 만나러 간 게 아니라고 얘기를 하려다가 괜히 그의 미움만 사고 말았다.

“직원들이 저에 대해 무슨 오해를 한다는 거죠?”

“부사장님께서 그곳에 중요한 분을 만나러 가셨을 거라고…….”

‘그녀도 다른 직원들과 같은 생각을 하고 있었을까.’

건우가 눈을 돌려 서연을 바라보았다. 얼핏 시선이 마주쳤던 그녀가 외면하자 심장이 빠르게 뛰기 시작했다.

“그런 건 아닙니다.”

“그럼요. 저도 그럴 거라고 생각했어요, 부사장님.”

건우는 김 팀장이 뭐라고 하는지는 안중에도 없었다. 그 자신은 그녀에게 해야 할 이야기가 아주 많았는데, 서연이 그의 얘기를 들어주지 않을까 봐 겁이 날 뿐이었다.

“김서연 주임.”

건우가 서연을 불렀다. 그녀와 시작하기 위해 어렵게 돌아왔는데 시작조차 해보지 못하고 끝날 수는 없었다.

“케이크는 다 먹었습니까?”

놀란 서연이 포크를 툭 떨어뜨렸다. 당황한 그녀가 황급히 고개를 돌려 건우를 바라보았다.

“다 먹었으면 나랑 얘기 좀 합시다.”

건우가 자리에서 일어났다. 그러자 직원들의 시선이 서연에게 일제히 집중되었다. 그들은 부사장이 그녀를 굳은 얼굴로 바라보고 있는 걸 보면서 그네들끼리 귓속말로 작게 수군거리기 시작했다. 그들의 결론은 김 주임이 부사장님께 뭔가 단단히 잘못했다는 거였다.

“……너 도대체 무슨 사고를 친 거야.”

주변의 눈치를 살핀 빈우가 서연의 귓가에 다급히 속삭였다. 하지만 멍한 상태인 그녀에게 그의 말이 들릴 리가 없었다.

“저는 이만 가보겠습니다. 다른 분들은 남은 시간 즐겁게 보내다 가시길 바랍니다.”

직원들을 둘러보던 그의 시선이 마지막으로 서연을 향했다.

“김서연 씨.”

건우가 낮은 목소리로 다시 한 번 그녀의 이름을 불렀다. 더 이상 지체하고 있다가는 그가 무슨 말을 더 할지 몰랐기에 서연은 서둘러 가방을 챙기기 시작했다.

건우는 그녀가 가방을 들고 자리에서 일어서는 걸 본 후 뒤돌아 카페 문을 열고 나갔다. 엘리베이터 앞에서 잠시 기다리자 서연이 건우 옆에 나란히 섰다. 은색 엘리베이터 문에 두 사람의 모습이 비쳐 보였다.

“왜요?”

서연이 먼저 불퉁하게 말했다. 하지만 건우를 냉담하게 대하겠다고 마음먹은 것과 달리, 그녀의 심장은 쿵쾅거렸다.

“서연 씨도 혹시 내가 보고 싶었어요?”

"아니요?"
"난 많이 보고 싶었어요."
"……."
"늦게 와서 미안해요."
건우는 그녀에게 오기 위해 지난 며칠 동안 잊고 있던 힘든 과거와 마주해야 했다. 건우는 청주 교도소에서 몇 번이고 면회를 거절하던 기영을 만나 백 회장의 사망 소식을 전했고, 사랑하는 사람이 생겼다고도 말했다.

"Pakin에서 아동복지시설을 몇 군데 후원하고 있는데, 난 네가 형을 마치고 나오면 그 일을 맡아줬으면 좋겠어. 그러니 그때까지 건강해라, 기영아."

그는 그녀에게 돌아올 곳이 있다는 걸 말해주고 싶었지만, 동시에 제 옆은 그녀의 자리가 될 수 없다는 걸 확실히 해두고 싶기도 했다. 그가 서연의 곁에 있기 위해서는 앞으로도 많은 어려움을 겪어야 하겠지만 건우는 이제 아무것도 피하지 않기로 했다. 기영을 만나는 일이 그 시작이었다.
"이젠 안 늦을게요."
띵- 소리가 난 후, 엘리베이터 문이 열렸다. 건우는 서연의 손을 잡고 엘리베이터에 올랐다. 서연은 붉어진 얼굴로 깍지 낀 손을 바라보다 건우를 올려다보았다.
"나한테 손잡아도 되냐고 먼저 물어봐야 하는 거 아니에요?"
"서연 씨 손, 잡아도 돼요?"
건우는 깍지 낀 손에 힘을 주며 서연의 눈을 응시했다.
"……돼요."

서연이 고개를 돌리며 뾰로통한 얼굴로 대답했다. 오늘 밤은 깨지 않고 편히 잠들 수 있을 것 같았다.

건우와 함께 밖으로 나온 서연은 일부러 눈이 쌓인 곳을 골라 걸었다. 발을 내디딜 때마다 귀에 들리는 뽀득뽀득 소리가 좋았다.

카페를 나선 뒤 일단 좀 걷자고 제안한 건우는 줄곧 서연의 손을 잡고 있었고, 그녀가 눈이 쌓인 곳을 골라 멀어질 때마다 두 사람의 팔은 팽팽해졌다 느슨해지길 반복했다. 서연은 자신을 바라보는 건우를 흘끔 쳐다보더니 아무렇지 않은 목소리로 말했다.

"나 궁금한 게 있어요."

"물어봐요."

"부사장님이 나한테 곤란하게 해서 미안하고 또 고마웠다고 문자 보냈잖아요, 그거 무슨 뜻이었어요?"

"건우 씨가."

"건우 씨가요."

건우는 질문에 대답하기 전, 그녀가 자신을 부르는 호칭을 정정해 주었다. 그는 서연이 자신을 아저씨도 아니고 그쪽도 아닌 부사장님이라고 부르는 게 무척 듣기 거북했다.

"내 마음대로 서연 씨를 아버지에게 데려가서 미안했고, 그런데도 서연 씨가 싫은 내색을 하지 않고 도와줘서 고마웠다는 뜻이었어요. 아버지와 별로 사이가 좋지 않았는데 마지막이라고 생각하니 효도가 하고 싶었던 것 같아요."

"……혹시 한국으로 안 돌아올 생각이었어요?"

건우가 걸음을 멈춰 섰다. 그녀의 말대로, 그럴 마음이 아예 없지는 않았다. 서연이 제게 호감은 갖고 있지만, 그 이상의 감정은 아닌 것 같다는 생각이 들자 건우가 한국에 남아 있어야 할 이유가 없어진 것도 사실이었다. 그러나 타국 공항에 발을 내딛자마자 그는 자신이 한국에 마음을 두고 왔다는 걸 깨달았다. 건우는 이번에는 과거처럼 도망치지 말고 복잡한 문제들에 정면으로 맞서기로 결심했다.

"그럴까도 생각했어요. 내가 원래 도망가는 걸 잘하거든요."

"그럼 부사장님은 한국으로 억지로 잡혀 온 거예요?"

"건우 씨는."

"알았어요, 건우 씨."

건우가 다시 호칭을 정정해 주자 서연이 이마를 찡그렸다. 건우를 처음 만났을 때는 아저씨니 그쪽이니 하면서 멋대로 잘만 불렀는데, 회사 생활을 얼마나 했다고 부사장님이라는 말이 그새 입에 달라 붙은 것이다. 서연은 건우 씨란 말이 어색하긴 했지만, 이제 그를 마음 편히 부를 수 있는 호칭이 생긴 것은 좋았다.

"억지로 잡혀 온 게 아니라 내 발로 걸어 들어왔어요. 서연 씨한테 내가 싫은 게 아니라면 나를 진지하게 만나줄 수 있냐고 물어보려고요."

"그런데 왜 나한테 먼저 연락하지 않았어요?"

"그전에 먼저 다녀올 곳이 있었거든요."

건우가 서연에게 감추고 있는 것들은 죄다 그녀에게 미안한 것들뿐이었다. 안기영도, 민준과 조국과 있었던 여러 가지 일도, 거기에 그를 잘 알고 있는 김 국장까지 어느 것 하나 마음 편히 넘어갈 수 있는 일이 없었다. 건우는 다른 사람들은 우선 제쳐 두더라도 건 기영과의 관계만큼은 바르게 정리하고 싶었다.

"혹시 옛 여자를 만나 과거를 정리하고 온 거예요?"

"여자는 아니고 옛 동료를 만나 과거를 정리하고 왔어요."

"결국 여자라는 건데 그럼 뭐가 달라요?"

"남자와 여자로 만났던 사이는 아니지만, 그 친구한테 마음의 빚이 남아 있었거든요."

"건우 씨한테 그런 여자가 또 있었어요?"

“……또?”

서연은 아차 싶었다. 건우와 오빠가 설 언니를 사이에 두고 삼각관계였다는 걸 굳이 상기시킬 필요는 없었는데, 자기도 모르게 말을 꺼내 버린 거였다. 그녀는 얼굴이 굳어진 건우를 보며 말을 꺼낸 걸 후회했지만 이미 엎질러진 물이었다.

“혹시 들었어요?”

“뭘요……?”

“서연 씨 오빠와 내 얘기요.”

건우는 대답 없는 그녀를 보며 서연이 그의 얘기를 알고 있다는 걸 확신했다. 그녀가 어디부터 어디까지 알고 있는지는 모르겠지만, 건우가 한 여자를 두고 민준과 신경전을 벌였다는 사실 정도는 회사에서 어렵지 않게 들을 수 있었을 터였다. 그는 그 이야기를 들은 서연의 기분이 어땠을지 짐작이 가고도 남았다.

“궁금한 게 있으면 나한테 물어봐요.”

“뭘요?”

“뭐든지 다, 지금 서연 씨 마음에 걸리는 것 전부요.”

“그냥 안 물어볼래요.”

서연이 고개를 흔들었다. 더 이상 상처받고 싶지 않았다. 건우를 생각하면 민준 오빠와 그 언니 생각이 났다. 그때 무슨 일이 있었는지 자세히 알고 싶지 않았고, 또 같은 사람을 좋아했던 두 사람이 나중에 만나게 될 경우도 지금은 생각하고 싶지 않았다.

건우의 얼굴에 그늘이 짙어졌다. 그가 서연을 진지하게 만나기로 결심한 이상 이 부분은 어떻게든 마무리 짓고 넘어가야 했다. 건우가 보기에 서연은 지금 민준과 조국의 관계를 아직 잘 모르고 있는 눈치였다.

민준이 조국을 만나는 이상 어차피 네 사람은 만날 수밖에 없었다. 그녀가 나중에 조국을 보고 놀라거나 사실과 다른 상상을 하기 전에 그가 할 수 있는 노력을 해야 했다.

“서연 씨가 물어봐도 되는 얘기예요. 서연 씨가 나한테 그 얘길 묻지 않는 건 이미 마음속으로 혼자 결론을 냈기 때문이 아닌가요? 난 서연 씨가 오해하지 않았으면 좋겠어요.”

“……건우 씨는 우리 오빠랑 지금도 심각한 사이예요? 혹시 두 사람이 만나게 되면 서로 기분이 나쁠까요?”

서연은 잠시 망설이다 용기를 내어 물었다. 건우를 만나다 보면 언젠가 오빠에게 건우를 소개시켜야 할 텐데, 두 사람이 지금도 어색한 사이라면 난처한 상황이 벌어질 것 같았다.

“전혀 안 심각해요. 그리고 내가 서연 씨한테 얘긴 안 했지만 얼마 전에는 일 때문에 김민준 씨를 만나기도 했어요.”

“진짜요? 건우 씨가 우리 오빠를 만났다고요?”

“사실이에요. 그리고 다시 한 번 말하지만, 내가 강설 씨한테 잠깐 호감을 가졌던 적은 있었어도 우리 사이에 그 이상의 일은 없었어요. 그 사람하고는 지금도 편하게 연락하는 사이고요. 그러니 난 서연 씨가 그 일에 마음 쓰지 않았으면 좋겠어요.”

건우는 그녀에게, 예전에 조국을 많이 사랑했었다고 솔직히 말할 수는 없었다. 서연을 위해서도, 조국과 민준을 위해서도 그 사랑은 가벼운 풋사랑 같은 것이어야만 했다. 그는 다 지나간 옛사랑 때문에 서연이 괴로워하거나 힘들어하는 걸 보고 싶지 않았다.

“지금도 그 언니랑 연락하고 지내는 거예요?”

“일 때문에 가끔 연락할 일이 있긴 하지만 지금 그게 중요한 건 아니잖아요, 서연 씨. 내가 그 사람을 일부러 피할 이유가 없어요.”

서연이 의기소침한 표정을 짓자 당황한 건우가 미간을 좁혔다.

“서연 씨.”

“……나도 연애를 안 해본 건 아니지만, 그래도 기분이 썩 좋지는 않네요."

서연은 서늘해진 건우의 얼굴을 피해 옆으로 고개를 돌렸다. 건우의 옛이야기는 예상대로 즐거운 얘기는 아니었고, 그 얘기를 더 하느니 눈이나 꾹꾹 밟는 게 낫겠다 싶었다. 서연은 눈 쌓인 곳을 향해 움직였지만 건우는 제자리에 서서 움직이지 않았다. 그녀가 그에게서 멀어지자 잡고 있던 손이 팽팽해졌다.

"어?"

갑자기 서연의 몸이 휘청거리며 건우 쪽으로 급하게 쏠렸다. 그가 잡고 있던 손을 잡아당긴 탓이었다. 정신을 차려보니 어느새 건우의 품에 안긴 채였다. 그의 가슴이 생각보다 단단하다는 생각을 하는 찰나, 서연의 귓가에 요란하게 쿵쾅거리는 그의 심장 소리가 들렸다. 쿵쿵, 빠르게 울리는 심장 소리를 듣자 우울했던 기분이 조금은 풀어지는 기분이었다.

"……나 조금 갑갑한 것 같은데."

"미안해요, 서연 씨."

건우는 서연을 품 안에 완전히 가두었다. 조금 전 그는 서연이 그에게서 멀어지자 저도 모르게 손을 잡아당겼다. 그녀가 멀어지는 모습을 보고 싶지 않았다.

"아니, 미안할 정도는 아니고요……."

건우는 한참을 그렇게 말없이 서 있었다. 그녀가 복잡한 과거를 모두 알게 된다면 자신을 떠날지도 모른다는 생각이 들었다. 그는 서연이 떠날까 봐 두려웠다.

"우리 언제까지 이러고 있어요?"

"……미안해요."

"아니, 그 정도는 아니라니까요."

건우는 그녀를 놓아줄 생각이 없어 보였다. 서연은 체념하고 그의 가슴에 기대 눈을 감았다. 두 사람의 심장이 같은 박자로 뛰기 시작했다.

"앞으로 그 얘긴 꺼내지 않을 테니까 건우 씨도 나한테 더 이상 그 얘긴 하지 말아요. 건우 씨 말처럼 어차피 다 지난 일이고 또 우리 오빠한테도 결혼할 사람이 생겼거든요. 난 오빠하고 건우 씨가 만나서 어색한 사이만 아니라면 괜찮아요."

건우의 심장 박동이 빨라졌다. 민준이 결혼 얘기까지 꺼낸 걸 보면 서연은 조만간 조국을 만나게 될 터였다. 어떻게 해야 그녀가 상처받지 않을 수 있을까 고민하느라 그의 머릿속이 복잡해졌다.

"앞으로 어떤 일이 있어도 날 믿어줘요, 서연 씨."

"난 다른 사람의 마음 같은 거 믿어주고 그런 거 잘 못하지만…… 그래도 노력해 볼게요."

서연이 그의 등을 마주 감싸며 조그맣게 말했다. 건우도 그런 얘길 꺼내는 게 마음이 편하진 않았을 텐데, 그의 마음이 불편한 것보다 제 마음이 상하는 걸 더 걱정하고 있었다. 서연은 지금까지 눈에 보이지 않는 건 믿을 수 없다고 생각했지만, 이젠 달라지기로 마음먹었다. 그의 마음을 믿기로 했다.

⚜

민준이 상춘재에 발을 디딘 건 저번 영부인과의 만남 이후 이번이 두 번째였다. 대통령은 오늘 그를 집무실이 아니라 상춘재로 불렀다.

"자넬 아직까지 복귀시키지 않고 있다니 김 국장도 대단한 사람이구만. 그럴 거면 아예 일을 시키지를 말든가, 급할 때는 이번처럼 불러들일 거면서 말이야. 안 그런가?"

"이번 일은 최소의 희생으로 최대의 효과를 내기 위해 제가 가는 게 맞았습니다. 위에서 절 부르지 않았어도 아마 제가 스스로 자원하여 갔을 겁니다."

"자넨 목숨이 여러 개인가? 김 국장도 그렇고 자네도 그렇고, 그걸 당연히 생각하다니 어떤 의미론 대단한 사람이구만. 하긴, 그래도 부모니 김 국장도 속으론 자넬 걱정했겠지. 그런 내색은 통 하지 않는 사람이긴 하지만 말일세."

대통령은 찻잔을 내려놓은 후 민준을 흘끔 쳐다보았다. 자신과 이렇게 오랫동안 눈을 마주하고 있는 사람은 드물었다. 대통령인 그와 눈이 마주치면 보통은 시선을 내리기 마련인데 민준은 대화를 나누는 내내 시선을 피하지 않았다. 예전이나 지금이나 맹랑한 놈이었다.

"자네 건강은 다 완치된 건가?"

대통령이 불쑥 던진 말에 민준은 의아한 얼굴을 했다. 이번 인질 구출 작전에서 다치지 않았다는 걸 대통령도 알고 있을 텐데 왜 나한테 이런 질문을 하는 걸까, 라고 생각하는 사이 대통령이 말을 이었다.

"자네 최근까지 병원에서 진료를 받지 않았나?"

대통령은 민준에 대한 보고서를 읽고 그가 귀국 후 병원에서 진료를 받았다는 걸 알았다. 보고서에 따르면 최근엔 민준이 진료를 받지 않고 있었다.

"지금은 괜찮습니다. 그래서 더 이상 진료를 받지 않고 있습니다."

"그건 다행이구만."

두 사람 사이에 어색한 침묵이 흘렀다.

대통령은 조국의 얘기가 아닌 그의 개인적인 얘기를 물었고, 민준은 머릿속으로 조국을 떠올리며 불편한 상황을 견뎌냈다. 환하게 웃는 조국을 생각하자 마음이 한결 편안해졌다. 그때 대통령이 화제를 돌렸다.

"내가 어제 뜻밖의 이야기를 하나 들었는데 말이야. 이번 작전에 희생된 요원의 유족들에게 거액의 돈이 익명으로 지급되었다고 하던데 돈의 출처가 자네라고 하더구만. 일개 요원이 그렇게 큰 액수의 돈을 가지고 있었다니, 사람들이 꽤 흥미롭게 생각하지 않겠나?"

"혹시 그게 문제가 됐습니까?"

"문제가 되는 건 아닐세. 다만 그 돈이 애초에 영부인의 계좌에서 나왔다는 것 때문에 내게 보고가 됐겠지. 영부인과 국정원 직원의 돈거래라니, 경우에 따라서는 정치적으로 이용하기에 좋은 소재거리가 될 수도 있을 테니까."

"그 점도 충분히 생각하고 있었습니다."

민준도 그 정도의 눈치는 있었기에 대통령이 무엇을 우려하는지 알고 있었다. 그도 이 돈 때문에 영부인이 추후 곤란한 입장에 처할 수도 있겠다고 생각했었다. 하지만 그는 애초부터 그 돈을 수중에 가지고 있을 생각이 없었다. 그러던 중 이번 사건이 발생했고 그는 동료의 가족에게 그가 해줄 수 있는 게 있어서 다행이라는 생각을 했을 뿐이었다.

"알고 보니 자네, 꽤 감상적인 사람이구만."

"요원들의 죽음을 나라에서 보상해 주지는 않습니다. 남은 가족들은 어떻게든 살아야 하니 제가 도움이 될 수 있어 다행이라고 생각했습니다."

"그건 자네의 경험에서 나온 생각이었나?"

"저는 운이 좋은 경우였지만 누구나 그렇게 운이 좋을 수는 없지 않겠습니까."

대통령이 힐끗 민준을 쳐다본 뒤 차를 마셨다.

"혹시 나를 원망했나?"

"……."

"내가 자네를 타국으로 전출시켰던 걸 말하는 걸세."

"원망한 적 없습니다. 그때 상부의 명령이 없었더라도 제 결정은 같았을 겁니다. 그러니 그 일에 마음 쓰지 않으셔도 됩니다."

"그렇게 생각한다니 고맙군. 물론 내 딸은 그렇게 생각하지 않겠지만 말이야."

대통령은 민준을 타국으로 보냈던 일을 두고 언성을 높였던 조국이 생각나 인상을 찌푸렸다. 정작 당사자는 괜찮다는데 조국은 그때 그에게 처음으로 반항을 했고, 그건 지금도 그에게 꽤 충격적인 기억으로 남아 있었다.

"조국이 자네와 결혼을 하겠다고 하던데, 김 국장은 이 사실을 알고 있나?"

"알고 계십니다."

"김 국장이 뭐라고 하던가."

"……별말씀 안 하셨습니다."

솔직히 말하자면 결혼을 하고 싶다는 민준의 말에 아버지는 불편한 기색을 내비쳤다. 어머니는 아버지에게 여자 쪽 집안이 마음에 들지 않더라도 두 사람을 허락해 주자고 말했지만, 그건 어머니가 조국이 하는 일을 잘 모르고 있기에 하신 말씀이었을 터였다. 김 국장은 그에게 좀 더 시간을 두고 신중하게 생각하라고 말했다.

"김 국장이 흔쾌히 찬성할 리가 없겠지, 안 그런가?"

민준은 그렇다고도, 또 아니라고도 섣불리 대답할 수 없었다.

"나와 김 국장이 두 사람의 결혼을 반대하면 자넨 어떡할 텐가."

"허락해 주셨으면 좋겠습니다."

"그래도 끝까지 반대한다면?"

"그 사람이 제게 봄이 오기 전에 결혼을 하고 싶다고 말했습니다. 그리고 저는 그 사람의 얘기를 들어줄 생각입니다."

대통령이 눈살을 찌푸렸다. 그 딴에는 큰맘 먹고 민준을 부른 거였는데, 민준은 허락을 구하기는커녕 그의 의사와 상관없이 결혼을 하겠다고 말하고 있었다. 딸의 결혼이라는 중대사이니, 아무리 그의 부인이 민준을 인정한다고 해도 그가 안 된다고 하면 강행할 수 없는 일인데도 말이다. 그는 민준이 괘씸했다.

"이럴 때는 허락해 줄 때까지 기다리겠다고 대답을 해야 하는 게 아닌가?"

"죄송합니다."

조국이 함께 있고 싶다고 말했기 때문에 그는 다른 생각을 할 필요가 없었다. 그는 대통령의 인정을 받을 때까지 얌전히 기다릴 생각이 없었다.

"자네가 만약 평범한 회사원이었다면 내가 이렇게까지 고민하지 않았을 거네."

"알고 있습니다. 그래서 그 사람한테 그 점은 미안하게 생각하고 있습니다."

"난 조국의 엄마와는 다르게 두 사람이 서로 사랑한다는 이유만으로 허락할 순 없네. 그런데도 내가 자네를 보자고 한 건 자네라면 내 딸을 지켜줄 수 있을 거라 생각했기 때문이지. 이기적이라고 생각하겠지만 나는 무엇보다 내 딸의 안전이 가장 중요하네."

대통령이 민준을 조국의 남자로 진지하게 생각해 보기로 한 건 바로 이런 이유 때문이었다. 그의 부인은 그들이 운명인 것 같다는 낭만적인 생각을 하고 있었지만 그에게는 지금 그런 낭만이 중요한 게 아니었다. 대통령이 아닌 아버지라는 입장에서, 온전히 믿고 조국을 맡길 수 있는 사람은 현재로선 민준밖에 없었다.

"내가 자네한테 바라는 건 그것 하나뿐일세."

대통령이 민준에게 바란 건 그것 하나뿐이었는데, 사실은 그걸 빼고도 그가 그렇게 나쁘진 않았다. 알면 알수록 꽤 괜찮은 녀석이라 생각했지만 대통령은 그에게 그 속마음까지 내보이진 않았다. 하나뿐인 딸의 사랑을 받고 있는 녀석에게 그런 기쁨까지 주고 싶진 않았던 것이다.

"더 바라셔도 됩니다."

"내가 그것 말고 자네한테 더 바랄 게 있겠는가?"

"염려하시는 것 외에 다른 걱정은 끼쳐 드리지 않겠습니다."

끄응. 대통령은 속으로 앓는 소리를 냈다. 이제는 김 국장과 두 사람에 관한 얘기를 나눠야 할 것 같은데, 단호한 얼굴로 조국의 경호를 거절하던 김 국장을 떠올리자 마음이 불편해졌다. 김 국장 역시 그와 같은 이유로 조국을 탐탁지 않게 생각할 게 분명했다.

"내 김 국장을 만나 이야기를 나눠보도록 하겠네. 오늘은 이만 일어나도록 하지."

대통령이 자리를 털고 일어나자 민준은 그를 배웅하기 위해 자리에서 일어났다. 문을 열고 나가려던 대통령이 고개를 돌려 그를 흘끔 쳐다보았다.

"바쁘지 않으면 나랑 같이 좀 걷겠나?"

"바쁘지 않습니다."

"잘됐네. 그럼 따라 나오게."

두 사람은 상춘재 마당을 나와 청와대 본관을 향해 나란히 걷기 시작했다. 여러 명의 수행원들이 천천히 걷는 두 사람의 뒤를 따라 걸었다.

"솔직히 말하자면 자네는 조국이 결혼하겠다고 말한 두 번째 남자일세."

대통령이 슬쩍 민준을 쳐다보며 말했다. 그는 민준이 눈썹을 살짝 찌푸리는 걸 보고 입가에 미소를 지었다. 그가 좀 더 당황해 주길 바랐지만 아쉬운 대로 이 정도만으로도 충분했다.

"조국이 여섯 살 땐가 일곱 살 땐가, 하루는 장인어른을 따라 어딜 다녀오더니 집에 오자마자 다짜고짜 결혼을 해야겠다고 하더군. 어떤 오빠가 놀이터에서 자길 구해줬으니 자긴 그 오빠랑 결혼을 해야 된다고 말이야."

가만히 대통령의 말을 경청하던 민준이 미소를 머금었다. 대통령은 아마 그 이야기 속 남자아이가 민준이란 건 모르고 있을 터였다.

"나는 그때 그 결혼을 반대했네. 자네 정말, 나한테 고맙지 않은가?"

민준은 고개를 돌려 대통령을 바라보았다. 대통령은 그와 눈이 마주치자 피식 웃더니 고개를 반대편으로 돌려 하늘을 바라보았다.

"네, 감사합니다."

옆에서 웃음을 머금은 그의 목소리가 들리자 대통령의 얼굴에도 부드러운 미소가 피어났다.

대통령을 만나고 돌아온 민준은 조국과 함께 그녀의 집에서 저녁을 먹었다. 그는 천천히 음식을 씹으며 눈을 가늘게 뜨고 마주 앉은 조국을 쳐다보았다. 그런 민준을 조국이 의심스러운 눈초리로 바라보기 시작할 무렵에야 그가 느릿하게 입술을 움직였다.

"나 당신한테 고백할 게 있어."

"고백? 무슨 고백이요?"

"내가 사실 예전에 어떤 여자하고 결혼을 할 뻔한 적이 있었거든. 아무래도 당신이 알고 있어야 할 것 같아서 말이야."

"결혼을 할 뻔한 적이…… 있었다고요? 당신이요?"

"응."

내용의 심각성과 달리 민준은 평소와 다름없는 말투여서 조국은 순간 자신의 귀를 의심했다. 하지만 그녀가 들은 게 사실이라고 해도 그가 자신 앞에서 꺼낼 얘기는 아니었다. 그녀는 평정심을 잃지 않으려고 애를 쓰며 그에게 침착한 목소리로 물었다.

"나한테 지금 그 얘기를 왜 하는 거예요?"

"당신이 나한테 솔직하라고 했잖아. 그래서 나중에 다른 소리 하지 말라고 미리 말해주는 거야."

민준의 얼굴은 과거를 고백하는 것인데도 진지하지 않았다. 장난기 어린 그의 표정이 조국을 더욱 언짢게 만들었다. 갑자기 식욕이 뚝 떨어진 그녀가 들고 있던 젓가락을 식탁 위에 내려놓자 민준이 두 눈을 크게 떴다.

"다 먹은 거야?"

"다 먹은 거예요."

그녀 주위로 찬바람이 쌩쌩 불었다. 조국은 민준을 혼자 둔 채로 자리에서 일어났다.

"어디 가게?"

"하던 일이 남아 있어서요. 마저 먹고 일어나요."

"설마 지금 나한테 화내는 거야?"

"내가 왜 당신한테 화를 내요?"

"지금 나한테 화내고 있는 것 맞잖아. 가슴에 손을 얹고 잘 생각해 봐, 당신이 결혼을 하겠다고 말한 남자가 내가 처음이었는지 말이야."

조국은 그게 무슨 뚱딴지같은 소리냐는 눈빛으로 그를 쏘아보았다. 그녀와 시선이 마주친 민준은 컵을 들어 물을 마시며 능청스러운 표정을 지었다. 당연히 그럴 리는 없다고 생각했지만, 조국은 혹시 몰라 머릿속 시계를 거꾸로 돌리기 시작했다. 그러던 중 거꾸로 돌아가던 시계가 어느 시점에 가 딱 멈추어 섰다. 그날, 외할아버지와 바깥 외출을 다녀온 조국은 아빠가 집으로 퇴근하기만을 기다리고 있었다.

"아빠, 나 결혼해야 돼요!"

어린 조국은 일을 마치고 집으로 돌아온 아빠에게 달려가 잔뜩 상기된 얼굴로 이렇게 말했다.

"결혼을 하겠다고? 누구랑?"

"오늘 놀이터에서 만난 오빠랑요! 엄마한테 물어봤는데 아빠가 허락해 줘야 할 수 있다고 했어요. 그러니까 얼른 허락해요!"

잠시 옛 기억을 떠올리던 조국은 다시 현실로 돌아와 민준을 쳐다보았다. 그가 웃고 있는 걸 보니 그녀가 생각하고 있는 게 맞다는 확신이 들었다. 오늘 민준은 아빠와 만나 옛날 얘기를 들은 모양이었다. 조국은 갑자기 괘씸한 생각이 들었다. 민준이 저를 놀리려 한 모양인데, 짧은 순간이었지만 그녀는 진심으로 기분이 나빴다.

"난 없었는데 당신은 아니군요. 하긴, 당신이 나랑 떨어져 있는 동안 다른 여자를 만날 수도 있었겠죠. 그러다 결혼을 하고 싶다는 생각을 할 수도 있었겠고요."

"어?"

"이해해요. 그리고 충분히 그럴 수 있었다고 생각해요."

"지금 무슨 소리를 하는 거야?"

민준이 당황한 얼굴로 자리에서 벌떡 일어났다. 그는 그 정도 힌트면 그녀가 당연히 기억을 해내고 까르르 웃음을 터뜨릴 줄 알았다.

'젠장, 기억력이 그렇게 좋으면서 정작 기억해야 할 건 왜 기억을 못 하는 거야!'

"난 그럼 바빠서 이만 실례할게요."

조국은 씁쓸한 얼굴로 뒤돌아섰다. 당황한 기색이 역력한 민준을 보니 속이 후련했지만, 그녀는 내색하지 않고 뒤돌아선 채로 혀를 쏙 내밀었다. 아주 쌤통이었다.

"당신 진짜 기억이 안 나는 거야?"

민준이 조국을 다급하게 붙들어 돌려 세웠다. 그는 옛 추억을 얘기하며 웃고 싶었을 뿐이었는데 이야기가 엉뚱한 방향으로 흘러 버렸다. 조국이 좋아할 줄 알았는데 그러기는커녕 자신에게 여자가 있었다는 괜한 오해만 받게 된 것이다.

“기억이 안 날 리가 있겠어요? 내가 그때 엄마 아빠한테 얼마나 놀림을 받았는데요.”

“그런데 왜 모른 척해? 사람 놀라게.”

“많이 놀랐어요?”

조국이 주먹을 동그랗게 말아 입에 대고 풋 웃었다. 그녀가 장난친 거라는 걸 알게 된 민준이 인상을 잔뜩 찌푸렸다.

“당신이 나 때문에 마음 상한 줄 알고 놀랐잖아.”

“누가 할 소린데요? 나도 처음엔 진짜 줄 알았다고요. 그러게 아빠는 괜히 당신한테 그런 말씀을 하셔가지고는.”

“난 좋았어. 나는 당신에 관한 거라면 뭐든지 알고 싶거든.”

“아빠가 당신한테 또 뭐라고 하셨는데요? 그것 말고 다른 말씀은 안 하셨어요?”

조국은 지금까지 민준에게 아빠와 무슨 얘길 했냐고 묻지 않고 있었다. 그녀는 혹시 그가 아빠한테 기분 상하는 얘기라도 들었을까 봐 일부러 묻지 않은 거였는데, 두 사람이 그녀의 어린 시절 얘기까지 나눈 걸 보니 분위기가 그리 나빴던 것 같진 않았다.

“나머진 비밀이야.”

“으음. 나 기분이 다시 안 좋아지려고 해요.”

조국은 새초롬한 얼굴로 시선을 내리며 속으로 숫자를 세기 시작했다.

‘하나, 둘…….’

“우리 아버지와 만나 말씀을 나누겠다고 하셨어. 중요한 건 정말 이게 다야.”

“어차피 이렇게 사실대로 말할 거면서, 처음부터 그냥 말해주면 안 돼요?"

그녀가 예상한 대로 속으로 센 숫자는 셋을 넘지 않았다. 조국이 그에게 곱게 눈을 흘기자 민준은 고개를 옆으로 기울이며 그녀의 허리를 두 팔로 느슨하게 감아 당겼다.

"당신 지금 나 조련하는 거야?"

"난 그런 거 할 줄 모르는 사람이라는 거, 잘 알잖아요."

"하긴, 강조국이 그렇게 융통성 있는 성격은 못 되지."

"밥 다 안 먹었죠?"

"응. 당신 때문이야."

민준이 못마땅한 표정을 지으며 투덜거렸다. 그가 밥을 다 안 먹었는데도 자리에서 먼저 일어난 조국에게 섭섭함을 표한 것이다.

"그럼 밥 다 먹고 우리 산책해요, 아까 몸이 찌뿌둥하다고 했잖아."

"할 일 있다고 했잖아."

"그것보다 당신하고 산책하는 게 더 좋아요. 일은 나중에 할래."

그녀의 말에 민준은 뿌듯한 미소를 지었다. 그는 조국이 자신의 일에 관심을 갖고 참견하는 게 좋았다. 민준은 이제 여자친구의 말을 상사의 명령처럼 떠받들며 따르는 동료들을 십분 이해할 수 있게 되었다. 연인에게 적당히 구속당하는 건 꽤 설레는 기쁨이었다.

"어머니께서 당신 보고 싶어 하시는데, 시간 괜찮으면 우리 어머니 뵈러 갈까?"

"음…… 그래요, 당분간은 괜찮을 것 같아요. 참, 그러고 보니 서연 씨는 요즘 어떻게 지내요? 학교는 졸업했죠?"

"서연이? 걔 지금 졸업하고 Boni 커피사업부에서 일하고 있어."

"지금 Boni에서 일하고 있다고요?"

"응."

"혹시 건우 씨도 알고 있는 사실이에요?"

"글쎄. 알 수도 있고 모를 수도 있는데, 굳이 아는 척하고 싶진 않아."

물론 그가 건우와 원수지간인 건 아니었다. 하지만 그렇다고 해서 두 사람이 동생에 대한 얘기를 나눌 정도의 사이는 아니었다.

"당신은 아직도 건우 씨가 불편해요?"

"솔직하게 대답해야 되는 거지?"

"응."

"솔직히 알고 지내고 싶은 사람은 아니야. 내가 원래 낯을 좀 가리잖아."

조국은 말없이 민준의 등을 감싸 안았다. 이유가 어찌 되었든 간에 사랑하는 사람이 과거에 마음을 주었던 사람을 곁에서 보는 건 유쾌한 일은 아니었다. 그녀는 그의 마음을 충분히 이해할 수 있었다.

"나 지금 당신한테 미안해서 이러는 거 아니에요."

"알아."

민준이 조국의 눈을 마주 보며 미소 지었다. 조국이 불퉁한 표정을 짓자 그는 그녀의 머리카락을 흐트러뜨리며 웃었다.

"그런데 나 어머니한테 인사드리러 갈 때 어떻게 입고 갈까요?"

"빨간 원피스만 아니면 다 괜찮아. 예쁘긴 한데 그건 나랑 있을 때만 입자."

"그럼…… 당신 친부모님은 언제 뵈러 가요?"

그녀의 물음에 환하게 웃던 민준의 미소가 서서히 사라져 입가에 잔잔하게 남았다. 그도 조국을 데리고 친부모님께 인사를 하러 가야겠다고 생각하고 있던 참이었다.

"어머니 먼저 뵙고 그다음에 가자."

"다들 날 좋아하셨으면 좋겠어요."

"좋아하실 거야, 이렇게 예쁜 사람 데려왔다고."

부드럽게 웃는 민준의 입술이 그녀의 입술에 가볍게 와 닿았다. 조국과 함께 있기에 그는 이제 더 이상 과거가 아프지 않았다.

늦은 밤, 조국의 집에서 나온 민준은 본가를 향해 차를 몰았다. 그는 어머니께 조국을 집으로 데려오겠다는 말을 전할 생각이었다. 민준은 설레는 마음에 가슴이 부풀어 올라, 이따금씩 밖으로 큰 숨을 뱉어내야만 했다. 힐끗 쳐다본 거울에 미소 짓는 자신의 얼굴이 보이자 민준이 픽 웃으며 고개를 돌렸다. 민준은 누가 그를 관찰하고 있는 것도 아닌데, 마치 타인에게 들뜬 모습을 들킨 것처럼 얼굴이 붉어졌다.

골목길로 들어서자 서서히 속도를 줄이던 민준은 갑자기 차를 세웠다. 집 앞까지는 아직 거리가 조금 더 남아 있었지만 그는 그 자리에서 더 이상 움직이지 않았다. 민준의 집 앞에 남녀 한 쌍이 서 있었던 것이다.

그는 의아한 얼굴로 그들을 바라보았다. 남자의 뒷모습이 어쩐지 무척 눈에 익었다. 그는 차 안에서 두 사람을 바라보았다. 남자의 옆모습을 확인한 민준의 얼굴이 서서히 굳어졌다.

"나 더 있다 들어가도 돼요. 지금 들어가면 너무 일찍 왔다고 엄마가 깜짝 놀랄지도 모른다고요."

서연은 구두 앞코로 바닥을 툭툭 차며 퉁명스럽게 말했다. 그녀는 건우와 좀 더 같이 있고 싶은데 그는 서연을 자꾸 집에 들여보내려 하고 있었다.

"늦게 들어가면 부모님께서 걱정하실 거예요. 난 서연 씨 부모님한테 미움받고 싶지 않아요."

"요즘 맨날 늦게 들어온다고 뭐라고 하시긴 하지만 괜찮아요. 게다가 오늘은 새벽도 아닌데요, 뭘."

"그럼 지금까지 매일 그렇게 늦게 들어갔던 거예요?"

"아니, 내가 매일 그랬다는 건 아니고요."

그녀가 말을 할 때마다 입에서 하얀 입김이 새어 나왔다. 건우는 잠깐 망설이다 서연의 뺨에 손을 얹었다. 그녀의 뺨이 추위로 빨갛게 변한 게 아까부터 신경이 쓰였던 것이다.

“이것 봐요, 얼굴이 이렇게 차가운데.”

“나 하나도 안 추워요.”

건우가 근심스럽게 이마를 찡그렸다. 그 역시 서연과 좀 더 시간을 보내고 싶었지만 건우는 몇 살이라도 나이가 많은 자신이 참아야 한다고 생각했다. 그는 그녀의 부모님에게 잘 보이고 싶었다.

특히 김 국장에겐 더욱 그래야 했다. 그는 건우의 과거를 다 알고 있기 때문이었다.

“내가 추워서 그래요. 그러니까 이제 그만 들어가요.”

“치. 내가 이렇게까지 얘기하는 데 정말 너무해!”

“대신 내일 아침 일찍 서연 씨 데리러 올 거니까 너무 서운해하지 말아요.”

“내일 아침에 날 데리러 온다고요?”

“그래요. 같이 출근해요.”

그가 고개를 끄덕이며 부드럽게 웃었다. 그녀는 건우가 왜 이렇게까지 조심스러워하는지 그 이유를 모를 터였다. 그는 가능하다면 서연이 그 이유를 영원히 몰랐으면 좋겠다고 생각했다.

“그럼…… 조금 이따 내가 전화할까요?”

“서연 씨 피곤하지 않겠어요?”

“하나도 안 피곤해요! 그리고 나 원래 늦게 자서 괜찮아요.”

“그래요, 그럼. 이만 들어가요, 서연 씨.”

건우가 서연의 어깨를 잡고 그녀의 몸을 반대로 돌렸다. 서연은 아쉬움이 남는 듯 몇 번 뒤를 돌아보다 마지막으로 그에게 손을 흔들고 대문 안으로 사라졌다.

건우는 그녀가 안으로 사라지고 난 뒤에도 그 자리에 머물러 있었다. 잠시 후 2층 창문에 불이 켜지는 걸 확인한 그가 아쉬운 표정으로 뒤돌아섰을 때였다.

"직장 상사가 이렇게 직원의 집까지 직접 바래다주기도 합니까? 친절이 너무 과합니다."

건우는 갑자기 눈앞에 나타난 민준을 보고 당황스러웠지만 이내 침착한 표정을 되찾았다. 건우가 서연을 만나기로 한 이상 민준과의 관계는 반드시 짚고 넘어가야 할 문제였다.

"직장 상사로서 서연 씨를 바래다준 게 아닙니다."

"직장 상사가 아니라면 내 동생이 백건우 씨와 왜 같이 있습니까?"

"민준 씨가 무슨 생각을 하는지 잘 압니다."

"내가 무슨 생각을 하는지 잘 안다면 앞으로 두 사람이 같이 있는 모습을 더 이상 보지 않아도 되겠군요."

민준은 차가운 목소리로 말했다. 백건우와 서연이라니 말도 안 되는 일이었다. 안기영과 강조국, 그리고 백 회장과의 악연도 문제였지만 무엇보다 그는 건우 자체를 믿을 수 없었다. 건우가 오랫동안 조국을 사랑했다는 걸 알고 있기에 그의 마음을 믿을 수 없었고, 조국을 사랑하면서도 도망쳤던 그가 나약하다고 생각했다. 민준은 무엇보다도 이 모든 사실을 알게 되었을 때 서연이 받을 충격을 생각하지 않을 수 없었다.

"민준 씨, 나는 가벼운 마음으로 서연 씨를 만나는 게 아닙니다."

"백건우 씨의 마음이 어떤지는 관심 없습니다. 하지만 서연인 나한테 하나밖에 없는 동생입니다. 난 동생 마음이 다칠 거라는 걸 뻔히 알면서 그냥 내버려 둘 수는 없습니다."

"왜 그렇게 생각합니까? 민준 씨, 나는."

"서연이가 백건우 씨에 대해 얼마만큼 알고 있습니까?"

민준은 건우의 말허리를 자르며 낮은 목소리로 물었다. 뭐라 대답을 하려던 그는 그대로 입을 다물었다. 민준은 건우가 서연에게 할 수 없는 얘기들에 대해 묻고 있었다.

"백건우 씨도 충분히 고민했을 거라고 생각합니다만, 그 고민에 대한 결론이 유감스럽습니다."

"난 진심입니다, 민준 씨."

"그 진심이 내가 동생을 걱정하는 마음보단 크지 않을 것 같군요."

민준이 건우를 스쳐 지나가 대문 앞에 섰다. 건우와 서연 중 상처를 받을 사람은 정해져 있었고, 서연이 받게 될 상처는 그의 진심과는 별로 상관이 없었다.

민준은 건우를 의심하는 게 아니었다. 단지, 그 마음의 크기가 크지 않다고 생각했을 뿐이었다. 두 사람이 잠깐 호감으로 만난다고 해도 호기심 뒤에 남을 후유증은 상당할 터였다.

"서연 씨 때문에 한국으로 돌아왔습니다."

민준이 초인종에 막 손을 올리는 순간 건우의 목소리가 들렸다. 그는 초인종을 누르려다 말고 고개를 돌려 건우를 쳐다보았다.

"돌아오지 않을 생각이었는데, 돌아왔습니다. 그렇기 때문에 나는 서연 씨가 나를 밀어내지 않는 한 서연 씨 옆에 있을 생각입니다."

"백건우 씨, 나한테 당신이 서연일 만나는 걸 허락하거나 안 할 권리는 없습니다. 하지만 내 의견을 묻는 거라면, 난 당신이 서연이에게 솔직해야 한다고 생각합니다."

민준은 자신이 한 말이 건우에게 얼마나 잔인한 말일지 알고 있었다. 하지만 감추는 것만이 능사는 아니었다. 그는 건우가 서연에게 사실을 털어놓고 그녀가 선택할 수 있는 기회를 줘야 된다고 생각했다.

"이 년 전 일을 말하는 거라면…… 서연 씨는 이미 우리 사이에 있었던 일에 대해 알고 있습니다."

"우리요? 어떤 우리를 말하는 겁니까?"

"민준 씨과 나, 그리고 강조국 씨를 말하는 겁니다."

"그럼 서연이가 내가 지금 만나는 사람이 그 사람이라는 사실도 알고 있습니까?"

"……아직 그 사실까진 알지 못합니다."

민준은 침묵 속에 초인종을 눌렀다. 산 넘어 산이라더니 옛말이 틀린 게 하나 없었다. 백건우의 일이야 그가 알 바 아니었지만 상대가 서연이라는 게 문제였다. 민준은 서연의 얘기를 들어봐야겠다고 생각했다.

"서연이와 얘기를 나눠보겠습니다. 나도 두 사람 문제에 끼어들고 싶진 않지만 이건 서연이 문제이기도 하니 제가 참견을 좀 하겠습니다."

"민준 씨, 나도 서연 씨를 많이 걱정합니다."

무거운 철문이 철컹 소리를 내며 열렸다. 민준은 안으로 발을 내딛기 전에 마지막으로 건우를 돌아보았다.

"백건우 씨는 이제부터 서연이가 아니라 본인 걱정을 더 해야 할 것 같은데요? 아버지께서 아시게 되면 어떻게 생각하실지 모르겠습니다. 내 입으로 말씀드리진 않아도 두 사람이 계속 만나는 한 언제고 아시게 될 텐데 말입니다."

"국장님은 당연히 각오하고 있습니다."

건우의 목소리가 차분하게 내려앉았다. 그가 서연을 만나기 위해 넘어야 할 가장 큰 산은 김 국장이었다. 그는 건우의 모든 과거를 알고 있기 때문이었다. 과거에 건우가 조국을 마음에 뒀었고 안기영과는 치정 문제로 얽혔다는 걸 알고 있는 김 국장이 그를 서연의 짝으로 인정하긴 힘들 것이다. 거기에, 조국의 납치 사건에 관여한 건우의 부친 때문에 민준이 하마터면 목숨을 잃을 뻔했다는 사실도 당연히 잊지 않고 있을 터였다.

그때였다. 띠리리리— 건우의 코트 주머니에서 벨소리가 흘러나왔다. 핸드폰을 꺼내 발신자를 확인한 그가 흘끔 민준을 쳐다보더니 전화를 받으며 뒤돌아서 자신의 자동차로 향했다.

"지금 집으로 가고 있는 중이에요."

건우는 지금 민준에게 들킨 게 차라리 다행이라는 생각이 들었다. 어차피 부딪쳐야 할 일이라면 빨리 부딪치는 게 나았다. 막상 민준을 만나자 건우는 오히려 홀가분한 기분마저 들었다.

건우의 자동차가 시야에서 사라지자 민준은 한숨을 내쉬었다.

"하, 이놈의 기억력."

세상에 여자는 강조국 밖에 없는 것처럼 조국을 바라보던 건우의 눈빛과 기영에게 들었던 이야기까지, 기억하지 않아도 될 것들이 생각났기 때문이었다. 민준은 겉으로 보이는 모습과는 다르게 쉽게 상처받고, 작은 흔들림에도 달팽이처럼 껍질 안으로 숨어버리는 서연이가 이런 험난한 관계를 유지해 나갈 수 있을지 자신할 수 없었다.

"야옹이는 뭐라고 하려나."

그에겐 지금 솔로몬이 아니라 '설로몬'이 절실히 필요했다.

"내일 아가씨를 데리고 오겠다고?"

"네, 그 사람한테 물어봐야겠지만 특별한 일이 없다면 내일 저녁에 같이 오겠습니다."

"어떡하지? 엄마 너무 떨려, 민준아. 나 내일 어떻게 입고 있어야 하는 거야? 그냥 오전에 백화점을 다녀올까? 어떻게 하지?"

민준은 연신 손등을 상기된 뺨에 갖다 대며 열기를 식히는 어머니를 바라보며 한쪽 입가에 미소를 머금었다. 어머니도 조국과 마찬가지로 어떤 옷을 입을지 진지하게 고민하고 있었다. 뭘 먹을까도 아니고 뭘 입을지에 대해 왜 이렇게까지 고민을 하나 싶었지만, 그것도 두 사람의 공통점이라고 생각하니 기분이 꽤 괜찮았다.

민준은 어머니와 대화를 나누고 난 후 오늘은 집에서 자고 가겠다고 말했다. 그의 어머니는 반색을 하며 기뻐했고 민준의 방에 새 이불을 가져다 놓겠다며 자리에서 일어났다. 어머니가 방에 들어가는 걸 본 민준은 서연의 방 앞으로 다가갔다. 그가 똑똑 노크를 했지만 서연은 듣지 못했는지 아무런 대답이 없었다. 그가 문을 열었을 때 그녀는 핸드폰을 귀에 바짝 대고 침대에 엎드린 채 키득키득 웃고 있었다.

"김서연?"

민준이 부르자 깜짝 놀란 서연이 몸을 움찔거렸다.

"조금 이따 다시 할게요."

그녀는 서둘러 통화를 끝낸 후 침대에서 일어나 앉아 팔짱을 끼고 새침한 얼굴로 민준을 흘겨보았다.

"노크 좀 하고 들어오지? 아무리 오빠라고 해도 예의는 좀 지켜줬음 좋겠어."

"여러 번 노크했는데 뭐 하느라고 노크 소리도 못 들어?"

"보다시피 통화하고 있었잖아."

"너 연애해?"

이크! 서연의 눈동자가 순간 흔들렸다. 연애하는 게 비밀은 아니었지만, 이번의 경우는 좀 달랐다. 서연은 민준에게 그녀가 만나는 사람이 누구인지 자세히 밝힐 수 없었던 것이다. 하지만 그렇다고 해서 연애한다는 사실을 꽁꽁 숨길 것도 없다고 생각한 서연은 당당하게 고개를 끄덕였다.

"응, 연애해. 근데 그건 왜 물어?"

"내가 아는 사람이랑?"

"어……."

민준은 돌려 말하는 법이 없었다. 중요한 문제일 때에는 더욱 그러했다. 서연은 오빠의 그런 직설적인 성격을 좋아했지만 지금은 아니었다.

'오빠가 혹시 집 앞에서 나랑 건우 씨가 같이 있는 걸 봤을까?'

서연은 말끝을 흐리며 속으로 생각했다. 그녀가 집에 들어오고 난 뒤 얼마 지나지 않아 그가 들어왔기 때문에 충분히 가능한 일이었다.

"오빠가…… 아는 사람 누구?"

서연은 애매하게 되물었다. 어차피 확률은 반반이었다. 민준이 맞추면 솔직하게 말하고 못 맞추면 잘못 봤다고 하면 될 일이었다.

"백건우."

하지만 그는 잘못 본 게 아니었다. 당황한 서연이 입을 꾹 다물었다. 그녀는 슬쩍 민준의 눈치를 살폈지만, 그는 무표정한 얼굴이었다. 그 와중에도 서연은 민준이 화를 내지 않아 다행이라고 생각했다. 어쩐지 희망적이라는 생각이 들었다.

"아, 맞다! 오빠도 그 사람 알고 있지? 워낙 오래전 일이라 나도 까먹고 있었어."

"이번엔 얼마나 만날 건데. 삼 개월? 사 개월?"

"새삼스럽게 오빠가 왜 그걸 궁금해하는 거야? 내가 그 사람을 삼 개월 만나든 아니면 더 오래 만나든 상관없잖아."

"너랑 같은 곳에서 일하는 사람이야. 헤어지고 나면 나중에 불편해질 수 있어, 그러니 가벼운 마음으로 만날 거면 그냥 다른 사람을 만나."

"가볍게 만나는 게 아니라면 괜찮아?"

서연이 주먹을 꽉 쥐고 긴장한 얼굴로 민준을 바라보았다. 그녀의 우려와는 달리 민준이 어쩌면 건우와 사이좋게 지낼 수도 있겠다는 생각이 들자 희망으로 가슴이 부풀어 올랐다.

민준의 시선이 꽉 쥔 서연의 주먹에 잠시 머물렀다. 고개를 들어 그녀와 눈을 마주친 민준이 조용히 입을 열었다.

"……오빠가 내일 결혼할 사람 집에 데리고 올 거야."

"오빠랑 결혼할 사람? 오빠가 만난다는 그 언니 말이야?"

"그래. 그러니 내일 별일 없으면 일찍 들어와."

"정말이지? 나 그 언니 너무 만나보고 싶었어! 내일 내가 좀 늦더라도 절대 가면 안 돼, 알았지?"

서연은 대화의 주제가 바뀌었다는 사실에 속으로 안도하며 활짝 웃었다. 민준은 그녀에게 건우를 만나도 상관없다는 말을 해주진 않았지만 그렇다고 딱 잘라 안 된다고 하지도 않았다. 그녀는 어쩐지 안심이 되었다.

"그래, 얼른 자. 내일 출근해야지."

민준은 착잡한 마음으로 거실로 나왔다. 두 사람이 만나는 것도, 또 그렇게 만나다 헤어지는 것도 그에게는 신경 쓰이는 일이었다. 그의 방으로 돌아온 민준은 침대에 걸터앉아 조국에게 전화를 걸었다.

[아직 본가에 있어요?]

늦은 밤이었는데도 조국의 목소리는 맑고 청량했다. 그는 그녀의 목소리를 듣자 지끈거리던 두통이 사라지는 것 같았다.

"응. 오늘은 여기서 자고 가려고."

[가족들이 좋아하겠어요. 당신 거기에서 자는 거 오랜만이지 않아요?]

"어머니는 좋아하시는데 서연인 연애하느라고 바빠서 날 본척만척해. 아버지는 아직 안 들어오셨고."

[서연 씨가 연애해요?]

"그렇다네."

[그런데 당신 목소리는 왜 그래요?]

"상대가 마음에 안 들어서 그래."

민준은 조국에게 백건우의 얘기를 어떻게 꺼내야 할지 생각했다.

[당신이 그렇게 말하다니 너무 의외인데요? 난 당신은 그런 말 안 하는 사람인 줄 알고 있었어요.]

"당신이 생각하는 난 어떤 사람인데?"

[적어도 여동생이 만나는 남자에 대해 이러쿵저러쿵 말을 꺼내진 않을 사람이죠.]

"보통은 그런데 이번엔 경우가 달라."

민준은 피식 웃더니 침대에 등을 대고 누웠다.

[설마, 서연 씨가 만나면 안 되는 사람이라도 만나고 있는 거예요?]

"안 되는 건 아닌데 안 만났으면 더 좋았을 사람이야. 도대체 뭐가 좋다고, 쯧."

[나쁜 사람만 아니라면 그냥 예쁘게 봐줘요, 서연 씨가 좋아하는 사람이잖아.]

"서연이 상대가 백건우라고 해도 말이야?"

[말도 안 되는 소리 하지 말아요. 서연 씨가 건우 씨를 왜 만나요?]

"나도 이게 농담이었으면 좋겠어."

[……그게 정말이에요?]

"응."

전화기 너머에서는 아무런 소리도 들려오지 않았다. 그녀에게도 놀라운 소식인 게 분명했다. 민준은 자신과 마찬가지로, 조국에게도 생각할 시간이 필요할 거라고 예상했다. 그러나 그녀는 생각을 정리하는 데에 그렇게 오래 걸리지 않았다.

[……국장님께서 알게 되면 걱정하시겠네요.]

"아버지? 걱정이 아니라 주먹부터 나갈 수도 있어."

[건우 씨가 힘든 선택을 했네요. 쉽지 않았을 거예요, 그러니까 당신은 너무 뭐라고 하지 마요.]

"지금 내 앞에서 백건우 걱정하는 거야?"

민준은 조국이 많이 고민하지 않고 편하게 얘기해 준 게 고마웠지만, 부러 발끈하는 척하며 침대에서 벌떡 일어나 앉았다.

[우리가 생각하는 걸 건우 씨라고 생각 안 했을 리가 없잖아요. 어렵

다는 걸 알면서도 시작했다는 건 그걸 다 감수하겠다는 걸 테고요. 혹시 당신이 걱정하는 것 중에 나와 백 회장의 문제도 있다면 그것만이라도 당신 머릿속에서 깨끗하게 지워줬으면 좋겠어요. 우리가 건우 씨한테 그 정도 마음의 짐은 덜어줄 수 있잖아요.]

"사랑한다고 말해줘."

[뜬금없이 그게 무슨 말이에요?]

"그럼 내가 백건우를 덜 미워할 수 있을 것 같아."

[난 그런 이유로 말해주고 싶지 않으니까, 그럴 거면 차라리 그냥 건우 씨를 미워해요.]

퉁명스러운 그녀의 목소리에 민준이 낮게 웃음을 흘렸다. 그는 조국과 얘기를 나눌수록 고민하는 것들이 별거 아닌 것처럼 느껴졌다. 마음이 가벼워진 민준의 목소리가 한층 밝아졌다.

"내일 바빠?"

[아니요? 왜요?]

"내일 바쁘지 않으면 우리 집에서 같이 저녁 먹자. 어머니껜 말씀드렸어."

[나 내일 인사드리러 가는 거예요? 어떡하지? 나 좀 긴장돼요, 내가 어머니껜 뭐라고 말씀드려야 해요?]

"김민준을 저한테 주시면 제가 잘 데리고 살겠습니다, 이렇게."

[하아. 결혼하는 건 정말 어려운 일이네요. 오늘 밤에 잘 자긴 틀렸어요.]

조국이 한숨을 내쉬었다.

"강조국."

[응.]

"나 아까 서연이가 백건우를 만난다고 했을 때 사실 제일 먼저 당신 생각이 났어. 당신이 두 사람 때문에 불편해하는 걸 보고 싶지 않았거든. 그런데 정작 당신이 그렇게 말을 해주니 내가 더 이상 뭐라고 할 수가 없네."

[그럼 두 사람 일은 이제 두 사람에게 맡겨놓는 거예요?]

"적어도 아버지 옆에서 부채질하지는 않을 생각이야. 그전에 두 사람이 헤어져 주면 고맙고."

그의 투덜거리는 목소리에 조국이 작게 웃는 소리가 들렸다. 민준은 그녀가 버릇처럼 입에 주먹을 동그랗게 말아 대고 웃고 있는 모습이 눈에 선했다.

[그나저나 당신은 내일 언제 올 거예요?]

"언제 데리러 갈까?"

[이왕이면 빨리 왔으면 좋겠어요.]

"내가 그렇게 보고 싶어?"

[응.]

민준은 조금의 망설임도 없이 침대에서 일어나 코트를 몸에 걸쳤다.

[지금 뭐 해요?]

"삼십분 뒤."

[응?]

"2층 베란다에서 만나."

[에?]

조용히 현관문을 열고 나간 민준이 걸음을 서둘렀다. 찬 공기를 맞으며 달려 나가는 그의 두 눈이 기쁘게 반짝거렸다.

⚜

늦은 저녁, 대통령이 김 국장을 만나자고 한 곳은 서울 변두리에 있는 어느 작은 식당이었다. 그곳은 아직 재개발이 이뤄지지 않은 후미진

곳에 위치해 있어서 평소에도 손님이 잘 들지 않는 곳이었다. 식당 문 앞에는 영업이 끝났다는 팻말이 걸려 있었고, 식당 주변으로는 까만 양복을 입은 남자들이 주변을 경계하며 서 있었다. 겨울이라 해가 일찍 졌기에 가뜩이나 외진 거리에는 평소보다도 더 오가는 사람들이 드물었다.

두 사람은 둥그런 테이블을 사이에 두고 마주 앉았다. 대통령은 두 개의 잔에 각각 술을 채워 넣은 뒤 건배하듯 잔을 들어 올렸다. 김 국장이 그를 따라 잔을 들며 입술을 떼었다.

“이런 곳도 알고 계셨습니까?”

“나도 오랜만에 옵니다. 대학 다닐 때 아내랑 자주 왔던 곳인데, 내가 여기에서 아내에게 청혼을 했습니다.”

“여기에서 청혼을 하셨단 말씀입니까?”

“왜요, 너무 초라합니까? 지금은 이렇게 낡았지만, 그때만 해도 꽤 괜찮은 곳이었습니다.”

“그런 뜻이 아닙니다. 아직까지 그대로 남아 있는 게 신기하다는 뜻이었습니다.”

김 국장이 곤란한 얼굴을 하자 대통령은 낮게 웃음을 흘리며 잔을 입에 댔다. 그도 이곳에 온 건 몇 년 만이었다. 그래도 그전까지는 한두 번씩 시간을 내어 오곤 했는데, 요 근래에는 그럴 시간을 낼 수 없었다. 그가 한번 움직이면 같이 움직여야 할 직원들이 한둘이 아니었던 것이다. 그렇기 때문에 여기는 대통령인 그가 문득 생각이 난다는 이유로 불쑥 들를 수 있는 곳은 아니었다.

“운이 좋아 사시에 붙긴 했지만 넉넉하지 않은 집 장남이라 근사한 곳에서 청혼하지는 못했습니다. 그래도 장인어른께선 날 참 아껴주셨지요.”

“저를 이곳으로 불러 이런 말씀을 하시는 이유가 혹시 민준이 때문입니까?”

“맞아요, 김민준 요원과 내 딸 조국 때문입니다. 두 사람이 결혼을 하겠다고 하더군요, 김 국장도 알고 있지 않았습니까?”

“네, 얘기는 들었습니다.”

“그런데 듣자 하니 김 국장은 가타부타 아무 말도 하지 않았다고 하던데요.”

김 국장은 말없이 잔을 비워냈다. 민준이 결혼을 하고 싶은 사람이 생겼다는 건 그로선 무척 기쁜 일이었다. 김 국장은 민준이 좋은 사람을 만나 행복한 가정을 꾸리며 살아가길 그 누구보다 간절하게 바랐기 때문이다. 영애가 그런 일을 하고 있다는 걸 몰랐더라면 기쁜 마음으로 흔쾌히 허락했을 터였지만 상황이 달라졌다. 대통령이 민준을 받아들이기로 한 이유 때문에, 그는 그러라고 쉽게 대답을 해줄 수가 없었다.

“민준이의 뜻이 그렇다고 해도 부모로서 생각이 많았습니다. 제가 나중에 민준이 친부를 만났을 때 떳떳하려면 신중하게 결정해야 한다고 생각했고요. 게다가 보통 사람도 아니고 상대가 영애이다 보니 생각이 더 길어졌을 뿐입니다.”

“김 국장은 혈육도 아닌 동료 아들을 데리고 와 그만큼 키웠는데도 아직도 부족하다고 생각하는 모양입니다. 그 정도면 할 수 있는 만큼 다 해준 게 아닙니까? 난 진심으로 김 국장이 대단하다고 생각합니다.”

“제가 그 친구한테 빚이 많아 그렇습니다.”

“빚이요?”

김 국장은 빠르게 술잔을 비웠다. 속을 모르는 사람들은 대통령과 사돈이 된다는 이유만으로 덩실덩실 어깨춤을 춰야 한다고 하겠지만, 그는 그럴 수 없었다. 앞으로 영애가 또다시 위험한 상황에 처하지 않으리라는 법이 없었다. 그러면 민준은 어김없이 제일 먼저 달려갈 것이고 어쩌면 저번처럼 목숨을 걸어야 하는 순간이 또 올 수도 있었다. 민준은 사랑을 지키는 게 중요하겠지만 김 국장에겐 민준의 목숨이 더 중요했다.

“제가 그 친구 대신 이만큼 살았습니다. 그 친구가 아니었더라면 저는 지금 아마 이곳에 앉아 있지도 못했을 겁니다.”

“이십여 년 전 사고를 말하는 거라면 그건 불행한 사고였습니다. 어찌 되었든 김민준 요원은 김 국장 덕에 좋은 가정에서 잘 자라지 않았습니까? 이번 작전에 사망한 유족에게 상당한 금액을 위로금으로 건넸던데, 그건 그가 그 정도로 부족함 없이 잘 자랐다는 증거가 아니겠습니까?”

“사망한 요원에게 다섯 살 된 아들이 있었습니다. 아마 그래서 더 그랬을 겁니다.”

“그랬습니까? 그런데 그게 왜요.”

“민준이가 혼자 된 게 꼭 그만한 나이였으니까요.”

민준이 무슨 생각으로 그리한 건지 김 국장은 알 수 있었다. 그는 아마 남은 아이가 자신처럼 자랄까 봐 걱정이 되어 그랬을 거였다. 그래서 김 국장은 그에게 왜 그렇게 했냐고 묻지 않았고, 그걸로 민준의 마음이 편해졌다면 괜찮다고 생각했다.

“김민준 요원도 그렇고 김 국장도 그렇고 옛날 일은 이제 다 털어버릴 때도 되지 않았습니까? 너무 과거에 얽매여 살면 지켜보는 사람도 괴롭습니다.”

“세월이 흐른다고 가족이 잊히겠습니까?”

김 국장이 쓴웃음을 지었다. 취기가 올라오는지 그의 얼굴이 불그스름하게 변했다.

“김 국장과 내가 가족이 되면 근심을 나눠 가질 수 있습니다. 걱정할 자식이 한 명 더 생기긴 하지만 반대로 둘이서 근심을 나눌 수도 있으니 다행이지 않습니까?”

“각하께선 영애의 안전 때문에 민준이를 받아들이기로 한 게 아니십니까? 결국, 민준이만큼 영애를 잘 지킬 수 있는 사람은 없을 거라고 생각하셨겠지요, 안 그렇습니까?"

아까부터 김 국장의 입안에서만 맴돌던 말이 술기운을 타고 밖으로 흘러나왔다. 그는 취한 건 아니었지만, 마음은 느슨하게 풀어져 있었다.

"아니라고 말은 못하겠지만 꼭 그렇기 때문만은 아닙니다. 그 친구가 뻣뻣한 건 여전히 마음에 들지 않지만, 또 그래서 눈이 가기도 하니까요. 권력 앞에 무조건 고개를 숙이지 않는 게 뭐, 나쁘지는 않습니다."

"영애의 고집에 결국 손을 드신 겁니까?"

대통령이 못마땅한 얼굴로 빈 잔을 김 국장 앞으로 슬쩍 내밀자, 그가 웃으며 잔에 술을 채웠다.

"아마 딸아이는 결국 내가 질 거라는 걸 알고 있었을 겁니다. 난 그 애 고집을 지금까지 한 번도 꺾어보질 못했으니까요. 내가 이렇게 얘기한다고 해서 서운하게 듣지는 말아요, 내가 대통령이라서가 아니라 나한테는 하나밖에 없는 딸이라서 그런 겁니다."

"하나밖에 없는 따님을 품에서 떠나보내고 나면 섭섭하지 않으시겠습니까?"

"자식인데 왜 안 서운하겠습니까, 하지만 김 국장도 알다시피 조국은 어차피 지금도 내 품 안에 없는 자식 아닙니까? 그럴 바에는 혼자 있는 것보다 둘이 같이 있는 게 낫겠지요, 안심도 되고 말입니다. 김 국장도 딸이 있으니 내 심정을 잘 알겠지요."

그는 대화를 하면서 이따금씩 김 국장의 표정을 살폈다. 그가 이 정도까지 얘기하는데도 김 국장이 속 시원히 대답하지 않자 대통령은 결국 언짢은 기분을 내비쳤다.

"김 국장은 어떻게 하고 싶은 겁니까? 이제 그만 속 시원히 얘기해 보세요."

"아마 민준이도 이미 제가 그 녀석 뜻을 따라줄 거라 짐작하고 있을 겁니다. 아주 몹쓸 녀석입니다. 한 번 그렇게 하겠다고 말했으니 아비한테 두 번 애원하고 싶진 않다는 거지요."

두 사람은 술이 얼큰하게 취해갔다. 기분이 좋아진 대통령이 와이셔츠 소매 단추를 풀어 걷어 올린 후 빈 잔에 다시 술을 채웠다.

"그런데 김 국장 아들은 언제까지 그렇게 대기 상태로 놔둘 생각입니까?"

"인사 문제는 제가 알아서 하겠습니다. 마음 쓰지 마십시오."

"마음을 쓰는 게 아니라 내가 백수 사위를 볼 순 없어서 그럽니다. 그래도 명색이 대통령 사위인데 직업은 있어야 할 게 아닙니까?"

대통령이 버럭 언성을 높이자 저만치 서 있던 수행원들의 눈빛이 날카롭게 변했다. 그들은 금방이라도 두 사람이 있는 테이블로 다가올 기세였다.

"규정에 어긋나지 않는 범위 내에서 논의해 보겠습니다."

"김 국장은 너무 빳빳한 사람입니다, 알고 있습니까? 알고 보니 아들이 김 국장을 쏙 빼닮았습니다!"

"조금 전에 그래서 눈이 간다고 하지 않으셨습니까?"

김 국장이 피식 웃자 대통령도 슬쩍 미소를 지었다.

"김 국장이 나와 사돈이 되면 싫든 좋든 여러 가지 구설수에 휘말릴 수밖에 없을 텐데, 그건 미리 미안하게 생각합니다."

"그것 역시 마음 쓰실 필요 없습니다. 저와 관련된 일들은 제가 알아서 하겠습니다."

"역시 김 국장은 재미없는 사람입니다."

두 사람의 나직한 웃음소리와 함께 밤이 깊어갔다. 수행원들은 대통령의 언성이 높아질 때마다 몸을 움찔거리다가 곧바로 이어지는 웃음소리에 긴장을 풀어야 했다.

늦은 밤, 두 사람의 호탕한 웃음소리가 낡은 식당 문틈 사이로 흘러

나왔다.

"아버지, 지금 여기서 뭐 하세요?"

자정을 훌쩍 넘긴 시간이었다. 민준은 조금 전 조국의 집 2층 베란다에서 그녀를 만나고 돌아오는 길이었다. 집 앞에 차를 주차시키고 안으로 들어간 그는 정원 벤치에 우두커니 앉아 있는 아버지를 보고 흠칫 놀라며 걸음을 멈추었다.

망부석처럼 멍하니 정면을 응시하며 앉아 있던 김 국장이 시선을 들어 민준을 바라보았다. 그는 민준을 발견하자 못마땅한 얼굴로 입술을 씰룩거렸다.

"지 엄마한테 자고 간다고 해놓고 도망간 아들 기다린다."

"도망가긴요, 잠깐 산책 갔다 오는 길이에요."

"넌 산책을 평창동까지 갔다 오냐?"

"어떻게 아셨어요?"

"그냥 해본 말인데 진짜였구나."

"약주 드셨어요?"

민준은 아버지가 일어날 기미가 없자 그의 옆에 앉았다. 약주를 많이 드셨는지 아버지에게선 진한 알코올 냄새가 났다.

"어. 먹었지. 종로에 사는 양반이랑 둘이서."

"아버지 친구 분 중에 종로에 사시는 분이 계셨어요?"

"원래는 거기 안 살았는데 이사 간 진 좀 됐어."

"오늘 무슨 기분 좋은 일 있으셨어요? 원래 이 정도까진 잘 안 드시잖아요."

술을 즐겨 마시지 않는 아버지가 취할 정도로 술을 마시는 건 매우 드문 일이었다. 보통은 기분 좋은 일이 있을 때 그러했는데 오늘 취하신 걸 보니 무언가 기분 좋은 일이 있으셨나 보다, 라고 속으로 짐작하는 민준이었다.

"종로 사는 양반이 자기 딸 결혼한다고 나한테 술을 잔뜩 먹이더라고. 참 나, 자기 딸 결혼한다는데 왜 나한테 술을 먹이는 건지."

"혼사를 앞두고 기분이 좋으셨나 보네요."

김 국장이 고개를 돌려 민준을 흘끔 바라보았다. 뭐가 그렇게 좋은지 밤하늘을 올려다보는 민준의 입가에 큼지막한 미소가 걸려 있었다. 그는 겉으로는 여전히 툴툴거리는 체했지만 민준이 웃고 있는 게 좋았다.

"그렇게 좋냐?"

"뭐가요."

"영애 말이다. 아주 조금만 더 있으면 입이 귀에 걸리겠네."

"귀에 걸리기는요."

민준의 미소가 좀 더 짙어졌다.

"대통령께서 나한테 상견례 날짜를 잡자고 하더구나. 네 엄마한테는 아직 자세히 얘기 못 했는데 이젠 얘기를 해줘야겠지."

"어머니께서 놀라시겠네요."

"그 정도 가지고 놀라기까지 할 게 뭐가 있어? 너랑 서연일 키우면서 그보다 놀랄 일이 얼마나 더 많았는데. 하긴, 두 녀석 다 어지간했어야지. 한 녀석은 말 안 해서 속 썩여, 다른 녀석은 말이 많아 속 썩여."

김 국장의 한숨 같은 한탄에 민준이 피식 웃었다. 분명 말 안 해 속 썩인 녀석은 자신일 테고 말이 많아 속 썩인 녀석은 서연일 터였다.

"시간이 참 빨리 흘렀다, 네가 벌써 결혼을 한다니 말이야. 네가 빨리 가정을 꾸리고 사는 모습을 보고 싶었는데 막상 그렇게 된다고 하니 실감이 나질 않아. 서연이까지 결혼시키고 나면 이제 네 엄마와 나, 이렇게 둘만 남겠구나."

"제가 결혼을 하겠다는 거지 어머니, 아버지를 떠나겠다는 게 아니잖아요. 지금하고 달라질 것도 없어요, 아버지."

“그러게, 무슨 마음인지는 나도 모르겠다. 재권이도 생각나고 제수씨도 생각나고…… 너한테 잘 못해준 것만 생각나면서 자꾸 후회가 돼.”

김 국장은 왠지 허탈한 기분에 하늘을 바라보며 한숨을 내쉬었다. 삶의 큰 목표 하나가 사라진 것처럼 가슴 한쪽이 뻥 뚫린 것만 같았다. 그는 민준이가 가정을 꾸리고 안정적으로 사는 모습을 보는 게 바람이었는데, 막상 그 바람이 이루어지려고 하자 오히려 망설여졌다.

“아버지도 참, 가족끼리 잘해주고 못해주는 게 어딨습니까? 저한테 굳이 더 잘 해주고 싶으시면 내일이라도 절 복직시켜 주시든가요.”

민준이 그를 슬쩍 바라보며 농담을 던졌다. 아버지의 기분이 많이 다운되어 있는 것 같아 분위기를 바꾸고 싶었던 것이다. 하지만 그의 바람과는 다르게 김 국장의 얼굴은 한층 더 쓸쓸해졌다.

“……서연이가 태어나던 날 재권이가 떠났어.”

“……”

“그날, 내 친구 재권이가 떠났지.”

“……아버지.”

“나 때문이었다. 그날 내가 갔어야 했는데 재권이가 내 대신 나갔어. 나중에 징계 먹을 줄 알면서도 뭐가 그렇게 좋은지 활짝 웃으면서 갔어, 그 미련한 놈이. 자기를 꼭 닮은 네가 이렇게 자라는 모습도 못 보고.”

김 국장의 눈가에 눈물이 맺혔다. 그가 그날의 일을 민준에게 자세히 털어놓은 건 오늘이 처음이었다. 민준이 알고 있을 거라 생각은 했지만 차마 김 국장 자신의 입으로는 꺼낼 수 없던 이야기였다. 민준이 크게 놀라지 않는 걸로 보아 그의 짐작이 맞았음을 알 수 있었다.

“……아버지 때문이 아닙니다. 그렇지 않다는 거 알고 계시잖아요.”

“그래서 난 네가 다녀오겠다는 말을 할 때마다 재권이가 생각나 무섭다. 만약 너한테 무슨 일이라도 생기면 나는.”

김 국장은 목이 메어 더 이상 말을 잇지 못했다. 오늘 마신 술이 전부 눈물이 되었는지, 그의 눈가가 뜨끈해졌다. 그는 평소라면 절대 하지 않았을 말을, 술기운을 빌어 민준에게 털어놓고 있었다.

"무슨 일 없을 거예요, 아버지. 어머니가 다니는 점집에서 제가 아들 딸 낳고 아주 잘 산다고 했다면서요. 얼마 전에도 다녀오셨다고 하던데, 매일 똑같은 얘길 들으시면서 거긴 왜 그렇게 가시는 건지 모르겠어요."

민준은 화제를 돌리며 머리 뒤로 깍지를 끼고 다리를 앞으로 쭉 뻗었다. 그가 생각하기에는, 어려운 문제일수록 쉽게 넘어가야 다음에 비슷한 문제에 또 부딪쳐도 쉽게 여기며 넘어갈 수가 있었다.

그는 아버지가 이제 옛날 일을 잊고 편해지길 바랐다.

"마음이 불안해서 그런 거겠지. 그러니까 네가 출장을 간다고만 하면 그길로 그 집을 찾아가는 게 아니겠냐. 그곳에 다녀오면 마음이 편안해진다니 나도 뭐라고 안 하는 것뿐이야."

김 국장이 양손으로 눈가를 문지르며 말했다.

사실 그의 부인이 문턱이 닳도록 그 점집을 드나들기 시작한 데는 다 이유가 있었다. 서연이가 태어나기 전, 그 점쟁이가 부인에게 앞으로 태어날 딸이 아빠의 목숨을 구한다는 말을 했다. 그때는 둘이서 그 얘기를 하며 웃었지만, 두 사람은 서연이 태어난 이후 다시는 그 말을 입에 올리지 않았다. 당연히 민준에게도 얘기할 수 없었다.

"그래서, 이번에도 저랑 서연이가 앞으로 잘 먹고 잘 산다는 얘기를 듣고 오셨대요?"

"그거 말고 네가 곧 결혼을 할 거라는 얘기를 했다던데, 일이 갑자기 이렇게 흘러가는 걸 보면 그 점쟁이가 영 돌팔이는 아닌가 보다. 그나저나 네 결혼 얘기까지 맞혔으니 네 엄마가 앞으로 얼마나 더 그 점쟁이를 신봉하겠냐?"

김 국장이 고개를 절레절레 흔들었다. 그는 부인이 그런 데에 다니는 걸 좋아하진 않았지만, 겉으로 싫은 내색은 하지 않고 부인의 말을 얌전히 경청해 주곤 했다. 부인에게도 불안한 마음을 의지할 곳이 한 군데는 있어야 한다고 생각했기 때문이었다. 그는 '별일 없을 테니 걱정 말라'는 말을 듣고 싶은 그녀의 마음을 충분히 이해할 수 있었다.

"하지만 그런 말은 결혼 적령기의 자식이 있는 부모 누구에게나 할 수 있는 말 아닙니까? 나름 전문직인데 그 사람 너무 성의가 없네요."

"그거 말고도 또 재미있는 말을 했던데, 뭐라더라…… 아, 너한테 자식이 태어나면 그 아이가 우리나라에 다시없을 큰 태양이 될 거라고 했다던데?"

"그런 립서비스까지 하는 걸 보니 어머니가 그 집 VIP 고객인 게 확실하네요. 자기가 몇 십 년 뒤의 일을 책임질 일은 없을 테니 일단 말을 던지고 보는 거죠."

"네 엄마가 그 말까지 듣고 나니 기분이 너무 좋아 복채를 두둑하게 주고 왔단다."

"어머니도 참."

민준이 피식 웃으며 벤치에서 일어났다. 이만 들어가자는 무언의 행동이었는데, 김 국장은 아직 그에게 할 말이 남아 있는 듯 자리에서 일어날 생각이 없어 보였다.

"안 추우세요?"

"이제 들어가야지. 그전에, 민준아."

"네, 아버지."

"앞으로 널 보는 눈이 많아질 거다. 내 말이 무슨 뜻인지 알지?"

"알고 있습니다."

그는 민준이 대통령의 사위가 되면 겪게 될 여러 가지 상황에 대해 미리 당부를 해두고 싶었다. 좋은 일보다 좋지 않은 일들이 더 많이 생길 수 있다는 걸 잘 알고 있기 때문이었다.

"하지만 불편한 건 참아도 부당한 건 참지 않습니다, 아버지."

"그건 당연한 것 아니냐?"

듣고 싶은 말을 들은 김 국장이 흡족한 얼굴로 자리에서 일어났다.

"그나저나 저 녀석은 시간이 몇 신데 아직도 안 자고 있는 거야? 웬일로 오늘 좀 일찍 들어왔다 했더니, 쯧."

민준이 김 국장의 시선을 따라 눈을 돌렸다. 2층 서연의 방에 불이 켜져 있었다.

"……불 켜고 잠들었나 봐요. 제가 가볼게요, 아버지."

"아니다, 내가 가보마. 요즘 저 녀석 좀 이상해, 너한테 무슨 말 안 해?"

"제가 한 번 얘기해 볼게요."

"그래, 서연이가 네 말은 잘 들으니까."

김 국장이 민준의 어깨를 두드린 후 현관으로 걸음을 옮겼다. 서연이를 생각하자 자동으로 백건우가 떠오른 민준은 짧게 한숨을 내쉰 후 그를 따라 집 안으로 들어갔다.

⚜

다음 날 저녁, 건우는 퇴근을 한 서연을 직접 운전해 집에 데려다줬다. 서연은 오늘 오빠가 결혼할 언니를 데리고 온다고 했다며 잔뜩 들뜬 모습이었다. 집 앞에 도착한 그녀는 서둘러 안전벨트를 풀었다. 그녀의 가슴이 풍선처럼 잔뜩 부풀어 올랐다.

"아마 이미 와 있을 거예요, 오빠가 저녁 일찍 온다고 했거든요. 내가 가서 보고 어땠는지 이따 얘기해 줄게요."

"……그 사람이 어떤 사람이든 서연 씨하고는 별로 상관없지 않아요? 그 사람은 그냥 민준 씨가 사랑하는 사람일 뿐이잖아요."

"왜 상관이 없어요? 내가 그동안 언니 있는 애들을 얼마나 부러워했는데요. 난 그 언니랑 하고 싶은 게 아주 많다고요. 내가 그 언니랑 친해지고 나면 건우 씨도 소개해 줄게요, 알았죠?"

건우는 착잡한 표정이었지만 기대감에 잔뜩 부푼 서연은 그의 심란한 얼굴이 눈에 들어오지 않았다.

"……이따가 전화할 거죠?"

"당연하죠!"

"난 내일 아침에도 서연 씨를 데리러 올 거예요."

"알아요."

서연이 배시시 웃으며 조수석 문을 열고 내렸다. 그녀는 활짝 웃으며 그에게 손을 흔든 후 대문 앞으로 모습을 감추었고, 그 모습을 지켜본 건우는 관자놀이에 손을 짚으며 생각에 잠겼다.

집 안으로 들어간 서연은 현관에 낯선 구두가 놓여 있는 걸 보고 두 눈을 크게 떴다. 심장이 두근거려 견딜 수가 없었다. 그녀는 발뒤꿈치를 들고 주방을 향해 살금살금 걸어갔다. 주방 안쪽에서는 오빠의 목소리가 나지막하게 흘러나오고 있었다.

"다녀왔습니다!"

서연은 엄마한테 씩씩하게 인사를 한 뒤 민준을 향해 고개를 돌렸다.

"안녕하세요! 저는……."

활짝 웃으며 인사를 하던 서연의 얼굴이 얼음처럼 굳어졌다.

"왔어?"

"……아, 저는."

오빠 옆에 앉아 있는 조국을 본 순간 그녀는 갑자기 말문이 막혀 아무 말도 할 수 없었다. 서연은 당황한 나머지 잠시 허둥거리다 두 사람을 향해 어색하게 웃었다. 그녀는 자신에게 미리 얘기해 주지 않은 민준이 원망스러웠다.

"……저는 일단 씻어야 할 것 같아요. 얘기 나누고 계세요."

서연은 도망치듯 그 자리를 벗어났다.

서연이 방으로 들어가는 모습을 지켜본 어머니가 민망한 얼굴로 조국을 쳐다보았다. 그녀는 오빠가 결혼할 사람을 데리고 왔는데 제대로 인사도 안 하고 들어간 서연 때문에 얼굴이 화끈거렸다. 안 그래도 남편한테서 믿기 힘든 얘기를 들은지라 눈앞의 아가씨가 불편한데, 서연이 그녀의 입장을 더욱 난처하게 만들고 있었다.

"우리 애가 부끄러움을 많이 타서 그러니 이해해요."

"아니에요."

그녀는 아까부터 조국에게 말 한마디 건네는 게 영 어색하고 불편했다. 그녀가 잘못 들은 게 아니라면 눈앞의 아가씨는 대통령의 하나밖에 없는 딸이었다. 민준이 만나고 있는 아가씨를 만나면 물어볼 말이 많았는데, 그녀가 영애라는 사실을 안 순간 궁금한 게 모두 사라졌다.

"서연 씨한테 안 가봐도 돼요?"

"이따 보면 되지, 괜찮아."

조국이 곤란한 얼굴로 민준에게 물었다. 서연은 그녀를 보고 당황했고 도망치듯 그 자리를 벗어났다. 그런데도 민준은 아무렇지 않은 듯 태평한 모습이었다. 그는 젓가락으로 음식을 집어 조국의 접시 위에 올렸다.

"민준이…… 아까 네가 예전에 셋이 우연히 만난 적이 있다고 했었지?"

"네, 어머니. 그런데 너무 오랜만에 얼굴을 봐서 서연이가 좀 당황했나 봐요."

민준이 다른 음식 하나를 또 집어주자 조국이 그를 말렸다.

"괜찮아요, 내가 먹을 수 있어요."

"우리 어머니 요리 솜씨 좋으셔, 당신 온다고 힘들게 준비하셨을 텐데 종류별로 맛은 보고 가야지."

조국의 얼굴이 빨개졌다. 민준은 그녀가 음식을 골고루 먹을 때까지 도무지 젓가락질을 멈출 것 같아 보이지 않았다. 그는 평소와 같았지만, 문제는 지금 그녀가 그의 어머니와 함께 있다는 걸 민준이 조금도 자각하고 있지 않다는 사실이었다.

"이 사람 원래 잘 먹는데 오늘은 어머니 앞이라 긴장했나 봐요. 하나, 둘, 셋, 넷, 다섯. 다섯 개만 더 먹자."

민준은 접시 위에 그가 가져다 놓은 음식을 젓가락으로 세더니 조국에게 눈웃음을 지었다. 그가 생각하기에 어머니와 조국은 둘 다 너무 긴장하고 있었다. 그는 두 사람이 당장 친해지기보다 조금만 더 편해지길 바랐다.

"그래요, 입에 잘 맞을지 모르겠지만 그래도 시장한 것보다는 나을 거예요. 내가 조국 씨 뭘 좋아하는지 몰라 그냥 민준이가 잘 먹는 걸로 만들었어요."

"아니에요, 맛있어요. 전 솔직히 음식을 이렇게 많이 준비하셨을 줄은 몰랐어요."

"민준이가 어렸을 때 안 먹는 게 많아 이것저것 만들다 보니 쓸데없이 가짓수만 많아졌어요. 워낙 오랫동안 습관이 들어서 그런지 잘 바뀌지가 않네요. 민준이가 집에 자주 오는 애가 아니라 올 때 잘 먹이고 싶어서 그런 거지, 늘 이렇게 만들진 않아요."

조국은 식탁에 가득 차려진 음식을 보며 그가 어머니의 사랑을 많이 받고 자랐다는 걸 알 수 있었다. 처음 봤을 때부터 그녀에게 자기는 맛있는 거 좋아한다고 그렇게 강조를 하더니 정말 그럴 만했다는 생각이 들었다.

"내가 곱게 자랐다고 말했잖아."

민준이 조국을 쳐다보며 픽 웃었다. 그는 조국과 눈이 마주치자 식탁 아래로 손을 뻗어 그녀의 손을 잡았다. 조국의 손을 잡은 민준은 인상을 살짝 찌푸리며 그녀를 바라보았다.

“손이 차갑네, 어디가 안 좋아?”

“왜 이래요…….”

그의 행동에 당황한 조국이 손을 가만히 빼내며 마주 앉은 그녀의 눈치를 살폈다. 민준이, 어머니가 눈앞에 계신데도 불구하고 평소처럼 행동하고 있었기 때문이었다. 긴장한 나머지 조국의 손발이 차가운 건 사실이었지만 예상치 못했던 그의 행동에 등에선 이제 식은땀까지 나기 시작했다.

“조국 씨, 괜찮아요?”

“네, 괜찮습니다.”

조국은 근심스러운 얼굴을 한 어머니에게 살짝 웃어 보였다. 조국이 심호흡을 하며 허리를 꼿꼿하게 펴자 민준이 식탁 아래로 다시 그녀의 손을 잡았다.

두 사람의 모습을 지켜보던 민준의 어머니는 흐뭇한 미소를 지었다. 조국을 바라보는 민준의 눈빛에서 그녀에 대한 사랑이 느껴졌기 때문이었다. 민준은 편안하고 행복해 보였고 그 모습이 그녀의 가슴을 뭉클하게 만들었다.

“조국 씨, 나도 이런 경험은 처음이라 조국 씨처럼 긴장되고 떨려요. 민준이한테 연애한다는 얘기 한 번 못 들었는데 갑자기 결혼을 하겠다고 하니 내가 얼마나 놀랐겠어요. 그래도 조국 씨 덕분에 민준이가 많이 웃어서 참 고맙게 생각하고 있어요. 조국 씨, 우리 민준이 정말 잘 부탁할게요.”

그녀는 진심 어린 눈빛으로 조국을 바라보았다. 그녀는 민준이 지금처럼만 행복할 수 있다면 아무것도 바랄 게 없었다. 그녀의 당부에 조국은 고개를 돌려 민준을 바라보았다. 눈이 마주친 두 사람이 동시에 미소를 지었다.

"무슨 얘기를 그렇게 심각하게 하고 있어?"

그때, 김 국장이 때마침 주방 안으로 들어왔다. 그는 부인 옆에 의자를 끌어당겨 앉으며 두 사람을 흘끔 쳐다보았다. 조국을 다른 곳이 아닌 집 안에서 보게 된 기분이 꽤 묘했다.

"이제 와요?"

"애들 결혼 문제로 얘기 좀 나누고 오느라고 늦었어."

김 국장과 대통령은 청와대 홍보실을 통해 공식적으로 발표할 내용에 대해 상의를 했다. 결혼식은 영애의 신분상 청와대 영빈관에서 치르기로 했고, 민준에 대해서는 평범한 공무원이라는 정도로만 간단히 보도 자료를 내기로 했다.

"가급적 빨리 상견례를 했으면 하시던데 당신은 언제가 좋겠어? 금주 내로 날짜를 정해서 알려 달라고 하시더군."

"꼭 그렇게 급하게 서둘러야 해요? 민준이 결혼시키려면 이것저것 준비해야 할 게 많을 것 같은데…… 시간이 너무 촉박할까 봐 걱정이에요."

"말이 나온 김에 서두르자고 하시더군. 조국 양이 살고 있는 집에 누가 자꾸 보안 시스템에 손을 대고 담을 넘어 다녀서 말이지. 날도 추운데 죄 없는 직원들 괜히 고생시키지 말자고 하시더군."

"누가요?"

"누가."

김 국장이 눈을 가늘게 뜨고 민준을 째려보았다. 그제야 김 국장의 말뜻을 알아챈 부인이 그를 쳐다보며 작게 웃음을 터뜨렸다.

"몇 번 안 넘었습니다."

민준이 정색을 했다. 그러자 그녀는 참다못해 까르르 소리 내어 웃으며 남편의 식사 준비를 하기 위해 자리에서 일어났다.

"이 녀석아, 너 때문에 경호관들이 혹시 자기들 테스트하는 거 아니냐며 걱정한다잖아!"

민준에게 퉁명스럽게 말을 던진 김 국장은 얼굴이 빨개진 조국을 슬쩍 보며 웃었다.

"당신, 옛날에 내 방 창문에 자꾸 돌 던진다고 우리 아버지한테 혼났던 거 기억 안 나요?"

"내가 언제?"

부인이 그 앞에 접시를 내려놓으며 눈을 흘겼다. 김 국장은 시치미를 뚝 떼며 그게 무슨 소리냐는 듯 그녀를 빤히 쳐다보았다.

"자꾸 유리창 깬다고 우리 아버지가 당신한테 유리값 물어내라고 했잖아요. 번 돈 유리값으로 다 쓰지 말라고 결혼 허락해 주셨고요."

"당신도 참, 지금 그 얘기를 여기서 왜 하는 거야?"

"적어도 민준이는 기물 파손은 안 했잖아요. 그래도 당신보단 낫다는 얘기예요."

티격태격하는 두 사람을 바라보며 마침내 민준과 조국이 마주 보고 웃음을 터뜨렸다. 조국은 자신이 긴장할까 봐 테이블 밑에서 여전히 손을 잡아주고 있는 민준이 고마웠다. 그녀는 오늘 그의 삶에 한 걸음 더 가까이 다가간 기분이었다.

"근데 서연이는 아직 안 온 거야?"

"씻고 나온다고 하더니 감감무소식이네요. 내가 한 번 가볼게요."

"제가 갔다 올게요. 어머니, 앉아 계세요."

민준이 의자를 밀며 자리에서 일어나자 조국은 고개를 돌려 그를 올려다보았다. 그녀는 서연이 자신을 피한다는 느낌을 받았고, 그게 아마 건우와 관련이 있을 거라는 생각이 들자 마음이 무거워졌다.

민준은 조국과 눈이 마주치자 걱정 말라는 듯 그녀의 어깨를 지그시 누르며 고개를 끄덕였다.

"내가 올 때까지 다섯 개 먹고 있어."

그는 조국의 근심을 덜어주려는 듯 그녀에게 농담을 던지고 주방을 나갔다.

민준은 서연의 방문에 노크를 한 뒤 문을 열고 안으로 들어갔다. 그녀는 벽 쪽을 향해 누워 있었고, 그가 들어왔는데도 뒤를 돌아보거나 자리에서 일어나지 않았다.

"안 자는 거 다 알아."

"오빤 왜 나한테 얘기 안 해줬어?"

"내가 얘기했으면 백건우와 헤어지기라도 했을 거란 얘기야?"

"내가 왜 건우 씨와 헤어져?"

"그럼 넌 지금 왜 그러고 누워 있는 건데."

민준의 말에 서연이 자리에서 벌떡 일어나 앉았다. 그녀는 울었는지 눈이 빨갛게 충혈되어 있었다.

"겨우 이런 걸로 흔들릴 거면서 백건우와 연애를 하겠다는 거였어?"

"흔들리는 거 아니야! 난 그냥 건우 씨가 만약 이걸 알게 되면."

"알아."

"……."

"백건우는 이미 알고 있다고."

서연이 멍한 얼굴로 민준을 바라보았다. 건우가 이미 알고 있었다는 사실이 믿어지지 않았다.

"알고…… 있었다고? 아니야, 알고 있었다면 건우 씨가 나한테 얘기 안 했을 리가 없어."

"네가 이럴까 봐 얘길 못한 거겠지. 머릿속으로 맘대로 상상하면서 괴로워할까 봐."

"오빠도 저 언니 때문에 나한테 건우 씨랑 만나지 않았으면 좋겠다고 한 거잖아."

“맞아. 하지만 저 사람 때문만은 아니야, 나한테는 네 행복도 중요하니까. 그래서 오빠는 네가 이런 걸로 괴로울 거면 백건우와는 지금 그만두는 게 맞다고 생각해.”

민준이 생각하기에 이건 두 사람이 앞으로 부딪치게 될 많은 문제 중 가장 작은 문제였다. 앞으로 더 힘들어지게 될 게 분명한데 서연의 마음이 이렇다면 두 사람의 관계는 오래 지속하기 힘들 거라는 생각이 들었다.

“오빠는 건우 씨를 봐도 아무렇지도 않았어? 옛날에 저 언니 때문에 두 사람 사이가 안 좋았잖아.”

“저 사람이 날 사랑하는데 내가 왜 그래야 하지?”

“하지만 언니가 건우 씨를 보면 흔들릴 수도 있잖아! 그리고…… 건우 씨도.”

서연은 금방이라도 울음을 터뜨릴 것 같았다.

“오빠는 내일 죽을 수도 있어, 또 어쩌면 내일 지구가 멸망할지도 모르지. 그렇지만 난 그 만약의 가능성 때문에 지금의 행복을 포기할 정도로 어리석지 않아. 그리고 설사 그런 일이 일어난다고 해도 그건 내 선택에 대한 결과이기 때문에 온전히 내가 감당해야 할 몫이야.”

“……건우 씨가 날 얼마만큼 좋아하는지 모르겠어.”

“궁금하면 직접 물어보면 되잖아.”

민준은 방문을 열고 밖으로 나가기 전 그녀를 돌아보며 마지막으로 말을 덧붙였다.

“네가 백건우와 어떻게 되든 오빠가 저 사람과 결혼을 하는 건 기정사실이야. 그러니 앞으로 평생 봐야 할 저 사람을 네가 어떤 얼굴로 봐야 할지 잘 생각해 봐.”

민준은 다른 때라면 서연의 어리광을 받아줬겠지만, 이번은 아니었다. 서연이 짠하기도 했지만, 그는 그녀에게 더 이상 말을 하지 않고 문을 닫고 나왔다.

그가 식탁으로 돌아왔을 때 조국은 그의 부모님과 함께 식사를 하고 있었다. 조국의 접시에 두 개의 음식만 남아 있는 걸 확인한 민준이 그녀의 머리카락을 쓰다듬으며 자리에 앉았다.

"서연이는?"

"식사 끝나고 따로 보기로 했어요."

민준은 어머니의 물음에 별거 아니라는 듯 담담하게 대답하며 손에 젓가락을 쥐었다.

"민준이 너는 나가기 전에 나 좀 잠깐 보고 나가."

"네, 아버지."

"그런데 조국 양은 나랑 초면도 아닌데 말이 너무 없네. 왜 예전에 나랑 둘이서 식사한 적도 있잖아요, 그 중국집 말입니다."

"당신이 나도 모르게 언제 그런 적이 있었어요?"

"아…… 예전에 민준이 때문에 잠깐 만날 일이 좀 있었어."

김 국장은 적당히 얼버무리며 그의 동의를 구하듯 조국을 힐끗 쳐다보았다. 그의 부인은 민준이 예전에 병원에 입원했었다는 사실을 모르고 있었다. 그렇지만 이제 와서 그녀에게 새삼스럽게 그 이야기를 해줄 이유는 없었다.

"민준 씨 일 때문에 제가 국장님께 연락을 드린 적이 있었는데, 그날 같이 식사를 했어요."

"그런 적이 있었어요?"

"네, 하지만 오래전 일이에요."

조국이 김 국장의 말을 받아 그녀에게 부연 설명을 했다. 분위기로 봐서는 민준이 크게 다쳐 입원했었다는 사실을 그녀가 모르고 있는 것 같았다.

"저랑 같이 가요, 어머니. 제가 아는 집인데 괜찮은 곳이에요."

"그래도 돼? 하지만 넌 바쁘잖니."

"지금은 그렇게 바쁘지 않아요."

"너는 조국 씨랑 가, 네 엄마는 내가 데리고 갈 테니까."

왠지 형편없는 남편이 된 것 같은 기분이 든 김 국장이 단호하게 고개를 내저으며 말했다.

"당신이 웬일이에요? 매일 바쁜 당신이 그럴 시간을 다 내고 말이에요."

"오늘 민준이를 보니까 옛날 생각이 나서 그래. 그땐 당신과 결혼만 할 수 있다면 뭐든지 다 할 수 있을 것만 같았지. 그리고 또 그렇게 살겠다고 다짐도 했고. 그런데 바쁘게 살다 보면 종종 그때 내가 했던 다짐을 잊게 돼. 그러면 당신한테 미안한 생각이 들기도 하는데 잠시 그러다 보면 또 언제 그랬냐는 듯 까마득히 잊어버리곤 하지."

김 국장은 민준과 조국을 바라보며 말을 이어갔다.

"살다 보면 두 사람의 마음이 지금과 달라질 수도 있어. 하지만 그땐 내가 이 사람과 함께 있기 위해 무엇을 했고 또 어떤 마음으로 이 사람 옆에 있겠다고 했는지를 생각해. 이건 아버지가 아니라 인생을 먼저 산 선배로서 하는 말이야."

"명심하겠습니다, 아버지."

김 국장의 말이 끝나자 민준과 조국은 서로를 마주 보았다. 그의 말처럼 살다 보면 서로에 대한 감정이 시들해질지도 모를 일이었다. 하지만 두 사람은 그때마다 힘들고 불안한 상황에서도 서로의 곁에 있고 싶었던 그 마음을 기억하겠다고 속으로 다짐했다.

민준과 조국이 식사를 마치고 자리에서 막 일어나려는 순간 서연이 거실 밖으로 나왔다. 그녀는 조금 어색했지만, 용기를 내 조국을 바라보았다.

"……벌써 가요? 나 아직 언니랑 아무 얘기도 못 했는데요."

"피곤해 보였는데 이제 좀 괜찮아요, 서연 씨?"

"네, 괜찮아요."

서연은 가려고 일어선 두 사람을 보며 아쉬운 표정을 지었다. 오빠 말대로 앞으로 평생 언니를 봐야 하는데, 이러다가는 언니뿐 아니라 오빠 하고도 사이가 멀어질 수 있었다. 그녀는 오빠와 언니가 자신을 좋아하지 않을 거라는 상상을 하자 덜컥 겁이 났다. 그래서 더 늦기 전에 얼른 세수를 하고 방문을 열고 나온 거였다.

"우리 나가서 차 마실 건데 너도 같이 갈래?"

"응, 나도 갈래!"

서연은 민준에게 힘차게 고개를 끄덕였다.

잠시 후 세 사람은 집에서 조금 떨어진 와인 바에 들어갔다. 서연이 배가 고프다고 해서 민준은 와인과 함께 파스타와 샐러드를 주문했지만 서연은 음식에 손을 거의 대지 않은 채 와인 잔만 계속해서 비웠다.

"차 마시러 나왔다가 술 마시고 들어가는구나."

"나한테는 차든 술이든 둘 다 똑같은 물이야."

"물론 오빠도 그렇게 생각하긴 하지만."

민준은 와인 병을 향해 슬금슬금 손을 뻗는 조국의 손목을 탁 붙잡았다. 그는 인상을 찡그리는 그녀에게 고개를 저으며 말했다.

"당신은 이제 그만 마시자."

"나 아직 한 잔밖에 안 마셨어요."

"이건 맥주가 아니야, 더 마시면 취해."

"당신이 있으니까 괜찮잖아요."

"그래서 안 괜찮아."

그가 담 넘어 다니는 것도 시시각각 대통령에게 보고가 되는 상황이었다. 민준은 거기에 한술 더 떠 조국을 취하게 했다는 오해까지 받고 싶진 않았다. 그녀가 아쉬운 표정으로 내밀었던 손을 도로 거두자 민준이 피식 웃었다.

"그럼 오빠랑 언니는 헤어졌다가 다시 만난 거예요? 그런데 언니 이름은 왜 바꾼 거예요? 언니가 회사를 그만둔 거랑 이름 바꾼 거랑 상관이 있는 거예요?"

술이 들어가자 잠시 막혀 있던 서연의 말문이 트였다. 그녀는 설에게 묻고 싶었던 걸 하나하나 속에서 꺼내 묻기 시작했다.

"헤어졌던 게 아니라 민준 씨를 기다리고 있었어요. 강조국이란 이름은 원래 내 이름인데 중간에 사정이 있어서 다른 이름으로 바꿨다가 원래대로 되돌린 것뿐이고요. 그리고 회사는…… 내가 좋아하는 일을 하고 싶어서 그만둔 거였어요. 그 일이 내 적성에 맞는 일은 아니었거든요."

"그럼 언니가 건우…… 아니, 부사장님 때문에 회사를 그만둔 게 아니었어요?"

"내가 왜 건우 씨 때문에 회사를 그만둬요?"

"건우 씨요?"

조국은 의아한 얼굴을 하는 서연을 보며 아차 싶었다. 그녀는 자신이 자연스럽게 건우의 이름을 부르는 걸 분명 이상하게 생각했을 터였다. 조국이 곤란한 표정을 지으며 민준에게 도움을 청하는 눈길을 보냈다. 그가 속으로 쯧 혀를 차더니 입을 열었다.

"둘이 회사 들어오기 전부터 이미 알고 있었어, 그래서 그래."

그러나 민준은 쓸데없이 솔직했다. 그는 못마땅한 눈빛을 보내는 조국에게 어깨를 으쓱해 보였다.

"그걸 서연이한테 굳이 숨길 필요가 있어?"

"그럴 필요는 없어요."

"그렇지?"

민준은 이 상황을 가볍게 넘어가고 싶은 것처럼 보였다.

"그런데 이상해요. 언니는 왜 건우 씨를 좋아하지 않아요? 건우 씨는 되게 멋있고 다정한 사람인데요."

"김서연."

민준이 인상을 구기며 그녀의 이름을 불렀다. 차든 술이든 마찬가지라고 큰소리를 땅땅 치더니, 알코올이 마침내 서연의 뇌세포를 잠재운 게 틀림없었다. 오빠가 결혼할 사람한테 왜 다른 남자를 좋아하지 않냐고 묻다니, 서연은 지금 제정신이 아닌 게 분명했다. 하지만 그녀는 민준을 쳐다보지 않았다.

"서연 씬 그게 궁금해요?"

"네, 알고 싶어요."

"서연 씨 말대로 건우 씨는 멋있고 또 다정한 사람이에요."

"강조국 씨?"

민준이 이번엔 조국의 이름을 불렀지만, 그녀 역시 그에게 대답하지 않았다. 조국은 마주 앉은 서연을 바라보며 담담하게 말을 이어갔다.

"하지만 건우 씨한테는 나 같은 사람이 아니라 서연 씨처럼 밝은 사람이 더 어울린다고 생각해요. 우린 서로 비슷한 점이 있는데 그 비슷한 점 때문에 정작 서로에게 필요한 부분을 채워줄 수가 없거든요. 그래서 나는 만약 내가 건우 씨와 만났다고 해도 결국은 헤어졌을 거라고 생각해요."

"그럼 우리 오빠는요?"

"민준 씨요?"

"그래, 나 말이야."

조국이 그제야 고개를 돌려 민준을 바라보았다. 그는 흥미로운 표정으로 팔짱을 낀 채 두 사람의 대화를 경청하고 있는 중이었다.

"난 이 사람을 만나면 춥지 않아서 좋아요. 같이 있으면 덜 춥고 덜

외로워서…… 난 민준 씨를 만나기 시작하면서부터 줄곧 이 사람과 함께 있는 미래를 생각했어요.”

‘호오.’

민준이 한쪽 눈썹을 꿈틀거렸다. 조국은 서연의 질문에 순순히 대답하고 있었고, 그것은 그녀가 마신 와인 덕분인 게 틀림없었다. 그는 재빨리 팔짱을 풀고 조국의 잔에 와인을 따랐다. 조국이 웬일이냐는 듯 눈을 휘둥그렇게 뜨자 민준이 괜찮다는 듯 눈웃음을 지으며 고개를 끄덕였다.

“그럼 날 만나고 나서부터는 언제가 가장 좋았어?”

그리고 조국이 와인 잔을 입가에 가져가자 자연스럽게 질문을 던졌다.

“당신이 돌아왔을 때요.”

“……!”

“난 당신이 돌아왔을 때가 가장 행복했어요.”

속으로 엉큼한 기대를 하고 있던 민준의 얼굴에서 장난스러운 기색이 사라졌다. 그는 애틋한 눈길로 조국을 바라보았다. 지금 당장 입을 맞추고 그녀를 안아주고 싶었지만 서연이 있어 그럴 수가 없었다.

“우리 이제 그만 갈까?”

“벌써 간다고? 술이 아직도 이만큼이나 남았는데?”

민준이 자리를 정리하겠다는 뉘앙스를 풍기자 서연이 두 눈을 휘둥그렇게 떴다. 그는 조국이 고개만 끄덕이면 금방이라도 자리에서 일어날 기세였다.

따르르르- 그때 그녀의 핸드폰이 울렸다.

“마시던 건 다 마시고 가야지, 무슨 소리야?”

서연은 때마침 울리는 핸드폰을 집으며 퉁명스럽게 말했다.

“이 시간에 도대체 누구…….”

씩씩거리며 핸드폰 화면을 쳐다본 서연이 말을 멈췄다. 그녀는 건우에게 전화하겠다고 했던 말을 까맣게 잊고 있었다. 서연은 핸드폰 화면을 바라보다 거꾸로 뒤집어놓았다. 잠시 끊어졌던 벨소리가 잠시 후 다시 울리기 시작했지만, 그녀는 발신자가 누구인지 아예 확인도 하지 않았다.

"안 받아?"

"나중에 내가 걸면 돼."

"주변 시끄러우니까 얼른 받아."

서연은 낭패라는 얼굴로 몸을 옆으로 틀면서 전화를 받았다. 소리가 밖으로 새어 나올까 봐 그녀는 통화 버튼을 누름과 동시에 핸드폰을 귀에 딱 붙였다.

[서연 씨.]

"네."

[서연 씨가 전화를 안 해서 내가 걸었어요. 주변이 시끄러운데 혹시 지금 밖에 있어요?]

"네, 오빠랑 같이 있어요."

[……혹시 지금 술 마시는 거예요?]

"그냥 마시는 거예요. 별일이 없어도 요즘엔 이렇게 종종 마시고 있어요."

[민준 씨랑 둘이서요?]

"……아니요. 그건 아닌데요, 그냥요."

서연은 대충 말을 얼버무렸다. 그녀는 건우에게 조국이 함께 있다는 이야기는 일부러 하지 않았다.

[지금 혹시 거기에 조국 씨도 같이 있어요?]

무언가를 짐작한 건우가 그녀에게 차분한 목소리로 물었다. 건우의 입에서 흘러나온 조국 씨라는 말에 놀란 서연이 침을 꼴깍 삼켰다.

"그건 왜 물어요?"

[내가 지금 거기로 갈게요, 거기 어디예요?]

"안 돼요! 오지 마요!"

서연이 자리에서 벌떡 일어섰다. 아직 마음의 준비가 되지 않은 그녀는 이대로 건우와 조국을 한자리에서 보고 싶지 않았다.

[내가 가는 게 싫어요?]

"그건 아닌데……."

[……알았어요, 내가 나중에 전화할게요.]

통화를 끝낸 서연이 멍한 얼굴로 자리에 털썩 주저앉았다. 가라앉은 건우의 목소리가 계속 귓가에 남아 있었다. 건우 씨한테 그냥 오라고 할 걸 그랬나, 그녀는 갑자기 후회가 밀려왔다.

"백건우?"

민준이 물었지만 서연은 대답 없이 잔을 들어 와인을 마셨다. 자꾸 마셔도 갈증이 나서 그녀는 빈 잔에 다시 와인을 채웠다.

그때 민준의 핸드폰으로 문자 메시지 한 통이 날아들었다. 그는 문자를 확인한 후 서연을 힐끔 쳐다보았다. 서연은 무슨 생각을 하는지 와인 잔을 손에 쥔 채 멍한 얼굴로 앉아 있었다.

"왜요?"

민준과 눈이 마주친 조국이 무슨 일이냐는 듯 작은 목소리로 물었다. 그녀가 술기운에 눈을 깜빡거리는 게 귀여워, 민준은 메시지에 답을 보내려다 잠시 행동을 멈췄다.

"사랑한다고 말해줘."

"사랑해요."

"얼마만큼?"

"당신만큼."

민준이 흘끔 서연을 쳐다보더니 재빨리 조국의 입술에 입을 맞추었다. 그녀는 잠깐 눈을 동그랗게 뜨긴 했지만 무슨 짓이냐고 그를 혼내지는 않았다.

"와인 더 마셔도 돼."

민준은 미소를 지으며 조국의 머리카락을 쓰다듬었다. 그리고 핸드폰을 타닥타닥 두드려 누군가에게 문자를 보낸 후 그대로 테이블에 올려놓았다.

⚜

"사랑한다고 말해줘."

"사랑해요."

"얼마만큼?"

"당신만큼."

민준은 아까부터 조국과 함께 이 놀이를 하고 있었다. 술에 취한 조국은 질문이 반복되는 줄도 모르고 아까부터 같은 대답을 하고 있었고, 그때마다 민준은 흐뭇한 미소를 지으며 그녀의 머리카락을 쓰다듬었다. 그 광경을 계속 지켜봐야 하는 서연에겐 참 고역이었다. 아무리 마셔도 취하지 않는 그녀의 강철 같은 주량이 죄라면 죄였다.

"오빠, 그만 집에 가자니까?"

서연이 다시 한 번 발을 구르며 민준을 재촉했다. 그는 집에 가자는 그녀의 말을 아까부터 계속 못 들은 척하고 있었다.

"조금만 기다려, 올 때 다 됐으니까."

"누가 또 와?"

"초대하진 않았는데 굳이 이 자리에 참석하겠다고 하는 사람이 있어."

"누가?"

민준이 시선을 조금 위로 들어 출입구를 바라보았다. 건우가 숨을 몰아쉬며 출입문을 열고 안으로 들어서고 있었다.

"저 사람."

그의 시선을 따라 무심코 고개를 돌린 서연이 눈을 크게 떴다. 건우가 점점 더 그녀에게 가까이 다가오고 있었다. 서연은 혹시 잘못 봤나 싶어 눈을 끔뻑거렸지만 여전히 건우가 또렷하게 보였다. 그녀가 술에 취한 게 아니었다.

"응? 건우 씨다."

"그래, 건우 씨야. 정답."

민준이 기특하다는 듯 조국의 머리를 쓰다듬으며 웃었다. 조금 전 건우가 위치를 알려달라는 말에 민준은 그에게 식당 위치를 알려주었다. 기다리는 게 지루할 것 같았는데 조국과 말놀이를 하느라 시간 가는 줄을 몰랐던 것이다.

"서연 씨."

테이블 가까이 온 건우가 의자를 당겨 서연의 옆에 앉았다. 그녀는 얼어붙은 표정으로 그를 바라보았다.

"건우 씨가 여긴 웬 일이에요?"

"두 사람 앞에서 이렇게 쓸쓸하게 있을까 봐서요. 서연 씨 걱정돼서 왔어요."

"우리…… 나갈까요?"

서연이 엉거주춤 자리에서 일어나려 하자 건우가 그녀의 손목을 잡았다.

"지금 왔는데 왜 벌써 나가요, 내가 서연 씨 보려고 얼마나 달려왔는데요."

건우의 말에 그녀는 볼에 바람을 넣으며 못 이기는 척 다시 자리에 앉았다. 조금 전까진 쓸쓸했는데 건우가 오자 왠지 마음이 든든해졌다.

서연은 그가 민준과 조국 앞에서 그녀를 걱정하고 애정을 표현해 주는 게 좋았다.

"건우 씨가 서연 씨 손 잡았어요."

두 사람을 자세히 관찰하던 조국이 민준에게 이르듯 다 들리는 귓속말을 했다.

"둘이 연애한대."

"진짜요?"

"근데 둘이 헤어질지도 모르니 우린 너무 친하게 지내지 말자."

"두 사람 지금 뭐 하는 겁니까?"

"아까부터 오빠가 저렇게 계속 날 놀렸어요. 나한테는 술 많이 먹으라고 하고 언니한테는 조금만 먹으라고 하고요."

서연이 건우에게 시무룩한 얼굴로 말했다. 그녀는 제 편인 건우에게 어리광을 부리고 싶었다.

"나쁜 오빠네요, 내가 혼내줄까요?"

"어떻게요?"

"서연 씨가 원하는 대로요."

건우는 서연 앞에 놓여 있는 잔을 자신 앞으로 끌어오더니 와인을 한 모금 입에 머금었다.

"어떻게 해요? 건우 씨가 당신 혼내준대요."

"괜찮아, 내가 힘이 더 세."

또다시 다 들리는 귓속말을 하는 두 사람을 보며 건우가 웃었다. 민준과 눈이 마주친 건우는 고맙다는 뜻으로 그에게 고개를 살짝 끄덕였다.

"맞아요, 우리 오빠 힘 되게 세요. 치."

"괜찮아요, 대신 내가 더 부자예요."

민준도 건우도 사실은 아직 어색했지만, 겉으로는 아무런 내색도 하지 않았다.

"건우 씨가 부자라고 자랑했어요."

"자기가 술값 내겠다는 소리야."

두 남자는 사랑하는 사람의 손을 잡고 그 사람의 얘기에 귀 기울일 수 있는 지금이 얼마나 감사한지 잘 알고 있기 때문이었다.

⚜

따르르르- 잠결에 핸드폰 벨소리가 들렸다. 그 소리에 조국은 눈을 천천히 떴다. 방 안이 환한 걸 보니 시간이 꽤 지났다는 걸 알 수 있었다. 그녀는 핸드폰을 귀에 대며 침대에서 일어났다.

[일어났어?]

"응. 그런데 당신은 지금 어디에 있는 거예요? 집인 것 같진 않은데요."

조국이 빙긋 웃으며 창문을 옆으로 활짝 젖혔다. 밤새 눈이 많이 내렸는지 2층 창문에서 내려다본 바깥은 온통 하얀 빛이었다. 그녀는 차가운 바람이 얼굴에 와 닿자 정신이 일순 상쾌해지는 걸 느끼고 크게 심호흡을 하며 찬 공기를 깊숙이 들이마셨다 서서히 뱉었다. 피부에 와 닿는 찬 기운에 금세 몸이 차가워졌지만, 그녀의 마음은 여전히 포근하고 따듯하기만 했다.

[나 잠깐 사무실 들어왔어. 여기 있다가 이따 오후에 아버지와 같이 출발할 거야. 그런데 당신은 어떻게 오는 거지?]

"난 엄마가 집으로 오시기로 했어요, 아빠는 거기로 시간 맞춰 오신다고 하셨고요. 참, 서연 씨도 오늘 오는 거예요? 그러려면 회사에서 중간에 나와야 할 텐데 번거롭겠어요."

[이따 어머니랑 같이 그쪽으로 온다고 했어.]

오늘은 양쪽 집안이 만나 상견례를 하기로 했다. 대통령 내외의 경우 아무래도 사람들 눈에 띄지 않고서는 움직이기가 힘들기 때문에, 처음에 대통령은 김 국장 내외를 청와대로 초대하자고 생각했다. 하지만 그러면 사돈 부부가 불편할 거라는 영부인의 의견에 그는 마음을 바꿔 먹고 철저한 보안 속에 상견례 장소를 물색하여 인적이 드물고 한적한 곳을 정했다. 봄이 오기 전에 결혼을 하고 싶다는 조국의 바람을 이루어 주려면 남아 있는 시간이 많지 않았다.

"우리 정말 결혼하나 봐요."

조국은 작게 속삭였다. 그녀는 아직도 자신이 결혼한다는 게 실감이 나지 않았다. 어떤 사람들은 결혼을 앞두게 되면 생각이 많아진다고도 하고 도망가고 싶은 생각까지 든다고 하던데 조국은 그렇지 않았다. 그녀는 별 탈 없이 순조롭게 흘러가는 하루하루가 그저 감사할 뿐이었다.

[결혼도 하고 다시 일도 하게 됐지.]

"정말요? 당신 다시 업무에 복귀하는 거예요?"

[응, 그렇게 됐어. 그동안 꽤 편하고 즐거웠는데 아쉽네.]

"목소리를 들어보니까 별로 아쉬워하는 것 같지 않은데요?"

[그래?]

민준의 낮은 웃음소리를 들으며 그녀는 살며시 미소를 지었다. 그가 제자리를 찾게 되어 정말 다행이었다. 다행이긴 했지만, 가슴 한쪽에선 그녀가 잊고 있던 불안함이 다시 고개를 들었다.

"당신은 이제 원래 하던 일을…… 계속하는 거죠?"

[요즘 취업하기 힘들다고 하지만 내가 일하는 분야엔 아직도 인력난이 심각하거든.]

조국은 민준의 복귀가 단순히 아버지의 입김 때문일 거라는 생각은 들지 않았다. 김 국장은 공사 구분이 엄격한 사람이었으니, 민준의 복귀를 결정 내린 이유가 요즘 세계 곳곳에서 벌어지는 테러와 무관하진 앓을 터였다.

"이따 늦으면 안 돼요, 나 당신 기다리는 거 싫어요."

[안 늦어, 그러니 기다리지 않아도 돼.]

기다리게 하지 않겠다는 그의 말에, 두근거리던 그녀의 가슴이 신기하게도 차츰 잠잠해졌다. 조국은 얼굴에 미소를 지으며 욕실로 걸음을 옮겼다.

민준은 통화가 끝난 후에도 핸드폰을 바라보며 흐뭇한 미소를 지었다. 이렇게 좋기만 해도 되는 건지 불안한 마음이 들 만큼 행복했던 그는 핸드폰을 공중에 던졌다 잡으며 피식거렸다.

"민…… 민준아, 너 결혼해? 그 왜, 그때 그 제수…… 님이랑?"

박 단장의 목소리에 그제야 자신이 혼자가 아님을 깨달은 민준이 고개를 돌려 그를 쳐다보았다. 그는 민준을 손가락으로 가리키며 덜덜 떨고 있었고 얼굴은 금방이라도 숨이 넘어갈 듯 파랗게 질려 있었다. 그에게 더 이상의 충격을 주면 안 될 것 같기도 했지만 민준은 그냥 충격을 더 주는 쪽을 택했다. 이왕 받을 충격이면 나눠받지 않고 깔끔하게 한 번에 받아야 한다는 게 그가 갖고 있는 생각 중 하나였다. 민준은 무심한 얼굴로 고개를 까딱거렸다.

"네."

"크헉!"

놀란 박 단장은 소파 위로 털썩 주저앉았다. 그는 귀신이라도 본 듯, 가슴을 부여잡고 덜덜 떨며 민준을 올려다보았다. 눈을 깜빡거리고 머리를 좌우로 세게 흔들어도 그가 방금 전 들은 말의 충격이 줄어들지 않았다.

잠시 그를 내려다보던 민준은 고개를 절레절레 흔들며 정수기에서 물을 따라 그에게 내밀었다.

"물 드세요."

"으, 응!"

그에게서 잔을 받아든 박 단장은 물을 벌컥벌컥 마신 후 테이블 위로 잔을 내려놓았다. 찬물을 마시니 정신이 번쩍 들었다. 조금 전에 그가 듣고 본 것을 요약하자면 민준이 영애와 곧 결혼을 한다는 거였다. 재벌도 아니고, 유명한 정치가 집안 자제도 아니고 그냥 잘 뛰어다니고 잘 먹는 민준이 대통령의 사위가 되는 거였다. 박 단장은 민준이 대통령의 사위가 된다고 생각하니 새삼 그가 달라 보였다. 물컵을 건네주는 몸짓과 그를 바라보는 눈빛, 그의 모든 행동 하나하나에 뭔가 심오한 의미가 깃들어 있는 것만 같았다.

"그럼 넌 이제 어떻게 되는 거야?"

"어떻게 되긴 뭐가 어떻게 됩니까? 내일부터 다시 출근하라면서요."

"너 그럼 이제 각하를 장…… 장인어른이라고 부르는…… 크흡!"

"물 더 드려요?"

"아니, 결혼 반대 안 해? 네가 영애랑 사귀는 걸로도 모자라 자그마치 결혼을 하겠다고 하는데도 각하께서 순순히 그냥 그러래?"

박 단장은 그가 영애와 별 어려움 없이 결혼을 한다는 사실이 좀처럼 믿기 힘들었다. 물론 두 사람이 옆에서 가까이 지내다가 서로 좋은 감정을 가질 수는 있었다. 하지만 연애를 한다는 걸 알게 된 지 얼마 되지 않아 갑자기 결혼이라니, 현실감이 없어도 너무 없었다.

"오늘 저희 상견례합니다, 단장님."

민준의 말에 박 단장이 눈동자를 데구루루 굴리다가 고개를 들어 확신 어린 눈빛으로 민준을 바라보았다. 그의 생각에 혈기 왕성한 남녀가 결혼을 서두르는 데에는 분명 한 가지 이유밖에 없었다.바로 1+1이 2가 아니라 3이 된 것 말이다.

"혹시 우리 조카도 부모님 결혼식에 참석하는 거니?"

"그럴 일 없습니다."

"그럴 일이 아예 없다는 거야, 아니면 방어율이 엄청 뛰어나다는 거야?"

"제가 그걸 대답해야 합니까?"

"아니. 생각해 보니까 별로 안 궁금한 것 같아."

더 물었다가는 민준이 계급장을 떼고 자신을 한 대 때릴 것 같아, 박단장은 얼른 고개를 저었다. 그는 지금도 자신을 이렇게 만만하게 보는 민준이 대통령의 사위가 되면 얼마나 더 만만하게 볼지 잠깐 걱정이 됐다. 그러나 긍정적으로 생각하면 박 단장 자신은 이제부터 대통령의 사위와 막역한 사이인 것이었다. 그의 얼굴이 급 환해졌다.

"참, 너 요즘 백건우 소식 못 들었지? 걔 얼마 전에 안기영한테 다녀왔다고 하던데 혹시 알고 있어?"

"안기영한테요?"

"어. 기영이가 계속 면회를 거절해서 건우가 며칠 동안 끈질기게 기다렸다고 하더라고. 걔네가 그 사건 이후로 아마 지금이 서로 처음 얼굴 본 거지 아마?"

"안기영은 잘 지내고 있습니까?"

"괜찮게 지내고 있지 않을까? 다른 건 몰라도 기영이가 건우의 면회를 받아들였다는 건 걔도 마음의 정리를 좀 했다는 게 아니겠어? 솔직히 건우도 기영이 때문에 계속 신경이 쓰였을 텐데 잘된 일이지 뭐."

백건우가 부득불 기영을 만나려고 했던 건 아마도 서연 때문일 가능성이 컸다. 그는 서연에게 오기 전에 아마 안기영과 매듭을 깨끗이 짓고 싶었을 거였다. 민준도 막연히 짐작은 하고 있었지만, 건우는 그가 생각했던 것보다 훨씬 더 서연을 진지하게 생각하고 있었다.

"건우도 이제 결혼해야지. 그 녀석이 언젠가 우리 집에 밤늦게 찾아온 적이 있었거든? 그때 눈치가 누굴 만나는 것 같았는데…… 잘 안 되고 있는지 영 표정이 안 좋더라고."

"벌써 결혼은 무슨 결혼입니까? 이제 몇 살이나 됐다고요."

박 단장의 말에 현실로 정신이 돌아온 민준이 탐탁지 않다는 얼굴을 했다. 두 사람이 아무리 서로 좋아한다고 해도 일단 서연이 아직 어렸고 건우와 서로 알고 만난 기간도 너무 짧았다.

"건우가 너보다 두 살 많다는 건 알고 하는 소리지?"

"……복잡하네요."

"복잡할 게 뭐가 있어?"

"그런 게 있습니다."

민준이 인상을 구겼다. 만에 하나 백건우가 그의 가족의 범주 안에 들어오게 될 경우, 자신과 그의 관계는 무척 애매해질 게 분명했다.

'하긴, 생각해 보니 그것도 아버지의 장벽을 넘어야 가능한 일이지.'

그가 그 장벽을 넘는다는 건 만만하지 않을 터였다. 민준은 괜한 걱정을 사서 했다는 생각에 마음이 느긋해졌다.

"그나저나 너 결혼하고 나면 나 심심해서 어떻게 하냐?"

"제가 결혼을 하는데 단장님이 왜 심심합니까?"

"너 결혼하면 여기 안 있을 거 아니야. 네 장인……어른께서 널 여기에 그냥 놔두시겠어?"

"생각이 너무 진부합니다. 단장님도 나이 드십니까?"

박 단장이 하는 말의 의미를 눈치챈 민준이 쓴웃음을 지었다. 비교적 가깝다고 생각했던 그마저 이런 말을 하다니, 어쩐지 씁쓸한 기분이었다.

"그럼, 네가 다른 사람도 아니고 자그마치 영애하고 결혼을 하는 건데 설마 아무것도 달라지는 게 없겠어?"

"말씀을 듣고 보니 정말 그러네요. 단장님 말씀대로 저는 이제 홀몸이 아니니 술친구는 자주 못해 드리겠어요. 그러니 앞으로 술 드시고 싶으면 백건우 불러서 같이 드세요."

민준이 픽 웃으며 자리를 털고 일어났다. 이렇게 그를 바라보는 주변의 시선이 달라진다고 해도 아무렴 어떠냐 싶었다. 민준은 조국이 그를 바라보며 웃는 얼굴만 변하지 않는다면 다른 건 아무래도 좋았다. 기승전 '야옹이'였다.

"망할 자식, 행복하냐?"

박 단장이 밉지 않게 눈을 흘기며 퉁명스럽게 말을 뱉었다. 말은 거칠었지만 민준은 그 투박한 말투에서 자신이 행복하길 바라는 그의 진심이 느껴졌다.

민준은 문득 행복을 수치로 나타낼 수 있다면 내 행복은 과연 어느 만큼일까, 라는 생각이 들었다.

다른 감정이 끼어들 틈 없이 꽉 찬 그의 마음을 뭐라고 불러야 할지 모르겠지만, 그것이 사랑이든 행복이든 간에 그에겐 완벽한 그 무엇이었다.

"그럼요."

그는 슬쩍 웃으며 박 단장을 내려다보았다.

⚜

삼월이 오기까지 채 일주일도 남지 않은, 겨울의 끝자락에 걸린 날이었다. 아침 일찍부터 조국의 집 대문 앞에는 커다란 포장이사 트럭 한 대가 멈춰 서 있었다. 오늘은 바로 그녀가 살고 있는 집으로 민준의 짐이 들어오는 날이었다. 조국은 아까부터 민준의 주변을 서성거리며 그가 책장에 책을 정리하는 모습을 상기된 표정으로 바라보고 있었다. 이제 며칠만 지나면 두 사람은 부부가 될 것이고 매일 아침 함께 눈을 뜨고 함께 잠들 터였다. 조국은 이제 이 집에서 민준과 함께 살아갈 생각을 하니 가슴이 두근거려 견딜 수가 없었다. 하지만 그는 그녀만큼 설레지 않는지, 줄곧 표정에 변화가 없었다. 조국은 실망스러운 마음을 감추며 민준의 뒤에서 어깨를 손가락으로 톡톡 두드렸다.

"내가 뭐 도와줄까요?"

"마음은 고맙지만, 책은 내가 직접 정리를 해야 돼. 밖에 나가 있어, 내가 다 되면 부를 테니까."

그가 고갯짓으로 서재 밖을 가리켰다. 그녀가 서재 겸 연구실로 쓰고 있는 공간은 바깥에 따로 있기 때문에, 침실과 바로 옆에 붙어 있는 서재는 앞으로 민준이 사용하기로 한 것이었다. 조국은 자신이 어렸을 때부터 유난히 좋아하던 서재를 그가 사용하게 되어 무척 기뻤다.

"그럼 나는 옆방에 뭐 정리할 거 있는지 더 찾아볼까요?"

"옆방? 우리 침실 말이야?"

민준이 웃으며 흘끔 조국을 바라보았다. 서재 옆방은 앞으로 두 사람이 함께 사용하게 될 침실이기 때문이었다.

"별로 좋아하는 것 같지 않더니 그래도 침실 얘기는 좋은가 봐요?"

그녀는 뾰로통한 표정을 지으며 팔짱을 꼈다. 두 사람이 사용할 침대와 가구가 침실에 새로 들어갔지만 조국은 아직 그 방에서 잠을 자지 않았다. 민준과 함께 쓸 공간을 혼자 사용하고 싶지 않았기 때문이었다. 그래서 그녀는 침실 문을 열어볼 때마다 가슴이 두근거렸다. 요즘은 이렇게 온통 설이 두근거릴 일투성이였는데, 오늘 민준의 덤덤한 얼굴은 그녀의 두근거림에 찬물을 끼얹었다.

"왜 그렇게 생각해?"

"당신이 침실에만 관심을 보이니까 그렇죠."

"우리가 같이 사용할 방은 어때, 자보니 좋았어?"

"아직 제대로 둘러보지도 못했어요. 당신이랑 같이 쓸 방인데 나 혼자 먼저 쓰고 싶지 않았거든요."

그녀의 얼굴이 붉게 물들었다. 말을 하고 보니 대화의 주제가 건전하지 않았다.

"흐음. 무슨 생각을 하길래 얼굴이 그렇게 빨개지는 거야?"

"나는 아무 생각도 안 했는데요?"

"내가 옆에 있는데 아무 생각도 안 하다니 서운하군."

민준이 들고 있던 책을 마저 책장에 꽂은 후 조국의 손을 붙잡아 그의 왼쪽 가슴에 갖다 댔다.

"얘는 이렇게 난리가 났는데 말이야."

쿵쿵- 힘차게 뛰는 그의 심장박동이 느껴졌다.

"요즘 매일 이렇게 내 몸속에서 달리기를 해, 아주 힘들어."

"매일 이래도 괜찮아요? 너무…… 빨리 뛰는 거 아니에요?"

"그땐 마인드 컨트롤을 해야지. 난 강조국을 아주 조금만 사랑한다, 이렇게. 그런데 또 그렇게 생각하면 얘가 아파. 그래서 그냥 이대로 살기로 했어."

민준이 책상에 기대서서 조국과 눈높이를 맞췄다. 그녀의 투명한 눈동자 안에 그가 비쳐 보였다.

"이제 며칠만 더 있으면 당신은 내 사람이 되는 건가."

"아니요, 당신이 내 사람이 되는 거예요."

"강조국. 난 당신한테 좋은 남편이 되고 싶어. 나도 결혼이 처음이라 좋은 남편이 어떤 건지는 잘 모르겠지만…… 당신이 나를 생각할 때마다 늘 여기가 든든했으면 좋겠어."

민준은 왼쪽 가슴 위로 손을 얹었다. 그가 그녀를 떠올릴 때마다 가슴이 따뜻해지는 것처럼, 민준은 조국에게 언제나 믿음직하고 든든한 존재가 되어주고 싶었다.

"당신을 생각하면 든든하긴 하지만 그래도 난 행복한 게 더 좋아요. 나도 결혼이 처음이라 좋은 아내가 어떤 건지 잘 모르겠지만, 당신이 나를 생각할 때마다 늘 여기가 따듯했으면 좋겠어요."

조국이 그의 손등 위로 살며시 손을 겹쳐 얹었다. 그러자 민준이 눈꼬리를 아래로 휘어 내리며 부드럽게 눈웃음을 지었다.

"따듯해. 뜨겁기도 하고."

조국은 민준을 처음 봤을 때 그가 자신을 바라보며 짓던 눈웃음 사이로 비치던 쓸쓸함을 기억해 내곤 그의 눈을 물끄러미 바라보았다. 그가 희미하게 웃을 때마다 시리게 느껴지던 쓸쓸함이 더 이상 느껴지지 않았다. 조국이 빙긋 웃음 짓자 민준의 미소가 짙어졌다.

"시간도 남는데 우리 이제 뭐 할까요?"

"뭐가 하고 싶은데? 오늘은 강조국이랑 늦게까지 숨바꼭질도 해줄 수 있어."

"그럼 나랑 잠깐 어디 나갔다 올래요?"

"어디 가고 싶어?"

"응."

"어디를?"

"구청이요."

"응? 구청?"

민준이 눈을 크게 뜨고 개구쟁이처럼 웃고 있는 그녀를 빤히 쳐다보았다. 조국은 잠깐 망설이다 진지한 얼굴로 고개를 끄덕였다.

"우린 이제 결혼하니까."

"결혼하니까."

"혼인신고도 할 거잖아요."

"……."

"결혼하고 따로 시간 내려면 바쁘니까 아무래도 시간 날 때 해두면 좋을 것 같아서 그래요."

잠시 멍한 얼굴로 조국을 바라보던 민준이 고개를 젖히며 커다랗게.

웃음을 터뜨렸다.

"난 진지한데 왜 웃어요?"

약이 오른 그녀가 씩씩거리며 홱 돌아섰다. 혼자만 발을 동동거리며 기뻐하는 것 같아 서운했던 마음이 마침내 폭발한 거였다.

"너무 좋은데, 아직 실감이 안 나서 그래."

민준이 조국의 등 뒤에서 그녀의 어깨를 두 팔로 감싸 안고 부드러운 목소리로 달래듯 말했다. 그는 마음을 아무리 침착하게 먹어도 발이 땅에 닿지 못하고 허공에 둥둥 떠 있는 것 같은 기분이었다. 민준은 며칠 후면 자신이 조국과 같은 침대에서 눈을 감고, 그녀의 옆에서 눈을 뜬다는 게 아직도 뜬구름 잡는 이야기처럼 느껴질 때가 있었다.

"그럼 얼른 실감해요. 안 그럼 난 화가 날 것 같으니까요."

"혼인신고하려면 증인 필요하지 않아?"

"몰라요."

그는 조국을 돌려세워 여전히 뾰로통해 있는 그녀의 얼굴을 가까이에서 들여다보았다.

"화내지 마. 난 당신이 화내면 무섭다고 했잖아."

"……증인이 두 명 필요한데 아마 우리 엄마아빠는 안 될 거예요. 이름이 너무 유명하잖아요."

민준을 흘끔 쳐다보며 조국이 불퉁한 목소리를 내자 그가 피식 웃었다.

"옷 따듯하게 입고 나와, 얼른 가자."

그가 아랫입술을 삐죽 앞으로 내민 조국의 입술에 입을 맞추자 그녀가 민준을 바라보며 슬쩍 미소를 지었다. 두 사람은 오늘 합법적인 부부가 되었다.

⚜

〈오늘 청와대 영빈관에서 강현석 대통령의 영애인 강조국 양의 결혼식이 비공개로 열립니다. 청와대 홍보실에 의하면 강조국 양은 직장 생활을 하던 중 만난 김민준 군과 이 년여의 열애 끝에 오늘 결실을 맺게 되었습니다. 김민준 군은 평범한 공무원으로 1남 1녀 중 장남이라고만 공개가 되어 있으며 자세한 인적 사항에 대해서는…….〉

며칠 내내 구름이 끼어 있던 하늘이 오늘은 거짓말처럼 파랗게 맑았다. 조용히 결혼식을 올리는 만큼 조국은 신분을 밝히지 않은 채 아침 일찍부터 청담동 헤어숍에 앉아 얌전히 메이크업을 받고 있었다.

"이 기사 봤어? 오늘 대통령 딸이 결혼을 한다는데? 상대가 평범한 직장인이라는데 평범한 재벌 2세인가 보지?"

조국 가까운 곳에서 메이크업을 받던 여배우가 핸드폰으로 기사를 검색하던 중 고개를 갸우뚱거렸다.

"평범한 재벌 2세 아니면 평범한 정치가 집안 아들이겠지요. 우리랑은 평범하다는 기준이 다르니까요. 보니까 결혼식 사진은 외부 유출이 금지되어 신랑 신부 얼굴은 볼 수도 없다는데 뭘 그렇게까지 숨기는 건지. 안 그래요, 신부님?"

조국의 머리를 만져주던 원장이 슬쩍 눈치를 살피며 조국에게 말을 걸었다. 원래는 예약이 없으면 고객을 받지 않게 되어 있는데, 오늘 그녀가 직접 메이크업을 하게 된 신부는 어찌 된 영문인지 예약 없이 지금 이 자리에 앉아 있었다.

그녀는 어젯밤 평소 알게 지내던 지인으로부터 은밀한 전화를 한 통 받았다. 자세한 내용은 묻지 말고 내일 오후 결혼식을 올리는 신부의 메이크업을 직접, 정성껏 해달라는 전화였다. 그 지인이 이름만 대면 알 만한 사모님이었기 때문에 이 미스터리한 신부에 대한 그녀의 궁금증은 상당했다.

“……그러게요. 그럴 만한 사정이 있나 봐요.”

조국은 어색하게 웃으며 말을 얼버무렸다. 그녀는 엄마가 아는 지인에게 부탁을 해서 지금 이곳에 와 있었다. 아무리 조용히 치르는 결혼식이라고 해도 조국에겐 평생에 한 번뿐인 결혼식이었다. 그녀는 자신의 딸이 오늘 누구보다 예쁘길 바라는 엄마의 마음을 받아들였다.

“그런데 신랑님은 뭐 하시는 분이세요? 언뜻 보니까 모델 일 하시는 분 같던데…… 맞아요?”

그녀는 소파에 앉아 잡지를 뒤적거리고 있는 민준을 흘끔 쳐다보며 물었다. 신랑은 대기실을 두고 굳이 신부 가까이에 앉아 손으로는 잡지를 넘기면서 눈으로는 줄곧 신부를 쳐다보고 있었다. 그러면서도 가끔씩 원장을 쳐다보는 그의 눈빛이 신부를 더욱 아름답게 만들어주는 자신에 대한 고마움이 아니라, 그녀를 건들면 가만두지 않겠다는 눈빛이어서 그녀는 흠칫흠칫하며 몸을 떨어야 했다.

“그냥…… 공무원이에요.”

“어머! 무슨 공무원이 저렇게 잘생겼대요? 그런데…… 신랑님은 왜 저렇게 무섭게 절 쳐다보시는 건지…… 호호호, 그냥 제 기분 탓이겠죠?”

조국은 거울로 민준과 눈이 마주치자 빙긋 웃었다. 그는 그녀와 눈이 마주칠 때마다 눈을 감았다 뜨며 입가에 미소를 지었다. 주변이 온통 여자들뿐이라 불편할 만도 한데 민준은 처음부터 꿋꿋이 자리를 지키고 있었다. 조국과 눈이 마주친 민준은 의미 없이 손에 들고 있던 잡지를 다시 한 장 넘겼다. 가만히 숨만 쉬고 있어도 예쁜 조국이 점점 더 예뻐지고 있었다. 앉아 있는 자리가 불편하기 짝이 없었지만, 그는 조국을 지켜야 했다. 선녀처럼 예쁜 그녀가 날개옷을 입고 그동안 고마웠다는 말을 남긴 채 하늘로 올라가 버릴지도 몰랐다. 민준도 엉뚱한 상상이라는 걸 알았지만, 조국은 그만큼 아름다웠다. 짙은 향수와 화장품 냄새가 가득한 이 공간이 그에게는 마치 고문실 같았지만, 민준은 인내심을 가지고 꿋꿋하게 참고 있었다. 그가 머리가 아플 때마다 조국을 바라보면 지끈거리는 두통이 마법처럼 깨끗이 사라졌기에 버틸 수 있었던 것이다.

"다 됐습니다, 신부님."

자신감이 충만한 원장이 의기양양한 얼굴로 돌아보았다가 깜짝 놀라 뒤로 한 걸음 물러섰다. 언제 왔는지, 그녀 곁에 신랑이 다가와 서 있었던 것이다.

"많이 기다렸죠?"

조국이 거울을 통해 민준과 눈을 마주치며 웃었다. 습관처럼 그녀의 얼굴을 만지려던 민준이 허공에서 손을 멈칫 멈추더니 손길을 거두었다. 조국을 마음대로 만질 수 없자 그는 기분이 언짢아졌다.

이렇게 예쁜 조국이 웨딩드레스까지 입게 된다면 그는 정말 그녀를 관상용처럼 쳐다만 보고 있어야 할지도 모른다는 생각이 들 정도였다.

"그런데 당신 표정이 왜 그래요? 많이 어색해요?"

"응, 어색해. 그러니까 얼른 원래의 당신으로 돌아왔으면 좋겠어."

"그게 지금 오늘 결혼할 신부에게 신랑이 할 소리예요?"

조국이 자리에서 일어나 민준을 향해 곱게 눈을 흘겼다. 민준은 갈 곳을 잃은 두 손을 얌전히 바지 주머니 속에 집어넣고 관상용이 되어버린 조국을 아쉬운 얼굴로 바라보았다.

"나 예쁘지 않아요? 내가 보기엔 나 지금 좀 예쁜 것 같은데요?"

"예뻐. 너무 예뻐서 속상할 만큼."

민준은 풋 하고 웃음을 터뜨리는 조국을 애틋한 눈길로 바라보았다. 오래전부터 이미 주인의 의사와는 상관없이 뛰는 그의 심장이 활발하게 제 존재감을 나타내고 있었다.

그때, 두 사람 주변에서 찰칵하고 사진 찍는 소리가 났다. 의아한 얼굴로 고개를 돌리는 민준의 눈에 핸드폰을 손에 들고 만족스러운 웃음을 짓고 있는 원장의 얼굴이 보였다.

"신랑 신부님 비주얼이 너무 근사해서 제가 기념으로 사진 한 장 찍었는데 괜찮…… 어어어?"

원장은 너무 놀라 두 눈을 휘둥그렇게 떴다. 어디에서 나타난 건지, 검은 양복을 입은 남자가 쏜살같이 달려와 그녀의 손에서 핸드폰을 빼앗았다. 그는 경직된 얼굴로 그녀의 핸드폰에서 사진을 찾아 빠르게 삭제한 후 돌려주며 경고하듯 말했다.

"사진은 안 됩니다."

"아니, 그냥 사진인……."

"제가 분명 안 된다고 말했습니다."

'아니, 두 사람이 얼마나 대단한 사람이라고 이렇게까지 하나? 누가 보면 신부가 오늘 결혼한다는 대통령 딸이라도 되는 줄 알겠네!'

원장의 얼굴이 붉으락푸르락했다. 그러나 뭐라 항의를 하려던 원장은 남자의 살벌한 얼굴을 보며 순순히 고개를 끄덕였다. 오랜 경험에서 생각해 보건대 이건 그녀가 얌전히 꼬리를 내려야 할 일이 맞는 것 같았다.

"종로까지 이동하시려면 시간이 많지 않습니다."

남자는 조심스럽게 두 사람에게 말을 건넸고 민준과 조국이 알았다는 듯 고개를 끄덕였다.

"종로……."

그녀의 머릿속에 불현듯 오늘 결혼할 영애의 남자가 공무원이라는 기사가 떠올랐다. 원장은 입을 떡 벌린 채 멀어지는 두 사람의 뒷모습을 바라보았다.

"나한테 아주 중요한 사람이에요, 박 원장. 내 말이 무슨 뜻인지 잘 알아들었죠?"

어젯밤 걸려온 전화의 내용을 떠올린 그녀가 힘없이 의자에 털썩 주저앉았다.

⚜

이날 오후 청와대에는 평소와 다른 긴장된 기운이 맴돌았다. 조용한 침묵 속에 영빈관을 분주히 오가는 직원들은 경직된 얼굴로 그들이 맡은 업무에 대해 거듭해서 점검했다. 그러면서도 이따금씩 영빈관 안을 흘끔거리는 그들의 눈에는 신기함과 부러움 같은 감정이 담겨 있었다.

"예식 십 분 전입니다."

귀에 인이어 이어폰을 꽂고 대기실 안을 지키고 서 있던 여자 경호관이 민준과 조국을 향해 가볍게 고개를 끄덕이며 말했다. 그 말에 조국은 부케를 쥐고 있던 두 손에 잔뜩 힘을 주었다.

"긴장했어?"

아까부터 그녀의 앞에 서서 조국을 바라보던 민준이 한쪽 무릎을 세우고 앉아 그녀를 올려다보았다. 그 자신도 속내는 조국과 별반 다를 게 없었지만, 그는 표정을 감출 수 있다는 좋은 특기를 가지고 있었다.

"그렇긴 한데…… 그래도 당신보다는 덜 긴장한 것 같아요."

하지만 그 특기는 조국 앞에만 가면 제 기능을 상실해 버렸다. 그녀는 언제부터인지 민준의 표정과 눈빛의 아주 작은 변화에 담긴 감정을 읽을 수 있게 되었다.

"당신이 잘못 본 거야. 난 긴장하지 않았거든."

여유롭게 웃는 민준의 입꼬리 끝이 어색하게 말려 올라갔다. 그는 주먹을 꽉 쥐고 있는 손에 조국의 시선이 머물자 픽 웃었다. 조국에게 '만지지 마시오'라는 푯말이 붙어 있는 것 같았기에 하루 종일 그녀에게 닿지 못한 민준의 손은 아침부터 내내 방황하고 있었다. 방황하다 지쳐 이제 온몸을 동그랗게 말고 시위를 하고 있는 모양새였다.

"얼른 결혼식이 지나갔으면 좋겠어요."

조국이 상체를 앞으로 조금 내밀어 그의 귓가에 속삭였다.

"당신이 아무리 그래도 나만큼 간절하진 않을 거야."

그녀의 얼굴이 그에게 가까이 다가왔다 그대로 멀어지자 민준은 눈앞에서 사탕을 뺏긴 아이처럼 못마땅한 얼굴이 되었다. 그런 그를 보며 조국이 풋 하고 조그맣게 소리 내 웃었다. 그의 말처럼 민준은 얼굴은 잔뜩 구기고 있으면서도 눈빛으로는 그녀를 간절히 원하고 있었다.

"결혼식이 끝나면 제일 먼저 뭘 하고 싶어요?"

"제일 먼저 당신 손을 잡고 싶어."

"그리고요?"

"당신 얼굴과 머리카락도 만지고 싶고."

하얀 드레스를 입고 하늘거리는 면사포를 머리 뒤로 길게 늘어뜨린 조국은 볼 때마다 가슴이 두근거렸지만, 그래도 그가 가장 좋아하는 건 조국이 긴 머리카락을 바람에 날리며 환하게 웃는 모습이었다.

"예식 오 분 전입니다."

경호관이 다시금 정중한 안내를 했다. 이제 오 분 후면 두 사람은 하객들 앞에서 둘이 하나가 됨을 엄숙히 맹세할 것이다. 경호관의 말에 민준은 조국의 장갑 낀 손등을 살며시 어루만졌다.

"강조국."

"응."

"결혼 축하해."

"당신도 축하해요."

두 사람은 서로 눈빛을 교환하며 미소 지었다.

민준은 사랑한다는 말도, 감사하다는 말도 그의 마음을 온전히 다 표현하지 못해 자신의 심정을 말로 꺼낼 수 없었다. 그런데 조국은 현명하게도 그런 그의 마음을 읽어주고 그녀 역시 그러하다고 말을 해주었다. 세상에 있는 수많은 사람 중에 나를 찾아 사랑해 줘서 고맙다고, 두 사람은 그렇게 눈빛으로 마음을 대신했다.

"두 분 이동하시겠습니다."

"이제 그만 갈까?"

민준이 빙긋 웃으며 손을 내밀자 조국은 그의 손바닥 위로 장갑을 낀 손을 살짝 얹으며 자리에서 천천히 일어났다. 가볍게 심호흡을 한 민준은 조국을 놓칠세라 그녀의 손을 가볍게 그러쥐었다. 출입구를 향해 몇 걸음 걷는 걸음이 멀게만 느껴졌다.

잠시 후 출입문이 좌우로 활짝 열렸고, 두 사람은 하객들의 축하 박수 속에 빛 속으로 함께 걸어 들어갔다. 결혼식을 축하해 줄 최소한의 인원만 초청했기에 하객들이 많지는 않았지만, 그들은 모두 진심으로 두 사람의 앞날을 축복해 주었다.

"중국집 할머니 오신 것 봤어요? 아주 곱게 한복을 입고 오셨어요."

영빈관에 마련된 하객 석에 두 사람이 잘 알고 있는 사람들의 얼굴이 군데군데 눈에 띄었다.

박 단장은 NIS에서 유일하게 두 사람의 결혼식에 초청받은 사람이었기에 벅찬 얼굴로 열심히 박수를 치고 있었다. 박 단장은 예전에 민준이 그에게 결혼했다고 말을 했을 때 국장님께 결혼식에 왜 불러주지 않았냐며, 너무 섭섭하다고 거칠게 항의했던 건 아주 잘한 행동이었다고 생각하고 있었다.

"우리한테 중요한 사람들만 하객으로 불렀는데 당연하지. 다음에 가면 이제 자상면에 계란 두 개 얹어주실 거야."

두 사람과 인연이 깊은 중국집 할머니는 눈앞의 광경을 보고도 여전히 믿어지지 않는 듯한 얼굴이었다. 할머니는 혹시 꿈이 아닌가 싶어 남들 모르게 살짝 허벅지를 꼬집어보았다. 예쁜 단골과 잘생긴 총각을 청와대에서 보게 될 거라고는 꿈에서라도 생각해 본 적이 없었다. 그저 두 사람이 결혼을 한다고 해서 신통방통했을 뿐이고, 결혼식 당일 차량을 보내겠다고 해서 뭘 그렇게까지 하냐고 말했을 뿐이었다. 그러나 오늘 아침, 자신을 실은 차량이 청와대 정문을 통과했을 때 그녀는 혼미해지는 정신을 간신히 붙잡을 수 있었다.

"그런데 백건우는 당신이 부른 거야?"

"건우 씨는 우리 둘한테 고마운 사람이잖아요. 서연 씨 좋아하는 것 좀 봐요."

"저렇게 티 나게 좋아하다 아버지께 들키지 않겠나 싶어."

"왜요? 들키면 안 돼요?"

"적어도 오늘은 안 돼."

쿡. 두 사람이 눈을 마주치며 웃었다.

영애의 결혼식에 그를 제외한 재계 인사는 아무도 초청되지 않았기에 건우는 내심 의아하다고 생각을 하고 있던 참이었다. 그래도 굵직굵직한 기업의 총수 몇은 청와대에서 부를 줄 알았는데, 영빈관 안에서 그가 알아볼 수 있는 사람이 몇 명 되지 않았다. 건우는 정면을 응시하고 앉아 있으면서도 이따금 시선을 돌려 서연을 바라보았다. 김 국장 내외 옆에 앉아 있는 서연은 어쩐지 섭섭한 기색이었다.

서연은 이렇게 예쁘게 차려입고 앉아 있는데도 곁으로 다가오지 않는 건우에게 서운해하고 있었다. 오늘 같은 날 부모님께 건우를 소개해 드리고 싶었는데 그가 천천히 인사드리자고 말해서 실망한 것도 있었다. 그녀는 건우의 나이가 나이인지라 혹시 그가 결혼을 서두르지 않을까, 라는 생각도 하고 있었기 때문에 더욱 그러했다.

서연이 건우의 마음을 의심하는 건 아니었지만 자연스럽게 부모님께 인사드릴 수 있는 기회를 마다하는 그의 속을 이해할 수 없었던 것이다.

“그런데 황 소장님이 보이지 않네? 당신이 그분을 초청하지 않았을 리가 없는데 말이야.”

“황 소장님은 오늘 중요한 일이 있어서 부득이하게 참석을 못 하셨어요.”

“오늘 우리 결혼식보다 더 중요한 일이 있으셔?”

“그런 게 있어요.”

“도대체 무슨 꿍꿍이인 거야?”

모든 사람의 눈길이 청와대 영빈관으로 쏠린 오늘, 황 소장은 조용히 평창동 집을 찾았다. 조국이 집안사람들에게 미리 언질을 해두었기 때문에 그가 조국의 연구실로 들어가는 데에 별다른 어려움은 없었다. 그녀의 결혼식을 눈으로 볼 수 없어 섭섭하기도 했지만, 그보다 훨씬 중요한 일이었고 또 조국이 바라던 일이었기 때문에 그의 가슴은 그 어느 때보다도 기대감으로 한껏 부풀어 있었다.

“응? 인정 씨 오랜만이네요?”

“쟤는 하객이 아니라 지금 근무 중이야.”

인정은 여전히 청와대 경호실 파견 임무를 하고 있었지만 이제 더 이상 조국의 경호를 하진 않았다. 민준은 인정이 곁눈질로 건우를 흘끔거리는 걸 보며 속으로 쓴웃음을 지었다. 어떻게 좋아해도 꼭 임자 있는 남자들만 좋아하는 건지, 그것도 재주라면 재주겠다 싶었다.

“그런데…….”

“응?”

“국장님…… 하고 어머님이 많이 서운하신가 봐요.”

민준이 흘끔 그의 부모님을 바라보았다. 어머니는 한복 옷고름으로 연신 눈물을 찍어내고 있었고 김 국장은 이따금씩 장갑 낀 손으로 눈가를 빠르게 훔쳐냈다. 모르는 사람이 보면 김 국장 내외가 신랑 측 부모가 아니라 신부 측 부모로 보일 정도였다.

"너무 좋아서 그러시는 거야."

"그래도 두 분이 우시니까 기분이 이상해요."

"대신 다른 두 분은 웃고 계시잖아."

"우리 부모님도 너무 좋아서 그러시는 거예요."

대통령은 한쪽 입가에 슬쩍 미소를 걸치고 있었고, 영부인은 두 사람을 바라보며 만개한 꽃처럼 활짝 웃고 있었다. 처음 민준을 봤을 때 그의 잘생김에 후한 점수를 주었던 그녀는 사람들 속에서 단연 눈에 띄는 민준이 볼수록 흐뭇하고 뿌듯했다. 두 사람 사이에서 아이가 태어나면 그 아이가 얼마나 예쁠지, 영부인은 상상만으로도 좋았다.

"여행 멀리 못 가서 서운하지 않아?"

"내가 당신한테 미안해요, 다 나 때문이잖아요."

"당신 때문이 아니라 우리 때문이지."

"후훗. 맞아요, 우리 때문이야."

아무래도 조국이 영애이기 때문에 두 사람은 호화스러운 신혼여행을 떠날 수 없었다. 국민들의 이목이 아니더라도 두 사람이 외국으로 나갔을 때 영애의 경호에 공백이 생기는 것에 대해 경호실에서 상당한 부담감을 느끼고 있기도 했다. 그래서 두 사람은 결국 서울의 한 호텔에서 오늘 밤을 보낸 뒤, 내일 오후 비행기로 제주도를 가기로 결정했다. 사실 장소야 어디든 상관없었다. 다른 사람의 방해를 받지 않고 온전히 함께 하루를 보낼 수 있는 곳이라면 두 사람은 그곳이 어디라도 좋았다.

"오늘 날씨가 따듯해서 정말 다행이에요. 이제 정말 봄인가 봐."

"봄이 오면 같이 민들레 보러 가자."

"둘이 같이 자전거도 타고."

"그래, 자전거도 타고."

따듯한 봄기운이 문턱을 서성이는 어느 겨울의 끄트머리, 두 사람은 이렇게 하나가 되었다.

⚜

"안 추워?"

"밖은 좀 쌀쌀한데 물속은 따듯해요."

제주도로 신혼여행을 온 두 사람은 가장 먼저 야외에 있는 풀 안에 들어와 있었다. 테라스에 딸린 널찍한 풀은 수온을 따듯하게 맞출 수 있게 되어 있었기에 아직 이른 봄인데도 그렇게 춥게 느껴지지 않았다.

민준이 조국의 어깨를 감싸자 그녀는 뒤돌아 빙긋 웃으며 그의 목을 끌어안았다. 마주 보며 웃는 사이사이 두 사람은 입을 맞추었다.

"혹시 사람이 너무 좋아도 죽을 수 있나?"

민준이 갑자기 심각한 표정을 하며 물었다.

"그렇다고 죽으면 안 돼요. 나랑 같이 오래오래 살아야 해."

"그러려면 나보다 먼저 야옹이 체력 좀 키우자. 내가 꼭 당신을 괴롭히는 것 같잖아."

"하지만 그건…… 괴로운 거랑은 좀 다른 거 같은데요?"

"달라? 어떻게 다른데?"

민준은 낮게 웃음을 흘리며 그녀의 젖은 뺨을 닦아냈다. 야옹이는 어젯밤 늦게까지 야옹거리느라 몹시 고단해했고, 이곳으로 오는 비행기 안에서 내내 잠들어 있었던 것이다. 그는 지난밤을 떠올리며 눈을 흘기는 조국에게 짓궂은 표정을 지어 보였다.

"대답을 안 해주네."

주변엔 아무도 없었고, 테라스에서 가까이 내려다보이는 푸른 바다는 햇빛을 받아 반짝거리며 출렁거렸다. 그리고 그의 눈앞엔 물기를 머금은 풀잎처럼 싱그러운 그녀가 있었다. 하늘도 파랬고 바다도 짙은 푸른빛이었지만 그의 눈에 보이는 세상은 온통 분홍빛이었다.

짧게 반복되던 두 사람의 입맞춤은 곧 깊숙한 키스로 이어졌다. 그의 기세에 밀린 그녀의 상체가 뒤로 점점 기울어지자, 그는 조국의 허리를 양손으로 잡고 물 위로 가볍게 들어 올렸다. 허공에 붕 뜬 조국이 눈을 휘둥그렇게 뜨고 빙긋 웃고 있는 민준을 내려다보았다.

"지금 뭐 하는 거예요?"

"내 거 보고 있어."

"내가 왜 당신 거예요? 난 내 거라고요."

"혼인신고도 했으니까 절반은 이제 내 거야. 공동 명의 알지? 그러니까 앞으로 당신은 내 동의 없이 다치거나 아프면 안 돼."

"그럼 이제 당신 절반도 내 거예요?"

"난 그냥 당신이 다 가져."

그의 입술 끝이 둥그렇게 말려 올라갔다. 그의 양어깨에 손을 짚고 내려다보던 조국은 한 손으로 민준의 머리카락과 뺨을 가만히 어루만졌다. 그는 뺨에 닿는 그녀의 손길이 좋아 눈을 감았다. 민준의 뺨을 간질이던 손길이 콧등을 지나 입술에 머물렀다.

"……당신은 나를 만나고 언제가 가장 좋았어요?"

조국의 물음에 그는 감았던 눈을 천천히 떴다. 언제가 가장 좋았을까. 예전에 민준이 그녀에게 언제 자신이 제일 좋았냐고 물었을 때, 조국은 그가 돌아왔을 때라고 대답했다. 하지만 그녀가 그걸 기억하고 묻는 것 같진 않았다.

"지금. 난 당신이 내일 물어도 지금이 제일 좋고, 십 년 후에도 지금이 제일 좋다고 대답할 거야."

민준은 지금처럼 눈앞에서 조국이 웃고 있는 '지금'이 가장 행복했다.

그리고 누가 언제 물어도 그의 대답은 변함없을 것이다. 내일도 모레도 또 그 어느 날에도, 그는 조국의 입술에 입을 맞추며 그녀가 그 자신의 꿈이 아닌 현실이 되어줘서 고맙다고 말할 거였다.

"난…… 당신이랑 결혼해서 정말 좋아요."

조국이 민준의 아랫입술을 엄지로 지그시 누르며 웃었다. 그녀를 올려다보는 그의 눈동자가 햇빛을 담아 별처럼 반짝거렸다. 그 안엔 아무런 걱정도, 어떤 의구심도 담겨 있지 않았기에 조국은 민준의 얼굴이 마치 소년 같다는 생각을 했다. 그의 눈은 여전히 아득하게 깊었지만 투명하게 맑았다.

"추운데 우리 그만 안으로 들어갈까?"

"난 괜찮아요."

"나는 안 괜찮아."

민준은 조국을 안은 채로 물 밖으로 나왔다. 수온이 따듯하긴 했지만, 오랫동안 밖에 있기엔 아직 쌀쌀한 날씨였다. 하지만 날씨보다 더 중요한 것은 그가 지금 신혼여행을 왔다는 사실이었다. 민준은 빌라 밖의 사정은 조금도 궁금하지 않았다. 제주도는 아름다운 곳이었지만 그에겐 안에서 바라보는 풍경만으로도 충분했다.

"밖에 나가고 싶어?"

민준은 그녀의 젖은 머리카락을 타월로 닦아주며 물었다. 조국이 아까부터 하품을 하고 있었기에 그걸 원할 것 같진 않았지만, 그녀가 외출을 원한다면 바닷가를 산책할 생각이었다.

"아니, 조금만 있다 나갈래. 나 졸려서 지금은 좀 잘래요."

그녀의 사심 없는 대답에 사심 가득한 민준이 흡족한 미소를 지었다. 부부는 일심동체라 하였다. 그가 침대에 눕고 싶다는 그녀와 일심이 되었으니 이제 동체만 되면 될 일이었다.

"……응?"

갑자기 몸이 공중에 붕 떠오르는가 싶더니 어느새 조국은 침대에 누워 있었다. 조국이 정신을 붙잡고 고개를 드니 민준이 그녀를 두 팔로 가둔 채 내려다보며 미소 짓고 있었다.

"그렇게 쳐다보지 마요."

조국이 빨개진 얼굴로 웃으며 그의 눈을 양손으로 가렸다. 순식간에 잠기운이 싹 달아난 심장은 두근거리기 시작했다. 조국은 자신의 심장이 그의 눈빛에 익숙해지려면 앞으로도 꽤 많은 시간이 필요할 것 같다는 생각을 했다.

"내가 어떻게 쳐다보는데."

그녀의 손 아래로, 그의 입술이 양쪽으로 호선을 그리며 올라갔다. 당장 조국의 손을 옆으로 치울 것 같던 민준은 의외로 이 상황을 즐기고 있었다.

"꼭 사냥꾼 같잖아요. 난 당신의 사냥감이 아니야."

"난 사냥꾼은 아니지만 당신은 내가 사랑하는 사람이지."

그는 눈이 가려진 채로 그녀에게 가까이 다가왔다. 가까이에서 민준의 숨결이 느껴지자 조국은 눈을 가렸던 손을 그의 뺨에 얹고 그의 입술을 맞이했다.

눈빛으로 흘러나온 그의 사랑이 그녀의 입술로 전해졌다.

⚜

세 번의 겨울이 지나고 봄이 왔다. 민준은 여전히 이따금씩 해외로 출장을 떠났고 조국은 이제 울지 않고 담담하게 그녀의 일상을 보내며 그를 기다릴 수 있게 되었다.

오늘도 조국은 오전부터 연구실에 내내 틀어박혀 있었다. 그녀는 논문 쓰는 데에 열중하느라 연구실 문이 조용히 열리는 줄도 몰랐다. 어차피 연구실 안으로 들어올 수 있는 사람은 제한되어 있었기 때문에 그녀가 크게 걱정할 일은 없기도 했다. 누군가 연구실을 들어오려면 그녀의 집 대문을 먼저 통과해야 했고 그건 결코 쉬운 일이 아니었다. 대통령 임기를 마치고 퇴임한 아버지가 옆집으로 이사를 오면서 안 그래도 철저했던 보안이 전직 대통령에 대한 경호와 더불어 더욱 강화되었던 것이다.

경호관들이 언제나 집 주변을 에워싸고 있었기에 대문을 열어놓고 다녀도 그 문을 마음대로 넘을 수 있는 사람은 없었다. 조국과 민준의 양가 부모님들과…….

“손들어.”

이렇게, 예고 없이 불쑥 등 뒤로 나타나는 한 남자를 제외하곤 말이다.

“이따 들게요. 내가 지금 일하는 중이라 손을 위로 올릴 수가 없어요.”

의자에 앉아 있던 조국이 일어나 그를 맞자 민준은 조국의 허리를 한 손으로 감아 당기며 그녀의 입술에 입을 맞추었다.

“다녀왔어.”

“고생 많았어요. 어디 다친 덴 없죠? 괜찮은 거죠?”

“보다시피 멀쩡해, 당신 거에 흠집 내지 않았으니 안심하라고.”

조국은 근심스러운 얼굴로 민준을 구석구석 살폈다. 며칠 만에 보는 민준이었다. 다행히 그는 건강해 보였고 그의 밝은 미소도 그대로였다.

“이건 마당에서 주워온 거야. 흙을 먹고 있길래 내가 데려왔어.”

그제야 조국의 시선이 민준의 품에 안긴 아이를 향했다. 그의 다른 팔에 안겨 있던 민준 주니어는 그녀와 눈이 마주치자 헤벌쭉 웃으며 안아달라는 듯 팔을 버둥거렸다. 얼마 뒤면 두 돌이 될, 두 사람의 사랑의 결실인 민족이었다.

조금 전, 마당에 철퍼덕 주저앉아 흙을 입가로 가져가던 민족은 아빠를 발견하자 안아달라는 듯 두 팔을 위로 번쩍 올렸다. 민준은 깔끔한 걸 좋아했지만 민족은 아니었다. 그는 흙투성이인 민족의 뺨에 뽀뽀를 하고 그를 안아 들고 들어온 거였다.

김민족, 이게 이 천사 같은 얼굴을 한 아이의 이름이었다.

얼굴만 봐서는 김 다비드라는 이름이 훨씬 더 잘 어울릴 것 같은 아이였지만, 조국이란 이름을 가진 엄마를 둔 덕에 외모와 어울리지 않는 이름을 갖게 되었다. 이 이름을 지어준 사람은 조국의 아버지였다. 아버지는 김민준의 '민'과 강조국에서 '족'이라는 글자를 만든 거라고 말했지만, 조국은 아버지의 사탕발림에 쉽게 넘어가지 않았다.

그녀에게 만약 동생이 있었더라면, 아버지는 성별에 상관없이 민족이란 이름을 붙이고 싶어 했을 거라는 걸 자라면서 이미 알고 있었기 때문이었다. 조국은 남들과 다른 특이한 이름은 이제 절대 사절이었다. 하지만 민준은 의외로 흔쾌히 민족이라는 이름을 받아들였다.

"김민족, 엄마가 흙은 먹는 거 아니라고 했잖아."

조국이 나무라는 목소리로 민족에게 팔을 내밀었다. 그녀는 나름 꽤 엄한 표정을 지었다고 생각했는데 민족은 그렇게 생각하지 않았는지 함박웃음을 지으며 두 팔을 뻗었다.

"엄마, 엄마."

그녀에게 팔을 내밀던 민족이 조국의 손이 닿기 전에 갑자기 쑥 위로 올라가 민준의 목 위에 안착했다. 갑자기 시야가 높아져 놀란 민족이 재빨리 민준의 머리카락을 앙증맞은 두 손으로 꽉 쥐었다. 민준의 어깨 위에서 떨어지지 않기 위한 본능적 행동이었다.

"아야, 머리카락 말고 손. 이 녀석은 말보다 행동이 앞서는 게 날 닮았나 봐."

민준이 그의 머리카락을 꽉 움켜쥔 민족의 두 손을 옮겨 잡으며 웃음을 터뜨렸다. 쪼그만 게 그래도 살겠다고 민첩하게 움켜잡는 게 너무 귀여웠던 것이다. 그가 집을 비운 며칠 사이 민족은 또 훌쩍 자라 있었고, 그 놓쳐 버린 며칠이 아쉬운 민준은 민족에게서 눈을 떼지 않았다.

민족은 또래 아이들보다 늦게 걸었고 말도 빠르지 않았다. 다른 부모들은 아이가 또래에 뒤처진 것 같다며 실망한다는데 조국과 민준은 오히려 기뻐했다. 행동 발달 속도에 비해 민족의 키와 몸무게, 발육 상태는 아주 훌륭하다는 건 또 그것대로 흐뭇했다.

두 사람은 민족이 다른 사람들보다 뛰어나기를 바라지 않았고, 평범하게 살기를 바랐다.

"당신 닮은 게 맞아요, 난 적어도 흙을 먹진 않았다고요. 그래도 하루 종일 노는 걸 보면 신기해, 체력은 정말 당신을 닮았나 봐."

민족은 마당에서 노는 걸 좋아했고 연구실로 데려오면 장난감을 가지고 얌전히 노는 게 아니라 바닥을 굴러다녔다. 그래서 민족은 깨끗이 씻겨놓아도 언제 깨끗했냐는 듯 금방 이렇게 먼지투성이가 되곤 했다.

"아버지와 어머니 오셨대. 나 씻고 나면 같이 건너가자."

"지금 오셨다고요? 하지만 엄마는 나한테 별말씀 없으셨는데요?"

"우리랑 상관없이 가끔 들르시잖아. 아버지께서 오늘 장인어른하고 약주 드시기로 하셨나 봐."

김 국장 내외는 민족이 태어난 이후 종종 초대를 받고 평창동을 방문하곤 했다. 하지만 목적지는 조국과 민준의 집이 아니라 옆집, 대통령 사저였다. 불편한 사돈 관계였던 대통령과 김 국장은 대통령이 퇴임한 이후, 그리고 민족이 태어난 이후 제법 가까운 사이가 되었다. 민족에 대한 얘기를 하다 보면 두 사람은 시간이 어떻게 가는지도 몰랐다. 민족이 양가에 태어난 첫 손주이니만큼 그 마음이 각별할 수밖에 없기도 했다.

"엄마! 아빠! 맘마."

"응? 이 녀석 배고픈가 보네."

민족이 어깨 위에서 발을 동동거리며 몸을 들썩이자 민준은 아이를 어깨 위에서 내려 앞으로 안아 들었다.

"김민족, 배고파?"

"아빠! 맘마."

"이 녀석은 언제 커서 아빠랑 자장면 먹으러 가나?"

그는 민족의 영롱한 눈을 마주하며 미소 지었다. 민족이 민준의 얼굴에 고사리 같은 손을 올리고 함박웃음을 짓자 그는 아이의 손가락을 입에 넣고 아프지 않게 깨물었다. 민준은 살짝 깨물었는데도 아팠는지 민족은 입술을 삐죽거리며 울먹거리기 시작했다. 그 모습이 또 사랑스러워 그는 아이를 품에 안고 어르며 등을 토닥였다.

"민족이 이리 줘요, 당신 피곤하잖아."

"하나도 안 피곤해. 나는 민족이랑 같이 씻고 나올 테니까 잠깐만 기다리고 있어."

"오늘은 애랑 욕실에서 놀지 말고 금방 나와야 돼요, 알았죠?"

민준이 민족을 데리고 한번 욕실에 들어갔다 하면 늘 함흥차사였다. 그가 얼마나 신나게 놀아주는지, 민족은 욕실에서 나오기만 하면 금방 곯아떨어지곤 했다.

"노는 게 아니라 운동하는 거야. 이 녀석 날 닮아서 운동에 소질 있어. 크면 운동선수 시킬까 봐."

민준은 민족을 안은 채 조국의 손을 잡고 연구실 문을 나섰다. 서쪽으로 해가 기울어 하늘은 붉게 물들었고, 따듯한 봄바람에 실려온 풀 향기는 싱그러웠다. 고개를 돌려 보면 조국이 있었고 품 안엔 민족이 있었다. 모든 행복이 그의 손안에 완전체로 머물러 있었다.

"나 당신한테 궁금한 게 하나 있는데."

"궁금해하지 마요."

"그럼 물어보는 건 괜찮지?"

"물어보지도 말고요."

조국이 현관문을 열며 민준에게 곱게 눈을 흘겼다. 그녀는 그가 무슨 소리를 할지 이미 알고 있었기 때문이었다.

"저번에 민족이 나한테 진지하게 부탁했어."

"엄마, 아빠, 맘마라는 말 밖에 모르는 애가 당신한테 부탁을 했다고요?"

"응, 정말이야. 당장 여동생을 만들어주지 않으면 우유를 끊고 단식투쟁을 하겠대."

민준은 줄곧 조국을 닮은 딸을 갖고 싶어 했다. 그녀도 그런 생각이 아예 없는 건 아니었지만 민족이 어려 지금까지 엄두를 내지 못하고 있던 차였다.

"민족이 우유 끊은 지 오래됐어요."

"……그랬던가?"

"밥을 어른처럼 먹잖아요. 식성은 확실히 당신 닮았나 봐, 애가 못 먹는 것도 없이 어쩜 그렇게 입에 들어가는 건 다 먹는 건지."

조국은 시무룩한 민준을 보며 피식 웃더니 마지못해 말을 덧붙였다.

"민족이 말문이라도 제대로 트이면 그때 생각해 볼게요."

민족이 제대로 말을 하려면 앞으로 최소한 몇 개월은 더 지나야 했다. 적어도 그때까진 그가 그녀를 조르지 않을 테니 얼마만이라도 시간을 벌 수 있을 거라는 생각이었다.

"김민족, 오늘부터 아빠랑 말하기 연습하자. 네가 말을 잘해야 엄마가 동생을 만들어준대. 아주 예쁜 동생일 거야, 너도 보면 깜짝 놀랄걸?"

민준은 아이와 눈을 마주치며 진지한 얼굴을 했다. 그러자 마치 그의 말을 알아듣기라도 한 것처럼, 민족이 아빠를 따라 심각한 얼굴로 고개를 끄덕였다. 누가 보면 정말 두 사람이 대화라도 나누고 있는 것처럼 보일 정도였다.

"아빠가 옷 가져올 테니까 여기 잠깐 있어, 알았지?"

민준은 아이를 잠깐 바닥에 내려놓고 방으로 들어갔다. 조국마저 주방 안으로 모습을 감추자 민족은 잠깐 혼자가 되었다.

"……동생? 아주, 예쁜, 동생."

민족이 고개를 갸우뚱거리며 혼잣말을 했지만 아무도 그 말을 듣지 못했다.

두 사람이 옆집에서 저녁을 먹고 집으로 다시 돌아온 시간은 제법 늦은 밤이었다. 목욕을 한 뒤 밥을 먹고 할아버지와 할머니의 무릎에 앉아 있던 민족은 마침내 고개를 툭 떨구며 잠이 들었고, 그제야 민준과 조국은 자리에서 일어나 집으로 돌아왔다.

민준의 부모님은 여전히 자리를 지키고 계셨지만 두 사람은 개의치 않았다. 민족을 아기 침대에 눕혀 재운 뒤, 두 사람은 맥주를 들고 2층으로 올라왔다.

2층 테라스에는 두 사람이 넉넉하게 앉고도 남는 길쭉한 그네가 있었다. 아이가 태어나면서 민준이 설치해 놓은 그네였다.

"하아, 피곤해. 앗 차거!"

조국이 의자에 털썩 주저앉자 민준이 그녀의 뺨에 차가운 맥주 캔을 갖다 댔다. 그는 눈을 흘기는 그녀에게 캔 맥주를 건네며 웃었다. 이 시간은 하루 중 조국이 가장 좋아하는 시간이었다.

"좋다."

민준은 그녀의 허벅지에 머리를 대고 누우며 흡족한 미소를 지었다. 깜깜한 밤하늘엔 별이 반짝이고 있었고 조국에게선 그가 좋아하는 그녀만의 향기가 났다. 민준이 그녀와 결혼을 하고 난 뒤 서로에게 익숙한 시간이 차곡차곡 쌓여갔지만, 그는 조국과 이런 시간을 가질 수 있다는 것에 매 순간 감사했다.

"당신은 언제가 가장 좋아요?"

"지금."

민준은 여전히 '지금'이 제일 행복하고 좋았다. 그녀는 답을 알고 있으면서도 가끔 이렇게 그에게 같은 질문을 했고, 늘 똑같은 대답을 들으며 싱그럽게 웃곤 했다.

"민족이 안 깨겠죠? 진짜 이름이 민족이 뭐야. 나중에 개명해 달라고 하면 난 걔의 의사를 존중해 줄 거예요."

"난 민족이란 이름이 좋은데 왜 그래? 한복이 아주 잘 어울릴 이름이야."

"당신은 특이한 이름으로 안 살아봐서 그래. 그게 얼마나 놀리기 쉬운 이름인 줄 알아요?"

두 사람은 흔들거리는 그네 위에서 아옹다옹하며 대화를 이어갔다.

"우리 어렸을 때 배웠던 국기에 대한 맹세 있잖아. 지금은 바뀌었지만 난 아직도 그게 더 익숙하거든. 그래서 난 민족이란 이름이 좋더라고."

"응? 국기에 대한 맹세요?"

"나는 자랑스러운 태극기 앞에 조국과 민족의 무궁한 영광을 위하여 몸과 마음을 바쳐 충성을 다할 것을 굳게 다짐합니다. 혹시 당신은 모르나?"

민준이 조국을 올려다보며 미소 지었다. 그녀가 밤하늘의 달처럼 환한 미소로 주변의 어둠을 밝히고 있는 것 같았다.

"……알아요."

그의 얼굴 위로 그림자가 졌다. 민준은 그의 입술에 부드러운 입술이 맞닿는 걸 느끼며 천천히 눈을 감았다.

나는 언제나 '조국'과 '민족'의 무궁한 '행복'을 위하여 몸과 마음을 바쳐 충성을 다할 것을 태극기 앞에 맹세합니다.

민준은 그녀의, 영원한 경호관이었다.

에필로그 1

휘-홀릭(holic)

"휘야, 넌 언제 나랑 놀 거야?"

민족은 아기 침대 난간에 매달려, 새근새근 잠든 동생을 간절한 눈빛으로 바라보았다.

'아름다울 휘' 김 휘, 민족의 여동생 이름은 외자인 휘였다.

아빠는 민족이 오빠기 때문에 이름이 두 글자이고 휘는 동생이기 때문에 한 글자라고 말했지만, 민족은 그건 사실이 아니라고 생각했다. 엄마를 만나러 간 병원에서 할아버지와 할머니 그리고 외할아버지와 외할머니가 휘의 이름을 놓고 고민하는 모습을 몇 번 봤기 때문이었다.

하지만 정작 동생의 이름을 결정한 건 아빠였다. 민족이 아빠의 팔에 안겨 유리벽 너머 동생의 얼굴을 처음 보던 날, 아빠의 입술이 놀라움으로 살짝 벌어지는 것을 보았다.

그 표정은 아빠가 가끔 며칠 동안 출장을 다녀온 뒤에 엄마를 바라보는 표정과 같았다. 아빠는 무언가에 홀린 듯했고, 그날부터 바로 동생을 '휘'라고 부르기 시작했다.

"김민족."

"아빠다!"

밖에서 들리는 소리에 민족은 두 눈을 반짝거리며 문을 열고 나가 달리기 시작했다. 엄마는 요즘 많이 바빴고 외할아버지와 외할머니는 오늘따라 하필 멀리 외출을 하셨다. 민족은 엄마의 연구실에서 놀고 싶었지만, 그가 글을 읽을 수 있다는 걸 엄마한테 들킨 이후부터 그곳은 민족 출입 금지였다.

"아빠!"

민족은 함박웃음을 지으며 민준의 품에 덥석 안겼고, 그는 아들의 머리를 헝클어뜨리며 활짝 웃었다. 그가 퇴근을 하기엔 이른 시간이었지만 민족은 그저 아빠가 일찍 왔다는 사실에 마냥 기뻐했다.

"잘 놀고 있었어? 휘는, 자?"

"휘는 계속 잠만 자요, 아빠."

"그랬어? 민족이 혼자 많이 심심했겠구나?"

민준은 웃으며 민족을 한쪽 팔로 받쳐 안고 휘의 방을 향해 성큼성큼 걷기 시작했다. 그는 잠시 후 진압 작전에 들어가야 했고, 그전에 잠깐 집에 들른 거였다.

방문을 열어보니 방 안은 고요했고 휘의 숨소리만이 아주 희미하게 들렸다. 잠든 휘를 바라보며 민준은 가슴이 뭉클해지는 걸 느꼈다. 처음 휘를 보았을 때, 머릿속에 '아름답다'라는 단어 외에는 아무것도 떠오르지 않았다. 사실은 아직도 휘를 볼 때마다 이렇게 작고 예쁜 생명체가 어디에서 왔을까 싶어 신기하기만 했다.

"……안녕?"

잠이 깬 휘가 짙은 속눈썹을 천천히 들어 올렸다. 크고 새카만 눈동자가 응시해 오자 그가 빙긋 웃었다. 민준은 민족을 잠시 내려놓고 휘를 가슴에 안았다. 휘는 그의 가슴에 얼굴을 비비적거리다가 고개를 들어 민준을 바라보았다. 그의 두 눈이 아래로 휘어졌다.

"김민족, 우리 엄마 마중 나갈까?"

민준은 휘를 안은 채로 민족의 손을 잡고 밖으로 나왔다. 그는 조금 있다가 바로 출발해야 했다. 몇 분이라도 더 설을 보기 위해, 민준은 민족과 휘를 데리고 정원으로 나왔다.

"아빠, 밤에 또 회사 가요?"

눈치 빠른 민족이 시무룩한 얼굴로 물었다. 아빠가 평소보다 일찍 온 날은 조금 있다 다시 나가기 위함이었다. 민족은 아빠가 일찍 왔다는 것만 좋아하다 그 사실을 깜빡 잊고 있었다.

"응, 아빤 회사 갔다가 내일 올 거야."

"힝, 싫은데."

"대신 내일 아빠랑 어디 놀러 갈까?"

"그럼 내일 중국집 가요, 나 왕할머니 자장면 먹고 싶어요."

"……그래, 그러자. 엄마랑 휘도 같이."

민준은 벤치에 앉아 민족의 머리카락을 쓰다듬었고, 그의 품 안에서 꼼지락거리는 휘의 뺨에 입을 맞추었다.

"나랑 휘도 같이 뭘 하려는 건데요?"

"엄마!"

때마침 조국이 대문을 열고 안으로 들어왔다. 민준의 옆에 앉아 있던 민족이 총알처럼 빠르게 뛰쳐나갔다.

"아빠가 내일 엄마랑 휘랑 같이 왕할머니 자장면 먹으러 간다고 했어요."

"그랬어? 민족인 정말 좋겠네."

"당신 못 보고 가면 어떻게 하나 했는데 다행히 시간이 맞았네."

"어차피 내일이면 볼 건데 새삼스럽게 왜 그래요?"

그녀는 담담하게 말하며 민족의 손을 잡고 민준 옆에 앉았다. 조국은 민준이 집에 일찍 온 걸 보고 그가 곧 어려운 작전에 투입될 거라는 걸 알 수 있었다.

그에게 자신을 두고 어디 가지 말라고 눈물 흘리던 조국은 이제 울지 않았다. 그를 걱정하는 마음은 예전과 같았지만, 그녀는 이제 자신의 감정보다 가족을 두고 가는 사람의 마음을 더 많이 헤아릴 수 있게 되었던 것이다.

“내일 점심때 어쩌면 좀 늦을 수도 있는데 아예 거기에서 만날까?”

“아니요, 당신 오면 같이 갈래요. 안 그래도 할머니께서 민족이 보고 싶다고 하셨는데 잘됐네요, 나도 할머니 뵙고 싶고요.”

“아직도 요리를 하시다니, 그 연세에 정말 정정하시단 말이야.”

“할머니는 왠지 백살까지 사실 것 같지 않아요?”

“그때에도 요리하고 계실 것 같긴 해.”

민준은 조국의 손을 잡고 그녀의 손등을 엄지손가락으로 어루만지며 웃었다.

“휘 조금 전에 깼어.”

“알았어요.”

갈 시간이 다 된 민준이 벤치에서 일어나 조국에게 휘를 건네주었다. 그는 그녀의 품에 폭 안긴 휘의 뺨을 가볍게 꼬집은 후 한쪽 무릎을 세우고 앉아, 민족과 같은 눈높이에서 마주 보았다.

“아빠 일 잘하고 내일 올게.”

“응.”

민족이 고개를 크게 끄덕였다.

“늦게까지 놀지 말고 일찍 자야 돼, 알았지?”

“응!”

“좋아.”

민준은 흡족한 얼굴로 자리에서 일어섰다. 사랑하는 가족들의 에너지를 받으니 충전이 100% 완료되었다.

"다녀올게."

"조심해서 다녀와요."

그녀와의 짧은 입맞춤을 마지막으로 그는 대문을 열고 나섰다. 그리고 오늘은 그 전과 달리 뒤를 한 번도 돌아보지 않았다. 공교롭게도 수십 년 전과 비슷한 상황이 반복된 것 같다는 느낌이 들었기 때문이었다.

그가 친아버지를 잃은 것이 꼭 지금 민족의 나이만 했을 때였다. 그때 아버지는 민준에게 미안한 듯 자꾸 뒤를 돌아보았다. 그래서 그는 오늘 일부러 뒤를 돌아보지 않았다. 그 자신은 아버지와 다르게 내일 돌아와 민족과 한 약속을 지키겠다고 생각했다.

다음 날이 되었다. 오전은 훌쩍 지나서, 어느새 정오를 한참 넘긴 시각이었다. 민족은 아침부터 분주하게 대문을 들락날락거렸다. 대문을 열고 나가면 집을 지키고 서 있는 아저씨들과 눈이 마주쳤고, 그럴 때마다 민족은 실망하는 얼굴로 아저씨들에게 배꼽 인사를 한 뒤 다시 집 안으로 들어왔다.

"엄마, 아빠한테 전화 왔어요?"

"아빠 일이 늦게 끝나나 봐. 안 되겠다, 민족이 먼저 밥 먹자."

"왕할머니 자장면은요?"

시무룩한 민족이 울먹거렸다. 아빠가 오면 엄마랑 휘랑 네 명이서 왕할머니한테 간다고 했는데, 엄마가 밥을 먹자고 하는 걸 보니 아무래도 그럴 수 없을 것만 같았다.

"거긴 다음에 가도 돼, 손 씻고 식탁으로 올래?"

조국은 주방으로 들어가 민족이 먹을 점심을 차리기 시작했다. 냉장고 문을 여는 그녀의 손길이 아래로 힘없이 미끄러졌다. 민준에게 안 좋은 일은 없을 거라고 생각했지만, 자꾸만 기운이 빠졌다.

"배 안 고파요. 아빠 오면 같이 먹을래요."

"민족이가 밥도 안 먹고 기다린 걸 알게 되면 아빠가 속상해할 텐데?"

"그래도 기다릴 거예요. 엄마, 나 외할아버지 집에 놀러 가도 돼요?"

"그래, 대신 조금만 있다 와야 돼."

"네!"

민족은 씩씩하게 대답을 한 뒤 바깥으로 달려 나갔다. 엄마한텐 외할아버지 집에 간다고 했지만 사실은 대문 앞에서 아빠를 기다릴 생각이었다.

"민족아, 여기에서 뭐 하는 거야?"

집 앞에 서 있던 아저씨 두 명이 대문 담벼락에 등을 기대고 선 민족에게 알은체를 해왔다.

"아빠 기다리는 거예요."

"집에 들어가서 기다리지 그래? 밖에 오래 서 있으면 다리 아파요."

"괜찮아요, 다리 하나도 안 아파요."

민족은 짙은 회색 담벼락에 뒷짐을 지고 서서, 벽에 등을 통통 부딪치며 대답했다.

"예쁜 동생은 지금 자고 있어?"

"휘 말이에요?"

"그래 휘, 예쁜 공주님 말이야. 민족이 글씨 쓸 줄 알아? 동생 이름도 쓸 수 있어?"

"네, 쓸 수 있어요."

민족은 고개를 크게 끄덕인 후 곧바로 바닥에 쭈그리고 앉았다. 그리고 주변에 굴러다니는 작은 돌멩이 하나를 손에 들고 바닥에 글씨를 쓰기 시작했다.

"휘, 아름다울 휘예요."

한글이 아닌 한자를 말이다.

"우와, 민족이 한자도 쓸 줄 알아?"

경호관들이 두 눈을 휘둥그렇게 뜨며 서로 얼굴을 마주 보았다.

"옛날에 한 번, 아빠가 종이에 쓰는 걸 봤어요."

"옛날에 한 번?"

"네, 휘가 태어났을 때요."

민족의 대답에 경호관들은 역시 그럴 리가 없다는 얼굴로 피식 웃었다. 아이의 과장된 말을 잠시 믿었던 자신들이 우스웠다.

"그럼 다른 글자도 쓸 수 있어?"

"네, 쓸 수도 있고 읽을 수도 있어요."

"와, 민족이 되게 똑똑하구나. 한자도 읽을 수 있고 말이야."

"엄마 글자 빼고는 다 읽을 수 있어요."

"엄마 글자?"

"네, 엄마 글자요. 근데 그것도 조금만 더 보면 읽을 수 있을 것 같은데 엄마가 못 보게 해요."

경호관들이 하하하 소리 내 웃었다. 어차피 그들에겐 다섯 살짜리 꼬마와 진지하게 대화를 나눌 생각은 없었다. 그저 민족이 어린아이답게 귀여운 말을 한다고 생각을 할 뿐이었다. 민족이 말하는 엄마 글자라는 것이, 조국만 알아볼 수 있는 암호라는 걸 그들이 알 리 없었다.

"민족이 점심 먹었어? 밥 먹고 나온 거야?"

"아니요? 아빠 오면 같이 짜장면 먹으러 갈 거예요, 엄마랑 휘도 같이 갈 거예요."

민족의 말에 경호관 한 명이 손목시계를 힐끗 쳐다보았다. 이제 와 점심을 먹기엔 조금 늦은 시간이었다. 배가 꽤 고플 것 같은데, 민족은 어린아이답지 않게 그런 내색을 조금도 하지 않았다.

"아저씨, 내가 그림 그려줄까요?"

"그림? 그래, 무슨 그림을 그려줄 건데?"

"우리 동네 그림이요."

민족은 그들의 물음에 대답을 하면서도 간간히 고개를 들어 골목 어귀를 쳐다보았다.

"여기가 우리 집이고요, 이건 할아버지 집이에요. 그리고 오른쪽에는 집이 두 개, 왼쪽에는 집이 세 개 있어요. 여기로 가면 아파트가 열두 개 있고요, 이쪽으로 가면 학교가 두 개 있어요. 그리고……."

재잘거리는 민족의 말은 끊임없이 이어졌다. 누군가 민족의 말을 저지하지 않았더라면 쭈그리고 앉아서 아스팔트 위에 서울 시내 지도를 다 그렸을지도 몰랐다.

"김민족, 거기서 뭐 해."

"아빠!"

민족은 자신을 부르는 소리에 고개를 번쩍 들더니 돌멩이를 미련 없이 멀리 던져 버리고 아빠에게로 달려갔다. 집을 향해 성큼성큼 걸어오고 있던 민준에게 한걸음에 달려간 민족은 곧바로 그의 다리에 매달리며 어리광을 부렸다.

"히잉. 아빠 왜 이렇게 늦게 왔어요."

"미안, 많이 기다렸어?"

"응! 아까 아까부터 기다렸어요."

조금 전까지 눈을 반짝이며 지도를 그리던 민족은 어느새 다섯 살짜리 아이로 돌아가 있었다.

"수고 많으십니다."

민준은 경호관들을 향해 고개를 가볍게 끄덕인 후 민족을 안고 대문 안으로 들어갔다. 그가 예상했던 것보다 시간이 많이 지체되었다. 하필 오늘따라 핸드폰도 말썽이어서, 민준은 집으로 돌아오는 동안 마음이 조급했다. 조국이 걱정하고 있을 거란 생각에 민준은 오랜만에 도로 위에서 자동차 레이싱을 했다. 그녀가 알게 되면 무척 혼낼 테지만 말이다.

"엄마! 엄마! 아빠 왔어요!"

현관문을 열자마자 민족의 목소리가 온 집안에 쩌렁쩌렁 울려 퍼졌다. 그 목소리를 들은 조국이 휘의 방문을 열고 거실로 나왔다. 그녀는 민준과 눈을 마주치자 얼굴에 환한 미소를 지었지만, 그녀의 눈가가 붉어져 있었다. 민준은 민족을 바닥에 내려놓으며 다정하게 말했다.

"민족이 혼자 옷 입을 수 있지? 가서 옷 갈아입고 나올까?"

"네!"

민족은 아빠의 품에서 내려와 2층으로 신나게 달려 올라갔다.

"강조국 씨는 내가 많이 보고 싶었나?"

민준이 웃으며 두 팔을 벌리자 설은 피식 웃으며 그의 품에 안겼다. 혼자일 땐 괜찮다고 생각했다. 하지만 민족이 태어나고, 휘가 태어나자 많은 게 달라졌다. 그녀는 아이들에게 엄마, 아빠의 사랑과 기쁨만 느끼게 해주고 싶었다. 슬픔, 그리움, 기다림의 감정 같은 건 알게 하고 싶지 않았다.

"배가 고파서 그래요. 민족이 쟤는 왕할머니한테 간다고 아직 점심도 안 먹었다고요."

"핸드폰이 고장 나서 전화를 못 했어, 미안해."

민준은 조국을 안고 한 손으로 그녀의 머리카락을 가만가만 쓸어내렸다. 그를 생각하며 매일매일 울었다고 솔직하게 말하면서 눈물짓던 조국은 결혼과 동시에 자취를 감추었다. 감춘다고 그 마음이 사라지진 않았을 텐데 그녀는 엄마가 된 이후 더 이상 민준의 앞에서 눈물을 흘리지 않았다.

"……그랬군요, 어쩐지 연락이 없어서 이상하다고 생각하고 있었어요."

"많이 걱정했어?"

"그런 거 아니라니까요."

"강조국."

그가 설의 이름을 부르며 그녀의 얼굴을 바라보았다.

"이젠 내가 당신을 두고 멀리 출장 갈 일은 없을 거야."

"응? 그게 정말이에요? 왜요?"

조금 전까지 근심 가득했던 조국의 얼굴이 갑자기 환하게 밝아졌다.

"내가 사방팔방 뛰어다니기엔 이제 연식이 좀 됐잖아. 곧 하는 일이 바뀔 거야."

민준의 승진과 함께 그의 직무가 변경될 예정이었다. 사실 결혼과 동시에 부서를 옮기라는 권유가 있었지만, 그때 민준은 자신이 단지 대통령의 사위가 되었다는 이유로 직무를 변경할 순 없다며 거절했다. 하지만 지금은 상황이 달라졌다. 그가 아니어도 든든한 후배들이 굳건히 버티고 있었다. 그리고 민준은 오랫동안 현장에 있었기에 작전을 짜고 현장을 지휘하는 데에 누구보다 힘을 발휘할 수 있을 터였다.

"내가…… 좋아해도 되는 일인 거죠?"

"물론이야."

조국은 기쁜 마음에 민준의 목을 와락 끌어안았다.

"나 너무 좋아요! 너무 좋아해서 미안하지만…… 당신의 결정이 나 때문이라고 해도 난 그냥 좋아할래요."

"당신 때문이 아니야, 내가 원한 일이지."

그는 그녀의 등을 토닥이며 미소를 지었다. 사실 진압 요원으로 좀 더 있겠다고 말을 할까 망설이는 마음도 없진 않았다. 민준은 현장에서 뛰는 걸 좋아했고 또 자신이 대통령의 사위이기 때문에 힘든 일을 피한다는 구설수에 오르고 싶지도 않았다. 하지만 그는 어제 문득 자신은 '지금'이 행복하지만 과연 조국도 그럴까, 라는 생각이 들었다. 예전에 조국은 민준을 만나고 난 후 그가 돌아왔을 때가 가장 좋았다고 말을 한 적이 있었다. 만약 지금도 그녀의 마음이 그때와 같다면, 민준은 조국과 민족의 행복을 위해 살겠다고 다짐을 해놓고도 그 맹세를 지키지 못하고 있는 셈이었다.

그 결심에 마침표를 찍은 건 민족이었다. 조금 전 그를 기다리며 대문 앞에 쪼그려 앉아 있는 민족을 보는 순간 민준은 눈물이 왈칵 쏟아져 나오려는 걸 간신히 참았다. 자신이 오기를 기다리는 민족의 마음이 어땠을지, 그는 너무나 잘 알고 있기 때문이었다.

그때, 민족이 통통통통 계단을 뛰어내리는 소리가 들렸다.

"아빠! 나 혼자서 옷 다 입었어요!"

민준이 자랑스럽게 양팔을 벌리고 선 민족을 위아래로 훑어보았다. 외출복으로 갈아입고 온 민족의 셔츠 단추가 한 칸씩 아래로 밀려 있었다.

"아주 잘했어, 꽤…… 독특한 패션이긴 하지만."

그는 웃으며 민족의 단추를 다시 바르게 잠가주었다.

"휘는 자?"

"응, 조금 전에 잠들었어요."

"미인은 잠꾸러기라더니, 얘가 아주 FM이야."

픽 웃으며 담담하게 말을 하긴 했지만 사실 민준은 속으로 휘가 너무 보고 싶었다. 고작 하루 못 봤을 뿐인데 그는 그 시간이 마치 수십 년이 흐른 것처럼 느껴졌던 것이다.

"자, 다 됐다. 그럼 이제 휘를 깨우러 가볼까? 깨워서 왕할머니한테 가야지."

"아빠, 휘도 짜장면 먹을 수 있어요?"

"아직 못 먹기도 하지만, 아빠 생각엔 휘와 짜장면은 좀 안 어울리는 것 같아."

그가 생각하기에 휘는 자장면이 아니라 하얀 크림치즈나 생크림 케이크가 더 어울렸다. 눈처럼 하얀 얼굴에 앵두처럼 빨간 입술, 이 세상에 만약 투명한 이슬만 먹고 사는 사람이 있다면 그건 바로 휘가 분명할 터였다.

이렇게 아름다운 휘가 먼 훗날 '내 짜장면에 손대기만 해봐, 저승을 경험하게 해줄 테니까'라는 말을 거침없이 입에 담게 되리라는 걸 지금의 민준이 알 수 있을 리가 없었다.

"외할머니가 휘는 원래 천사였는데 날개를 깜빡 잊고 하늘에 두고 왔다고 했어요."

"맞아, 안 그래도 아빠가 찾으러 가려고 했는데 그동안 워낙 바빠서 못 갔어."

딸깍, 소리와 함께 휘의 방문이 열렸다. 그는 민족의 손을 잡고 휘의 침대에 다가갔다.

"휘."

민준이 휘의 이름을 부르며 잠든 그녀를 조심스럽게 안아 들었다. 잠이 깬 휘가 인상을 찡그리자 그는 그녀를 어깨에 기대게 한 채 능숙하게 등을 토닥였다. 휘를 안으면 세상에 있는 모든 근심 걱정이 사라졌다. 방금 전 그가 민족에게 한 말은 농담이었지만, 민준은 어쩌면 그녀는 정말로 천사일지도 모른다는 생각을 했다.

"휘는 엄마처럼 자라서……."

휘는 분명 조국처럼 자랄 터였다. 그걸 상상하자 그의 입가에 흐뭇한 미소가 지어졌다. 하지만 휘가 자라 조국처럼 된다는 생각에 뿌듯했던 마음도 잠시, 이렇게 예쁜 휘 옆에 어떤 시커먼 놈이 있을 거라는 상상을 하자 민준은 기분이 급속히 나빠졌다.

"엄마처럼 자라서…… 그냥 엄마하고 아빠하고만 살자."

민준은 협상 따윈 없다는 듯 냉담하게 딱 잘라 말했다. 일명 휘 홀릭, 이때가 바로 설이 그를 휘-홀릭(holic)이라고 부르기 시작한 시초가 되었다.

에필로그 2
액션 영화의 주인공들

"서연이한테 남자가 있는 게 분명한데 말이야, 그놈이 도무지 내 눈에 띄지를 않아."

"아버지 눈에 띄기 싫은가 보죠, 내버려 두면 언젠가 제 발로 나타나지 않겠어요?"

카트를 밀고 가던 민준은 과일 코너 앞에 멈춰 딸기와 오렌지를 카트 안에 담았다. 그의 곁을 따라 걷던 김 차장도 카트가 멈출 때마다 자연스럽게 멈췄다 걷기를 반복했다.

"과일은 좀 괜찮은 게냐?"

"괜찮아서 먹는 게 아니라 살려고 먹습니다."

"하여간 유난도, 쯧."

김 차장이 고개를 절레절레 흔들었다. 그의 며느리는 임신 삼 개월이었고, 조국은 오히려 괜찮은데 민준이 쿠바드 증후군으로 심한 입덧에 시달리고 있었다. 민준이 통 식사를 하지 못한다는 얘길 들은 그의 부인이 아들이 평소에 잘 먹는 음식을 만들었고, 김 차장은 오늘 그 음식을 들고 민준의 집을 방문한 것이었다.

"아버지 손주 태어나면 다 일러줄 겁니다."

"저기 이왕 말이 나와서 하는 말인데, 내가 주변에 물어보니까 삼 개월이면 성별을 알 수 있다고 하던데 말이야. 의사한테 딸인지 아들인지 아직 안 물어봤어?"

"한번 물어봤는데 안 가르쳐 주더라고요. 장인어른께서 직접 물어보시겠다는 걸 그 사람이 간신히 말렸습니다. 도대체 주치의는 무슨 죕니까?"

조국의 산부인과 주치의는 그녀의 임신을 확인한 이후 평소보다 과한 스트레스에 시달리고 있었다. 거기에 대통령이 직접 전화를 걸어 아들인지 딸인지까지 물어봤다면 그 여의사는 심장이 멎었을지도 모르는 일이었다. 아마 그녀는 아이가 건강하게 태어날 때까지, 앞으로도 계속 긴장을 늦출 수 없을 거였다.

"나는 네 장인처럼 그렇게 권력을 남용하는 사람이 아니다. 그런데, 다음 진찰일이 한 달 뒤라고 했지? 다음 달 26일 맞아?"

"네."

"그날 나도 같이 가도 돼? 나는 그냥 의사하고 몇 마디 얘기만 하고 오면 되는데."

"크게 상관은 없습니다만, 범죄 심리 분석 요원은 그날 왜 휴가를 내라고 하셨습니까?"

민준은 카트 안에 이온 음료를 담으며 무심하게 물었다. 그 요원은 그에게, 다음 달 26일에 차장님께서 개인 휴가를 내라고 하셨는데 무슨 일인지 혹시 알려줄 수 있냐며 떨리는 목소리로 물었다. 민준의 아버지가 국장일 때였어도 무서웠을 텐데 이제는 차장이니, 두려움은 그만큼 더 커졌을 거였다.

"권력 남용이 심하십니다."

"그 녀석은 내가 잠깐만 도와달라고 부탁했는데 그새 그걸 너한테 이르냐!"

"그게 부탁입니까? 협박이지."

민준이 코너를 돌아 유아용품 매장 앞에 멈춰 섰다. 인형 옷처럼 작고 예쁜 옷과 신발, 모자가 곳곳에 진열되어 있었다. 두 남자는 앙증맞은 물건들에 넋을 놓고 바라보았다.

"……봐라, 저렇게 옷이 많은데 어떤 색깔 옷을 사야 하는지 알 수 없잖냐."

"……파란색이요."

"응?"

"남자아입니다."

"뭐?"

김 차장은 어이가 없다는 얼굴로 고개를 홱 돌려 민준을 쳐다보았다.

"너 아까 모른다고 했잖아! 안 가르쳐 준다며?"

"안 가르쳐 준다고 했지 모른다고 하진 않았습니다."

"안 가르쳐 줬는데 너는 그걸 어떻게 알았어?"

"그냥 어떻게 알았습니다."

민준은 설레는 얼굴로 진열대 위에 놓인 하얀 아기 신발을 들어보았다. 그는 이 신발을 신고 아장아장 걷는 아이의 모습을 상상하면서 입가에 흐뭇한 미소를 지었다.

"아버지, 이렇게 작은 발로 걸을 수 있을까요?"

"글쎄다, 내가 보기엔 불가능할 것 같은데?"

"아버진 경험자시잖아요, 모르세요?"

"기억이 안 나는데…… 네 엄마한테 한번 물어봐야겠다."

아기 신발을 사고 유아용품 매장을 나온 두 사람은 얼마 가지 못하고 다시 장난감 매장 앞에서 걸음을 멈췄다.

"기차를 좋아할까요? 보통 남자애들은 기차 좋아하잖아요."

민준은 투명 유리 케이스 안에 놓인 장난감 기차를 바라보며 혼잣말처럼 중얼거렸다.

"기차는 내가 사줄 테니 어떻게 아들인 걸 알았는지나 말해."

김 차장 역시 장난감 기차에서 눈을 떼지 않고 재킷 안쪽에서 서둘러 지갑을 꺼내며 대꾸했다.

"저는 단지 대화 녹음 파일을 음성 분석 요원에게 넘겼을 뿐입니다. 의사 선생님이 공부만 오래 해서 그런지 거짓말이 서툴고 감정 표현이 아주 정직하시더라고요."

"나보고는 아까 협박이고 권력 남용이라며!"

"차장님 말은 협박으로 들리고 동료의 말은 부탁으로 들리지 않겠습니까? 그래도 혹시 모르니까 기차는 분홍색으로 사주세요, 아버지."

"남자아이라며 왜 분홍색이야?"

"그래도 아직 모르잖아요, 혹시 여자아이일 수도 있으니까요."

사실 태어날 아이가 남자아이건 여자아이건, 건강하게만 태어나 준다면 그는 아무것도 바랄 게 없었다. 이왕이면 조국을 닮은 여자아이였으면 좋겠다는 생각을 하고 있었기 때문에 처음엔 아주 잠깐 아쉽다는 생각을 하긴 했지만, 그 생각은 금방 머릿속에서 지워졌다. 조국을 닮은 남자아이도 꽤 괜찮을 것 같다는 생각이 들었기 때문이었다.

"참, 백건우 그놈은 왜 그렇게 우리 집 주변에서 자주 보이는 거야? 나도 모르는 사이에 우리 동네로 이사 왔나? 내가 밤늦은 시각에도 동네에서 몇 번이나 만났다니까."

"그 동네에 자주 올 일이 있나 보죠."

"그 녀석도 참, 얼른 결혼이나 할 것이지 다 늦은 밤에 남의 동네는 왜 돌아다녀?"

"아버지는 백건우가 마음에 드시나 봐요?"

"건우 정도면 괜찮지, 뭐 하나 빠지는 게 없잖아?"

"사위 삼아도 괜찮을 정도로요?"

민준이 슬쩍 김 차장을 떠봤다. 아버지가 건우에게 호감을 가지고 있는 걸 보니 생각보다 서연의 사랑이 쉽게 풀릴지도 모른다는 생각이 들었던 것이다. 그러나 김 차장은 곧장 정색하며 그를 바라보았다.

"넌 무슨 농담을 그렇게 해?"

"제가 뭘요?"

"백 회장이 너한테 무슨 짓을 했는데, 며늘아기한테는 또 어떻게 했고. 물론 그게 건우 잘못은 아니지만 그래도 그놈은 백 회장 아들이야. 내 말은 건우가 남이라 괜찮다는 거지 우리 집하고 어떤 형태로든 인연이 이어지는 건 반대다."

민준은 무슨 말인지 알겠다는 듯 고개를 끄덕였다. 어쩐지 그럴 리가 없는데 얘기가 너무 쉽게 풀어진다 싶었다.

"그래도 연좌제 폐지된 게 언제인데요. 백건우 너무 미워하지 마세요, 아버지."

"내가 건우를 왜 미워해? 안 미워한다니까? 그런데 넌 또 왜 이렇게 건우한테 호의적이야? 너 백건우 싫어했잖아."

"저 그 사람 안 싫어합니다, 결혼을 하니 확실히 마음이 너그러워지네요."

그때 딩동 하고, 문자 수신음이 들렸다. 김 차장은 주머니에서 핸드폰을 꺼내 문자를 읽더니 큭 웃으며 그에게 문자 내용을 보여줬다.

〈오늘 저녁에 남자친구를 집으로 초대했어요. 엄마한텐 이미 말했으니까 일찍 들어오세요.〉

"서연이가 남자 데리고 온다는데? 너도 나랑 같이 가자."

"아니요, 전 안 갑니다."

"문자 내용 안 보여? 오늘 집에 서연이 남자친구가 온다잖아, 어떤 놈인지 궁금하지 않아?"

"아버지도 아시다시피 전 지금 컨디션이 아주 안 좋고요, 서연이 남자 친구야 다음에 따로 보면 되고요."

민준은 오늘 밤 찬바람이 쌩쌩 불 그곳에 제 발로 걸어갈 생각 같은 건 조금도 없었다. 어디서 찾아보니 임신부는 좋은 것만 보고 좋은 것만 들어야 한다고 했다. 그는 임신부는 아니었지만, 임신부의 남편으로서 행동거지를 올바르게 할 필요가 있었다.

"설마 둘이 벌써 결혼한다는 말을 하려는 건 아니겠지? 서연이하고 비슷한 또래라면 아직 결혼하긴 좀 이르잖아."

"글쎄요."

"정말 같이 안 갈래?"

"네, 정말 같이 안 갑니다."

민준이 재차 고개를 끄덕이자 김 차장은 못마땅한 얼굴로 그를 훑어보았다.

"조국이 아이스크림 사오라고 했는데…… 아이스크림 가게가 어디에 있더라?"

그는 김 차장의 따가운 눈초리를 피해 카트를 밀며 그의 옆을 스쳐 지나갔다.

"그래서 정말 안 가려고요?"

"응. 아."

"나도 손 있어요."

"알아, 그래도."

민준은 숟가락으로 아이스크림을 한 스푼 떠서 조국에게 내밀었다. 그는 비록 자신은 속이 울렁거렸지만, 그녀는 입덧을 하지 않아 정말 다행이라고 생각했다.

"아버님이 건우 씨를 많이 반대하실까요?"

"반대를 하실 건 분명한데 서연이한테 그 이유를 설명할 순 없으니 난감하시겠지."

"당신 설마, 지금 이 심각한 상황을 재미있어 하는 거예요?"

"난 액션 영화를 좋아하거든."

민준은 한쪽 눈썹을 살짝 위로 올리며 개구쟁이 같은 웃음을 지었다.

⚜

건우는 초인종을 누르기 전 크게 심호흡을 했다. 손에서 자꾸 땀이 나, 그는 꽃바구니를 다른 손으로 바꿔 들었다. 며칠 전 서연은 조카가 생겼다며 그에게 심통 난 얼굴을 했다. 건우보다 나이가 두 살 적은 오빠도 이제 애 아빠가 되는데 마음이 급하지도 않냐고 물으면서 말이다. 그래도 그녀에게 청혼하지 않는 그를 보며 자신을 사랑하지 않는 거라고 결론을 내린 서연은 건우에게 일방적으로 이별을 통보했다.

"우리 그만 헤어져요."

"서연 씨!"

"아니면 결혼하든가요. 건우 씨가 만약 나랑 결혼할 마음이 있다면 이번 주 주말에 우리 집으로 인사 와요."

"인사요?"

"우리 부모님한테 말이에요."

그는 절대 서연과 헤어질 수 없었다. 그래서 지금 꽃바구니를 들고 그녀의 집 대문 앞에 서 있는 거였다.

'차장님이 나를 보면 어떤 반응을 보이실까?'

건우는 오는 내내 그 생각뿐이었다. 서연을 집에 데려다주면서 근처에서 김 차장과 몇 번 마주쳤는데도, 김 차장은 건우와 서연을 조금도 연관 짓지 않았다. 그는 혹시 이 동네로 이사 왔느냐고 물었고, 건우가 아니라고 대답하자 그럼 친한 지인이 이 동네에 사느냐고 물었다. 그것도 아니라고 대답하자 김 차장은 그에게 더 이상 아무것도 묻지 않았다.

건우는 그게 꼭 그의 경고처럼 느껴졌다. 다시 한 번 심호흡을 크게 한 건우가 이윽고 결심한 듯 초인종을 꾹 눌렀다.

[누구세요?]

"백건우라고 합니다."

[잠깐만요, 지금 문 열어드릴게요.]

대문이 철컹 소리를 내며 열렸다. 건우는 잔뜩 긴장한 얼굴로 발을 내디뎠다.

"누구라고?"

"백건우라고 한 것 같아요, 오늘 인사 온다던 그 사람인가 봐요."

"백건우라고? 걘 내가 아는 녀석인데…… 우리 집엔 웬일이지? 당신은 있어, 내가 나가 볼게."

그 시간, 서연은 샤워를 하고 예쁜 옷을 꺼내 입은 후 화장대에 앉아 치장을 하느라 정신이 없었다. 건우가 그녀의 집에 인사를 하러 오는 중요한 날인데 평소처럼 입고 있을 수는 없었다. 그래서 서연은 그가 1층에 이미 와 있는 줄도 몰랐다.

김 차장이 1층 현관문을 열자 그 앞에 건우가 서 있었다. 그는 의아한 얼굴로 건우를 쳐다보았다.

"백건우, 주말에 우리 집엔 웬일이야? 무슨 일 있어?"

"차장님께…… 드릴 말씀이 있어서 왔습니다."

"무슨 일인지는 모르겠지만 급한 일이 아니라면 다른 날 다시 왔으면 좋겠는데. 오늘 우리 집에 중요한 손님이 올 예정이라서 말이야."

"중요한 일입니다, 차장님."

김 차장은 눈살을 찌푸렸다. 건우가 이렇게 예의 없이 다짜고짜 집을 찾아올 녀석은 아닌데 왜 지금 현관에 서 있는 건지, 그는 이해할 수 없었다. 잔뜩 찌푸린 얼굴로 그를 바라보던 김 차장의 시선이 건우의 손에 들린 꽃바구니에 가 멈췄다.

"……중요한 일이라면서 꽃을 사왔어?"

"아…… 이건 어머님께 드릴 겁니다."

"어머님?"

그의 눈빛이 날카로워졌다. 김 차장이 생각하기에, 이 집에서 건우가 어머님이라고 부를 수 있는 사람은 없었다.

"네. 오늘 전 서연 씨 부모님을 뵈러 왔습니다, 차장님."

그는 잠깐 숨을 멈추고 건우를 똑바로 바라보았다. 지금 들은 말들이 전부 사실이라면, 건우는 지금 서연이 만나는 남자의 자격으로 그의 집에 왔다는 거였다. 김 차장이 어이가 없다는 듯 픽 웃었다.

"건우야."

그리고 오랜만에 예전처럼 성을 빼고 그의 이름을 불렀다.

"장난이 너무 심하잖아, 말했지만 오늘 우리 집에 중요한 손님이……."

"제가 마음에 들지 않으실 거라는 거 잘 알고 있습니다, 하지만……."

"내 말 안 들려?"

"차장님!"

서연의 목소리가 들린 건 그때였다.

"건우 씨!"

2층에서 계단을 발랄하게 뛰어 내려오던 그녀가 현관에 건우가 와 있는 걸 보고 반색을 한 거였다.

"지금 왔어요? 왔으면 왔다고 얘길 해야죠."

서연은 달려가 그의 팔짱을 끼며 생긋 웃었다.

"우리 아빠한테 인사했어요? 아빠, 건우 씨라고 해요."

김 차장은 속으로 욕설을 내뱉으며 아랫입술을 꽉 깨물었다. 백건우라니, 이건 말도 안 되는 일이었다. 오늘 민준이 집에 같이 오자는 말을 거절했을 때 눈치를 챘어야 했다. 그 녀석은 이걸 알고 있으면서도 모른 척하고 있던 거였다. 민준에 대한 응징은 차후로 미루더라도, 그는 이제 어떤 이유를 가져다 붙여서라도 둘의 만남을 반대하는 악역을 맡아야 했다.

"……안으로 들어오지."

김 차장이 낮은 목소리로 말을 뱉은 후 뒤돌아섰다.

"우리 아빠 괜히 저러는 거예요, 그러니까 건우 씨는 하나도 쫄 것 없어요."

그의 등 뒤에서 서연이 건우에게 소곤거리는 게 들렸다. 김 차장은 깊은 한숨을 내쉬며 머리에 손을 짚었다.

"서연이한테, 우리가 이미 알고 있는 사이란 얘기는 했나?"

"응? 아빠가 건우 씨를 이미 알고 있었다고요? 어떻게요?"

건우와 나란히 소파에 앉은 서연이 두 눈을 휘둥그렇게 떴다. 서연은 고개를 돌려 그를 바라보았지만 건우는 마주 앉은, 아버지와 눈싸움이라도 하는 건지 그에게서 시선을 떼지 않은 채 그녀에게 대답했다.

"내가 회사로 들어오기 전에 차장님 밑에서 일을 한 적이 있었거든요. 나도 차장님이 서연 씨 아버님이라는 걸 알고 놀랐어요, 서연 씨."

"그게 정말이에요, 아빠?"

"……그래, 맞아. 예전에 아빠랑 같이 일한 적이 있었다. 물론 백건우가 우리 집에 인사를 올 거라고는 상상도 못했지만 말이다."

"진짜 신기해요! 오빠가 이걸 알게 되면 아마 깜짝 놀랄 거예요!"

서연은 발을 구르며 좋아했지만 김 차장과 건우는 굳은 얼굴로 서로만을 응시했다. 그녀는 그 분위기를 파악하지 못한 채 신이 난 목소리로 건우의 귀에 대고 속삭였다.

"건우 씨, 이제 얼른 말해요!"

"……무슨 말을요?"

"아빠한테 결혼하겠다고 말하라고요! 그런다고 했잖아요."

"뭐? 둘이 결혼을 하겠다고? 하!"

다리를 꼬고 팔짱을 끼고 앉아 있던 김 차장이 기가 찬 표정으로 두 사람을 바라보았다.

"백건우, 설마 서연이와 정말 결혼을 하겠다는 건 아니겠지?"

"두 분께서 허락만 해주신다면 전 하고 싶습니다, 차장님."

"난 건우 널 가족으로 받아들일 수 없다. 널 좋아하지만 그건 네가 남일 때 얘기야."

"아빠!"

"여보!"

주방에서 나와 찻잔을 테이블로 내려놓던 그의 부인이 당황한 얼굴로 그를 불렀다. 도대체 무슨 영문인진 모르겠지만, 손님을 앞에 두고 남편이 이렇게까지 심하게 얘기를 할 줄은 몰랐던 것이다. 하지만 남편은 감정의 동요 없이 흔들림 없는 눈빛으로 건우를 쳐다보고 있었다.

"하나만 묻자, 민준이도 이걸 알고 있어?"

"……네, 알고 있습니다."

"속도 없는 놈."

악연도 이런 악연이 없는데, 민준이 그 녀석은 도대체 무슨 생각으로 건우를 모른 척해준 건지……. 김 차장은 이해할 수 없었다.

"……건우 너 정도면 우리보다 훨씬 좋은 집안과 인연을 맺을 수 있을 거다.”

“아빠! 그게 무슨 소리예요?”

“서연이 넌 가만히 있어.”

“아빠!”

참다못한 서연이 자리에서 벌떡 일어섰다.

‘아빠가 나한테 이럴 수는 없어! 도대체 건우 씨를 왜 마음에 안 들어 하는진 모르겠지만 그렇다고 내가 물러날 줄 알고?’

마음을 굳게 다잡은 서연은 김 차장을 똑바로 쳐다보았다.

“좋아요! 난 어차피 건우 씨가 아니면 이제 다른 남자랑 결혼 못 하니까 아빠 마음대로 하세요!”

연극을 했던 게 큰 도움이 되었다. 보통 재벌 2세나 3세 주인공이 사랑하는 여자를 집에 데리고 와서 하는 대사였지만, 서연은 지금 그걸 따질 겨를이 없었다. 하지만 그녀의 발언은 생각보다 큰 파장을 일으켰다. 주위가 찬물을 끼얹은 것처럼 일순 조용해졌다. 건우도 적잖은 충격을 받았는지 멍한 얼굴로 서연을 올려다보다 간신히 입술을 움직였다.

“……왜?”

그는 아무리 생각해봐도 그녀가 이런 말을 할 정도의 행동을 한 적이 없었다. 그러나 그걸 모르는 다른 사람들이 듣기에, 건우가 아닌 다른 남자와는 결혼을 못 한다는 건 상당한 오해를 불러일으킬 수 있는 말이었다.

“너, 너, 너 이 자식! 이 미친놈이 기어이!”

갑자기 눈이 뒤집힌 김 차장이 주위를 두리번거리다 찾은 골프채를 쥐고 그를 향해 높이 쳐들었다.

“여보! 안 돼요! 일단 이 사람 말을 좀 들어보…….”

“놔! 내가 오늘 저 자식 죽여 버릴 테니까! 감히 내 허락도 없이 내 딸을 임…… 임신!"

건우는 분을 못 참고 골프채를 치켜든 김 차장과 그를 말리려 애를 쓰는 그녀의 어머니를 멍한 눈으로 바라보았다. 그는 실랑이를 벌이는 두 사람을 보며 이런 생각이 들었다.

'지금 내가 저걸로 몇 대만 맞으면 서연 씨와 결혼을 할 수 있는 건가?'

건우의 입꼬리가 천천히 위로 올라갔다. 그는 과거에 요원으로 일했던 경험이 있기에 두들겨 맞거나 어디 한구석 부러지는 고통 정도는 충분히 참을 수 있었다.

"저, 저 자식이 지금 내 앞에서 웃어? 일을 이 지경으로 만들어놓고 지금 웃음이 나와? 놔! 놓으라니까!"

"잘못했습니다. 그러니 제가 서연 씨 책임지겠습니다, 아버님."

건우는 눈꼬리를 내리며 기쁘게 웃었다.

"건우 씨, 괜찮아요? 아무리 내가 그렇게 말을 했다고 해도 그렇지, 그냥 가만히 있으면 어떡해요? 하마터면 진짜로 우리 아빠한테 두들겨 맞을 뻔했잖아요!"

"그러는 서연 씨야말로 거기서 나를 가로막으면 어떻게 해요? 심지어 홑몸도 아닌 사람이 말이에요."

건우의 차 조수석에 앉아 울상을 짓고 있던 서연은 그의 장난기 섞인 말에 양 볼에 바람을 집어넣으며 입술을 삐죽 내밀었다. 조금 전 그녀는 아빠의 무자비한 구타로부터 간신히 건우를 구해냈다. 서연이 그의 앞을 가로막지 않았더라면 건우는 아마 병원에 실려 갔을지도 모르는 일이었다.

어쨌든 그는 이제 그녀의 거짓말에 동참한 셈이 되었다. 그리고 건우까지 거짓말에 합세했으니 서연이 이제 와서 아빠한테 아까 말은 거짓말이었다고 할 수도 없었다. 그녀는 이왕지사 이렇게 된 거, 아빠가 결혼을 허락할 때까지 당분간 진실을 숨길 수밖에 없다고 생각했다.

"……미안해요."

"뭐가 미안해요?"

"괜히 내가 거짓말해 가지고 건우 씨만 나쁜 사람 만들었잖아요."

"그러게 처음부터 상대방한테 마지막 카드를 내보이면 어떻게 해요? 그건 최후의 수단으로 남겨놓았어야죠."

그는 위급한 상황을 겪은 사람답지 않게, 서연에게 기분 좋게 웃어 보였다. 걱정했던 일이 막상 벌어지자 왠지 홀가분한 기분이 들었던 것이다. 김 차장은 건우에게 앞으로 자기 눈에 띄지 말라고 했지만 그는 자주 찾아갈 생각이었다. 부모 허락도 받지 않고 귀한 딸을 임신시킨 파렴치한 놈까지 되었으니 여기에서 더 나빠질 이미지도 없었다.

"건우 씨. 건우 씨한테 혹시 내가 모르는 비밀이 있어요?"

그녀는 아까부터 묻고 싶었던 말을 꺼냈다. 솔직히 서연은 아빠가 건우와의 결혼을 반대할 줄은 몰랐다. 그러나 그녀가 잘못 본 게 아니라면, 아빠는 딸을 가진 아빠로서 그냥 괜히 해보는 말이 아니라 진심으로 그를 반대하고 있었다. 그래서 서연은 아까 그런 무리수까지 둘 수밖에 없었던 거였다.

"이 세상에 비밀이 없는 사람은 없어요, 서연 씨."

"그럼 범위를 좁혀줄게요. 혹시 사기, 도박, 범죄 이렇게 세 가지 중 하나라도 건우 씨 양심에 걸리는 게 있어요?"

"아니요, 그런 건 없어요."

건우가 고개를 절레절레 흔들었다.

"그런데 왜 아빠는 건우 씨를 마음에 들어 하지 않는 거죠? 우리 아빠는 법이나 규율에 엄격하지만, 범죄를 저지르는 것 빼고는 웬만한 건 다 괜찮다고 생각하는 사람이란 말이에요."

"아마 내가 서연 씨한테 많이 부족하다고 생각하시나 봐요."

"그건 말이 안 되잖아요. 아빠 말마따나 건우 씨 정도면 나보다 훨씬 좋은 조건을 가진 사람을 만날 수도 있는데 말이에요."

그녀는 아빠가 그와 예전부터 알고 있던 사이라면 오히려 좋아해야 되는 게 아닌가 싶었고, 왜 저렇게까지 건우를 반대하는지 도무지 이해가 가지 않았다.

"그래서 아까 그런 거짓말을 한 거예요? 어차피 나중에 다 알게 되실 텐데도?"

"아빠한테 들키기 전에 결혼하면 나중엔 어떻게든 될 거라고 생각했죠, 뭐."

"그럼 부모님께서 많이 속상해하실 수도 있는데 그래도 괜찮겠어요?"

"괜찮아요, 난 우리 아빠한테 그렇게 귀한 딸이 아니거든요. 그래서 난 솔직히 아빠가 저렇게까지 건우 씨를 반대하는 게 이해가 안 가요."

서연은 어깨를 한 번 으쓱거리며 담담하게 말했다. 결혼까지 결심한 마당에 새삼 그에게 숨길 필요가 없다는 생각이 들었기 때문이었다.

"왜 그렇게 생각해요? 서연 씨는 차장님한테 귀한 딸이 맞아요."

"그렇게 위로하지 않아도 괜찮아요. 그렇다고 내가 뭐 막 구박받고 자랐다는 게 아니라 그냥 우리 집 우선순위에서 좀 밀려 있다는 얘기니까요."

"서연 씨 말대로 차장님은 법이나 규율에 스스로 엄격한 분이 맞아요. 하지만 그런 차장님이 서연 씨 때문에 그 원칙을 어긴 적이 있어요."

건우는 예전에 박 단장에게서 김 차장과 그녀와의 미묘한 관계에 대한 이야기를 듣고, 두 사람 사이에 무슨 일이 있었는지 조용히 알아보았다. 그러던 중 그는 서연이 태어나던 날 공교롭게도 민준의 생부가 사망을 했고 그 일에 김 차장이 관련되어 있다는 걸 알게 되었다. 그가 평생 단 한 번 원칙을 어긴 날이 바로 자신의 딸, 서연이 태어나던 날이었던 거였다.

"건우 씨가 잘못 안 거예요. 우리 아빠가 나 때문에 그럴 리가 없어요."

"서연 씨가 아까 물었듯이 사실 나한텐 몇 가지 비밀이 있는데 이것도 그 비밀 중 하나예요. 자세히 말해줄 수 없지만, 차장님은 서연 씨를 아주 소중하게 생각하고 계신 건 확실해요. 봐요, 나 정도 되는 사람도 지금 성에 안 찬다고 반대하고 계시잖아요."

"그건 건우 씨한테 내가 너무 꿀린다고 생각해서 그런 걸 수도 있잖아요."

"대통령 딸을 며느리로 삼은 분이 과연 그렇게 생각하셨을까요?"

"하긴, 새언니에 비하면 우리 오빠가 많이 부족하긴 하죠."

그녀는 건우의 말을 듣고 보니 왠지 수긍이 갔다. 가진 건 얼굴밖에 없는 오빠도 새언니와 결혼을 했고, 아빠가 만약 집안 차이가 많이 난다는 이유로 결혼을 반대하는 거라면 그 문제는 오빠 쪽이 훨씬 더 심각했을 테니 말이다.

"그럼 도대체 아빤 왜 저러시는 건데요?"

"내가 아까 말했잖아요. 서연 씨가 나한테 많이 아깝다고 생각하시는 거라니까요."

"치이, 말도 안 돼."

서연은 토라진 얼굴로 입술을 삐죽거렸다. 하지만 그의 말대로 아빠가 정말 그런 걸지도 모른다는 생각이 들자 왠지 가슴이 간질거렸다.

"그나저나 큰일 났네요. 차장님이 거짓말을 눈치채시기 전에 서연 씨와 빨리 결혼을 해야 할 텐데 말이에요. 그렇다고…… 거짓말을 진짜로 만들 수도 없고."

"무슨 말인지 알아요. 건우 씨는…… 약간."

"약간?"

"……약간 플라토닉한 사랑을 추구하는 사람이잖아요."

서연은 풀이 죽은 얼굴로 힘없이 말했다. 두 사람이 만난 지 벌써 여러 계절이 지났는데도 건우는 그녀에게 15세 관람가 이상의 행동을 하지 않았다. 다른 사람의 이야기인 척 친구들에게 슬쩍 얘기를 흘리며 의견을 물어보니, 친구들은 아마 남자가 여자를 별로 사랑하지 않거나 그도 아니면 건강에 문제가 있는 게 틀림없다고 말했다. 그녀는 건우가 자신을 사랑하는 건 확실하니 아무래도 문제가 되는 건 건강 쪽이 아닐까 생각했다. 그래도 서연은 그의 자존심을 지켜주고 싶다는 생각에 나름대로 플라토닉 사랑을 추구하는 사람으로 미화시켜 말해줬는데, 건우는 그녀의 배려가 고맙지도 않은지 뭐 씹은 얼굴을 하고 있었다.

"내가, 뭘 추구해요?"

"너무 기분 나쁘게 생각하지 말아요, 난 건우 씨가 아프지만 않으면 정말 괜찮으니까요."

그는 기가 막힌 표정으로 서연을 바라보았다.

"나는 건강해요, 서연 씨."

"알았어요, 미안해요. 그렇지만 난 이제 더 이상 건우 씨가 그 문제로 고민하지 않았으면 좋겠어요. 난 지금의 건우 씨를 있는 그대로 사랑하니까요."

그녀는 건우의 심정을 이해한다는 듯 고개를 끄덕였다. 그가 그동안 청혼하지 않고 망설였던 이유와 그녀의 아빠가 건우와의 결혼을 반대하는 이유는 어쩌면 정말 그의 건강 때문인지도 몰랐다. 서연은 남녀 사이에 꼭 육체적인 사랑이 필요한 건 아니라고 생각하며 애써 울적한 마음을 달랬다. 그녀는 건우와 함께라면 플라토닉한 사랑만 하면서도 살 수 있을 것 같았다.

"설마, 서연 씨는 진심으로 내가 그럴 거라고 생각하는 건 아니죠?"

그는 할 말을 잃고 서연을 멍하니 바라보다 가까스로 말을 이었다.

"에? 아니에요?"

"절대 아니에요!"

건우는 너무 억울하고 서러웠다. 그가 찬물 샤워로 힘들게 버텨온 시간이 얼마였는데, 어떻게 이렇게 해맑은 얼굴로 자신에게 이런 말을 할 수 있느냔 말이다.

"진짜요? 진짜?"

하지만 그녀가 한 말은 농담이 아니었다. 서연은 진심으로 그렇게 생각하고 있었던 것이다.

"그럼 서연 씨가 직접 확인해 볼래요?"

"확인…… 이요? 어떻게요?"

"서연 씨만 괜찮다면 난 지금도 확인시켜 줄 수 있어요."

서연은 눈을 휘둥그렇게 뜨고 두 손으로 얼른 입을 가렸다.

'확인이라니, 확인이라니!'

건우의 표정을 보니 빈말로 하는 소리가 아니었다. 그는 정색하는 얼굴로 그녀를 뚫어져라 바라보고 있었다. 건우는 서연이 고개만 끄덕이면 당장에라도 가까운 호텔로 차를 몰 기세였다.

'어떡하지? 고개를 끄덕일까, 말까? 하지만 그럼 내가 그걸 너무 궁금해하는 것 같잖아. 그렇지만 정말 궁금한데 어떡하지?'

"나한테…… 꼭 확인시켜 주고 싶어요?"

"옛날부터 몇 번이나 확인시켜 주고 싶었어요."

그녀에게 그의 건강을 얼마나 증명하고 싶었는지, 건우의 호흡이 평소답지 않게 흐트러져 있었기에 서연의 심장이 쿵쾅거리기 시작했다.

'일단 침착해.'

그의 눈빛을 보니 건우가 건강하다는 건 진심인 것 같았다. 그렇지만 눈대중만으로 정확한 사실을 알 수 있는 건 아니었다.

"건우 씨가 꼭 확인을 시켜주고 싶다면 어쩔 수 없죠."

이윽고 마음을 굳힌 그녀가 안전벨트를 매며 비장한 얼굴로 고개를 끄덕였다. 서연은 그의 건강 상태에 따라 아빠한테 한 거짓말을 수정해야 될지도 모르기 때문에 이건 꼭 필요한 절차라고 생각했다.

하지만 그녀가 건우의 건강을 확인하는 건 생각했던 것보다 힘들었고 시간이 많이 필요했다. 서연은 도중에 몇 번이나 확인을 멈추려고 했지만, 그는 애정이 듬뿍 담긴 눈빛으로 그녀를 바라보며, 끝까지 포기하지 말아달라며 간절하게 부탁했다.

그리고 그날 이후 건우는 종종 서연에게 그의 건강 상태를 점검받았고, 김 차장의 구박과 외면에도 불구하고 매일 밤 그녀의 집 초인종을 눌러댔다. 김 차장은 생각할수록 건우가 괘씸했으나 그렇다고 두 사람 사이에 이미 아이까지 있다는데도 무턱대고 반대만 하고 있을 수는 없었다.

그들이 건강한 아이를 낳은 건 두 사람이 결혼식을 올리고 일 년이 지난 후였다. 결혼 준비를 하면서 서연이 임신하지 않았다는 사실을 알게 된 김 차장은 무척 분노했지만, 건우가 그의 집에 처음 인사 왔을 때와는 다르게 그에게 골프채를 휘두르진 않았다.

“이 녀석이 엄마 배 속에 무려 이 년을 있다 나온 내 조카군. 보통 십 개월이면 태어나는데 얘가 아주 스케일이 남다르네, 나중에 아주 큰 인물이 되겠어.”

민준은 픽 웃으며, 잠들어 있는 조카를 가까이서 들여다보았다.

“씨이, 우리 아기한테 그렇게 얘기하지 마!”

“그러게 누가 어머니 아버지한테 그런 거짓말을 하래?”

“그래도 난 후회하지 않아! 그치, 건우 씨?”

“서연 씨가 지금까지 한 일 중에 제일 잘한 일이에요. 덕분에 이렇게 예쁜 아기가 태어났잖아요.”

아기 침대에 두 팔을 얹고 있던 건우는 아기의 조그만 주먹을 손가락으로 조심스럽게 만지며 웃었다. 그는 아기를 팔에 안고 싶었지만 그러다 떨어뜨릴까 봐 겁이 나서, 아기의 손만 살살 만지고 있었다. 건우는 조금 이따 간호사가 병실로 오면 전문가인 그녀의 입회하에 다시 한 번 아기를 안아볼 생각이었다.

"우리 아기 진짜 예쁘죠? 주치의가 이렇게 예쁜 남자아이는 지금까지 한 번도 본 적이 없다고 하더라고요."

뿌듯한 얼굴을 한 그가 이번엔 아기의 발을 만졌다. 곱슬거리는 갈색 머리카락은 건우를 닮았고 하얀 피부에 짙은 속눈썹은 서연을 꼭 빼닮았다. 그래서 그는 주치의의 그 말이, 자신이 Pakin의 오너라서 한 말은 아닐 거라고 굳게 믿고 있었다.

"그 주치의가 아마 우리 민족이가 태어나는 걸 못 봐서 그런 말을 한 걸 겁니다."

"그럴 리가요, 이렇게 예쁜 아기는 저도 처음 보는데요."

건우는 얼굴 가득 미소를 지으며 아기의 뺨을 엄지로 천천히 쓸었다. 그는 오늘따라 아버지 생각이 많이 나 몇 번이나 울컥했지만, 그때마다 아기의 얼굴을 바라보면 가슴의 통증이 수그러들었다. 아기는 그 존재만으로도 그의 상처를 치유시켜 주는 힘을 가지고 있는 것 같았다.

"축하합니다."

그 모습을 바라보던 민준은 부드럽게 미소 지으며 건우에게 축하의 인사를 건넸다.

에필로그 3
사랑은 언제나 현재진행형

시간은 빠르게 흘렀다. 민족이 무럭무럭 자라는 동안 대통령은 퇴임을 했고, 김 차장은 원장이 되었다. 민준이 바보를 넘어 중독자가 될 만큼 아름다운 휘가 태어났고 어느덧 민족은 유치원생이 되었다.

민족에게는 요즘 좀처럼 풀리지 않는 의문점이 하나 있었다.

[김민족, 서점에서 뭐 하니?]

그건 바로 아빠에 대한 것이었다. 아빠는 오늘도 어김없이, 밖에 나와 있는 민족에게 핸드폰으로 전화를 걸었다.

“삼촌이랑 책 읽고 있어요, 아빠.”

[거기 간 지 한 시간이 넘었는데 나머지 독서는 집에 가서 하는 게 어떨까? 집에 너무 늦게 돌아가면 외할아버지 외할머니께서 걱정하실 텐데. 삼촌도 힘드실 테고 말이야.]

민족은 눈을 동그랗게 뜨고 주변을 두리번거렸다. 주변에 아빠가 없음을 확인한 그는 핸드폰에 대고 크게 말했다.

“아빠, 지금 망원경으로 민족일 보고 있어요?”

[당연하지. 민족이가 어디에서 무얼 하고 있는지 아빠는 다 보인다고 했잖아.]

민족이 유치원을 다니기 시작했을 때 아빠는 그에게 입학 선물이라면서 손목시계를 선물해 주었다.

그리고 그날 이후 민족은 신기한 경험을 하게 되었다. 신기하게도 아빠는 그가 어디에서 무얼 하고 있는지 이렇게 귀신같이 알아맞힐 수 있게 된 거였다. 아무래도 손목시계에 비밀이 있는 것 같아, 민족은 일부러 집에 시계를 두고 나온 적도 몇 번 있었다. 하지만 민족이 집과 유치원을 벗어나게 되면 어김없이 아빠한테서 전화가 걸려왔고, 아빠는 그가 손목시계를 차고 있지 않아도 민족이 어디에 있는지 알고 있었다.

"아빠, 그럼 거기에서 휘도 보여요?"

[그럼.]

"휘는 지금 뭘 하고 있어요?"

[휘는…….]

민족이 침을 꼴깍 삼켰다. 엄마는 오늘 휘를 데리고 갑자기 고모네 집에 갔다. 엄마는 민족에게 함께 가자고 했지만 그는 오늘 서점에서 꼭 읽고 싶은 책이 있어서 엄마와 같이 가지 않았다. 아빠는 이 사실을 모르고 있을 게 분명했다. 아빠의 망원경이 진짜인지 확인할 수 있는 절호의 기회였다.

[……휘는 여전히 예쁘네. 엄마랑 정말 똑같이 생겼어, 그렇지?]

"에이, 아빠!"

민족이 발을 구르며 울상을 지었다. 아빠가 숨죽여 웃는 소리가 들렸다.

[민족아, 이따 아빠랑 같이 마당에서 축구할까?]

"응? 아빠 오늘 일찍 와요?"

[고모네 집에 들러서 엄마랑 휘 데리고 갈게. 저녁 먹기 전에 도착할

테니까 할머니 집에서 놀고 있어, 알았지?]

"……진짜네."

[응? 뭐가 진짜야?]

"아무것도 아니에요!"

이쯤 되면 민족은 아빠의 망원경의 존재를 믿을 수밖에 없었다. 서점에서 아무리 책을 찾아봐도 아빠의 비밀을 풀 수 있는 책은 없었던 것이다. 민족은 시무룩한 얼굴로 목에 걸린 목걸이를 만지작거렸다. 그 목걸이는 민족이 어렸을 때부터 목에 걸고 있던 거였다. 워낙 오랫동안 목에 걸고 있어서 그런지 민족은 목걸이를 만지면 마음이 편안해졌다.

"삼촌, 이제 집에 가요."

민족은 옆에 서 있던 경호관의 옷깃을 잡아당겼다.

"그럴까? 민족이 책 다 읽었어?"

"네, 다 읽었어요."

민족은 경호관의 손을 잡고 주차장을 향해 터덜터덜 걷기 시작했다.

'목걸이…… 목걸이?'

민족은 가던 걸음을 우뚝 멈췄다.

"민족아, 왜 그래?"

'그러고 보니 휘도 나랑 똑같은 목걸이를 걸고 있잖아?'

휘가 태어나고 얼마 지나지 않았을 때, 아빠는 휘의 목에 그의 것과 똑같이 생긴 목걸이를 걸어주었다. 아빠는 진지한 얼굴로 민족에게 목걸이는 사랑의 징표라고 말했지만, 엄마는 아빠에게 눈을 흘기며 웃었다.

'아빠는 왜 아빠 시계와 똑같은 손목시계를 나한테 선물해 준 걸까?'

경호관의 차에 탄 민족은 손목시계를 꼼꼼히 살펴보았다. 그러던 중 민족이 시계 화면을 손가락으로 두 번 두드리자 눈앞에 갑자기 지도가 나타났다. 빨간 점 하나가 지도 한가운데서 깜빡거리는 게 보였다. 민족의 심장이 두근거리기 시작했다.

"민족인 오빠니까 앞으로 동생을 지켜주는 거야, 알았지?"

문득 아빠가 손목에 시계를 채워주며 했던 말이 생각난 민족은 침을 꼴깍 삼키며 화면을 확대해 보았다. 그는 지도를 보고, 빨간 점이 보이는 곳이 고모네 동네라는 걸 알 수 있었다.

'휘다!'

빨간 점이 휘가 있는 곳을 가리킨다는 걸 알아낸 민족은 신이 나서 발을 쿵쿵 굴렀다. 손목시계에 숨겨져 있던 비밀은 바로 휘와 관련이 있는 거였다.

"민족아, 무슨 즐거운 일이라도 있는 거야?"

백미러로 민족을 힐끗 쳐다본 경호관이 빙긋 웃으며 물었다.

"아무것도 아니에요, 삼촌!"

민족은 차창을 내리며 함박웃음을 지었다.

⚜

하늘에 구름 한 점 보이지 않는 맑은 날이었다. 민준은 아침 일찍 일어나 침실 창문 커튼을 옆으로 젖히고 파란 하늘을 올려다보았다. 아침 햇살이 침실 깊숙한 곳까지 비추자 눈이 부셨던 조국은 눈을 비비며 침대에서 일어나 앉았다. 그녀가 일어나는 기척을 느낀 그는 뒤돌아 조국에게 다가왔다.

"깼어?"

"응. 그렇지만 일어나진 않을래."

그녀는 다시 베개에 얼굴을 묻었다. 민준은 픽 웃으며 침대에 걸터앉아 조국의 어깨에 손을 얹었다. 어젯밤, 아침에 일찍 깨워달라고 신신당부를 했던 그녀는 언제 그랬냐는 듯 그에게 등을 돌리고 누워 있었다. 민준은 조국을 깨우기 위해 그녀의 보드라운 어깨를 엄지로 쓸었다.

“오늘은 일찍 일어나야 한다고 했잖아. 나한테 깨워달라고 해놓고 잊어버린 거야?”

“……난 잊지 않았어요, 그런데 내 몸은 잊었나 봐.”

“그럼 내가 깨워줘야겠네, 난 야옹이를 깨우는 방법을 알고 있거든.”

그는 조국의 등과 무릎에 팔을 받쳐 안아 올렸다. 민준이 그녀를 이렇게 안아 들면 조국은 눈을 감은 채로 그의 가슴에 얼굴을 묻고 웃곤 했다. 민준은 그의 가슴을 간질이는 그 웃음이 좋아 가끔 이렇게 그녀를 안아 욕실로 데려가곤 한다. 결혼을 하고 꽤 많은 시간이 흘렀지만 민준과 조국은 항상 서로를 염려했고, 둘의 사랑은 여전히 견고했다. 서로 사랑하고 걱정하고 고마워하고 행복하기에도 모자란 시간들에, 다른 감정이 끼어들 틈 같은 건 조금도 없었다.

“……민족이랑 휘는?”

“민족인 정원에서 달리기 연습 중이고 휘는 아직 자, 오늘도 여전히 예쁘고.”

“조국은요?”

“내 조국은 오늘도 안녕하지. 아직 잠이 덜 깬 것만 빼곤 말이야.”

“치, 일어났잖아.”

그녀가 그의 목을 두 팔로 감싸며 입술을 삐죽거리자 낮게 웃음 짓는 민준의 입술이 조국의 입술에 가볍게 와 닿았다.

“잠꾸러기 야옹이.”

“아니야.”

조국이 설핏 웃음을 터뜨렸다. 두 사람의 사랑은 언제나 현재진행형이었다.

운동장 위의 하늘을 길게 가로질러 걸린 만국기가 바람에 펄럭였다. 오늘은 여덟 살이 된 민족이 다니는 초등학교의 운동회가 열리는 날이었다. 민족이 오늘 아침 일찍부터 경호관 삼촌들과 함께 달리기 연습을 한 이유는 바로 이것 때문이었다.

"너무 열심히 하진 말아요. 내 말 무슨 소린지 알죠?"

"시합인데 그런 게 어디 있어?"

트레이닝복을 입은 민준은 운동장 한쪽에서 몸을 풀었고, 조국은 그런 그를 못마땅해하며 인상을 썼다. 아이의 초등학교 운동회일 뿐인데 민준은 마치 올림픽에 출전하는 선수처럼 결의를 다지고 있었다.

민족이 초등학교에 입학하고 첫 운동회니만큼 운동회에 대한 관심은 그들 부부로 그치지 않았다. 운동장 한쪽에 마련된 학부모 대기석엔 김원장 내외와 전 대통령 내외가 들뜬 얼굴로 자리에 앉아 있었다. 그뿐만 아니라, 주변 분위기를 고려해 사복 차림을 한 경호관들은 그들 뒤에 빙 두르듯 서서 민족에게 파이팅을 외치고 있었다.

민준은 선 채로 발목 스트레칭을 했다. 조금 뒤 열릴, 아빠들의 장애물 달리기 경기 때문이었다. 조국은 그에게 너무 튀지 않게 살살 하라고 당부했지만, 민준은 그럴 생각이 전혀 없었다.

"민족이 생각도 좀 해줘요. 안 그래도 지금 우리 부모님 때문에 사람들 쳐다보는 거 안 보여요?"

그녀는 고갯짓으로 학부모 대기석 쪽을 가리켰다. 아까부터 주변의 시선은 온통 설의 부모님이 있는 방향을 향해 몰려 있었다. 강현석 전 대통령과 이미연 전 영부인의, 외손자 운동회 참석 때문이었다. 대통령 뒤로 반원을 그리며 서 있는 경호관들 역시 시선을 끄는 데 한몫했다. 그들은 나름 동네 이모나 삼촌들인 것처럼 위장하고 있긴 했지만 행동과 표정을 보면 누가 봐도 경호관이었다. 운동회에 참석한 사람들은 그들을 신기한 듯 쳐다보며 서로 귓속말을 했다. 이런 상황에서 민준이 만약 경기에 최선을 다하기라도 한다면 어떤 상황이 벌어질지, 조국은 불을 보듯 훤했다.

"피할 수 없으면 즐기라는 말도 있잖아."

"피할 수 있는데 왜 즐겨야 해요?"

"내가 즐거우니까 그렇지. 그리고 당신은 나 뛰는 거 한 번도 못 봤잖아. 당신한테 보여주고 싶어서 그래."

그녀는 어쩔 수 없다는 듯 이마를 살짝 찡그렸다. 다시 생각해 보니 그가 달리는 모습을 보고 싶기도 했다.

"……1등 선물이 액자래요. 뭐, 가족사진 끼워놓으면 좋을 것 같기도 하고."

"내가 타다 줄게, 기다려."

"그래도 살살 해요, 너무 열심히 하진 말고요."

"알았어!"

민준은 활짝 웃으며 발걸음도 상쾌하게 멀어져 갔다.

조국은 피식 웃으며 대기석으로 돌아가 부모님 옆에 앉았다. 어머니들은 대화를 나누고 있었고, 김 원장은 바깥사돈의 무릎에 앉아 있는 휘에게 이리 오라며 손을 내밀고 있었다. 인형 같은 손녀를 안아보려는, 간절함이 가득한 그의 얼굴을 보며 조국은 빙긋 웃었다.

잠시 후 출발선에 아빠들이 일렬로 섰다. 민준은 남자들 중 서 있는 모습만으로도 단연 눈에 띄었다. 그는 아이 아빠가 아니라 젊고 잘생긴 운동선수 같았다.

"아빠 대신 삼촌이 뛰어도 괜찮나? 저기 저 사람은 아무리 봐도 삼촌 같은데?"

"누가 뛰면 어때? 잘생기면 그만이지. 덕분에 우린 눈 호강하고 좋잖아, 호호호."

그녀의 옆자리에 앉아 있는 사람들이 민준을 흘끔흘끔 쳐다보며 소곤거렸다. 그들은 그가 누군가의 아빠이거나 남편이라곤 생각하고 싶지 않은 모양이었다.

출발을 알리는 신호가 들리자 출발선에 서 있던 남자들은 일제히 앞을 향해 질주하기 시작했다. 맨 앞에서 얼굴에 미소를 머금고 여유 있게 달리는 민준의 얼굴이 보이자 조국은 저도 모르게 얼굴을 붉혔다. 그는 여전히 그녀의 가슴이 두근거릴 정도로 멋있었다.

“어머!”

“어머머!”

조국은 주변 사람들이 놀라서 탄성을 지르는 걸 보며 발그레해진 얼굴을 가라앉혔다. 민준은 물 흐르듯 매끄럽게 달리며 여러 개의 장애물을 빠르게 통과했고, 다른 사람들은 절반도 통과하지 못했을 때 이미 결승선에 도착해 달려 나온 민족을 팔에 안고 웃고 있었다.

“아빠, 아빠가 일등이에요!”

“아빠 오늘 천천히 뛴 거야, 너무 빨리 달리면 민족이가 아빠 안 보일까 봐.”

그는 자신을 존경스러운 눈으로 올려다보는 민족을 바라보며 너스레를 떨었다. 그리곤 고개를 돌려 저 멀리 대기석의 조국과 눈을 마주치고 손을 크게 흔들며 웃었다. 손등에 1이라고 적힌 숫자 도장까지 받은 민준은 민족을 원래 있던 자리로 돌려보낸 후 의기양양한 얼굴로 돌아왔다.

“넌 양심도 없냐?”

김 원장은 민준을 힐끗 쳐다보며 비난조로 말했다. 그는 의욕이 사라진 얼굴로 대기석에 돌아오는 남자들을 보니 왠지 미안한 생각이 들었다.

“재밌잖아요. 그리고 아빠 경기인데 당연히 제가 나가야죠.”

"아빠 말고도 가족 아무나 참가해도 된다는데, 그럼 다음 경기는 내가 나가도 되나?"

"삼십대랑 같이 뛰시게요?"

"뭐 어때, 이기기만 하면 되지."

"아버진 양심도 없고 자비도 없으십니다. 그럼 같이 뛴 사람들이 뭐가 되겠습니까?"

그때 낯익은 목소리가 그들의 대화에 끼어들었다.

"가족이면 고모부도 됩니까?"

민준과 김 원장은 고개를 돌려 소리가 나는 방향을 바라보았다. 아이의 손을 잡은 건우와 서연이 그들에게 다가오고 있었다.

"할아버지!"

"어이구, 우리 태민이 왔어?"

자리에서 벌떡 일어난 김 원장이 황급히 손자에게 달려갔다. 그는 태민이를 허공에 붕 띄우며 함박웃음을 지었다. 서연이 김 원장의 집에 뻔질나게 드나들어서 그런지, 서연의 아들 태민이는 유난히 그들 내외를 잘 따랐다. 민족과 휘가 옆집에 사는 전 대통령 내외를 더 잘 따르는 것과 같은 이유였다.

"뭐 하러 여기까지 왔어? 우리 태민이 유치원도 안 보내고 말이야."

"할아버지 할머니 보고 싶어서 왔어요."

"어이구, 우리 태민이가 그랬어요?"

서연은 김 원장을 향해 못 말린다는 듯 눈을 흘기며 웃었다. 서연은 태민이를 끔찍하게 여기는 아버지가 아직도 영 적응이 되지 않았다.

"서연 씨가 민족이 운동회 하는 거 보고 싶다고 해서, 겸사겸사해서 왔어요. 그런데 아버님, 저거 가족이면 누구나 나갈 수 있는 겁니까?"

건우는 운동장에 시선을 고정한 채 물었다. 운동장 곳곳에 설치된 장애물을 보자 몸이 근질거렸던 것이다. 서연에게 다른 의미로도 건강한 그의 모습을 보여주고 싶다는 생각도 들었다. 그러나 그녀는 안 된다는 듯 고개를 옆으로 저었다.

"하지 말아요, 괜히 나섰다가 건우 씨 다치면 어쩌려고요."

"그럼 하지 말까요, 서연 씨?"

"힝. 외삼촌은 달리기 잘하는데 아빠는 달리기 못해요?"

"그게 무슨 소리야, 태민아! 아빠는 외삼촌보다 훨씬 더 잘해!"

불타오르는 건우의 의지에 태민이가 기름을 통째로 쏟아 부었다. 그는 태민이의 시무룩한 얼굴에 바로 재킷을 벗어 서연에게 건넸다. 회사에 출근했다 오는 바람에 옷을 갈아입고 나올 시간이 없어서 양복 차림이었지만, 이 정도는 상관없었다.

"건우 씨, 양복 입고 뛰게요?"

"괜찮아요. 이 정도 핸디캡은 있어야죠."

"건우 씨가 왜 핸디캡을 가져야 하는데요?"

"난 누구랑 다르게 양심이 있는 사람이거든요."

건우는 민준과 김 원장을 슬쩍 쳐다보며 웃었다. 이런 설렘은 오랜만에 느껴보는 것이었다. 와이셔츠 소매를 걷어 올리는 그의 눈빛이 마치 먹잇감을 코앞에 둔 맹수의 눈빛처럼 날카롭게 빛났다.

이어지는 경기에 민족의 고모부 자격으로 참가한 건우는 몸에 꼭 맞는 양복을 입고도 결승선을 일등으로 통과했다. 심지어 그는 결승선에 와서 숨이 차 나동그라지는 다른 출전자들과 달리, 호흡이 조금도 거칠어지지 않았다.

"태민아, 아빠도 일등!"

"우리 아빠 최고!"

그는 아들 앞에 달려와 한쪽 무릎을 꿇고 앉아 손등에 적힌 숫자 1을 보여주며 웃었다. 그러자 김 원장의 무릎에 앉은 태민은 온몸을 들썩이며 기뻐했다.

"실없는 놈들 같으니라고. 일반인들 이긴 게 그렇게 좋냐?"

"형님은 아니지만 저는 일반인입니다, 아버님."

건우는 민준이 건네준 스포츠음료 뚜껑을 따며 그의 옆에 앉았다. 나이는 자신이 두 살 더 많았지만, 민준이 서연의 오빠기 때문에 그는 민준을 형님이라고 부르게 되었다. 그나마 다행인 것은 결혼 전엔 종종 말을 짧게 하던 민준이 건우가 결혼을 하자 오히려 그에게 존대를 하기 시작했다는 거였다.

"나는 그냥 설렁설렁 뛰었는데 매제는 전력 질주하던데요?"

"무슨 소리, 난 달린 게 아니라 걸은 겁니다. 그나저나 휘는 어디에 있습니까?"

건우는 자리에 앉자마자 두리번거리며 휘를 찾았다. 그러자 민준이 뿌듯한 얼굴로 휘가 있는 방향을 가리켰다.

"저기 장인어른 무릎에 앉아 있습니다."

그가 고개를 돌려 보니 휘는 전 대통령의 무릎에 앉아 할아버지의 귀에 끊임없이 뭐라 속삭이고 있었다. 그의 표정을 보니 손녀인 휘가 원하기만 한다면 마치 나라라도 사줄 기세였다.

"나도 곧 딸을 낳을 겁니다."

건우는 부러운 표정을 지으며 퉁명스럽게 말했다. 그도 휘 같은 딸을 낳고 싶었지만, 현실은 사내아이 두 명이었다. 아쉬운 얼굴로 시선을 돌리던 건우는 서연의 어깨에 고개를 기대고 잠든 둘째 아들을 바라보며 금세 흐뭇한 얼굴이 되었다. 아무리 휘가 예쁘다고 해도 자신의 분신인 두 아들보다 귀하고 예쁠 수는 없기 때문이었다.

"우리 휘 같은 딸을 낳는다는 게 쉽진 않을 텐데요, 셋째가 또 아들일 수도 있습니다."

"말이 너무 심하네요."

두 사람은 퉁명스럽게 말을 주고받았지만, 눈이 마주치자 피식 웃으며 음료수를 마셨다.

“참, 박 국장님과 함께 이번 파티에 참석한다고 들었는데요.”

“참석은 무슨, 그냥 일하러 가는 거지요. 그나저나 Pakin 정보력도 대단합니다, 그건 또 어떻게 알았습니까?”

“겨우 이 정도에 무슨 정보력씩이나요, 그냥 국장님께 술 한잔 사드린 것뿐인데요.”

“국장님은 도대체 나이를 어디로 드시는 건지, 쯧.”

다음 달 서울에선 남북회담이 열릴 예정이었다. 남한에 항상 삐딱하게 나오던 북한이 협상 테이블에 앉을 수밖에 없게 된 이유가 있었지만, 양측 누구도 그 이유를 입에 올리지는 않았다. 그 비밀을 유지하는 데에 적지 않은 비용이 들어갔지만 대한민국 정부는 그 비용을 기꺼이 지불하는 쪽을 택했다.

“지금은 아니어도 언젠간 역사로 기록이 되겠죠? 그럼 위인전이 나올 수도 있겠네요, 안 그렇습니까?”

건우의 질문은 주어는 빠졌지만 조국의 이야기였다. 이인호 박사의 연구는 완성되었고, 이 세상에 그 비밀을 아는 사람은 몇 명 되지 않았다.

“그땐 Pakin그룹에서 권장 도서로 많이 사주십시오.”

민준이 피식 웃으며 자리에서 일어났다. 그는 곧장 장인어른에게 다가가 휘를 건네받은 후 딸을 안고 조국의 옆에 가 앉았다. 손녀를 뺏긴 그는 아쉬운 얼굴이었으나, 민준은 휘에 관해서는 조금의 양보도 없었다.

“건우 씨랑 무슨 얘기를 그렇게 했어요?”

“책 이야기.”

그는 휘의 뺨에 입을 맞추며 빙긋 웃었다. 그러더니 갑자기 자리에서 일어나 휘를 의자 위에 앉히고, 자신은 조국 앞에 한쪽 무릎을 꿇고 앉았다. 놀란 그녀가 두 눈을 크게 떴다.

"응? 왜요?"

"당신 신발 끈이 풀렸잖아."

"진짜네? 몰랐어요."

조국은 부드럽게 웃으며 민준의 정수리를 내려다보았다.

그는 추운 겨울날 그녀의 목에 목도리를 단단히 여미어주던 그때와 조금도 달라지지 않았다. 술에 취한 조국을 등에 업고 거리를 걷고, 건너편 아파트 베란다에서 그녀에게 사과를 던져 주며 웃던 그때처럼.

"공원 근처에 민들레가 많이 피었던데, 오후에 애들 데리고 산책 가자."

그리고, 민준은 지금도 조국에 관한 건 하나도 빠짐없이 기억하고 있었다. 그는 그녀처럼 모든 것을 기억하는 것이 아니라, 조국에 관한 것만 잊지 않고 있었다. 그녀는 가끔 이 사실을 깨달을 때마다 가슴이 뭉클해지곤 했다.

"민들레는 왜요?"

"당신이 좋아하니까."

조국은 민준의 대답을 알면서도 질문을 했다. 그녀는 이렇게 담백하게 진심을 말하는 그가 참 좋았다. 이런 민준을 볼 때면 가슴 한쪽이 묵직해졌다. 행복이 깨어질까 봐 두렵다는 게 이런 건가 싶었다.

"있죠, 난 지금이 제일 행복한 것 같아요."

"그럼 이제 나랑 똑같아진 건가?"

"응, 똑같아요."

조국의 속삭임에 기분이 좋아진 민준이 옅게 미소 지었다. 그에게도 하루하루가 휘만큼 아름다운 날들이었다.

⚜

자전거 바퀴에 걸린 체인이 좌르르 돌았다. 열심히 페달을 밟던 민족은 골목길을 빠르게 돌아 집 앞에 멈췄다. 그는 대문을 활짝 열고 들어가며 동생의 이름을 불렀다.

"휘!"

고등학교 1학년인 휘는 여름방학을 맞아 조금 전 집에 도착했다. 실내 수영장에서 수영을 하던 민족은 손목시계의 빨간 점이 평창동에 점점 더 가까워지는 걸 보고 서둘러 밖으로 나온 거였다.

휘는 기숙사 생활을 하기 때문에 민족은 평소엔 주말에야 겨우 그녀를 볼 수 있었다. 하지만 그는 이제 개학까지 매일 동생을 볼 수 있게 된 것이다.

"바보, 늦었어!"

2층에서 낭랑한 목소리가 들렸다. 정원을 가로질러 가던 민족이 고개를 들어 2층 테라스를 바라보았다.

"휘."

"잘 지냈어, 오빠?"

그녀의 긴 머리카락이 바람에 부드럽게 휘날렸다. 휘는 얼굴에 미소를 머금은 채 민족을 내려다보고 있었다. 가만히 웃고 있는 그녀의 청초한 모습은 꼭 천사 같았다. 그는 아버지가 아직까지 동생의 날개를 찾아오지 못한 게 틀림없다고 생각했다.

"나 오빠랑 같이 가고 싶은 곳이 있어."

"지금? 어디?"

"퓰리처상 사진전. 하지만 가려면 지금 가야 해, 시간이 별로 없거든."

"그럼 거기서 날아서 내려올래? 오빠가 여기서 받아줄게."

민족은 싱긋 웃으며 휘를 향해 두 팔을 높이 올렸다. 친구 녀석들은 그를 가리켜 시스터 콤플렉스라고 했지만, 민족은 자신을 뭐라 칭하든 상관없었다. 민족이 뭘 하든, 아버지가 하는 것에 비하면 아무것도 아니었기 때문이었다.

오후 늦은 시간이었는데도 불구하고 전시회장 안은 사람들로 북적거렸다. 이미 이 사진전에 두 번이나 왔었다는 오빠는 휘에게 전시회장 출구 앞에서 기다릴 테니 천천히 보고 나오라고 말했다.

사람들 무리에 휩쓸려 다니던 휘는 인상을 찡그리며 결국 사람들 대열 밖으로 나와 버렸다. 그녀는 작품을 이렇게 등 떠밀리듯이 다니며 보고 싶지 않았다. 대열에서 나와 멀리서 바라보니 오히려 작품을 찬찬히 감상할 수 있었다. 그러던 중, 가까이에서 인기척을 느낀 휘가 고개를 옆으로 돌렸다.

그곳에는 그녀와 비슷한 나이의 남학생이 서 있었다. 휘가 눈을 크게 떴다. 그녀가 아는 사람이었기 때문이다. 같은 반은 아니었지만, 학교에서 꽤 유명한 학생이었기 때문에 휘는 그의 이름을 알고 있었다.

"넌 방학을 하자마자 혼자 사진전에 온 거야?"

남학생은 정면의 사진에서 시선을 떼지 않은 채 그녀에게 물었다. 그도 휘를 알아본 모양이었다.

"너야말로 항상 같이 다니는 쌍둥이 여동생과 사촌은 어디에 두고 혼자야?"

그녀의 말이 의외였는지, 남학생은 고개를 돌려 휘를 힐끗 쳐다보았다.

"너 7반 한도빈, 아니야?"

"맞아. 의외네. 네가 내 이름을 다 기억하고."

"한도린, 한도빈, 한도준. 너네 학교에서 유명하잖아."

"그래도 너만큼은 아니야."

휘는 학교에서 꽤 유명인사였다. 사진전에서 그녀를 만났다는 걸 알면 자신의 사촌인 도준은 같이 오지 않은 걸 땅을 치고 후회할 게 분명했다. 그는 입학식 날 휘를 보고 첫눈에 반했기 때문이었다.

"너 사진 좋아해?"

"셋째 작은아버지께서 사진작가야. 한도준 안다고 했지?"

"아, 그럼 셋째 작은아버지가 혹시 한도준의 아버지야?"

"응."

더위 탓인지 휘의 뺨이 서서히 달아올랐다. 휘는 가족 이외의 남자와 이렇게 긴 대화를 한 건 처음이었다. 휘는 오빠가 기다리고 있다는 걸 알면서도 왠지 발걸음이 떨어지지 않았다.

"방학이 너무 짧은 것 같아."

그녀의 한숨 같은 말에 도빈이 휘를 빤히 쳐다보았다.

"왜?"

"솔직히 네가 이렇게 말이 많은 줄 몰랐거든."

"그렇다고 내가 아무나하고 이렇게 얘기하는 건 아니야."

"칭찬이었어."

휘도 한도빈, 한도준 사촌 형제에 대한 얘기는 주변에서 들어 알고 있었다. 서글서글하고 붙임성이 좋은 도준에 비해 도빈은 말도 별로 없고 무덤덤한 성격이라고 들었다. 하지만 그녀가 여기서 만난 사람이 만약 도빈이 아니라 도준이었다면 휘는 자신이 이렇게까지 얘기를 하고 있을 것 같진 않았다.

"……그 사진이 그렇게 좋아?"

"응?"

잠깐 생각에 잠겨 있던 그녀는 그의 질문에 정신이 들었다.

"아까부터 계속 그 사진만 보고 있잖아."

"아……."

사실 휘는 도빈과 얘기를 나누는 게 좋아서 멈춰 서 있던 것일 뿐이었다. 하지만 그에게 그렇다고 말을 할 순 없었다.

“어, 좋아해. 정말 보고 싶었던 사진이었거든.”

“……날씨가 덥네.”

“……응. 더워.”

어색한 침묵이 흘렀다. 하지만 휘는 다른 곳으로 자리를 움직이고 싶진 않았다. 기다리다 못한 민족이 찾으러 올 때까지, 그녀는 여전히 그곳에 멈춰 서 있었다.

“휘! 여기에서 뭐 해? 가자.”

“……응. 오빠.”

‘친구가 되자고 할 걸 그랬나?’

휘가 민족과 함께 가다가 뒤돌아보았을 때, 그녀는 자신을 물끄러미 바라보고 있던 도빈과 눈이 마주쳤다. 그가 자신을 바라보며 천천히 눈을 감았다 떴을 때 휘는 도빈의 눈동자가 바다 같다는 생각을 했다.

〈The End〉

작가 후기

안녕하세요 carbo(도효원)입니다.

네이버 오늘의 웹소설에서 독자님들과 사이다와 고구마를 먹으며 기차 여행을 떠났던 〈영애의 경호관〉이 이렇게 좋은 봄날 세상에 나오게 되었습니다.

그동안 민준과 조국을 사랑해 주시고 기다려 주신 독자님들께 깊은 감사를 드립니다.

글을 쓰는 동안 내내 민준이 행복하길 바랐는데, 이야기가 끝난 지금도 민준인 여전히 짠하고 애틋하기만 하네요 :)

오랫동안 기다리고 계신 독자님들께 용서를 구하는 마음으로 민준과 조국(설)의 아들, 딸인 민족과 휘의 이야기를 외전에 담았습니다.

정식 이야기는 조금만 더 기다려 주세요.

전작 〈제자와 연인 사이〉의 2세 도빈, 도린과 함께 가급적 빨리 세상에 나올 수 있도록 힘쓰겠습니다.

네이버 오늘의 웹소설에서 연재 중인 〈줄리엣의 나라〉도 많이 사랑해 주세요 :)

Happy ending is yours.

늘 독자님들께 이 말을 하고 싶었습니다.

당신 곁에도 오직 〈나〉만을 경호하는 운명 같은 경호관이 있기를 진심으로 바랍니다.

먼지들에게 변함없는 애정을 전하며
carbo(도효원) 올림

작가 블로그 http://blog.naver.com/nulle